# TRACY WOLFF

# cobiça

**TRADUÇÃO**
IVAR PANAZZOLO JUNIOR

Copyright © 2021, Tracy Deebs-Elkenaney
Título original: Covet
Publicado originalmente em inglês por Entangled Publishing, LLC
Tradução para Língua Portuguesa © 2022, Ivar Panazzolo Junior
Todos os direitos reservados à Astral Cultural e protegidos pela
Lei 9.610, de 19.2.1998.
É proibida a reprodução total ou parcial sem a expressa anuência
da editora.
Este livro foi revisado segundo o Novo Acordo Ortográfico da
Língua Portuguesa.

**Editora** Natália Ortega
**Produção editorial** Jaqueline Lopes, Renan Oliveira e Tâmizi Ribeiro
**Preparação** Letícia Nakamura
**Revisão** João Guilherme Rodrigues e Luiz Henrique Soares
**Capa** Bree Archer
**Adaptação da capa** Renan Oliveira
**Fotos de capa** allanswart/gettyimages, allanswart/gettyimages, Nadezhda Kharitonova/Gettyimages, LarisaBozhikova/GettyImages
**Foto da autora** Mayra K Calderón

Dados Internacionais de Catalogação na Publicação (CIP)
Angélica Ilacqua CRB-8/7057

W82c
    Wolff, Tracy
      Cobiça / Tracy Wolff; tradução de Ivar Panazzolo Junior. — Bauru, SP : Astral Cultural, 2022.
      736 p.

    ISBN 978-65-5566-203-0
    Título original: Covet

    1. Literatura infantojuvenil 2. Ficção fantástica I. Título II. Panazzolo Junior, Ivar

22-0767                                                         CDD: 028.5

Índices para catálogo sistemático:
1. Ficção infantojuvenil

 ASTRAL CULTURAL EDITORA LTDA.

BAURU
Avenida Duque de Caxias, 11-70
8º andar
Vila Altinópolis
CEP 17012-151
Telefone: (14) 3879-3877

E-mail: contato@astralcultural.com.br

SÃO PAULO
Rua Major Quedinho, 111 - Cj. 1910,
19º andar
Centro Histórico
CEP 01050-904
Telefone: (11) 3048-2900

Para meu pai, por ajudar a dar asas
à minha imaginação e me fazer acreditar
que eu era capaz de fazer tudo o que quisesse.
E para minha mãe, por me apoiar e
me amar em todos os momentos.

# Capítulo 0

## VIDA APÓS A MORTE

Não era assim que as coisas deviam ter acontecido.

*Nada* devia ter acontecido desse jeito. Mas, pensando bem, quando foi que a minha vida andou nos trilhos este ano? Desde o primeiro instante em que botei os pés na Academia Katmere, muitas coisas saíram completamente do controle. Por que logo hoje, logo neste momento, elas seriam diferentes?

Termino de vestir a minha *legging* e aliso a saia. Em seguida, calço meu par preferido de botas pretas e pego o blazer preto do uniforme que está no guarda-roupa.

Minhas mãos tremem um pouco. Para ser sincera, meu corpo inteiro treme um pouco quando coloco os braços nas mangas. Mas sou acometida pela sensação de que não há muito o que fazer. Este é o terceiro funeral de que participo em doze meses. E nem assim as coisas ficaram mais fáceis. Nada ficou mais fácil.

Venci o desafio há cinco dias.

Cinco dias desde que Cole rompeu o elo entre consortes que havia entre mim e Jaxon, e quase nos destruiu.

Cinco dias desde que quase morri... e cinco dias desde que Xavier de fato morreu.

Meu estômago se revira e se enrosca por um segundo. E tenho a sensação de que vou vomitar.

Respiro fundo várias vezes — inspirando pelo nariz, expirando pela boca — em busca de abrandar a náusea e o pânico crescentes dentro de mim. Leva alguns minutos, mas as duas sensações perdem força o suficiente para que eu deixe de achar que existe uma carreta totalmente carregada estacionada sobre meu peito.

É uma vitória pequena, mas é melhor do que nada.

Inspiro o ar mais uma vez, demoradamente, enquanto fecho os botões de metal do meu blazer e me olho no espelho para ter certeza de que estou apresentável. E estou... desde que ninguém seja muito exigente com a definição de "apresentável".

Meus olhos castanhos estão opacos. Minha pele, lívida. E meus cachos rebeldes estão lutando para se libertarem do coque em que os prendi. O luto, com certeza, nunca foi meu melhor *look*.

Pelo menos os hematomas do desafio do Ludares começaram a desaparecer. Nada mais daqueles tons violentos de roxo e preto; agora são apenas manchas que ficam entre o amarelo e o lilás, como acontece logo antes de desaparecerem por inteiro. E não faz mal saber que Cole finalmente ultrapassou os limites da paciência do meu tio e foi expulso da escola. Parte de mim deseja que ele encare um brutamontes ainda maior e mais cruel do que ele naquela escola no Texas para seres paranormais delinquentes e revoltados, para onde foi mandado... só para saber qual é a sensação de sofrer *bullying*.

A porta do banheiro se abre, e a minha prima Macy sai dali de roupão e com uma toalha enrolada na cabeça. Minha vontade é apressá-la. Só temos vinte minutos até o horário marcado para a reunião geral no salão de assembleias, mas não consigo fazer isso. Não quando parece que ela agoniza a cada vez que respira.

E sei muito bem como é essa sensação.

Em vez disso, espero que Macy diga alguma coisa, qualquer coisa. Mas ela não emite som algum enquanto se aproxima da cama e do uniforme para cerimônias que lhe separei. Dói muito vê-la assim. Embora ela esteja machucada por dentro, suas feridas não são menos dolorosas do que as minhas.

Desde o meu primeiro dia em Katmere, Macy é uma presença irrepreensível. É a luz contraposta à escuridão de Jaxon; o entusiasmo que se opõe às ironias de Hudson; a alegria perante a minha tristeza. Mas agora... agora parece que cada lampejo de glitter desapareceu da sua vida. E da minha, também.

— Precisa de ajuda? — enfim pergunto ao perceber que ela continua encarando o uniforme como se nunca o tivesse visto antes.

Os olhos azuis que ela direciona para mim estão abalados, vazios.

— Não sei por que estou sendo tão... — A voz de Macy desaparece no ar enquanto limpa a garganta, tentando afastar a rouquidão causada pelo choro dos últimos dias. E pela tristeza que é a fonte de tudo isso. — Eu mal o conhecia...

Dessa vez ela para de falar, porque sua voz fica completamente estrangulada. Seus punhos se fecham e lágrimas brotam dos olhos dela.

— Não diga isso — eu a consolo, me aproximando para abraçá-la, porque conheço exatamente a sensação de se torturar por causa de algo que não se pode mudar. Por sobreviver quando alguém que você ama morreu. — Não menospreze os sentimentos que você tinha por ele só porque não o conhecia há muito tempo. O importante é como você conhece a pessoa, não há quanto tempo.

Ela estremece um pouco e um soluço fica preso em seu peito. Assim, só a abraço com mais força, em busca de arrancar um pouco daquela dor e da tristeza. Na tentativa de fazer por Macy o que ela fez comigo quando cheguei a Katmere.

Ela me abraça com a mesma intensidade, e as lágrimas rolam pelo seu rosto durante vários segundos torturados.

— Estou com saudade dele — ela por fim confessa, forçando as palavras a passarem pelo nó na garganta. — Sinto muita saudade dele.

— Eu sei — digo com a voz suave, esfregando-lhe as costas devagar, em círculos. — Eu sei.

Ela chora sem qualquer pudor agora. Os ombros que se agitam, o corpo que treme, a respiração descompassada por minutos que parecem perdurar para sempre. Sinto meu coração desmoronar dentro do peito. Por Macy, por Xavier, por tudo o que nos trouxe até este momento. E preciso me esforçar para não chorar junto dela. Mas agora é a vez de Macy chorar... e é a minha vez de cuidar dela.

Após certo tempo, ela se afasta. E enxuga o rosto umedecido. Abre um sorriso frágil que não alcança os olhos.

— Precisamos ir — sussurra ela, passando as mãos pelo rosto uma última vez. — Não quero me atrasar para a cerimônia.

— Tudo bem. — Retribuo aquele sorriso com um dos meus; e em seguida, me afasto de modo que ela tenha um pouco de privacidade para se vestir.

Minutos depois, quando me viro para trás, não consigo evitar um ruído de surpresa. Não porque Macy fez um feitiço de *glamour* para secar e pentear os cabelos. Já estou acostumada com isso. Mas porque os cabelos rosa-choque dela agora estão totalmente pretos.

— Não me pareceu muito certo — murmura ela enquanto dedilha algumas das mechas. — Rosa-choque não é uma cor que combina com o luto.

Sei que ela tem razão, mas mesmo assim lamento pelos últimos vestígios da minha prima alegre e saltitante. Todos nós perdemos muitas coisas nos últimos tempos. E não sei se podemos aguentar muito mais.

— Ficou bem em você — eu a elogio, porque realmente ficou. Mas isso não é surpresa. Macy ficaria bonita mesmo se estivesse careca ou se o seu cabelo estivesse em chamas. E o penteado atual está muito longe de qualquer um desses dois extremos. Mesmo assim, o cabelo preto faz com que ela pareça mais delicada. Até mesmo frágil.

— Não é uma sensação boa — ela responde. Mas ela está calçando um par de sapatilhas elegantes e prendendo brincos nos vários furos de suas orelhas. E faz outro feitiço de *glamour*, desta vez, para se livrar dos olhos vermelhos e inchados.

Com os ombros para trás e o queixo retesado, seus olhos demonstram tristeza, mas estão serenos quando olha para mim.

— Vamos lá. — Até mesmo a voz dela soa firme. E é essa determinação que me impele na direção da porta.

Pego o meu celular com o intuito de mandar uma mensagem de texto para os outros e avisar que estamos a caminho, mas, no instante que abro a porta, percebo que não há necessidade. Porque todos estão ali no corredor, à nossa espera. Flint, Éden, Mekhi e Luca. Jaxon... e Hudson. Alguns mais detonados do que os outros, mas todos estão meio abatidos, assim como Macy e eu. E o meu coração se alegra quando me deparo com eles.

As coisas não estão nada bem no momento. Só Deus sabe o quanto eles estão machucados, mas um fato definitivamente não mudou. Essas sete pessoas sempre estiveram ao meu lado e eu sempre estive ao lado deles... sempre vou estar.

Mas, quando meu olhar cruza com os olhos frios e sombrios de Jaxon, não consigo deixar de reconhecer que, embora uma coisa não tenha mudado, o restante mudou.

E não faço a menor ideia de como devo agir agora.

# Capítulo 1

## CONSORTE SEM SORTE

*Três semanas depois...*

— Estou implorando! — Macy se joga sobre o edredom com as cores do arco-íris que cobre sua cama e me encara com aquele olhar de filhote de cachorro sem dono. É tão bom vê-la quase sorrir outra vez desde o funeral de Xavier que não consigo evitar sorrir de volta. Não é um sorriso tão grande ainda, mas já ajuda. — Pelo amor de Deus. Por favor, por favor, por favooooor! Acabe logo com o sofrimento daqueles garotos.

— Vai ser difícil — respondo ao depositar a minha mochila ao lado da escrivaninha, antes de me deitar na cama outra vez. — Considerando que não sou a responsável por criar o sofrimento deles.

— Essa é a maior mentira que você já contou na vida. — Minha prima bufa e, em seguida, ergue a cabeça apenas o suficiente para se certificar de que a vejo revirando os olhos. — Você é cento e cinquenta por cento responsável pelo jeito que Jaxon e Hudson vivem choramingando pelos cantos da escola nessas últimas três semanas.

— Tenho a impressão de que há muitas razões para Jaxon e Hudson choramingarem pelos cantos da escola, e só metade delas é culpa minha — rebato. Mas me arrependo assim que digo daquelas palavras.

Não porque não sejam verdadeiras, mas porque agora tenho de observar o lento desaparecimento do tom suave de cor que Macy tinha em sua face. Ela está tão diferente da garota que conheci em novembro que é difícil acreditar que ambas são a mesma pessoa. Seus cabelos multicoloridos ainda não reapareceram e, embora o preto-azulado com o qual ela os tingiu para o funeral de Xavier combine bem com a cor da sua pele agora, não combina com nenhum outro aspecto dela. À exceção de sua tristeza... com isso, esse tom combina muito bem.

Decido pedir desculpas, mas Macy se vira para mim e continua a falar:

— Sei exatamente como é a cara de um vampiro de coração partido. E você tem dois deles nas mãos. E, só para você saber, "mortífero" e "patético" são uma combinação bem perigosa, caso não tenha percebido.

— Ah, eu percebi, sim. — Já faz semanas que venho lidando com essa combinação. Uma que me faz sentir como se, a cada vez que respiro, uma bomba esteja prestes a explodir. E cada movimento meu traz a sensação de estar brincando de roleta-russa com a felicidade de todo mundo.

E, como o universo ainda não se cansou de atrapalhar a minha vida... Aparentemente, Macy estava errada quando me contou que Hudson havia terminado os estudos antes de Jaxon o matar. A verdade é que ele quase chegou lá. Só que não. Houve um problema burocrático. Parece que ele não tinha créditos suficientes porque estudou com professores particulares em vez de assistir às aulas em Katmere por quatro anos. Macy era bem mais nova do que ele, então só deu de ombros. Que importância isso tinha para ela? Ninguém tocou no nome de Hudson depois que ele morreu. De qualquer maneira, isso significa que, onde quer que eu vá, ele vai estar ali. Assim como Jaxon. Ambos estão no nosso círculo de amizades, mas, ao mesmo tempo, não estão. Os dois me encaram com olhos que parecem vazios na superfície, mas que escondem uma infinidade de sentimentos logo abaixo. Esperando que eu faça... ou diga... alguma coisa.

— Ainda não sei como me tornei a consorte de Hudson — comento, sem divertimento algum. — Achei que uma pessoa tinha que querer se tornar a consorte de outra, ou pelo menos estar "aberta" a essa possibilidade para que o elo se formasse.

Macy sorri para mim.

— Está mais do que evidente que você sente alguma coisa por ele.

Reviro os olhos.

— Gratidão. É isso que sinto por ele. E tenho certeza de que essa é uma razão horrível para uma pessoa ficar com outra.

— Ahá! — Os olhos de Macy estão praticamente faiscando agora, cheios de humor. — Então você pensou em "ficar" com Hudson, hein?

Arremesso uma almofada decorativa na minha prima, que se esquiva com facilidade e ri.

— Bem, tudo o que sei é que a maioria das pessoas aqui na escola seria capaz de matar alguém para conseguir um consorte. O fato de você ter dois desde que chegou é um abuso de poder.

Macy está brincando comigo, tentando deixar o momento mais leve, mas não funciona.

Hudson quase sempre se senta junto de nós nas refeições ou quando assistimos às mesmas aulas. Embora Flint e a maioria dos membros da Ordem o observem com cautela, ele deu um jeito de conquistar a confiança da minha prima com pouco mais de um meio-sorriso maroto e um latte grande de baunilha.

Inclusive, ela é uma das poucas pessoas que culpa Jaxon pelo rompimento do nosso elo entre consortes. E não faz a menor questão de esconder que torce por Hudson. Não consigo deixar de imaginar se ela ficou do lado de Hudson porque acha mesmo que ele é a melhor opção para mim — ou simplesmente por não ser Jaxon, o garoto que insistiu em desafiar a Fera Imortal. E isso acabou causando a morte de Xavier.

De qualquer maneira, ela tem razão sobre um fato: cedo ou tarde vou ter de encarar essa situação.

Mas tenho me esforçado para ignorar o problema por mais algum tempo... pelo menos até conseguir pensar em um plano. Passei quase o tempo todo desde o funeral de Xavier tentando pensar no que devo fazer, em como consertar as coisas — entre mim e Jaxon, entre Jaxon e Hudson e entre mim e Hudson. Mas não consigo. O chão sob meus pés se transformou em areia movediça. E as minhas asas não me ajudam tanto quanto as pessoas imaginam. Bem, uma hora vou ter de pousar, certo? Mas, toda vez que aterrisso, começo a afundar.

Acho que Macy percebe a minha angústia interior, erguendo o corpo até ficar sentada nos pés da cama. E o seu humor desaparece quase tão rápido quanto o meu.

— Sei que as coisas estão difíceis agora — prossegue ela. — Eu estava só brincando em relação aos meninos. Você está fazendo o melhor que consegue.

— E se eu não souber o que fazer? — As palavras explodem na minha boca como se eu fosse um tanque sob pressão e Macy tivesse causado o primeiro vazamento. — Eu mal tinha começado a entender o que era ser uma gárgula. E agora tenho que lidar com o fato de que conquistei uma cadeira no Círculo do Desastre e do Desespero e de que vou ser coroada logo depois da formatura.

— Círculo do *Desastre e do Desespero*? — Macy repete com uma risada assustada.

— E, depois, tenho certeza de que vou ser trancada em uma torre e decapitada. Ou alguma coisa tão fatalista quanto. — Abordo isso em tom de piada, mas não estou brincando. Não há sequer um grama de otimismo em mim em relação a fazer parte do conselho paranormal liderado pelos pais de Jaxon e Hudson... nem qualquer outra coisa que derive disso. Como, por exemplo, política, sobrevivência e também o fato de ser a consorte de Hudson em vez de ser do meu verdadeiro namorado neste admirável mundo novo em que percebi viver.

— Continuo apaixonada por Jaxon. Não consigo mudar o que sinto — afirmo, soltando um gemido exasperado. — Mas também não aguento ter que magoar Hudson. Nem a expressão no olhar dele quando estamos almoçando na mesa da cantina e ele fica me olhando com o irmão.

Tudo isso é um pesadelo muito além de qualquer compreensão possível. Além disso, o fato de que praticamente não consigo dormir desde o dia em que quase morri só piora as circunstâncias. No entanto, como posso relaxar se, toda vez que fecho os olhos, sinto os dentes de Cyrus afundando no meu pescoço e a agonia da sua mordida eterna se espalhar pelo meu corpo? Ou quando me lembro de quando Hudson me colocou em uma cova rasa e me enterrou viva (e ainda não tenho coragem de perguntar como ele sabia que devia fazer isso)? Ou pior (e, sim, isso é BEM pior): quando me lembro da expressão no rosto de Jaxon quando Hudson lhe disse que é o meu consorte?

São lembranças tão devastadoras que a única coisa que sinto vontade de fazer é sair correndo e me esconder.

— Ei, tudo vai ficar bem — diz Macy, com a voz meio hesitante e um olhar preocupado.

— Acho que você está sendo otimista demais. — Eu me viro e fico mirando o teto, mas quase não consigo enxergar nada. Em vez disso, tudo que vejo são os olhos deles.

Um par escuro, outro claro.

Ambos atormentados.

Ambos à espera de algo que não sei como dar. E uma resposta que nem sei como fazer para começar a descobrir.

Sei o que sinto. Eu amo Jaxon.

E Hudson... Bem, aí a situação fica mais complicada. O que sinto por ele não é amor, e tenho ciência de que não é isso que ele quer ouvir. Sim, a minha pulsação acelera quando ele está perto, mas, falando de um jeito bem objetivo, ele é lindo. Qualquer pessoa com a cabeça no lugar sentiria atração por ele. Além disso, surgiu um elo de consortes entre nós que me faz sentir coisas que eu sei que não existem de verdade. Pelo menos, não quero que existam.

Depois de tudo o que ele fez por mim, depois da aproximação que aconteceu durante as semanas que passamos presos juntos, não o quero decepcionar e dizer que não sinto mais do que amizade por ele.

Libero outro gemido exasperado. Já estou presumindo que Hudson quer ser o meu consorte. Talvez ele esteja tão furioso com o universo quanto eu por nos colocar nessa situação complicada.

Macy solta um longo suspiro e, em seguida, se levanta da sua cama e vem sentar aos pés da minha.

— Desculpe. Eu não quis pressionar você.

— A sua pressão não me incomoda. O problema é... — Deixo a frase morrer no ar, pois nem sei como transformar em palavras a confusão que ferve dentro de mim.

— Tudo? — ela completa o vazio que deixei, e eu confirmo com um aceno de cabeça. Tudo isso é um inferno.

O silêncio entre nós se prolonga, crescendo e ficando cada vez mais desconfortável. Espero que Macy desista, que volte para sua cama e esqueça essa conversa incômoda, mas ela não se move. Em vez disso, se encosta na parede e me observa com uma paciência tranquila que não faz parte do seu *modus operandi* normal.

Não sei se é o silêncio, o jeito com que ela me olha ou a necessidade de desabafar que vem aumentando desde o início do dia, mas a tensão vai se expandindo cada vez mais até que finalmente coloco para fora a verdade que venho tentando esconder de todo mundo, inclusive de mim mesma.

— Acho que não sou forte o bastante para ir em frente com tudo isso.

Não sei exatamente qual era a reação que eu esperava que Macy tivesse quando confessei aquilo. Em uma fração de segundo, imagino todas as possibilidades, desde ela sentir pena de mim até dizer para eu *engolir esse choro e lutar como uma garota* com uma pontada de agressividade que não tem nada a ver comigo e tudo a ver com a maneira como as coisas vêm sendo horríveis para ela, também.

Mas, no fim das contas, ela tem a única reação que eu não esperava. A única reação que eu nem sequer cogitei que fosse ter. Ela explode em uma gargalhada.

— Ora, ora, temos uma Xeroque Rolmes aqui. Ficaria preocupada se você realmente pensasse que é capaz de enfrentar tudo isso sozinha.

— Sério? — Estou me sentindo confusa. E talvez até um pouco ofendida. Será que ela acha mesmo que sou tão incompetente assim? Só porque eu sei que sou um desastre ambulante, isso não significa que eu quero que todo mundo também saiba. — Por quê?

— Porque você não está sozinha. E não precisa enfrentar tudo isso sozinha. É por isso que estou aqui. É por isso que todos nós estamos aqui. Especialmente os *seusss namoradosss*.

Aperto os olhos para encará-la quando Macy pronuncia aquelas palavras, enfatizando bem o plural.

— Namora-DO — eu a corrijo, frisando a sílaba final no singular. — Um, não dois. — Ergo o dedo indicador para garantir que ela entendeu direito. — Só um namorado.

— Ah, é claro. Só um. Claro. — Macy me encara com um olhar malandro. — Beeeeeem... só para esclarecer. De qual vampiro estamos falando mesmo?

Capítulo 2

O ELO PERDIDO

— Você é uma insuportável — digo, brincando. — Mas será que podemos falar daquilo que realmente importa? Da formatura?

Entre perder os meus pais, mudar de escola e ficar quatro meses da minha vida brincando de ser estátua, fiquei tão atrasada que quase perdi o ano escolar. E ainda por cima quando estava para completar os estudos. Isso significa que, se eu não entregar os trabalhos que os professores me passaram e tirar boas notas nas provas finais, vou ter de cursar o último ano mais uma vez. E isso não é nem um pouco aceitável, independentemente do quanto Macy queira que eu passe mais um ano por aqui. Afinal, se Hudson pode repor as aulas que perdeu enquanto estava morto, então também posso.

— Sabe que esse é o motivo pelo qual ando fugindo das escolhas difíceis, não é? — finalmente admito. — Não vou conseguir dar conta desse monte de trabalhos que tenho para fazer e ainda tentar descobrir o que devo fazer em relação a Cyrus, ao Círculo ou...

— Ao seu consorte? — Macy sorri com aquela expressão irônica, mas ergue a mão antes que eu consiga protestar. — Desculpe, não resisti. Mas você tem razão. Por mais que eu queira que as coisas sejam diferentes, você parece estar querendo mesmo se formar. — Ela se levanta e pega o notebook que está na escrivaninha. — Por isso, como sou a sua melhor amiga, tenho a obrigação de fazer com que sua vontade seja feita. Você precisa fazer uma apresentação sobre a história da magia na aula da dra. Veracruz, certo? Ouvi um pessoal do último ano falando a respeito.

— Sim. Todo mundo teve que escolher um dos assuntos discutidos na aula este ano e escrever um trabalho de dez páginas sobre algum aspecto do tema escolhido, um que não tivemos tempo de nos aprofundar. E depois apresentar o trabalho para o restante da sala. Ela explicou que o objetivo é conseguirmos um conhecimento mais abrangente sobre partes diferentes da história, mas acho que ela só está tentando nos torturar.

Macy volta para a cama e digita algumas coisas no notebook.

— Tive uma ideia sobre o tópico perfeito para você pesquisar!

— É mesmo? — indago, virando de frente para ela e me sentando na cama.

— Sim — confirma Macy. — Vocês falaram sobre elos entre consortes, não foi? É exatamente por isso que estou louca para fazer essa matéria. Bem, você é um exemplo vivo de algo que não foi discutido na aula.

Faço um gesto negativo com a cabeça.

— Infelizmente, perdi essa aula. Mas Flint me disse que é possível ser consorte de mais de uma pessoa durante a vida. Não sou a única pessoa que já teve mais do que um consorte.

Macy para de digitar e olha para mim, erguendo uma sobrancelha.

— Sim, mas você foi a única pessoa cujo elo entre consortes foi rompido por outra causa que não seja a morte.

— Isso nunca aconteceu com outra pessoa? — repito, sentindo o coração aos pulos no peito. — Sério mesmo?

É difícil de acreditar, mas também é terrível demais acreditar em uma coisa dessas. Se ninguém mais passou por isso antes, como vamos conseguir consertar o que houve? O que vamos fazer? E por que, Deus, por que isso foi acontecer logo comigo e com Jaxon?

— Nunca — enfatiza Macy. — Elos entre consortes nunca se quebram, Grace. Nunca. Simplesmente não dá. É uma lei da natureza ou algo do tipo. — Ela para e fita as próprias mãos, que estão sobre o teclado. — Só que, por algum motivo, o seu se quebrou.

Como se eu precisasse ser lembrada disso.

Como se eu não estivesse bem ali quando aconteceu.

Como se eu não sentisse o elo se arrebentar com uma força que quase me rasgou ao meio, uma força que quase me destruiu... e que quase destruiu Jaxon também.

— Nunca? — Acho que não devo ter ouvido essa parte direito. Não posso ser a única pessoa que passou por isso.

— Nunca — insiste Macy, enfatizando deliberadamente cada sílaba enquanto me olha como se três outras cabeças tivessem brotado no meu pescoço. — Não é "mais ou menos nunca", Grace. Não é "quase nunca". É nunca mesmo. Assim... nunca em toda a história da nossa espécie, entendeu? Elos entre consortes *não podem* ser quebrados enquanto os consortes estão vivos. Jamais. — Ela balança a cabeça para reforçar o argumento. — Nunca mesmo. Jamais. Nunc...

— Está bem, está bem. Já entendi. — Esboço um gesto negativo com a cabeça, em sinal de rendição. — Elos entre consortes nunca se quebram. Mas o elo que eu tinha com Jaxon se quebrou, sim. E nós dois estamos vivos. Então...

— Pois é — diz ela, concordando e com uma expressão séria. — Estamos em um território totalmente desconhecido. Não me admira o fato de você se sentir tão mal. Você passou mesmo por algo horrível.

— Uau. Valeu, hein? — Finjo arrancar um punhal enfiado no meu coração. Mas Macy se limita a fazer uma careta para mim.

— Você sabe do que eu estou falando.

— É. Sei, sim. Mas tem uma parte em tudo isso que simplesmente não consigo entender. Já faz dias que venho pensando no caso e é por isso que não acredito muito nessa história de isso nunca acontece. Eu...

— Nunca — ela interrompe, agitando as mãos para enfatizar. — Isso literalmente nunca acontece.

Levanto a mão para que ela interrompa sua fala, porque de fato estou tentando formular uma hipótese aqui.

— Mas, se isso for verdade, e se elos entre consortes nunca se quebrem, por que motivo havia um feitiço para romper o meu? E como a Carniceira, de todas as pessoas do mundo, sabia qual era esse feitiço?

# Capítulo 3

## INSPIRA, RESPIRA
## E NÃO PIRA

— Ei, sabe o que vão servir no jantar hoje? — pergunto, enquanto caminho com Macy pelos corredores iluminados por archotes em formato de dragão até a cantina. Nós duas estamos com uma fome gigantesca depois de passarmos três horas pesquisando sobre elos entre consortes, embora não tenhamos chegado muito mais perto de descobrir outra pessoa cujo elo tenha sido rompido ou qualquer menção a um feitiço capaz de fazer isso. — Esqueci de perguntar.

— Seja o que for, vai ser horrível. — Ela faz uma careta de nojo e suspira. — Hoje é uma das quartas-feiras ruins.

— Quartas-feiras ruins?

Provavelmente eu devia saber do que ela está falando, considerando que venho fazendo minhas refeições na cantina quase todos os dias nessas últimas três semanas, mas estava ocupada com outras tarefas. Em dias normais, já tenho sorte se conseguir me lembrar de vestir o uniforme, e quase nunca lembro o que vão servir na cantina... com exceção dos *waffles* às quintas-feiras. Esses estão marcados eternamente no meu cérebro.

Macy me encara com uma expressão de desaprovação conforme descemos as escadas.

— Bem, digamos que a minha melhor sugestão seja o *frozen yogurt*. E talvez um bolinho, *caso* você esteja se sentindo corajosa.

— *Frozen yogurt*? Está falando sério? Duvido que seja tão ruim assim. As bruxas da cozinha são incríveis.

O que será que elas serviram para causar um asco tão grande na minha prima? Olhos de morcego? Dedões de sapo?

— As bruxas são incríveis mesmo — concorda Macy. — Mas, todo mês, em uma quarta-feira, as bruxas saem cedo para jogar Wingo. E hoje é uma dessas noites.

— Para jogar Wingo? — repito, completamente embasbacada enquanto a minha imaginação produz imagens de bruxas com asas enormes de corvo voando ao redor do castelo. Por outro lado, se fosse assim mesmo, com certeza eu já teria visto isso acontecer.

Macy fica chocada quando percebe que eu nunca ouvi falar desse ritual.

— É tipo bingo, mas na versão das bruxas. Não vejo a hora de ter idade para jogar.

— E tem idade certa para jogar isso? — Reviro o cérebro, tentando imaginar que tipo de bingo as bruxas da cozinha jogam para precisar de uma idade mínima.

— Tem! — O rosto de Macy se ilumina. — É como um bingo normal, só que todas as vezes que a locutora anuncia um número que está na sua cartela, você tem que tomar um gole de qualquer poção que esteja sendo servida naquela noite. Algumas fazem você dançar igual a uma galinha, outras viram suas roupas do avesso... No mês passado tinha até uma que fazia as bruxas andarem pelo salão rugindo como tiranossauros.

Ela ri.

— Digamos que, quando você enfim consegue fazer uma linha de bingo e ganhar o jogo, você mereceu ganhar. As bruxas da cozinha são loucas pelo jogo, mesmo que Marjorie sempre ganhe, porque ela adora fazer um drama. E isso acaba se transformando num evento à parte, porque Serafina e Felicity sempre a acusam de jogar algum feitiço nas bolas e...

— Ei, de quem são essas bolas em que vocês jogaram um feitiço? — pergunta Flint quando seu corpanzil surge atrás de nós. Como de costume, ele estampa um sorriso enorme naquele rosto bonito e um toque de gaiatice nos olhos cor de âmbar. — Só pergunto porque tenho quase certeza de que deve ser contra as regras.

— Pode parar por aí, viu? — diz Macy com um sorriso, balançando a cabeça. — Eu estava falando sobre o Wingo e como as bruxas da cozinha se empolgam com os...

— Wingo? — Ele fica paralisado diante da escadaria. E o seu sorriso tranquilo dá lugar a uma expressão de horror. — Não me diga que hoje já é a noite do Wingo.

Macy suspira.

— Se eu pudesse...

— Sabe de uma coisa? Acho que não estou com fome. — Flint começa a recuar. — Acho que vou...

— Ah, não. Você não vai escapar dessa. — Macy enlaça o braço de Flint com o seu e começa a puxá-lo em direção à cantina. — Se a gente tem que sofrer, você vai sofrer junto.

Flint resmunga e Macy, embora concorde com ele, o leva consigo.

Os dois passam o restante do trajeto reclamando até que, por fim, digo:

— Duvido que as coisas sejam tão ruins assim. Sobrevivi à comida de cantinas de escolas públicas, onde ninguém servia *frozen yogurt* nem nos melhores dias.

— Ah, as coisas são bem ruins, sim — responde Macy.

— Na verdade, são horríveis — avisa Flint.

— Mas como? Como podem ser tão ruins? Quem vai preparar a comida?

Os dois me encaram com expressões idênticas de horror quando respondem ao mesmo tempo:

— Os vampiros.

## Capítulo 4

### QUARTA-FEIRA SANGRENTA

— Os vampiros? — Não vou mentir. Eu me encolho um pouco quando penso no que Jaxon (e Hudson) comem.

— Exatamente — concorda Flint com uma expressão de asco no olhar. — Nunca vou entender por que Foster decidiu colocar os vampiros para cuidarem da cozinha no dia de folga das bruxas.

— E quem devia cuidar da cozinha, hein? — pergunta Mekhi, aproximando-se por trás de Macy. — Os dragões? Não são todos os alunos que podem viver à base de marshmallows tostados.

— Pelo menos marshmallows são comida de verdade — retruca Flint enquanto abre uma das portas do salão de jantar com um gesto elaborado, deixando espaço para que eu passe.

— Bolo de sangue é comida de verdade — retruca Mekhi. — Foi o que me disseram, pelo menos.

— Bolo de sangue? — O meu estômago se revira com o nervosismo. Não faço ideia do que seja, mas parece bem assustador.

Flint olha para Mekhi com uma expressão arrogante.

— O que acha daqueles marshmallows tostados na baforada de dragão, Grace?

— Seria um belo jantar, se tiver um pacote de biscoitos Pop-Tarts de cereja também. — Dou uma olhada ao redor do salão de jantar para ver se a mesa com os petiscos do café da manhã e do almoço ainda está lá. Mas, assim como sempre acontece na hora de jantar, ela já foi recolhida.

— Não vai ser tão ruim, eu garanto — diz Mekhi quando começa a nos levar para a fila do buffet.

— Como foi que passei tanto tempo em Katmere sem saber das noites de Wingo? — É o que me pergunto, enquanto uma parte do meu cérebro repassa todos os pratos que têm sangue como ingrediente. E, para ser honesta, não conheço muitos. A outra parte do meu cérebro está ocupada analisando a cantina, tentando encontrar Jaxon... ou Hudson.

Não sei se me sinto preocupada ou aliviada quando percebo que não consigo avistar nenhum dos dois.

— Porque você nunca veio aqui tantas semanas seguidas antes — responde Macy. — E acho que, na última vez que isso aconteceu, Jaxon levou tacos para você comer na biblioteca.

Minha cabeça fica abalada quando penso que aquela noite na biblioteca aconteceu há somente um mês. Tantas coisas mudaram de lá para cá que sou acometida pela sensação de que essa noite ocorreu há vários meses. Talvez até mesmo anos.

— Eu adoraria comer uns tacos na biblioteca agora — resmunga Flint, enquanto pega duas bandejas e as estende para Macy e para mim.

Macy pega a bandeja com um suspiro.

— Pois é... eu também.

— Não dê atenção ao que eles estão falando — sugere Mekhi para mim. — Não é tão ruim assim.

— Você não come, então seu argumento não conta — intervém Flint.

Mekhi só ri em resposta.

— Tem razão. Vou pegar algo para beber e depois procurar uma mesa para nós. — Ele pisca o olho para Macy e depois vai até a mesa onde estão as enormes garrafas térmicas esportivas de cor laranja, na parede oposta do salão de jantar.

A fila está menor do que deveria (como se agora eu não soubesse o motivo) e até que avança bem rápido. Assim, só leva alguns minutos até estarmos diante das mesas de buffet elegantes de Katmere. Geralmente elas transbordam de tanta comida, mas esta noite as opções são mais minguadas. E nenhuma delas me apetece muito.

Até mesmo a seção de saladas sumiu. Em seu lugar há um caldeirão gigante de sopa com legumes boiando, junto a vários cubos de um tom escuro de marrom que eu não reconheço.

— O que são aquelas coisas? — sussurro para Macy quando passamos por vários vampiros adultos, incluindo Marise, que sorri e acena para mim.

Aceno de volta, mas continuo seguindo a fila enquanto Macy sussurra:

— Sangue coagulado.

Passamos por uma bandeja de salsichas pretas que nem preciso perguntar o que são; já vi uma quantidade suficiente de programas de culinária para saber o que dá essa cor característica ao embutido. E, para ser justa, muita gente adora esse prato. Mas não sei... toda essa coisa com os vampiros me causa uma sensação bem esquisita. Por exemplo: como podemos ter certeza de que eles estão usando sangue animal e não sangue humano, já que pelo menos alguns dos professores desta escola são vampiros à moda antiga?

Só de pensar no assunto, meu estômago já embrulha. Mas logo adiante há uma pilha enorme de panquecas, e nunca fiquei tão aliviada em comer no jantar algo que só costuma ser servido no café da manhã. Pelo menos até eu chegar mais perto e perceber que não são panquecas comuns. Elas têm uma cor roxa bem escura.

— Eles não colocaram sangue na massa das panquecas... não é? — pergunto a Macy.

— Ah, eles com certeza acrescentaram sangue à massa das panquecas — responde ela.

— É uma receita sueca: *Blodplättar*. E até que são muito boas — conta Flint. Ele se aproxima da bandeja e coloca várias no prato.

Os vampiros estão observando a fila com atenção; assim, eu me sirvo de uma daquelas panquecas. É óbvio que eles se dedicaram bastante no preparo do jantar. E a última coisa que quero fazer é magoar alguém. Além disso, o *frozen yogurt* está logo adiante...

Depois de cobrir a minha panqueca com calda e encher uma cumbuca com uma mistura de iogurte de baunilha e chocolate, junto de todas as coberturas possíveis, sigo Flint e Macy pelo salão de jantar abarrotado até a mesa escolhida por Mekhi. Éden e Gwen já estão sentadas ali também e não consigo evitar um sorriso quando leio o que está estampado no novo moletom de Éden: *Agente do Tesouro*.

Ela me vê sorrindo e pisca o olho, logo antes de estender a mão e roubar a cereja no topo do *sundae* de *frozen yogurt* de Macy.

Macy simplesmente ri.

— Eu sabia que você ia fazer isso. — Ela coloca a mão dentro da tigela e tira outra cereja dali. — É por isso que peguei duas.

Rápida como um relâmpago, Éden rouba a segunda cereja também.

— Você já devia saber que nunca deve confiar seus tesouros a um dragão.

— Ei! — Macy faz um beicinho enquanto o restante de nós ri. Mas, depois de nos sentarmos, pego uma colherada das cerejas que estão na minha tigela e passo para a dela. Se estes meses que passei morando em Katmere me ensinaram alguma coisa, foi o valor de sempre estar preparada para qualquer eventualidade.

— Você é a melhor prima do mundo. — Macy sorri para mim e percebo que este é o primeiro sorriso de verdade que a vejo abrir desde a morte de Xavier. É algo que me faz respirar um pouco mais aliviada e pensar que, embora usar a palavra "feliz" talvez seja um exagero, pelo menos ela parece estar começando a ficar bem outra vez.

A conversa flui ao redor de mim enquanto eu vou curtindo meu *frozen yogurt*, com assuntos que vão desde trabalhos solicitados pelos professores do último ano até colegas que não conheço.

Tento prestar atenção, mas é difícil fazê-lo enquanto passo o tempo todo observando ao redor, procurando Jaxon e Hudson. Sei que é uma coisa ridícula. Meia hora atrás, no meu quarto, eu estava agindo como se não tivesse tempo para me preocupar com eles. E agora não consigo parar de olhar de um lado para outro no salão, à procura de algum deles. Ou de ambos.

Não consigo evitar. Não importa se as circunstâncias estão fora do controle hoje. Não consigo simplesmente ligar e desligar os meus sentimentos. Eu amo Jaxon; Hudson é meu amigo. Fico preocupada com os dois e preciso saber que ambos estão bem, em especial porque não tive a oportunidade de conversar com nenhum deles sobre tudo que está acontecendo.

Já estou na metade do meu *frozen yogurt* quando um sussurro mais alto toma conta do salão de jantar. E isso ocorre bem no momento em que os pelos da minha nuca se eriçam. Olho ao redor e vejo que todo mundo está encarando alguma coisa logo atrás de mim. E sei, logo antes de me virar, quem vou encontrar ali.

# Capítulo 5

## O CONSORTE TREVOSO

Macy, que já se virou para trás a fim de saber que diabos está acontecendo, me cutuca com o cotovelo e sussurra o nome de Jaxon pelo canto da boca.

Faço um gesto afirmativo com a cabeça para indicar que ouvi, mas não me movo. No entanto, prendo a respiração, enquanto arrepios que sobem e descem pela minha coluna me avisam que ele está se aproximando... e que sua atenção está totalmente concentrada em mim.

Macy solta um gritinho animado e isso me diz tudo que preciso saber sobre como está o humor dele. Ela relaxou bastante quando teve de ficar perto dele nessas últimas semanas; a amizade é capaz de propiciar isso. Mas não significa que esqueceu o quanto ele é perigoso. Ninguém mais se esqueceu disso, aparentemente. É algo que se reflete no rosto de todas as pessoas ao meu redor, em como todos parecem ficar paralisados, como se estivessem apenas esperando Jaxon atacar... e querem ter certeza de que não são o alvo dele.

Até mesmo Flint recua um pouco em sua cadeira, esquecendo-se das panquecas e da sua conversa com Éden sobre a prova final de física enquanto vislumbra o ponto logo atrás de mim. Seu olhar é uma combinação de desconfiança e imprudência, e é a minha preocupação com Flint — pelo que ele está sentindo e pelo que pode acabar fazendo — que me faz virar para trás antes que as coisas à minha volta se transformem em um verdadeiro inferno.

Não fico nem um pouco surpresa em ver Jaxon atrás de mim. Mesmo assim, o que me surpreende é perceber como ele está próximo. Algumas semanas atrás, ele não conseguiria se aproximar tanto de mim sem que meu corpo inteiro praticamente faiscasse. Tudo que sinto agora é esse arrepio na coluna. E não é exatamente uma sensação muito boa.

Ontem, depois do jantar, ele me chamou para estudar na torre dele, mas não pude ir. Hudson já havia me chamado para estudar. Fico frustrada só de pensar nos problemas que tudo isso causou, já que nenhum dos irmãos Vega sabe agir como adulto em situações do tipo e aceitar que podemos estudar todos juntos.

No fim das contas, fiquei estudando no meu quarto, sozinha. E não assimilei porcaria nenhuma do que estudei, porque estava irritada demais com aqueles dois.

Mas mandei duas mensagens de texto para Jaxon hoje, e ele nem tomou conhecimento da minha existência. Entendo que ele não goste da minha amizade com Hudson, mas ele precisa saber que o que tenho com o irmão dele é somente isso: amizade. Aparentemente não tenho a menor possibilidade de escolher quem vai ser o meu consorte, mas já mostrei a Jaxon, de mil jeitos diferentes, que ele é quem escolhi amar.

É por isso que fico tão incomodada com a frieza com a qual ele me tratou durante o dia inteiro.

E deve ser exatamente isso que ele está sentindo, porque seus olhos escuros estão tão frios quanto a meia-noite.

Tão frios quanto o pico do monte Denali em janeiro.

Tão frios quanto na primeira vez em que conversamos. Não... Bem mais frios.

Pelo que parece uma eternidade, Jaxon não diz nada. E eu também não. Em vez disso, o silêncio se estende como uma camada de gelo fino entre nós dois e também entre as pessoas ao redor. Até que Luca, por fim, sai de trás dele e pergunta:

— Podemos nos sentar com vocês?

Pela primeira vez me dou conta de que toda a Ordem está aqui. Eu me acostumei a fazer minhas refeições com Jaxon e Mekhi algumas vezes por semana, é claro. Mas não é sempre que todos os amigos de Jaxon se sentam com a gente. Mesmo assim, estão todos aqui: Luca, Byron, Rafael e Liam. Todos enfileirados atrás de Jaxon, como se à espera de um ataque.

— É claro. — Aponto para as cadeiras vazias espalhadas ao redor da mesa, mas não é para mim que Luca dirige a pergunta. Seu olhar está apontando para Flint com a intensidade de um raio laser. E Flint, por sua vez, encara Luca de volta com um ligeiro rubor naquelas bochechas escuras.

Minha nossa. Isso é algo que não imaginei que fosse acontecer. Mas que estou louca para ver.

Basta uma espiada em Éden para perceber que ela observa tudo com um interesse tão grande quanto o meu. E o sorriso em seu rosto me faz imaginar se talvez eu estivesse errada sobre quem é a pessoa por quem Flint está apaixonado. No dia que disputamos o Ludares, achei que ele estivesse falando de Jaxon. Mas será que, na verdade, ele estava se referindo a Luca? Ou talvez

Luca fosse a nova pessoa que ele mencionou? Flint não falou novamente sobre sua vida amorosa desde aquela conversa. E não achei que seria adequado perguntar a respeito.

Qualquer que fosse a pessoa a quem ele se referia naquele dia, é óbvio — neste momento, pelo menos — que ele sem dúvida está interessado em Luca. Que, ao que parece, também está tão interessado quanto Flint.

Flint concorda com um aceno de cabeça, e Luca contorna a mesa para se sentar ao lado dele. Antes que eu consiga pensar sobre onde Jaxon vai se sentar, Macy já puxou sua cadeira para junto de Éden, deixando um espaço vazio bem óbvio para que alguém se sente ao meu lado. Jaxon faz um sinal com a cabeça para agradecer e, segundos depois, já pegou uma cadeira de outra mesa e a colocou ao meu lado.

Sinto meu coração pular no peito quando sua coxa roça na minha, e ele abre um sorrisinho. Ele me olha pelo canto do olho de um jeito que eu reconheceria em qualquer lugar. E, em seguida, bem devagar, faz tudo de novo.

Desta vez sinto a respiração ficar presa na garganta. Afinal, este é Jaxon. O meu Jaxon. Embora o nosso relacionamento não seja o mesmo desde o dia do desafio, embora eu esteja tão confusa que não consigo pensar direito, ainda o quero para mim. Ainda o amo.

— Como foi o seu dia? — ele pergunta com a voz suave.

Esboço um gesto negativo conforme o estado das minhas notas e a possibilidade de não conseguir me formar voltam a tomar conta de mim.

— Tão ruim que nem quero falar a respeito.

Não verbalizo que o fato de Jaxon passar o dia inteiro sem responder às minhas mensagens só piorou a situação. Percebo só pelo olhar de Jaxon que ele já sabe. E, assim como eu, ele não gosta nem um pouco disso.

— E... — A minha voz vacila, por isso, eu limpo a garganta e tento outra vez. — E o seu? Como foi o seu dia?

Ele faz uma careta e passa a mão pelos cabelos negros e sedosos com força suficiente para expor a cicatriz do lado esquerdo do rosto. A cicatriz que Delilah, a rainha dos vampiros (e mãe de Jaxon) lhe deu por matar o primogênito. Que agora está de volta. E que agora é o meu consorte, embora eu ainda esteja apaixonada pelo meu antigo consorte, cujo elo comigo jamais poderia ser quebrado.

Só de pensar a respeito, já sinto a cabeça doer.

Não é um roteiro perfeito para uma telenovela? Eu não daria conta de inventar tudo isso, mesmo que passasse anos tentando.

— Mais ou menos igual — ele por fim responde.

— É... imaginei.

Ele não se pronuncia mais, e eu também não. Ao nosso redor a conversa flui solta, mas não consigo pensar em coisa alguma capaz de quebrar o silêncio pétreo entre mim e Jaxon. É estranho eu me sentir tão sem jeito junto dele, em especial porque costumávamos passar horas e horas falando sobre qualquer coisa. Sobre tudo.

Detesto isso com todas as forças. Especialmente quando observo a tranquilidade com que as outras pessoas conversam e se dão bem. Éden e Mekhi estão rindo juntos, assim como Macy e Rafael. Byron e Liam conversam com animação sobre alguma coisa, e Flint e Luca... bem, Flint e Luca estão definitivamente envolvidos num flerte, enquanto Jaxon e eu mal conseguimos fitar um ao outro.

Cogito tomar mais uma colherada do meu *frozen yogurt*, mas percebo que perdi o apetite logo antes de conseguir levar a colher à boca. Eu a deixo cair na tigela e decido: que se foda. Se as coisas estão tão esquisitas a ponto de eu não conseguir comer, talvez seja melhor ir à biblioteca.

Mas Jaxon deve sentir a minha inquietação, porque, quando faço menção de me levantar, ele coloca a mão por cima da minha. A sensação é tão familiar, tão boa que, automaticamente, viro a palma para cima a fim de entrelaçar nossos dedos, mesmo que ainda esteja brava com ele.

Jaxon beija meus dedos antes de depositar nossas mãos unidas sobre a perna, por baixo da mesa, e um calafrio corre pela minha coluna. É em momentos como este, quando estamos nos tocando, que acho que ainda temos alguma chance. Talvez nem tudo esteja tão ruim quanto parece. Talvez de fato haja alguma esperança.

Tenho certeza de que ele sente o mesmo, a julgar pela força com que segura minha mão. E por ele não dizer nada que quebre o silêncio confortável existente entre nós, quase como se estivesse tão receoso quanto eu de estragar o momento. Assim, nós nos limitamos a ficar sentados juntos, ouvindo as conversas à nossa volta. E isso funciona, também, pelo menos por certo tempo.

E é então que acontece. Cada nervo do meu corpo se acende em um sinal de alerta vermelho.

Não preciso me virar para saber que Hudson acabou de entrar na cantina, mas o jeito que a mão de Jaxon aperta a minha me dá a confirmação de que eu preciso.

# Capítulo 6

## UM CONTO DE DOIS VEGAS

Um segundo depois, é como se todos percebessem a presença dele ao mesmo tempo. Cada pessoa ao redor da mesa fica imóvel, como se prendesse a respiração, mesmo enquanto seus olhos apontam para todos os lados — exceto para Jaxon e para mim. Bem, todo mundo com exceção de Macy, que está acenando como se quisesse atrair a atenção de um avião de resgate no meio de uma nevasca. E isso acontece antes de afastar a cadeira a fim de abrir espaço para que Hudson se junte a nós, indo para o lado até estar quase sentada no colo de Éden.

Hudson murmura um rápido "obrigado", enquanto pega uma cadeira e posiciona sua bandeja ao lado da de Macy. Há quatro fatias de *cheesecake* nela, junto ao copo de sangue habitual.

O sorriso de Macy fica ainda maior, e ela pega um dos pratos.

— Ah, isso é bondade demais!

— Ouvi dizer que hoje é a noite do Wingo. Achei que talvez vocês quisessem ficar com a comida que sobrou — diz Hudson para Macy, mas seus olhos não se afastam dos meus nem por um segundo. Exceto por um breve momento, no qual ele percebe que Jaxon e eu estamos de mãos dadas por baixo da mesa. E, embora eu saiba que ele não consegue enxergar nossas mãos se tocando, sinto-me como se tivesse sido flagrada fazendo algo errado. Jaxon deve perceber o meu desconforto súbito, porque ele solta a minha mão e coloca as suas sobre o tampo da mesa, uma sobre a outra.

Hudson não diz nada a nenhum de nós dois. Em vez disso, ele olha para a minha prima como se não tivesse nem percebido que estávamos de mãos dadas sob a mesa.

— Alguém quer jogar xadrez mais tarde?

Já faz algum tempo que eles vêm jogando xadrez uma ou duas vezes por semana. Acho que o motivo pelo qual Hudson a convidou para jogar foi porque queria dar a ela uma oportunidade de pensar em outros assuntos além de Xavier, e ela aceitou porque não gostava de ver as pessoas se afastando tanto de Hudson. Mas, em tempos mais recentes, percebi que Macy às vezes pesquisa jogadas de xadrez no Google quando acha que não estou vendo. E sei que ela começou a gostar da amizade com Hudson.

— Estou dentro — responde ela, com a boca cheia de *cheesecake*. — Algum dia desses ainda vou ganhar de você.

— Tenho certeza de que você ainda nem se lembra de como mover o cavalo — devolve ele.

— Ei, esse movimento é complicado — ela responde.

— Beeeeem mais complicado do que jogar damas — cutuca Éden enquanto rouba um pedaço do *cheesecake* de Macy.

— Mas é verdade! — diz Macy, fazendo beicinho. — Cada peça faz uma coisa diferente.

— Eu jogo com você, Macy — oferece Mekhi do lugar onde está sentado, na cabeceira da mesa. — Hudson não é o único mestre-estrategista na mesa.

— Não, mas sou o único que tem minha própria mesa de xadrez — diz Hudson a ele.

Éden bufa.

— Não sei se isso é algo do qual vale a pena se gabar, mocinho destruidor.

— Você está com inveja, garota relampejante.

— Estou mesmo! — rebate ela, sorrindo. — Eu queria poder destruir coisas só com um gesto.

Ele ergue uma sobrancelha.

— E não consegue?

Éden simplesmente ri e revira os olhos.

— Ei, Hudson, me passe um pedaço desse bolo — chama Flint, na outra ponta da mesa.

Hudson encara Macy, que dá de ombros, antes de empurrar um prato com o *cheesecake* até onde Flint está.

Flint agradece com um meneio de cabeça antes de enfiar um pedaço enorme na boca. Luca sorri ante aquela cena, contente, antes de apontar para o livro que Hudson colocou ao lado da bandeja.

— O que está lendo agora? — pergunta ele.

Hudson pega o livro e o ergue. *Uma lição antes de morrer.*

— Não acha que já é meio tarde para isso? — Flint pergunta, e, após a pausa causada pelo choque, todo mundo começa a gargalhar. Hudson, em particular.

Sinto vontade de dizer alguma coisa a ele, pois li esse livro no meu primeiro ano do ensino médio e adorei. Mas é esquisito querer entrar em uma conversa na qual, obviamente, não estou incluída. Hudson conversou com todas as pessoas na mesa. Todas. Exceto Jaxon e eu. Esquisito? Me poupe, né?

Especialmente quando a conversa prossegue animada à nossa volta. Toda vez que Flint diz algo engraçado, o olhar de Hudson cruza com o meu, como se ele quisesse compartilhar a piada... mas logo se afasta, como se ele pensasse que não devemos mais fazer esse tipo de coisa. Como odeio isso. Assim como odeio essa coisa esquisita que continua a crescer entre nós. Hudson não fez nada para que eu me sentisse culpada porque amo o irmão dele. Na verdade, o que aconteceu foi o oposto. Mas a situação de sermos consortes (somada ao fato de que Jaxon e eu já fomos consortes) paira no ar entre nós como uma bomba prestes a explodir.

Adicione a isso o fato de que Rafael e Liam insistem em encará-lo com cara de poucos amigos por não conseguirem deixar o passado para trás, e o jeito que Flint solta baforadas quentes e geladas, dependendo do seu humor, e o fato de eu não conseguir evitar o pensamento de que Hudson iria preferir estar em qualquer outro lugar. Mas ele sempre volta. Todos os dias. Ele insiste em tentar, todos os dias. Porque não quer que as coisas fiquem tão esquisitas entre nós.

Diferente de mim, que me recuso a conversar com ele quando Jaxon está por perto.

De repente, a situação chega ao limite. E eu comunico, sem me dirigir a ninguém em particular, que preciso ir estudar.

Deus sabe que já tenho muitos trabalhos da escola para ocupar a minha cabeça.

Mas, quando me afasto da mesa, Jaxon faz o mesmo.

— Podemos conversar? — ele pede.

Sinto vontade de rir da situação. Vontade de perguntar o que ele teria para me dizer depois de passar os últimos dez minutos fazendo tudo, exceto falando comigo.

Mas não rio.

Em vez disso, confirmo com um aceno de cabeça e evito olhar nos olhos de Hudson enquanto abro um sorriso o qual sei ser bem fajuto para o grupo. Jaxon nem se incomoda em fazer isso antes de se virar e ir para a porta.

Eu o sigo. É claro que sigo. Porque seguiria Jaxon aonde quer que ele fosse. E não posso negar aquela parte de mim que espera que ele, enfim, esteja pronto para discutir como vamos consertar as coisas entre nós.

# Capítulo 7

## ACHO QUE NÃO ENTENDI
## A PIADA

Fico esperando que Jaxon pare logo após cruzar as portas da cantina e diga aquilo que quer dizer. Mas eu já devia saber que ele não é exatamente o tipo que gosta de demonstrar qualquer coisa em público. Assim, quando ele começa a avançar pelo corredor depois de segurar a porta para mim, tenho a impressão de que vamos subir até sua torre.

Mas, no último instante, em vez de subir pela escadaria que leva até o seu quarto, ele sobe por aquela que leva até o meu.

O nó em minha garganta começa a parecer um daqueles filmes B. Só que, em vez de *O Tomate que Engoliu Cleveland*, o filme é *A Tristeza que Engoliu uma Garota, Uma Gárgula e a Porra de uma Montanha Inteira*. Nós sempre vamos até o quarto dele para termos conversas sérias, para ficarmos juntos, para darmos uns *beijos*. O fato de ele não estar conversando comigo agora me diz tudo que preciso saber sobre como vai ser a conversa.

Quando chegamos ao meu quarto, abro a porta e entro, esperando que Jaxon me siga. Em vez disso, ele fica do outro lado da cortina de contas de Macy, com uma expressão de incerteza em seu rosto abatido, mas bonito, pela primeira vez em sabe-se lá quanto tempo.

— Você sabe que é sempre bem-vindo no meu quarto. — Forço as palavras a passarem pelo aperto na garganta e tento fingir que elas, ou qualquer outra coisa, não me fazem engasgar. — Nada mudou.

— Tudo mudou — retruca ele.

— É verdade — admito, embora, por dentro, queira negar aquilo. — Acho que mudou, sim.

Minha respiração fica entrecortada quando sinto uma pedra gigante pressionar meu peito — uma pedra que não tem nada a ver com o fato de eu ser uma gárgula e tudo a ver com o pânico que borbulha dentro de mim — e viro de costas para ele, tentando respirar fundo sem torná-lo óbvio demais.

Mas Jaxon me conhece melhor do que eu gostaria que ele conhecesse. E de repente ele está diante de mim, com aquelas mãos grandes e firmes, segurando as minhas enquanto me diz:

— Respire comigo, Grace.

Não consigo. Não consigo inspirar. Não consigo falar. Não consigo fazer nada além de ficar parada e sentir que estou sufocando.

Como se o piso estivesse cedendo sob os meus pés e as paredes ao meu redor desmoronassem.

Como se o meu próprio corpo se virasse contra mim, com a intenção de me destruir com a mesma fúria das forças externas contra as quais já estou ficando cansada de lutar.

— Inspire... — Ele inala profundamente e segura o ar dentro do peito por um segundo. — E expire.

Ele exala o ar, devagar, num movimento firme. Quando vê que não faço nada além de encará-lo com um olhar desvairado, ele segura as minhas mãos com mais firmeza.

— Vamos, Grace. Inspire... — Ele respira fundo outra vez.

O fôlego que eu tomo em resposta não é tão profundo quanto o dele, nem tão firme. Na verdade, tenho quase certeza de que o som que sai de dentro de mim é como se eu estivesse me engasgando com uma panqueca de sangue; mesmo assim, consigo respirar. O oxigênio enche os meus pulmões.

— Isso mesmo — incentiva ele, e agora suas mãos esfregam meus braços e ombros, indo e voltando. A intenção é que esse toque me reconforte (e isso de fato acontece), mas também é devastador, porque a sensação é diferente do que deveria. Não parece que Jaxon, o meu Jaxon, está me tocando. Pelo menos, não é como costumava ser.

Não é rápido e não é fácil, mas após certo tempo consigo controlar o ataque de pânico. Quando termina, quando enfim consigo respirar outra vez, baixo a cabeça e encosto a testa no peito de Jaxon. Os braços dele automaticamente se fecham ao redor do meu corpo e não demora até que os meus braços deslizem por sua cintura também.

Não sei quanto tempo ficamos assim, abraçados e, ao mesmo tempo, um deixando o outro se afastar. Dói mais do que imaginei ser possível.

— Me desculpe — pede ele quando finalmente me solta. — Me desculpe mesmo, Grace.

Luto contra o impulso de me agarrar a ele, de manter o meu corpo junto ao dele pelo máximo de tempo possível.

— Você não tem culpa — replico com a voz baixa.

— Não estou falando do ataque de pânico, embora eu lamente por isso também. — Ele passa a mão pelos cabelos. E, pela primeira vez nesta noite, consigo ver seu rosto por inteiro. Jaxon está com uma cara horrível. Perdido, atormentado e tão abalado pela dor quanto eu. Talvez mais.

— Lamento por tudo isso. Se eu pudesse voltar para aquele momento descuidado, o momento de completo egoísmo e ingenuidade, eu voltaria sem nem precisar refletir a respeito. Mas não posso. E agora... — Desta vez é a respiração dele que está trêmula. — E agora estamos aqui, desse jeito. E não posso fazer porra nenhuma para consertar a situação.

— Vamos sair dessa. Só vai demorar um pouco para...

— Não é tão fácil assim. — Ele balança a cabeça em um sinal negativo enquanto seu queixo se contorce furiosamente. — Talvez a gente consiga superar. Talvez não. Mas olhe para você, Grace. Ficar desse jeito só a machuca. E lhe causa ataques de pânico. — Ele para de falar por um momento e engole com dificuldade. — Eu estou machucando você. E isso é a última coisa que eu queria fazer.

— Então não faça. — Agora é a minha vez de estender os braços e me agarrar nele. — Não faça isso. Por favor.

— Já foi feito. É isso que estou tentando lhe dizer. Essa coisa que estamos sentindo agora... é só aquela dor fantasma que acontece quando perdemos uma parte do corpo. Ainda dói, mas não tem mais nada ali. Nem nunca mais vai haver... pelo menos, não se continuarmos agindo desse jeito.

— Nós somos só isso para você? — questiono, com a dor me atingindo como uma marretada. — Só algo que antigamente tinha importância?

— Você é tudo para mim, Grace. Desde o primeiro momento em que eu coloquei os olhos em você. Mas isso não está funcionando. Está machucando demais. A todos nós.

— Dói agora, mas não tem que ser assim. Nosso elo entre consortes se foi, o que significa que o elo que tenho com Hudson pode se quebrar também.

— Você acha que é isso que eu quero? — pergunta ele, irritado. — Tenho duzentos anos e esta é a pior dor que já senti em toda a minha vida. Acha que eu quero que isso aconteça com você? Ou com Hudson?

A voz de Jaxon fica mais embotada, mas ele balança a cabeça. E limpa a garganta. Respira fundo e exala devagar antes de prosseguir. Toda vez que ele nos vê juntos... sei que isso o machuca por dentro.

Esboço um gesto negativo com a cabeça.

— Você está errado, Jaxon. Eu já lhe falei. Hudson e eu somos só amigos e ele aceitou isso.

— Você não faz ideia de como ele fica quando você se afasta — insiste Jaxon. — Matei o meu irmão uma vez porque fui arrogante e infantil. E porque pensei que fosse o certo. A única coisa que eu podia fazer. Não vou fazer isso de novo. Não vou machucar Hudson nem você.

— E você, Jaxon? — insisto, mesmo sentindo que a dor se irradia pelo meu corpo. — O que acontece com você nisso tudo?

— Não importa o que...

— Importa, sim! — retruco. — Para mim, importa muito.

— A culpa pelo que aconteceu é minha, Grace. Só minha. Eu fui o babaca que carregou a arma, e fui o babaca que jogou a arma carregada no lixo. O fato de eu ter tomado um tiro só aconteceu por causa das minhas próprias ações.

— É assim, então? — pergunto a ele com a respiração trêmula. — Estamos terminando o namoro e não tenho direito de dar a minha opinião?

— Já teve a oportunidade de dar a sua opinião, Grace. E você escolheu... — A voz de Jaxon vacila, deixando o fantasma do que ele ia dizer pairando entre nós.

— Mas eu não fiz isso! — tento explicar, mas as palavras saem em soluços entrecortados. — Não é a ele que amo, Jaxon. Não como amo você.

— Mas você vai amar — rebate ele. E sei o quanto lhe custa dizer isso. — Elos entre consortes podem se formar no momento em que duas pessoas se encontram pela primeira vez, antes mesmo de uma saber o nome da outra. Veja o que aconteceu com a gente. Mas a magia sabe o que faz. Você só precisa ter fé. É isso que eu devia ter feito.

Desvio o olhar, olho para baixo. Olho para qualquer lugar, exceto para Jaxon, enquanto o meu coração se despedaça. Mas ele não cede. Em vez de voltar atrás, como estou desesperada para que ele faça, ele coloca o dedo sob o meu queixo e ergue a minha cabeça até que eu não consiga fitar lugar algum além daqueles olhos escuros e desamparados.

— Me desculpe por não ter cuidado de nós com toda a força que eu tinha — pede ele com uma voz tão rouca que mal consigo reconhecer. — Faria qualquer coisa para que você não tivesse que passar por isso. Faria qualquer coisa para ter a minha consorte de volta.

Sinto vontade de dizer a ele que estou bem aqui, que sempre vou estar aqui. Mas ambos sabemos que é mentira. O abismo existente entre nós continua a crescer e me apavora a possibilidade de chegar o dia em que nenhum de nós consiga encontrar uma maneira de pular para o outro lado.

Lágrimas brotam nos meus olhos quando penso a respeito e pisco furiosamente, determinada a não lhe permitir que me veja chorando. Determinada a não deixar tudo isso ainda pior para nós dois. Assim, em vez de me acabar de chorar, como sinto vontade, faço a única coisa em que consigo pensar para tentar melhorar a situação... ou, pelo menos, para deixá-la menos pior.

Eu sussurro:

— Você nunca me contou o fim daquela piada.

Ele me olha, embasbacado. Ou talvez ele não consiga acreditar que eu estou falando de algo tão ridículo em um momento como este. Mas meu relacionamento com Jaxon foi marcado por tantas emoções, tanto boas quanto ruins, que não quero que tudo termine assim.

Assim, forço meu sorriso a se abrir um pouco mais e continuo:

— O que o pirata disse quando fez oitenta anos?

— Ah, é mesmo. — A risada de Jaxon é um pouco desconcertada, mas ainda assim é uma risada. Por isso, considero-a uma vitória. Especialmente quando ele responde: — Ele disse… "Oi, tenta adivinhar a minha idade".

Eu o encaro por um segundo, boquiaberta, antes de balançar a cabeça, incapaz de acreditar.

— Não acredito.

— Parece que não valeu a pena esperar tanto, não é?

Essa frase está carregada de significados diferentes, mas, no momento, não tenho energia suficiente. Por isso, apenas me concentro na piada.

— Essa foi horrível.

— É, eu sei.

O sorriso que ele abre é pequeno, e percebo que quero ver aquele sorriso por mais tempo. Talvez seja por isso que faço um gesto negativo com a cabeça e comento:

— Ruim, ruim demais.

Ele ergue uma sobrancelha, e preciso ser honesta: meus joelhos estremecem um pouco, mesmo que não tenham mais o direito de fazê-lo.

— Acha que pode fazer melhor? — provoca ele.

— Sei que posso fazer melhor. Por que a Cinderela não é uma boa atleta?

Ele faz um gesto negativo com a cabeça.

— Não sei. Por quê?

Eu começo a responder:

— Porque ela sempre… — Mas Jaxon me interrompe antes que eu consiga terminar a piada, puxando a minha boca para a sua com toda a força da tristeza, da frustração e da carência acumuladas e ainda existentes entre nós.

Inspiro o ar com força e estendo os braços a fim de segurá-lo. Meus dedos estão loucos para se enfiar por entre aqueles cabelos uma última vez. Mas ele já foi embora. O som da porta batendo depois que ele passa é o único sinal de sua presença aqui.

Pelo menos até que as lágrimas começam a rolar — silenciosas e constantes — pelo meu rosto.

# Capítulo 8

## NEM FANTASMAS NEM A MINHA BAGAGEM
## PRECISAM DE CAMINHÕES DE MUDANÇA

Depois que Jaxon termina o namoro comigo, passo a semana inteira dando todas as desculpas possíveis e imagináveis para não sair do quarto, exceto para assistir às aulas e comer. Não quero me arriscar a esbarrar nele. Não suporto a dor que me acomete toda vez que o vejo pelos corredores.

Nos últimos tempos, a Ordem praticamente desistiu de frequentar a cantina. Acho que essa foi a maneira que Jaxon encontrou de me dar um pouco de espaço. Sou grata por isso, mesmo que me cause dor.

Também venho evitando Hudson, o que sei ser uma atitude covarde da minha parte, já que ele não fez nada além de tentar ser meu amigo. Mas não consigo esquecer aquele comentário que Jaxon fez sobre o jeito que Hudson fica quando me afasto.

Não sei se é verdade ou não. Mas sei que, de qualquer maneira, não estou pronta para lidar com isso. É melhor me esconder até conseguir pensar sobre os dois irmãos Vega sem sentir vontade de me encolher num canto e chorar.

Por outro lado, hoje é a primeira manhã em uma semana em que não chorei no chuveiro. Não acho que estou bem, mas me dá a força necessária para fazer uma coisa que eu já devia ter feito há uns dias: deixar a segurança do meu quarto e enfrentar a biblioteca. A entrega do meu trabalho sobre física do voo é daqui a alguns dias e ainda preciso terminá-lo.

Espero até depois das dez da noite para ir até a biblioteca, na esperança de conseguir ficar a sós com as estantes. A essa altura, todo mundo na escola já conhece bem o drama que envolve os irmãos Vega e eu, mas acho que a notícia sobre o fim do meu namoro com Jaxon ainda não se espalhou.

Ele não disse uma palavra a ninguém, obviamente. E eu também não.

Por um segundo, cogito assumir minha forma de gárgula. E chego até mesmo a segurar o cordão de platina que há dentro de mim, bem no fundo. Mas voar pelas terras ermas do Alasca não vai fazer tudo isso doer menos.

Especialmente porque transformar o meu corpo em pedra não significa que o meu coração também vai se transformar.

Visto uma calça de moletom e a minha camiseta mais confortável e desbotada do One Direction. Em seguida, pego a mochila do chão e saio do quarto.

Mas o universo, é óbvio, desistiu de me zoar passivamente e agora está em modo ativo querendo me atacar. No instante em que entro na biblioteca, não consigo deixar de perceber que Hudson está sentado junto à janela, com a cara enfiada em um exemplar de *Um Morto que Anda*, de Helen Prejean.

A referência está clara demais para o meu gosto, mas Hudson sempre foi meio dramático em relação aos livros que lê. Por um segundo, penso em ir falar com ele, mas não estou muito a fim de conversar hoje. Além disso, ele basicamente está usando uma plaquinha invisível que diz "não se aproxime". Por isso, interrompê-lo agora me parece algo meio... grosseiro. Em particular quando percebo que ele nem sequer tenta olhar para mim.

Se fosse outra pessoa, eu poderia simplesmente achar que ela não me viu. Mas Hudson é um vampiro e tem os sentidos mais aguçados do planeta. Duvido que ele não saiba que estou aqui. Em especial, considerando que somos consortes. Já consigo sentir o cordão invisível que se estende entre nós, ligando um ao outro num nível que vai até as profundezas da alma.

Mais uma vez, cogito ir lhe dizer olá. Ele salvou a minha vida, afinal de contas... mesmo que, para isso, tivesse de atacar o próprio pai. E também foi forçado a ficar "algemado" até a formatura. E descobri que isso significa andar com uma pulseira encantada que o impede de usar seus poderes.

Mas, no fim das contas, eu recuo antes de conseguir dar mais do que dois ou três passos em sua direção. Bem, nós nos vimos pela escola e nos sentamos à mesma mesa na cantina desde que nosso elo entre consortes surgiu, mas sempre houve uma barreira entre nós. Não ficamos juntos, a sós, desde aqueles momentos antes do desafio, quando ativei o feitiço para tirá-lo da minha cabeça. E, a julgar pela maneira que ele sempre se mantém distante, mesmo quando nossos amigos estão nas imediações, tenho certeza de que ele não quer ficar a sós comigo, assim como também não quero.

Decido ir me sentar a uma mesa do outro lado da biblioteca. Às vezes, evitar os problemas é a melhor estratégia.

Determinada a ignorar tanto Hudson quanto o meu coração machucado e despedaçado, puxo uma cadeira e pego o meu notebook. Em seguida, entro no wi-fi da escola para fazer login em uma das bases de dados que só podem ser acessadas a partir desta sala. Em menos de cinco minutos, já estou escrevendo o meu trabalho sobre a aerodinâmica e a mecânica do voo, com ênfase na diferença entre as asas das gárgulas e dos dragões, assim como seus métodos de suspensão.

Quase não há pesquisas sobre gárgulas, considerando que a Fera Imortal está acorrentada há vários séculos, e sou a única outra gárgula que surgiu nos últimos mil anos. Pelo menos até onde os outros sabem. Por outro lado, posso usar a mim mesma como cobaia para os testes. Ou seja: não chega a ser uma desvantagem.

Não leva muito tempo até eu conseguir desenvolver um bom ritmo. Passo quase duas horas imersa na pesquisa e também em uma playlist aleatória do Spotify. Contudo, quando a música *Bad*, de James Bay, começa a tocar, ela me arranca do artigo que estou lendo e me puxa de volta para o meu próprio inferno pessoal.

Minhas mãos tremem conforme a letra me atinge como uma chuva de granadas. Conforme ele canta sobre um relacionamento destruído a tal ponto que é impossível ser retomado, não consigo deixar de sentir cada palavra arder na minha alma.

Arranco os fones das orelhas como se estivessem em chamas e me afasto da mesa com tamanha força que a minha cadeira quase tomba no chão. Levo um segundo para conseguir me endireitar, mas, quando isso acontece, não consigo deixar de perceber que Hudson, do outro lado da biblioteca, está me observando.

Nossos olhos se cruzam e, mesmo que os fones ainda estejam no meio da mesa, ainda consigo ouvir aquela maldita música. Sinto a respiração ficar presa na garganta. Minhas mãos tremem e as lágrimas voltam a brotar nos meus olhos.

Toco na tela do celular, a esmo, desesperada para fazer a música parar. Mas devo ter tocado acidentalmente no botão que manda a música para o alto-falante do celular, porque agora a música está tocando em alto e bom som, ecoando pelas paredes daquele espaço que, não fosse por isso, estaria imerso no silêncio.

*Fico paralisada. Merda, merda, merda.*

De repente, os dedos longos e elegantes de Hudson se fecham ao redor dos meus e tudo fica inerte... exceto aquela música idiota. E também o meu coração imbecil.

## Capítulo 9

### EU E MINHAS NEURAS

Hudson não diz nada quando tira o celular das minhas mãos.

Não diz nada quando desliga a música, e um silêncio abençoado, por fim, toma conta da biblioteca outra vez.

E também não diz nada quando coloca novamente o celular nas minhas mãos trêmulas. Mas seus dedos gelados roçam os meus, e o meu coração (já em estado lastimável) começa a bater rápido e com força.

Aqueles olhos azuis, brilhantes, luminosos e ousados — ousados demais — se fixam nos meus por vários instantes bem dolorosos. Seus lábios se movem ligeiramente e tenho certeza de que ele vai dizer alguma coisa; certeza de que ele vai quebrar o silêncio que há dias ecoa entre nós.

Mas não é o que ocorre. Em vez disso, ele simplesmente dá meia-volta e retorna à mesa onde estava, sem me dirigir uma única palavra. E não consigo suportar isso nem por mais um segundo, esse silêncio pulsante entre nós, tal qual um coração que, de repente, esqueceu como se bate.

— Hudson!

Assim como a música, a minha voz, em todo o seu volume, ecoa pelo salão que, por sorte, está quase vazio.

Ele se vira, erguendo a sobrancelha com um ar nobre e com as mãos enfiadas nos bolsos de sua calça social Armani. E não consigo não evitar um sorriso. Somente Hudson Vega, com seu penteado *pompadour* perfeito, típico de um garoto britânico, e com um sorriso torto ainda mais perfeito, seria capaz de usar calça e camisa sociais para uma sessão de leitura na biblioteca a esta hora da noite.

Sua única concessão ao horário é que as mangas da camisa, que deve ser bem cara e feita sob medida, estão dobradas até o meio daqueles antebraços perfeitos. E tenho de admitir: eles só servem para deixá-lo ainda mais bonito. Porque ele é Hudson. E porque é assim que as coisas são.

Percebo que estou olhando fixamente para ele ao mesmo tempo em que me dou conta de que ele está me encarando de volta — aquele olhar infinito que penetra em mim até os ossos. Engulo em seco, na tentativa de acalmar o nervosismo que brota de súbito dentro de mim. Nem sei por que isso está acontecendo.

Afinal, Hudson passou semanas vivendo dentro da minha cabeça.

Hudson, que salvou a minha vida e quase destruiu o mundo inteiro no processo.

Hudson, que, de alguma maneira — apesar de tudo que aconteceu —, se transformou em um amigo... e, agora, no meu consorte.

É essa palavra, "consorte", que paira entre nós. E é essa palavra que faz com que meu nervosismo borbulhe dentro de mim. Até mesmo quando abro um leve sorriso e digo:

— Obrigada.

O olhar dele assume um aspecto meio zombeteiro, mas Hudson não verbaliza nenhuma das coisas que sei que estão se formando logo atrás do seu olhar. Em vez disso, simplesmente inclina a cabeça em um gesto que indica um "por nada" antes de se virar e ir embora.

E, com isso, sinto o meu sangue ferver. É sério? Isso está mesmo acontecendo? Jaxon não quer ficar comigo porque acha que Hudson está sofrendo, mas Hudson não pode nem conversar comigo quando uma maldita música me deixa abalada? Sei que a relação entre os dois é complicada. Sei que tudo isso é bem complicado, mas estou cansada de ter importância secundária na situação toda. Afinal, quem é que aceita que uma amiga passe uma semana inteira evitando contato sem nem mesmo tentar descobrir o motivo?

E, exatamente com a mesma velocidade, decido superar aquilo e entrar em ação. Tomo a decisão com toda a certeza e determinação. Jogando meu celular na mesa, saio correndo atrás dele.

— É assim, então? — falo para aqueles ombros largos enquanto atravesso a biblioteca no seu encalço. Seus passos longos avançam uma distância maior do que aqueles que consigo dar com as minhas pernas curtas, mas a irritação que sinto me dá mais velocidade. E o alcanço antes que ele consiga se sentar outra vez.

— É assim... o quê? — ele responde. E desta vez seu olhar está bem atento.

— Não vai dizer nada? — Minhas mãos estão posicionadas nos quadris, numa postura desafiadora. E estou lutando contra o impulso de bater com o pé no chão. Sei bem o que estou fazendo. No fundo, eu sei. Estou furiosa com o mundo, com o universo inteiro, por fazer isso conosco. Por tirar Jaxon de mim e depois tirar a minha amizade com Hudson, também. Venho elaborando o meu sentimento de luto desde que isso aconteceu, mas na semana passada Jaxon me obrigou a parar de acreditar na negação, na mentira que eu contava a mim mesma desde que o nosso elo foi rompido. Agora, acho que estou entrando no segundo estágio: a raiva. E não fico nem um pouco triste por direcioná-la contra Hudson.

— O que você quer que eu diga? — O sotaque britânico de Hudson faz com que as palavras e o olhar que o acompanha fiquem ainda mais frios.

Arremesso as mãos para cima, exasperada.

— Não sei. Alguma coisa. Qualquer coisa.

Ele me fita nos olhos por um tempo tão longo que acho que vai se recusar a falar. Mas, em seguida, sua boca se curva naquele sorriso torto e irritante que me deixa louca desde a primeira vez que ele apareceu na minha cabeça.

E Hudson diz:

— Tem um furo na sua calça.

— O quê? Mas eu... — Paro de falar quando olho para baixo e percebo que não há simplesmente um furo considerável na minha calça de moletom, mas que ele fica numa área bem constrangedora, dando-lhe um belo vislumbre da parte superior da minha coxa. E da calcinha que eu estou usando. — Foi você que fez isso?

As sobrancelhas dele se erguem.

— Fiz o quê?

Indico a minha calça.

— Este furo, óbvio.

— Sim. Fui eu, sim — responde ele, com a expressão completamente tranquila e séria. Fiz questão de usar o meu superpoder de rasgar tecidos para desintegrar um buraco na sua virilha. Como adivinhou?

Hudson ergue a mão, sua pulseira mágica ao redor do braço, que ele agita diante do meu rosto.

— Desculpe. — Sinto o calor tomar conta das minhas bochechas. — Não tive a intenção de...

— É claro que teve. — O olhar de Hudson está fixo no meu, agora. — Mas, considerando o lado positivo, pelo menos sei que você está usando aquela de que eu mais gosto.

O rubor no meu rosto fica umas mil vezes pior quando percebo do que ele realmente está falando: o fato de que estou vestindo uma calcinha de renda preta, aquela que, na lavanderia da escola, ele pendurou no sapato. E parece que faz um ano desde que isso aconteceu.

— Está mesmo olhando para a minha calcinha agora?

— Estou olhando para você — responde ele. — Se o fato de fazer isso significa que também posso ver a sua calcinha, então isso diz mais sobre você do que sobre mim.

— Não estou acreditando. — A irritação consegue ficar maior do que o meu constrangimento. — Você passa dias me ignorando. E agora que enfim consegui chamar a sua atenção, é sobre isso que você quer conversar?

— Em primeiro lugar, acredito que foi você quem passou a semana inteira me ignorando, não concorda? E em segundo lugar... desculpe. Você tinha algum assunto diferente em mente? Ah, espere! Deixe eu adivinhar. — Ele finge que está examinando as próprias unhas. — Como vai o meu bom e velho Jaxon?

Se fosse qualquer outra pessoa, eu pediria desculpas por evitar essa pessoa. Faria alguma piada sobre a questão da calcinha e explicaria que não estou brava com a pessoa; estou simplesmente brava. Mas Hudson sabe exatamente como me irritar. E parece que hoje ele tirou a noite só para fazer isso.

— Talvez você devesse perguntar a ele. Se conseguir parar de se fazer de coitado.

Ele fica imóvel.

— É isso que você acha que está acontecendo? Que estou me fazendo de coitado? — A mágoa e a sensação de estar ofendido praticamente escorrem por entre suas palavras.

Mas não me importo com isso, porque também estou me sentindo bem ofendida.

— Ah, não sei. E se a gente conversar sobre o livro que você escolheu para ler? — Encaro o livro que ele deixou aberto sobre a mesa quando se aproximou para me ajudar.

Por um segundo — somente um momento —, aqueles olhos azuis ficam em chamas. Em seguida, com a mesma rapidez que surgiu, o fogo desaparece. Em seu lugar está aquela velha expressão de sempre: "estou enfastiado demais para conversar sobre isso", "você é um fardo para a minha existência". E já estou com vontade de gritar.

Sim, eu sei que isso é o mecanismo de defesa de Hudson. E sei que ele o usa para impedir que as pessoas se aproximem demais. Mas achei que, depois do que aconteceu no dia do desafio, isso tinha ficado para trás.

— Só estava curtindo uma leitura leve.

— Ah, nesse livro que fala sobre um cara na prisão? Que foi sentenciado à morte por seus crimes? Qual é, Hudson! Será que Dostoiévski é pesado demais para você?

— Eu diria que é alegre demais, na verdade.

Solto uma risada irônica. Afinal, que outra reação eu poderia ter? Essa é a resposta mais típica que Hudson poderia dar ao livro mais deprimente já escrito. E a minha raiva desaparece. Meus ombros se relaxam.

Entretanto, ele não me acompanha na risada. Nem mesmo sorri. Mas quando olha sobre meus ombros, para a mesa diante da qual eu estive sentada nessas últimas duas horas, há um brilho em seus olhos, que não estava ali antes. — No que você estava trabalhando com tanto empenho ali?

— No meu trabalho substitutivo de física. — Faço uma careta. — Preciso tirar pelo menos uma nota B nele e outro B na prova final, se quiser passar de ano nessa matéria.

— É melhor eu deixar você trabalhar em paz, então — conclui Hudson, encerrando a conversa com um aceno de cabeça que dói mais do que eu gostaria de admitir, até mesmo para mim.

— Você não pode nem conversar comigo por dez minutos? — pergunto, e detesto o tom choroso na minha voz. Mas não consigo fazer nada a respeito. Não hoje, não neste lugar. E, definitivamente, não com ele.

Por vários segundos, Hudson se mantém em silêncio. Nem respira. Mas, após certo tempo, ele suspira e me responde:

— Sinceramente, Grace... Sobre o que você quer conversar? É óbvio que você vem me evitando por uma razão bem específica.

Ele fala com a voz baixa e, pela primeira vez, enxergo o cansaço em seu rosto... assim como a mágoa.

Mas ele não é o único que está cansado aqui. E definitivamente não é o único a sofrer. Talvez seja por isso que o meu sarcasmo esteja funcionando a todo vapor quando respondo:

— Ah, não sei. Quem sabe? Que tal sobre sermos...

— O quê? — ele me interrompe, enquanto caminha na minha direção com uma atitude predatória que eriça todos os pelos do meu corpo. — O que exatamente nós somos, Grace?

— Amigos — eu sussurro.

— Ah, é esse o nome que você está usando atualmente? — retruca ele, com uma expressão esnobe. — Amigos?

— E... — Tento dar a resposta que ele quer ouvir, mas a minha boca está tão seca e gelada quanto a tundra do Alasca.

— Você não é nem capaz de pronunciar, não é mesmo?

Umedeço os lábios com a língua e engulo em seco. Em seguida, me obrigo a proferir a palavra que ele claramente espera. A palavra que paira no ar entre nós desde o instante em que entrei na biblioteca, mesmo que ele nem tenha tomado conhecimento da minha existência.

— Consortes — eu sussurro. — Somos consortes.

— Sim. É isso que somos — responde ele. — E isso não é um desastre de proporções épicas?

# Capítulo 10

## UMA NOVA EXPERIÊNCIA

Solto um gemido.

— Não sei do que está falando — respondo com toda a sinceridade que consigo reunir.

Os olhos de Hudson se estreitam e, pela segunda vez esta noite, sou obrigada a me lembrar de que ele não é somente um cara que viveu na minha cabeça por algumas semanas e depois salvou a minha vida. Hudson é um predador perigoso. Não tenho medo dele, mas... bem, o perigo definitivamente está aqui.

Em especial quando ele fala aos grunhidos:

— Não brinque comigo, Grace. Ambos sabemos que você ama o meu irmão.

É verdade. Realmente amo Jaxon. Mas não digo isso. Não sei por qual motivo não digo isso. É provável que seja pela mesma razão que não digo a ele que, na semana passada, Jaxon deu um fim ao namoro. Ele não vai demorar a descobrir e não quero parecer uma pateta quando isso acontecer.

Normalmente não me importo com o que as pessoas pensam a meu respeito. Mas Hudson não é uma pessoa qualquer. Ele é Hudson. E tudo que existe dentro de mim se rebela em relação à ideia de que ele sinta pena de mim. Qualquer relacionamento que tivermos deve ser fundamentado em resiliência e respeito mútuos. Não consigo, nem por um segundo, suportar a ideia de que ele pense que preciso de piedade.

Não sei por que isso tem importância no que diz respeito a ele e, para ser honesta, não estou com a menor disposição de explorar a minha própria mente para descobrir. Esta semana já foi difícil o bastante sem revelações psicológicas profundas sobre mim mesma, muito obrigada, de nada.

Assim, em vez de enfrentar a questão de Jaxon que está sobre a mesa (e toda a bagagem que esse assunto traz consigo), indico a pilha enorme de livros que ele colocou na sua área de trabalho.

— E então... o que você andou fazendo nesses últimos dias, além de ler todos os livros "leves" e suaves que conseguiu encontrar? — É uma mudança gritante de assunto, mas espero com todas as forças que ele entenda a deixa.

Pelo menos até que ele abre aquele sorriso torto para mim e responde:

— Pesquisando sobre elos entre consortes.

Bem, talvez Jaxon seja um assunto melhor neste caso. Só Hudson seria capaz de trazer aquele elefante roxo de duas toneladas que vínhamos evitando de novo para junto de nós. E ele nem se incomoda quando o bicho se esborracha no chão.

Claro que ele fez de propósito. Para tentar me assustar. Conheço Hudson e sei que ele espera que essa revelação me faça guardar as minhas coisas e fugir dali. Percebo isso nos olhos dele. E mais: conheço o seu jeito de pensar. Depois de passar semanas com ele enfiado na minha cabeça, consegui entender algumas características. Mas o fato de ele estar tentando me assustar e me fazer fugir só serve para aumentar a minha determinação de fincar o pé, por mais desconfortável que o assunto seja. E isso definitivamente faz com que eu me determine ainda mais a não agir conforme suas expectativas.

Assim, em vez de voltar correndo para a segurança daquele meu trabalho de física do outro lado da biblioteca, faço questão de me apoiar na mesa dele e questiono:

— E o que foi que você descobriu?

E ali está, nas profundezas dos olhos dele. Surpresa, sim. Mas também o respeito que ele sempre nutriu por mim. O respeito com o qual ele sempre me tratou, mesmo quando discordávamos por completo sobre alguma coisa.

— De maneira geral, venho tentando entender como funcionam — explica Hudson enquanto se acomoda na cadeira mais distante daquela onde me sentei, do outro lado da mesa.

O que é uma escolha bem interessante, considerando que ele é um vampiro malvadão e eu, "só" uma gárgula. Mas é óbvio que ele está com receio de mim. Percebo no jeito que ele retorce os lábios, na sua postura e em como insiste em olhar para qualquer lugar na biblioteca, exceto para mim.

Mas, ainda assim, ele não recua. E fico conjecturando se é pelas mesmas razões que as minhas.

— Achei que todo mundo soubesse como os elos entre consortes funcionam — comento.

— Ah. Obviamente, isso não é verdade. — Ele tamborila os dedos na mesa. É a primeira vez que o vejo demonstrar nervosismo. — Nós sabemos o básico. Por exemplo, os elos se formam no instante que as pessoas se tocam fisicamente pela primeira vez. Mas é óbvio que há muitas outras questões envolvidas. Caso contrário, não estaríamos nesta situação, agora.

— Isso não pode ser verdade o tempo todo, não é? O nosso elo não se formou na primeira vez em que nos tocamos.

— Ele se formou — assegura Hudson, com a voz baixa. — Você não sentiu.

— Você sentiu? — repito conforme a sensação de choque ricocheteia dentro de mim. — Sério?

— Sim. — Não há nenhum sarcasmo naquela palavra, nem no olhar dele enquanto espera para ver como vou reagir.

— Mas como? Quando? — Um pensamento terrível me ocorre. — Nós... nós viramos consortes durante aqueles meses que passamos juntos? — Os meses de que estou cada vez mais desesperada para lembrar.

— Não. — Ele faz um gesto negativo com a cabeça. — Embora a transformação de duas criaturas em consortes seja algo espiritual, ela ocorre no plano físico. E, naquela época, não tínhamos uma presença corpórea.

Certo. Estarmos presos juntos, espiritualmente, não é o bastante para ativar o elo. Tudo bem.

— Então, quando foi que isso aconteceu?

Ele me observa com atenção agora, e há algo em seu olhar que me causa um comichão e faz a minha boca secar mais uma vez.

— No campo do Ludares. Você estava meio ocupada com aquela coisa de ficar às portas da morte, mas eu senti o elo no mesmo instante.

Meus olhos se arregalam conforme as peças do quebra-cabeça se encaixam. Ouvi casualmente Macy perguntar a Hudson, algumas semanas atrás, o motivo pelo qual ele destruiu a arena. E ele explicou que foi para que nada como o que aconteceu comigo pudesse acontecer a qualquer outra pessoa. Ainda acredito que isso foi uma parte do que realmente houve ali. Mas agora entendo que ele sabia, naquele momento, que eu era a sua consorte e pensou que eu estava morrendo em seus braços... e fico surpresa pelo fato de o restante da escola continuar em pé quando ele terminou.

— Lamento por você ter que descobrir desse jeito — digo a ele, porque nada do que aconteceu foi por culpa de Hudson. Não mais do que foi por minha culpa. Ou de Jaxon, não importa o que ele pense. As coisas simplesmente são assim. E, quanto mais rápido o aceitarmos, mais rápido vamos conseguir entender o que queremos. E o que vamos fazer para conquistar isso. — Deve ter sido horrível.

— Não foi a melhor coisa do mundo — admite ele, retorcendo os lábios.

— Você ficou incomodado? — pergunto. Minha voz não passa de um sussurro agora, mergulhado no silêncio da biblioteca.

No começo, minha impressão é que ele não vai responder. Hudson se recusa a olhar para mim, e o silêncio repentino que surge entre nós se torna cada vez mais incômodo a cada segundo.

Normalmente eu tentaria ir em frente e dissipar o desconforto com palavras tranquilas para apaziguar a situação. Mas, em vez disso, eu me forço a ignorar o incômodo do momento e pressiono Hudson para responder à pergunta que vem me incomodando há várias semanas. A pergunta que eu estava com medo de fazer.

— O que aconteceu entre nós, exatamente, durante os quatro meses em que ficamos presos juntos?

Capítulo 11

## OS GAROTOS MALVADOS
## SÃO OS MELHORES

Os olhos de Hudson escurecem e alguma coisa se move naquelas profundezas azul-índigo. Uma coisa perturbada. Dolorosa. Impotente. É estranho pensar em Hudson desse jeito. E é ainda mais estranho me dar conta de que, de algum modo, posso ser responsável pelo ocorrido.

Mas, antes que eu consiga compreender a dor que vejo diante de mim, um aluno mais novo se aproxima. Não sei se ele está no primeiro ou no segundo ano do ensino médio, mas definitivamente tem menos de dezesseis anos. E, definitivamente, é um dos lobos.

O que não o torna uma pessoa ruim, necessariamente. E só porque Cole e seus comparsas eram um bando de cuzões, isso não significa que todos os lobos também o são. Basta pensar em Xavier. Mas não sei se estou disposta a descobrir quem é esse garoto. Não quando o meu coração está batendo com a força de uma tempestade e já me sinto vulnerável demais.

Hudson deve estar sentindo a mesma coisa. Ou, pelo menos, deve perceber como estou me sentindo, porque ele se levanta da cadeira em um piscar de olhos. E mais: sua concentração no garoto é absoluta, inabalável e cem por cento predatória. A intensidade é tanta que os olhos do lobo se arregalam e ele paralisa. E tudo isso acontece antes de Hudson grunhir:

— Você vai sair daqui agora.

— Eu vou sair daqui agora — repete o lobo, quase tropeçando nos próprios pés enquanto tenta se afastar de nós. Fico esperando que ele vire as costas e fuja, mas me esqueci de que os seus instintos de sobrevivência já estão bem desenvolvidos neste lugar. O lobo passa por nós, mas não tira os olhos de Hudson até chegar à porta principal da biblioteca. E, mesmo assim, só desvia o olhar por tempo o suficiente para encontrar a maçaneta da porta.

O garoto abre a porta e foge como se uma matilha de cães do inferno estivesse à sua caça. Enquanto eu o observo ir embora, não consigo deixar de pensar no que ele vislumbrou nos olhos de Hudson para andar tão rápido, sem nem mesmo tentar resistir.

No entanto, quando Hudson volta a me fitar, não há nada ali. Nenhuma ameaça, irritação ou promessa de vingança. Ao mesmo tempo, seja o que for que enxerguei há alguns momentos também desapareceu. A raiva e a dor se desfazem com tanta facilidade quanto sugiram. Em seu lugar há uma folha em branco, clara como o vidro e tão profunda quanto.

— Achei que você não pudesse usar seus poderes — comento enquanto ele volta a se sentar.

O jeito que ele me olha tem partes iguais de diversão e ofensa.

— Você se lembra de que sou um vampiro, não é?

— Como assim? Isso significa que os seus poderes não podem ser anulados? Ou... — Uma nova ideia surge na minha cabeça. — Por acaso você fez o tio Finn acreditar que havia anulado os seus poderes?

— E por que eu faria isso, exatamente?

— E por que você não faria isso? — retruco. — Não conheço muitas pessoas que simplesmente abrem mão dos seus poderes quando conhecem uma maneira de mantê-los.

— Bem, não sou como a maioria das pessoas. E, caso você não tenha percebido, não é exatamente fácil conviver com os meus poderes. Se eu pudesse me livrar deles por completo, faria isso sem pensar muito.

— Não acredito em você. — O sentimento de afronta se transforma em indignação à medida que ele continua a me encarar, mas não recuo. Em vez disso, me limito a dar de ombros e prosseguir: — Desculpe, mas não acredito mesmo. Você tem poderes demais para simplesmente desistir deles. Não se esqueça que sei como eles são vastos.

Ele ergue uma sobrancelha.

— Já parou para pensar que é por causa de todo esse meu poder que sinto tanta vontade de abrir mão dele?

— Sinceramente... não. Não parece fazer o seu tipo.

Ele fica imóvel.

— E qual é o meu tipo, então?

— Você sabe. O tipo que se sacrifica, que faz o bem, que salva o mundo. — Arregalo os olhos, fazendo uma cara de peguei você. — Além disso, se já deixou de usar sua habilidade de persuadir pessoas, como foi que fez aquele lobo fugir daqui tão rápido?

— Eu já lhe disse. — Sua voz e sua expressão são pura satisfação e arrogância. — Eu sou um vampiro.

— Não faço ideia do que você está tentando dizer. — Só que as palmas úmidas das minhas mãos indicam o contrário.

— Estou dizendo que aquele lobinho sabe exatamente que este vampiro aqui é capaz de arrancar os braços dele fora.

Ele parece tão satisfeito consigo mesmo que não consigo evitar uma provocação.

— Ah, é mesmo? Então você se acha mesmo grande e assustador, hein?

A sua única resposta é piscar os olhos lentamente para mim, como se não conseguisse acreditar que estou tirando sarro dele. Ou pior... que estou dando em cima dele. Mas ele não fica tão chocado quanto eu quando percebo que é exatamente isso que estou fazendo.

Eu só queria saber de onde veio isso. Sem dúvida, estaria mentindo se dissesse que não há algo no jeito que Hudson rosnou para aquele lobo que causou calafrios na minha coluna. E não necessariamente de um jeito ruim. Eu tenho um tipo preferido.

Mesmo assim, isso não significa nada. Exceto que tanto o meu lado humano quanto o meu lado gárgula reconhecem e apreciam demonstrações de força quando as testemunham. Não é mesmo? Hudson é meu amigo. E sou apaixonada por Jaxon, independentemente de estarmos namorando ou de ele ter terminado o relacionamento. Qualquer química emergente entre mim e Hudson tem de ser consequência do elo entre consortes. Nada além disso.

Sei o quanto essa química era poderosa com Jaxon desde o começo. Antes mesmo que eu o conhecesse, e antes mesmo de me apaixonar por ele. Será que há alguma razão para suspeitar que seria diferente entre mim e Hudson?

O simples ato de pensar no assunto já me assusta.

E, ainda por cima, Hudson ainda não respondeu à pergunta que lhe fiz antes de o lobo aparecer, o que significa que continuo no escuro em relação a essas questões. Não faço absolutamente a menor ideia do que aconteceu entre nós ou do que ele sente por mim. E menos ainda do que ele sente sobre ser o meu consorte. Como se essa incerteza e todo o restante já não fossem bem assustadores...

— Assustador o suficiente — diz Hudson tão de repente que tenho a impressão de que ele deve estar lendo os meus pensamentos. Pelo menos até que ele exibe a ponta das presas. E percebo que ele está respondendo ao meu comentário anterior.

Como o simples vislumbre das pontas daqueles dentes já provoca outro calafrio em mim, percebo que devo estar com um problema sério nas mãos, mesmo antes que ele pergunte:

— O que você quer saber sobre aqueles quatro meses?

— Qualquer coisa. — Respiro fundo, à espera de conseguir acalmar o ritmo acelerado do meu coração. — Qualquer coisa que você consiga lembrar.

— Eu me lembro de tudo, Grace.

# Capítulo 12

## A AMBIVALÊNCIA ETERNA
## DE UMA MENTE SEM LEMBRANÇAS

— Tudo? — repito, um pouco atordoada com aquela admissão.

Ele inclina o corpo ligeiramente para a frente. E desta vez, quando fala, a palavra sai quase como um grunhido:

— Tudo.

E quase engulo a língua e as amídalas de uma só vez.

Dentro de mim, sinto a gárgula se agitar, erguendo a cabeça, desconfiada, enquanto sinto a sua imobilidade se espalhar pelo meu corpo. Eu a forço a voltar para o lugar de onde veio, acalmando-a e dizendo que estou bem, mesmo que não me sinta nem um pouco bem no momento.

— Eu me lembro de como era acordar e ver a sua alegria incessante e otimismo inabalável — conta ele, com a voz rouca. — Eu tinha certeza de que íamos morrer trancados naquele lugar, mas você vivia dizendo que íamos sobreviver. E se recusava a pensar de qualquer outra maneira.

— Sério? — Esse tipo de otimismo desenfreado não combina muito comigo, em particular depois dos acontecimentos recentes.

— Sim. Você sempre falava de algum lugar para onde queria me levar quando estivéssemos livres. Tinha certeza de que, se eu conseguisse ver as coisas que havia no mundo para serem amadas, não seria mais uma pessoa má, eu acho.

— Que tipo de lugares? — Pode até parecer que estou desafiando Hudson em vez de fazer uma pergunta. E talvez até esteja. Porque a única coisa que consigo pensar é em como as coisas devem estar sendo difíceis para ele depois que nós finalmente voltamos. Em primeiro lugar, o fato de que eu nem sabia que ele estava ali. E, quando descobri, eu o tratei com a maior desconfiança possível.

— Aquela parte de Coronado onde você gosta de andar quando está em San Diego. Você pega a balsa para ir até lá e depois passa a tarde toda visitando as galerias de arte antes de parar numa cafeteria na esquina para tomar uma xícara de chá e um ou dois cookies do tamanho da sua mão.

Meu Deus. Fazia meses que eu nem me lembrava da existência daquele lugar. E, com um punhado de palavras, Hudson traz tudo de volta para mim de um jeito tão cristalino que quase consigo saborear as gotas de chocolate.

— E de que tipo de cookies eu mais gostava? — indago, embora esteja mais do que óbvio que ele está falando a verdade.

— Um deles era o de chocolate com gotas de chocolate — responde Hudson com um sorriso. É a primeira vez em muito tempo que vislumbro um sorriso sincero em seu rosto. O único sorriso sincero que já o vi abrir. É algo que ilumina seu rosto. E que ilumina o ambiente inteiro, para ser bem sincera. Até mesmo a mim... ou, talvez, especialmente a mim.

E, como esse pensamento (e também o sentimento) não é dos mais confortáveis, pergunto:

— E o segundo cookie?

Nunca conto esse tipo de coisa a alguém. Por isso, imagino que eu esteja em segurança.

Mas o sorriso de Hudson se amplia ainda mais.

— Aveia e uva-passa. E você nem gosta dele. Mas é o favorito da srta. Velma, e ninguém compra esses cookies dela. Ela sempre dizia que ia parar de fazê-los, mas você percebia que isso a deixava triste. Então, começou a comprar um deles toda vez que ia até aquele café. Só para que ela tivesse uma desculpa para os continuar assando.

Solto um gemido exasperado.

— Nunca falei a ninguém sobre os cookies de aveia da srta. Velma.

Os olhos dele se encontram com os meus.

— Você falou para mim.

Já faz meses que não penso na srta. Velma. Eu ia visitá-la pelo menos uma vez por semana quando morava em San Diego. Mas aí meus pais morreram e nunca mais voltei. Nem mesmo para me despedir antes da mudança para o Alasca.

Éramos amigas, o que parece uma coisa meio boba, considerando que ela era somente uma senhorinha que me vendia cookies. Mesmo assim, éramos amigas. Em certos dias, eu ficava na lojinha dela e passávamos horas conversando. Ela foi a avó que nunca tive, e eu acabava sendo como uma neta para ela, já que seus netos de verdade moravam em outros estados. E, num belo dia, simplesmente desapareci. Sinto meu estômago afundar quando penso a respeito, naquela senhora imaginando o que aconteceu comigo.

E, como já tive mais tristezas do que seria considerado suficiente nos últimos tempos, engulo o meu arrependimento e pergunto:

— Do que mais você se lembra?

Por um segundo, tenho a impressão de que ele vai querer me pressionar. Ou pior: que vai começar a recitar alguma história que lhe contei sobre os meus pais, e que imagino que não vou conseguir dar conta de ouvir esta noite. Mas, como é típico de Hudson, ele enxerga mais do que deveria. E definitivamente mais do que eu gostaria que ele visse.

Em vez de mencionar alguma coisa sentimental, doce ou triste, ele revira os olhos e diz:

— Eu me lembro de como você se debruçava sobre mim todos os dias às sete da manhã, exigindo que eu acordasse e começasse a andar. Você insistia para que fizéssemos alguma coisa, mesmo quando não havia nada para fazer.

Sorrio um pouco ante aquele toque de contrariedade em suas palavras.

— E então, o que a gente fazia? Além de contar histórias.

Uma longa pausa acontece, e em seguida Hudson revela:

— Polichinelos.

Definitivamente não era a resposta que eu esperava ouvir.

— Polichinelos? Está falando sério?

— Milhares, milhares e mais milhares de polichinelos. — Se a expressão de tédio no rosto de Hudson pudesse se intensificar ainda mais, ele entraria em coma.

— Mas como é possível? Afinal... nós não tínhamos corpos, não é mesmo?

— Você fazia o lugar inteiro tremer quando pulava. Era totalmente constrangedor, mas...

— Meu Deus... não me diga que eu estava na forma de pedra durante o tempo inteiro — eu o interrompo.

— Ah, pode ter certeza de que estava. Tentei convencer você a escolher algum passatempo mais tranquilo, como tiro ao prato ou sapatear com tamancos de madeira. Mas você foi bem insistente. Só falava dos tais polichinelos. — Ele dá de ombros como se dissesse "o que eu podia fazer?" antes que a risada que estava tentando conter finalmente escape.

— Não, você estava no seu corpo normal. Mas a maratona de polichinelos... — Ele pisca o olho.

— Mas eu odeio fazer polichinelos!

— Pois é, eu também. Ainda mais agora. Mas sabe o que as pessoas dizem sobre o ódio, não é, Grace?

Ele se recosta em sua cadeira e me olha de um jeito tão sensual que faz meus pés se dobrarem e meus cabelos se eriçarem ao mesmo tempo.

— É simplesmente o outro lado da...

— Não acredito nisso — eu o corto antes que ele termine de recitar o velho ditado sobre o ódio e o amor serem dois lados da mesma moeda. Não porque eu não acredite nisso, como disse a ele, mas porque há um pedaço de mim que acredita. E não estou com cabeça para lidar com isso agora.

Hudson não me pressiona para saber se estou blefando, e fico imensamente grata por isso. Mas ele também não vai muito além. Em vez disso, continua onde está: com um braço apoiado sobre o encosto da cadeira ao seu lado e as pernas longas abertas sob a mesa. E fica me olhando conforme os segundos passam.

Eu devia ir embora. Eu quero ir embora, mas tem alguma coisa naquele olhar que me mantém bem aqui, onde estou, pregada na minha cadeira, com o estômago dando piruetas dentro de mim.

Sinto um desconforto crescente a cada segundo. Até que, por fim, não consigo mais aguentar. Não estou pronta para encarar a situação. Nem nada que esteja relacionado. Afasto a cadeira da mesa e digo:

— Preciso voltar para o meu quarto.

— Quer saber de que mais eu me lembro? — Hudson me interrompe.

Sim. Quero saber tudo que ele lembra. Quero saber de tudo que eu disse a ele para garantir que não falei demais, para me assegurar de que não dei o poder de ele me destruir. Mas, mais do que isso, quero saber de tudo que ele disse a mim.

Quero saber sobre o garotinho cujo irmão foi levado para longe. Quero saber sobre o pai que o tratou como um animal de circo e que o usou como arma. Quero saber sobre a mãe que simplesmente fechou os olhos para todas as outras coisas terríveis que foram feitas a seu filho, e que, com a mesma facilidade, provocou aquela cicatriz em Jaxon por haver destruído seu outro filho.

— Ah, essas teias emaranhadas que tecemos...

— Saia da minha cabeça! — ordeno, encarando-o com raiva. — Como se atreve a...

— Não preciso ser capaz de ler mentes para saber no que você está pensando, Grace. Está escrito no seu rosto.

— Ah. Bem, mesmo assim, preciso ir embora.

— Logo agora que eu estava começando a me empolgar? — Ele se levanta ao mesmo tempo que eu, e o tom de zombaria já retornou a sua voz quando ele continua: — Ah, não faça isso, Grace. Não quer saber o que achei do vestido vermelho que você usou no baile da escola? Ou daquele biquíni que usou quando foi à praia, em Mission Beach?

— Biquíni? — repito, com as bochechas ardendo quando percebo do que ele está falando. Era um biquíni bem pequenininho. Heather o comprou em uma liquidação numa loja de pranchas de surfe e me desafiou a usá-lo. Normalmente eu não aceitaria um desafio como esse, mas ela também me acusou de ser antiquada, de não sair da minha zona de conforto e também de ser covarde.

— Ah, você se lembra — cutuca Hudson. — Aquele roxo, com os cordõezinhos. Era uma peça bem... — ele desenha alguns pequenos triângulos no ar — ... geométrica.

Sei que ele só quer me provocar, mas há alguma coisa, além da vontade de rir, ardendo em seu olhar. Algo sombrio, perigoso e ligeiramente sensual.

Umedeço com a língua os meus lábios que repentinamente ficaram secos enquanto tento empurrar as palavras pelo enorme nó formado na minha garganta. — Realmente lhe contei tudo, não foi?

Ele arqueia uma sobrancelha.

— De que outra maneira eu iria saber a resposta para essa pergunta?

É um ótimo argumento, mas estou abalada demais para conseguir retrucar.

— Se você viu aquele biquíni, então viu...

Ele não se pronuncia mais. E não completa a minha frase. Não sei se isso é algum tipo de gentileza ou se é mais uma maneira de me torturar. Porque não há como deixar de perceber o fogo no olhar de Hudson agora. E, de repente, sou acometida pela sensação de que o meu sangue está congelando e fervendo ao mesmo tempo. Não sei o que fazer, o que dizer. Talvez tenha até mesmo me esquecido por alguns momentos de como respirar, devido à falta de oxigenação no cérebro. Mas, em seguida, Hudson pisca os olhos e aquele ardor desaparece com a mesma facilidade com que surgiu.

Tão facilmente, inclusive, que pondero se não imaginei tudo.

Em especial quando ele me encara com um sorriso torto e diz:

— Não se preocupe, Grace. Tenho certeza de que você ainda tem muitos segredos guardados.

Eu me forço a reagir ao sorriso torto dele com o meu próprio.

— Ah, claro. Bem, não tenho tanta certeza disso. E isso é um saco, considerando que não consigo lembrar se já vi você usando qualquer coisa que não seja uma dessas roupas Armani que usa só pra tentar impressionar. — Aponto para a camisa e a calça dele como se as peças não fossem nada de especial.

Ele olha para as próprias roupas e pergunta:

— O que tem de errado com o jeito que me visto?

— Não tem nada de errado com isso — respondo. E é verdade, porque ninguém, ninguém mesmo, fica tão atraente quando veste uma calça Armani do que o vampiro bem diante de mim. Mas não vou falar isso a ele. O ego de Hudson já é enorme. Além disso, admitir uma coisa dessas me dá a sensação de me tornar parte de algo no qual ainda não tenho certeza de que quero me envolver, independentemente da existência ou não de um elo entre consortes.

Os olhos dele se estreitam de maneira perigosa.

— Bem, você pode dizer isso, mas a expressão no seu rosto está mostrando algo totalmente diferente.

— É mesmo? — Agora é a minha vez de erguer a sobrancelha enquanto me inclino um pouco para a frente. — E o que exatamente a expressão no meu rosto diz?

No começo, tenho a impressão de que Hudson não vai responder. Mas percebo algo mudar em seu interior. Vejo algo se dissolver até a cautela, que ele vem usando como escudo nessas últimas semanas, se transformar numa espécie de imprudência que eu não imaginaria perceber em Hudson.

— Ela diz que tudo que aconteceu entre nós durante aqueles quatro meses não tem importância. Diz que você sempre vai querer Jaxon. Diz que... — Ele para de falar por um momento e se aproxima, até que nossos rostos estejam a poucos centímetros de distância e o meu coração esteja batendo dentro do peito como uma ave enjaulada. — Que você não vai descansar até encontrar uma maneira de se livrar do nosso elo entre consortes.

## Capítulo 13

### INFLUENCIADORA ANTISSOCIAL

— É isso que você quer? — sussurro por sobre o som ensurdecedor do sangue que corre pelas minhas orelhas. — Quebrar o elo?

Ele se recosta na cadeira outra vez e rebate:

— Você ficaria feliz se isso acontecesse?

Essa pergunta provoca uma agitação dentro de mim; é algo que ainda não estou preparada para encarar. Assim, recorro à raiva que sempre emerge com muito mais facilidade entre nós.

— Como posso ficar feliz quando uma parte tão grande da minha vida permanece um mistério? Como posso ficar feliz se você nem finge que vai me dizer a verdade?

— Eu sempre lhe disse a verdade — rebate Hudson. — O problema é que você é obstinada demais para acreditar em mim.

— Ah, agora eu é que sou a obstinada? — pergunto, incrédula. — Eu? Você é quem nunca me dá uma resposta direta.

— Já lhe dei muitas respostas. É que você simplesmente não gosta delas.

— Você tem razão. Não gosto delas porque não gosto de ter que ficar ouvindo as suas gracinhas. Eu lhe fiz uma pergunta simples e você não consegue nem mesmo...

— Não há nada de "simples" na pergunta que você me fez. E, se não ficasse o tempo todo com a cabeça enfiada na terra como se fosse um maldito avestruz, você saberia bem disso.

A fúria crepita nas profundezas dos olhos dele. E desta vez, quando ele exibe as presas, a sensação é bem assustadora. Não porque eu tenha a impressão de que Hudson possa me machucar. E sim porque percebo que a incerteza sobre o nosso elo entre consortes o afeta demais.

Quando ele profere palavras como essas que me atingem em cheio, minha raiva se esvai. Não porque eu não tenha razão sobre as respostas evasivas de Hudson. Tenho, sim. Mas porque ele está certo, o que significa que a verdade provavelmente paira em algum lugar entre nós.

Saber disso é o que me faz respirar fundo e exalar o ar lentamente.

Que faz com que eu pegue na mão dele e a segure com força.

Que me faz sussurrar:

— Você tem razão.

Os ombros dele relaxam. E sua raiva se desfaz com a mesma facilidade que a minha. Ele retribui o aperto na minha mão, com os dedos longos deslizando por entre os meus e segurando firme. Mesmo que seu rosto mantenha a desconfiança.

— Por que tenho a impressão de que você está tentando criar uma falsa sensação de segurança para mim?

Eu o encaro com uma expressão contrariada.

— Provavelmente pelo mesmo motivo pelo qual vivo pensando que você tenta criar essa mesma sensação para mim.

— E que motivo é esse?

Há um pedaço de mim que não quer responder àquela pergunta. Mas é o mesmo pedaço que se arrepende de ter dado início a esta conversa. Só que dei início a ela e acusei Hudson de não falar comigo de maneira direta. E isso significa que preciso fazer melhor do que ele. Mesmo que dizer a verdade seja bem constrangedor.

— Estou com medo — finalmente admito, fitando todos os lugares da biblioteca, exceto para aquele rosto ridiculamente bonito.

— Com medo? — ele repete, um pouco atordoado. — De mim?

— Sim, de você! — exclamo, erguendo os olhos com rapidez para olhar nos dele. — É claro que estou com medo de você. E de Jaxon. E de toda esta situação. É impossível não me sentir assim. Depois desse desastre, não importa o que aconteça. Alguém vai acabar se machucando.

— Será que você não percebe que é isso que estou tentando evitar, Grace? — Ele faz um gesto negativo com a cabeça. — Não quero machucar você.

— Então não machuque — eu digo a ele. — Seja sincero comigo, Hudson. E vou ser sincera com você.

— A sinceridade não vai garantir que você não saia magoada — adverte ele, com a voz suave.

E é aí que me dou conta do que está acontecendo de verdade. Hudson está tão confuso quanto eu.

Tão confuso quanto Jaxon.

Não sei como não percebi antes. Provavelmente porque ele sempre fala de um jeito tão tranquilo e confiante, como se tivesse tudo sob controle. Como se sempre soubesse o que está acontecendo em qualquer situação.

Por outro lado, esta é uma situação ímpar. E ninguém com quem conversei já ouviu falar de algo assim. E, se quiserem a minha opinião, já estou ficando de saco cheio de ser a cobaia de todas essas situações.

A primeira humana em Katmere.

A primeira gárgula que nasceu em mil anos.

A primeira pessoa que fez um desafio para conseguir um assento no Círculo em sabe-se lá quanto tempo.

A primeira pessoa cujo elo entre consortes se rompeu... e que, logo em seguida, encontrou outro consorte quase instantaneamente.

Romances de fantasia sempre relatam que encontrar um consorte é um feito incrível, glorioso, maravilhoso. Mas imagino que os autores que escrevem esse tipo de coisa nunca tiveram um consorte na vida. Se tivessem, saberiam como isso é complicado, aterrorizante e avassalador.

Saberiam que não existe uma varinha mágica que simplesmente faz um relacionamento dar certo. Ou que o torne fácil. Ou mesmo que seja do jeito que a pessoa quer.

Há um pedaço de mim que sente vontade de fugir, que deseja fazer exatamente aquilo do que Hudson me acusou e enfiar a cabeça na areia até que toda a situação se resolva ou até que simplesmente não tenha mais importância.

Mas Hudson está me observando. À espera da minha resposta. Mesmo assim, ele e Jaxon são imortais. E não fico muito longe disso. Isso significa que esta situação não vai se resolver até que eu resolva encará-la.

Por isso, em vez de fugir, em vez de me esconder em uma tentativa desesperada de me proteger, contemplo Hudson e confesso a única verdade que conheço.

— Você tem razão. A sinceridade não vai evitar que nenhum de nós se machuque — concordo ao me lembrar da conversa com Jaxon, no começo daquela semana. Nossa conversa foi tão franca, sincera e devastadora quanto qualquer conversa que já tive na vida. E ambos saímos dela machucados.

— Mas, pelo menos, garante que a gente se entenda. E acho que isso é o mínimo que podemos esperar.

Vejo as palavras atingirem Hudson tais quais socos e pontapés. E é neste momento que percebo que tenho de lhe dizer toda a verdade, não importa o quanto ela me faça sentir vulnerável, exposta ou ferida.

E é por isso que respiro fundo, conto devagar até cinco e solto a bomba:

— Jaxon e eu não estamos mais namorando.

## Capítulo 14

### CONVERSANDO COM UMA PEDRA

Os olhos de Hudson se arregalam e seu rosto perde toda a cor.

— Vocês terminaram? — ele pergunta, como se não conseguisse acreditar nas palavras.

Observo o rosto dele, na tentativa de entender o que ele está pensando ou sentindo. Mas o espanto é a única emoção que consigo detectar nele antes que sua expressão se esvazie por completo.

O que não chega exatamente a me surpreender. Sempre achei que Jaxon tinha talento para esconder suas emoções — se não contarmos aqueles terremotos, é claro. Mas Hudson poderia ser campeão de pôquer, se quisesse.

Mesmo ciente disso, não consigo evitar uma sensação de nervosismo quando ele me encara com aquele olhar deliberadamente vazio. E é provavelmente o motivo pelo qual começo a tropeçar nas palavras enquanto tento me explicar:

— Nós decidimos dar um tempo para... bem, isso foi ideia dele, então acho que dá para dizer que a decisão foi dele... mas conversamos e achamos que dar um tempo pudesse... — Quanto mais balbucio, mais inflexível fica o rosto de Hudson. Até que me obrigo a parar de vomitar as palavras e respirar fundo de verdade. Ao fazê-lo, conto devagar até dez. E, quando enfim consigo pensar de um jeito coerente, recomeço: — Ele disse que não estava certo... que todo mundo estava sofrendo. E que as coisas... bem, as coisas não estavam sendo... — deixo a frase morrer no ar, sem saber como concluí-la.

— Não estavam sendo como antes? — ele preenche o espaço vazio. — Sim. Um elo entre consortes fora do convencional faz isso com um casal.

— O problema não é só o elo dos consortes. Nós...

— É o elo, sim — insiste Hudson, me interrompendo. — Fingir que não é assim só faz com que a gente pareça um bando de crianças. Vocês terminaram o relacionamento por minha causa. E era isso que eu estava tentando evitar.

— Foi por isso que você nunca ficava sozinho comigo na hora do almoço, nem em lugar nenhum?

Ele dá de ombros.

— Mesmo assim, veja o que acabou acontecendo.

— Jaxon e eu terminamos porque tudo estava muito esquisito entre nós ultimamente — eu argumento. — Sem o elo entre consortes, nada parece certo. Não é por sua causa. Tudo isso aconteceu por causa de Cole e daquele maldito feitiço da Carniceira. Estou sendo sincera.

Hudson fica me observando por algum tempo, mas não se manifesta. Em vez disso, simplesmente larga a minha mão e balança a cabeça antes de se pôr a recolher suas canetas e o caderno de sobre a mesa.

— O que está fazendo? — indago. — Vai embora sem dizer nada? De novo?

— A biblioteca vai fechar — ele justifica enquanto indica alguém atrás de mim com um meneio de cabeça. — Vá guardar as suas coisas e eu a acompanho até o seu quarto.

— Você não tem a obrigação de fazer isso. — Recuo, afastando-me dele. A confusão e a mágoa se misturam no meu estômago. Achei que ser sincera era a melhor maneira de agir. Tínhamos acabado de concordar nesse ponto, mas agora ele me trata como se "gargulite" fosse alguma espécie de doença infecciosa que ele pode contrair se tivermos uma conversa sincera.

— Sei que não sou obrigado, mas vou acompanhá-la mesmo assim. — Ele sai de trás da mesa pela primeira vez desde que começamos a conversar e começa a me guiar até o outro lado do salão, até a mesa onde deixei minhas coisas.

— Sou perfeitamente capaz de ir até o meu quarto sozinha — retruco, desta vez um pouco mais enfática.

— Grace... — Ele parece exausto quando pronuncia o meu nome. Como se tudo que me envolvesse e tudo que envolvesse esta situação lhe fossem um esforço enorme. Aquilo já me deixa pronta para o ataque, mesmo antes de ele continuar: — Será que podemos pular esta briga se eu reconhecer que sei que você é completamente capaz de fazer qualquer coisa que se disponha a fazer? Mas, ainda assim, vou acompanhar você até o seu quarto.

— E por que eu deveria deixar você fazer isso, quando é óbvio que não quer se envolver com nada a meu respeito?

O suspiro dele é, ao mesmo tempo, exagerado e impaciente.

— O que eu quero, neste exato momento, é terminar a nossa conversa em particular enquanto a acompanho até o seu quarto. — Seu sotaque transforma aquelas palavras em flechas afiadas que me acertam com bastante precisão. — Está óbvio o bastante para você agora? Ou vou ter que ser mais específico?

Paro de guardar os objetos na minha mochila e o encaro com um olhar irritado. Ele retribui com um olhar igualmente irritado e resmunga algo por entre os dentes que não consigo entender direito, mas que sei ter a ver com o fato de que lidar comigo é cansativo demais. E eu entendo. Sei que as minhas emoções deram uma boa transbordada esta noite, mas estou tentando colocar tudo sob controle. Mesmo sabendo que elas não estão nem perto de estarem sob controle, não significa que ele tem o direito de falar comigo como se eu fosse uma criança. A menos que ele queira que eu comece a agir como criança.

É uma ideia bem tentadora. E errada, provavelmente. Mas é tão tentadora que não consigo resistir.

Eu apoio o peso do corpo sobre os calcanhares, cruzo os braços diante do peito e me transformo em pedra.

O lado legal de ter aprendido a controlar a minha gárgula é que agora consigo me transformar em estátua e continuar consciente dos acontecimentos. E isso significa que consigo observar os olhos de Hudson se arregalando e ele ficando literalmente boquiaberto. E, olhe... deixar Hudson sem palavras é algo que vale cada segundo de não poder retrucar com ele, não enquanto estou transformada em pedra.

Especialmente quando ele se lembra de fechar a boca com um movimento brusco, mas ainda assim deixa as presas bem à mostra desta vez. Embora eu não saiba ao certo o que ele planeja fazer com elas, considerando que ele iria gastar uma nota no dentista se tentasse me dar uma mordida agora.

Amka, a bibliotecária, se aproxima com cuidado, como se não soubesse ao certo se deseja se envolver no que está acontecendo aqui, seja lá o que for. E não a culpo. Claro, este não é o primeiro desentendimento que vejo entre alunos com poderes. E só estou aqui há alguns meses. Não consigo nem imaginar o que ela já viu em todo o tempo que passou aqui.

Hudson lhe diz algo, mas não faço ideia do que seja, pois parece que o som da conversa deles atravessou uns cinco metros de água. Talvez mais. Ela responde, mas provavelmente não é o que Hudson queria ouvir, porque a raiva no rosto dele se transforma aos poucos em algo que se parece muito com medo.

Não é uma emoção comum para ele. A última vez que o vi assim foi quando o pai dele me mordeu; portanto, não posso dizer com certeza, mas, conforme ele se aproxima e começa a falar comigo com urgência na voz, imagino que talvez seja hora de me transformar em humana outra vez. Eu queria ensinar uma lição sobre o que é ser condescendente, não lhe causar preocupação.

Fecho os olhos e busco nas profundezas do meu ser o cordão de platina que me permite me transformar de gárgula em humana tão rápido que meus dedos tocam em outro cordão quando passo por ele. É o cordão verde-esmeralda que percebi pela primeira vez na lavanderia. Aquele que algo dentro de mim alertou que eu não deveria tocar. Mas não tenho tempo para considerar aquele acidente, porque há outro cordão atraindo toda a minha atenção agora. É um cordão azul-cintilante que brilha intensamente. E mais: está soltando faíscas que se espalham em todas as direções.

Não preciso ser nenhum gênio para deduzir que esse é o nosso elo entre consortes. Eu soube disso praticamente desde o instante em que Hudson anunciou que eu era sua consorte. A primeira atitude que tomei quando me recuperei do choque foi procurar esse cordão. Não precisei de muito tempo para encontrá-lo, já que era o único que brilhava com muita intensidade naquele momento.

Foi a última vez que ele brilhou. Venho observando o cordão todos os dias, então isso é algo do qual tenho certeza. Mas agora ele está brilhando com tanta força que se tornou quase incandescente. E o único pensamento em minha cabeça é...

Libero um gemido baixo e o meu corpo inteiro entra em estado de alerta vermelho, porque, num piscar de olhos, consigo sentir Hudson em algum lugar bem no fundo de mim.

Não é como antes, quando podíamos conversar de maneira tão clara e direta. Não sei o que ele está dizendo agora e também não sabia há um segundo, quando ele estava praticamente gritando comigo do outro lado da pedra. Mas consigo senti-lo, quente, forte e frenético. Todo o distanciamento que ele estava projetando antes sumiu há tempos.

Saber disso é o que me faz agarrar o cordão de platina e me transformar novamente em humana o mais rápido que posso. Ensinar-lhe uma lição por ser um babaca é uma coisa. Mas assustá-lo é algo completamente diferente.

No momento em que me transformo de novo em humana, Hudson me agarra e me puxa para junto de si num abraço que traz uma sensação enorme de alívio e de intimidade.

— O que aconteceu? — ele pergunta quando se afasta, deslizando as mãos pelos meus braços como se não conseguisse acreditar que sou feita de carne e sangue novamente. Ou como se estivesse verificando se estou machucada. — Por que se transformou?

— Porque você estava agindo como um idiota e eu estava cansada de ouvir aquilo. Eu me transformei para não ter que escutar mais nada.

O queixo de Hudson cai pela segunda vez em poucos minutos. Atrás de nós, Amka simplesmente balança a cabeça, rindo baixinho. Hudson está ocupado demais me fitando com cara de bravo para perceber o que a bibliotecária está fazendo. Por isso, ela pisca o olho para mim e faz um sinal de joinha. Aparentemente não sou a única que acha que os rapazes devem ser colocados em seu devido lugar quando resolvem agir como machos alfa opressores.

Tenho um momento para refletir comigo mesma que eu nunca faria algo assim com Jaxon antes que Hudson comece a rosnar.

— Se transformar em pedra é o uso mais imaturo de um poder que já vi.

Mais uma vez, Hudson está com as presas totalmente à mostra. E não consigo decidir se seu objetivo é me assustar ou se isso acontece porque ele ficou tão bravo que não as consegue controlar.

No fim das contas, decido que isso não tem importância. E que este é um jogo que pode ser jogado por duas pessoas. Assim, termino de guardar meus pertences e me inclino para a frente até que as nossas faces estejam a poucos centímetros de distância. E retruco:

— Não. O uso mais imaturo dos meus poderes seria se eu transformasse você em pedra.

Em seguida, dou um tapinha no ombro de Hudson — que é tanto uma ameaça quanto um gesto de reconforto — e saio andando, deixando-o para trás. Aceno para Amka ao sair pela porta e deixo Hudson lá. E ele pode escolher entre ficar destilando a raiva sozinho ou engolir seu orgulho e vir correndo atrás de mim.

E eu estaria mentindo se dissesse que não quero que ele escolha a segunda opção.

Capítulo 15

## UMA COMPETITIVIDADE SAUDÁVEL

Já estou a meio caminho da escadaria, convencida de que Hudson se deixou dominar pela raiva, quando ele se aproxima. E, quando digo que ele se aproximou, é porque chegou bem mais perto do que deveria.

Estou à espera dele, prestando atenção nos ruídos do corredor. Mesmo assim, ele caminha tão rápido e tão silenciosamente que fico chocada quando o sinto fechar a mão ao redor do meu pulso e me virar para trás. Sua pegada é gentil, ainda que o gesto de me puxar e me fazer girar aconteça com tanta agilidade que eu mal consiga entender o que está acontecendo até me ver cara a cara com um vampiro que parece irritado, mas mesmo assim entretido com a situação.

Hudson, por sua vez, sabe exatamente o que está acontecendo quando invade o meu espaço, me cercando até me impedir de avançar. Até que as minhas costas estejam literalmente contra a parede coberta por aquelas tapeçarias antigas.

Penso em desvencilhar meu pulso da pegada de Hudson, mas ele deve pressentir o que penso em fazer, porque o aperta um pouco mais. Não o bastante para me machucar, mas definitivamente com força suficiente para que eu sinta a pressão fria dos seus dedos na pele sensível da parte interna do pulso.

— Você não está achando que é a única pessoa capaz de usar seus poderes de maneira irresponsável, não é? — ele questiona, e há uma dose suficiente de arrogância na pergunta para deixar meus dentes prontos para entrar em ação... e, da mesma forma, para fazer com que a minha respiração fique presa na garganta.

E isso faz com que eu me sinta como um clichê qualquer. Não é mesmo?

O garoto age como um babaca. A garota retruca. O garoto bate no peito e a garota cai nos encantos dele?

Bem... não, obrigada. Vai ser preciso mais do que um cara qualquer batendo no peito para me colocar na linha. E não importa o quão atraente é o cara que bate no peito.

E é por isso que rebato com a voz mais entediada que consigo conjurar:

— Achei que você tinha me dito que não precisava usar seus poderes. Afinal de contas... você é um vampiro.

— Aquilo foi uma observação, não uma declaração de intenções — ele responde. E agora está tão perto que consigo sentir seu hálito quente na minha orelha.

Arrepios que não têm nada a ver com medo percorrem minha coluna, e eu me contorço um pouco, à procura de abrir um pouco de espaço entre a boca de Hudson e a minha pele. Não porque não gosto dessa sensação, mas porque receio que posso acabar gostando demais dela.

— Que pena — digo quando, enfim, consigo ganhar uma distância satisfatória do rosto dele. — Eu estava louca para ver você explodindo coisas outra vez.

Ele fica sério e o brilho travesso desaparece do seu olhar.

— Logo agora que eu estava me esforçando bastante para que isso não voltasse a acontecer — informa ele.

Sua voz é bem sarcástica, mas já conheço Hudson o suficiente para reconhecer a sinceridade existente logo embaixo do sarcasmo.

Ela passa das defesas que eu vinha mantendo no lugar durante a noite inteira, e eu respondo:

— É... eu também — mesmo antes de perceber o que vou dizer.

Os ombros dele pendem e, por um segundo, Hudson parece mais derrotado do que em qualquer outra ocasião que eu o tenha visto.

— Tudo isso está muito errado, Grace.

— Erradíssimo — concordo, logo antes de ele encostar a testa na minha.

Parece ser uma posição bem íntima — um momento bem íntimo — e penso em recuar. Mas "íntimo" não significa necessariamente "sexual". Tivemos muitos momentos íntimos. Ele viveu na minha cabeça durante várias semanas. Assim, aviso a mim mesma que este é apenas mais um.

Além disso, acho que preciso desse conforto tanto quanto ele precisa do meu.

Assim, faço a única coisa que posso fazer nesta situação. A única coisa que parece certa. Afasto meu pulso da pegada dele, que agora afrouxou bastante, e o envolvo em meus braços. O universo deve ter feito uma bela pegadinha quando nos transformou em consortes, mas agora somos apenas dois amigos que dividem um momento tranquilo em uma situação totalmente desgraçada.

Pelo menos é isso que conto a mim mesma.

O abraço dura só um minuto, mas é o bastante para que eu memorize a sensação daquele corpo esguio e alto junto do meu.

O bastante para que eu sinta seu coração bater bem rápido sob as minhas mãos.

Mais do que o bastante para que eu...

— Eu senti você — informo a Hudson quando ele por fim se afasta. — Quando estava na forma de pedra. Eu o senti pelo elo dos consortes. Você estava tentando me alcançar.

E então, com a mesma facilidade, a irritação e alguma outra coisa — algo que eu não consigo reconhecer — voltam a tingir seu olhar.

— Achei que alguma coisa tivesse lhe acontecido. Que você tivesse se transformado em estátua de novo. Ou que alguém tivesse lançado algum feitiço em você. Quase entrei em pânico. — O jeito com o qual ele me fita traz consigo um aviso de que não devo repetir esse tipo de brincadeira.

— Bem... não gostei nem um pouco do jeito que você estava falando comigo. Não sou criança. E detesto quando você me trata assim.

Acho que até consigo ouvir os dentes de Hudson rilhando, mas, no fim das contas, ele só baixa a cabeça e cede:

— Você tem razão. Peço desculpas.

Aquela admissão me pega tão desprevenida que replico:

— Desculpe. Achei que eu estava conversando com Hudson Vega.

— Esqueça — murmura ele, enquanto se afasta e começa a andar outra vez.

Eu acompanho o ritmo da caminhada dele, feliz por ele sempre se lembrar de andar com passos curtos para que eu não precise correr para ficar ao seu lado.

— Quer dizer que você usou o elo entre consortes para tentar me alcançar? — pergunto, quando viramos para entrar em outro corredor.

O assunto parece deixá-lo desconfortável, e talvez eu devesse deixá-lo respirar um pouco. Mas como é que vou entender como o elo dos consortes funciona se não fizer perguntas? Esse é o tipo de detalhe sobre o qual ninguém fala na aula de magia. O tipo de coisa sobre a qual não penso em perguntar até passar pela experiência.

— Eu o usava para lhe mandar energia. Do mesmo jeito que você fez comigo depois do desafio para entrar no Círculo. — Ele me encara. — Sabe do que eu estou falando. Quando o elo quase a matou.

— Tenho quase certeza de que foi a mordida do seu pai que fez isso comigo — rebato. — E o que eu devia fazer, então? Morrer com os seus poderes ainda dentro de mim?

— Ah, não sei. Confiar em mim? Saber que eu não ia deixar você morrer? — Ele fala de um jeito tão exasperado que quase caio na gargalhada. Mas saber que ele vai ficar ainda mais contrariado é o que me impede de começar a rir.

— Eu confiei em você — respondo quando finalmente chegamos até a escada. — Ou melhor... eu confio em você.

A expressão com que ele me encara é abrasadora, mesmo antes de Hudson se aproximar e segurar minha mão. Ele a aperta suavemente antes de soltá-la outra vez.

— Quer dizer, então, que você viu o nosso elo entre consortes? — ele pergunta enquanto subimos até o topo da escadaria.

— Eu o vejo todos os dias. Mas hoje ele parecia diferente. Como se estivesse iluminado e faiscando com energia.

Contemplo os cordões novamente e as faíscas pararam de brotar do cordão, mas ele continua brilhando.

— Tenho certeza de que as faíscas eram porque eu estava tentando alcançar você.

— É... foi o que imaginei também.

— E você percebeu mais alguma coisa? — ele indaga enquanto me conduz pelo longo corredor que leva até o meu quarto.

— Como assim?

Ele pigarreia algumas vezes e olha direto em frente enquanto explica:

— Por exemplo... Era diferente do elo que você tinha com Jaxon?

— Ah, vá. Está falando sério? Vai querer comparar os elos, agora? — Meu tom de voz sugere que ele está fazendo algum outro tipo de comparação.

— Não é disso que estou falando! — Desta vez é ele quem revira os olhos. — Mas andei lendo sobre elos entre consortes. E todas as menções que encontro em relação a eles chegam à mesma conclusão.

— E que conclusão é essa? — pergunto, cautelosa.

— Eles não podem ser quebrados. Nem com magia, nem pela própria força de vontade. A única coisa capaz de rompê-los é a morte.

— E, às vezes, nem assim — termino a frase para ele. — Eu sei, eu sei. Macy me disse a mesma coisa.

— Sim, mas Cole quebrou o seu elo com Jaxon.

— Como se eu não soubesse — digo a ele com um toque do meu próprio sarcasmo. — Eu estava lá, caso não se lembre.

— Eu sei, Grace. — Ele suspira. — E não estou tentando machucar você quando toco no assunto. Mas duvido que todos os livros já escritos sobre o assunto estejam errados. E isso me fez pensar...

— Como a Carniceira conhecia um feitiço capaz de quebrá-lo? — indago.

Ele parece surpreso. Não sei se é pelo fato de eu ter questionado isso ou porque o estou interrompendo toda hora.

O que sei é que estou ficando de saco cheio de ouvir Hudson falar sobre elos entre consortes. E especialmente sobre a quebra deles. Não sei por quê, mas isso me incomoda bastante. Assim, eu sigo em frente, determinada a concluir o pensamento por ele:

— Se eles não podem ser quebrados, então como uma vampira velha que mora numa caverna tinha exatamente o feitiço capaz de fazer a única coisa que ninguém jamais conseguiu fazer?

— Exatamente. Além disso... — Ele para por um momento, como se em preparação para o que vai dizer a seguir. Ou para a minha reação.

— É exatamente esse pensamento que me faz flexionar os ombros para trás e me preparar para qualquer golpe vindouro, mesmo ciente de que não vai ser físico.

— Você se lembra de como era o seu elo com Jaxon? Só o vi uma vez, quando estávamos na lavanderia. E não prestei muita atenção naquela ocasião. Não me dei conta de que...

— Do quê? — indago enquanto o meu estômago se retorce.

Ele suspira.

— Da aparência de um elo entre consortes.

— O que está querendo dizer? — questiono com a voz tão estridente que não consigo acreditar que ela está saindo da minha própria garganta.

— Não vou afirmar que vocês não tinham um elo de verdade. — Hudson coloca uma mão consoladora no meu ombro. — O que eu quero dizer é que havia algo errado no seu elo com Jaxon. Não sei se isso aconteceu porque o feitiço já estava funcionando, ou se...

— Ou se sempre houve alguma coisa errada com ele? — termino a frase.

— Sim — responde Hudson, relutante. — Ele tinha duas cores, Grace. Verde... e preto.

Foi bom eu ter me preparado para receber esse golpe, porque, exatamente como previ, sinto meu estômago afundar dentro de mim e também uma tontura intensa, com um pensamento girando sem parar ao redor da minha cabeça.

— Se alguma coisa sempre esteve errada com o elo que eu tinha com Jaxon... talvez não seja possível consertá-lo.

## Capítulo 16

## VOCÊ PODE CORRER, MAS NÃO
## PODE SE ESCONDER

— Preciso ir — murmuro, partindo pelo corredor e esperando que Hudson me deixe ir embora. A última coisa que eu quero fazer hoje é brincar de detetive com os segredos da minha própria alma.

Até este momento, acho que eu ainda acreditava que esta situação toda poderia ser consertada. Que Jaxon e eu poderíamos voltar a ficar juntos. Durante a semana inteira, chorei e lamentei a perda do elo entre consortes, mas, com ou sem o término do nosso namoro, ainda achava que encontraríamos uma boa solução para tudo. Sou uma idiota mesmo.

Eu devia saber que o universo mágico iria encontrar mais um jeito de foder com a minha vida.

Só espero que Hudson me deixe voltar ao meu quarto para chorar sozinha a perda de tudo que Jaxon e eu tínhamos.

Mas Hudson, é claro, não entende a deixa. Porque ele começa a me acompanhar. Como se fosse possível ele agir de um jeito diferente. Afinal, por que ele faria aquilo que eu quero que ele faça, mesmo que só uma vez?

Minhas mãos tremem enquanto luto para não permitir que as lágrimas me exponham por completo. E espero até que ele me pergunte qual é o problema. Ou pior, se estou bem. Mas isso não acontece. Em vez disso, ele apenas me acompanha em silêncio até por fim dizer:

— Entendo que essa notícia pode ter sido chocante, Grace. Mas, falando sério... você está mesmo surpresa por Jaxy-Waxy não ter conseguido estabelecer nem um elo entre consortes do jeito certo?

Eu paro de andar e me viro lentamente para encará-lo. A fúria toma com rapidez o lugar da tristeza que me engolia por inteiro.

— Está falando sério? Será que você não tem nem um pingo de compaixão?

Ele está com aquela aparência entediada outra vez.

— Sou um vampiro. Compaixão não é algo comum entre a minha espécie.

Eu o encaro, apertando os olhos.

— Se continuar agindo assim, vou transformar você em uma pilha de pedras.

— Oooohh, que medinho estou sentindo! — Ele agita as mãos, fingindo estar em pânico. — Ah, espere! Já sei como este filme termina. E não quero a camiseta dele.

Não sei se são os gestos ridículos ou a imagem de Hudson vestido com uma camiseta que diz *O Vampiro que Virou Pedra*, mas a minha raiva desaparece com a mesma velocidade que surgiu. Esta discussão é absurda.

Mas Hudson provavelmente não acha o mesmo, pois parece bem ofendido. Pelo menos até que eu olhe bem no fundo dos seus olhos e perceba a satisfação que há ali. E perceba mais uma verdade esta noite.

Hudson procurou uma briga de propósito. Ele sabia que eu estava arrasada. Sabia que eu estava usando todo o meu autocontrole para não me desfazer em lágrimas. Toda a provocação e o sarcasmo não vieram porque ele resolveu agir como um babaca. Era porque ele estava sendo gentil, embora eu tenha certeza de que ele prefere morrer a admitir uma coisa dessas.

Não é a primeira vez que ele faz isso. E provavelmente não vai ser a última. Mas talvez um dia desses eu pare de cair nessas armadilhas. Talvez.

Por outro lado... talvez não.

Porque tem alguma coisa em toda a situação... alguma coisa nos comentários irônicos (de ambos os lados), as implicâncias de um com o outro... às vezes, tudo isso se parece com... preliminares sexuais.

Só de pensar no assunto, o meu estômago (que já está bem sensível) começa a se revirar e se retorcer ao mesmo tempo. Porque essas preliminares podem ser muitas coisas: divertidas, empolgantes, sensuais... mas geralmente levam a algo além. Algo importante e sobre o qual não faço a menor ideia de como me sinto. Especialmente quando não faz nem uma semana desde que Jaxon partiu o meu coração e alguns minutos desde que me dei conta de que isso nunca poderá ser consertado.

Por fim chegamos ao meu quarto; entretanto, antes que eu consiga entrar e dizer um *obrigada por essa noite esquisita* por cima do ombro, Hudson estende o braço e me faz parar.

— Você está bem? — ele pergunta, com as sobrancelhas erguidas e o antebraço apoiado no batente da porta.

— Estou, sim — respondo, embora não tenha certeza de que é verdade. Em particular com essas sensações estranhas acontecendo dentro de mim, sensações que nunca imaginei existirem com relação a Hudson, dentre todas as pessoas. Ele pode ser o meu consorte, mas também é meu amigo e, neste momento, me dá a sensação de ser tudo, menos um amigo.

— É melhor eu entrar — anuncio, detestando como a minha voz soa ofegante. E detestando ainda mais o jeito que as pupilas se dilatam em resposta a isso... só que, ao mesmo tempo, sem detestar tanto.

— Tudo bem. — Ele recua. — Mas me diga quando você quiser respostas.

— Respostas para quê?

— Para essas perguntas que nós ficamos jogando de um lado para outro o tempo inteiro. Você não pode se esconder para sempre, Grace.

Isso é tão próximo do que eu estava pensando antes, aquilo que cheguei a comentar com Macy, que me faz querer reagir.

— Eu não sou fraca. Sou perfeitamente capaz de lidar com questões difíceis. E você sabe disso.

— Você é capaz de lidar com qualquer coisa. Ninguém duvida disso. E se alguém duvidar, essa pessoa é um pateta, porque você já provou e comprovou o que estou dizendo. Você é a pessoa mais incrível que já conheci.

Hudson não é de usar meias-palavras. E provavelmente é por isso que as suas palavras me tocam com tamanha intensidade. Mas, antes que eu consiga elaborar como responder a isso, ele continua: — Mas você tem a tendência de evitar conflitos sempre que pode.

— Não há nada de errado em não querer lutar — justifico.

— Realmente não há. Mas há algo errado em se esconder dos problemas até que eles fiquem tão grandes a ponto de você não conseguir mais fingir que não existem. É como as pessoas que enfiam os boletos que têm que pagar em alguma gaveta porque não querem encará-los. E continuam a enfiá-los na gaveta até que não caiba mais nenhum. A essa altura, sua vida já foi completamente para o inferno. Sim, as circunstâncias podem estar ruins. Mas, depois de certo tempo, se você esperar demais, só restam escolhas difíceis para serem feitas.

Aquelas palavras me atingem com força. E não consigo evitar a sensação de que ele está falando sobre o nosso elo entre consortes. Ele nunca chegou a mencionar exatamente sobre o que vinha pesquisando na biblioteca. Mas, de repente, tenho um palpite. Não me permiti examinar com cuidado o que Hudson pode estar sentindo por ser o meu consorte. Eu não estava pronta para encarar a resposta que ele me daria, qualquer que fosse. Independentemente de Hudson querer o elo ou se arrepender dele. Mas, enquanto eu estava com a cabeça enfiada no chão, Hudson não estava.

— Você disse que estava pesquisando sobre elos entre consortes hoje — digo, com a respiração quase inaudível sobre as batidas do meu coração. — O que estava tentando descobrir, exatamente?

O olhar dele se fixa no meu por vários instantes até ele responder:

— Como quebrá-los.

Capítulo 17

MENSAGENS MISTURADAS

Três horas depois, continuo olhando para o teto sobre a minha cama enquanto penso no que Hudson sugeriu sobre a minha tendência de evitar conflitos.

Eu queria que ele estivesse errado. Queria mesmo. Mas, quanto mais tempo passo deitada aqui, neste edredom rosa-choque que eu não quero — que nunca quis —, não consigo afastar a possibilidade de que ele tenha razão. Especialmente quando viro para o outro lado e enfio a cara em um travesseiro rosa-choque.

Respiro fundo.

E, pela primeira vez, permito que as perguntas que passei meses ignorando invadam a minha cabeça como um enxame de abelhas raivosas.

Como Lia sabia que eu era a consorte de Jaxon antes de eu ouvir falar de Katmere? Antes que Jaxon e eu nos tocássemos... afinal, o elo entre consortes não é criado só depois que as duas pessoas se tocam? E, considerando tudo isso, como ela sabia exatamente onde ia me encontrar?

Como consegui agarrar Hudson e nos prender em um plano diferente? E ainda mais durante meses? E por que o meu elo entre consortes com Jaxon desapareceu enquanto estávamos lá?

Por que o meu elo com Jaxon tinha duas cores em vez de uma? Por que ele era um cordão trançado em verde e preto em vez de ter uma cor pura e brilhante?

Como a Carniceira sabia como romper esse elo? Como ela sabia que aquele elo podia ser quebrado, se um elo entre consortes nunca havia sido quebrado antes?

Como foi que Hudson nos tornamos consortes? Uma coisa é sentir a quebra de um elo entre consortes — algo que deveria ser impossível. Outra coisa é sentir um novo elo se formar, com uma nova pessoa, na mesma tarde. Algo que deveria ser... impossível vezes um milhão, talvez?

Conforme o pânico familiar borbulha no meu peito, não consigo deixar de ficar brava com Hudson por, basicamente, me desafiar a fazer isso. Não foi justo. Ele não faz ideia de como é viver com ataques de pânico.

Não é a primeira vez que reflito sobre essas questões. Já fiz isso antes. E em um zilhão de outras questões também. E em seguida as tranco em uma caixa com a mesma rapidez que elas surgiram. Será que alguém pode me culpar por fazer isso? Eu faria quase qualquer coisa para evitar um ataque de pânico. Perder o controle sobre mim mesma a tal ponto de não conseguir nem controlar a minha capacidade de respirar é algo aterrorizante. E... bem, talvez o meu mecanismo de enfrentamento não seja dos melhores. Isso não significa que alguém tenha o direito de me julgar por agir desse jeito. Especialmente Hudson, para quem o sarcasmo é de fato uma emoção... ou mais do que uma.

Além disso, que diabos vou fazer com essas respostas, quando as tiver? Elas vão conseguir mudar alguma coisa? Ou saber as respostas só vai servir para tornar mais difíceis as circunstâncias? Para fazer com que surjam mais coisas dolorosas para enfrentar? Se há uma coisa que aprendi nos últimos meses, é que toda vez que penso que as coisas estão bem — toda vez que penso ter resolvido um problema — algo ainda maior aparece para chutar a minha bunda.

Sem brincadeira. O que Hudson sabe de verdade sobre a minha vida? Eu começo a chegar a um patamar justificado de indignação. E essa indignação está mirada direto no queixo elegante demais para ser verdadeiro de Hudson.

Faz pouco mais de seis meses que os meus pais morreram. *Seis meses.* Além disso, passei mais da metade desse tempo enclausurada em pedra com Hudson. E, mesmo assim, o número de problemas que tive de enfrentar seria inimaginável se não tivesse passado de verdade por todos eles.

Não quero ser dramática, mas será que é tão estranho assim eu ter ataques de pânico quase diariamente?

Depois que meus pais morreram, me mudei para um lugar que fica a milhares de quilômetros da cidade que eu considerava um lar. Conheci meu consorte, descobri que sou uma gárgula, ganhei um monte de inimigos, lutei para conquistar um lugar num conselho que, há poucos meses, eu nem sabia existir, descobri o único outro membro ainda vivo da minha espécie acorrentado em uma caverna onde também perdi um dos meus amigos, perdi o meu consorte, fui mordida por um dos meus novos inimigos e quase morri e, se tudo isso já não bastasse, também encontrei meu novo consorte. Tudo isso enquanto tentava completar meus estudos do ensino médio.

Hudson pode passar o tempo que quiser alegando que eu me escondo dos meus problemas, mas e se ele enxergasse a situação a partir do meu ponto de vista? Parece que os problemas é que estão conseguindo me encontrar, independentemente de eu me esconder deles ou não.

Mas, em seguida, lembro o que Hudson falou sobre encher a gaveta com os boletos até não haver mais espaço para colocar mais nenhum. E penso em Xavier morrendo, em Jaxon terminando o nosso namoro, em Cole apodrecendo em algum lugar. Em Hudson, que agora é o consorte de alguém de quem ele não quer ser o consorte. E não quer mesmo, já que ele passa suas noites pesquisando maneiras de romper o nosso elo.

Esse último pensamento me faz parar por um instante. E engolir a minha indignação como se fosse um remédio amargo.

Meu medo obrigou Hudson a tentar resolver sozinho todos os nossos problemas. Talvez eu não seja capaz de lidar com todas essas perguntas, mas, pelo menos, posso tentar responder uma delas.

Mas por qual devo começar?

E é então que penso na Carniceira. Penso muito sobre a Carniceira, junto ao feitiço que, de algum modo, ela sabia que tinha de dar a Jaxon para quebrar o nosso elo entre consortes.

Se alguém chegasse ao ponto de querer prejudicar o meu elo com Jaxon... o que mais essa pessoa seria capaz de fazer comigo? Ou com Jaxon? Ou com Hudson? E, de repente, não é o ataque de pânico causado por essas perguntas que toma conta de mim. É a raiva. Se ela sabia como despedaçar Jaxon e a mim... então ela também nos deve um feitiço para consertar as coisas. E algumas respostas.

— Você não para de se mexer aí do seu lado. — A voz de Macy soa suave e sonolenta. — O que está acontecendo?

— Desculpe. Não queria acordar você.

— Não se preocupe. Não tenho dormido muito nos últimos tempos, de qualquer jeito. — Ouço um farfalhar de lençóis. Em seguida, a luminária multicolorida ao lado da cama de Macy se acende. — O que houve? Percebi que Jaxon não deu as caras por aqui ultimamente... nem Hudson, por falar nisso. Vocês andaram brigando?

Respiro fundo e arranco o *band-aid* de uma vez.

— Jaxon deu um fim no nosso namoro na semana passada.

Macy não diz nada; simplesmente fica deitada ali na penumbra, com a respiração constante, por vários minutos. Ela não pergunta por que não lhe contei antes. E a gratidão que sinto por ela não o fazer é enorme. Em seguida, ela se vira para mim, olha nos meus olhos, e diz:

— Que pena.

Balanço a cabeça devagar, lutando para conter as lágrimas. Não tenho condições de falar sobre o assunto hoje. Estou exausta demais para ter esse tipo de conversa com a minha prima. E ela deve sentir isso, porque a única pergunta que faz é:

— Tem algo que você queira fazer a respeito?

Tem, sim. E uma ideia começa a se formar na minha cabeça.

— Acha que consigo agendar um horário para conversar com a Carniceira?

— A Carniceira? — Macy está surpresa, mas deve deduzir o meu pensamento bem rapidamente. Ela logo emenda: — Não sei se existe essa coisa de "agendar um horário", mas tenho certeza de que você pode convencer Jaxon a levá-la.

— E se ele não quiser? Não faço a menor ideia de como chegar lá sozinha.

— Ele vai concordar. — Ela fala com muito mais confiança do que sinto depois da conversa com Hudson esta noite. — O seu elo entre consortes é tão importante para ele quanto é para você.

— Na semana passada eu até concordaria, mas agora... — Lembro a frieza nos olhos de Jaxon quando ele me disse que precisávamos dar um tempo. — Agora não tenho tanta certeza.

— Bem, tenho certeza suficiente por nós duas — assegura Macy. — Mande uma mensagem para que ele leve você até lá este fim de semana. Na pior das hipóteses, ela deve uma explicação a vocês dois.

Tenho a impressão de que ela nos deve mais do que isso, já que o feitiço que ela deu a Jaxon destruiu a minha vida. Por outro lado, essa pode ser somente a minha impressão.

Viro para o outro lado e pego o celular. Entretanto, em vez de mandar uma mensagem para Jaxon, mando uma mensagem para Hudson.

**Eu:** Ei, quer ir a um lugar comigo este fim de semana?

Não recebo resposta e me dou conta de que já está tarde; ele provavelmente já está dormindo. Mas, em seguida, três pontinhos aparecem na tela, o que significa que ele está digitando uma resposta. E percebo que o meu coração acelera também.

**Hudson:** Defina esse "a um lugar".

Eu sorrio. É claro que Hudson responderia assim.

**Eu:** Tem importância?

**Hudson:** Se estiver planejando um golpe de Estado em um país pequeno, tem, sim. Se quiser sair para fazer anjinhos na neve, então, não.

**Eu:** Desculpe. Não vamos dar um golpe.

**Eu:** Quero ir conversar com a Carniceira.

Nada de resposta. Eu me obrigo a ficar encarando o celular até que os três pontinhos apareçam de novo.

**Hudson:** Estou livre agora...

É claro que está. Não é nada ofensivo o quanto ele está ansioso para quebrar o nosso elo. Tão ansioso que está disposto a largar tudo para fazê-lo.

**Eu:** No sábado.

**Hudson:** Ou agora.

Envio o emoji revirando os olhos para ele.

**Eu:** Não vou mudar de ideia.

**Eu:** E vou chamar Jaxon para ir com a gente também.

**Hudson:** Talvez eu tenha falado rápido demais sobre fazer anjinhos na neve.

Solto uma gargalhada. Afinal, que outra reação eu poderia ter?

**Eu:** A gente se vê na aula.

**Hudson:** "A dor e o sofrimento são sempre inevitáveis."

**Eu:** Achei que *Crime e Castigo* fosse leve demais para você.

**Hudson:** Acho que estou sentindo uma onda de otimismo.

**Eu:** Boa noite.

**Hudson:** Boa noite, Grace.

Seguro o celular por mais alguns segundos, à espera de que Hudson mande alguma outra mensagem. Quando percebo que não vai, pondero sobre mandar uma mensagem para Jaxon falando dos planos para o sábado, mas decido que posso simplesmente conversar com ele na aula de amanhã. Mandar uma mensagem de texto para um garoto uma semana depois de terminar o namoro cheira a desespero. Especialmente se isso acontecer depois da meia-noite.

— Pelo tamanho desse sorriso na sua cara, acho que ele disse sim — comenta Macy.

Ela acha que eu estava mandando mensagens para Jaxon. Sei que deveria esclarecer a situação. Mas a verdade é que não tenho mais energia esta noite para explicar que Hudson está tão ansioso para terminar o relacionamento comigo quanto Jaxon estava.

# Capítulo 18

## EM SUA PRÓPRIA CLASSE

Macy e eu acordamos dez minutos antes de o sinal do início da aula tocar.

Isso não é problema algum para Macy. Ela executa um pequeno feitiço de glamour e está pronta para ir. Por outro lado, estou completamente destruída. Normalmente adoro ser uma gárgula, mas preciso admitir que o fato de a magia não funcionar em mim às vezes atrapalha demais... especialmente quando isso significa ter de jogar água gelada no rosto porque não tenho tempo de esperar até que ela fique numa temperatura tolerável.

— Ande logo, Grace! — Macy me chama ao lado da porta, e eu luto contra o desejo de lhe mostrar o dedo médio. Ela não tem culpa de não poder fazer feitiços de glamour em mim, afinal de contas. E olhe que ela tentou várias vezes. E também não tem culpa de parecer totalmente arrumada e apresentável enquanto pareço o monstro de algum filme, logo após a cena de batalha.

— Estou indo, estou indo — digo a ela enquanto coloco a mochila sobre o ombro e pego um elástico roxo de cabelo na gaveta da minha escrivaninha. Prendo meu cabelo em um rabo de cavalo quando saímos pela porta e fico feliz por termos saído antes que eu pudesse me olhar no espelho. Em particular porque tenho quase certeza de que a camisa polo roxa que peguei no chão do armário é a mesma que joguei ali na semana passada, quando percebi que havia uma mancha que não consegui tirar depois da lavagem.

Que maravilha.

Porque a única coisa pior do que entrar em uma sala cheia de monstros com cara de quem acabou de sair da cama é entrar em uma sala cheia de monstros com cara de quem nem conseguiu chegar na cama.

Eles conseguem pressentir fraquezas.

Macy e eu descemos as escadas correndo e nos separamos ao chegarmos ao primeiro andar. Ela tem aula de teatro em um dos chalés externos enquanto eu tenho aula de ética do poder. É um seminário apresentado pelos alunos do último ano durante seis semanas, e é uma exigência para conseguir se formar. Imagino que isso aconteça porque o tio Finn não quer se arriscar a soltar um bando de paranormais perigosos no mundo sem uma boa noção do que é certo e do que é errado.

É uma matéria interessante. E também é a única das minhas aulas em que estou indo bem, já que não perdi nenhuma. Mas é algo que me assusta mesmo assim. A professora é brilhante, mas também é uma megera. Além disso, a sala dela é, de longe, a mais assustadora em Katmere. E afirmo isso sem exagero algum, considerando que os túneis sob o castelo estão cheios de ossos humanos.

Já perguntei um milhão de vezes qual era a finalidade dessa sala, mas ninguém nunca me responde. Acho que as pessoas estão tentando poupar meus sentimentos delicados, mas o fato de não saber só serve para atiçar ainda mais a minha imaginação. De um jeito que não é bom. Quantas razões pode haver para ter manchas de queimaduras e marcas de garras entalhadas em pedra? Especialmente quando há restos do que parecem ser grilhões de ferro em várias alturas diferentes e lugares da sala...

Uma rápida olhada no meu celular indica que falta um minuto antes que a música que anuncia o último sinal comece a tocar — mais especificamente, o refrão da nova música favorita do tio Finn: *Bury a Friend*, de Billie Eilish. Porque ele gosta de criar um clima característico. Isso é algo que deixa Macy maluca, mas depois de passar os últimos doze anos da minha vida seguindo uma rotina chata de campainhas de escola esta mudança até que é legal.

A sala de ética é separada do restante do castelo por um corredor longo, sinuoso e sem janelas, e eu o atravesso correndo — em parte por estar atrasada, mas também porque detesto passar por aqui sozinha.

Não há nada que seja muito assustador neste lugar. No entanto, toda vez que passo por aqui, sinto um calafrio na coluna que não tem nada a ver com o Alasca e tudo a ver com a possibilidade de que exista alguma coisa estranha por aqui. Muito, muito estranha.

Claro, o corredor leva até o lugar que, tenho quase certeza, era usado como uma câmara de tortura. Será tão estranho assim o fato de causar essa sensação assustadora?

Após certo tempo, a passagem termina, mas mesmo sabendo que já estou atrasada, paro por um segundo a fim de conseguir organizar os pensamentos e dar uma penteada nos cabelos. Afinal de contas, a localização não é a única característica que faz desta sala de aula o lugar mais assustador de Katmere. É o que tem ali dentro que me estressa.

E é por isso que, embora a música que anuncia o último sinal toque, ainda preciso de alguns momentos para respirar fundo antes de abrir a porta e entrar naquela sala grande e circular. Mantenho a cabeça abaixada e me dirijo até uma das carteiras vazias no fundo da sala, mas mal consigo dar dois passos antes de a voz da professora ecoar pela sala de aula.

— Seja bem-vinda, srta. Foster. Que bom que decidiu vir à aula hoje.

— Me desculpe pelo atraso, srta. Virago.

Penso em alegar que isso não vai se repetir, mas já estudo em Katmere há tempo suficiente para saber que não se deve fazer esse tipo de promessa. Em especial para a professora mais rabugenta da escola.

— Faz bem em pedir desculpas, mesmo — ela fala devagar, mordendo cada palavra como se fosse um inimigo. — Converse comigo depois para eu lhe passar um trabalho. Aí você pode compensar o conteúdo que perdeu.

O conteúdo que perdi? Dou uma olhada ao redor da sala para tentar descobrir o que eu poderia ter perdido em dez segundos, mas parece que ninguém nem começou a fazer anotações no caderno ainda. A srta. Virago deve perceber que estou olhando para a sala, porque aperta os olhos logo antes de dar meia-volta e ir até a frente da sala, com os saltos batendo furiosos no chão a cada passo dado.

— Algum problema, srta. Foster?

— Não, senhora...

— Então talvez possa nos explicar como o primeiro princípio de Rawls pode ser aplicado em...

— Desculpe por interromper, professora. — A voz de Hudson ecoa pela sala, com um tom apaziguador e... angelical? — Mas será que a senhora pode repassar a parte sobre quais seriam as opiniões de Kant sobre tortura mágica? Ainda estou um pouco confuso com a questão do imperativo categórico.

Ela solta um longo suspiro.

— O I. C. não é tão difícil de entender, sr. Vega. Especialmente se você prestar atenção.

— Eu sei. Me desculpe. Estou tendo dificuldades com toda a filosofia de Kant, para ser sincero. — Não há uma gota de sarcasmo na sua voz. E juro que ele fala de um jeito mais doce do que jamais o ouvi falar antes.

— Bem, neste caso, então talvez seja melhor o senhor conversar comigo depois da aula também. Você e a srta. Foster podem passar o fim de semana fazendo um trabalho em grupo para ganhar alguns pontos extras.

— Eu gostaria...

O som de algo se quebrando enche o ar, e metade da caneta de Jaxon atravessa a sala, voando. Ela bate no púlpito da srta. Virago antes de rolar pelo chão e pousar bem diante dos pés da professora.

Ela aponta o olhar irado para Jaxon e Flint, que, graças ao bom Deus, começa a rir. Ele ri como se fosse uma hiena gargalhando no meio da aula.

E tudo isso, em resumo, são as razões pelas quais odeio essa maldita aula, apesar de o assunto ser interessante. Além de termos uma professora infernal, de algum modo faço parte do quadrângulo... do retângulo... ou do quadrado mais desgraçado e cheio de testosterona da História.

E isso é antes de a srta. Virago anunciar que vamos passar a aula trabalhando em problemas éticos como parte de um trabalho em grupo, logo antes de anunciar com um sorriso viperino:

— Ah, e a srta. Foster, o sr. Vega, o outro sr. Vega e o sr. Montgomery. Vocês quatro vão fazer a primeira apresentação de hoje.

## Capítulo 19

## A TRISTEZA ODEIA COMPANHIA

— Sério mesmo? — Jaxon é o primeiro a se manifestar quando juntamos as nossas carteiras. — Você não conseguiu ficar de boca fechada, não é?

— Olhe só quem está falando. O moleque que jogou a caneta na professora — retruca Hudson.

— Eu não atirei nada. Eu... — Ele para de falar quando percebe que sua justificativa não vai levar a lugar algum.

— Como você está, Grace? — Flint sorri.

— Estou bem. — Considerando que vou ter de passar os próximos noventa minutos na minha própria versão do inferno. — Por quê?

— Só para saber. — Ele dá de ombros. — Só achei que você estava...

— Com uma cara ruim? — completo para ele. — A noite foi difícil.

Jaxon olha para ele, irritado.

— Ela parece bem.

— Eu não disse que não estava — responde Flint.

— Você está bem? Aconteceu alguma coisa depois que eu fui embora? — pergunta Hudson com a voz baixa.

— Você passou a noite com ele? — A voz de Jaxon não demonstra emoção alguma. Seu olhar, por outro lado...

— Nós conversamos ontem — digo a ele. — Nós passamos a noite na...

— Mas que beleza, hein? — Ele aponta o olhar pra Hudson de novo. — Atormentar garotas infelizes é superelegante.

— Espere aí! — interrompo. — Ninguém estava atormentando ninguém.

— Talvez você não devesse ter causado a infelicidade dela — Hudson me interrompe. — Assim, quem sabe, você podia ter passado a noite com ela.

— Nós não passamos a noite juntos! — esclareço.

— Bem, e o que será que Kant acharia sobre tudo isso que está rolando entre vocês? — Flint entra na conversa agitando a mão de um lado para outro, mirando Jaxon e depois Hudson como se estivesse assistindo a uma partida de tênis.

— Você está maluco, cara? O que deu na sua cabeça? — pergunto.

— Ei, alguém tem que fazer o trabalho que a professora mandou — ele retruca. — Estou só tentando fazer a minha parte.

— Ah, e você faz isso exacerbando a situação? — Eu o encaro, irritada.

— Não. Estou tentando concentrar o nosso grupo em filósofos sobre a ética — responde ele com uma expressão tão inocente que me surpreendo por ele não ter feito uma auréola aparecer logo em cima da sua cabeleira *black power*.

— Você nem esperou para se jogar em cima dele? — pergunta Jaxon.

— Se "me jogar em cima dele" for "encontrá-lo por acaso na biblioteca", então eu fui, sim — rebato Jaxon, sem tentar esconder como estou ofendida.

— Sabe, não é? Aquele salão grande com um monte de livros — cutuca Hudson. — Ah, mas espere. Você sabe o que é um livro?

— Preciso de um grupo novo — desabafo, sem me dirigir a alguém em particular.

— Eu topo fazer parte do seu grupo — Flint se oferece.

— Você já está no meu grupo — digo a ele por entre os dentes. — É por isso que eu quero um grupo novo.

— Ei! — Ele faz uma careta, fingindo mágoa. — Sou a única pessoa neste grupo que trabalha.

— Ah, é mesmo? — pergunto. — E que trabalho você fez, exatamente?

Flint empurra o caderno para perto de mim. Ele desenhou uma linha que desce pelo meio da página e escreveu *Kant* no alto de uma das colunas e *Hudson* na outra. Embaixo da palavra *Kant* há uma caricatura de Jaxon... com chifres de diabo e um rabo pontudo.

Hudson se aproxima para dar uma conferida no trabalho de Flint e sorri.

— Ficou bem parecido — garante ele a Flint, que ergue o punho fechado para que Hudson o toque com o seu.

— O que acham que Kant e Kierkegaard diriam sobre vocês trazerem seus problemas pessoais para a sala de aula? — A voz da srta. Virago atravessa a tensão que fica cada vez mais densa ao redor do nosso grupo.

Porque o que esta conversa mais precisa é que ela se intrometa na discussão e piore tudo ainda mais. Não quero dar motivo para que essa mulher fique pegando no meu pé, mas como não posso confiar em nenhum dos meus colegas de grupo sei que preciso tentar alguma coisa.

Mas, antes que eu consiga pensar em algo para dizer, Hudson responde:

— Tenho quase certeza de que Kierkegaard pensaria que esta é uma questão subjetiva.

E isso... ah, ninguém merece.

Jaxon revira os olhos, Flint baixa a cabeça visando esconder seu sorriso e não consigo suprimir uma risada. E, em seguida, tampo a boca e o nariz em um esforço desesperado para esconder as provas do crime.

Mas já é tarde demais. A srta. Virago está quase soltando fogo pelas ventas e não se importa com quem o perceba.

— Já chega! — sibila ela para Hudson e para mim. — Vocês dois, venham até a minha mesa!

Merda. Lá se vai a única nota boa que eu tinha.

*Desculpe*, diz Hudson silenciosamente para mim enquanto pego uma caneta e um caderno.

Dou de ombros para ele. A minha risada não aconteceu por culpa dele.

Hudson vai atrás da professora, mas Jaxon segura na minha mão e pergunta com a voz suave:

— Quer que eu tire você dessa situação?

A sensação da pele dele me tocando é muito boa. Tão boa, inclusive, que levo alguns segundos para me dar conta do que ele disse. Mas, quando percebo, faço um gesto negativo com a cabeça.

Bem, é claro que eu gostaria que ele me ajudasse a não passar por isso. Não tenho tempo para fazer os outros trabalhos que a srta. Virago vai despejar na minha cabeça e na de Hudson. Mas, ao mesmo tempo, detesto o medo que as pessoas sentem de Jaxon. E o quanto elas se afastam dele por isso. Fico só imaginando como as coisas ficariam piores se eu o deixasse usar sua influência para me tirar desse tipo de situação.

Agradeço a oferta com um sorriso, mas qualquer vislumbre de humanidade que percebi nele desapareceu quando ele me encara com aqueles olhos sombrios que parecem se enregelar a cada segundo.

Eu baixo o olhar, mais ofendida do que gostaria de admitir pela indiferença tão explícita nele. Sei que não estamos juntos, mas será que isso quer dizer que ele pode simplesmente desligar seus sentimentos por mim? Será que ele não se importa mais comigo?

Mas como ele é capaz de fazer isso? Eu me tornei a consorte de outra pessoa, diabos. E ainda assim eu me importo com Jaxon. Sim, as circunstâncias estão diferentes entre nós. Sim, tenho emoções confusas em relação a Hudson correndo dentro de mim. Mas isso é o elo. Não sou eu.

Eu, Grace Foster, a garota dentro da gárgula, ainda amo Jaxon. Consigo sentir esse amor quando ele olha para mim; senti-lo quando ele me toca. Então... como pode ser possível que ele não sinta o mesmo?

Não é possível, decido enquanto a srta. Virago conversa com Hudson e comigo com a voz bem ríspida, passando aquele trabalho extra que prometeu no começo da aula. Jaxon pode tentar esconder seus sentimentos por trás daquela muralha horrível de frieza, mas isso não significa que os sentimentos não estejam ali.

E, quando nos encontrarmos com a Carniceira, quando descobrirmos uma maneira de quebrar meu elo entre consortes com Hudson, tudo vai voltar ao normal. Não pode ser diferente.

Porque... se não voltar... não sei o que vai acontecer com a gente.

## Capítulo 20

## RINDO DE VOCÊ

O restante do dia passa num borrão de aulas e trabalhos, mais aulas e mais trabalhos, até que sinto vontade de tacar o foda-se. E é por isso que, ao receber uma mensagem de Flint pedindo para acompanhá-lo em um voo, sinto vontade de fazer isso. Muita, muita vontade mesmo. Já faz mais de uma semana desde que voei pela última vez. E estou super a fim de esticar as asas.

Mas fugir da minha pilha de lições de casa seria uma atitude completamente irresponsável. E eu ficaria ainda mais atrasada nos trabalhos que tenho de entregar. Uma coisa é ficar atolada em trabalhos por causa das circunstâncias. Mas tomar decisões ruins que me fazem afundar ainda mais neles é algo completamente diferente. Faltam só dois meses para a minha formatura. Posso fazer qualquer coisa nesse ínterim. Até mesmo uma quantidade enorme de lições de filosofia.

**Eu:** Desculpe, não vai dar para ir. Estou atolada no trabalho de física.

Em resposta, Flint me manda um GIF de um menininho chorando. E isso faz com que eu mande um GIF de uma menininha chorando ainda mais.

**Flint:** Estude bastante, Novata.

**Eu:** Cuidado para não trombar com alguma montanha, Garoto Dragão.

Ele responde com um avião de papel que cai e explode. Afinal, isso é a cara de Flint.

Embora um pedaço de mim adoraria poder ficar aqui e passar a tarde inteira trocando GIFs com Flint, fazê-lo não vai ajudar a completar o meu trabalho. Guardo o celular no bolso frontal da mochila e troco de roupa, tirando o uniforme e vestindo uma calça de moletom e a camiseta com a estampa do *Notorious RBG* que a minha mãe me deu de presente quando completei dezessete anos.

Pego uma maçã e uma lata de Dr. Pepper antes de sair e vou até a sala de estudos no segundo andar, onde combinei de me encontrar com Hudson.

Mas mal cheguei à metade do corredor quando dou de cara com Mekhi, que sai correndo do seu quarto e tromba comigo.

— Ah, merda! — Mekhi segura nos meus ombros para não deixar que eu saia voando e bata na parede mais próxima. Afinal, esse é um dos riscos de entrar no caminho de um vampiro que tem uma missão a cumprir. — Desculpe, Grace. Não vi você aí.

— Pensei que você estava a fim de quebrar umas costelas — brinco.

— E arrumar briga com os dois irmãos Vega? — Ele finge estremecer de um jeito exagerado, mesmo que seus olhos castanhos estejam sorrindo quando Mekhi diz: — Ah, o meu pescoço está bem melhor. Obrigado por perguntar.

Reviro os olhos.

— Sim, porque você tem muito que se preocupar com o que Jaxon e Hudson fazem.

— Se eu machucar você, eles vão querer fazer coisas horríveis comigo — responde Mekhi. Embora ainda esteja sorrindo, o tom da sua voz ficou umas cem vezes mais solene agora. — Mas isso serve para você também, Grace. Você precisa tomar cuidado.

— Estou tentando tomar cuidado. Mas, caso não tenha percebido, é bem difícil saber no que aqueles dois estão pensando.

— Jaxon ama você — diz Mekhi.

— Ama mesmo? — Faço um gesto negativo com a cabeça. — Porque, nesses últimos dias, acho que eu não afirmaria isso com tanta certeza.

— Ele está sofrendo.

— Ah, claro. Bem, eu também estou. Mas, toda vez que falo com ele, as coisas só pioram. Ele está me tratando como se eu fosse... — Termino a frase com um suspiro, sem saber ao certo o que quero expressar. Ou, mais honestamente, não tenho certeza de que quero expressar alguma coisa.

Mas Mekhi, por sua vez, não tem esse tipo de inibição.

— Como se você já tivesse se afastado definitivamente?

Sinto meus ombros caírem pelo desânimo.

— Sim.

Ele desvia o olhar e não se pronuncia pelo que parece uma eternidade. Mas, quando seu olhar cruza com o meu outra vez, ele está bem sério.

— Talvez você queira pensar sobre o motivo disso.

Penso em alegar que isso é exatamente o que estou tentando dizer; *eu não sei por quê*. Mas, antes que eu consiga, ele passa o braço ao redor dos meus ombros e me puxa para um abraço. E fala:

— As coisas vão acontecer do jeito que devem. Você só precisa dar tempo ao tempo.

Quase replico que ele ganhou o troféu da resposta mais evasiva de todos os tempos, mas Mekhi me encara com uma expressão solidária e sai andando na direção oposta.

Esses vampiros são muito esquisitos. A gente nunca sabe exatamente o que eles estão tramando, não é?

Eu não trocaria o poder de ser uma gárgula por nada... exceto se pudesse ter meus pais de volta. Mas eu estaria mentindo se dissesse que não pensei em como a minha vida era mais simples antes de saber que vampiros existem. Especialmente antes de conhecer os dois vampiros mais atraentes, intransigentes e difíceis do mundo. Provavelmente de todo o universo.

Ainda assim, não consigo deixar de refletir a respeito das palavras de Mekhi sobre tomar cuidado. Com Jaxon e também com Hudson. E finalmente entendo. De verdade. Porque há um cantinho de mim que morre de medo da possibilidade de destruirmos uns aos outros antes que tudo isso acabe.

Talvez seja por isso que pego o celular e mando uma mensagem para Jaxon.

**Eu:** O que as pessoas disseram quando a múmia chegou na Itália?

Espero um minuto até que ele responda, mas isso não ocorre. Por isso, continuo a caminho da sala de estudos. Para me encontrar com Hudson.

Ele não está lá, e isso é algo que eu devia ter imaginado que poderia acontecer. Cheguei dez minutos antes do horário combinado. Mas não sei. Acho que fiquei tão acostumada a vê-lo na minha cabeça o tempo todo que só espero que ele esteja onde quer que eu precise. E isso é um hábito ridículo. Algo que com certeza preciso mudar.

Deposito minhas coisas na única mesa livre, aproveitando para comer a minha maçã enquanto abro vários sites com informações sobre as éticas de Platão, Sócrates e Aristóteles. A srta. Virago escolheu os filósofos, e acho que ela gosta bastante dos gregos antigos. Mas temos de escolher a questão ética a analisar de acordo com os pontos de vista de cada um dos três filósofos antes de escolher a que consideramos correta.

Algumas ideias me ocorrem e estou anotando todas elas quando Hudson por fim chega.

— Desculpe — pede ele, acomodando-se na cadeira do outro lado da mesa. — Achei que você fosse chegar mais tarde.

— Nós combinamos este horário, não foi? — Ergo os olhos com um sorriso. Em seguida, volto a me concentrar nas minhas anotações. Não quero que a ideia que tenho na cabeça escape.

— É verdade. É que... — Ele não termina a frase.

— O que foi? — pergunto.

Ele faz um gesto negativo com a cabeça.

— Nada.

Levanto o rosto outra vez, mas ele está me fitando de um jeito estranho. Tão estranho que descanso a caneta sobre o caderno e encaro o olhar dele.

— Ei, o que houve? — indago. — Está tudo bem com você?

— Claro que está. — Mas aquela pergunta parece ter mexido com ele, embora eu não consiga determinar exatamente o porquê.

— Tem certeza? — pergunto quando ele não me diz mais nada. Um tipo de comportamento que não tem nada a ver com o Hudson que conheço. Deus sabe que ele não é do tipo que fica sem palavras. Mas, depois deste dia, realmente não estou a fim de tentar adivinhar o que está errado com ele. Assim, apenas ergo as sobrancelhas e reitero a pergunta: — O que aconteceu, Hudson?

— Nada. — Há um toque adicional de agressividade em seu tom de voz desta vez, e sinto o alívio tomar conta de mim. Com este Hudson eu sei lidar. Com o outro, o mais sutil... não faço a menor ideia. — Por quê?

— Não sei. Você está... meio esquisito.

— Esquisito? — Ele eleva uma sobrancelha imperiosa. — Eu nunca fico esquisito.

E dou uma risadinha. Esse é o Hudson que conheço.

— Esqueça. Vamos fazer o trabalho.

— É para isso que estamos aqui. — Ele pega o seu notebook e um caderno. — Alguma ideia sobre qual pergunta você quer discutir?

Apresento as minhas ideias e, depois de alguns minutos de debate, decidimos falar sobre o efeito borboleta: é ético mudar alguma coisa no tempo, pelas razões certas, se você sabe que isso vai mudar alguma coisa posteriormente — e talvez de um jeito não tão bom assim?

Ele escolhe Sócrates, eu fico com Aristóteles, e nós decidimos nos encontrar no ponto médio com Platão.

Encontro um artigo sobre a obra *Da Alma*, de Aristóteles, e começo a anotar aspectos que podemos usar. É um artigo bem interessante e me deixo envolver por ele, tanto que quase não presto atenção quando Hudson limpa a garganta antes de dizer, do nada:

— Ninguém nunca me perguntou isso antes.

Estou anotando coisas no caderno, então não ergo os olhos para perguntar.

— Ninguém nunca lhe perguntou o quê?

— Se eu estou bem.

Não assimilo a resposta a princípio. Mas, quando isso acontece, o meu cérebro se desliga. Ele para de funcionar por um segundo ou dois.

E então ergo os olhos com um movimento brusco e ali está Hudson, com o rosto aberto, um olhar oceânico... e, por um momento, quase me esqueço de como se respira. Não somente pelo jeito que ele me olha, mas porque enfim sinto o peso daquelas palavras. E o que elas significam.

Saber disso deixa o ar à nossa volta carregado. Faz meu coração bater rápido demais e os pelos na minha nuca se eriçarem. E mesmo assim não consigo desviar minha atenção dos olhos dele. Mesmo assim, não consigo fazer nada além de me perder nas profundezas daqueles olhos.

— Ninguém? — consigo forçar as palavras para que passem pelo aperto na garganta.

Ele faz um gesto negativo com a cabeça, dá de ombros de um jeito meio depreciativo. E, apenas com isso, consegue me destruir.

Eu sempre soube que a sua vida foi horrível. Vi lampejos dela. Deduzi algumas coisas que ele não me contou. E cheguei até mesmo a conhecer aquelas pessoas horríveis que dizem ser seus pais. Mas nunca percebi antes (pelo menos não deste jeito) que Hudson nunca teve alguém, em todos os seus duzentos e tantos anos de vida, que se importasse com ele. Que realmente, verdadeiramente se importasse com ele e não com o que ele é capaz de fazer ou como seriam capazes de usá-lo.

É uma percepção terrível. E é algo que despedaça o meu coração.

— Não faça isso. — A voz dele está rouca.

— Não faça o quê? — pergunto. Por algum motivo, minha garganta parece ainda mais apertada do que estava há um minuto.

— Não sinta pena de mim. Não foi por isso que lhe contei. — Fica óbvio que Hudson está se sentindo desconfortável, mas ele não desvia o olhar. E eu também não.

Não consigo.

— Isso não é pena — finalmente sussurro. — Eu jamais conseguiria sentir pena de você.

Alguma coisa se move por trás dos olhos dele. Algo que se parece demais com angústia.

— Por que sou um monstro?

— Porque você sobreviveu. — Estendo o braço para pegar na mão dele instintivamente. E, no instante em que nossa pele se toca, sinto o calor tomar conta de mim. — Porque você é melhor do que eles. Porque, não importa o que eles tenham feito, não conseguiram dobrar você.

A mão de Hudson se fecha ao redor da minha. E os seus dedos deslizam por entre os meus, até que estamos de mãos dadas.

A sensação é melhor do que eu esperava; com certeza, melhor do que deveria ser. Por isso, não me afasto. Ele também não. E, por um minuto, tudo ao redor parece perder a cor.

Os outros alunos à nossa volta.

O projeto que nenhum de nós dois tem tempo de fazer.

O fato de que parece impossível encontrar uma saída de toda essa situação.

Tudo desaparece. E, pelo menos neste momento no tempo, somos só nós dois e esta conexão que não tem nada a ver com o elo entre consortes e tudo a ver conosco.

Pelo menos até que o meu celular, que está ao meu lado na mesa, vibra e apita com uma série de mensagens de texto, acabando com a paz frágil que havia entre nós.

Hudson é o primeiro a desviar o olhar, atraído pelas vibrações do meu celular. E o momento desaparece.

— É melhor eu ir embora — diz Hudson enquanto afasta a mão da minha e se levanta da mesa.

— Mas nós ainda não terminamos...

— Ainda temos uma semana. Podemos fazer o trabalho no domingo — ele fala com a voz tensa enquanto guarda as coisas de qualquer jeito na mochila.

— Sim, mas desmarquei tudo que ia fazer hoje. Achei que...

— A biblioteca vai fechar em algumas horas. E quero pesquisar mais algumas coisas sobre elos entre consortes. Li alguns trechos bem interessantes na noite passada e quero continuar pesquisando enquanto essas informações estão frescas na minha cabeça.

— Que tipo de trechos? — questiono, completamente embasbacada com a atitude brusca.

— Sobre pessoas que já tentaram quebrar esses elos. — Ele vira as costas para mim e vai embora sem nem olhar para trás.

Sinto o coração bater com força. Por que é que dói tanto ver outro exemplo do quanto ele está ansioso para quebrar o nosso elo?

Mas enfim... É óbvio que ele pode fazer o que quiser. Eu só queria saber por que ele tem de fazer isso logo agora, quando a gente devia estar trabalhando nesse projeto idiota.

Dane-se. Eu me levanto e começo a guardar as minhas coisas também. Se Hudson pode trabalhar em outros projetos, então também posso. Afinal, já tenho um milhão de trabalhos diferentes para entregar antes do fim do ano letivo.

É só quando pego o celular que lembro que alguém me mandou mensagens. Olho para a tela do aparelho, imaginando que talvez seja Macy, o tio Finn ou até mesmo Heather, com quem não converso há uns dois ou três dias. Mas não é nenhum deles.

Em vez de serem essas pessoas, é Jaxon. E ele respondeu à minha piada.

# Capítulo 21

## DETESTEI O QUE VOCÊ FEZ
## COM ESTE LUGAR

**Jaxon:** Acho que você está longe de casa...

**Jaxon:** Afinal... ela veio do Egito, não?

Minhas mãos se atrapalham com o aparelho na pressa de destravar a tela. E tenho noção do quanto isso é ridículo. Ele me deixou esperando por mais de uma hora, mas não importa. Tudo que importa é que ele me respondeu. Talvez ele não me odeie.

**Eu:** Múmia mia!

Imagino que vai levar uma hora até ele me responder de novo. Isso se chegar a responder. Mas percebo que estou errada, porque ele responde quando estou fechando o zíper da minha mochila.

**Jaxon:** Suas piadas estão ficando cada vez piores.

**Eu:** Nem toda piada é boa.

**Jaxon:** Aparentemente, não.

Ele não está sendo muito aberto comigo no momento, mas também não está me ignorando. Considerando que este é um indicador tão bom quanto qualquer outro, decido arriscar um pouco mais.

**Eu:** Podemos nos encontrar? Só por uns minutos.

**Eu:** Queria conversar.

Longos segundos que parecem durar horas se arrastam. Até que enfim recebo uma resposta.

**Jaxon:** Podemos, sim. Estou na torre. Pode vir.

Não é uma resposta muito entusiasmada, mas é melhor do que minha expectativa. Assim, considero-a uma pequena vitória. Em seguida, saio em disparada até a porta enquanto mando uma última mensagem avisando que estou a caminho.

Subo apressada as escadas até a torre, pulando dois e, às vezes, até três degraus por vez. Estou sem fôlego quando chego ao fim do último lance de escadas, mas não me importo. Tem de haver uma maneira de melhorar a situação com Jaxon e não magoar Hudson no processo. Tem de haver. E tenho certeza de que isso envolve fazer perguntas importantes para a Carniceira. E exigir que ela responda.

Preciso de um segundo para recuperar o fôlego antes de entrar na antecâmara da torre. Em seguida, fico paralisada assim que dou a minha primeira olhada de verdade no lugar. Está completamente diferente de como era antes.

Normalmente, os móveis ficam organizados como se fossem um convite. E há também várias e várias estantes de livros, velas e outros enfeites pequenos. Há obras de arte nas paredes e mais pilhas de livros espalhadas pelo quarto. E também um armário cheio de barras de cereal, pacotes de biscoitos Pop-Tarts e chocolates só para mim.

É o meu cômodo favorito em todo o castelo. O lugar onde posso simplesmente me sentar com um petisco, um livro e o garoto que amo. Do que mais uma garota precisa?

Mas... a sala da torre que eu tanto amava? Aquela sala não existe mais. Em seu lugar só há um lugar frio e tristonho. Uma sensação que eu não tinha desde que Lia tentou me sacrificar.

Os livros sumiram. A mobília sumiu. E a única obra de arte remanescente — um Monet original — tem um buraco gigante bem no meio da tela. No lugar da mobília, agora há equipamentos para ginástica. Muitos e muitos aparelhos para malhação. O centro da sala está dominado por uma bancada de halterofilismo com vários pesos enormes na barra. Em um dos cantos há um enorme saco de pancadas que Jaxon deve usar bastante, a julgar pelo estado surrado do equipamento e pelas marcas que ele deixou nas paredes de pedra logo ao lado.

Há também uma esteira grande junto da parede e uma bicicleta ergométrica perto da janela.

Esta sala não tem nada a ver com Jaxon. Não faz o estilo dele, nem de longe. E, por dentro, fico horrorizada quando me deparo com esta nova decoração.

O problema nem são os equipamentos de academia, embora Jaxon em geral se exercite fazendo longas corridas pela floresta. O problema é que esta sala, que sempre pareceu uma das janelas da alma de Jaxon, foi estripada. Aqui não resta nada do rapaz por quem me apaixonei. Nada do que ele é ou do que importa para ele. Odeio tudo isso.

Odeio, odeio, odeio.

Devo ter feito algum som. Ou então Jaxon deve ter calculado que eu estaria aqui a esta hora, pois a porta do seu quarto se abre. Consigo dar um rápido vislumbre no interior do quarto antes que ele a feche outra vez, e o cômodo parece tão vazio quanto esta sala. A bateria não está mais no canto. Não vejo mais nenhuma pilha de livros. Nada além da cama com os lençóis e a colcha preta.

Penso em perguntar o que aconteceu aqui, mas percebo que ele está com uma bolsa de viagem e todo o restante desaparece da minha mente.

— Aonde você vai? — pergunto.

Uma das suas sobrancelhas se ergue ante a petulância na minha voz, mas ele não responde. Apenas coloca a bolsa preta (claro que seria preta) perto da escada e pergunta:

— Sobre o que você queria conversar?

— Você não respondeu a minha pergunta.

Agora, as duas sobrancelhas de Jaxon estão erguidas quando ele apoia o peso do corpo nos calcanhares e cruza os braços diante do peito.

— E você não respondeu a minha.

Continuo sem responder, com os olhos pregados na bolsa ao lado da escada. Talvez seja ingenuidade da minha parte, considerando que estamos dando um tempo ou seja lá o que for. Mas ainda não consigo acreditar que Jaxon sairia de Katmere para ir sabe-se-lá-aonde — com uma bolsa de roupas — e não fez a menor questão de me contar.

— Quer dizer que eu ia acordar amanhã e descobrir que você foi embora? — pergunto, detestando o tom miúdo que de repente toma conta da minha voz.

— Não seja dramática, Grace. — A voz dele é gelada. — Não estou indo embora daqui para sempre.

— Ah, e como é que eu ia saber? — Abro os braços para indicar toda aquela sala enquanto giro, descrevendo lentamente um círculo. — Como vou saber qualquer notícia a seu respeito, especialmente depois disso tudo?

— Não sei. — Percebo um brilho irritado nos olhos dele. — Talvez, se você passasse menos tempo com Hudson, saberia o que se passa na vida das outras pessoas. De qualquer pessoa.

Solto um gemido surpreso.

— Você está sendo injusto. Estou fazendo todos esses trabalhos para compensar as minhas faltas. Você sabe disso.

— É verdade. Eu sei, sim. — Os olhos dele se fecham. E quando se abrem de novo a raiva desapareceu. Porém todas as outras emoções sumiram também. Pela segunda vez hoje, não consigo deixar de pensar que é como olhei nos olhos dele na primeira vez que conversamos, quando não havia absolutamente nada neles. — Desculpe.

Ele faz menção de gesticular para que eu me sente, e fico observando conforme ele se dá conta de que não há mais lugar nenhum para eu me sentar.

Um ar de cansaço toma conta de Jaxon, e ele passa as mãos pelos cabelos enquanto pergunta em voz baixa:

— Do que precisa?

— Vou até a caverna da Carniceira amanhã...

— A Carniceira? — Ele fica alarmado. — Por que você vai até lá?

— Hudson e eu esperamos que ela possa quebrar o nosso elo entre consortes. E queremos que você venha com a gente.

Ele me encara com um olhar descrente.

— Hudson quer que eu vá com você?

— Quero que venha comigo. Não me importo com o que Hudson quer.

Jaxon fica me olhando, buscando algum indício na expressão do meu rosto. Mas, quando começo a pensar que consegui ultrapassar as barreiras dele, que ele vai concordar em vir com a gente, ele diz:

— Você devia deixar isso para lá, Grace. Você devia desistir de mim.

— Não consigo. — Não tenho mais nada a falar. Por isso, fico quieta. Esperando que ele sinta o mesmo.

Mas ele simplesmente faz um gesto negativo com a cabeça.

— Já tenho outros planos.

— Planos. — Encaro a bolsa de viagem que até poderia ser mais um daqueles proverbiais elefantes no meio da sala.

Ele suspira.

— Tenho que ir à Corte Vampírica no fim de semana.

— À Corte Vampírica? — Essa é absolutamente a última coisa que eu esperava como resposta. Especialmente depois de tudo que aconteceu durante o desafio do Ludares. — Mas por quê?

— Alguém tem que ficar de olho em Cyrus depois daquela merda que Hudson aprontou. Não foi ele quem me criou, mas meu pai é bem previsível para que eu saiba que ele não vai simplesmente deixar passar o que aconteceu no campo do Ludares.

— Todos nós sabemos disso. Mas o que isso tem a ver com você viajar de volta para a cidade da sua família?

— Vou levar a Ordem comigo. Se o grupo estiver junto, espero que a gente consiga descobrir o que ele planejou.

— Achei que ele tivesse planejado uma guerra — conto a ele. — É o que todo mundo vem supondo.

— Você não acha mesmo que Cyrus vai simplesmente aparecer com o seu exército fiel de lobos e vampiros transformados.

Reflito sobre tudo que ouvi desde o desafio. E não somente por meio de Jaxon e Hudson, mas também depois de conversar com o tio Finn, Macy, Flint e... quase todo mundo.

— Achei que era para isso que vocês estavam se preparando.

— E estamos. Mas ele não vai nos atacar diretamente. Ainda não. Não quando ele ainda tem que enfrentar Hudson, você e eu, e também Flint e um grupo enorme de paranormais poderosos.

— Então... o que acha que ele vai fazer? — indago, mesmo que não tenha certeza de que quero saber a resposta.

— Tentar matar dois coelhos com uma cajadada só. — A expressão em seu rosto me causa arrepios. Daqueles que não são bons de sentir. — Se acha que ele vai deixar barato o show que Hudson fez na arena, você obviamente não sabe como um megalomaníaco como Cyrus pensa. E não há maneira melhor de atacar Hudson e equilibrar o jogo para os combates que estão por vir do que destruir a sua consorte.

— Eu? — digo, com a voz esganiçada. — Acha que ele vai tentar me atacar?

— Eu sei que ele vai tentar atacar você — garante Jaxon, com uma voz tão mortífera que me faz recuar um passo. E mesmo sabendo que Jaxon jamais tentaria me machucar. — Não vou deixar isso acontecer.

Desta vez, quando nossos olhares se cruzam, vislumbro algo em seus olhos que não estava lá antes. Algo primitivo e poderoso. E é aí que percebo. Jaxon ainda se importa comigo. Pelo menos um pouco.

Talvez ele não queira, mas se importa. E mais: ele está determinado a cuidar de mim à sua própria maneira, mesmo que isso signifique se afastar para que eu esteja com Hudson ou me proteger de seu pai sociopata.

Meu coração se despedaça por ele. Por nós. Pelo que foi e pelo que poderia ter sido. Pelo que ainda pode ser, se todos fizermos as escolhas certas na hora certa.

Em seguida, como sei que é impossível convencê-lo a não levar seu plano adiante, deposito os braços ao redor do corpo dele e sussurro:

— Tenha cuidado.

Ele me abraça por um, dois, três instantes. E, em seguida, se afasta.

— Tenho que ir. A Ordem está me esperando.

Ele pega a bolsa de viagem e se põe a descer a escada.

Eu o sigo. Há muitas coisas que eu quero dizer. E muitas coisas que não tenho mais direito algum de dizer. Todas elas queimam na ponta da língua. Mas, no fim, decido verbalizar:

— Por favor, Jaxon. Não faça nada sem refletir muito bem.

Ele se vira para me encarar e, neste momento, está tudo bem ali, no seu olhar. O amor, o ódio, a tristeza, a alegria. E a dor. Toda a dor. Contudo, ainda assim, ele abre aquele sorriso torto pelo qual me apaixonei meses atrás. E sussurra:

— Tenho quase certeza de que já fiz.

Cerro os olhos e sinto meu coração se despedaçar outra vez. E quando os abro novamente, Jaxon já desapareceu.

Quando desço as escadas de volta para o meu quarto, não consigo ignorar uma sensação desagradável no estômago, pensando que essa pode ter sido a última vez que Jaxon me fitou daquele jeito. Como se eu tivesse importância. Ou pior, como se qualquer coisa tivesse importância.

## Capítulo 22

### AQUELA VONTADE LOUCA
### DE VIAJAR

Meu despertador toca às quatro horas na manhã seguinte, mas já estou acordada estudando um mapa topográfico do Alasca. Infelizmente, não há nenhum X que marque a localização da caverna da Carniceira — o que significa que vou ter de confiar na memória. E isso é algo que não estou muito disposta a fazer, já que foi Jaxon que nos levou até lá da última vez, e fui praticamente de carona.

Eu esperava que ele pudesse nos guiar de novo até lá, mas isso não vai acontecer, considerando que Jaxon está em Londres. E, como Hudson nunca esteve fisicamente na caverna da Carniceira, preciso dar um jeito de reavivar a memória e usar este mapa para encontrar aquele lugar de novo. Superfácil. Só que não.

Sei que fica a centenas de quilômetros de distância. Sei também que começamos a viagem indo para a direção nordeste, mas fizemos uma curva em certo lugar. Eu só queria conseguir lembrar onde isso aconteceu... ou quanto tempo demorou para chegarmos lá.

O meu celular vibra e o pego, pronta para responder à mensagem de Hudson, avisando para ele voltar a dormir. Afinal, não vamos sair até eu conseguir dar um jeito de descobrir para onde vamos. Mas a mensagem com que me deparo não é de Hudson.

**Jaxon:** Me mande uma mensagem se vocês se perderem.

Ele também mandou uma série de prints do Google Earth e traçou uma linha vermelha por entre as montanhas e a neve. E, graças a Deus, no último print, colocou também um enorme X onde a caverna da Carniceira deve estar, assim como instruções para remover as proteções.

**Eu:** Obrigada, obrigada, OBRIGADAAAAA

**Jaxon:** Não faça nada sem pensar muito bem.

**Eu:** Acho que já fiz.

Levo alguns minutos para traçar o caminho que ele me deu no mapa, caso a bateria do meu celular acabe enquanto estivermos andando por aquelas terras ermas. Em seguida, eu me visto. É uma produção, como sempre.

Estamos em abril e a temperatura finalmente fica acima de zero, graças a Deus. Mas não vai muito além disso. E isso significa vestir meia-calça, *legging*, calça de esqui e várias camadas de camisetas e meias. Além daquela jaqueta forrada rosa-choque. Vivo pensando em comprar outra, mas parece não valer a pena. Em especial se isso magoar Macy. Ela já está sofrendo mais do que deveria, com tudo o que houve.

Pego a minha mochila para excursões — que também é rosa-choque, e também foi presente de Macy — e guardo nela algumas garrafas de água, junto a barras de cereal e pacotes de porções de alimento para trilhas. Por fim, guardo também uma garrafa térmica grande de sangue que peguei na cantina ontem à noite, para Hudson.

Sei que ele provavelmente pode conseguir algo para beber quando chegarmos à caverna da Carniceira, mas, da última vez que os dois se encontraram, as coisas não deram muito certo. Ainda não sei se ela vai demonstrar cortesia de lhe oferecer algo, ou se Hudson o aceitaria. Assim, uma garrafa térmica cheia de sangue parece a melhor escolha. A menos que eu queira oferecer uma das minhas veias para ele.

Sinto um arrepio percorrer meu corpo ante tal ideia. Não tenho certeza se é um arrepio bom ou ruim, mas eu estaria mentindo se alegasse que não me lembro daquela noite, ao lado da minha cama, quando Hudson deslizou uma presa imaginária pela lateral da minha garganta. Naquele momento eu estava horrorizada, mas... agora essa sensação é bem mais intrigante do que antes.

Tenho certeza de que isso é só o elo entre consortes fazendo o que deveria fazer. Mas não consigo deixar de imaginar como seria a sensação. Duvido que possa ser tão intensa quanto era com Jaxon; não consigo imaginar nada que seja tão intenso. Mesmo assim, não quer dizer que não estou nem um pouco curiosa.

Ouço uma batida discreta à minha porta enquanto fecho a mochila. E a distração me retira do meio de todos aqueles pensamentos bem inapropriados sobre Hudson. Macy sabe para onde vou, por isso nem penso em lhe mandar uma mensagem. Especialmente agora que ela está conseguindo dormir de novo. Por isso, faço o mínimo de barulho possível ao sair do quarto.

Hudson está no corredor com uma mochila bem parecida com a minha sobre o ombro. A diferença é que a sua mochila é azul-marinho, da marca Armani. Surpresa? Nenhuma. Mesmo assim, todas as suas roupas são dessa marca, com exceção das botas adequadas para o tempo frio do Alasca. Se a

Armani fizesse botas assim, tenho certeza de que ele estaria com um par delas nos pés também.

— Está pensando em alguma coisa? — ele pergunta quando começamos a andar pelo corredor.

— Não. Por quê?

— Por nada — responde ele. — É que as suas bochechas estão da mesma cor da sua jaqueta.

As palavras de Hudson me fazem corar com mais intensidade. Em particular porque receio que os meus pensamentos de antes estejam bem visíveis no meu rosto. Ainda bem que ler mentes não é um dos poderes de Hudson...

— Eu não... eu... é que... — Eu me forço a parar de balbuciar. Em seguida, respiro fundo e tento outra vez: — Eu estava só... me exercitando um pouco. Minhas bochechas sempre ficam vermelhas quando faço isso.

Ele me olha de um jeito estranho.

— E nós não estamos prestes a fazer bastante exercício?

— Ah. Sim. É verdade.

Resisto ao impulso de bater a cabeça na parede mais próxima. Até porque suponho que isso só vai servir para piorar as circunstâncias. Eu sempre soube que era uma péssima mentirosa, mas, ao que parece, "péssima" é pouco para descrever a minha incapacidade de mentir. Entretanto, como dizem por aí: quem sai na chuva, é pra se molhar.

— Só queria me aquecer um pouco. Só isso.

— Se aquecer? — ele repete, sem qualquer emoção. — Ah, claro. Você poderia torcer alguma coisa. Ou distorcer... como a verdade, por exemplo.

Não tenho nada a declarar em relação a isso. Em vez disso, ponho-me a andar pelo corredor, virando o rosto para trás e perguntando:

— Você vem ou não?

— Não vamos esperar pelo príncipe Jaxon? — Ele olha na direção da torre.

— Seja gentil — peço a Hudson quando ele se aproxima. — Ele já tinha outros planos para o fim de semana, então vamos sozinhos.

— Outros planos? — Hudson ergue uma sobrancelha cética. — O que poderia ser mais importante para Jaxon do que essa nossa excursão?

— Ele foi para Londres...

— Ah, você está me zoando. — Seu sotaque ficou cem vezes mais marcado do que estava há um minuto. — Puta que pariu, está me zoando, né? O que deu na cabeça daquele desgraçado?

Coloco a mão no braço dele e espero até que aqueles olhos azul-índigo furiosos encarem os meus.

— Ele está preocupado com o que Cyrus está planejando. Com o que ele pode fazer com você e comigo.

— Ah, sim. Eu também estou, mas mesmo assim não saio correndo para o covil de Cyrus como se eu fosse um idiota. — Ele está tão irritado que dispara na minha frente, me deixando para trás. Tenho de correr para alcançá-lo.

— Ele se acha muito inteligente. Acha que está dez passos à frente de todo mundo. Mas Jaxon não entende nada. Cyrus sabe que ele é uma ameaça. Filho ou não, ele vai matá-lo no instante em que tiver a chance de fazê-lo. — Hudson está revirando a mochila agora e pegando o celular.

— É claro que ele sabe disso. É por isso que ele foi até lá. E é por isso que ele levou a Ordem inteira junto.

Hudson para de andar com os polegares sobre a tela do celular.

— Ele levou todo mundo? Mekhi? Luca? Liam? Byron e Rafael também?

— Sim. Todos eles. — Apoio a mão sobre o braço de Hudson e fico chocada ao perceber que ele está tremendo um pouco. — Também estou preocupada, mas conversei com ele. Jaxon sabe o que está fazendo.

— Ele não ideia de onde está se metendo. — Os olhos de Hudson se transformaram em gelo. — Mas não há porra nenhuma que possa fazer agora, né?

Ainda assim, ele envia uma sequência rápida de mensagens. Não espero que Jaxon responda; ele não está exatamente num lugar muito bom. Contudo, surpreendentemente, Hudson recebe uma resposta quase de imediato.

— O que ele disse? — pergunto.

— Não foi para Jaxon que eu mandei aquelas mensagens. — Ele volta a digitar no celular.

— Como assim? Achei que...

— Eu queria uma resposta, então mandei as mensagens para Mekhi. — Ele vê a pergunta no meu olhar e faz um sinal positivo com a cabeça. — Você tem razão. Ele jura que foi junto de Jaxon para protegê-lo. E que eles sabem exatamente no que estão se envolvendo.

— E você acredita nele? — indago, observando seu rosto com cuidado.

— Não tenho motivos para não acreditar. — Ele guarda o celular na mochila.

Respiro fundo e solto o ar devagar.

— Acho que isso vai ter que bastar, então.

— Já vai ser alguma coisa — ele me diz. E, em seguida, desce a escada sem se pronunciar mais. Não voltamos a falar até sairmos do prédio da escola. — Esqueci de perguntar. Você sabe para onde nós temos que ir, não é?

— Jaxon me mandou as coordenadas. Tenho o mapa do caminho no meu celular. E um mapa de verdade, também.

Ele sorri.

— Então, o que estamos esperando?

— Absolutamente nada — respondo. Logo depois, busco dentro de mim mesma o cordão de platina e o seguro com força.

# Capítulo 23

## VIVA E DEIXE VOAR

Hudson solta um grito estridente — que não é nem um pouco característico dele — quando termino de me transformar e decolo. E... posso dizer uma coisa? É muito mais legal fazer isso com meus próprios poderes de gárgula do que ser carregada por Jaxon.

Avanço vários metros e em seguida me viro para trás, chamando Hudson.

— Ei, seu lerdo. Você vem ou não?

— Estou lhe dando uns minutos de vantagem — ele responde com um sorriso que é sexy demais para mim. — Achei que você ia precisar.

— Eu ia precisar? — Eu o encaro de modo a desafiá-lo. Até parece. — Quem chegar por último no pé da montanha perde.

— Ah, é mesmo? — ele pergunta, e percebo, pela primeira vez, que ele desistiu de me dar aqueles "minutos de vantagem" e está acompanhando o meu ritmo. Ele não está usando o poder de acelerar. Mas está correndo muito, muito rápido. — E o que o perdedor vai perder? Ou, mais especificamente, o que é que eu vou ganhar?

— Ah, é assim? Você tem uma autoconfiança enorme, sr. Vega — eu digo, falando na direção do chão. Em seguida, aumento a minha velocidade para mostrar que não sou a coitadinha que ele imagina que eu seja.

Mas ele só precisa de um segundo para me alcançar.

— Estou só sendo sincero, srta. Foster. — Hudson sorri para mim logo antes de saltar por cima de um rochedo enorme com um único movimento. — E então? O que vou ganhar?

Rindo, faço uma pirueta em pleno ar antes de descer num mergulho rápido e veloz. Não paro até estar pairando a alguns metros à frente e acima dele.

— O perdedor vai ter que fazer todo o trabalho de ética sozinho.

Ele ergue uma sobrancelha.

— Não era o que eu tinha em mente, mas aceito a aposta. — E, só para se exibir, ele toma impulso e salta por cima de mim. — Desta vez.

Tem alguma coisa no jeito que Hudson diz "desta vez" que faz meu estômago dar cambalhotas. Várias vezes. Porém, antes que eu consiga entender o que ele está querendo dizer, Hudson me manda um beijo... e, em seguida, ativa seu poder de acelerar. Que trapaceiro.

Parto atrás dele, ganhando altura até estar acima das árvores. Depois, acelero ao máximo que as minhas asas conseguem aguentar.

Lá embaixo, Hudson corre por entre as árvores, salta sobre bancos de neve e passa por cima de penhascos rochosos e escarpados. Consigo acompanhar sua velocidade, mas é mais difícil do que imaginei que seria. Sei que vampiros são velozes. Já vi Jaxon e Mekhi acelerarem a toda velocidade. Mas Hudson é incrivelmente rápido.

Mesmo com dificuldade para acompanhar o ritmo dele, adoro cada segundo. A primavera enfim está chegando no Alasca. E, embora a temperatura ainda esteja só um pouco acima de zero grau, a paisagem ganha vida à nossa volta. Tudo aqui é lindo.

Muitas das árvores aqui são pinheiros de folhas perenes, mas, conforme chegamos ao pé da montanha e algumas camadas de neve começam a derreter, brotos verdes começam a surgir. Além disso, daqui de cima posso enxergar a uma distância de vários quilômetros. Nos lugares em que a neve começou a derreter — onde os lagos voltam a ganhar vida —, há flores silvestres brotando, também.

Ousadas e bonitas, elas cobrem o chão em tons de rosa, amarelo, roxo e azul. Há um pedaço de mim que deseja parar e cheirar as flores. Não vi nenhuma brotar assim desde que saí de San Diego, em novembro. Mas, se eu o fizer, vou perder a corrida, com certeza. E não quero perder. Não só porque não tenho nenhum interesse em fazer sozinha aquele maldito trabalho de ética, mas porque a ideia de perder para Hudson fere o meu orgulho. No entanto, o que me incomoda não é perder para um vampiro. O problema é perder para ele. Não passei todo esse tempo desde que nossa relação começou tentando levar a melhor sobre Hudson para perder logo agora, na nossa primeira competição de verdade. De jeito nenhum. As flores vão ter de esperar.

Estamos quase no pé da montanha, e Hudson desapareceu em meio a um aglomerado de árvores bem abaixo de onde estou. No começo, não me preocupo tanto com isso. É difícil ver alguém por entre uma mata de abetos, em especial quando você está voando logo acima dela.

Mas longos minutos se passam sem que eu consiga nem ao menos um vislumbre daquele casaco azul para a neve por entre as árvores. E isso começa a me deixar nervosa. Bem nervosa.

Não porque eu achava que ele está à minha frente e eu esteja com medo de perder (embora, com certeza, isso seja uma preocupação válida quando Hudson está envolvido). E sim porque estamos na porra do Alasca. Qualquer coisa pode acontecer aqui, no meio da natureza selvagem.

Basta um segundo de desatenção e alguém pode se esborrachar no fundo de um penhasco, com uma concussão ou fratura múltipla, enquanto um urso ou uma alcateia tenta lhe devorar.

Ou um alce irritado pode querer usar essa pessoa como alvo para a sua galhada.

Ou ela pode acabar sendo empalada por uma estalactite de gelo gigante quando dobra uma curva. A lista continua a crescer, ficando cada vez maior e mais irracional a cada segundo. Preciso admitir que Hudson é o predador mais perigoso nesta montanha, apesar de todos os animais selvagens. E tenho certeza de que ele é capaz de cuidar muito bem de si mesmo.

Mas, mesmo assim, quero vê-lo. Ainda quero me assegurar de que ele está bem. E de que não fez uma curva e entrou em algum lugar errado. E se Hudson entrou em algum lugar errado, ele já deve estar a meio caminho da fronteira com o Canadá ou com o Polo Norte a esta altura. E isso significa que não vamos conseguir chegar até a caverna da Carniceira.

É esse pensamento, e não uma preocupação qualquer com Hudson, que me faz voar mais baixo para poder dar uma olhada melhor por entre as árvores. Ou, pelo menos, é isso que justifico para mim mesma. No entanto, não importa qual seja a minha altitude de voo; não consigo distinguir sinal algum dele.

A preocupação cresce no meu estômago, tão pesada e impossível de ignorar quanto aqueles rochedos enormes sobre os quais ele vem saltando desde que saímos de Katmere. E me preparo para baixar quase até o topo das árvores. Eu poderia mandar uma mensagem de texto. Talvez ele responda. O sinal de celular não é dos melhores aqui, mas não estamos tão longe do Parque Nacional do Monte Denali. Talvez...

Solto um grito quando alguma coisa me atinge com força, vindo de lugar nenhum, e me faz cair girando.

# Capítulo 24

## A BELA E TODAS AS FERAS

Tenho uma fração de segundo para pensar em ursos, leões-da-montanha, lobos e linces, conforme o meu grito ecoa pela montanha antes de eu perceber que estou sendo agarrada por um par de braços (muito) fortes. E que a minha queda em parafuso definitivamente está controlada.

Hudson. Não estava em perigo. Estava se escondendo deliberadamente. Que babaca.

— Me solte! — berro, mesmo enquanto o acerto no ombro com o punho fechado, com toda a minha força.

Se eu estivesse na minha forma humana, sei que ele ia rir de um golpe como este. Mas a pedra da gárgula tem uma força muito maior do que a minha mão humana. E Hudson chega a gemer de dor. Mesmo assim, ele não afrouxa a força da pegada. Nem um pouco.

— O que está fazendo? — grito quando enfim paramos de girar.

— Pegando uma carona — ele responde com um sorriso maldoso que consegue, ao mesmo tempo, ser extremamente encantador e extremamente suspeito.

— Ah, quer dizer que "trapacear" mudou de nome, agora? — retruco.

— Acho que tudo depende da sua perspectiva.

Sinto o hálito quente dele junto da minha orelha. E isso causa todo tipo de sensação em mim. Sensações que eu não devia nem sentir pelo irmão do rapaz que amo, mesmo que nosso namoro tenha terminado.

— Considerando que é você quem está pegando uma carona, tenho quase certeza de que a minha perspectiva é a única que importa — murmuro. E, mesmo assim, paro de me debater contra aquela pegada ridiculamente forte. Não porque tenha desistido de lutar, mas porque não há outra maneira de enganá-lo com uma falsa sensação de segurança. No instante em que os nossos pés tocarem o chão, ele não vai fazer a menor ideia do que o atingiu.

Só que nós simplesmente não chegamos a tocar o chão. Em vez disso, Hudson nos leva até um dos galhos mais altos de um dos maiores cedros que há por aqui.

— Pare de se debater — sugere ele quando consegue nos equilibrar sobre o galho. — Senão nós dois vamos acabar caindo desta coisa. E gárgulas são muito mais quebráveis do que vampiros.

— Se você quer que eu pare, então me solte! — retruco enquanto me debato, preparando-me para bater nele se for preciso.

— Tudo bem. Ele me solta de repente e, como já seria de se esperar, começo no mesmo instante a despencar do galho.

O fato de que o meu grito de susto parece uma galinha cacarejando e o jeito que me agarro no galho para não cair é algo que nenhum de nós vai esquecer por um bom tempo. Hudson, porque significa que ele tinha razão; e eu, porque ele nunca vai me deixar esquecer esse mico.

Estamos cara a cara agora, tão próximos que quase respiramos o mesmo ar. E, de várias maneiras, isso não é certo. Hudson deve sentir o mesmo, porque recua um pouco. Mas, desta vez, continua a me segurar com uma mão firme para que eu não decida imitar um daqueles bonecos joão-bobo.

E acho que posso afirmar que já tenho bastante dificuldade em conseguir me equilibrar sobre o galho de uma árvore em situações normais. Mas... e quando a pessoa é feita de pedra? É por isso que decido deixar a gárgula de lado por enquanto, buscando o cordão de platina dentro de mim.

Segundos mais tarde, já estou na minha forma humana de novo, o que é muito melhor para conseguir me equilibrar. É tão mais fácil, inclusive, que me sinto confortável o bastante para me afastar alguns passos de Hudson, até que as minhas costas tocam o tronco da árvore.

Quando o faço, dou a primeira boa olhada em Hudson desde que ele me agarrou. E ele me parece... lindo. Lindo mesmo, com o vento agitando seus cabelos castanhos e sedosos, e um toque da cor do sol e o vento beijando as suas bochechas normalmente bem pálidas. E o sorriso gigante também não lhe cai mal, junto a uma leveza em seus olhos que nunca vi antes.

Não sei se as mudanças são apenas porque estamos ao ar livre e nos divertindo um pouco pelo que parece ser a primeira vez em muito, muito tempo... ou se é porque ele está finalmente próximo de se livrar de mim.

— Ei, aonde você foi? — Hudson pergunta. E a leveza em seus olhos começa a ficar turva.

— Só estava pensando. — Abro um sorriso, embora seja bem mais difícil do que era momentos atrás.

As sobrancelhas de Hudson se aproximam.

— Sobre o quê?

Não tenho uma resposta para a pergunta. Pelo menos, nenhuma resposta que eu queira dividir com ele. Por isso, depois de dar uma boa olhada nele, digo a única coisa em que consigo pensar. — Só estava pensando por que você está com uma mão atrás do corpo, já que não teve nenhuma dificuldade em me agarrar com as duas quando me pegou no ar.

— Ah. É isso? — A cor nas bochechas dele se intensifica.

Aperto os olhos, desconfiada. E me preparo para me transformar em gárgula de novo ao primeiro sinal de truque sujo. Mas, neste momento, ele tira a mão de trás do corpo e percebo que ela traz um pequeno buquê de flores silvestres em todas as cores do arco-íris.

Ele o estende para mim com um sorriso discreto e olhos atentos. E eu me derreto toda.

— Você colheu flores para mim? — suspiro, ansiosa para pegá-las.

— Elas me fizeram lembrar de você — explica ele, com um olhar matreiro. — Especialmente as que têm as pétalas rosadas.

Mas fico tão emocionada com aquele gesto — ninguém nunca tinha colhido flores e montado um buquê para mim — que nem percebo a provocação tão óbvia. Em vez disso, enfio a cara nas flores e inspiro o aroma da primavera depois de um inverno muito, muito longo.

Nunca senti um cheiro tão bom.

— Elas são lindas — elogio. E percebo a incerteza no rosto dele desaparecer. Num impulso, jogo os braços ao redor dele, abraçando-o.

— Muito obrigada — sussurro na orelha dele. — Amei essas flores mais do que qualquer outra coisa.

— É mesmo? — ele pergunta, afastando-se um pouco para conseguir enxergar meu rosto.

— É, sim — respondo.

Ele sorri.

— Que bom. — De repente, os olhos de Hudson se arregalam e ele me puxa para junto de si, virando-me para o outro lado.

— O quê...?

— Olhe! — ele sussurra, apontando para o outro lado daquela ravina enorme, sendo que estamos quase no precipício.

Olho para onde ele está apontando e solto um suspiro de surpresa. No chão, a pouco mais de dez metros de nós, está uma ursa-parda gigante com seus dois filhotes já um pouco crescidos. A mãe ursa está deitada sob o sol, observando enquanto os filhotes brincam e rolam um por cima do outro.

Orelhas são puxadas e rabos são mordidos, mas suas garras ficam recolhidas o tempo todo enquanto eles rolam pelo chão. E é aí que percebo, feliz, que abraços de urso são uma coisa muito, muito real.

Hudson ri quando um dos filhotes tropeça sobre uma árvore caída e sai rolando pela borda rasa do despenhadeiro, e sua irmã o segue, rolando. Percebendo que eles não sobem imediatamente da ravina — decidindo, em vez disso, tentar escalar a encosta mais íngreme e escorregadia aos trancos e barrancos. A mãe ursa ruge para os filhotes, demonstrando sua irritação, e vai até a beirada a fim de investigar.

Os ursos escalam a encosta bem rápido quando ela grunhe para ambos da beira do penhasco. Logo depois, os três vão embora.

— Isso foi... — Hudson se afasta, balançando a cabeça.

— Incrível? Inspirador? Maravilhoso? — preencho as lacunas por ele.

Não sei por quanto tempo ficamos ali, admirando a paisagem das montanhas cobertas de neve que se encontram com um desfiladeiro coberto de flores silvestres. É mesmo de tirar o fôlego.

E o tempo é suficiente para que os ursos se afastem até não conseguirmos mais vê-los. Suficiente para que uma águia atravesse o cânion em meio a uma poderosa lufada de vento.

Mais do que o bastante para que eu me dê conta da rigidez do corpo longo e magro de Hudson pressionando as minhas costas, com os dedos repousando discretamente na minha cintura em busca de me ajudar a me equilibrar.

Quando a águia também desaparece do nosso campo de visão, Hudson se afasta de mim com lentidão. Sinto vontade de protestar. De segurar em suas mãos e segurá-lo junto de mim por mais alguns minutos. Só mais um pouco. Há algo muito tranquilo em ficar aqui em cima, num lugar que parece o topo do mundo, contemplando terras intocadas por humanos há séculos... ou que talvez nunca tenham sido tocadas por eles.

A sensação é inspiradora, mas também gera um sentimento de humildade. E serve para lembrar que não importa o tamanho dos meus problemas. Eles são somente algo pequeno e passageiro no grande teatro do universo. O mundo girou durante muito tempo antes de eu nascer, e vai continuar girando independentemente de quanto dure a imortalidade que Hudson e eu temos... desde que as mudanças climáticas não destruam tudo tão cedo, é claro.

— É melhor irmos andando — ele me chama. E eu estaria mentindo se dissesse que não gostei do toque de relutância em sua voz.

— Eu sei — respondo com um suspiro. Em seguida, entrego-lhe as flores.

— Você pode guardar as flores no bolso lateral da minha mochila? Não quero que caiam quando eu voar.

Ele não responde, mas parece contente quando faz o que pedi, fechando o zíper ao redor dos caules das flores, de modo que somente os miolos e pétalas fiquem para fora. Ele guarda todos, menos um dos ramos, que tem vários botões brancos desabrochando em sua extensão.

Penso em perguntar o que ele vai fazer com esse caule, mas as palavras se transformam em poeira na minha boca conforme ele se aproxima devagar, trançando cuidadosamente as flores por entre os cachos do meu cabelo, emaranhados pelo vento, e que não estão presos sob a minha touca.

— Como fiquei? — indago, inclinando a cabeça para que ele consiga ver melhor as flores.

— Linda. — Mas ele não está olhando para as flores quando responde. Hudson está olhando para mim... e, de algum modo, isso faz com que tudo fique melhor e pior ao mesmo tempo.

# Capítulo 25

## SIGA PELA ESTRADA
## ENCHARCADA DE SANGUE

Nada de muito especial acontece no restante da viagem rumo à caverna da Carniceira. Uma tempestade se aproxima; consigo sentir no ar úmido ao redor. Assim, procuramos viajar mais rápido, sem parar para descansar.

Vou conferindo as instruções de Jaxon durante o percurso e, como já esperava, elas são bem precisas. E, com tudo isso, chegamos à caverna da Carniceira mais rápido do que imaginei. Quando estamos andando pelo terreno congelado logo acima da caverna — eu, comendo uma barra de cereal enquanto Hudson bebe um pouco do sangue da garrafa térmica —, não consigo deixar de conjecturar se deveríamos esperar um pouco antes de tentar entrar. Já passa um pouco do meio-dia e não sei se ela está dormindo... ou se está aproveitando alguma carne fresca no almoço.

Só de pensar a respeito, meu estômago já se embrulha um pouco enquanto procuro a entrada da caverna. Mas as coisas são assim mesmo. E como este é o meu mundo agora — especialmente considerando que já fui a consorte de dois vampiros a esta altura —, preciso me acostumar com essa coisa de que há criaturas que bebem sangue. Ou pelo menos me sentir confortável o suficiente com isso para não me traumatizar toda vez que lembro que eles se alimentam de humanos.

— A entrada fica aqui — chama Hudson, apontando para uma pequena abertura na base da montanha. Como a neve está derretendo, a entrada não está mais escondida atrás de um amontoado gigantesco de neve como na ocasião em que vim até aqui com Jaxon, o que facilita muito para encontrar o lugar e, mais importante, entrar nele.

Vou até o lugar onde ele está. Logo depois, me agacho e me preparo para entrar na caverna.

— Está pronto? — pergunto, espiando para trás por cima do ombro.

Mas Hudson estende a mão, visando me impedir de entrar.

— Você se esqueceu das proteções. Se não forem desativadas, elas vão nos fritar vivos.

O horror passa por mim quando percebo que ele tem razão. Entrego o meu celular para ele e digo:

— Jaxon me passou instruções sobre como removê-las.

Ele faz alguns movimentos elaborados com as mãos e, em seguida, segura a minha.

— Vamos lá. Vamos acabar logo com isso.

Ele me puxa para junto de si e, depois, passamos diretamente pela entrada da caverna. Hudson continua segurando minha mão quando começamos a descer pelo caminho íngreme e escorregadio que nos conduz até a antecâmara da Carniceira. Estou esperando a mesma marcha longa, penosa e ligeiramente repulsiva de antes, mas desta vez é diferente.

Porque, assim que viramos na primeira curva, ela está logo ali à nossa espera, com os olhos verdes ardendo e uma expressão bem irritada no rosto.

## Capítulo 26

## SERÁ QUE DÁ PARA SER MAIS POSITIVO?

— Talvez eu não tenha conseguido passar por aquelas proteções com tanta facilidade quanto imaginei — comenta Hudson pelo canto da boca, enquanto se move a fim de posicionar seu corpo na frente do meu. Isso é algo que deveria me irritar bastante; afinal de contas, sou uma gárgula e tenho todas as condições de me defender sozinha.

Por outro lado, a Carniceira é basicamente a vampira mais velha e mais poderosa que existe. Alguma coisa me sugere que ela não vai precisar usar seus poderes se quiser me fazer sangrar... ou se quiser me despedaçar.

Por isso, pelo menos desta vez, não reclamo por ele ter entrado na minha frente. Especialmente porque esse posicionamento significa que consigo vigiar as costas dele — só para o caso, por exemplo, de a Carniceira querer fazer Hudson em pedaços, em vez de me atacar.

— Você desfez as proteções perfeitamente e sabe disso — a Carniceira ralha com ele. — E isso é algo que me deixa desconfiada de que Jaxon andou falando o que não devia.

O tom de voz dela diz que ele vai pagar caro, se realmente o fez.

Decido defender Jaxon, mas Hudson passa na minha frente... e conta uma mentira.

— Acha mesmo que preciso da ajuda do meu irmão para passar por um punhado de proteções tão simples?

O olhar verde e cáustico da Carniceira encontra o de Hudson. E agora ela não se parece nem um pouco com a vovó doce e carinhosa que, na primeira vez que a vi, imaginei que fosse, mas, sim, se parece com a predadora mortífera que na verdade é.

— Aquelas proteções tão simples são as mais fortes que existem.

Hudson nem pisca os olhos quando responde:

— Oops.

Sinto meu estômago subir até a garganta, mas a Carniceira nem se mexe. Por vários segundos, não sei nem se ela chega a respirar. Ela se limita a inclinar a cabeça e observá-lo, como se Hudson fosse um inseto em um microscópio e ela estivesse considerando a ideia de arrancar suas asas.

Ou imaginando como Hudson ficaria se ela o pendurasse para drenar o sangue em um de seus baldes.

— É interessante que você tente mentir para mim, sr. Vega. — Os olhos dela se estreitam, mirando Hudson. — Muito interessante.

Bem quando começo a ponderar que *Um Morto que Anda* se refira a mais do que o título de um livro, o olhar vívido dela aponta para mim. E sinto o meu estômago ir da garganta até os pés.

— Grace, meu bem. Que bom ver você de novo.

A ênfase sutil que ela coloca na palavra "você" não passa despercebida por Hudson nem por mim.

— É bom vê-la de novo também. — Abro o melhor sorriso que consigo estampar na cara, considerando que não há a menor chance de que Hudson saia vivo desta caverna.

— Venha mais perto para que eu consiga ver você, minha criança. Já faz muito tempo. — Ela estende a mão para mim.

E tenho a sensação de que a minha boca está cheia de algodão. Minha mente funciona aceleradamente, lembrando-se de todas, todas as vezes em que Jaxon me avisou para nunca, jamais tocá-la. Que ela odeia ser tocada.

— Faz seis semanas — comenta Hudson, logo antes de se mover a fim de bloquear minha passagem quando tento contorná-lo.

— Como eu disse... Muito tempo. — Ela continua a sorrir, continua com a mão estendida. Mas há uma expressão em seus olhos que me avisa que nenhuma desobediência será tolerada.

Não é um jeito bom de começar esta visita, em particular porque espero ser capaz de convencê-la a nos ajudar. Mas por que ela quer me tocar agora? Será que é um truque? Ou talvez um teste? Bem, se for um teste, então tenho toda a intenção de ser aprovada. Esta visita é importante demais.

Agora é a minha vez de colocar uma expressão de advertência no olhar. Mas este é direcionado para Hudson, quando afasto o braço dele da minha frente para passar. Ele responde com um grunhido baixo, mas não tenta me bloquear outra vez.

Passo por ele, respiro fundo e seguro a mão da Carniceira.

Tenho apenas um segundo para notar que os olhos dela são globos verdes revoltos antes de nos tocarmos. Em seguida, me sinto meio paralisada quando ela me puxa para um abraço — como se eu fosse alguma parente que não vê há muito tempo ou coisa do tipo. E isso me confunde demais. Não é o tipo de relacionamento que tínhamos da última vez... até que Hudson rosna e percebo que este show não é para mim. É para ele. Há uma parte de demonstração de poder e outra parte de ameaça. Juntas, representam uma retribuição.

— Achei que tivesse lhe avisado de que ele é o irmão perigoso — ela murmura para mim. E, embora sua voz seja suave, sei muito bem que ela está falando para que Hudson a ouça.

Além de não estar errada.

— Avisou mesmo — respondo quando ela me solta. — Mas algumas coisas aconteceram.

— Algumas coisas. — Os olhos dela brilham, transbordando interesse. — E essas "coisas" têm a ver com o fato de que o meu Jaxon não está com você?

Hudson bufa. E não sei se faz isso por eu ter usado a expressão "algumas coisas" ou por ela ter usado um pronome possessivo para descrever Jaxon. Todavia, decido que a situação ainda está favorável quando ele não diz nada... e quando a Carniceira não faz nada além de erguer uma sobrancelha ante aquela grosseria. Não que eu saiba exatamente o que ela é capaz de fazer com ele, mas não acharia estranho se ela o desintegrasse. Ou qualquer que seja o nome do que acontece quando uma vampira poderosa aciona seus poderes.

— Sim — eu me apresso em responder, antes que Hudson consiga fazer mais alguma coisa que a irrite.

Ela olha para ele e depois para mim, como se ponderasse as opções. Por fim, com um suspiro, ela se vira na direção das profundezas da caverna.

— Bem, neste caso, é melhor vocês entrarem, não?

Ela avança pelo caminho íngreme e coberto de gelo que leva até a antecâmara. E, depois de trocarmos um olhar, Hudson e eu a seguimos.

Conforme andamos, eu me preocupo com a possibilidade de a Carniceira escorregar, quebrar o quadril ou se machucar de alguma outra maneira enquanto se dirige até a sua sala de estar. Tenho uma dificuldade enorme para avançar por essa trilha, e sou bem mais jovem do que ela. Mas ela deve percorrer esse caminho com muito mais frequência do que imagino, porque não vacila nem mesmo nos pontos mais perigosos.

Mesmo assim, emito um suspiro de alívio quando finalmente chegamos ao patamar principal da caverna. Passamos pela porta da qual me lembro e me preparo para o que verei em seguida. Sem brincadeira, o balde de sangue que estava ali da última vez ainda aparece nos meus pesadelos ocasionalmente, e não estou nem um pouco animada com a possibilidade de revê-lo.

Sugiro a mim mesma que não olhe quando começamos a atravessar a antecâmara rumo à porta dos aposentos dela. Mas, no fim, não consigo evitar. E quando olho... meu Deus!

Não digo nada, mas devo emitir algum tipo de ruído, porque Hudson e a Carniceira se viram para me encarar. Hudson, alarmado; e a Carniceira, com uma fascinação estranha que não faz o menor sentido.

— Eu não estava esperando visitas — explica ela com tom de tranquilidade, enquanto nos faz passar ao lado de dois cadáveres humanos pendurados de cabeça para baixo em ganchos no canto daquele cômodo. Suas gargantas estão cortadas e o sangue deles escorre, pingando sem parar em dois baldes grandes.

As palavras dela não são um pedido de desculpas, e eu entendo. Entendo de verdade. Nunca peço desculpas a ninguém quando entro num supermercado e compro peitos de frango. Por que esta situação deveria ser diferente? Se não fosse pelo fato de haver duas pessoas mortas. Normalmente não vejo — ou melhor, nunca vejo — a minha comida num estado tão natural.

Meu estômago se retorce.

Hudson se move para se posicionar entre os corpos e eu, colocando a mão nas minhas costas, logo acima da cintura. E tenho quase certeza de que isso deveria ser um gesto reconfortante. Mas só serve para me deixar mais nervosa, considerando que a Carniceira continua de olho em nós dois. Mas não me afasto.

Passamos pelos baldes grandes — que eu percebo, um pouco horrorizada, que estão quase transbordando a esta altura. Ela faz um gesto com a mão e destrava a porta que conduz ao apartamento principal.

— Sentem-se, sentem-se — oferece ela, apontando para o sofá preto que fica de frente para a ilusão de uma enorme lareira acesa. — Volto em um segundo.

Hudson e eu fazemos o que ela manda, e não deixo de perceber que ela redecorou o lugar desde a última vez em que estive aqui. Antes, o sofá tinha um tom dourado aconchegante, com duas poltronas *bergère* vermelho-escuras, assim como as papoulas no quadro que fica sobre a lareira. Agora, tudo que há nesta sala é preto e cinza, com toques de branco. Até mesmo as obras de arte na parede são em tons de cinza, com apenas um punhado de pinceladas vermelhas e ousadas.

— Gostei do jeito que você decorou o lugar — Hudson diz a ela quando nos acomodamos no sofá. — É uma elegância ao estilo de um... *serial killer.*

Dou um pontapé nele com força, mas Hudson apenas faz uma careta. É o retrato da inocência, desde que ninguém perceba o brilho malandro em seus olhos.

Quando enfim se senta na cadeira de balanço preta de frente para o sofá, a Carniceira traz na mão um cálice elegante de cristal repleto de algo que, pelo que imagino, só pode ser sangue. Meu estômago se retorce e tenho a impressão de que vou vomitar. E não sei por que isso acontece. Vejo os vampiros beberem sangue na escola o tempo todo. Por que as coisas seriam diferentes agora?

Só que, em Katmere, os vampiros bebem sangue animal. E os animais dos quais o sangue é retirado não ficam pendurados no canto da sala de jantar enquanto eles bebem...

Durante certo tempo, ela não diz nada. Em vez disso, limita-se a nos observar por cima da borda do cálice. Não consigo afastar a sensação de ser como aquele camundongo em *O Rei Leão*, quando Scar brinca com ele, deixando-o correr por entre suas garras enquanto todos os espectadores sabem que a vida do bichinho está completamente em suas mãos.

Mas ela pisca os olhos e, de repente, volta a parecer uma vovozinha. Em especial quando sorri e diz:

— Certo, meus queridos. Me contem tudo.

# Capítulo 27

## MENTIRAS QUE UNEM

— Grace é a minha consorte — revela Hudson de supetão enquanto reviro meu cérebro, indecisa a respeito de por onde começar.

— Ah, é mesmo? — A Carniceira não parece particularmente surpresa com a declaração, o que me deixa alarmada. Pelo menos até perguntar: — E por que acha isso?

É neste momento que percebo que ela não acredita em Hudson.

Ele ergue uma sobrancelha.

— O elo entre consortes que nos liga agora é um ótimo indicador.

Vislumbro um lampejo de surpresa nos olhos dela, mas a expressão desaparece com a mesma velocidade com que surgiu. Enquanto ela continua a nos observar com um olhar impassível, não consigo evitar o questionamento sobre o que é que a surpreendeu. Será o fato de que Hudson e eu agora somos consortes? Ou o fato de que ele se recusa a assumir uma postura bajuladora e subserviente, encarando-a como se ambos fossem iguais?

Tenho quase certeza de que não há muitas pessoas que fazem isso. E, quando digo não muitas, na verdade, não há nenhuma. Até mesmo Jaxon, que ela educou, a trata com deferência e até mesmo com um pouco de medo. Mas Hudson não faz isso. Não sei se isso significa que ele é imprudente ou se é realmente tão poderoso quanto ela.

— Como, exatamente, isso aconteceu? — pergunta a Carniceira enquanto bebe o sangue devagar. — Considerando que sei da existência de um elo entre Grace e Jaxon.

— E você deu a Jaxon o poder para romper esse elo — diz Hudson a ela.

— Ah, dei? — Ela sorve um gole do seu cálice. — Não me recordo...

— Com a sua idade, tenho certeza de que há muitas coisas das quais não se recorda — comenta Hudson. — Mas tente se lembrar disso, se não for muito...

— Cuidado com o jeito que fala comigo — esbraveja ela, rápida e mordaz como uma serpente. Mas, logo a seguir, ela parece se recompor e volta a se acomodar com um sorriso discreto. E continua: — Caso contrário, esses dois pobres coitados que apanhei fazendo trilha nas montanhas não vão ser os únicos cujo sangue vou beber hoje.

Hudson boceja. Ele boceja de verdade. E agora estou pensando que ele não é exatamente corajoso. É pura imprudência mesmo.

Já com relação à Carniceira, tenho quase certeza de que ela está tentando decidir se vai tomar todo o sangue de Hudson até não sobrar mais nada ou se vai preferir assá-lo e servi-lo flambado.

— Então, se eu tivesse mesmo dado a ele o feitiço, como você disse que fiz...

— Ah, você deu a ele — corrige Hudson.

— Se... eu tivesse dado — ela repete numa voz dura como o aço. — Será que você não deveria dizer obrigado? — ela questiona, estreitando os olhos. — Considerando que você se beneficiou do ocorrido?

— Acha que eu deveria lhe agradecer? — sibila Hudson. — Por foder com as nossas vidas desse jeito? Por destruir o meu irmão...

— Se ele decidiu usar o feitiço, não faço ideia do motivo pelo qual seu irmão seria destruído.

— Ele não usou o feitiço — conto a ela, tentando ignorar o sentimento que as palavras de Hudson me causam. Sei que tudo está num estado lastimável. Sei que ele não quer ser o meu consorte, assim como eu não quero ser a dele. No entanto, ouvi-lo falar assim, como se ser o meu consorte fosse a pior coisa que já lhe aconteceu, me magoa de um jeito que eu não esperava.

— Outra pessoa o usou — informa Hudson. — Mas não é o que realmente importa aqui, não é? O que eu quero saber é como você conhecia um feitiço capaz de quebrar o elo, para início de conversa.

— Que importância isso tem? A menos que... — Ela nos estuda com cuidado, uma expressão calculista bem visível em seu olhar. — A menos que vocês estejam aqui porque querem que eu rompa o elo entre vocês também.

— É exatamente isso que nós queremos — eu digo a ela antes que Hudson possa se manifestar. Em parte, porque não quero que ele a irrite e piore ainda mais esta situação, e em parte porque não quero ouvir Hudson se prolongar mais sobre o quanto detesta o nosso elo. — E também queremos encontrar uma maneira de reparar o elo que eu tinha com Jaxon.

— Ah, é mesmo? — A Carniceira encara Hudson com uma expressão irônica. — É isso mesmo que você quer? Atar o elo entre consortes de Grace e Jaxon com um lacinho caprichado?

Agora sou eu que estou olhando de um para outro, conforme um milhão de nuances e insinuações perpassam a sala. Fico me sentindo como uma criança porque não consigo entender nenhum dos dois.

— Quero que Grace e o meu irmão sejam felizes — responde Hudson por entre os dentes.

— E acha que reparar o elo entre os dois vai proporcionar isso? — Ela toma outro gole de sangue enquanto o observa por cima da borda do cálice.

— Eles eram felizes antes — grunhe Hudson.

— Realmente eram — concorda a Carniceira. — Mas, se eles de fato se amam, será que importa tanto assim o fato de haver um elo ou não?

— Importa, se o referido elo dos consortes faz com que ela seja a minha consorte.

— Com licença — interrompo com uma voz nem um pouco gentil. — Será que posso participar dessa conversa? Em especial, considerando que vocês estão falando literalmente sobre o resto da minha vida?

— É claro que pode, Grace. — A Carniceira fala com uma doçura magnânima ao me fitar. — O que você quer, meu bem?

Preciso de todo o meu autocontrole para não tropeçar nas palavras quando encaro aquele olhar que queima como um par de raios laser. Tenha cuidado com o que deseja... mas, no fim, consigo organizar as ideias e dizer:

— Quero ser a consorte de Jaxon outra vez. — Faço questão de olhar para Hudson quando digo isso.

A Carniceira me observa por um tempo, como se tentasse avaliar a veracidade do que acabei de dizer. No fim das contas, entretanto, ela só abre um sorriso triste enquanto balança a cabeça em uma negativa.

— Bem, lamento dizer que você viajou até aqui por nada. Não posso quebrar o elo entre você e Hudson. E, definitivamente, não posso reparar o elo que havia entre você e Jaxon.

— Por que não? — pergunto, quase implorando. — Você fez isso uma vez e...

— Grace, meu bem... uma vez quebradas, certas coisas jamais podem ser reparadas. — Ela abre um sorriso cheio de empatia. — Eu só sabia como quebrar o elo que você tinha com Jaxon porque fui eu que criei esse elo.

## Capítulo 28

### PREVISÃO DO TEMPO PARA HOJE:
### TOTALMENTE CONGELADO

Meu coração troveja no peito.

— Como assim? Você criou o elo?

— Era isso que havia de errado com ele — interrompe Hudson, com uma expressão de horror invadindo seu olhar. — Eu sabia que aquilo não estava certo, aquele cordão verde e preto, trançado. Eu só... — Ele balança a cabeça como se quisesse desanuviá-la. — Nunca imaginei que fosse estranho simplesmente porque não devia ter existido.

A Carniceira dá de ombros.

— "Deveria" ou "não deveria" não são conceitos nos quais as pessoas que têm poder tendem a pensar muito.

— Bem, eles precisam começar a pensar, então — eu digo a ela conforme a dor, o medo e a tristeza das últimas semanas se acumulam dentro de mim até eu ter a sensação de que vou ser rasgada em vários pedaços.

— Não aja assim, Grace. — Desta vez, quando ela sorri, consigo ver as pontas afiadas das suas presas. — Você tem poderes consideráveis. Assim como o seu... — ela faz um gesto carregado de desprezo — ... consorte. Está querendo dizer que nunca os usou para beneficiar as pessoas de quem gosta?

— E como você acha que beneficiou alguém nesta maldita situação? — irrita-se Hudson. — Você só conseguiu foder com a vida de todo mundo.

O sotaque dele se torna tão arrastado que a palavra "foder" soa como se fosse algo completamente diferente.

— Eu não estava falando com você — retruca ela em uma voz mais fria do que todo o gelo ao nosso redor.

— Bem, mas eu estava definitivamente falando com você. Que tipo de monstro decide brincar de Deus com a vida de quatro pessoas...

— Quatro? — interrompo, confusa.

Ele está tão concentrado encarando a Carniceira que nem me dispensa um olhar, e continua falando diretamente com ela:

— Será que você chegou a pensar que Jaxon tem uma consorte de verdade em algum lugar do mundo? Alguém que ele jamais procuraria, porque já era o consorte de Grace?

Aquelas palavras afundam como pedradas no ar à nossa volta. Por alguns momentos, eu me esqueço de como se respira. De como se pensa. De como se existe. Meu Deus. Isto não pode estar acontecendo. Meu Deus.

Pela primeira vez, a Carniceira parece furiosa. Cólera pura e escaldante emana dela quando a vampira aponta um dedo para Hudson.

— Está preocupado com a consorte imaginária de Jaxon? — pergunta ela. — Ou só está preocupado consigo mesmo?

— Este é o problema com as pessoas que abusam do próprio poder — rosna ele. — Não gostam de pensar nas atitudes que tomaram. E não suportam quando alguém lhes esfrega isso na cara.

— Não acha que está agindo como um falso moralista, considerando que é filho de Cyrus Vega? — ela acusa, e agora suas presas estão à mostra.

Assim como as de Hudson.

— É por eu ser filho dele que reconheço abusos de poder quando vejo — rebate ele. E o jeito que ergue as mãos me faz ponderar se ele está planejando estrangular a Carniceira.

Ela suspira e faz um gesto de desprezo na direção dele. Mas, desta vez, Hudson fica paralisado. Tipo... completamente paralisado. Com a expressão de rosnado ainda no rosto, os olhos apertados e as mãos ainda erguidas.

— O que você fez? — exijo saber, e a acusação sai antes que eu consiga refletir melhor sobre o que estou fazendo. — O que fez com ele?

— Ele está bem — garante a Carniceira. — Mas não estaria, se continuasse falando daquele jeito. Por isso, na realidade, eu lhe fiz um favor.

Nem sei como deveria responder a isso. Assim, decido perguntar com bastante cuidado:

— E em algum momento você vai deixar que ele volte a se mover?

— É claro. — Ela faz uma careta. — Não precisa duvidar de mim. A última coisa que eu quero é uma estátua de Hudson Vega entulhando a minha casa.

— Ele não é uma estátua — eu digo a ela. — Ele é...

— Sei exatamente o que ele é. E já estou cansada disso.

Ela aponta para a cadeira ao seu lado.

— Por outro lado... há algumas coisas que eu gostaria de conversar com você. Por que não vem se sentar aqui comigo?

Acho que prefiro me sentar ao lado de ursos famintos do que me sentar ao lado dela — agora ou em qualquer outro momento. Mas, pelo jeito, não tenho exatamente muita escolha. Além disso, ficar sentada onde estou agora não significa que estou mais segura. Em especial, se ela foi capaz de paralisar Hudson apenas com um gesto.

Não quero me arriscar a deixá-la irritada e ficar paralisada também. Assim, vou até a cadeira de balanço dele e me sento devagar.

— O que acha disso tudo, Grace? — ela questiona assim que me sento.

— Não sei o que pensar.

Fico encarando Hudson, preocupada com ele, querendo que volte a se mover. Será que é isso que Jaxon, Macy e o tio Finn sentiram quando passei todos aqueles meses aprisionada em pedra? Essa sensação de impotência e um medo capaz de engolir tudo? Ele só está paralisado há cerca de três minutos e meio, e já estou com vontade de arrancar os cabelos. Não consigo nem imaginar como eles conseguiram aguentar isso por três meses e meio.

— Eu me lembro de ter visto meu elo entre consortes com Jaxon. — Lembro-me daquela noite na lavanderia, do cordão preto e verde que parecia tão diferente dos outros. — Não percebi, na época, que havia algo de errado com o elo. Mas, pensando bem, ele não era parecido com nenhum outro cordão que tenho. Especialmente agora que vi o elo com Hudson.

— Está falando sério, Grace? — ela suspira quando menciono o elo com Hudson. — Será que você não podia ter feito uma escolha melhor?

— Acho que não tive muita escolha em nada disso tudo — digo a ela. — Parece que nenhuma das escolhas foi feita por mim.

— E o que sente em relação a isso?

— Sinto vontade de arrancar a cabeça de alguém. — Novamente, as palavras saem pela minha boca antes que eu consiga censurá-las. Assim, nada me resta a não ser voltar um pouco atrás. — Claro... não é da sua cabeça que estou falando. Eu só...

— Nunca suavize o que você sente, Grace. Torne-se dona dos seus sentimentos — ela me aconselha. — Use-os.

— Do jeito que você fez? — pergunto.

A Carniceira não responde na mesma hora. Em vez disso, ela me estuda pelo que parece uma eternidade antes de suspirar.

— Quero lhe contar uma história.

— Está bem — concordo, como se tivesse escolha.

— Ela começa antes de você nascer — conta a Carniceira. — Mas, por ora, vamos nos concentrar num passado mais recente.

Ela toma um longo gole do seu cálice e, em seguida, o coloca sobre a mesinha de centro diante de nós.

— Há dezenove anos, uma irmandade de bruxas veio até aqui, no meio das piores nevascas que já castigaram o Alasca em quase cinquenta anos.

Estavam aterrorizadas. Desesperadas. Preocupadas com o destino do seu grupo e do mundo. Tanto do mundo humano quanto do paranormal.

Ela contempla o fogo da lareira, agora. E o olhar que estampa no rosto é o mais doloroso que já testemunhei.

— E o que elas queriam? — pergunto, quando percebo que ela não continua com a história imediatamente.

— Queriam encontrar uma maneira de trazer as gárgulas de volta. Já fazia mais de mil anos que nenhuma gárgula nascia. Quase todo esse tempo desde que alguma gárgula vagou pela Terra. E sem o equilíbrio das gárgulas, o mundo paranormal estava saindo rapidamente do controle. A situação estava tão ruim que chegava a afetar o mundo humano, além de colocar a todos nós em perigo. Ou, pelo menos, foi isso que elas disseram.

— Mas havia outra gárgula viva — digo a ela. — A Fera Imortal.

— Você descobriu o segredo, né? — Ela sorri. — Você é uma garota esperta.

— Consigo ouvir a voz dele na minha cabeça. Quando estou em perigo, ele fala comigo.

— Ele fala com você? — E, com a mesma rapidez, a atenção da Carniceira está em mim outra vez. Percebo que aquele estranho brilho verde em seus olhos retornou. — E o que ele diz?

— Ele me dá avisos. Claro, ele não fala comigo o tempo todo. Só quando estou em perigo. E me diz para não fazer alguma coisa ou não confiar em alguém.

— Ah, ele faz isso, então? — Ela ergue uma sobrancelha. — Você é uma garota de muita sorte, Grace.

— Eu sei — asseguro a ela, mesmo que não me sinta tão sortuda assim. Já faz um bom tempo que não sinto ter toda essa sorte.

— Várias bruxas e feiticeiros vieram com aquela irmandade. Incluindo o seu pai. Conversei com todos eles, inclusive com a sua mãe. Ela não era uma bruxa, mas percebi que ela tinha alguma magia dentro de si. E eu soube, instantaneamente, que você desempenharia importância primordial para nós mais tarde.

— Porque sou uma gárgula? — indago, tentando fazer com que as palavras passem pelo aperto na minha garganta. Não sei se é por ela estar falando dos meus pais, ou se é porque finalmente está me contando algo sobre o meu passado... mesmo que isso me cause uma ligeira sensação de que ela está tentando me engrupir. Como se eu estivesse com uma daquelas cartomantes fajutas que dizem às pessoas exatamente o que elas querem escutar.

Ela estala a língua quando a interrompo, mas prossegue mesmo assim:

— Por causa de quem você realmente é.

## Capítulo 29

### MENOS AVÓ, MAIS GRÃ-MESTRE

Fico esperando que ela diga mais, mas, como isso não acontece, sussurro:

— Não sei o que isso quer dizer.

O sorriso dela é plácido.

— Não se preocupe. Você vai saber.

— Mas o que isso tem a ver com Jaxon? E com o meu elo?

— Concordei em ajudar as bruxas, mas pedi um favor em troca. — Ela solta um longo suspiro.

Sinto um calafrio correr pelo meu corpo.

— Não estou entendendo. Que favor foi esse?

— Que essa criança que lhes prometi que viria, essa gárgula que eles queriam tão desesperadamente e que teria tanto poder nas mãos, seria a consorte do meu Jaxon... se assim ela quisesse.

— Antes de encontrar o meu verdadeiro consorte, você quer dizer. — Nem termino de dizer essas palavras e já sinto o horror tomar conta de mim.

— Não, você estaria destinada a ser a consorte de Jaxon... até que o tocasse e o rejeitasse. — Ela sorri, agora. — Mas você não rejeitou o elo, não foi?

Aquelas palavras nadam entre os meus pensamentos, à procura da margem mais próxima.

— Isso significa que Jaxon também não se tornaria o consorte de ninguém até que nos conhecêssemos?

As sobrancelhas dela se erguem.

— Ora, é claro, meu bem. De que outra maneira eu conseguiria garantir que você teria uma chance, por menor que fosse, de se tornar a consorte do meu Jaxon, se ele já tivesse outra consorte antes de vocês se conhecerem?

Meu Deus. Me sinto enjoada. Se eu estava certa e o cara sobre o qual Flint estava falando, aquele por quem ele foi apaixonado durante a vida toda, era Jaxon... isso significa que, durante todo esse tempo, o coração de Flint estava partido, pensando que Jaxon não o escolheria. Quando, na verdade, durante todo esse tempo, ele simplesmente não podia escolhê-lo. Por minha causa.

Fecho os braços ao redor de mim mesma e tenho a impressão de que as paredes da sala estão se fechando sobre mim à medida que tento respirar.

— Então... tudo aquilo era falso? Nada do que senti por Jaxon era real?

— Você sentiu que era falso? — ela pergunta e se aproxima para dar palmadinhas na minha mão.

Relembro os olhos dele, seu sorriso. O jeito que ele me tocava. E um pouco da pressão em meu peito começa a se arrefecer.

— Não... Nunca senti que fosse falso.

— Porque não era — diz ela, dando de ombros. — Você sabe que as regras do elo entre consortes...

— Você quebrou todas as regras!

— Não. — Ela ergue um dedo em riste, enfática. — Forcei algumas regras, mas não quebrei nenhuma. Criei um elo entre consortes para você, mas se não estivesse aberta a ele... e se Jaxon não estivesse aberto a ele, vocês dois nunca se tornariam consortes. E estariam livres para encontrar seus verdadeiros consortes. É simples assim.

Não me parece tão simples. Nada disso parece simples. Mesmo antes que um pensamento novo e horrível despedace o caleidoscópio revolto dos meus pensamentos.

— E se nós nunca tivéssemos nos encontrado? Jaxon... ele teria passado o resto da sua vida imortal sem ninguém?

— Isso não aconteceria. Usei uma magia muito antiga que faz com que os similares se aproximem. Ela atraía você para Katmere e para Jaxon, desde o dia em que você nasceu. — Alguma coisa que se aproxima da gentileza entra em seus olhos verdes.

Baixo a cabeça, apoiando-a nas mãos e luto para conter as lágrimas que ardem no fundo dos olhos. Mas não vou fazer isso. Não vou chorar. Não aqui e, definitivamente, não neste momento. Não vou dar essa satisfação a ela.

— Grace... — Sua mão paira sobre o meu braço como se ela quisesse me tocar outra vez. E seus olhos têm a expressão mais suave que já vi.

Nada disso faz com que eu me sinta melhor.

Eu me levanto da cadeira e vou até Hudson, com uma intenção de convencê-la a dissipar o feitiço que o paralisou, agora que a Carniceira parece ter se acalmado um pouco. Mas, antes que eu consiga fazer isso, aquela pergunta que eu tinha desde o começo — a pergunta que queima dentro de mim desde o momento em que ela admitiu que o elo foi criação sua — explode.

— Só não entendo por que você fez isso. Não comigo. Isso já compreendi. Eu era só um meio para que as bruxas conseguissem chegar a um fim. Uma moeda de troca para você. Mas... e no caso de Jaxon? Você o criou. Você o treinou. Ele ama você. Por que você faria uma coisa dessas? Uma coisa que tinha o potencial de machucá-lo tanto?

— Você se lembra de como Jaxon era quando o conheceu? — pergunta a Carniceira.

Uma imagem daqueles olhos negros e gelados perpassa minha mente.

— O que uma coisa tem a ver com a outra?

— Ele havia se fechado para todas as emoções muito tempo antes de você nascer. Talvez eu tenha sido dura demais com a educação dele. Ou talvez seja o resultado de ter aquelas duas pessoas como pais biológicos. Não sei. Imaginei que dar uma consorte a ele pudesse ajudar a suavizar um pouco disso, ou pelo menos compensar.

E saiba que não fiz isso pensando somente nele. Você deveria ser a mais recente gárgula a existir, se não contássemos aquela pobre criatura na caverna. — Ela para por um segundo a fim de limpar a garganta e beber o que resta no cálice. — Eu sabia que você precisaria da proteção dele. Que você precisaria de Katmere e de tudo que Finn e Jaxon pudessem lhe dar. — Os olhos da Carniceira estão fixos nos meus quando ela acrescenta: — Fiz isso por vocês dois, Grace. Porque vocês precisavam um do outro.

Há um pedaço de mim que ouve a verdade naquelas palavras. Que volta até o meu primeiro dia em Katmere, quando estava perdida e sofrendo tanto. Quando percebi que Jaxon sentia as mesmas coisas.

Ela disse que eu precisava da proteção de Katmere... Será que isso significa que a Carniceira falou sobre mim para Lia, sabendo que ela mataria meus pais e que eu me mudaria para lá?

É uma suspeita terrível, e isso faz meu sangue ferver e a minha pele formigar. Mas percebo que ela não precisaria fazer nada disso. Porque a magia do nosso elo nos reuniria, cedo ou tarde.

Viro de costas e vejo Hudson, com o seu rosto perfeito congelado no tempo. E me pergunto, apenas por um momento, se devíamos mesmo ter nos tornado consortes. Se, em um mundo diferente onde vampiros milenares não fizessem tudo que quisessem, nosso destino seria ficarmos juntos.

Esfrego o peito no instante em que, juro, consigo sentir uma nova rachadura se formando no meu coração já tão surrado e maltratado.

Estendo a mão em busca de tocar Hudson, almejando a sensação de refúgio quando sinto sua pele na minha, mesmo que por um segundo. Mas, no instante que os meus dedos tocam os dele, algo milagroso acontece.

Seus dedos seguram nos meus e os apertam conforme ele vai se libertando do feitiço que o manteve imóvel nos últimos quinze minutos.

# Capítulo 30

## QUEM PRECISA SER PLAUSÍVEL QUANDO
## SE PODE NEGAR TUDO?

Encaro Hudson por um segundo, boquiaberta e completamente chocada por ele ter conseguido se livrar do transe no qual a Carniceira o colocou. Viro o rosto para ver se ela decidiu soltá-lo, mas a vampira parece tão surpresa quanto eu.

A expressão de surpresa dela desaparece sem demora. E é aí que começo a me mover, me interpondo entre ela e Hudson. Fico esperando que ele se livre do feitiço já doido para pular no pescoço da Carniceira, e a única chance que tenho de impedi-lo é me colocar diretamente em seu caminho. Afinal, não sei muito sobre o que se passa, mas sei que Hudson nunca vai correr o risco de me machucar. E isso significa que talvez... talvez eu tenha uma oportunidade de impedir que o pior aconteça antes que tudo saia do controle de vez.

Só que Hudson não está tão lívido quanto pensei que estaria. Está irritado, com certeza, mas ele já estava irritado logo antes de a Carniceira o paralisar. E presumo que toda essa situação de ser forçado a passar algum tempo como estátua aumentaria a irritação em uns duzentos por cento. Em vez disso, ele está somente nos encarando como se esperasse uma resposta para uma pergunta.

Olho para a Carniceira de novo. E, desta vez, ela abre um sorriso digno de vovozinha.

— Ele não consegue se lembrar, meu bem.

— Se lembrar de quê? — pergunta Hudson enquanto olha para mim e depois para ela.

Eu devia contar tudo a ele; Hudson tem o direito de saber o que acabou de acontecer. Mas sei que, se o fizer, esta caverna vai se transformar em um inferno. Por isso, considero melhor que ele não saiba o que aconteceu agora há pouco.

— Nada — eu digo.

Vou contar tudo a ele mais tarde, quando já estivermos bem longe desta caverna. Hudson vai ficar bravo comigo, mas não faz mal. E vou ficar aliviada por ele não ter irritado tanto a Carniceira a ponto de usá-lo como um brinquedinho mastigável.

É uma situação na qual todo mundo vence e ninguém morre.

Sim, sei que o meu padrão para situações em que todo mundo vence se deteriorou bastante desde que comecei a estudar na Academia Katmere, mas este não é o melhor momento para avaliar a questão.

— Não me importa o que você tenha que fazer — diz Hudson à Carniceira. — Mas você tem que quebrar meu elo entre consortes com Grace.

Ela o encara com uma expressão curiosa.

— Achei que você estivesse me repreendendo por ter brincado de Deus.

— E você estava argumentando que o poder exige ser abusado — devolve Hudson. — Por isso, vá em frente. Abuse dele mais uma vez e nos tire de toda esta merda em que estamos.

Por um minuto, tenho que a impressão de que a Carniceira vai explodir por estar recebendo ordens de Hudson — e isso me dá muita vontade de puxá-lo até o canto da sala e insistir que ele pare de provocá-la. Mesmo ciente de que ele não ouviu nada da conversa que ela e eu tivemos há pouco. Ele age como se quisesse ser agredido por ela.

Ou como se quisesse mesmo destruir o nosso elo entre consortes.

Esse pensamento cai sobre mim como uma pedra gigante. Eu já sabia, antes de virmos até aqui, que Hudson não queria ser o meu consorte. E achava que tudo isso era alguma espécie de piada cósmica. Mas agora que sei que ele provavelmente sempre esteve destinado a ser o meu verdadeiro consorte... bem, a sensação é de levar um chute ainda mais forte no estômago.

— Você precisa aprender a ter um pouco mais de respeito — repreende ela, olhando para ele com cara de poucos amigos.

— Me dê algo que eu possa respeitar e faço o que você pede — retruca ele, devolvendo também o olhar agressivo.

Sendo bem sincera, quase me esquivo quando ele diz isso. Porque ainda não estou convencida de que a Carniceira não pode destruí-lo.

Mas, em vez de rasgá-lo de um lado a outro com milênios de poder acumulado, a Carniceira pega seu cálice e praticamente flutua até o pequeno bar feito totalmente de gelo que há do outro lado da sala. Chegando lá, bem devagar e com todo o cuidado, ela volta a encher o cálice de sangue e toma um longo gole.

Quando se vira, as chamas em seu olhar estão contidas, embora sua boca continue tensionada e os ombros, rígidos.

— Então... — murmura ela, e agora voltou a nos observar como um gato perigoso faz com um camundongo muito pequeno.

Será que isso me deixa nervosa? Imagine...

— Vocês realmente querem quebrar seu elo entre consortes?

Estou reconsiderando essa possibilidade, pensando tanto nas informações que ela me falou e confiando no meu instinto de sobrevivência, que grita para que a gente saia dali imediatamente.

Mas Hudson já topou.

— É por isso que viemos aqui. Jaxon e Grace não merecem essa situação.

— E no seu caso? O que você merece? — Ela faz a pergunta soar como uma ameaça.

— Sei exatamente o que mereço — responde ele. — Mas agradeço pela preocupação.

Ela ligeiramente dá de ombros e faz uma cara que poderia ser interpretada como *sua arrogância não é problema meu*. E diz:

— Há uma maneira pela qual vocês talvez possam quebrar esse elo.

— E que maneira é essa? — insiste Hudson.

— A Coroa.

— A... o quê? — pergunto, mas Hudson deve saber exatamente do que ela está falando, porque toda a agressividade some do seu rosto.

— Ela não existe — diz ele.

— É claro que existe. — Ela baixa os olhos e observa as unhas. — Só passou algum tempo desaparecida.

— Ela não existe — repete Hudson.

Mas não tenho tanta certeza disso. A Carniceira não parece estar blefando. Nem um pouco.

— Cyrus lhe disse isso? — pergunta ela. — É mais provável que ele não tenha conseguido botar as mãos nela. E, agora, não quer que ninguém mais saiba que o artefato existe.

Isso parece ser exatamente o que Cyrus faria, e percebo que Hudson deve estar ponderando a mesma coisa, porque para de retrucar. Não está pronto para perguntar nada a respeito, mas também não está mais procurando briga. E isso é o ponto mais próximo de uma rendição que ele chega.

— O que a Coroa faz? — indago, ainda bastante confusa com tudo isso.

— A Coroa, supostamente, dá poderes infinitos a qualquer pessoa que a coloque na cabeça — explica Hudson, com a voz equilibrada.

— É isso? — pergunto. — Somente mais poder?

— Não subestime a Coroa — adverte a Carniceira. — É um poder sem paralelo. Dizem até mesmo que ela dá a quem a usa o poder de controlar os Sete Círculos.

— Espere... Círculos? Como aquele conselho do qual nós fazemos parte, agora? — pontuo para Hudson.

— O conselho do qual você faz parte agora — ele me corrige.

— Sim, com o meu consorte.

Ele desvia o olhar. E... droga. Droga, droga. Essa situação toda só piora, e tudo que digo está errado.

— Existem sete deles? — pergunto.

— É claro, minha criança. Você não achava que havia somente cinco tipos de criaturas paranormais no mundo, não é? Você simplesmente faz parte de um desses Círculos.

Não faço a menor ideia de como devo reagir à notícia. Ela mal começou a falar e já me sinto como se fosse aquele emoji com a cabeça explodindo.

— Quem faz parte dos outros Círculos?

— Faz diferença? — Hudson questiona, bem petulante.

A Carniceira faz de conta que ele não existe.

— Fadas, sereias, duendes, succubi... para citar alguns.

— Succubi — repito. — E duendes. Caminhando pelo mundo e cuidando das próprias vidas.

— Duendes sempre se metem na vida de todo mundo — diz Hudson. — São uma turma bem enxerida.

Não era o que eu estava esperando que ele dissesse, mas tudo bem.

— E essa Coroa governa todos eles?

— A Coroa traz equilíbrio ao universo. Durante bastante tempo, os paranormais acumularam muito poder. Por isso, a Coroa foi criada para equilibrar a situação. Mas, onde existe um poder desse tamanho, sempre há cobiça. O desejo de exercer o poder sobre tudo e sobre todos. — Ela sorve um longo gole de sangue. — Há mil anos, a pessoa que tentou tomar posse da Coroa foi Cyrus.

— É claro que ele faria uma coisa dessas.

— Ela desapareceu, junto da pessoa que a usava. E Cyrus está à procura da Coroa desde então. Encontre a Coroa e talvez... talvez você encontre uma maneira de quebrar o elo entre consortes que tem agora, além de reparar o elo que tinha com Jaxon.

## Capítulo 31

## TENHO QUE CONVERSAR COM UM
## CARA SOBRE UMA FERA

— Deixe eu ver se entendi direito — eu digo a ela. — A Coroa desapareceu há mil anos. Há pessoas por todo o mundo à procura dela, incluindo o próprio rei dos vampiros. E você acha que Hudson e eu podemos encontrá-la?

— Eu não disse que achava que vocês podem encontrá-la. Eu disse que, provavelmente, é a única maneira de romper o elo. — Ela vai até a sua cadeira e se senta outra vez. — Desculpem, mas esses meus ossos velhos ficam cansados se eu passar muito tempo em pé.

Não acredito nisso nem por um segundo, e uma rápida olhada para Hudson me informa que ele também não acredita. Mas nenhum de nós dois a acusa de mentir. Ainda mais quando ela está contando essa história.

— Mas se decidirem ir procurá-la, eu começaria com a única pessoa que deve saber onde ela está. E, como vocês já a conhecem, talvez haja uma possibilidade de que ela converse com vocês.

— Quem? — pergunto, enquanto reviro a cabeça na tentativa de descobrir a quem ela pode estar se referindo. Até mesmo Hudson permanece em silêncio, tão interessado na resposta quanto eu.

— Está me dizendo que não sabe? — diz ela, erguendo uma sobrancelha.

— A Fera Imortal, é claro. Dizem que esse foi o motivo da prisão da Fera, inclusive... para que ninguém soubesse onde ela escondeu a Coroa.

— A Fera Imortal? — repito, com o coração batendo mais rápido. — Já lhe disse. Ele conversa comigo. Acha que posso simplesmente perguntar e ele vai me dar a resposta?

— Acho que ele já enlouqueceu a tal ponto que não consegue ir muito além das coisas mais básicas para a sua sobrevivência. Mas é você quem deve responder a isso. O que acha?

Eu me lembro da caverna que ele habitava. E de como ele fala comigo somente em frases bem curtas. Ele tentou me dar o seu coração.

— Acho que ele não se lembra.

— Então você só tem uma chance. Você precisa transformá-lo em humano. Ele está na forma de gárgula há tanto tempo que isso provavelmente o deixou louco.

— Espere aí. Isso é possível? — pergunto, porque tenho a impressão de que alguém deveria ter me falado a respeito. Sobre... *passe tempo demais como gárgula e isso pode acontecer com você também*. Pois é... definitivamente, tenho a impressão de que deveria saber disso.

— Séculos, Grace — Hudson se manifesta pela primeira vez depois de algum tempo. — Você teria que passar séculos na sua forma de gárgula para que isso lhe acontecesse.

— Como sabe disso? — questiono.

— Porque passei semanas pesquisando sobre gárgulas. — Ele revira os olhos quando me encara. — Acha que eu iria deixar você descobrir tudo sozinha se houver alguma coisa lá fora capaz de machucá-la?

É claro que não. Especialmente Hudson, que é tão excêntrico quanto pode, mas que também nunca deixaria uma pessoa de quem gosta encarar algo terrível sozinha.

Sorrio para ele. E, por um segundo, tenho a impressão de que ele vai retribuir o sorriso. Mas ele volta a fitar a Carniceira no último instante e pergunta:

— Como exatamente vamos transformá-lo em humano?

Os olhos verdes da Carniceira encaram Hudson antes que ela responda.

— Libertem-no. São as correntes que o mantém preso na forma de gárgula. Quebrem-nas e ele vai se tornar humano outra vez.

— Já tentamos quebrá-las — eu digo. — E não conseguimos. Vampiro, dragão, bruxa, gárgula... — Aponto para mim mesma. — Nenhum de nós conseguiu.

— Porque as correntes são encantadas.

— Encantadas? — Hudson joga as mãos para cima. — Está de brincadeira, não é? Quer nos mandar nessa busca maluca só para não virmos mais até aqui?

— Hudson... — Posiciono uma mão reconfortante em seu ombro, mas ele a afasta.

— *Não! De jeito nenhum, Grace. Ela já tem todas essas regras idiotas que ficam cada vez mais insanas a cada segundo. Não podemos quebrar o elo. Ah, vocês podem sim, mas precisam da Coroa. Só que ninguém sabe onde a Coroa está. Ah, mas esperem aí. Alguém sabe. Mas vocês não vão conseguir tirar a informação dele... Deixe disso! É um monte de besteiras e ela sabe disso.*

— Talvez sejam — sussurro para ele. — Mas talvez não sejam. Talvez a gente deva tentar.

132

— Essa questão é tão importante assim para você? — pergunta ele, e percebo que a raiva desapareceu do seu olhar... junto a todas as outras emoções.

Não sei qual é a melhor maneira de responder à pergunta, então decido desviar do assunto por enquanto.

— Não precisamos tomar a decisão agora. Podemos ouvir o que ela tem a dizer e resolver depois.

Tenho a impressão de que ele quer discutir um pouco mais, mas, no fim, Hudson simplesmente suspira e faz um gesto que significa *você que sabe*.

— Como podemos quebrar as correntes encantadas? — indago, embora esteja me sentindo tão sobrecarregada quanto Hudson. Talvez mais.

A Carniceira olha para um de nós e depois para o outro, como se decidisse se deve ou não nos dizer. Mas, no fim das contas, ela solta um suspiro discreto e fala:

— A única informação que sei é que vocês precisam encontrar o Forjador, que foi quem criou as correntes. Inclusive, ele é o mesmo forjador que criou esta pulseira que você está usando — emenda ela, com um pequeno sorriso para Hudson. — Ele fez um conjunto inteiro de pulseiras que depois foram dados de presente para Katmere. Se quiserem quebrar as correntes da Fera Imortal, vocês vão precisar encontrá-lo.

— E como vamos encontrar o Forjador? — pergunta Hudson.

— Sinceramente? — Ela faz um gesto negativo com a cabeça. — Não faço a menor ideia.

## Capítulo 32

## ALÔ? É COMIGO
## QUE VOCÊ QUER FALAR?

Não conseguimos arrancar muito mais da Carniceira. Não sei se isso é porque ela não tem mais nada para nos dizer ou porque está escondendo coisas de nós, sabe-se-lá-por-que-motivo. Quando ela está envolvida, é impossível saber.

Ela oferece sua caverna para passarmos a noite porque vai estar supertarde quando voltarmos para Katmere, mas prefiro encarar toda a vida selvagem noturna que o Alasca tem a oferecer do que passar mais um minuto naquela caverna gelada.

Por sorte, nada de especial acontece na viagem de volta. A tempestade que ameaçava cair mudou de rumo e foi na direção oposta. E os únicos animais selvagens que encontramos foram alguns lobos, mas um rosnado de Hudson os espanta bem depressa. Além disso, sou capaz de voar e eles, não. O que torna tudo ainda melhor para mim.

Durante o trajeto, paramos para descansar por uns minutos. Conto a Hudson que a Carniceira o paralisou (algo que ele não gostou de saber, como eu imaginava) e o que ela me contou sobre a irmandade de bruxas, o elo entre consortes e como Jaxon e eu nos atraímos. Hudson fica em silêncio durante todo o relato, simplesmente mirando a noite escura enquanto caminhamos pela floresta. E a reação dele é melhor do que eu esperava.

Pelo menos até o fim, quando ele diz por entre os dentes:

— Sanguessuga do caralho. — E só isso já diz tudo. Especialmente porque sei que ele está falando sobre muito mais coisas do que o fato de ela ser uma vampira.

Nós voltamos a andar novamente depois disso e retornamos direto para o castelo.

Estou exausta e faminta quando chegamos à escola. E não quero nada além de um banho quente, comida e a minha cama. Mas, ao mesmo tempo, minha mente continua funcionando em alta velocidade com um milhão de pensamentos diferentes. É noite de sábado e sei que Macy saiu para se encontrar com as bruxas. E não quero ficar sozinha. Especialmente porque não consigo parar de pensar em Jaxon, Hudson, Cyrus e na Fera Imortal.

Penso muito na Fera enquanto Hudson me acompanha pelo corredor até o meu quarto. Prometi que voltaria para libertá-lo, e isso é algo que eu quero fazer. Algo que preciso fazer. Só não sei se esse tal Forjador, quem quer que seja, vai saber fazer isso. Ou se vai querer fazer isso. Se a Carniceira estiver certa, foi ele quem criou os grilhões. Assim, por que motivo ele iria querer ajudar a libertar a Fera?

E, da mesma forma, quanta maldade ele deve ter no coração para ter feito uma coisa dessas?

Pergunto tudo isso a Hudson, mas ele simplesmente faz um gesto negativo com a cabeça.

— Nunca vou entender por que as pessoas fazem certas escolhas — responde ele. — Como podem ser tão indiferentes ao que é certo e o que é errado, ao bem e ao mal. Ou como podem simplesmente aceitar o mal quando isso lhes traz benefícios. Ou porque é difícil demais lutar contra ele.

Penso no pai dele, em todas as coisas que Cyrus fez e em todas as pessoas que ainda o seguem. Depois, penso em tudo que Hudson fez à procura de deter seu pai. E o preço que ele teve de pagar.

— Não tem uma resposta fácil para isso, não é? — concluo com um suspiro.

— Não sei nem se existe uma resposta — ele me diz.

Estamos diante da porta do meu quarto, numa conversa bem desajeitada. E não sei o que fazer. Percebo que Hudson também não sabe, porque está com as mãos enfiadas nos bolsos, e seu olhar, que geralmente é bem direto, está apontando para tudo e todos os outros lugares, menos para o meu rosto.

Pelo menos até o meu estômago roncar. Alto.

— Está com fome? — ele pergunta, com um súbito sorriso.

— Ei, voar queima um monte de calorias! — digo, fazendo uma careta.

Ele indica o meu quarto com um meneio de cabeça.

— Tem alguma coisa para você comer aí dentro?

— Sim. Vou pegar uma barra de cereal.

— Você já comeu três barras de cereal hoje. — Ele apoia o ombro na parede ao lado da minha porta. — Não acha que já é hora de comer algo que tenha um valor nutricional decente?

— Ah, claro. Mas a cantina está fechada, então... tem alguma sugestão? — Faço uma careta. — E, por favor... não quero nem ouvir falar sobre abrir uma garrafa térmica com sangue.

No começo, tenho a impressão de que ele não vai responder. Mas, em seguida, Hudson diz:

— Sugiro que tome um banho. Você está precisando.

— Está me chamando de fedida? — Levo a mão ao peito, fingindo estar escandalizada.

— Estou dizendo que você está tremendo de frio. Um banho vai lhe aquecer. — Em seguida, ele segura minha touca e a puxa com força para baixo, cobrindo os meus olhos.

— Ei! — Demoro só um segundo para puxar a minha touca para cima outra vez, mas, quando consigo enxergar de novo, ele já está quase do outro lado do corredor.

— Hudson... — eu o chamo, mas não completo a frase. Porque não faço a menor ideia do que quero dizer a ele.

Ele deve entender, porque abre um sorriso e acena com dois dedos antes de desaparecer escada abaixo enquanto adentro meu quarto.

Como eu imaginava, Macy não está aqui. Mesmo assim, ela deixou dois *cookies* com gotas de chocolate em um pires, na minha cama. Penso em pegá-los e mergulhar sob as cobertas, mas Hudson tem razão. Estou tremendo. Além disso, meus ombros doem; provavelmente por ter voado centenas de quilômetros em temperaturas abaixo de zero.

Usar as asas por longos períodos parece nunca incomodar Flint ou Éden, os dois dragões com quem tenho intimidade suficiente para perguntar. Mas sempre fico dolorida depois de voar tanto. Provavelmente porque os músculos superiores das minhas costas não foram feitos para movimentar asas, nem para aguentar o peso de todo o meu corpo, nem durante tanto tempo, como vem ocorrendo nestes últimos dias.

Mas isso vai mudar, não é? Assim como qualquer outro músculo, quanto mais eu usar, mais acostumados ao esforço eles devem ficar.

Tomo um banho rápido. Depois, pego um dos meus pijamas e me visto. A seguir, os *cookies*. Depois assisto a um episódio de *Buffy, a Caça-Vampiros* (o que eu posso fazer? Passar o dia bancando a diplomata entre Hudson e a Carniceira me deixou a fim de assistir a isso). E, por fim, cama.

Seria bom eu fazer algum trabalho para a escola. Diabos, seria ótimo fazer qualquer outra coisa além de deitar na cama e pensar em como vir até Katmere, até Jaxon, foi a causa da morte dos meus pais. Será que não éramos nada além de peças de xadrez no tabuleiro da Carniceira? Ou será que havia mais alguém jogando? Preciso muito descobrir o que houve. Preciso saber quem são os meus inimigos, mas estou cansada demais para fazê-lo agora.

Além disso, se eu fosse me ocupar com alguma coisa, seria com a intensidade em que o meu coração batia quando soube que Jaxon nunca deveria ter sido o meu consorte. Esse era o destino de Hudson. Tentei de tudo para manter Hudson em uma caixa marcada como "amigo", porque não me parecia justo considerá-lo outra coisa pensando em Jaxon. Mas, agora, não me parece correto considerar Jaxon como nada além de um ex-namorado. Bem, pelo menos até eu lembrar que Hudson não tem a menor vontade de ser o meu consorte. Engulo em seco. Com força.

E é por isso que prefiro manter tudo isso socado em alguma gaveta. Obrigada, de nada. Meu coração martela o peito. Meu estômago não precisa de muito mais para botar tudo que comi para fora. E levo cinco minutos inteiros para acalmar a minha respiração outra vez.

Depois de algum tempo, eu me deito na cama, mas nem chego a cobrir o corpo e pegar o meu notebook quando ouço alguém bate à porta. Sinto vontade de ignorar as batidas, mas Hudson me chama:

— Ande logo, Grace. Sei que você está aí.

— Ei, o que deu na sua... — começo a dizer quando abro a porta.

Mas paro de falar quando percebo que ele trouxe uma bandeja da cantina com sanduíche de queijo tostado, frutas fatiadas e uma lata de Dr. Pepper.

— Onde conseguiu tudo isso? — pergunto enquanto deixo ele passar.

Ele me olha como se não conseguisse acreditar na minha pergunta.

— Eu mesmo fiz. Que surpresa, não? — Ele coloca a bandeja sobre a minha cama e depois se acomoda aos pés dela... como se aquele fosse o seu lugar.

Mas, pensando bem, quando ele estava na minha cabeça, este lugar — e também aquele outro, ao lado da janela — eram os dois pontos favoritos dele. Era dali que ele gostava de me azucrinar. Por isso, provavelmente ele acha que deve fazer isso.

— Você sabe fazer um sanduíche de queijo tostado? — pergunto quando me sento do outro lado da bandeja. — Mas como? E por quê?

— Como assim? — Ele parece ofendido. — Você acha que, só porque sou um vampiro, não sei como se faz um sanduíche?

— Bem... parece fazer parte de um conjunto de habilidades que você não precisa ter.

Por vários e longos segundos, ele não se manifesta. Fica só me encarando com olhos indecifráveis. Mas, após certo tempo, ele acaba respondendo:

— Minha consorte é meio-humana, como você sabe. E ela precisa comer comida de humanos. Além disso... também sei usar o YouTube — explica ele, dando de ombros.

Um silêncio meio esquisito se forma entre nós, e eu fico sem saber o que dizer a ele. Há tantas coisas a descobrir que não faço a menor ideia de por onde devo começar. E estou cansada demais para pensar no assunto.

Assim, me dando conta de que estou mais uma vez tentando enfiar a cabeça na terra para escapar dos meus problemas, eu me concentro no comentário mais inofensivo.

— Você pesquisou no YouTube sobre como se faz um sanduíche de queijo tostado?

Ele ergue uma sobrancelha.

— Tem algum problema com isso?

— Não. Eu só... — Deixo a frase morrer no ar, sem saber direito o que quero dizer.

— Você só...? — ele insiste.

— Obrigada. — Não é exatamente o que eu queria dizer... pelo menos, não completamente. Mas, por enquanto, vai ter de bastar. — Você foi muito gentil.

— Por nada. — Ele se inclina na minha direção e, por um segundo muito bizarro, tenho a impressão de que ele vai me beijar. Todos os alarmes dentro de mim começam a soar, e me sinto retesar por completo... mas não sei se isso acontece devido ao medo ou ao desejo.

Penso em dizer alguma outra coisa, mas estrangulo as palavras quando o ombro de Hudson roça o meu. Não sei se fico assim por causa das próprias palavras ou pelo fôlego que de repente fica entalado na minha garganta.

Meu Deus... Ele realmente vai me...

Mas, em seguida, ele volta a se acomodar em seu lugar na cama... e agora, com o meu notebook nas mãos.

— Quer assistir a alguma coisa?

Eu me sinto totalmente ridícula.

Ele não estava tentando me beijar. Estava só querendo pegar o computador. Só que... só que, pela maneira que ele me olha, percebo que há mais significados nesse gesto simples. E o meu coração, que bate com força, percebe a mesma coisa.

## Capítulo 33

## NETFLIX E NADA DE SOSSEGO

— Claro. — Duvido que eu fosse conseguir dormir agora. Além disso, não sei ao certo... tenho a sensação de que Hudson também não quer ficar sozinho.

— Alguma sugestão? — ele pergunta, com as sobrancelhas erguidas como se esperasse que eu dissesse algo além daquela afirmativa simples.

Dou de ombros.

— Eu ia assistir a algum episódio de *Buffy*.

— *Buffy*? — Ele parece não fazer a menor ideia do que é isso.

— A Caça-Vampiros?

Estou chocada. Sei que esse seriado já é antigo, mas ele é bem mais velho. Será mesmo que ele nunca ouviu falar a respeito?

— Que encantador — comenta ele, revirando os olhos. — Se importa se eu exercer meu poder de veto e escolher alguma outra coisa?

Faço um gesto magnânimo, apontando para a tela.

— Pode escolher.

Ele dá uma olhada nos diferentes serviços de *streaming* que temos e escolhe o Disney Plus — algo que me pega totalmente de surpresa.

— Deixe eu adivinhar — digo, em tom de provocação. — *Monstros S.A.*?

Ele me espia pelo canto do olho.

— Eu estava pensando em algo como *A Bela e a Fera*.

Tento pensar em algo petulante para dizer. Mas, antes que eu consiga, Hudson coloca o filme para rodar. Porém, em vez do velho conto de fadas da Disney, o texto de abertura de Star Wars começa a rolar pela tela.

— *O Império Contra-Ataca*? — pergunto, surpresa.

Ele dá de ombros.

— Um filme não se torna um clássico à toa. — Em seguida, ele indica a bandeja que ainda nem toquei com um aceno de cabeça. — Coma. Você está precisando.

E, para enfatizar as palavras, o meu estômago ronca outra vez. Assim, faço o que ele sugere e mordo o sanduíche de queijo. Em seguida, pergunto:

— A que vídeo do YouTube você assistiu? Algum do Gordon Ramsey?

— Os britânicos confiam em seus conterrâneos. — Ele me olha, um pouco desconfiado. — Por quê? Não ficou bom?

— Está uma delícia. — Mordo outro pedaço e quase solto um gemido de alegria. — Deve ser a melhor coisa que já comi desde... — Deixo a frase no ar quando me dou conta do que ia falar. *Desde que a minha mãe morreu.*

Hudson deve entender o que eu tinha a dizer, porque não me pressiona. Em vez disso, ele se acomoda junto da parede e indica o notebook com a cabeça.

— Esta é uma das minhas partes favoritas.

— A cena na neve? — pergunto, porque já faz muito tempo mesmo desde a última vez em que vi este filme.

Ele me fita com uma expressão seca.

— Sim, porque a neve é algo tão raro na minha vida que preciso me refestelar com toda essa quantidade que aparece na tela.

— Que mau humor, hein? — Faço uma careta para ele. — Quem fez xixi no seu copo de sangue?

Ele fica apenas me olhando por algum tempo e depois diz:

— Nem sei por onde devo começar a tentar entender o que você disse. E tenho certeza de que não vou querer saber também.

— É só uma frase engraçada. Sobre fazer xixi no cereal de alguém. Mas você não come cereal no café da manhã, então... — Suspiro. — Só estou deixando a situação ainda pior, não é?

— Talvez esteja, um pouco. — Ele faz um gesto negativo com a cabeça. — As pessoas são estranhas.

— Talvez. Mas vampiros também são.

Ele me encara, fingindo estar ofendido.

— Vampiros são perfeitamente normais, para a sua informação.

— Ah, claro que são. Acabamos de voltar de uma visita a uma mulher que pendurou humanos mortos para sangrar em baldes. E você ficou incomodado por causa de uma frase bizarra que eu disse?

— As pessoas penduradas com o sangue escorrendo... isso é bem esquisito, não? — Ele estremece. — Prefiro beber direto de... — Hudson fica imóvel, como se percebesse subitamente o que está dizendo e para quem. Em seguida, fica muito, mas muito interessado mesmo no que está acontecendo na tela.

Mas não vou deixá-lo escapar com tanta facilidade, já que é bem difícil conseguir que um vampiro fale sobre o que eles comem... ou, pelo menos, isso é algo que sempre foi difícil para mim.

— Quer dizer que você gosta de se alimentar do... hospedeiro?

Ele olha para mim como se decidisse o quanto quer revelar. Mas, no fim, simplesmente dá de ombros e conta:

— Você prefere quando a sua comida está quente, não é?

— Ah, sim. É claro. — Nem percebo que estou passando a mão na pele da minha garganta até perceber que Hudson está olhando para os meus dedos com uma expressão nos olhos que não tem nada a ver com comida, mas sim tudo a ver com várias coisas sobre as quais nenhum de nós está falando no momento. Nem de longe.

Aquela expressão me deixa inquieta. Me faz imaginar, só por um segundo, qual seria a sensação se Hudson deslizasse aquelas presas na minha pele. O que só serve para me deixar corada mais uma vez e olhar para qualquer lugar do quarto, exceto para ele, enquanto tento espantar aquele pensamento da cabeça.

Nós assistimos aos próximos minutos do filme em silêncio, mas agora há uma tensão no ar que não vai embora. E isso está mexendo comigo de várias maneiras. Fazendo com que eu pense em todo tipo de coisas. Incluindo no fato de que Hudson e eu somos consortes.

Mas, além disso, que fui a consorte de Jaxon.

Pensar a respeito faz com que eu me contorça um pouco, sentindo o desconforto.

— O que houve? — indaga Hudson.

Como não estou nem um pouco preparada emocionalmente para confessar que passei um bom tempo pensando nas presas dele encostadas no meu pescoço, decido admitir o outro fato que não consegui tirar da cabeça — não importa o quanto me esforçasse para não pensar nele.

— Não consigo acreditar que os meus pais fizeram um pacto com a Carniceira. Tipo... o que será que eles disseram? "Claro, sem o menor problema. Pode tornar a minha filha, que ainda nem nasceu, a consorte de um vampiro. Desde que consiga o que quero, eu topo. Não tem nenhum problema com isso". — Dou de ombros com uma expressão de "que porra é essa?" — Como eles conseguiram aceitar um pedido desses? E nunca me contaram nada...

Interrompo a fala no meio da frase, porque a única maneira de terminar esse raciocínio é com algum comentário sobre como eles morreram antes de me revelarem a verdade... se é que algum dia iriam revelar.

— Isso a deixa irritada? — pergunta Hudson com a voz baixa.

— Não sei. Estou... — suspiro e, em seguida, passo a mão pelos cabelos ainda úmidos. A esta altura, é a única coisa que posso fazer. — Só estou cansada. Muito, muito cansada. Não faz sentido ficar brava com eles. Meus pais estão mortos e nada do que eu sinta agora vai mudar esse fato, então...

Exalo o ar num sopro longo.

— Só queria saber o que passou pela cabeça deles para aceitarem esse tipo de coisa. Por que eles acharam que era certo tirar o meu direito de escolha?

— Mas a coisa não foi bem assim, concorda? Eles não tiraram o seu direito de escolha. — Ele pega o notebook e dá uma pausa no filme antes de olhar novamente para mim. — Ou, pelo menos, tenho quase certeza de que não era assim que eles estavam pensando.

— Eles escolheram o meu consorte.

— Sim, mas não teria funcionado se você não estivesse aberta a isso. Eles podiam ter feito toda a magia no mundo, mas, se você não desejasse Jaxon, não teria importado. Você o escolheu, e foi por isso que ele se tornou o seu consorte. Eles faziam parte deste mundo. E sabiam como as coisas funcionam. Na pior das hipóteses... ou na melhor, dependendo do seu ponto de vista: você conhece Jaxon, se apaixona por ele e percebe que é o seu consorte quando o escolhe. Se não o tivesse escolhido, nem você nem ele saberiam o que houve. Provavelmente eles pensaram que era uma situação em que todos venciam.

Reflito sobre o que ele disse, revirando as palavras na cabeça até decidir que talvez Hudson tenha razão. E, se não tiver, vou fingir que tem, porque não estou com cabeça para ficar brava com os meus pais agora. Especialmente com tudo que estou passando e sentindo no momento. Todavia, conforme repasso aquelas palavras na minha cabeça mais uma vez, não consigo deixar de perceber outra coisa.

— Foi isso que aconteceu com a gente? — pergunto antes que consiga mudar de ideia. — Você me escolheu?

No instante em que essas palavras saem da minha boca, sinto vontade de me arrastar para baixo da cama. Mas, em vez disso, fico olhando para a tela vazia do computador enquanto espero, prendendo a respiração, a resposta de Hudson. E também para descobrir o quanto eu deveria estar constrangida por fazer essa pergunta.

Para piorar as coisas, Hudson não responde de imediato. Mas ele não está olhando para o computador. Está olhando direto para mim. Consigo sentir o peso do seu olhar mesmo que me recuse a fitá-lo por um único instante.

O silêncio vai de "imperceptível" a "constrangedor pra caralho". E ele ainda não me respondeu. Continua me encarando. É horrível. É desconfortável. E, quando não consigo mais aguentar, viro a cabeça para o outro lado e me preparo para mandar que ele esqueça a minha pergunta.

Entretanto, assim que nossos olhares se encontram, ele abre um sorriso curto e diz:

— Como eu poderia não querer ser o consorte da minha melhor amiga? Eu soube que você era incrível no dia em que nos conhecemos.

Meu Deus. O alívio que me inunda é tão imenso que quase me deixa tonta. E, de certo modo, parece ser completamente ridículo. Mas não me importo, porque não estou humilhada. E também porque...

Hudson me escolheu naquele campo esportivo. Ele me escolheu naquela clareira. E é o que importa.

Talvez ele não me ame. Talvez ele nunca me ame. Talvez eu nunca o ame. Mas eu estaria mentindo se dissesse que não há alguma coisa entre nós. Já a senti muitas vezes. Desde aquele momento esquisito quando ele ainda estava na minha cabeça, quando eu podia jurar que senti suas presas deslizarem pelo meu pescoço, até o que aconteceu minutos atrás, quando ele pegou o notebook que estava no meu colo. Ele me trouxe flores. Me ajudou a descobrir como usar a minha magia. Me defendeu quando estávamos com a Carniceira.

E nunca duvidou de mim.

Isso sem mencionar o mais óbvio. Ele é muito bonito.

Sim... existe alguma coisa entre nós, com toda a certeza. E esse rapaz incrível nunca recebeu o amor de alguém antes. Nunca foi escolhido por alguém.

Será que eu não devo isso a ele — não devo isso a nós dois? Pelo menos tentar fazer com que as coisas funcionem entre nós? Talvez acabem funcionando. Talvez não. Mas ele é alguém que importa para mim. Importa muito. E talvez eu precise entender isso melhor antes de pensar em tomar qualquer atitude.

Talvez Jaxon tivesse razão e eu precise confiar na magia.

Limpo a garganta, engulo em seco, coloco uma mecha do cabelo atrás da orelha e ocupo as mãos com as cobertas. Tudo para não ficar vulnerável. Para não me enfiar em outra situação que vai acabar me despedaçando.

Assim, em vez de simplesmente verbalizar o que há na minha mente, começo mais devagar. Com um pouco mais de cautela.

— E se... — Respiro fundo e forço as palavras a passarem pelo aperto que sinto na garganta. — E se a gente não for à procura da Coroa?

As sobrancelhas de Hudson se erguem.

— Você não quer a Coroa?

— Bem... eu quero libertar a Fera Imortal. Prometi a ele que o faríamos. E precisamos cumprir a promessa. Mas... talvez a gente não precise da Coroa depois disso.

Por um segundo tenho a impressão de que Hudson parou de respirar. Seus olhos estão quase negros. As pupilas estão bem dilatadas e eu consigo enxergar um ligeiro círculo azul ao redor delas. Mas agora é ele quem limpa a garganta e pergunta:

— É isso mesmo que você quer fazer?

— Acho que sim. — Engulo em seco. — É isso que você quer fazer?

Ele abre um sorriso discreto. E, pela primeira vez, percebo que Hudson tem uma covinha na bochecha esquerda. É algo que lhe dá uma aparência mais vulnerável, menos blindada. E eu estaria mentindo se afirmasse que meu coração não parou por um momento com a ideia de estar vendo um lado de Hudson que ninguém mais tem a oportunidade de ver.

Tudo isso antes que ele diga:

— É claro.

Em seguida, ele se aproxima de mim e, desta vez, definitivamente não é para pegar o notebook. Seus olhos estão focados os meus; seus lábios estão entreabertos enquanto ele vem se aproximando...

Meu coração está batendo com tanta força que tenho quase certeza de que Hudson consegue ouvi-lo. Na primeira vez que Jaxon me beijou, eu estava morrendo de vontade. Mas, neste momento, neste lugar, pensar nos lábios de Hudson nos meus é mais do que consigo dar conta. Talvez seja demais.

— Hmmm... posso fazer uma pergunta?

Hudson para a poucos centímetros da minha boca, com o olhar suave fixo nos meus olhos.

— Qualquer coisa.

Engulo em seco. Havia tanta confiança naquela resposta que sinto vontade de simplesmente me inclinar para a frente e retribuir o beijo. Mas há um pedaço de mim que sabe que, com ele, vai ser bem mais do que somente um beijo. Mais do que somente contato físico. Provavelmente mais do que estamos preparados para suportar. Assim, respiro fundo. E piso no freio.

— Será que... será que a gente pode ir devagar?

Ele pisca os olhos uma vez.

— Devagar?

— Sim. Eu estou... — Liberto o ar que estava prendendo no peito. — Não sei direito o que está acontecendo. — E mais: não sei como descrever isso. A menos que use a expressão "assustador pra caralho".

Ele sorri e acaricia a minha bochecha com o dedo. Em seguida, sussurra:

— É claro, Grace.

Porém, quando se afasta de mim, não consigo deixar de perceber o erro em meu pedido. Porque a única coisa pior do que beijar Hudson, algo para o qual não sei se estou emocionalmente preparada... é não o beijar. E, neste momento, estendo as mãos e o agarro pela camisa, puxando-o para mim de novo.

Hudson rosna, com um brilho predatório substituindo a expressão suave que havia em seu olhar e enfia a mão por entre os meus cabelos, enquanto sua outra mão serpenteia pelas minhas costas e me puxa para junto do peito firme. Minhas mãos sobem para se perderem naqueles cabelos sedosos e tenho a impressão de que vou morrer se ele...

De repente, uma batida soa na porta — alta, forte e urgente — e nós nos afastamos com tanta agilidade que Hudson precisa me agarrar de novo para não cair do outro lado da cama.

## Capítulo 34

## E VOCÊ ACHAVA QUE TINHA
## PROBLEMAS COM O SEU PAI

Hudson me olha com uma expressão intrigada, mas simplesmente dou de ombros. Assim, ele se levanta e vai abrir a porta. Ele mal dá o segundo passo antes que a porta se abra com um movimento brusco. E percebo que Jaxon está do outro lado... junto de todos os outros membros da Ordem.

E nenhum deles parece feliz.

— Jaxon, o que houve? — pergunto, pulando da cama.

Antes que eu consiga alcançá-lo, ele olha para o irmão.

— Surgiu um problema — ele informa a Hudson.

Hudson o observa, desconfiado. E não o culpo. O afeto que geralmente encontro nos olhos de Jaxon sumiu. E, em seu lugar, jaz um distanciamento ao qual eu não estou acostumada. Sem mencionar um calafrio que me dá vontade de ir buscar uma blusa.

E isso não é exatamente uma sensação agradável, especialmente quando lhes dou permissão para entrar. E o meu quarto, que já não é dos maiores, fica abarrotado com a presença de sete vampiros. E não são vampiros quaisquer. Sete vampiros grandalhões e mal-humorados que parecem prontos para atacar em resposta à menor provocação.

— O que houve? — pergunta Hudson, que parece se preparar para receber um golpe. Que pode vir do próprio Jaxon ou da notícia que ele tem para dar.

— Acabamos de voltar da Corte — Mekhi conta a ele.

— E...? — Hudson alonga a resposta.

Todos os olhos se voltam para Jaxon, mas ele não se pronuncia. Simplesmente vai até a janela e fica mirando a noite.

Troco um olhar embasbacado com Mekhi. Ele parece querer dizer alguma coisa a Jaxon, mas muda de ideia no último instante. Em vez disso, ele se concentra em Hudson e diz:

— Cyrus convocou uma reunião secreta do Círculo e decretou a sua prisão imediata. Supostamente pelos crimes cometidos contra os alunos que você persuadiu a matarem uns aos outros. E, embora ele não possa prendê-lo aqui em Katmere, no instante em que você colocar os pés fora do campus, será considerado um alvo preferencial da Guarda.

— A Guarda? — interrompo enquanto uma onda de horror toma conta de mim. Passamos o dia inteiro longe do campus. Se alguém tivesse nos encontrado... será que teriam levado Hudson? Ou pelo menos teriam tentado, já que não consigo imaginar que ele se deixaria capturar? — Quem são eles?

— Ninguém — diz Hudson, com um gesto de desprezo.

— Eles estão longe de serem "ninguém". — A voz de Jaxon é mais gelada do que a caverna da Carniceira. — São uma espécie de polícia paranormal sob as ordens do Círculo, a qual surgiu com a ausência das gárgulas para exercer a justiça. Eles capturam os acusados por crimes e os levam à prisão.

Bem, isso não me parece nada bom. Mas...

— Espere. Por que eles levam os acusados direto para a prisão? Não há nenhum julgamento ou processo legal? — pergunto.

Mais uma vez, os sete vampiros trocam olhares que me deixam definitivamente de fora da conversa. Estou a ponto de demonstrar minha irritação com esse tipo de atitude quando Hudson responde:

— O Aetherum não é uma prisão comum.

Claro que não seria. Quando foi que alguma coisa neste mundo chegou a ser normal? Fico esperando que ele explique. Mas, quando percebo que isso não vai acontecer, olho para Jaxon e pergunto de um jeito bem direto:

— O que torna essa prisão tão especial?

Mas ele parece tão relutante em responder quanto Hudson, apesar da frieza que continua a irradiar.

— Mekhi? — Eu o fuzilo com um olhar que expressa que é melhor começar a falar.

E, embora ele tivesse rido de uma olhada como esta há alguns meses, desta vez ele se põe a falar no mesmo instante:

— A prisão é amaldiçoada, Grace. Há nove níveis de... inferno... para que alguém consiga provar a sua inocência ou redenção. Dizem que a prisão conhece os pecados dos sentenciados e só os liberta quando estiverem completamente reabilitados. Mas quase ninguém consegue sair. Tipo assim... nunca.

— Como... como os prisioneiros são considerados... reabilitados? — Mal consigo forçar as palavras pelo aperto em minha garganta.

— Ela tortura os detentos. De todas as formas possíveis e imagináveis, de acordo com os seus pecados. Olho por olho... coisas do tipo. A maioria das pessoas enlouquece se passar muito tempo ali. É considerado um destino pior do que a morte. Só os piores criminosos são mandados para lá.

Tortura. Insanidade. Que lugar fantástico. Eu solto o ar num longo suspiro enquanto assimilo aquela verdade terrível.

— E isso é o que o próprio pai de Hudson quer fazer com ele? — A única coisa surpreendente nessa pergunta é o fato de eu estar surpresa por ter de perguntar. — Mas por que não pude votar nessa questão, se foi o Círculo que emitiu o mandado de prisão? Como Cyrus conseguiu tomar essa decisão sozinho?

— Porque ele é o rei dos vampiros — diz Luca. — Ele é intocável.

— Ah, certo. Bem, eu sou a rainha das gárgulas, caso alguém tenha se esquecido. — Minha voz estala como uma chicotada; e a sala, que já está quieta, mergulha num silêncio perplexo.

Todos estão me olhando com níveis diferentes de surpresa ou respeito, mas não me importo com o que nenhum deles pensa a meu respeito. Não quando a vida de Hudson — ou a sua sanidade — está em perigo.

Faço um sinal negativo com a cabeça e observo os olhos de Hudson, na tentativa de descobrir o que ele está pensando e sentindo.

— Tenho certeza de que, como rei e rainha da Corte das Gárgulas, temos direito a votar sobre o que vai acontecer, certo?

Jaxon responde com a voz séria:

— Você ainda não é a rainha.

Eu o encaro com um olhar assustado.

— O quê...?

— Tecnicamente, você só vai se tornar a rainha depois da coroação. E isso significa que Hudson, que é o seu consorte, ainda não é o rei das gárgulas, também. Ele continua sendo um alvo — O queixo dele estremece. — Vocês dois, na verdade.

— Eu? Eu não fiz nada para Cyrus.

Bem, nada além de vencer aquele desafio ridículo.

— É por isso que a ordem de prisão não é para você — argumenta Mekhi. — Mas Cyrus não é ingênuo. Ele sabe que é muito difícil que consortes fiquem distantes um do outro por muito tempo. E isso significa que... ele espera que você decida ficar com Hudson e ir para a prisão pelos crimes dele também.

Meu olhar procura o de Hudson novamente. E não preciso saber ler mentes para ter noção do que ele está pensando desta vez. Ele jamais permitiria que eu pagasse pelos crimes dele.

— Por isso, se formos presos antes da coroação... não haverá mais uma rainha e um rei das gárgulas — concluo. — E o equilíbrio de poder no Círculo não vai mudar.

— Exatamente — concorda Hudson.

O terror reverbera pelo meu corpo; em parte, porque não quero que Hudson ou eu sejamos mandados para a prisão, nem que sejamos mortos (é óbvio). Mas também porque está ficando cada vez mais claro que não temos controle sobre nada. Nenhum de nós tem. Em vez disso, é Cyrus que detém todo o poder nas mãos.

— Por isso, precisamos pensar em alguma alternativa. Vocês estão a salvo por mais algumas semanas, até a formatura. Mas, depois disso, a temporada de caça está aberta — diz Mekhi. — Tem de haver uma maneira de impedir que isso aconteça antes da formatura.

— Há uma maneira bem óbvia — conta Hudson a ele, retorcendo os lábios com sarcasmo. — Vou fazer o que devia ter feito naquele campo e acabar com Cyrus de uma vez por todas.

— E passar o resto da vida na prisão por assassinato? — questiono, com as mãos nos quadris. — Você não pode fazer isso.

Ele não responde. E é aí que o meu medo cresce até se transformar no mais puro terror. Porque o olhar no rosto dele revela tudo. De um jeito ou de outro, Hudson vai colocar um fim à capacidade que seu pai tem de nos ameaçar... de ameaçar a mim... ou vai morrer tentando.

Só de pensar na possibilidade de perdê-lo, minhas mãos começam a tremer e o meu coração, a bater rápido demais. Tem de haver outra maneira. Tem de haver. Não podemos simplesmente...

E é aí que me dou conta de algo.

— E se encontrarmos a Coroa? — sussurro.

# Capítulo 35

## FO-FO-FOBIA

— A Coroa? — Mekhi parece confuso. — Você não vai ganhá-la até a cerimônia da coroação, depois da formatura.

— Não, não estou falando da coroa da rainha das gárgulas. E sim daquela que a Carniceira mencionou hoje. Ela está perdida, mas pode... — Paro de falar quando Rafael começa a rir.

— Você acha que vai conseguir encontrar aquela Coroa? — pergunta ele, quando enfim consegue parar de rir. — Algumas das criaturas mais poderosas que já existiram passaram séculos à procura da Coroa. Você está achando que pode simplesmente fazer com que ela apareça? — Ele ri outra vez enquanto faz um gesto negativo com a cabeça. — Pode ter sido real antigamente. Mas, hoje em dia, é só uma história entre os vampiros.

— Não é — Hudson o rebate, sem se alterar. — A Coroa é real.

— Por que a Carniceira lhe disse isso? — Rafael o desafia.

— Porque passei os últimos dois séculos ouvindo Cyrus falar de sua obsessão por ela. Meu pai pode ser muitas coisas, mas não é idiota. Se ela não existisse... se Cyrus não a tivesse visto com seus próprios olhos, não iria se esforçar tanto para encontrá-la.

— E você acha que é capaz de fazer isso? — interrompe Liam. — Você mesmo contou que o rei dos vampiros em pessoa está há séculos à procura da Coroa. E acha que vai simplesmente conseguir ir até onde ela está?

— Não foi isso que eu disse — respondo, irritada por terem caçoado de mim. — Sei que não vai ser fácil. Mas nada disso é fácil. Pelo menos, a Carniceira nos indicou a direção a seguir.

— Ela lhe disse qual é a localização da Coroa? — pergunta Jaxon, e a frieza já não está mais ali. Agora a sua voz está absolutamente congelante. E a expressão em seu rosto está mais vazia do que jamais vi antes. — Por que ela faria isso?

Eu olho para Hudson antes de conseguir me conter, e ele faz um gesto negativo — e bem sutil — com a cabeça. Entendo de onde isso vem. Também não estou disposta a contar todos os nossos segredos diante da Ordem inteira. Mas, quando me viro para Jaxon outa vez, é óbvio que ele percebeu toda essa interação. E não está feliz.

Mesmo assim, ele não deve estar tão empolgado com a possibilidade de expor nossas diferenças diante de todo mundo, porque não nos acusa de nada. Em vez disso, ele deixa a primeira pergunta para trás e parte para a próxima:

— O que ela disse a vocês, então? Onde está a Coroa?

— Ela não sabe — respondo depois de um segundo. — Mas ela nos contou que tem um palpite sobre quem pode saber. A Fera Imortal.

— A Fera Imortal? — pergunta Mekhi, incrédulo. Ele parece pensar naquilo por um segundo antes de negar com um aceno de cabeça. — Não acha que isso é meio questionável? Ela mandou você até lá há algumas semanas para matar a Fera. Por que ela não mencionou a Coroa antes que vocês fossem?

— Ela não precisava mencionar isso naquela ocasião... — começo a explicar.

— Mas precisou mencionar agora?

Ele faz essa pergunta de um jeito tão cético que não o culpo. Afinal... da última vez que conversamos com ela, nenhum de nós fazia a menor ideia de que eu me tornaria a consorte de Hudson e iria querer romper esse elo. Mesmo assim... ele não deixa de ter razão. Especialmente quando considero a desconfiança de Hudson em relação a ela.

É difícil confiar em alguém que só fornece informações a seu bel-prazer.

— Por que a Carniceira faz as coisas que faz? — Hudson retruca para ele. E, desta vez, está definitivamente mostrando parte das presas. — Acho que ninguém discorda que ela tem seus próprios planos. Mesmo que ninguém saiba quais planos são esses. Além disso, a Coroa não é um artefato pertencente a uma facção específica. Ela não conseguiu fazer nada por nós da última vez, pois não teria funcionado no feitiço que Grace executou. E acho que todos nós podemos concordar que nunca houve a menor chance de matarmos a Fera antes. Por isso, ela provavelmente achou que não havia qualquer risco. — Ele dá de ombros.

— E acha que a Coroa pode fazer alguma coisa por nós agora? Sério mesmo? — Luca parece estar tão cético quanto Mekhi.

— Não sei. — Atiro as mãos para o alto, derrotada. — Foi uma ideia ruim. Fiquei em pânico quando pensei em Hudson sendo preso e...

— Não faça isso — grunhe Hudson. E, pela primeira vez desde que Jaxon e a Ordem entraram aqui, ele dá um passo à frente para se colocar diante de mim. — Você não precisa se justificar para ele — continua Hudson com um olhar fulminante para os outros vampiros presentes no quarto.

Começo a avançar devagar, caso tenha de me colocar entre dois vampiros agressivos, mas Jaxon também se move ao mesmo tempo. E, no mesmo instante, Liam recua.

— E por que a Fera Imortal? — questiona ele, olhando para Hudson e para mim. — Por que ela acha que a Fera sabe onde a Coroa está? E mesmo se soubesse... a Carniceira sabe o estado em que a Fera está agora? Sei que você pode ouvi-lo na sua cabeça, Grace, mas realmente acha que ele é capaz de conversar de um jeito mais elaborado com você? Ou mesmo de lhe informar onde a Coroa está escondida?

É uma ótima pergunta, e pensei muito nela desde que a Carniceira nos avisou que teríamos de encontrar o Forjador antes.

— Quando quebrarmos os grilhões, ele vai melhorar — garanto a Jaxon. — Ela alega que foram as correntes encantadas que o deixaram assim. Nunca deviam ter sido usadas por tanto tempo.

— Já tentamos quebrar aquelas correntes — ele lembra. — E não conseguimos.

— É por isso que temos que encontrar alguém chamado Forjador. Foi ele que criou as correntes.

— E onde ele está? — questiona Jaxon, erguendo as duas sobrancelhas.

— Vamos começar com os gigantes — responde Hudson.

— Os gigantes? — pergunto, totalmente surpresa pela sugestão. Se tem uma coisa que aprendi nessas últimas semanas é que Hudson sempre tem uma razão para tudo que faz e diz, mas não tenho a menor ideia de qual seja essa razão aqui.

A Carniceira não falou de gigantes em momento nenhum, e ele também não. É por isso que fico pensando de onde ele tirou essa ideia, agora. Mesmo assim, tenho de admitir que a ideia de ver onde eles vivem é, ao mesmo tempo, empolgante e assustadora. Tipo... será que estamos falando de subir em pés de feijão enormes? E, se for o caso, como é que eles se escondem dos aviões e dos satélites da NASA?

— Eles são conhecidos por trabalharem com metal — explica Luca, com a voz tranquila. — Inclusive, é uma ótima ideia começar com eles. — Ele fala como se estivesse surpreso.

Espero que Hudson fique irritado, mas ele simplesmente revira os olhos e retruca:

— Obrigado pelo elogio velado.

Aparentemente, Jaxon não é o único que cita *Hamlet* com as palavras erradas.

— Tem algum lugar em particular onde podemos encontrar os melhores forjadores entre os gigantes? — pergunto, e meu olhar vai passando de vampiro em vampiro. Mas parece que ninguém quer responder, então simplesmente respiro fundo. — Ou será que eu deveria simplesmente procurar um pé de feijão gigante?

Luca solta uma risadinha, mas Hudson parece não fazer a menor ideia de onde tirei aquilo.

— Não sei se os gigantes plantam feijões, mas...

— Não estou falando de pés de feijão de verdade — eu o interrompo, encarando-o com um olhar irritado. — Eu estava falando de *João e o Pé de Feijão*. Você sabe. Os feijões mágicos.

Ele continua sem entender.

— Os feijões crescem até se transformarem num pé de feijão gigante que vai até o céu? E o garoto sobe por ele e encontra um gigante lá em cima?

Hudson ainda faz que não com a cabeça, como se não fizesse a menor ideia do que estou falando. E eu estaria mentindo se dissesse que não fico um pouco chocada. Ele leu milhares de livros, mas deixou passar os contos de fada mais tradicionais? Como isso é possível?

— Esqueça — digo, balançando a cabeça. — Não tem importância.

Ele parece querer dizer mais, mas Jaxon se pronuncia:

— Deixe eu ver se entendi direito. — Ele olha para Hudson e depois para mim. — Você quer que a gente saia atrás de um gigante que pode ser mítico ou não, em uma cidade de gigantes, para tentar descobrir o que é necessário para quebrar as correntes da Fera Imortal, porque existe uma chance remota de que ele possa saber onde a Coroa toda-poderosa pode ser encontrada?

Sendo bem sincera, a ideia parece meio absurda quando ele a expõe assim.

— Não sei se é isso que eu quero — admito depois de um segundo. — Mas sei que não quero estar em uma guerra aberta com o seu pai.

— É tarde demais para isso — interrompe Hudson, bufando.

— Então... que tal assim: não quero ver você ir para a prisão porque o seu pai é um cuzão? E definitivamente não quero ser presa nesse lugar também. — Jogo os braços para o alto quando olho ao redor do quarto. — Se alguém tiver uma ideia melhor, é só se manifestar. Porque tenho um porrilhão de trabalhos para fazer até a formatura. E a última coisa que quero é perder tempo indo atrás de gigantes quando não preciso fazer isso.

Espero que Jaxon diga alguma coisa, ou que Hudson, Mekhi ou Luca aleguem que há um milhão de ideias melhores. Mas não leva muito tempo até eu descobrir que — com reclamações ou não, com sarcasmo ou não — ninguém tem uma ideia melhor. Pelo menos, nenhuma capaz de impedir que Hudson, e talvez eu, seja preso... ou que algo pior aconteça.

— Está certo, então — concluo depois que o silêncio já se estendeu por tempo demais. — Por onde começamos?

Até onde sei, quanto mais rápido encontrarmos o Forjador, mais rápido eu posso afastar Cyrus dos seus filhos — e de mim — para sempre.

Mas, novamente, ninguém responde.

— Não acredito no que estou vendo. Então ninguém aqui vai me ajudar a criar um plano? — Deixando os outros de lado, encaro Hudson e Jaxon. Com certeza eles vão nos ajudar.

— Não é que a gente não queira ajudar — diz Mekhi, com uma voz mais apaziguadora. — O problema é que, se quisermos nos rebelar contra Cyrus, precisamos de algo mais sólido do que sair à procura de um gigante que TALVEZ nos ajude. E se chegarmos à cidade dos gigantes e ninguém quiser nos ajudar? E se, enquanto isso, alguém contar a Cyrus o que estamos fazendo?

— Bem, acho que vamos ter que arriscar para ver se isso acontece, não é?

Quando percebo que ninguém concorda — nem mesmo Hudson —, nem me incomodo em esconder minha irritação.

— Bem, eu vou tentar. Vocês podem fazer o que quiserem... mas façam isso em algum outro lugar que não seja o meu quarto.

— Só porque não concordamos com você? — retruca Mekhi, me desafiando.

— Porque estou exausta. Voei até a caverna da Carniceira e voltei até aqui. E tudo que eu quero é dormir um pouco. — Vou até a porta e a abro.

— Obrigada pelo aviso. Quero muito descobrir um jeito de impedir que Cyrus acabe para sempre com a vida de Hudson e com a minha. Mas... — eu solto o ar, soprando devagar — ... só amanhã. Hoje, só quero acabar de comer meu sanduíche de queijo tostado frio, tomar a minha lata de Dr. Pepper e dormir.

Por um momento, ninguém se move. Mas Jaxon ergue o queixo, fazendo um movimento sutil na direção da porta. E o restante da Ordem sai do quarto.

Jaxon faz menção de acompanhá-los, mas, no último instante, vira para trás e me encara com um olhar de advertência.

— Apostar todas as suas fichas em encontrar a Coroa não vai terminar bem para nenhum de nós. Precisamos de um plano melhor.

— Não discordo — eu digo a ele. — Assim que pensar em alguma coisa, você sabe onde me encontrar. Até lá, boa noite. — Olho para Hudson e indico a porta com o olhar também. — Para vocês dois.

Hudson não diz nada, mas é óbvio que está tão infeliz quanto Jaxon quando fecho a porta depois que ambos passam por ela. O que é uma pena, porque neste momento... neste momento preciso dar vazão a um ataque de pânico dos fortes. E a última coisa que eu quero é que Hudson me veja nesse estado.

Afinal, se tem uma coisa que sei, é que Hudson vai fazer algo completamente imprudente — e provavelmente vai ser morto ou jogado em uma prisão criada para torturá-lo durante toda a sua vida imortal, se isso significa que ele pode me proteger.

Só espero ter conseguido ganhar tempo o bastante para mantê-lo a salvo até o dia raiar.

# Capítulo 36

## COMO A CHAMA ATRAI
## UM MONSTRO

— E, então, o quanto você realmente sabe sobre a Coroa? — pergunto a Hudson na tarde seguinte enquanto terminamos o nosso trabalho sobre ética na biblioteca.

Ele ergue o rosto do livro que está lendo, *O Simpósio* (em grego), um pouco desconfiado. É um exibido, mesmo.

— Como assim?

— Você não parecia saber muita coisa sobre a Coroa quando a Carniceira tocou no assunto, ontem à tarde. Mas, quando estávamos discutindo essa questão com a Ordem, ontem à noite, você agiu como se soubesse de tudo.

— Não sei mais sobre a Coroa do que qualquer outra pessoa — ele responde, antes de baixar a cabeça e voltar ler.

— Não acredito — eu digo a ele. — Você disse que seu pai tem uma obsessão pela Coroa.

Desta vez, ele nem tira os olhos do livro quando responde:

— O meu pai é mesmo obcecado por ela. Mas, caso você não tenha percebido, Cyrus e eu não somos o que a maioria das pessoas chamaria de "próximos".

Fico à espera de que ele continue falando, mas isso não acontece. Afinal de contas, este é Hudson, e, quando está num de seus dias mais sarcásticos, ele sabe ser bem lacônico. Mas não sei por que ele está agindo assim.

— Vamos mesmo passar o dia inteiro assim? — pergunto, soltando o ar em meio à frustração.

Ele levanta uma sobrancelha.

— Assim como?

— Assim. — Esboço um gesto que indica a situação atual entre nós dois. — Tentar conversar com você, quando você age desse jeito, é como tentar arrancar presas.

— Bem, arrancar as presas de um vampiro é algo que o mata. Então, imagino que a luta seria bem mais violenta do que isso aqui. — Ele vira a página de um jeito bem petulante.

Mas não tenho tanta certeza, considerando que vou perder as estribeiras se ele virar outra página do livro dessa maneira. Ainda assim, eu digo:

— Eu não sabia sobre essa coisa das presas.

— Estou chocado.

Minhas sobrancelhas se erguem.

— Eu achava que uma estaca no coração era o que matava vampiros, e não...

— E quem é que não morre com uma estaca no coração? — rebate ele, revirando os olhos. — E é claro que você não sabia desse detalhe sobre as nossas presas. Você acha que saímos por aí revelando as nossas vulnerabilidades para os humanos, para que eles consigam nos destruir?

— Não, mas... — Deixo a frase no ar quando percebo que não tenho uma resposta para isso. E Hudson já voltou a se ocupar com a sua leitura. Não sei por que ainda fico surpresa com a atitude.

Dou uma olhada no meu livro — *Da Alma*, de Aristóteles (que definitiva-mente não é a edição original em grego) — e tento me concentrar na minha parte do trabalho. Quanto mais rápido eu terminar de ler isso, mais rápido vou poder responder à parte referente a Aristóteles na pergunta de ética. E mais rápido vou conseguir me afastar de Hudson, cujo humor está péssimo.

O problema é que não consigo me concentrar quando ele está sentado bem à minha frente, com essa cara fechada. Ele pode ser capaz de compreender o que lê quando está irritado, mas eu poderia muito bem estar lendo em grego. E isso significa que nunca vamos conseguir terminar o trabalho se não solucionarmos este problema entre nós.

E essa é a única razão pela qual finalmente pergunto:

— Ei, o que está acontecendo? — Ou, pelo menos, é isso que eu digo a mim mesma.

Pelo menos até que ele responde:

— Nada.

— Isso é besteira. E você sabe — eu digo a ele. — Você está me ignorando e não sei por quê.

— *Nós* estamos sentados em uma mesa na biblioteca, fazendo um trabalho juntos, e respondi a cada uma das perguntas que você me fez — retruca ele em uma voz tão empolada e britânica que só consegue fazer com que a raiva queime com mais intensidade dentro de mim. — Como, exatamente, estou ignorando você?

— Não sei. Mas você está, sim. E não estou gostando disso.

Sim, eu sei exatamente o quanto estou sendo ridícula, mas não estou nem aí. Percebo quando alguém está sendo passivo-agressivo comigo, e isso é exatamente o que está acontecendo aqui. E é injusto, considerando que a única coisa que eu queria ontem à noite era não assustá-lo enquanto eu tinha uma crise de choro e pânico.

— Ah, claro. Não é fácil ser uma gárgula. — Ele vira a página com aquela dose extra de petulância. E isso, combinado com o jeito com que ele adultera o título daquela música antiga para me zoar, acaba se revelando a gota-d'água.

Eu me inclino para a frente e, sem me dar uma oportunidade de mudar de ideia, empurro para o chão o livro que ele está lendo.

Fico na expectativa de que ele se irrite. Ou que talvez pergunte o que deu na minha cabeça. Em vez disso, ele simplesmente olha para mim e depois para o livro. E depois para mim outra vez. E diz:

— Não é fã de Platão?

Aperto os dentes.

— No momento, não.

— Parece que você e Jaxon têm mais coisas em comum do que eu pensava — responde ele enquanto se abaixa para pegar o livro. Em seguida, volta a ler.

— Sabe de uma coisa? Não vou fazer isso com você — eu digo a ele, pegando as minhas coisas e guardando-as na minha mochila sem nem prestar atenção no que estou fazendo. Ouço o som de papel se rasgando, mas estou tão brava que nem me importo.

— Bem, isso sim é uma surpresa — responde Hudson. E desta vez, quando ele vira uma página, o faz com tanta força que eu tenho quase certeza de que rasga alguma coisa também. Mas não vou ficar por aqui para descobrir o que é. Vou voltar para o meu quarto e terminar a minha metade do projeto. Depois, ele pode fazer o que quiser.

— E você ainda me acusa de ser a pessoa que não lida com conflitos — desabafo, virando de costas para ir embora.

Estou praticamente soltando fogo pelas ventas à medida que subo as escadas e ando pelo corredor. Tenho tarefas para fazer hoje, um monte delas. E não tenho tempo para Hudson e suas esquisitices. Sei que ele geralmente é um cara irônico, mas não a este ponto. E não comigo.

Eu só queria saber o que causou tudo isso. Assim eu poderia tentar descobrir como melhorar a situação. Mas, quanto mais tempo passávamos na biblioteca, mais irritado ele ficava. E não faço a menor ideia do motivo. Não mais do que sei por que ele me falou aquele detalhe sobre as presas, quando obviamente está bravo demais comigo.

Ainda estou tentando entender o que aconteceu quando entro no último corredor antes de chegar ao meu quarto... e o vejo encostado na parede, ao lado da minha porta. Aff... Vampiros.

— Desculpe por eu ter agido como um idiota — pede ele, com aquele sotaque britânico perfeito.

— Achei que você fosse dizer que agiu como um cuzão — digo a ele, abrindo a porta.

Ele mexe a cabeça num gesto que indica "talvez".

— Parece meio exagerado, se quiser a minha opinião. Mas concordo. Se fizer você se sentir melhor. Fui um babaca.

— Um cuzão — repito, passando pela soleira da porta. E não consigo evitar um sorriso quando ele tenta entrar e fica preso do outro lado.

— Ah, não acredito — anuncia ele.

— Você não foi convidado. E não desculpo. — Vou fechar a porta, mas Hudson ergue a mão e a segura no lugar, impedindo que eu a mova.

O que já é surpreendente por si só. Sempre tive a impressão de que nenhum pedaço de um vampiro poderia entrar em um cômodo no qual eles não têm permissão, mas obviamente não é verdade.

O fato de que ele levou a melhor me deixa ainda mais irritada, e empurro a porta, mesmo sabendo que não vou conseguir empurrá-lo para fora.

Mas ele recua um pouco enquanto emite um som sibilante e estranho do fundo da garganta.

— Pare — diz ele, com a voz arrastada.

— O que está... — Paro de falar quando olho para a mão dele e percebo que há marcas de queimadura se formando na sua pele.

Por um segundo, o pânico me deixa imóvel. E é só então que percebo o que está acontecendo.

— Entre — eu digo a ele. Minha voz está bem mais aguda do que o meu tom de fala habitual. — Entre, entre, entre.

As queimaduras provavelmente param no mesmo instante, porque ele solta um suspiro de alívio, afastando-se da porta e passando pelo batente.

— O que deu na sua cabeça? — pergunto, enquanto o seguro pelo antebraço para poder dar uma boa olhada em sua mão e no pulso, que parecem ter sido enfiadas numa fogueira das grandes. — Por que fez isso?

— Eu queria pedir desculpas.

— Se queimando desse jeito? — Arfo enquanto o puxo para a minha cama. — Me deixe fazer um curativo, pelo menos.

— Não é nada — ele diz. — Não se preocupe com isso.

— Ah, é bem mais do que "nada" — rebato, porque, embora as queimaduras já tenham se curado e o tecido subcutâneo não esteja mais exposto, elas ainda parecem ser pelo menos de segundo grau. — Não vai demorar. Tenho um kit de primeiros socorros na mochila.

Ele abre um sorriso suave.

— Eu sei.

— Como você sabe? — pergunto, mas logo em seguida me dou conta. — Outra lembrança do tempo em que ficamos presos juntos?

— "Presos" é uma palavra muito severa — ele responde, e seu sorriso já se transformou em uma expressão marota. Daquelas que fazem o meu estômago dar uma ou duas... centenas de piruetas. Mesmo que eu não esteja contando.

— Bem, eu estou me sentindo bem severa no momento — murmuro, mesmo que isso não seja bem verdade. E mesmo que isso também não seja uma mentira completa. — Não acredito que você fez isso com a própria mão.

Ele não diz mais nada, e eu também não, enquanto aplico uma pomada antibiótica no que sobrou das queimaduras.. Não sei se isso funciona em vampiros, mas imagino que não deve fazer mal. E, em seguida, como não consigo suportar a ideia de ver Hudson sentindo dores por minha causa, fecho os olhos e me concentro em enviar energia curativa para as suas queimaduras, uma por uma. Tomo o cuidado de controlar a minha respiração para que ele não perceba que o processo de cura está drenando a minha energia. E de fato não está. Pelo menos, não muito.

Estou cuidando da última queimadura quando ele limpa a garganta e diz:

— Não gostei de ter sido colocado para fora do seu quarto ontem à noite. Achei que havíamos acabado de decidir que iríamos tentar fazer as coisas darem certo, e quase... — Ele desvia o olhar por um segundo e sinto que fico com o rosto todo vermelho. — Você sabe. Em seguida, você me mandou embora como se eu fosse um qualquer.

É a última coisa que eu esperava que ele dissesse. E meus dedos se atrapalham todos, enquanto tento guardar a pomada de volta no kit.

— Eu... — A frase fica sem terminar quando percebo que não faço a menor ideia de como devo responder.

— Sei que é bobagem. Obviamente, você tem todo o direito de me botar para fora daqui sempre que quiser. Acho que eu tinha me acostumado a... — Desta vez é ele quem deixa a frase sem terminar.

— Estar na minha cabeça o tempo todo? — pergunto, erguendo a sobrancelha. Porque eu o entendo. De verdade.

Achei que me sentiria muito bem depois que me separasse de Hudson. E, de maneira geral, é assim que me sinto. Mas há momentos em que eu quero expressar alguma coisa e me dou conta de que ele não está mais aqui.

Há momentos em que eu queria que ele estivesse aqui. Momentos em que quase me sinto solitária sem sua presença.

E isso depois de passarmos somente algumas semanas unidos. Pelo menos, de acordo com o que me lembro. Deve ter sido bem mais difícil para ele, pois passamos quatro meses juntos. Não consigo nem imaginar como isso deve ser.

— Talvez eu sinta um pouco de saudade disso — ele finalmente concorda. Essa relutância só faz com que eu me sinta pior, assim como o jeito que ele se recusa a me fitar nos olhos.

— Desculpe — sussurro ao deslizar os dedos pela pele lisa e recém-curada do seu antebraço. — Não quis expulsar você daqui de verdade. Eu não aguentava mais ficar cercada de tanta testosterona vampírica fazendo uma de macho palestrinha comigo. Foi demais.

— Você não deixa de ter razão. — Aquele sorriso malandro e discreto está de volta, e isso me faz sorrir também.

— Olhe, se servir para que você se sinta melhor, o sanduíche de queijo estava uma delícia.

— Sério? — Ele parece meio cético, mas, ao mesmo tempo, um pouco mais esperançoso.

— De verdade. — Abro um sorriso. — Muito bom mesmo.

Os ombros dele parecem relaxar.

— Fico feliz em saber. Algum dia lhe faço outro.

Não faço a menor ideia de como devo responder a isso, então simplesmente sorrio e aceno positivamente com a cabeça. Esse papo de ter um consorte, mesmo que sejamos somente amigos, é algo que dá um trabalho enorme. Mas, ao mesmo tempo, nem tanto assim.

## Capítulo 37

### PRAZER EM CONHECER

— Tenha um bom-dia, Grace.

A voz da minha professora de artes, a dra. MacCleary, me desperta do estupor no qual passei o dia inteiro. Olho ao redor e percebo que sou a única pessoa que sobrou na sala. Todo mundo já guardou seus pertences e foi embora.

— Desculpe. — Abro um sorriso meio constrangido e, em seguida, guardo as coisas o mais rápido que posso. Pelo menos o meu próximo horário é o do almoço. Assim, não preciso me preocupar se vou chegar atrasada em algum lugar.

Como tenho uma hora de janela antes da minha próxima aula, decido evitar os túneis e pegar o caminho mais longo para voltar até o castelo. O dia está bonito e quero pegar um pouco de sol por alguns minutos, se puder.

Um vento gelado me estapeia o rosto no instante em que saio do chalé, mas o ignoro. Afinal de contas, isto aqui é o Alasca. E o frio continua. Mas até que o frio está num nível suportável, do tipo que requer um moletom e um cachecol em vez de exigir um traje completo de abominável homem das neves.

Dizem que uma tempestade deve chegar amanhã, então talvez seja melhor aproveitar o tempo enquanto ainda posso. Em vez de voltar direto para o castelo, vou andando ao redor dos chalés de artes até chegar à trilha que contorna o lago.

A água estava congelada desde que cheguei aqui, mas, conforme vou caminhando pela trilha, percebo que o gelo enfim derreteu. O lago virou um lago de verdade outra vez.

Paro por um minuto para tirar uma selfie ou duas com a água e o céu azul ao fundo. Em seguida, mando as fotos para Heather, junto da legenda: "Dia perfeito para pegar uma praia... no Alasca."

Leva uns poucos segundos até que ela responda à minha mensagem com uma foto sua, vestindo shorts e uma blusinha, no calçadão da praia de Mission Beach.

**Heather:** Dia perfeito para pegar uma praia na Califórnia.

Respondo com o emoji que revira os olhos.

**Heather:** Não gostou? Tenho outras aqui, quer que eu mande?

Ela coloca o emoji que chora de tanto rir em seguida.

**Eu:** Você não sabe brincar.

Ela me manda outra foto, desta vez na fila para andar na velha montanha-russa de madeira. Era um passeio que sempre fazíamos quando íamos para a praia de Malibu.

**Heather:** Queria que você estivesse aqui.

**Eu:** Também queria estar aí.

**Heather:** Logo mais eu apareço por aí.

Puta que pariu. Eu me esqueci completamente de que ela vem para a minha formatura.

Lágrimas furiosas queimam nos meus olhos porque isso é mais uma questão que Cyrus arruinou na minha vida. Heather tinha planejado vir passar as férias da primavera aqui, mas eu a fiz adiar a viagem até a formatura. Mas agora não posso mais deixar que ela venha também; não quando Cyrus e Delilah vão estar no campus. E especialmente agora que estou na mira deles.

Cyrus não teria o menor pudor de usar uma garota humana para me atingir. E não suporto a ideia de que alguma coisa aconteça com Heather. Meus pais já morreram por minha causa. Se Cyrus fizer alguma coisa com Heather, acho que nunca vou conseguir me perdoar.

Assim, apesar de sentir como se estivesse morrendo por dentro, mando uma mensagem rápida que sei que vai magoá-la.

**Eu:** Você não vai poder vir para a formatura.

**Heather:** Por que não?

**Eu:** Não podemos receber visitas.

É uma desculpa horrível, mas eu não sabia mais o que dizer. Alegar que há um vampiro homicida querendo me pegar parece uma ideia muito ruim.

**Heather:** Se você não quer que eu vá, é só dizer.

**Heather:** Não precisa mentir para mim.

**Eu:** Desculpe. Não vai ser uma época muito boa.

Espero até que ela responda à mensagem, mas isso não acontece. Ou seja: ela está muito brava. E tem todo o direito de estar, mesmo que eu só esteja tentando salvar a vida dela. Penso em mandar mais alguma mensagem, mas, neste momento, não há mais nada a dizer. Assim, guardo o celular outra vez no bolso do moletom e inicio a longa jornada até o castelo. Mas bastam alguns passos para que eu veja um lampejo de preto e roxo no gazebo do outro lado do lago.

Quase nem percebo aquilo. Pode ser qualquer outro dos alunos de Katmere, afinal de contas. Porém, quando os pelos da minha nuca se eriçam, mudo de ideia e observo com mais atenção. E percebo que Jaxon está olhando diretamente para mim, empoleirado nas barras de proteção do gazebo.

Não falo com ele desde que o coloquei para fora do meu quarto, na noite de sábado, mas isso não significa que eu não queira conversar. Assim, sorrio e levanto a mão, acenando, enquanto espero para ver se ele vai fingir que não existo ou acenar de volta.

Ele não faz nenhuma dessas coisas. Em vez disso, simplesmente desce da barra de proteção.

Mas, segundos depois, já deu a volta ao redor do lago.

— Oi, moço — eu o cumprimento quando ele para a poucos centímetros de mim.

— Oi.

Ele não sorri, mas estou começando a me acostumar com isso. Mesmo que não queira.

Por impulso, eu me aproximo para abraçá-lo — em parte porque parece estranho não o fazer, mas também porque é algo que eu adoraria. Este aqui é Jaxon, afinal de contas. Embora o olhar dele agora me cause calafrios, não estou disposta a afastá-lo. Não depois que ele veio até onde estou.

Tenho a impressão de que ele suporta o abraço o máximo que consegue — uns dez segundos, mais ou menos — antes de se afastar.

— O que está fazendo aqui? — ele pergunta.

— Só curtindo o tempo antes de a próxima aula começar. — Dou uma boa olhada nele quando começamos a caminhar, assustada por ele parecer mais magro do que estava há dois dias. — E você?

Ele faz um gesto negativo com a cabeça e dá de ombros. E continua andando tão rápido que preciso apertar bem o passo para conseguir acompanhá-lo.

Não gosto desse silêncio estranho que surge entre nós. Assim, olho ao redor em busca de algo para dizer. Decido começar com:

— E, então, como foi o seu... — E paro de falar em seguida, porque já sei o que ele fez no fim de semana. Jaxon passou a maior parte do tempo na Corte, com seus pais. Então, provavelmente não fez nada de muito agradável.

Como não consigo dar um fim a essa sentença, a primeira metade fica simplesmente pairando ali, esperando que eu a termine ou que ele mude de assunto.

Mas ele não fala direito comigo há semanas, desde que o nosso elo entre consortes foi quebrado. E, de repente, me sinto tão nervosa que não consigo pensar em mais nada. Nem um único assunto para abordar com esse garoto que, até pouco tempo, era o meu consorte.

Como odeio isso.

O que aconteceu com a gente? Para onde foram todas aquelas conversas sobre tudo? Ou mesmo sobre nada em particular? Para onde foram todos os sentimentos?

Não podem ter simplesmente desaparecido. Ou podem? Não podem ter existido somente por causa do elo entre consortes. Alguns deles tinham de ser verdadeiros. Para nós dois.

Sei que os meus eram reais. Se não fossem, eu não sentiria meu coração se despedaçar por completo por tudo que perdemos. Falei a Hudson que queria dar uma chance ao nosso elo entre consortes. E estava sendo sincera. Mas isso não significa que não posso lamentar o fim do meu relacionamento com Jaxon. Ou que não posso desejar que possamos pelo menos ser amigos agora.

*O que aconteceu com a gente?* Fico paralisada quando percebo que falei o que estava pensando em voz alta.

O rosto de Jaxon se fecha por completo; algo que não imaginei ser possível, considerando a expressão que ele tinha quando o avistei do outro lado do lago. Por um minuto, eu me convenço de que ele não somente não vai responder, mas de que também está a ponto de me deixar para trás.

E não o culpo por isso. Já estamos sofrendo bastante para fingir que tudo está pelo menos ligeiramente normal. E é por isso que eu não queria ter colocado tudo para fora logo de uma vez.

Mas ele não me dá as costas. Não vai embora e não ignora o que aconteceu. Em vez disso, ele me encara com aqueles olhos escuros. Um olhar que pode ser qualquer coisa, exceto frio e distante, e responde:

— Coisa pra caralho.

# Capítulo 38

## PROMESSAS FEITAS,
## PROMESSAS QUEBRADAS

Detesto admitir, mas ele não está errado. Muitas coisas aconteceram entre nós desde então. E é difícil sentir que está tudo normal agora... ou que algum dia vai retornar ao normal. É um saco, com certeza. Mas é um alívio ouvi-lo admitir isso, um alívio em perceber as palavras e o sentimento de maneira aberta... não importa o que aconteça a seguir.

— O que vamos fazer? — pergunto quando nos colocamos em movimento de novo.

— O mesmo que sempre fazemos — responde Jaxon. — Vamos fazer o que for preciso para sobreviver.

— Ah, sim. Só não sei se realmente vale a pena. — A minha mente se revira, tentando pensar em algum tópico de conversa que não envolva "nós". Um assunto neutro. Alguma coisa que dois ex-namorados, que agora são amigos, poderiam discutir. Decido falar sobre as aulas. — Bem, com tanta matéria de história que preciso repor, sobreviver não me parece ser algo muito fácil.

Em seguida espero, prendendo a respiração, para ver se Jaxon prossegue com o assunto. Para saber se existe pelo menos uma chance de sermos amigos.

Ele não responde imediatamente. Por algum tempo, o único som é o das nossas botas enquanto andamos pela trilha. O silêncio se prolonga por tanto tempo que preciso soltar a respiração. E quando o faço meus ombros caem com o peso da tristeza. Do que éramos e do que nos tornamos.

Mas é então que Jaxon me espia pelo canto do olho e pergunta:

— Ainda está com dificuldade?

— Eu sei. Pode acreditar, sei que é ridículo estar afogada em uma aula de história, com tanta coisa acontecendo. Só preciso ler e decorar a matéria, não é? Não é nada de mais. Mas, sendo sincera, é bem mais difícil do que parece. Há um monte de estudos de casos que precisamos repassar e dar a nossa opinião. E não faço a menor ideia do que devo pensar a respeito. E menos ainda do que devo escrever.

— Imagino que seja difícil encarar milhares de anos de história pela primeira vez — ele emenda.

— Não é exatamente assim? — Jogo as mãos para cima, frustrada. — Conheço o evento-base histórico, como no caso dos julgamentos das bruxas de Salém. Mas a nova versão dos eventos que estão me ensinando é tão diferente de tudo que eu imaginava que não consigo fazer a matéria entrar na minha cabeça.

Jaxon estala a língua, demonstrando empatia.

— Parece bem difícil.

— É muito difícil. Descobrir que aquilo que eu considerava como fatos históricos são apenas a opinião de um dos lados envolvidos... — Faço um gesto como se a minha cabeça explodisse. — É pior do que a minha aula de física do voo. E essa, por si só, já é um desastre de proporções épicas.

— Sabe de uma coisa, Grace? — Jaxon me olha de lado. — Você não precisa guardar todos esses problemas aí dentro. Você pode me contar o que está sentindo.

— Nossa. Tem alguém aqui que resolveu ser supersarcástico hoje. — Mostro a língua para ele. — Por que não me morde de uma vez?

— Ah, isso é um convite? — Ele se aproxima com as presas à mostra e eu rio. E o empurro para que se afaste.

Mesmo assim, por um segundo, todo aquele constrangimento se desfaz e as coisas voltam a ser como antes.

Jaxon deve sentir o mesmo, porque pergunta:

— Por que vampiros não entram em pântanos?

Agora é a minha vez de olhar de lado para ele.

— Porque não tem ninguém para morder lá?

Ele ri.

— Boa tentativa, mas não é por isso. Vampiros sugam sangue, mas no pântano só tem... sanguessugas.

A piada é tão ruim, mas TÃO RUIM que, por um momento, tenho a impressão de que o velho Jaxon voltou. E ele parece tão orgulhoso de si que não consigo suprimir uma gargalhada.

— Essa foi horrível. Tipo... realmente, completamente horrível. Você sabe disso, não é?

— Consegui fazer você rir.

— Aparentemente, gosto de coisas horríveis.

Ele revira os olhos.

— Pois é, percebi isso nos últimos dias.

É uma cutucada em Hudson. Normalmente, eu daria uma bronca em Jaxon. Mas as coisas estão indo tão bem que só reviro os olhos e continuo andando.

— Bem, se precisar de ajuda com a sua aula de história, pode contar comigo — oferece Jaxon depois de caminharmos quase meio quilômetro em silêncio. — História paranormal é praticamente uma matéria obrigatória para um príncipe.

— Ah, é claro. — Aposto que é mesmo. Tenho a impressão de que deveria recusar. Não quero estragar as coisas. Mas a verdade é que o fim do semestre se aproxima e estou começando a surtar. — Seria ótimo. Obrigada. De coração.

Jaxon parece um pouco desconfortável. Não sei se é por ter se oferecido para me ajudar ou pelo entusiasmo com que aceitei, mas estou desesperada demais para deixar que ele escape agora.

Em vez disso, pergunto:

— Quando podemos começar?

Ele dá de ombros.

— Quando quiser.

— Estou livre hoje à tarde, se você também estiver.

— Não estou... — diz ele, balançando a cabeça negativamente. — Mas posso dar um jeito nisso. Deixe eu ver o que consigo fazer. Eu lhe mando uma mensagem.

Agora estou me sentindo mal.

— Você não precisa fazer isso. Posso espe...

Ele me interrompe com um olhar.

— Não é você quem decide o que posso fazer ou não. Não mais.

— Ah, é claro — digo, torcendo o nariz. — Porque as coisas sempre foram assim entre nós, não é?

Ele sorri, mas não nos pronunciamos mais até que chegamos à trilha que vai nos levar de volta às portas do castelo.

— E como estão as coisas? — ele pergunta. — Entre você e Hudson, digo.

Parece uma pergunta capciosa que pode destruir a paz frágil que surgiu entre mim e Jaxon. Ao mesmo tempo, ele tem o direito de saber. Mais direito do que qualquer outra pessoa na escola, com exceção de nós dois.

Suspiro.

— A situação é meio complicada.

— Ele é um cara complicado. — Jaxon ergue uma sobrancelha. — Mas eu estava falando da ordem de prisão. Vocês conseguiram criar algum plano?

— Além de ir encontrar o Forjador? — Faço um gesto negativo com a cabeça. — Não temos nada.

Ele assente e engole em seco. Em seguida, pergunta com a voz bem baixa:

— Precisam de ajuda?

— Para encontrar a Coroa? — Eu me viro de frente para Jaxon a fim de dar uma boa olhada em seu rosto. — Achei que você não gostasse da ideia.

— Não gosto nem um pouco. — Vejo a boca de Jaxon se retorcer, o que ressalta ainda mais a sua cicatriz. — Mas gosto menos ainda da ideia de ver você e o meu irmão irem para a prisão. Por isso, acho que temos que fazer o que for possível.

— Mesmo se for um beco sem saída?

— Ei, o que é isso que estou ouvindo? — Ele finge que está chocado. — Abatimento e derrotismo? Logo você?

Eu o cutuco com o cotovelo.

— De vez em quando acontece, sabia?

— Bem, pare com isso. Eu é que sou o pessimista aqui. O seu trabalho é me convencer do contrário. Além disso, recebi uma quantidade enorme de notícias ruins em um único fim de semana e preciso de algo diferente.

Não é algo tão inesperado, considerando que ele passou dias recolhendo informações na Corte Vampírica. Mas não significa que seja mais fácil de ouvir.

— A situação estava tão ruim assim? — pergunto.

— Não estava nada boa — responde ele, sério. — Cyrus está cobrando todos os favores que tem a receber. E fica mais irritado se esses pedidos não são atendidos no instante em que ele os cobra. O Círculo está dizimado. As bruxas e os dragões se alinharam contra os vampiros e os lobos.

— Eu achava que as coisas sempre tinham sido assim. As tensões já estavam bem exacerbadas quando eles vieram até aqui para o torneio e o desafio do Ludares. Simplesmente presumi que era o estado normal das relações.

— Até certo ponto, sim. O nosso Círculo não tem a mesma tranquilidade e coesão que alguns outros têm, mas a situação nunca foi tão ruim. Pelo menos, não desde que nasci. Cyrus está com sede de sangue.

— É... eu sei. Especialmente se for o meu. — Tento dar uma aliviada no clima pesado, mas o jeito que Jaxon me fita me indica que não consegui. Assim como a frieza que voltou a emanar dele em ondas enormes.

— Não vamos deixar isso acontecer — diz ele. — Você e Hudson já sofreram o bastante. Mas, de um jeito ou de outro, a guerra está chegando. Precisamos nos assegurar de que estamos prontos para ela.

— E como vamos fazer isso? — questiono. — Estou ocupada tentando me formar no ensino médio e entender o que está havendo com um elo entre consortes. Não tenho tempo para ir à guerra.

A julgar pela expressão dele, a minha segunda piada foi tão ruim quanto a primeira. Por outro lado, Jaxon nunca achou que a minha segurança fosse um assunto sobre o qual eu devesse fazer piadas. Não posso culpá-lo, considerando que sempre senti o mesmo em relação à segurança dele.

— O que vamos fazer? — insisto.

Ele faz um gesto negativo com a cabeça.

— Ainda não sei. Mas vamos descobrir. Garanto que vamos.

— Uau. Jaxon Vega está demonstrando otimismo pela segunda vez na mesma manhã? O que o universo vai pensar?

— Não conto para ninguém, se você também não contar.

Eu rio, embora não saiba ao certo se ele está brincando. Mesmo assim, resolvo brincar um pouco mais com ele; a fazer qualquer coisa que possa diminuir aquele frio mordente que parece integrá-lo nesses últimos dias. Mas paro ao perceber que estamos diante dos degraus do castelo.

Ele começa a subir, mas coloco a mão em seu ombro para que pare.

— Obrigada — sussurro.

— Por quê? — Ele me olha com uma expressão desconfiada.

— Por... tudo — completo, sem conseguir elaborar mais quando sinto a garganta se fechar um pouco. A tristeza pelo que perdemos se mistura à esperança pela oportunidade de reconquistar nossa amizade.

Impulsivamente, eu o abraço de novo. E desta vez puxo seu rosto para baixo até que as nossas bochechas geladas se encostem. No começo ele resiste, mas não quero saber.

— Estou com saudade de você — sussurro para ele enquanto o seguro junto de mim por mais alguns segundos. Não há nenhum duplo sentido nessas palavras, e sei que ele entende. A última coisa que desejo é iludir Jaxon, mas ele merece saber que sua amizade significa tanto para mim quanto o elo entre consortes.

Seus braços se apertam ao redor do meu corpo, mas ele não retribui as palavras. Não diz nada, inclusive. Mas Jaxon me abraça por vários segundos antes de deixar que eu me afaste. Considero isso uma vitória. Pelo menos até me deparar com a expressão vazia em seu rosto e perceber que qualquer coisa que eu imaginava ter conquistado nesta caminhada foi completamente apagada.

É frustrante, enfurecedor. E sinto vontade de gritar com ele. De perguntar por que está fazendo isso. Por que está me tratando desse jeito sem que eu tenha feito nada que justifique a atitude.

Mas ele já desapareceu. Está tão longe de mim que percebo que nenhuma palavra minha importa. Não vou conseguir fazê-lo me ouvir.

Assim, em vez de me humilhar ainda mais, abro o mesmo sorriso de despedida e aceno do mesmo jeito que fiz no gazebo, minutos atrás. Em seguida, subo as escadas, argumentando comigo mesma que já tenho muitas coisas para fazer sem precisar me preocupar com o que se passa na cabeça de um garoto que deixou bem claro que só me quer se for no esquema "tudo ou nada". E o "nada" foi a opção vencedora.

Mas, no instante em que abro a porta principal da Academia Katmere, percebo que temos um problema maior do que os acontecimentos entre mim e Jaxon. Porque todos os alunos no corredor de entrada e no saguão estão paralisados, observando o que vai acontecer, enquanto três lobos cercam Hudson, num círculo que vai ficando cada vez menor.

## Capítulo 39

### NEM TODO DIA É UM DIA DE CÃO

— Parem! — grito e começo a abrir caminho por entre a multidão, mas Jaxon já está ao meu lado outra vez. E agora segura o meu braço como se sua mão fosse feita de ferro. — Me solte! — grito enquanto tento me desvencilhar.

— Não posso fazer isso — explica ele. — Se você entrar no meio dessa briga, só vai fazer com que ele pareça fraco.

— Ele está fraco! Os poderes dele estão neutralizados — justifico, grunhindo. E parece que meu tio teve uma péssima ideia quando fez isso...

— É exatamente por isso que eles estão ao redor de Hudson — diz Jaxon, sem se alterar. — Acham que esta é a melhor chance que têm. Ele precisa derrubá-los sozinho, senão essa porcaria vai continuar acontecendo.

— E se ele não conseguir? — exclamo, quando um dos atacantes se transforma, tornando-se uma criatura que ainda tem forma humana, mas sua cabeça e seus dentes são de lobo. — E se o machucarem?

Jaxon me encara com a mesma expressão ofendida que vislumbrei no rosto de Hudson naquele outro dia, na biblioteca. Como se fosse um sacrilégio pensar que um vampiro não consegue enfrentar três lobos — e vencer — somente com uma boa dose de audácia.

Mesmo assim, não gosto nada dessa situação. Especialmente com tantos outros alunos reunidos ao redor, incitando os lobos quando percebem que Hudson não recua.

Ele não parece nem estar abalado, em pé no meio de Marc (eu devia ter destruído esse desgraçado no campo do Ludares quando tive a oportunidade) e dois outros lobos que reconheço de aulas a que assisti, mas não sei seus nomes.

Não. Hudson parece se divertir. A situação até poderia ser engraçada se não estivesse irritando tanto os lobos. E se parecesse, mesmo que só um pouco, que Hudson os leva a sério.

Mas aparentemente isso está longe de acontecer. Em particular, quando os três estão ao alcance dos braços de Hudson agora. Reúno toda a minha concentração para fazer com que ele dê um fim nisso ou que simplesmente vá embora. Mas ele continua onde está. Penso em tentar me comunicar com ele pelo elo entre consortes. Em dizer que estou aqui. Mas fico com receio de que isso possa distraí-lo.

Definitivamente não quero dar motivo para que os lobos parem de brincar com ele e pulem em seu pescoço. Mas isso não significa que me sinto bem em ficar a essa distância, caso ele precise da minha ajuda.

— Você já pode me soltar — aviso a Jaxon com discrição. — Não vou tentar entrar na briga.

Jaxon hesita, mas deve decidir que estou falando sério, porque a pressão ao redor do meu braço afrouxa bastante. Mesmo que o *por enquanto* não verbalizado paire no ar entre nós. Não vou interferir.

Sentindo que o toque de Jaxon é mais apoiador do que restritivo, começo a passar por entre a multidão que vai crescendo cada vez mais. Até que estou quase na primeira fila. Mas, quando vou dar o último passo, com Jaxon logo atrás de mim, o grupo de lobos que está na frente deliberadamente bloqueia o meu caminho.

E, assim, Jaxon e eu estamos definitivamente impedidos de chegar até a primeira fila desse espetáculo. A menos que nossa intenção seja começar nossa própria briga.

— Não se incomode com isso — ele sussurra para mim no mesmo instante em que o rapaz com cabeça de lobo se aproxima de Hudson e tenta mordê-lo, com as presas passando a poucos centímetros da cara do meu consorte.

Engulo um grito esganiçado quando Hudson se esquiva e levanta uma sobrancelha irônica, perguntando:

— Não está achando que vou ficar impressionado com isso, não é? Tenho certeza de que as pulgas que você trouxe mordem mais forte do que isso.

— Ele precisa provocar os três desse jeito? — pergunto, aflita. Da última vez que Jaxon entrou numa briga contra os lobos, ele simplesmente entrou na sala e deixou todos no chão. Assistir àquilo foi horrível, mas isso... isso é bem pior. A tensão causada pela preocupação com Hudson tendo de enfrentar aqueles três sem seus poderes está me matando.

Jaxon se limita a bufar, exasperado.

— Ei, só para eu saber. Você conhece o meu irmão de verdade?

É um bom argumento. Mas não faz com que seja mais fácil assistir a essa briga. Especialmente quando o lobo avança outra vez, e chega tão perto que consigo jurar que Hudson conseguiu sentir o seu hálito antes de acelerar e recuar alguns passos.

Desta vez, as duas sobrancelhas estão erguidas quando ele olha para o próprio ombro.

— Ei, por acaso a sarna é comum na sua família? — ele provoca enquanto limpa de seu ombro um tufo de pelos de lobo. — Porque, se não for, seria bom procurar um veterinário para dar uma olhada nisso.

Os três lobos rosnam desta vez, e o som é tão alto que reverbera por todo o salão. Meu estômago está quase dando piruetas dentro de mim agora. E não é por uma boa razão. Consigo sentir o meu coração acelerando. Consigo sentir um peso no meu peito enquanto o pânico aumenta dentro de mim.

— Ele precisa acabar logo com isso — comento com Jaxon, e a minha voz parece aflita até mesmo aos meus ouvidos.

— O que ele precisa fazer é parar de brincar com a comida e chutar o rabo desses desgraçados — diz Jaxon por entre os dentes. E percebo que toda essa tensão o está afetando também.

— Talvez ele não esteja conseguindo — sussurro enquanto Hudson se esquiva de outro ataque, ainda sem desferir um contragolpe. — Talvez ele precise dos seus poderes para...

— Achei que você confiasse mais no seu consorte, Grace. — A voz de Mekhi me assusta, vindo logo de trás do meu ombro.

— Não é que eu não confie nele — respondo, sem me virar. Estou aterrorizada com a possibilidade de que Hudson seja feito em pedaços bem diante de mim se eu piscar os olhos. — Não confio nesses lobos. Eles não têm honra nenhuma, especialmente em combate.

— Tem razão — concorda Mekhi, aproximando-se até estar ao meu lado, enquanto Luca e Flint se aproximam e param atrás de mim. Não sei se estão tentando me proteger ou se estão se posicionando para intervir, caso Hudson precise de ajuda. De qualquer maneira, fico feliz pela presença deles, mesmo que seus corpos enormes ocupem todo o espaço à minha volta.

— Hudson vai dar conta disso, Grace — Flint murmura junto do meu ouvido.

Engulo um grito quando o Cabeça de Lobo avança outra vez. Hudson, por sua vez, não parece nem tomar conhecimento do ataque. Ele simplesmente olha para as pessoas reunidas ali e pergunta:

— Por que nunca temos um jornal quando precisamos? — E faz um gesto como se estivesse dando um tabefe no focinho do lobo. — Que cãozinho malcriado. — Metade das pessoas que estão assistindo à confrontação soltam um gemido surpreso, enquanto a outra metade (incluindo todos os meus amigos) começa a rir. Até mesmo Jaxon solta uma risadinha antes de Hudson continuar, com a voz mais britânica possível: — Perdoem-me por interromper essa pequena... tocaia? Mas com tanta gente espumando pela boca aqui, acho que seria prudente perguntar se vocês já tomaram a vacina contra a raiva?

Desta vez é Marc quem avança sobre ele. Sua mão se transforma em uma pata com garras enquanto ele tenta golpear o rosto de Hudson. Hudson, por sua vez, deve ter decidido que já provocou demais os lobos. Agora, em vez de se esquivar, ele fica exatamente onde está e inclina o corpo para trás o bastante para que Marc simplesmente arranhe a lateral do seu pescoço em vez de atingi-lo na bochecha.

Nem tento conter o grito que explode na minha garganta. Não conseguiria fazer isso nem se tentasse. A mão de Jaxon se fecha no meu ombro direito no mesmo instante em que a de Flint se fecha no esquerdo.

Jaxon grunhe.

— Ele fez isso só para não ter problemas com Foster. Hudson deixou que os lobos causassem o primeiro ferimento.

— Bem, ele encontrou uma maneira incrível de fazer isso — retruco por entre os dentes, porque o sangue está escorrendo bastante por causa daquelas marcas de garras.

E o pior de tudo foi que isso deu mais coragem a Marc e aos outros, que agora se aproximam de Hudson. Marc e o Cabeça de Lobo pela frente e o terceiro por trás. Os três estampam a mesma expressão no olhar: a intenção clara de estraçalhar sua presa.

Espero Hudson reagir. Fico esperando que ele dê algum tipo de indício sobre como planeja lidar com esse último ataque. Mas, pelo que parece uma eternidade, ele não faz nada a não ser olhar para os três; seus olhos azuis reluzentes percorrem os caras que estão se aproximando dele pela frente.

Estou mais preocupada com o que está chegando por trás, o que ele não pode ver. Mas Hudson deve senti-lo, porque se vira um pouco, posicionando as costas para a parede. Mas é o único movimento que ele faz conforme todo o restante parece acontecer em câmera lenta.

Os segundos parecem durar minutos conforme o suor frio escorre pelas minhas costas. O terror é um sentimento selvagem dentro de mim. E tenho certeza de que, se alguma coisa não acontecer logo, vou acabar derrubando as paredes deste castelo aos gritos ou então me atirar entre Hudson e os lobos. Ou as duas coisas.

Provavelmente as duas coisas.

Mas, assim que sinto Jaxon se retesar ao meu lado — provavelmente com os mesmos tipos de pensamento lhe passando pela cabeça — e busco o cordão da gárgula dentro de mim, Marc avança sobre Hudson com os outros dois a reboque. E Hudson… Hudson faz aquela que é absolutamente a última coisa que eu imaginava que faria. Sem sombra de dúvidas.

Ele segura Marc pelos ombros e o levanta do chão. Mas, em vez de jogá-lo para longe e se defrontar com a próxima ameaça, Hudson não o solta. Em vez disso, puxa os braços de Marc para cima e para o lado, sem soltá-lo. E depois usa o corpo do lobo enraivecido como se fosse um bastão de beisebol, tentando atingir o Cabeça de Lobo como se ele fosse a bola.

E, aparentemente, Hudson é um ótimo rebatedor no beisebol, porque o Cabeça de Lobo sai voando com o impacto. Literalmente. Como uma bola rebatida para fora do estádio num *home run*, ele é jogado de um lado para o outro do saguão, saindo pelas portas ainda abertas. Logo depois, em vez de soltar Marc, como a maioria dos jogadores fazem quando estão com o bastão, ele continua girando até que o corpo de Marc se choca violentamente contra a parede de pedra e as leis da física entram em ação.

Um gemido coletivo ecoa entre o grupo de pessoas conforme os sons de ossos e pedra se quebrando preenche a sala.

Hudson larga o oponente com braços, pernas e costelas quebradas no chão antes de girar sobre os calcanhares a fim de encarar a próxima ameaça. O terceiro lobo deve ter algum instinto suicida ou complexo de Deus, porque qualquer pessoa com dois neurônios funcionando já está se afastando — o que inclui pelo menos metade de todos os lobos presentes no salão.

Não sei se esse garoto está mais preocupado em passar vergonha ou em levar uma surra da sua alcateia mais tarde. Mas, qualquer que seja o motivo, ele continua correndo para cima de Hudson como se fosse um míssil. Hudson nem pisca. Ele simplesmente se prepara para receber o ataque, com os pés firmes e os braços soltos ao lado do corpo, até um instante antes que o metamorfo o alcance. Em seguida, ele ergue uma das pernas e acerta um pontapé com toda a força no joelho do seu oponente.

O lobo cai com um ganido agudo, mas Hudson ainda não terminou. Ele ergue a mão e acerta um tapa com toda a força na cara do oponente.

A sala inteira se encolhe. E não preciso nem perguntar o porquê. Posso ser novata no mundo paranormal, mas não preciso ser especialista no assunto para saber que aí está o maior insulto que um homem pode infligir a outro.

Percebo isso antes que Hudson se abaixe e diga:

— Da próxima vez que quiser brincar, sugiro que pense em algo que valha o meu tempo. Não tem nada que eu deteste mais do que o tédio. — E depois, para terminar com um último insulto, ele dá palmadinhas na cabeça do garoto e diz: — Que cachorro bonzinho. — Então limpa a mão na calça e vem diretamente na minha direção.

# Capítulo 40

## CLUBE DA LUTA E DO MEDO

À minha volta, os rapazes vibram e gritam com o triunfo de Hudson — afinal, a testosterona é algo que os une. Mas estou quase paralisada pelo choque. Eu estava tão receosa, tão certa de que eles iriam fazê-lo em pedaços, que estou tendo dificuldade para superar o medo.

Salto sobre Hudson assim que ele se aproxima, jogando os braços ao redor dele para abraçá-lo.

— Nunca mais faça isso de novo! — eu o advirto.

— Fazer o quê? — Ele se afasta um pouco para me olhar, com as sobrancelhas erguidas e um sorriso meio bobo no rosto. — Chutar a bunda de uns lobisomens? Acho que não posso lhe prometer isso.

Eu o encaro com os olhos apertados enquanto me afasto e coloco as mãos nos quadris.

— Você sabe exatamente do que estou falando. Fiquei morrendo de medo, achando que você ia se machucar!

— Tentei dizer a ela que você não teria problemas para lidar com uns cachorros, por mais raivosos que estivessem. Mas ela não acreditou — diz Mekhi a ele.

— Por que eles fizeram isso? — pergunto, olhando para Hudson, Flint, Luca, Mekhi e Jaxon, que, de repente, parece mais interessado em olhar para qualquer pessoa que não seja eu.

— Como assim? — responde Flint, sem entender.

— Por que eles vieram arrumar confusão com Hudson, sem qualquer motivo? Não faz sentido.

Os cinco olham para mim como se eu tivesse dito algo engraçado.

— É claro que faz — diz Luca, finalmente. — Agora que Cole se foi, eles estão sem liderança. E estão lutando para saber quem vai ser o próximo alfa. Era uma demonstração de dominância, pura e simples.

— Acho que você quis dizer que foi uma demonstração de falta de dominância — brinca Mekhi, rindo pelo canto da boca. — Com exceção do meu amigo Hudson aqui.

Hudson simplesmente faz um gesto negativo com a cabeça, parecendo mais confuso com tudo aquilo a cada segundo. E, de novo, eu me dou conta de como deve ser estranho perceber que há pessoas na sua vida dispostas a defendê-lo, que acreditam nele e que desejam sinceramente que ele tenha sucesso.

Pelo menos até o tio Finn chegar feito um foguete pelo corredor, com cara de quem está a fim de pegar um urso pelo pescoço. Ou, neste caso, pegar um vampiro.

— Ei, irmãos Vega! — exclama ele, olhando para Hudson e Jaxon. — Os dois, para o meu escritório. E me esperem lá. — Quando os dois ficam simplesmente o encarando, meu tio acrescenta um "Agora!" à ordem em uma voz que faz com que cada pessoa naquele salão estremeça e preste atenção nele. Incluindo os irmãos Vega.

— O que foi que eu fiz? — pergunta Jaxon, com uma expressão ofendida no rosto.

Mas o tio Finn responde sem pestanejar:

— Alguma coisa. Disso não tenho dúvida.

Ele aponta para o corredor que leva até seu escritório e, em seguida, olha para Marise — a vampira que chefia a enfermaria —, dando-lhe instruções:

— Leve esses três lobos para a enfermaria. Peça a alunos do último ano que a ajudem, se precisar. Vou até lá mais tarde para discutir os castigos que eles vão receber. Enquanto isso... — Ele se vira para olhar para o salão que ainda está abarrotado e ordena: — Dispersem.

E, desta vez, não há a menor hesitação. No instante que os olhos dele se põem a esquadrinhar o lugar, as pessoas começam a se espalhar.

Sendo bem sincera, estou impressionada. Eu não imaginava que o tio Finn fosse capaz de fazer isso. Ele sempre pareceu ser o tipo de diretor que comanda seus alunos e professores pelo amor, não pelo medo. Mas, aparentemente, ele sabe como agir pelo medo quando necessário.

Espero até que a sala se esvazie antes de me aproximar dele, mas nem cheguei até o lado dele e meu tio completa:

— Você também, Grace.

A voz dele está bem mais baixa do que quando falou com os outros, mas não há como deixar passar a autoridade que a permeia. Ainda assim, quero tentar explicar o ocorrido.

— Tio Finn, Hudson não teve culpa...

— Não é você quem vai decidir isso, Grace.

É a primeira vez em toda a minha vida que ele fala comigo com uma voz tão fria. Meu amável tio Finn desapareceu. E, em seu lugar, surgiu um diretor de escola muito irritado. Alguém que não vai tolerar nenhuma insolência. Mesmo que seja a minha.

— Agora, vá para a sua aula. O sinal vai tocar a qualquer momento.

E, logo em seguida, o refrão da música que indica a primeira aula do período da tarde começa a tocar — *I Put a Spell on You*. Aparentemente, os dias de Billie Eilish em Katmere acabaram. Pelo menos por enquanto.

Aperto a mão de Hudson com carinho e vou para a minha aula, dando uma rápida passada na cantina para pegar uma maçã. Mas não consigo me concentrar pelo resto do dia. Especialmente porque nem Jaxon nem Hudson respondem às minhas mensagens. Sei que Hudson já estava com os poderes bloqueados, ou passando por um período de reavaliação, ou seja lá como isso se chama. Mas o tio Finn não pode expulsá-lo da escola por causa do que aconteceu na hora do almoço, não é? Ele só estava se defendendo.

Bem, ele instigou os lobos a atacá-lo, mas qualquer pessoa podia ver que a intenção daqueles três sempre foi essa, desde o começo. O fato de Hudson não ter se encolhido em algum canto não é culpa dele. Desde que cheguei a Katmere, os lobos sempre agiram de um jeito horrível. Se naquela época eu soubesse de tantas coisas quanto sei agora, jamais teria deixado que Marc e Quinn ficassem impunes depois do que tentaram fazer comigo na primeira noite. Eu não ignoraria tudo o que houve, apenas na esperança de que a situação não piorasse.

Mas foi exatamente isso que fiz. E agora Hudson pode acabar sendo expulso por minha causa.

Sinto a minha respiração ficar presa no pescoço. Se Hudson for expulso, ele não vai mais contar com a proteção de Katmere. E isso significa que ele vai ser preso e mandado para aquela prisão horrível.

Quando encontro Macy e Gwen mais tarde, já estou desesperada. Já faz horas que não recebo notícias de nenhum dos irmãos. Se bem que isso nem é tão incomum nas circunstâncias atuais. Mas eu mandei várias mensagens para os dois, dizendo que estou preocupada e que quero ter certeza de que eles estão bem. Ainda assim… nada.

— Eles estão bem — diz Macy enquanto andamos até o nosso quarto. Mas ela fala de um jeito estranho, como se alguma coisa não estivesse muito certa. — Eles provavelmente ainda estão no escritório do meu pai, junto de um bando de outros alunos. Ele vai deixá-los sair de lá, cedo ou tarde.

— Por que há outros alunos lá? Você está falando dos lobos? — Sei que falo como se estivesse confusa. E é porque realmente estou. Não faço a menor ideia do que está acontecendo aqui.

Gwen e Macy se entreolham.

— Você não soube?

— Não soube do quê?

— Na hora do almoço. Houve um incidente antes da briga entre Hudson e os lobisomens. Na cantina.

Sinto o meu sangue gelar.

— Que tipo de incidente?

— Os vampiros e as bruxas partiram para a briga ainda no começo do almoço.

— Os vampiros? Está falando da Ordem? — pergunto, tentando organizar os pensamentos. — Mas isso não faz sentido. Vi Luca e Mekhi durante a briga de Hudson com os lobos. Não parecia que eles tinham saído de outra briga.

— Não foi a Ordem. Foram vampiros do segundo e do terceiro ano. Acho que você não conhece quase nenhum deles. — Macy parece mais amedrontada do que jamais a vi antes. — Uma das vampiras agarrou Simone e começou a beber o sangue dela. Bem no meio do salão da cantina. Acho que queria matá-la.

— Meu Deus! — Sinto meu corpo inteiro se encolher pelo terror. — Meu Deus do céu. E Simone está bem? — Não é estranho que o tio Finn estivesse tão furioso com o que aconteceu entre Hudson e os lobos.

— Ela está bem — diz Gwen, mas há alguma coisa em sua voz que me deixa com a pulga atrás da orelha, querendo ter certeza disso.

— Tem certeza?

— Um dos outros vampiros agarrou Gwen — continua Macy, baixando a voz. — Ela quase não conseguiu escapar antes que ele a mordesse.

— Mas eu escapei — conta Gwen, forçando as palavras. — Macy e Éden deram uma surra nele. E, em seguida, partiram para cima de seis ou sete outros vampiros.

— Com a ajuda de várias outras bruxas e dragões.

— Meu Deus! — exclamo outra vez, mesmo sabendo que estou começando a falar como se fosse um disco riscado. — O que está acontecendo? É por causa da lua cheia ou algo do tipo?

Dou uma olhada para o céu e vejo que o sol começa a se pôr, mas ainda estamos na lua crescente. Assim, a justificativa que os lobos usam para tudo acabou de ser jogada pela janela.

— Foi a coisa mais estranha que já presenciei — confessa Macy quando paramos diante do quarto de Gwen para nos despedir, e em seguida continuamos pelo corredor até o nosso. — Tudo estava bem. De repente, *bang*! Eles começaram a nos atacar. E não atacaram somente um de nós, como fizeram com Hudson. Eles tentaram pegar umas sete ou oito bruxas. Não conseguimos nos defender de todos. Foi assim que conseguiram morder Simone. E Cam.

— Cam? Aquele seu ex-namorado? — pergunto, incrédula.

— Sim. E depois de tudo que aconteceu durante o desafio, tenho vontade de dizer que tudo que vai, volta. Mas os vampiros não podem fazer tudo que querem com a gente.

— E os lobos também não — acrescento, me lembrando daqueles três que estavam tentando pegar Hudson. E o que poderia ter acontecido se tivessem apanhado mais alguém.

— Acha que os lobos souberam o que aconteceu na cantina e decidiram tentar agir enquanto o meu pai estava distraído? — Macy pergunta quando chegamos ao quarto.

— Essa teoria é tão boa quanto qualquer outra, eu acho. Eles vêm agindo de um jeito bem inconveniente com Hudson e comigo desde o desafio do Ludares. E, na verdade, fiquei até surpresa por ter demorado tanto para que a antiga alcateia de Cole começasse a fazer essas merdas.

— Desde que você arrastou a cara do alfa deles no chão, não é?

Macy solta a mochila ao lado da cama e vai direto para o frigobar — e para o pote de sorvete Ben & Jerry's.

— Eu não formularia dessa forma, mas... sim.

— Por que você não formularia assim? — diz ela quando abre a embalagem e a estende para mim. — Foi exatamente assim que aconteceu.

— A minha cara também foi arrastada no chão naquele campo — eu digo a ela. — Duas ou três vezes, inclusive.

— Você estava sozinha. É um milagre que não esteja morta. E todos nós sabemos disso. — Ela se senta em seu lugar favorito, nos pés da minha cama.

— Bem, posso não estar morta, mas vou ficar louca logo, logo se não receber notícias de Hudson ou Jaxon.

Pego o meu celular e dou uma olhada nas mensagens pela milésima vez nessa última meia hora. Há umas duas ou três novas mensagens de Mekhi e Flint. Os dois querem saber como estou e tentam obter informações ao mesmo tempo. E também uma mensagem em que Éden me avisa para tomar cuidado.

Eu respondo com uma mensagem consternada. Em seguida, digo aos rapazes que não sei nada além do que eles já sabem — o que é incrivelmente frustrante, já que estou tomando sorvete com a filha do diretor enquanto ele está fazendo meu consorte e o meu ex-consorte de reféns em seu escritório.

Considerando o que aconteceu com Cole da última vez em que o tio Finn estava tão furioso, não vou conseguir descansar até ter certeza de que Hudson e Jaxon não estão sendo jogados por um portal que os vai levar até o Texas, na mesma escola para onde ele foi mandado.

## Capítulo 41

### C'EST LA VAMP

O meu celular finalmente vibra às três da manhã depois de uma noite longa e tensa. Normalmente eu não ouviria o som, mas não estou conseguindo dormir direito, de qualquer maneira.

**Hudson:** Desculpe.

**Hudson:** Foster estava com os nossos celulares.

Eu me sento na cama, segurando o celular com força e sentindo o coração batendo forte no peito. Por um segundo fico sem conseguir respirar conforme o alívio toma conta de mim, e preciso perguntar a mim mesma o que está acontecendo. Passei a noite inteira conseguindo evitar um ataque de pânico; então, por que estou tendo esse ataque agora, quando sei que ele está bem?

Será que é a dissipação da tensão? Alívio? O medo de que haja algo ainda maior acontecendo aqui — algo que ninguém quer pensar a respeito, muito menos reconhecer?

Eu me levanto a fim de sentir o frio do piso de madeira sob os meus pés. Não é exatamente grama, mas é a melhor textura que vou conseguir encontrar aqui no Alasca. Respiro fundo, faço uma contagem regressiva começando em vinte, me concentro no frio que se espalha pelos meus pés e calcanhares.

E quase choro de alívio quando o pânico se desfaz com a mesma facilidade com que surgiu. Ou este ataque não foi dos piores, ou então estou finalmente conseguindo entender como eles funcionam. De qualquer maneira, é um alívio.

Pegando o meu celular de novo, respondo às mensagens de Hudson.

**Eu:** O que aconteceu?

**Eu:** Você está bem?

**Eu:** Só saiu do escritório dele agora?

Não consigo acreditar que o tio Finn segurou os alunos no escritório até as três da manhã. Tenho certeza de que isso não é certo, mesmo com paranormais. Ou é?

**Hudson:** Eu e Jaxon levamos uma bronca daquelas.

**Hudson:** Estou bem. Vou ter que cuidar da torre do campanário como castigo. Mas tá de boa.

**Hudson:** Sim. Seu tio estava bem empolgado.

Abro uma aba do navegador no Google para ter certeza de que a minha definição de campanário é a correta. E descubro que é, sim.

**Eu:** Campanário? Tipo... vai ter que espantar os morcegos da torre?

**Hudson:** Na verdade, os vampiros da torre do campanário.

Não era a resposta que eu estava esperando e não consigo desviar o olhar do celular, imaginando se feiticeiros são capazes de fazer lobotomias com suas varinhas. E se foi por isso que ele passou tanto tempo no escritório do meu tio.

**Eu:** Por acaso você acabou de contar uma piada ruim?

Três pontinhos aparecem.

**Hudson:** Talvez.

**Eu:** É melhor você parar com isso antes que se machuque.

**Hudson:** Você sabe como ser cruel.

**Hudson:** Não sabe?

**Eu:** Se eu sei? Eu cultivo a crueldade.

**Hudson:** Não cultiva, não.

**Hudson:** Você só está fazendo beicinho porque roubei a sua piada do campanário.

**Eu:** Não faço beicinho.

**Hudson:** Ah, é claro que não. Foi mal.

**Hudson:** Você está só se esquivando das perguntas.

**Hudson:** Com rancor.

**Eu:** Como sabe disso?

**Hudson:** Porque eu conheço você.

Aquelas palavras me fazem parar por um momento; me fazem olhar para a tela do celular enquanto assimilo a simplicidade e o conforto que elas me trazem. E também... depois de passar quatro meses vivendo na minha cabeça, ele realmente me conhece. Melhor do que muita gente. Talvez melhor do que eu mesma me conheço.

Talvez seja por isso que os meus dedos fiquem paralisados sobre o telefone, com a mente completamente vazia enquanto tento descobrir como posso responder à mensagem. No fim, deixo o sentimento pairando no ar e retomo a nossa conversa de antes. Sugiro a mim mesma que isso é porque não tenho nada para dizer em resposta àquele comentário. Mas a verdade é que eu tenho coisas demais para dizer.

E tenho medo de dizer qualquer uma delas.

**Eu:** Então... o que exatamente você vai ter que fazer no campanário?

**Hudson:** Vou ter que cuidar da torre do sino durante as próximas semanas.

**Hudson:** E das músicas.

**Eu:** As músicas?

**Eu:** Aquelas que tocam para indicar o começo das aulas? Você pode escolher?

**Hudson:** Talvez. Por quê?

**Eu:** Queria ver o que as pessoas fariam se tocasse *Monster Mash*.

**Eu:** Você pode fazer isso?

Hudson não responde.

**Eu:** Pode?????

Nada de resposta, ainda.

**Eu:** Oooooiii??

**Hudson:** Acho que a pergunta é... será que eu vou fazer isso?

**Hudson:** Você quer que eu toque *Five Little Pumpkins* também?

**Eu:** Só se for a versão da Disney.

Vários segundos se passam e eu me acomodo outra vez na cama, imaginando se ele já se cansou de conversar. Mas, no momento que estou pensando em mandar mais uma mensagem para Jaxon para me assegurar de que ele está bem, o meu telefone vibra outra vez.

**Hudson:** E com você? Está tudo bem?

**Eu:** Não fui eu que tive que brigar com três lobisomens hoje.

**Hudson:** Aquilo nem foi uma briga. Foi só um dia ruim no canil da cidade.

**Hudson:** E você não me respondeu.

É claro que ele percebeu que não respondi. Hudson percebe tudo que faço ou deixo de fazer. Desde sempre. Na maior parte do tempo, isso é bem inconveniente. Mas, às vezes... às vezes é muito bom.

**Eu:** Estou bem.

**Eu:** Soube o que os vampiros fizeram no salão da cantina?

**Hudson:** Passei as últimas horas junto deles.

**Hudson:** Foi uma loucura.

**Eu:** Aposto que sim.

**Eu:** O que deu na cabeça deles? Por que fizeram aquilo?

**Hudson:** É uma característica que define a espécie.

Agora é a minha vez de mandar o emoji revirando os olhos.

**Eu:** Você sabe do que estou falando.

**Hudson:** Sei, sim.

**Hudson:** Jaxon e eu não conseguimos descobrir a causa daquilo.

Sinto o meu estômago se retorcer quando ele fala de Jaxon. Que ainda não respondeu às minhas mensagens.

**Eu:** O que vai acontecer?

**Hudson:** Um dos vampiros mais novos foi expulso.

**Hudson:** E todos os outros tiveram seus poderes neutralizados.

**Eu:** Exceto você.

**Hudson:** Eles não podem tirar o que eu não tenho. Por isso, tenho que cuidar do campanário.

**Hudson:** C'est la vie.

**Eu:** E Jaxon? Ele perdeu os poderes também?

Prendo a respiração, esperando pela resposta. Mas isso não acontece.

No começo tenho a impressão de que alguma coisa o distraiu. Mas, conforme os segundos se transformam em minutos, imagino que ele deve ter caído no sono. O que até faz sentido. Já são quase quatro da manhã e nós temos que assistir a aulas daqui a algumas horas.

Aconselho a mim mesma a tentar dormir, mas isso não me impede de ficar segurando o telefone quando viro para o outro lado. Só para o caso de Hudson decidir me responder.

Estou quase dormindo quando o meu celular finalmente vibra. Acordo assustada e quase o deixo cair no chão. Mas, desta vez, não é Hudson.

**Jaxon:** Está tudo bem.

Ai, graças a Deus. Fico segurando e espero, com o coração aos pulos, que ele escreva mais alguma coisa. Mas isso não acontece.

Por fim, cedo e digito:

**Eu:** Que bom, fico feliz em saber.

**Eu:** Eles neutralizaram os seus poderes?

Jaxon não responde.

Minutos se passam e começo a ficar irritada. Sei que as coisas estão meio estranhas entre nós, mas ele não precisa agir desse jeito. E, com toda a certeza, Jaxon não precisa me tratar como lixo depois de eu passar todas essas horas preocupada com ele.

Outra mensagem chega e o meu coração acelera quando ligo a tela do celular. Mas vejo que agora a mensagem vem de Hudson.

**Hudson:** Boa noite, Grace.

**Hudson:** E cuidado com os lobisomens.

**Eu:** Hahaha

**Eu:** Sempre.

**Eu:** Boa noite, Hudson.

É só depois de deixar o celular de lado e me encolher sob o edredom que percebo que Hudson não respondeu à minha pergunta sobre Jaxon. Quase como se ele já soubesse que aquela pergunta já tinha sido respondida.

Capítulo 42

## NÃO É A TORRE
## QUE FAZ O PRÍNCIPE

Os próximos dois ou três dias se passam no que quase parece um estado de fuga. Nada parece se encaixar direito, sempre tem alguma coisa que dá a sensação de que tem algo errado, sem contar a tensão sentida nos corredores — e até nas salas de aula — , que está muito acima de qualquer escala conhecida.

Os vampiros transformados estão muito bravos porque um dos seus foi expulso da Academia. Os vampiros natos estão muito bravos porque estão sendo culpados pelo que os vampiros transformados fizeram (e com razão). As bruxas estão muito bravas porque os vampiros as atacaram (também com razão). E os lobos... bem, os lobos passam o tempo todo muito bravos (como se isso fosse uma grande surpresa).

Até o momento, os dragões estão bem, mas tenho a sensação de que isso está prestes a mudar, já que vi alguns dos lobos do primeiro ano começarem uma confusão com um dos dragões do segundo ano quando estava indo para uma das minhas aulas na parte da manhã. O sr. Damasen separou a briga antes que a situação esquentasse demais, mas não sei quanto tempo isso ainda vai durar.

A essa altura, o tio Finn já deve estar perto de neutralizar os poderes de praticamente toda a escola. Alguém que viesse de fora até poderia achar que isso faria alguma diferença. Mas a verdade é que uns sessenta por cento da escola perdeu a cabeça. E o restante simplesmente tenta entender o que está acontecendo — e também como ficar de fora das confusões e não sermos expulsos da escola pelo tio Finn, que está basicamente correndo pela escola à caça dos encrenqueiros.

As contingências estão ainda mais difíceis do que parecem.

Além disso, ainda tenho de fazer todos aqueles trabalhos para compensar os meses que passei transformada em estátua e também o fato de que posso ter destruído minha amizade com Heather, pois já faz dias que ela não responde nenhuma mensagem.

Assim, quando Macy manda uma mensagem para o grupo sugerindo que deveríamos nos reunir na torre de Jaxon depois das aulas para estudar e montar estratégias, topo na hora. Pelo menos, até eu lembrar o que Jaxon fez com a torre. Acho que ninguém vai querer tentar fazer as lições de casa no meio de todos aqueles aparelhos de ginástica.

No fim das contas, decidimos realizar nosso encontro no quarto de Hudson — cuja localização descobrimos ser na velha cripta do castelo. O lugar é maior do que qualquer um dos nossos quartos. E também é muito mais isolado do que qualquer outro lugar do castelo.

Acho que eu nem fazia ideia de como esse lugar era isolado. Só tenho essa noção agora que estou indo até lá. Fica acima dos túneis, mas abaixo do piso térreo oficial de Katmere, existindo em uma espécie de terra de ninguém, que passa totalmente despercebida para as pessoas que não sabem que o lugar existe.

Não sei exatamente o que sinto com relação a isso. Jaxon tem uma torre e Hudson mora praticamente no porão. Mas, quando desço pela única escadaria que leva até a cripta, percebo que é o cômodo mais legal em todo o castelo — mais do que a biblioteca, inclusive.

Só para começar, o lugar é imenso. Sério, é realmente gigantesco. Diria que tem quase o mesmo comprimento de todo o castelo. Sim, é mais estreito do que vários dos quartos lá de cima. Mas quem se importa, quando tudo neste lugar é incrível?

Achei que seria um lugar escuro, mas pelo menos uma parte fica acima do solo. Assim, há várias janelas que pontilham três lados do quarto. Não é para menos que haja tantos degraus logo diante da porta principal do castelo, se é isso que há sob o piso térreo.

Sem mencionar que o quarto em si tem arcos de pedra entalhados com detalhes incríveis de uma ponta à outra, o que lhe dá um maravilhoso visual gótico. Os arcos têm cerca de dois terços da largura da cripta, o que deixa uma passagem estreita separada em um dos lados. Hudson, aparentemente, transformou esta parte da cripta em sua biblioteca particular.

Há milhares — literalmente MILHARES — de livros enchendo as paredes e atrás dos arcos. E parece que todos eles já foram lidos umas cem vezes cada. E, no meio de todos esses livros, há uma poltrona que parece bem confortável, e também bastante desgastada pelo uso, junto a um apoio para os pés.

Sinto vontade de não fazer mais nada a não ser mergulhar naquelas estantes e ver o que há de bom ali, mas há muitos outros lugares para explorar neste quarto que não sei onde devo olhar primeiro.

Os arcos, por exemplo. São entalhados com bastante esmero, e cada um é diferente do outro. O primeiro é entalhado com cena após cena mostrando dragões em voo, enquanto o segundo está repleto de estrelas, luas e até mesmo constelações inteiras. O terceiro volta a retratar dragões, mas são cenas de famílias e de vida doméstica. Sinto vontade de examinar todos, mas há provavelmente uns vinte e cinco ou trinta. E não tenho tempo para examinar um por um. Ou então ficar admirando as joias incríveis. Algumas são maiores do que laranjas grandes e estão incrustadas nos arcos, separando as diferentes cenas.

Procuro Hudson, mas devo ser a primeira a chegar. Sei que estou quinze minutos adiantada, mas esperava poder conversar com ele por alguns minutos antes que os outros chegassem. Tenho a impressão de que isso não vai acontecer, já que ele também não está em lugar algum.

Há uma salinha de estar perto da parte principal do quarto e me dirijo até lá, imaginando que deve ser ali que vamos estudar. Mas não consigo deixar de me distrair com o quanto este lugar é legal... e tudo isso sem mencionar o quanto o vampiro que vive aqui é legal.

Além dessa biblioteca incrível, onde uma rápida espiada me mostra que o lugar é dedicado a filosofia antiga, peças de teatro e poesia de todas as eras, e também a livros modernos de mistério, há também uma seção inteira da cripta que Hudson dedicou à enorme e bastante eclética coleção de discos de vinil. Ao lado há prateleiras cheias de equipamentos fotográficos, algo que me deixa um pouco surpresa. Eu não fazia ideia de que ele gostava de tirar fotos além das selfies obrigatórias que todos os vampiros tiram, já que não conseguem ver seu reflexo no espelho. Há também algumas impressoras da melhor qualidade, incluindo uma 3D e um equipamento de som estéreo de aspecto impressionante.

Para ser sincera, só escuto música no meu celular ou no notebook. Por isso, não tenho certeza. Mas definitivamente parece algo bem sofisticado... e caro.

Logo a seguir fica a salinha de estar, com uma escrivaninha e um sofá enorme, junto de duas poltronas roxas que parecem ter sido roubadas de algum dos salões lá de cima. Em seguida, um espaço com cerca de quatro arcos de comprimento, completamente vazio se não contarmos os alvos de diferentes tamanhos que estão afixados a três lados dos arcos. Todos estão bem surrados e marcados. E não faço a menor ideia do motivo pelo qual eles estão ali... até ver a bancada de trabalho junto da parede e perceber que ela está abarrotada com machados.

Hudson arremessa machados. E, a julgar pela quantidade de marcas e cortes perto do centro do alvo, ele os arremessa com uma pontaria muito boa — o que, por si só, já é algo tão inesperado quanto o equipamento de fotografia.

A última parte do quarto é o lugar onde ele dorme. O espaço é dominado por uma cama *king-size* gigantesca, com o colchão a uma altura tão distante do chão que não sei nem se eu conseguiria subir nela. Não que eu esteja pensando em me deitar na cama de Hudson. Definitivamente não estou fazendo isso. Mas, se eu fosse, acho que não conseguiria subir ali sem ajuda.

E a altura nem é a característica mais espetacular da cama. Não, o título vai para a cabeceira de ferro trabalhado que praticamente grita *eu sou um vampiro*, além das cobertas vermelho-sangue que ajudam a enfatizar ainda mais a questão.

Em parte, é hilário; afinal, Hudson é o vampiro mais despudorado que já conheci; e também isso é sexy demais, porque não consigo deixar de imaginá-lo deitado seminu no meio dessa cama, com a pele ainda morna após o sono e os seus cabelos (que normalmente são perfeitos) todos despenteados.

É uma imagem muito boa, inclusive. Tão boa que as minhas bochechas já estão ardendo bem antes de eu ouvir o som de um *bonk* atrás de mim.

Capítulo 43

MINHA GRACE

Tenho por volta de um segundo para me dar conta de que eu tinha razão sobre Hudson estar roubando poltronas das salas de estudo. O som que ouvi era ele colocando mais um desses assentos ao lado do sofá.

— Ah, oi! — Minha voz está uns três tons acima do normal enquanto tento fingir que ele não me apanhou enquanto eu o imaginava seminu, olhando para essa cama que diz "vamos foder sem parar até você explodir" de um jeito bem intenso. — Sei que cheguei cedo, mas...

Minha garganta se fecha completamente quando percebo que ele notou, muito bem notado, a cor nas minhas bochechas. Sem mencionar que está olhando para a cama e para mim com uma expressão que só consigo descrever como "desesperada" no rosto.

Meu corpo inteiro se esquenta e, em seguida, fica gelado. Depois, esquenta outra vez; e, por um segundo, não existe mais nada além de Hudson, eu e um inferno que incinera tudo entre nós.

Contudo, logo depois ele pisca os olhos e é simplesmente Hudson outra vez, a seis metros de distância de mim, me fitando com uma expressão irônica e com outra poltrona apoiada no quadril.

— ... Mas? — ele pergunta, erguendo uma sobrancelha perfeita.

— Ah. Então... Eu... eu queria... — A frase morre no ar quando meu cérebro para de funcionar, no mesmo instante em que vejo os músculos bem atraentes de Hudson fazendo volume logo abaixo daquela camisa social estilo Oxford quando ele se abaixa para colocar a poltrona no chão.

— Você queria...? — Agora as duas sobrancelhas dele se erguem.

E é aí que me dou conta.

— Você está de jeans. — E não é um jeans qualquer. É um jeans rasgado e bem desgastado. E bem sexy também. Quando ele o veste, pelo menos. — Você nunca usa jeans.

— Já tenho mais de duzentos anos, Grace. Nunca é um tempo longo demais. — Ele endireita a poltrona que acabou de colocar no chão e depois vem na minha direção com passos lentos e calculados que me atiçam ainda mais. Juro por tudo que é mais sagrado. Deveria ser ilegal alguém ser tão bonito assim. Umedeço os lábios com a língua, pois de repente eles ficaram secos demais.

Hudson para a pouco mais de um metro de onde estou. E a expressão em seu rosto é tão intensa que não consigo parar de imaginar como o meu rosto deve estar. E isso, por sua vez, me deixa tão nervosa que reviro furiosamente o cérebro, à procura de algo para dizer que não envolva a minha vontade de querer subir naquela... cama.

Até que encontro algo para comentar:

— Gostei do seu toca-discos.

Meu Deus. Esse garoto passou semanas morando no meu cérebro, e nós nunca ficávamos quietos. De repente, nem consigo montar uma frase coerente quando estou diante dele. Tipo... que DIABOS está acontecendo aqui?

A julgar pela maneira com que Hudson assente bem devagar, tenho a impressão de que ele provavelmente está ponderando sobre a mesma coisa. Porém, em vez de comentar sobre a minha esquisitice, acho que ele apenas decide ir em frente e ver o que acontece.

— Tenho, sim. Coleciono discos de vinil desde que eles começaram a ser vendidos.

— Ah, é verdade. Porque você já estava...

A sobrancelha se ergue outra vez.

— Eu já estava...?

— Vivo naquela época. — Meu Deus do céu. Será que eu conseguiria falar de um jeito mais incoerente se tentasse? Limpo a garganta. — Você pode colocar algum para tocar?

— Agora?

— Sim. Minha melhor amiga de San Diego ama discos de vinil. O nome dela é Heather e...

— Sei quem é Heather.

Hudson passa por mim e quase tenho um ataque cardíaco quando penso que ele vai se deitar na cama. Mas ele vai somente até a mesinha de cabeceira e pega um controle remoto.

— O que você quer escutar?

— Ah, não importa. Qualquer disco que esteja no aparelho vai ser ótimo.

Por um momento tenho a impressão de que ele vai dizer alguma coisa, mas Hudson apenas dá de ombros e aperta um botão. Segundos depois, um *hard rock* sombrio começa a tocar pelos alto-falantes instalados em vários pontos do quarto. Não reconheço a música nem a letra que, de repente, inundam o ar. Mas não é nada fora do comum, considerando que o gosto musical de Hudson e Jaxon provavelmente engloba um século inteiro.

— Que música é essa? — indago.

— *Love-Hate-Sex-Pain*, do Godsmack — responde Hudson.

— É bem... — *Puta que pariu*. O universo só pode estar zoando com a minha cara. Ou então é Hudson que está fazendo isso. A essa altura, não sei mais. Talvez sejam os dois. — ... interessante.

— Quer que eu coloque alguma outra coisa para tocar? — ele pergunta, e posso jurar que ele está rindo de mim... mesmo que seu rosto esteja completamente sério.

— Não, está bom assim. Gostei. — Solto a respiração num longo sopro enquanto pego o meu celular e mando uma mensagem de texto para Macy, mandando-a se apressar.

— Vou colocar alguma outra coisa para tocar. — Ele vai até a área de música do quarto. — Não tenho nada de Harry Styles, mas tenho certeza de que consigo encontrar algo de que você gosta.

— Ei, nada de espinafrar Harry Styles! — exclamo e, em seguida, respiro aliviada quando percebo que voltei ao normal. — Ele é muito talentoso.

— Eu nunca disse que não era. — Hudson me encara como se estivesse prestes a começar a rir. — Algum motivo para estar paranoica assim?

Aperto os olhos enquanto o encaro.

— Percebo a ironia nas falas das pessoas.

— Olhe, em relação a Harry, tenho quase certeza de que você percebe a ironia mesmo quando ela não existe — rebate Hudson enquanto coloca outro disco para tocar.

Ele tem razão, mas não estou a fim de admitir isso. Assim, dou de ombros quando as primeiras notas de *Grace*, de Lewis Capaldi, começam a tocar. Já ouvi essa música uma ou duas vezes antes, mas não sei... Algo no fato de estar aqui, com Hudson, enquanto a letra ecoa pelo quarto dele faz com que um monte de coisas comece a se acumular dentro de mim.

E quando ele se vira e me encara diretamente, bem durante o trecho em que Lewis basicamente canta o meu nome várias e várias vezes... os meus joelhos — e todo o restante que há dentro de mim — fraquejam. Porque não há nada sarcástico, ácido ou distante nos olhos de Hudson.

Há somente ele, eu e tudo que é lembrado e esquecido entre nós.

Dou um passo na direção dele antes mesmo de me dar conta de que acabo de fazer.

Em seguida, outro passo. E mais outro. Até eu estar bem diante dele. Não sei o que está acontecendo. Não sei por que meu coração parece ricochetear dentro do peito. Mas de uma coisa eu sei: seja lá o que estiver acontecendo, Hudson está sentindo o mesmo.

Ele ergue uma mão trêmula, mas cessa o movimento a poucos centímetros do meu rosto. Percebo a indecisão no seu olhar. Vejo que ele avalia se deve me tocar ou não. Se quero que ele faça isso ou não.

E, embora não faça a mínima ideia sobre a primeira pergunta, tenho, com toda a certeza, uma resposta para a segunda. E é por isso que dou um último passo na direção dele, fechando o espaço que ele deixou entre nós. Não estendo a mão para tocá-lo, mas me inclino um pouco para a frente para que os seus dedos toquem o meu rosto.

— Minha Grace — sussurra ele com a voz tão suave que não tenho certeza se isso foi real ou se imaginei. Logo antes de acariciar meu rosto com a palma da mão e aproximar seu rosto do meu.

# Capítulo 44

## MESMO SE ESTIVER QUEBRADO, NÃO CONSERTE

Eu me esqueço de como se respira. E, enquanto encaro fixamente os olhos destroçados de Hudson, quase chego a me convencer de que o oxigênio não é de fato necessário.

Pelo menos até que Macy anuncia:

— Me desculpem, desculpem, desculpem! — Ela vem descendo as escadas e para o meu alívio com um par de sapatos de salto barulhentos.

Hudson e eu nos afastamos no mesmo instante. Em seguida, ouço um ruído estridente quando ele puxa a agulha do toca-discos com tanta força e tenho quase certeza de que ele arranhou aquela que estava rapidamente se tornando uma das minhas músicas favoritas.

Nesse meio-tempo, praticamente me jogo no assento mais próximo — que, por acaso, é uma cadeira de escritório com rodinhas — e deslizo por cima do assento, caindo sentada no chão bem quando Macy chega ao último degrau da escada com um prato de *cookies* na mão.

As bochechas dela estão coradas e seus olhos, esbugalhados, apontando ora para Hudson, ora para mim.

— O que foi que perdi?

— Nada de importante — responde Flint quando entra logo atrás dela, trazendo uma bandeja gigante de tacos mexicanos que deve ter convencido as bruxas da cozinha a preparar. — A festa acabou de chegar.

— É assim que você chama essas coisas? — diz Hudson quando rola a tela do seu celular e *Go to War*, de Nothing More, começa a tocar em volume alto no aparelho de som.

Olho para ele com uma expressão irritada. *Seja gentil*, sussurro.

Ele revira os olhos, mas dá de ombros e diminui o volume da música para algo mais aceitável. Mesmo assim, ele não muda a música. Mas estamos falando de Hudson... É impossível exigir que ele tolere coisas demais.

Flint coloca os tacos na superfície mais próxima — que, inclusive, é a escrivaninha de Hudson — e, em seguida, se abaixa diante de mim.

— O que está fazendo aí no chão, Grace? — pergunta ele, estendendo a mão para me puxar até eu me colocar em pé outra vez.

Normalmente, Flint pode me jogar de um lado para outro sem que eu reclame, mas ou eu me transformei em pedra (coisa que sei que não fiz) ou há algo errado com ele, porque consigo ouvi-lo gemer de dor quando me coloca em pé.

— O que houve? — pergunto.

Ele faz que não com a cabeça e abre o sorriso mais malandro que tem (aquele que me diz que alguma coisa realmente está errada) e diz:

— Nada que colocar uns dois vampiros para assar numa grelha não resolva.

— Serve qualquer vampiro velho? — pergunta Hudson, embora não pareça tão curioso assim. — Ou tem alguém específico em mente?

— Alguns bem específicos — explica Luca quando ele, Jaxon e Mekhi entram juntos na cripta. Luca vai direto até Flint, com um olhar de preocupação no rosto. — Um bando dos transformados se reuniram para bater nele nos túneis, hoje de manhã.

— Você também? — pergunta Macy, pegando o seu celular. — Meu pai sabe disso?

— Sim, eu contei para ele. Já tem mais cinco pessoas na lista dos que estão neutralizados — responde Flint, com a cara fechada.

— Cinco? Achei que fossem só quatro. — O olhar de Luca se estreita.

— E eram. Mas Foster tirou os meus poderes, também. Disse que, se eu não me envolvesse em nenhuma confusão entre hoje e sexta, ele os devolveria. Ele acha que vou querer descontar o que me fizeram.

— Talvez eu devesse descontar em você — diz Jaxon, e sua expressão está bem irritada.

— Eu só me defendi — Flint diz a ele. — Mas três deles foram para a enfermaria.

— E o quarto? — indaga Luca. E, pela primeira vez desde que o conheci, consigo sentir o perigo que ele representa. Normalmente, Luca é um dos membros mais tranquilos da Ordem. Mas, no momento, não há nada de tranquilo nele. — E se ele voltar?

— O quarto ficou com o pulso torcido e um olho roxo. — Flint finge flexionar os músculos. — Não se preocupe comigo. É preciso mais do que um punhado de vampirinhos para derrubar um dragão.

— Ah, é claro. Eu tinha me esquecido. — Macy revira os olhos. — Você é o Hulk e o Homem de Ferro, tudo junto e misturado.

— Se a carapuça servir... — Flint pisca o olho para ela.

— Se servir, o melhor a fazer é socar a carapuça nos rabos deles — grunhe Éden quando entra na cripta, com a cabeça inclinada para trás e um pedaço de pano ensanguentado no nariz.

— Meu Deus do céu! — Macy atravessa o quarto praticamente correndo. — O que houve?

— Estou bem. — Éden faz um gesto para que ela se afaste, mas Macy se recusa a sair de perto dela. — Mais irritada comigo mesma do que qualquer outra coisa.

— Quem fez isso com você? — pergunta Hudson enquanto a acompanha até o sofá.

Ao mesmo tempo em que pego o meu kit de primeiros socorros da mochila (de novo), não consigo deixar de pensar que, quando a mãe de Heather me deu esse estojo para ajudar a afastar meus ataques de pânico, meses atrás, nós nunca chegamos a imaginar que ele seria tão usado.

— Deixe-me ver — ordeno enquanto abro caminho por entre os enormes corpos masculinos ao redor de Éden.

Macy faz o mesmo do outro lado e se senta no sofá ao lado daquela garota-dragão irritada.

— Os vampiros quiseram pegar você também? — Éden faz um sinal negativo com a cabeça. — Foram aqueles lobos desgraçados.

— Mas que diabos está acontecendo? — pergunta Mekhi. — Já faz quatro anos que estamos em Katmere. Sim, as facções brigam entre si e os lobos estão sem liderança desde que Cole foi mandado embora. Mas nunca tivemos esse tipo de violência antes. Nem mesmo quando... — ele interrompe a frase no meio, procurando qualquer lugar para apontar os olhos que não seja para Hudson.

— Nem mesmo quando eu estava matando os vampiros natos supremacistas que planejavam ajudar Cyrus a incendiar o mundo? — O tom cáustico de Hudson corta o silêncio repentino.

Flint fica tenso, o que faz com que Luca fique tenso também; as coisas obviamente progrediram mais do que eu imaginava entre esses dois. E dou vazão a um sorrisinho.

Enquanto observo os dois trocarem olhares, não consigo deixar de me sentir feliz por não ter contado o que a Carniceira fez com ele. O que ela fez com todos nós. Isso só iria deixá-lo ainda mais perdido, e não seria justo com ele nem com Luca. Não quando os dois parecem estar se dando tão bem, agora que Flint superou seus sentimentos em relação a Jaxon. E especialmente sabendo que ele poderia ficar tão magoado outra vez, sabendo que Jaxon não o escolheu desta vez. Mesmo depois que a magia responsável pelo elo falso se desfez.

Volto a olhar para Éden.

— Como está esse machucado?

— Acho que o sangramento parou — replica Éden, afastando a camiseta amarrotada que estava apertando contra o nariz. — O que você acha?

Macy solta um gemido assustado e se levanta outra vez. O nariz delicado de Éden está com uma forma totalmente diferente do que tinha quando tomamos o café da manhã hoje cedo. E Macy responde:

— Parece que está quebrado. Você tem que ir para a enfermaria!

Éden revira os olhos.

— Pare de falar besteiras.

— Eu... mas eu só queria... — Olho para Éden e depois para Macy, que simplesmente faz uma careta.

— A gente cuida disso — prontifica-se Flint, aproximando-se.

— Ei, ei, ei — opõe-se Éden, erguendo as duas mãos. — Vá com calma aí, cuspidor de fogo. Você não vai botar essas patas no meu nariz.

— Não vai mesmo — digo a ela, horrorizada. — Macy tem razão. Vou levar você até Marise agora.

— Não precisamos fazer nada tão extremo — garante Éden.

Logo antes de levar a mão ao nariz e colocá-lo de volta no lugar.

— Meu Deus do céu! — grito, e o som da cartilagem e ossos se movendo ainda ressoa nos meus ouvidos enquanto eu a observo, horrorizada. — O que foi isso? O que você fez?

— Ela consertou o nariz — Jaxon me explica com calma, mas seus olhos estão rindo.

— Ainda acho que você deveria pelo menos conversar com uma enfermeira — sugere Macy por entre os dentes. — O que deu na sua cabeça?

— O que deu na minha cabeça foi uma vontade de comer um taco. Estou morrendo de fome. Ela faz um gesto para que eu limpe o corte na parte superior de seu nariz. Mas, antes que eu consiga fazê-lo, Macy estende as mãos para que eu lhe entregue o kit de primeiros socorros.

Ela abre a tampa e pega o frasco de água oxigenada e um chumaço de algodão.

— Isso vai doer um pouco — avisa ela com a voz gentil.

— Você não precisa se preocupar em me machucar — diz Éden, sorrindo. — Meu nariz já está começando a se curar.

— Não é possível que... — começo a falar, inclinando-me por cima do ombro de Macy para ver com meus próprios olhos.

— Metamorfos se curam rápido — Hudson me lembra, discretamente. Ele está a menos de meio metro de distância. E estremeço quando sinto seu hálito na minha nuca.

O arrepio faz com que eu me sinta culpada. E olho para Jaxon pelo canto do olho. Uma coisa é Jaxon dizer que não acha ruim o fato de que Hudson e eu estarmos juntos. Mas ver isso acontecer, ao vivo e a cores, é algo bem diferente.

Seu rosto está com uma expressão tão dura que poderia até mesmo ter sido entalhado em granito, mas ele não está mais me fitando. Por isso, não acho que esteja pensando em nós. Sendo bem sincera, ele não está olhando para ninguém com essa expressão, pelo menos. Está simplesmente mirando algum lugar ao longe com a cara fechada. Não sei o que pensar.

— Não me curo tão rápido assim — sussurro para Hudson por sobre o ombro.

As mãos dele tocam os meus quadris quando ele se aproxima e murmura:

— Metamorfos animais se curam rápido. Você tem outros dons, Grace.

Sinto o calor do hálito dele na minha orelha. E ele está tão perto agora que consegue sentir meus tremores. Não sei quais são os outros "dons" a que ele se refere, mas meu rosto arde só de pensar a respeito.

Ele percebe, obviamente, porque seu sorriso vai ficando mais picante quando me provoca:

— Parece que você está um pouco vermelha. Quer que eu apague um pouco o seu fogo?

Ele é um palhaço mesmo. Ele sabe exatamente o motivo pelo qual as minhas bochechas estão vermelhas.

Determinada a mostrar que esse é um jogo que duas pessoas podem jogar, eu me viro de frente para ele. Suas mãos não se afastam dos meus quadris quando eu faço isso. E agora nós estamos tão próximos que praticamente respiramos o mesmo ar.

— Estou bem — digo a ele com um olhar deliberadamente provocante.

— Mas eu sei que você é sensível ao calor. Pode diminuir o fogo, se precisar.

Claro, eu estava me referindo ao dia em que ele queimou a mão no vão da porta do meu quarto. Mas, quando seus olhos se transformam em lava derretida, percebo que ele entendeu algo completamente diferente.

— Estou louco para descobrir quanto calor eu consigo aguentar, Grace. Desde que todo esse fogo venha de você. — Um sorriso diabólico ergue um canto da boca de Hudson, e aquela maldita covinha aparece outra vez. Quando isso acontece, fico chocada em perceber o quanto eu quero lamber aquela covinha. Lamber Hudson inteiro. Mesmo antes que as suas mãos pressionem os meus quadris e os últimos centímetros de espaço entre o corpo dele e o meu desapareçam.

Minha boca fica seca como um deserto logo que sinto seu corpo pressionar o meu. Engulo em seco e passo a língua nos lábios. E quase me esqueço de como se respira enquanto Hudson observa os movimentos lentos da minha língua com a atenção de um predador. E, assim como acontece toda vez que ele me olha desse jeito — como toda vez que ele me toca desse jeito —, tudo à nossa volta desaparece. Todo mundo desaparece. E tenho a sensação de que somos as únicas duas pessoas que restam no mundo.

Quando ele se aproxima, tudo que eu quero, tudo que eu quero mesmo é saber exatamente quanto calor nós dois podemos aguentar...

— Pelo amor de Deus, pessoal. Procurem um quarto só para vocês — manifesta-se Flint, acabando com o nosso momento.

Eu achava que o meu rosto estava quente antes. Agora, está praticamente pegando fogo, porque... Meu Deus. Será mesmo que eu quase subi em Hudson como se ele fosse uma árvore? *Na frente de todo mundo?* Nunca tive problemas em demonstrar afeto em público como Jaxon tinha, mas também não faço o tipo exibicionista. Pelo menos, não achava que fizesse. Mas estou me dando conta bem rápido de que Hudson é capaz de revelar partes de mim que eu nem sabia que existiam.

— Já estamos em um quarto. O meu quarto, inclusive — observa Hudson por cima do meu ombro para Flint. É uma resposta em tom de piada, mas noto que o rosto dele se fecha e o vejo abrir espaço entre nós quando percebe a minha expressão de constrangimento.

E não consigo evitar. Viro para trás, à procura de Jaxon. Não somos mais consortes, mas quase beijar Hudson na frente dele é bem injusto. E estou me sentindo péssima. Antes que nossos olhares colidam, enxergo a dor profunda e lancinante nas profundezas daqueles olhos. Mas, em seguida, ele pisca e a expressão desaparece. Substituída pelo desinteresse frio que estou começando a odiar.

Emito um longo suspiro. Não porque quero que Jaxon continue sofrendo pelo que perdemos, mas porque percebo que, a cada dia, o Jaxon que eu amava está se perdendo cada vez mais — de mim e de si mesmo.

Sinto uma sensação de frieza penetrar nos meus ossos, e levo um minuto inteiro para perceber que Hudson desapareceu.

Capítulo 45

ALGEMADOS E PERIGOSOS

Macy termina de cuidar do nariz de Éden bem rápido, já que ela se recusa a deixar que Macy lhe coloque curativos. Aparentemente, meus *band-aids* com estampa de unicórnio não combinam com a sua reputação de *bad girl*.

Quando termino de guardar os itens do meu kit de primeiros socorros, todos os outros já foram para junto da mesa de tacos e bebidas. Descubro que Hudson saiu para pegar uma caixa térmica de sangue para os vampiros depois daquele nosso... momento. Agora, estamos todos sentados ao redor da mesinha de centro na salinha de estar do quarto de Hudson.

Na maior parte do tempo, falamos sobre as provas finais e sobre quem deu uma surra em quem — assim como quem levou uma surra de quem — esta semana. Mas, quando Macy está descrevendo um encontro não tão agradável que teve com um lobo hoje de manhã, Flint começa a franzir a testa. Mesmo considerando que a experiência de Macy não terminou com ninguém ensanguentado.

— E você, Grace? — ele pergunta.

— Eu? Como assim? — indago, surpresa.

— Você teve algum problema nesses últimos dias?

Dou de ombros.

— Nada além do habitual.

— Como assim? — pergunta Hudson, com a voz cortante como uma faca. — Alguém andou incomodando você?

Todo mundo está me olhando com preocupação agora. Especialmente Jaxon e Hudson; os dois parecem prontos para assassinar uma cidade pequena, ou pelo menos um colégio interno de tamanho médio.

— Nada além do que aconteceu no Ludares — eu digo a eles com firmeza. — Alguns caras do outro time ainda estão bravos. E estão tentando descontar em mim. Não é nada de mais.

Meus amigos não parecem convencidos disso, especialmente Hudson.

— Não se preocupe com isso — asseguro, me inclinando para a frente e colocando a mão em sua coxa. — Estou falando sério. Pode deixar comigo.

— Está mesmo falando sério? — Hudson ergue uma sobrancelha. — Ou está só ignorando esse problema e esperando que ele vá embora?

Não sei como devo responder a isso... especialmente porque Hudson tem razão. Mas, por sorte, Flint me salva de ter de inventar uma resposta quando diz:

— Eu estava pensando aqui sobre uma coisa que você falou antes. Você disse que achava que já havia bastante gente tentando nos encher de porrada.

— É claro, não é? — Eu aponto para Éden e para ele. — Acho que isso é meio óbvio.

— Então, a minha pergunta é a seguinte. — Ele olha para todas as pessoas do grupo. — Quantos de vocês passaram por isso nos últimos dias? Não precisa ser algo tão grave quanto o que aconteceu com Hudson e os lobos, ou o que rolou na cantina com os vampiros. Só precisa ter sido algo fora do comum. Quem mais teve que enfrentar alguém ou alguma situação que normalmente não enfrentaria?

Observo, chocada, quando todos os meus amigos levantam as mãos, sem exceção. E todos eles, com exceção de Macy, estão usando uma pulseira encantada que bloqueia sua magia.

— Todo mundo? — consigo dizer depois que todos baixam as mãos outra vez. — Todos vocês se envolveram em alguma confusão?

— É o que parece — responde Luca, com a voz baixa. Sua mão pousa no ombro de Flint. Não sei se é um gesto de apoio ou porque ele está tentando acalmar o dragão. — Ouvi Finn dizer que a situação está tão ruim que ele já usou quase todas as pulseiras que tinha. E não há nenhum lugar onde possa pegar mais.

Hudson e eu nos entreolhamos, mas, em seguida, eu olho para Jaxon.

— O que aconteceu com você?

Ele dá de ombros.

— Joaquin e Delphina acharam que seria uma boa ideia tentar me dar uns cascudos ontem.

— Esses dois são uns dragões de merda mesmo — rosna Flint. — O que aconteceu, então?

— O que acha que aconteceu? — retruca Jaxon. — Eles perderam.

Hudson bufa, mas não diz nada que possa irritar Jaxon. E eu fico grata por isso. Jaxon já parece estar tomado por uma fúria gelada.

Ele olha para Mekhi, que admite que algumas bruxas estão se arrependendo de escolhas que fizeram esta semana. Em seguida, ele acrescenta:

— Estou bem, mas você devia perguntar o que houve ao meu chapa, Luca.

— Como assim? — A voz de Jaxon corta o ar como um chicote quando ele fuzila o membro da Ordem com um olhar irritado.

— Por que não me contou? — pergunta Flint, com uma expressão abalada.

— Porque não foi tão sério quanto o que aconteceu com você — diz Luca a ele. — E não vi você desde que os vampiros me pegaram quando eu saía do quarto.

— Vampiros? — Hudson pergunta com uma voz bem mais fria do que a de Jaxon. Mas o olhar em seu rosto não está nem um pouco gelado quando ele se inclina para a frente. — Vampiros queriam pegar você?

— Os transformados? — pergunta Éden. E até mesmo ela parece um pouco inquieta com a revelação.

Luca faz um sinal negativo com a cabeça.

— Os natos.

— Quem? — pergunta Hudson com uma voz mortífera, mas tranquila.

— Será que esses idiotas têm algum instinto suicida? — Jaxon pergunta ao mesmo tempo.

Fico observando os dois enquanto eles interrogam Luca sobre os detalhes mais específicos do ataque antes de se voltarem para Mekhi, e finalmente para Flint e Macy, perguntando sobre cada detalhe do que aconteceu com eles. Quais vampiros participaram dos ataques, como eles atacaram e o que causou a situação.

Há uma nobreza perceptível no jeito em que ambos agem. E os dois estão determinados. Estão concentrados. E os dois têm uma quantidade imensa de gentileza dentro de si, embaixo da frieza de um e do sarcasmo do outro. E mesmo assim, enquanto observo os dois arrancando todos os detalhes dos ataques, não consigo evitar compará-los.

Jurei que nunca faria isso. Mas, vendo os dois assim, é impossível não o fazer.

Ambos claramente estão furiosos com o que vem acontecendo com seus amigos, e ainda mais quando os vampiros são os agressores. Mas o jeito com que cada um deles lida com a situação é bem diferente. Jaxon é frio como o gelo, mas mesmo assim parece pronto para incendiar o mundo inteiro até não sobrar mais nada. Ele é como um relâmpago; seu ataque é inesperado e incrível, mas também é perigoso pra caralho.

Hudson, por sua vez, queima devagar. Fica sentado, assimilando o que aconteceu e analisando tudo por todos os ângulos. Faz perguntas específicas, das quais nenhuma parece fazer muito sentido sozinha. Mas, quando termina, dá para perceber que ele é como o sol — carinhoso e convidativo, porém mais do que capaz de incinerar alguém sem fazer o menor esforço.

De algum modo, tive a sorte de ser a consorte dos dois. Jaxon, por meio das maquinações da Carniceira, e Hudson por meio de... não sei do quê. Destino? Fatalidade?

Eu só queria saber como agir em relação a tudo isso. Eu tinha certeza de que amava Jaxon. Certeza de que o garoto com os olhos torturados e o coração partido era tudo que eu poderia querer. Mas não era ele que eu devia amar. Não. Especialmente quando a Carniceira manipulou todas as circunstâncias para que nos tornássemos consortes.

E foi exatamente o oposto do que aconteceu com Hudson. No começo, eu o odiava. Achava que era cruel e insensível. E estava determinada a não me aproximar dele. Mas depois percebi a profundidade incrível da gentileza e da dor sob os espinhos do seu exterior e acabamos nos tornando amigos. E agora? Agora não sei exatamente como me sinto. Só sei que estou bastante confusa. Aquele momento interrompido por Flint, a expressão em seus olhos, o jeito que o meu corpo inteiro parecia queimar só pela proximidade dele...

Isso é realmente química? Ou é só o elo entre consortes? Emoções reais ou simplesmente fabricadas pelo universo para ter certeza de que as coisas aconteçam sem tropeços entre os consortes?

Como se isso fosse possível.

— Mas por quê? — reclama Macy, interrompendo os meus pensamentos com a voz alta e frustrada, de um jeito que quase nunca a ouço falar. — O que eles esperam conseguir com isso?

— É por isso que perguntei quantos de nós se meteram em encrenca — comenta Flint. — Porque, como Grace disse, parece que isso vem acontecendo com a gente mais do que com qualquer outra pessoa.

— Sim, mas também aconteceu com Simone — observa Macy. — E com Cam e com...

— Eles estão tentando desviar as atenções — explica Hudson, devagar. — Olhe para todas as coisas que estão acontecendo aqui e não dê muita atenção a uma coisa bem maior que está acontecendo ao mesmo tempo.

— Que seria...? — questiona Éden, bem interessada.

— Eles estão se livrando de nós — dizem Jaxon e Flint ao mesmo tempo.

— Se livrando de nós? — pergunta Luca, confuso. — Por quê, exatamente?

Éden responde com um olhar taciturno.

— Tenho certeza de que essa é a pergunta que vale um milhão de dólares, não é?

## Capítulo 46

## GATOS NÃO SÃO OS ÚNICOS
## QUE TÊM SETE VIDAS

— Quem está por trás de tudo isso? — pergunta Mekhi. — Cyrus?

— Claro que é Cyrus — Flint lhe responde. — Quem mais poderia ser?

— Pense em quem vem fazendo esses ataques. Na maioria dos casos são lobos e vampiros transformados, com alguns natos no meio — comenta Hudson.

— Não se esqueça das bruxas — emenda Mekhi, com um olhar irritado.

— Nem dos dragões — emenda Macy.

— Sim, mas as únicas bruxas e dragões que participaram dos ataques são aqueles que sabemos serem leais a Cyrus — pontuo ao perceber com mais clareza o que eles estão tentando dizer. — Tudo isso foi planejado pelo seu pai.

— É o que parece — concorda Jaxon. E, de repente, não há absolutamente nenhuma emoção em sua voz quando ele diz isso.

— A guerra está chegando a Katmere. E também ao restante do mundo. Já faz dois anos que sei disso — diz Hudson, enfatizando a questão e olhando rapidamente para Flint antes de prosseguir: — Acho que todos nós sabemos disso, agora.

Sinto o meu coração bater com força.

— Cyrus realmente está planejando atacar Katmere? — Um pensamento surge na minha cabeça e pergunto a Hudson: — Você sabe qual era o plano dele no ano passado? O que esses alunos iam fazer para que você agisse... do jeito que agiu?

Percebo, pelos olhos arregalados de Hudson, que nunca lhe fizeram essa pergunta antes. Nem os detalhes, pelo menos. Mas eu quero saber. E como todos os olhos estão focando Hudson, fica claro que não sou a única pessoa interessada na resposta.

Hudson cruza os braços e se encosta na parede.

— Estavam planejando tomar o controle de Katmere e fazer os alunos de reféns para forçar todas as grandes famílias governantes, já que seus filhos estudam aqui, a se juntarem ao ataque de Cyrus contra os humanos.

Ouço um gemido coletivo de todos os presentes no quarto, mas Hudson vai em frente.

— Para provar que estava falando sério, ele mandou que esses alunos matassem o primogênito de todas as famílias que tivessem mais de um filho estudando em Katmere.

— Meu Deus... — sussurra Luca, e Flint empalidece. Luca tem um irmão mais novo que cursa o nono ano, e isso quer dizer... eu estremeço só de pensar. Não consigo nem imaginar Katmere, ou o nosso grupo de amigos, sem Luca.

Eu sabia que Katmere era uma escola de elite para vampiros, lobisomens, bruxas e dragões, mas não fazia ideia de que todas as grandes famílias governantes tinham alunos aqui. Sinceramente, foi um plano brilhante. Como alguém pode controlar homens e mulheres poderosos por todo o planeta? Ameaçando seus filhos. E é muito fácil fazer isso quando, por acaso, todos eles estão no mesmo lugar ao mesmo tempo.

— O seu pai é mesmo um desgraçado — grunhe Éden.

— Essa é uma das maneiras de descrevê-lo — diz Hudson, sem humor.

— Por que não contou isso a alguém? Em vez de simplesmente matá-los? — pergunta Flint, e é difícil não perceber que o dragão tem dificuldade para engolir essa nova informação. Se for verdade, então significa que o seu próprio irmão estava disposto a fazer coisas horríveis por Cyrus.

Hudson o fustiga com um olhar duro.

— Eu contei. Ninguém acreditou em mim.

— Você contou ao tio Finn. — É uma afirmação, não uma pergunta. E consigo ver a resposta no olhar dele.

— Não o culpo. Provavelmente eu mesmo não teria acreditado em mim. — Ele dá de ombros, mas percebo que a situação o incomoda. Quando nossos olhares se cruzam, percebo a dor nadando em seus olhos azuis antes que ele rapidamente os feche. E sei, com a mesma certeza de que vou continuar respirando, que Hudson culpa a si mesmo. Se ele fosse outra pessoa, se fosse filho de qualquer outra pessoa além de Cyrus, as coisas poderiam ter terminado de um jeito diferente.

— O que vamos fazer, então? — pergunta Mekhi. — E nós achamos que é isso mesmo que está acontecendo? Cyrus vai tentar de novo controlar Katmere?

— Lamento que o meu pai não tenha acreditado em você, Hudson — pontua Macy. — Mas agora as coisas seriam diferentes. E quando ele se der conta de que Cyrus está por trás desse plano para colocar seus alunos em perigo, tenho certeza de que vai sair à caça dele. Primeiro, no Círculo; se não der certo, então ele vai até a fonte. — Lágrimas enchem seus olhos. Ela os fecha e sussurra: — E quando isso acontecer... Cyrus vai matá-lo.

— Não vamos deixar isso acontecer — garante Éden.

— De jeito nenhum — concorda Mekhi, e Flint assente.

— Não podemos contar isso a ele — comento. É a única coisa que faz sentido. — Se contarmos, o tio Finn vai tentar fazer alguma coisa sozinho e sem provas. E Cyrus vai providenciar para que ele seja tirado do tabuleiro. De um jeito ou de outro.

— É uma ideia. Mas como vamos deter Cyrus sem a ajuda dele? — pergunta Macy. — Especialmente agora que Cyrus e Delilah vêm para a formatura.

— Eles vêm? — questiona Hudson, bruscamente. — Como você sabe? Não ouvi nada a respeito disso.

— Eles responderam ao convite do meu pai, como pede o protocolo de anúncios de formaturas. — Ela gira o celular de um lado para outro na mão. — Ele também não gostou da surpresa de saber que eles viriam.

— Achei que aquele cuzão levaria mais tempo para se curar. — Hudson não parece nem um pouco contente com a notícia.

E, de repente, sei o que temos de fazer. A única coisa que podemos fazer. Já estávamos planejando sair em busca da Coroa de qualquer maneira para revogar a ordem de prisão contra Hudson. E isso é algo que faz muito mais sentido agora, já que Cyrus quer tirar de seu caminho o único cara que se levantou contra ele da última vez... só que agora a situação é bem mais séria. Vamos precisar da Coroa se quisermos salvar os alunos de Katmere... e impedir o início de uma guerra. Talvez, se tivermos sorte, Cyrus não vai nem agir, se souber que nós temos o artefato.

Tento capturar os olhos de Hudson com os meus para me certificar de que temos a mesma opinião sobre este plano, mas ele está prestando atenção na tela do celular, perdido em pensamentos.

Assim, em vez de esperar para saber o que ele pensa, respiro fundo e digo:

— Precisamos encontrar a Coroa antes que ele chegue aqui.

Hudson ainda não olha para mim, mas confirma com um aceno de cabeça.

— É a nossa única chance.

Continuo tentando atrair a atenção de Hudson, enquanto Mekhi explica aos outros sobre a ordem de prisão de Hudson, o que a Carniceira disse sobre o Forjador e a teoria de Hudson sobre os gigantes. Mas, ainda assim, ele não ergue os olhos. Em vez disso, fica encarando o celular em silêncio, ocasionalmente deslizando o dedo pela tela. Sei que ele está se sentindo culpado agora. Ele matou todos aqueles alunos. E não serviu para nada. Percebo, pela postura rígida dos seus ombros, que ele está ponderando as decisões que tomou. Penso rapidamente em ir até ele, mas se Hudson está se sentindo tão desconfortável em relação à nossa distração que aconteceu mais cedo, tenho a impressão de que fazê-lo só o deixaria ainda mais desconfortável.

Distração. Ha, ha. Que palavra insignificante para descrever o que acontece toda vez que nos aproximamos. Parece que os meus sentidos se atiçam para absorver tudo que seja Hudson, não perder um único suspiro, um único movimento da sua boca, uma única ruga ao redor dos olhos quando ele sorri... e que, por isso, não sobra nenhum sentido para perceber que não somos as duas únicas pessoas que restaram no mundo.

— Nesse caso, temos que ir para a Cidade dos Gigantes logo — avisa Luca.

— É isso aí. — Flint sorri. — Aqueles gigantes dão festas incríveis. — Ele passa o braço ao redor dos ombros de Luca e sussurra algo em seu ouvido. E Luca fica com o rosto todo corado. Olhar os dois me faz sorrir, apesar de toda essa merda que está prestes a cair sobre nós. Flint merece alguém que seja louco por ele.

— Que tal na sexta? — sugere Mekhi. — É o dia da reunião geral dos professores, então não vamos ter aula. E estou precisando mesmo de uma folga dos estudos. — Mekhi tosse e prossegue: — Sempre quis experimentar o Desafio Gorbenschlam. Topa fazer isso comigo, Macy?

— Mekhi! — Macy parece horrorizada com o que ele disse. Mas, por baixo daquele horror, minha prima também parece... interessada.

— Vou considerar isso como um "sim". — Mekhi sorri.

Macy solta um gemido frustrado.

— Está bem, está bem. Mas só um.

Mekhi pisca o olho para ela.

— Pelo que eu soube, um é o suficiente.

E agora as bochechas da minha prima estão sem dúvida ardendo, mas percebo que ela também não corrige Mekhi. Ao seu lado, Éden fica olhando para Macy e Mekhi. E não consigo deixar de me perguntar se talvez ela está interessada em Macy também. Bem, se estiver... é melhor ela se apressar. Mekhi não parece ser do tipo que espera quando vê algo que quer. E, se o brilho em seu olhar for alguma indicação, esse vampiro com certeza está interessado em Macy.

Um silêncio meio constrangedor se forma no quarto, e eu faço uma pergunta, para quebrar a tensão:

— O que é esse Gorbenschlam? Posso tentar também?

Hudson tira os olhos do celular e me encara com uma expressão cortante.

— É só para casais, Grace.

— Eu achava que... — Eu ia dizer que achava que nós éramos um casal, mas o significado de suas palavras me acerta bem no meio do peito, e eu devolvo a encarada com os olhos estreitados. É uma mensagem clara, em toda a sua profundidade, que nós vamos voltar a falar sobre isso depois.

Macy se apressa para explicar:

— É uma caneca gigante de cerveja que os dois apostam para ver quem consegue terminar primeiro. Quem perder, paga a rodada. E não é barato, considerando que essa é literalmente uma caneca para gigantes. A idade mínima para beber na Cidade dos Gigantes é quatorze anos. E eles levam o ato de beber cerveja bem a sério. — Ela sorri para mim.

— Ah, certo. Bem, não sou uma grande fã de cerveja, mas aposto que Éden e eu podemos apostar contra vocês dois — sugiro, e Éden dá um grito e bate com o punho fechado no meu. Dou uma olhada para Hudson com a sobrancelha erguida, e ele sussurra de volta: *touché*.

Meus ombros murcham um pouco por ele não querer retrucar. Sou a primeira a admitir que adoro essas pequenas discussões com Hudson. Quando discutimos, esqueço a minha ansiedade, os meus problemas, tudo. É um momento em que me sinto viva. Mas essa não parece ser uma das nossas brigas habituais. Parece que há muitas outras coisas acontecendo. E, em vez de me livrar dos meus ataques de pânico, sinto uma bolha de medo crescer na barriga.

— Está bem, então — diz Flint quando pega um dos tacos com aquele seu sorriso característico. — Vamos entrar em ação.

# Capítulo 47

## COM INIMIGOS COMO ESSES,
## QUEM PRECISA DE AMIGOS?

Passamos pouco mais de duas horas estudando, mas, no fim das contas, ficamos cansados de tantos trabalhos escolares, e o grupo se dispersa.

Hudson parece ficar um pouco perdido, enquanto o ajudamos a limpar a bagunça. E eu entendo. Falamos alto e andamos de um jeito meio desorganizado pelo quarto, uns passando pelos outros.

Para um cara que viveu uma existência tão solitária, isso deve parecer um caos absoluto. Mas tem uma coisa em seu olhar, algo no discreto sorriso em seus lábios que me indica que o momento está lhe fazendo bem. Já passou da hora de Hudson Vega deixar de ser um cara solitário e conseguir um grupo de amigos divertidos, leais e totalmente ridículos. O fato de que quase todos nós já fomos seus inimigos não importa. Ele faz parte do grupo agora, goste ou não.

Talvez seja por isso que peço a Flint e Luca que soltem as poltronas roxas que eles estão carregando de volta para a sala de estudos.

— Deixem-nas aí — digo, sorrindo para Hudson, que agora me encara com olhos arregalados. — Temos um monte de coisas para fazer nas próximas semanas. Tenho certeza de que vamos voltar para cá outras vezes.

— Boa ideia, Novata — concorda Flint, erguendo o punho para que eu o toque com o meu. — Nem consegui experimentar um daqueles machados fodões na bancada.

— Talvez isso não seja tão ruim — comenta Luca enquanto vai levando Flint para a saída. — Nenhum de nós tem tempo para levar uma machadada nas costas hoje.

— Fale por você — protesta Flint, dando uma olhada feia para Luca. — Tenho uma mira excelente, se quer saber.

— Ah, é mesmo? — Luca passa os braços ao redor da cintura de Flint com um sorriso. — Quem sabe você me mostra isso algum dia?

Mekhi bufa quando vê aquilo, o que faz com que Macy solte uma risadinha enquanto eles também seguem rumo à porta. Jaxon não se manifesta, mas, por um breve momento, percebo um toque de diversão nas profundezas do seu olhar também.

Pelo menos até que Macy olha para trás e pergunta:

— Você vem com a gente, Grace?

Todo mundo está olhando para mim, inclusive Jaxon e Hudson. E as minhas palmas ficam úmidas. Eu deveria dizer sim. Deveria simplesmente sair daqui com o restante do grupo, mas a verdade é que eu quero conversar com Hudson. Mais do que isso, quero entender o que aconteceu entre nós mais cedo e saber se isso tem algum significado ou se foi só uma aberração.

— Eu... eu subo daqui a uns minutos. Só preciso conversar sobre um assunto com Hudson. Não vou demorar.

— É assim que vocês estão chamando aquilo hoje em dia? — murmura Éden quando passa por mim, a mochila sobre o ombro e um sorriso enorme no rosto.

Ela não disse isso com a voz alta o bastante para que os outros a ouvissem, mas, quando os observo indo embora, percebo que isso nem tem importância. Se os meus amigos já não estavam pensando que havia alguma coisa acontecendo, as minhas bochechas vermelhas definitivamente os convenceram.

Olho para Jaxon quando ele se aproxima, mas seu rosto está surpreendentemente pacífico. Ele se aproxima e sussurra na minha orelha:

— Está tudo bem, Grace.

Em seguida, ele se afasta e sobe as escadas. E sinto vontade de chorar pelo tanto que isso deve ter lhe custado.

Eu amo Jaxon. De verdade. Ele me salvou quando cheguei aqui. Me tirou das profundezas da depressão e da apatia que me cercavam desde a morte dos meus pais. Sou grata a ele pelo resto da minha vida. Ele foi o meu primeiro amor. E esse é um amor que nunca vai embora. Nunca mesmo.

Mas agora há Hudson, que enxerga muito mais do que a garota fraca e ferida que eu costumava ser. Ele enxerga quem realmente sou e quem tenho o potencial de ser. Jaxon queria me proteger, queria cuidar de mim... mas Hudson quer me ajudar a aprender a cuidar de mim mesma. E sei que, se fosse ceder a esses sentimentos do elo entre consortes que correm pelo meu corpo, e as coisas não derem certo...

Perder Jaxon foi terrível, mas o nosso relacionamento estava passando por dificuldades antes que o elo fosse quebrado, para ser bem sincera. Dificuldades entre a garota por quem ele se apaixonou e a garota que eu queria me tornar. Não nos conhecíamos antes de o elo se formar, e um pedaço de mim sabe que, no fundo, parte do motivo pelo qual eu amava Jaxon com todo o meu coração era porque ele me amava do mesmo jeito. Precisávamos um do outro. Estávamos sofrendo e preenchemos um vazio que não sabíamos como preencher sozinhos.

Mas, com Hudson, sempre vai ser diferente. Ele me conhece melhor do que qualquer pessoa. Melhor do que eu mesma me conheço. E, embora eu não consiga me lembrar daqueles meses em que ficamos presos juntos, nós passamos essas últimas semanas nos tornando amigos de verdade.

E isso é o que mais me assusta.

Quando Jaxon terminou nosso namoro, ele se afastou somente de um pedaço de mim, o pedaço que ele conhecia. O único pedaço que a garota ferida que eu era podia deixar que ele visse. Mas e se Hudson me rejeitasse? Não seria somente um pedaço de mim. Ele estaria me rejeitando por completo. E isso... seria muito mais devastador. Isso me arrebentaria em lugares que eu nem sabia que poderiam se quebrar.

Mas, depois do que aconteceu com Hudson no começo desta noite... não sei. De repente sou acometida pela sensação de que todas as vezes que me escondi dos problemas, todas as vezes que enfiei a cabeça na terra, todas as vezes que fingi que não havia nada acontecendo... tudo isso não tem a capacidade de machucar somente a mim, mas Hudson pode se ferir também. Tipo... se eu não tomar alguma atitude logo, vou destruir qualquer chance que temos. E pensar no assunto é ainda mais assustador do que tomar uma decisão a respeito.

— Está planejando passar a noite escondida aqui ou tem mesmo alguma coisa para dizer? — pergunta Hudson, e seu modo irônico está funcionando a todo vapor.

## Capítulo 48

## A HONESTIDADE É A ESTRATÉGIA
## MAIS DESCONFORTÁVEL

*Ele só pode estar me zoando.* Estou aqui, toda preocupada e tentando descobrir como não destruir a nós dois... e é assim que ele vem falar comigo?

Meu nervosismo desaparece em um segundo. E agora estou apenas irritada. Será que ele não percebe o quanto foi difícil eu dizer que queria ficar com ele, em admitir o que aquilo insinuava, para todo mundo? E agora ele vem tirar sarro da minha cara?

— Ah, você pode ter certeza de que tenho alguma coisa para lhe dizer. — Eu endireito os ombros e olho bem nos olhos dele. — Mas não acho que você merece ouvir isso agora. — Pego a mochila que está no lugar onde a deixei, no sofá, ignorando as lágrimas que ardem no fundo dos meus olhos por alguma razão que não consigo entender. — Me avise quando você não estiver a fim de agir feito um cuzão. Aí, quem sabe, a gente possa conversar.

— Ei... — Fico paralisada quando a mão de Hudson toca o meu ombro de leve. — Desculpe. Eu não devia ter dito aquilo.

— Tenho a impressão de que você vem agindo demais desse jeito ultimamente — assevero, dando de ombros, mas ainda não me viro para fitá-lo. Preciso de mais alguns segundos para ter certeza de que todos os vestígios dessas lágrimas ridículas, por fim, desapareceram. Além disso, estou envergonhada. Pelas lágrimas, pela situação, pela minha incapacidade de lidar com isso da maneira adequada. E, agora, encará-lo parece quase impossível. — Preciso ir.

Eu me afasto da mão dele e vou direto para a porta. Se eu for bem rápida e tiver sorte, talvez ele simplesmente me deixe...

Ou talvez não. Fico paralisada quando, de repente, ele está bem ali, bloqueando o meu caminho. Permaneço olhando para um dos buracos naquela calça jeans que é sexy demais para o meu bem. E começo a rezar para que o chão se abra e me engula inteira.

Será que desejar um daqueles famosos terremotos de Jaxon agora é pedir muito? Ou então... e estou só pensando alto aqui... desejar que algum leviatã gigante que vive entre as neves abra caminho pelo piso de pedra do castelo em busca da sua próxima refeição?

Mas descubro que o mundo paranormal não está do meu lado (como se isso ainda me surpreendesse). Porque o jeans e as pernas que eles cobrem não se movem um milímetro. Nem o dono das pernas.

É claro que ele não ia fazer isso. Este é Hudson. E ele nunca facilita as coisas para mim. Talvez, se facilitasse, não estaríamos nesta situação. É muito mais fácil se afastar de uma pessoa que não tem fibra.

— Fale comigo, Grace — pede ele. — Você não pode ficar fazendo esse jogo de gato e rato. Não é justo comigo nem com você.

Mas que porra...

— O que você disse? — Meu olhar encara o dele com a fúria de mil sóis. — Você acha que eu estou fazendo um jogo de gato e rato? Eu? — Eu rio, mas não há o menor humor na minha risada. — Está aí o cara que fica me atiçando na frente de todo mundo num instante e desaparece no momento seguinte. Que diz que quer saber se conseguimos aguentar o calor, e depois diz aos nossos amigos que não somos um casal.

Dou um cutucão no peito dele, mas ele nem se abala. Vampiros de merda. Mas ainda estou só começando.

— Achei que íamos dar uma chance a isso que existe entre nós, mas parece que você não é capaz de decidir o que quer. Você faz ideia do quanto estou assustada? E mesmo assim não fico agindo desse jeito com você!

— Não mesmo. Você passa o tempo todo olhando para Jaxon à procura de ver a reação dele, toda vez que toca em mim.

As palavras despencam entre nós como uma bomba. E reviro os olhos. Com força.

— É claro que estou de olho nas reações de Jaxon. Ele é inocente nisso tudo.

— Porra, e você acha que não sei disso? Por que acha que saí daqui para buscar o sangue para os vampiros? — O queixo dele se retesa com tanta força que tenho a impressão de que ele vai rachar um molar.

— Amo o meu irmão, mais do que você jamais vai conseguir amar. Eu morri por ele. Mas não vou morrer por ele outra vez. E isso que você está fazendo comigo, Grace... você está me matando aos poucos.

Ele suspira, passando a mão pelos cabelos, frustrado, e deixando as pontas espetadas em ângulos esquisitos. Isso devia deixá-lo com uma aparência ridícula, mas, na verdade... faz com que ele pareça vulnerável. Talvez... talvez Hudson tenha tanto medo quanto eu da intensidade entre nós.

Assim, inspiro o ar e decido arriscar.

— Está com medo, Hudson?

Seu olhar se fixa no meu por tanto tempo que não sei se ele vai dizer alguma coisa. Mas o peso da resposta parece ficar intenso demais para ele carregar sozinho, e ele se senta nos degraus logo abaixo de onde estou, apoiando os braços sobre os joelhos. E replica, com a voz embargada:

— Mais do que você jamais conseguiria imaginar.

E agora consigo ver. As cicatrizes.

Esse pobre garoto... todas as pessoas que ele já amou foram tiradas dele. Por que isso deixaria de acontecer com a sua consorte? E ele me deixaria ir embora sem lutar. Tenho certeza disso. Se eu dissesse a ele que queria ficar com Jaxon, ele sacrificaria sua felicidade para que eu pudesse ser feliz. Para que Jaxon pudesse ser feliz.

Engulo em seco quando percebo que ele merece saber que isso não vai acontecer. Com a voz suave, conto a ele:

— Jaxon disse que não se opõe. Logo antes de ir embora.

As sobrancelhas dele se erguem num movimento brusco.

— Ele disse isso mesmo?

— Disse. — Confirmo com um aceno de cabeça. E, como ele também merece saber disso, acrescento: — Só olho para Jaxon quando nós nos tocamos porque não quero que ele fique magoado... com a minha felicidade.

Observo Hudson conforme ele assimila as minhas palavras. Observo conforme um sorriso discreto ergue um canto da sua boca. E o Hudson fanfarrão volta na mesma velocidade com que desapareceu ao provocar:

— Quer dizer que você gosta quando eu a toco, hein?

Reviro os olhos.

— Eu tinha certeza de que você ia se concentrar só nessa parte.

Ele sorri para mim.

— Ei, não tenho culpa por estar no jogo.

— É só o elo entre consortes agindo, seu tonto — brinco, mas ele fica sério.

— Acha que é isso mesmo?

Mordo o lábio.

— Que outra coisa poderia ser?

Ele parece ponderar as minhas palavras por alguns momentos antes de se levantar e dizer:

— Podemos ir devagar, se quiser, Grace. É algo que pode ser construído aos poucos.

E não consigo conter as lágrimas de alegria que enchem meus olhos.

— Obrigada.

Ele me puxa para um abraço, com aqueles braços longos envolvendo os meus ombros e puxando a minha cabeça para junto do seu peito, enquanto eu tento não me deixar afetar pelo cheiro bom que ele tem assim, de perto.

Um aroma de sândalo e gengibre morno.

De âmbar e uma lareira acesa.

De segurança, sussurra a voz no fundo de mim.

— Quer assistir ao restante de *O Império Contra-Ataca?* — ele convida.

— Não tem nada que eu queira mais do que isso — admito. Em seguida, fico nos imaginando naquela cama imensa e sexy pra cacete e completo:

— No sofá.

Hudson dá uma risadinha.

— É claro.

Mas, quando ele entrelaça nossos dedos e me leva até o sofá, não consigo deixar de me perguntar se ir devagar vai aliviar a pressão... ou se vai simplesmente fazer com que tudo exploda.

# Capítulo 49

## MORDENDO O GRANDALHÃO

— E então... como foi a noite de ontem com Hudson? — pergunta Macy enquanto estamos preparando os itens que vamos levar para a Cidade dos Gigantes na manhã seguinte. — Sabe como é... se quiser confirmar o que a sua prima imaginou e coisa e tal.

Pego uma camisa e a dobro, guardando-a na minha mochila.

— Não aconteceu nada. Nós assistimos a um filme.

— Em cima ou embaixo das cobertas? — Ela pisca o olho para mim e solto uma risada abafada.

— Foi no sofá — esclareço. Mesmo assim, minhas bochechas esquentam quando me lembro de como ele me puxou para junto de si, com aquela mão grande cobrindo a minha, que estava pousada sobre aquela coxa musculosa. E, mantendo sua palavra, ele passou a noite inteira comigo e não tentou nada.

Bem, pelo menos até o fim do filme, quando tivemos uma briga sobre o motivo pelo qual a Princesa Leia não conseguiu admitir que amava Han Solo até ser tarde demais. Em um minuto estávamos simplesmente assistindo ao filme juntos. No minuto seguinte, estávamos trocando farpas por causa de uma personagem de ficção. Em um minuto, estávamos na *friendzone*. No minuto seguinte, a única coisa em que eu conseguia pensar era rasgar as roupas de Hudson e pular com ele no meio daqueles lençóis incrivelmente sexy.

Em vez disso, dei uma desculpa e voltei correndo para o meu quarto o mais rápido que pude. E a última provocação dele ainda ecoava nas minhas orelhas.

*Quando você mudar de ideia, vou estar por aqui.*

*Se eu mudar de ideia*, retruquei.

E ele riu. Ele teve a audácia de rir. É um palhaço mesmo.

Não saí correndo porque estava assustada. Ou melhor... não somente porque estava assustada.

Corri porque, se o calor da nossa discussão servir de indicador para algo, fico receosa do que podemos incendiar se ficarmos juntos de verdade.

Ou talvez uma pergunta melhor seja... o que é que nós não vamos incendiar?

Não sei se estou pronta para isso. Não sei se estou pronta para nada disso.

— Você parece exausta — comenta Macy, com a voz deliberadamente empolgada.

Bem, é o que acontece quando você passa a noite inteira acordada, pensando em questões do relacionamento.

— Hudson disse uma coisa de que não gostei muito no fim da noite. — Vou até o meu armário e pego o meu casaco preto, porque ele combina bem com o meu humor.

Mas Macy chega junto em seguida, tirando a peça da minha mão e colocando-a de volta no armário.

— Nada de ficar remoendo as coisas — diz ela. — Torço muito por você e por aquele garoto... até o momento em que ele a magoar. Me diga se isso acontecer, e eu a ajudo a esconder o cadáver.

— Ah, nem foi tão ruim assim. Não estou remoendo as coisas. — É uma mentira descarada, mas aparentemente já venho fazendo isso o bastante hoje. Assim, que diferença faz mais uma?

— Ah, é claro. Será que seria melhor classificar você como melancólica? Borocoxô? Qual palavra você prefere usar?

— Ruminando — sugiro a ela antes de começar a rir, porque é impossível ficar triste por muito tempo quando Macy está por perto. Mesmo quando ela ainda está um pouco triste. — Estou ruminando o estado da minha vida.

— Ah, bom. Pode ruminar à vontade. Mas faça isso usando a sua cor favorita. — Ela pega o meu casaco rosa-choque do cabide e o estende para mim. — Você vai se sentir melhor assim.

Olho para ela e depois para o casaco. E me ocorre que agora seria um momento perfeito para dizer que rosa-choque não é a minha cor favorita. Mas esta é a primeira vez que a vejo sorrir em muito tempo, e de um jeito que não acontece desde Xavier. Contar a ela que não gosto de rosa seria como chutar um cachorrinho só para vê-lo chorar. Não vou conseguir fazer isso.

Além disso... não vou negar que estou lentamente me afeiçoando a essa cor ridícula. Claro, o edredom é um exagero. Mas o casaco nem é tão ruim assim.

— Que horas são? — indago ao vestir o casaco. Em seguida, dou uma última olhada na mochila a fim de me certificar de que tudo de que eu possa precisar está ali. O plano é viajar até lá hoje pela manhã e voltar amanhã à noite. Mas quero ter a certeza de que trouxe trabalhos suficientes para fazer, caso a gente tenha que ficar fora até domingo.

Afinal... sim, vamos passar a maior parte do tempo procurando o Forjador e, se tudo der certo, conversando com ele quando o encontrarmos. No entanto, nunca se sabe. Vai haver momentos sem nada para fazer, e quero aproveitar para terminar o trabalho de arquitetura e a redação para a aula de história. Se eu tiver sorte, Jaxon vai estar com um humor suficientemente tranquilo para me ajudar, como uns dias atrás prometeu fazer. E se não estiver... bem, talvez um dos meus outros amigos possa ser persuadido a fazer isso.

— Nove e quinze — responde Macy, enquanto veste sua jaqueta com as cores do arco-íris. É uma bela mudança das roupas pretas que ela vinha vestindo ultimamente. E, quando eu a encaro com uma sobrancelha contente erguida, ela simplesmente dá de ombros. — Acho que talvez eu queira me sentir bem enquanto também rumino.

Agora estampo um sorriso enorme no rosto.

— Acho que esta é uma ótima ideia.

Ela faz que sim com a cabeça e sussurra:

— Eu também.

— Sabia que hoje é o aniversário da minha mãe? — conto enquanto vamos até a passagem secreta de Macy. Não precisamos dizer a nenhum dos nossos novos e intragáveis inimigos que vamos passar alguns dias longe da escola. A última coisa de que precisamos é que algum deles se dê conta de que Hudson não está mais no território da Academia Katmere. Considerando as proteções mágicas na Cidade dos Gigantes, todos nós imaginamos que, mesmo se Cyrus descobrir que estamos lá, vamos conseguir escapar antes que ele consiga mobilizar a Guarda para entrar na cidade. Ainda assim, também não podemos nos arriscar e anunciar ao mundo que estamos saindo em uma aventura.

— É o aniversário dela mesmo? — Os olhos de Macy se arregalam. — Ah, Grace, me desculpe. Eu não sabia.

— Não precisa pedir desculpas — asseguro a ela ao lembrar da minha mãe e do seu espírito livre, seu amor pelas flores, pela poesia e panquecas. — Claro, ainda fico triste quando penso nela, mas é difícil me sentir assim no aniversário da minha mãe. Era um dos meus dias favoritos do ano.

— Sério? — Macy parece ficar encantada com a ideia. — Como assim?

— Sempre passávamos o dia juntas, mesmo que fosse um dia de aula. Você sabia que ela era professora no ensino médio?

— Eu não me lembrava disso — comenta ela, sorrindo. — Ela sempre lhe corrigia quando você falava errado?

Eu rio.

— Não, nunca. Mas ela sempre me dava algum livro para ler. Depois, me pedia para falar sobre os livros com ela durante o *brunch* no nosso restaurante favorito. Ficava de frente para a praia. E, dependendo da época do ano, íamos caminhar na enseada e observar as focas que vinham até a areia para ter seus bebês e cuidar deles.

Os olhos de Macy ficam enormes.

— Meu Deus... Que incrível!

— Era mesmo — Sorrio, lembrando da ocasião. — Havia um fim de semana por mês em que o meu pai tinha de trabalhar, e nós sempre marcávamos o nosso dia para falar de livros e curtir o *brunch*. Ela adorava encontrar os meus trechos preferidos para falar a respeito e memorizá-los.

— É por isso que você sempre faz alguma citação de livro! Fiquei pensando por que isso acontecia.

— Acho que Hudson deve adorar isso. Ele sempre está citando algum trecho de livro também.

Eu rio.

— Hudson é a única pessoa que conheço que lê mais do que a minha mãe.

— Não duvido. E, considerando a idade que ele tem, tenho certeza de que ele já leu praticamente de tudo.

— Não sei se chega a tanto, mas aquele garoto já leu muita coisa.

Estamos agora naquela parte da passagem secreta que tem todos os meus adesivos favoritos. Sorrio quando passamos por um que diz *Enfeitice o patriarcado* e outro que é uma bola de cristal com os dizeres *Parece que você vai se dar mal* escritos no interior. São frases que me fazem rir toda vez que passo por aqui.

— Então era isso que você fazia no aniversário da sua mãe? Ia com ela para esse lugar que servia *brunch* e falava sobre livros?

— Era onde o dia começava, sim. Depois, saíamos para as lojas e comprávamos alguma roupa incrivelmente cara, só por diversão. E depois voltávamos para casa para fazer o bolo de aniversário mais fantástico que podíamos. Minha mãe era ótima na cozinha.

— Ela era mesmo — concorda Macy. — Os *cookies* dela eram lendários. Ela os mandava para nós, mesmo depois que vocês pararam de vir nos visitar.

O meu sorriso se desfaz.

— Sempre detestei o fato de que não fomos mais visitar vocês.

— Eu também. A última vez foi naquele verão antes de eu fazer nove anos. Você se lembra?

— Lembro, sim. Saímos para fazer piqueniques todos os dias. Fazia anos que eu não pensava no que aconteceu naquele verão.

— Todos os dias — diz ela, rindo. — E com os *cookies* que a sua mãe fazia.

— Isso mesmo. — Se eu fechar os olhos, ainda consigo sentir o cheiro dos *cookies* de limão. — E o chá da sua mãe.

O sorriso de Macy se desfaz.

— Sim...

— Ah, me desculpe — digo quando começamos a descer uma escada que leva até o primeiro andar. — Não tive a intenção de...

— Está tudo bem. Minha mãe fazia mesmo os melhores chás do mundo — comenta Macy, dando de ombros. — Especialmente o de hibisco.

— Era aquele chá vermelho, né?

Ela confirma com um meneio de cabeça.

Mas ela ergue o sinal de "entrada proibida" e não pergunto mais nada sobre sua mãe. Perder a minha foi uma das piores coisas que me aconteceu, mas não consigo imaginar como me sentiria se ela simplesmente tivesse ido embora. Se apenas sumisse da face da Terra depois de ser a Mãe do Ano por nove anos seguidos.

Eu tinha só dez anos quando isso aconteceu, mas me lembro do tio Finn surtando. Lembro de vários telefonemas tarde da noite entre ele e os meus pais. Meu pai até viajou para passar algumas semanas no Alasca na tentativa de ajudar o meu tio a conversar com a polícia. Após um tempo, as investigações concluíram que não havia nenhum crime envolvido, que a tia Rowena só decidiu não voltar para casa algum dia. O tio Finn não acreditou naquilo.

Passou anos à procura dela, sem sucesso. Não consigo imaginar como deve ter sido difícil para ele e para Macy.

Abraço a minha prima enquanto descemos pela passagem até uma das saídas no térreo. Ela retribui o abraço e diz que sou a melhor prima do mundo. Em seguida, abrimos a última porta e saímos para onde a neve está derretendo aos poucos. E encontramos Hudson, Flint, Luca, Éden, Jaxon e Mekhi, que estão à nossa espera.

— Já era hora — pontua Hudson. São as primeiras palavras que ele me dirige desde o ocorrido ontem à noite. E quase não consigo manter o meu sorriso sob controle. Com certeza, são palavras azedas e não exatamente educadas, mas isso não me incomoda. Hudson é Hudson, afinal de contas. E tenho certeza de que ele dormiu tão bem quanto eu.

— Fique à vontade para ir até lá sozinho — convida Macy, encarando-o com uma expressão irritada. Em seguida, vai até a borda da clareira, abre sua bolsa de apetrechos mágicos e pega a varinha.

Hudson olha para mim como se perguntasse *mas que diabos está acontecendo?* Eu me limito a dar de ombros e fazer cara de paisagem. Ele não precisa saber que eu estava ruminando sobre ele agora há pouco.

Todos se afastam enquanto Macy posiciona oito velas no chão, em intervalos regulares, formando um círculo ao nosso redor.

— Gwen me ajudou a criar um portal com o tamanho certo para que todos possamos ir de uma vez, pois ela já esteve na Cidade dos Gigantes. Essas velas vão manter este portal aberto para nós e corrigir as variações da rotação da Terra também.

Macy e Gwen passaram a semana inteira praticando a construção de portais. E fico muito orgulhosa dela quando consegue criar este logo em sua primeira tentativa. Em um instante estamos em um campo, com tufos de grama visíveis sob a neve que se derrete. No instante seguinte, estamos deslizando pela terra; as paredes do portal passam por nós com tanta agilidade que me dão a impressão de que estamos em um caleidoscópio brilhante.

Estendo a mão e deixo meus dedos passarem pelas luzes que reluzem como joias. Não me admira que o portal de Macy brilhe como um arco-íris. Eu me viro para dividir a alegria que sinto com Hudson, mas ele já está sorrindo. Ele também sabe como isso é especial.

Antes que eu perceba, os arco-íris desapareceram e nós estamos no meio de uma floresta com árvores enormes. Os fachos da luz solar atravessam a folhagem densa.

Bem, todos ainda estão em pé. Estou de joelhos sobre o musgo que cobre o piso da floresta porque, aparentemente, ainda não consegui entender como pousar em pé.

Hudson ajuda a me levantar enquanto Macy sorri para todo mundo.

— Incrível, não é?

— Definitivamente — concorda Hudson. — Você faz parecer fácil.

— Talvez tenha sido fácil — diz ela, ainda um pouco abalada por causa da nossa conversa de antes.

— Bem, isso faz com que você seja ainda mais incrível, não é? — rebate ele. E ela se rende como se tivesse tirado uma mão de cartas ruim no pôquer. Porque Hudson sabe ser mesmo encantador quando quer.

Os dois trocam um *high-five* enquanto o restante do grupo analisa ao redor. E eles percebem que, ainda que aquele portal tenha sido espetacular, nós ainda temos um problema.

Porque não há nenhuma cidade — de tamanho normal ou gigante — por perto.

# Capítulo 50

## COM OS PÉS NO CHÃO

— O que acha? — Flint pergunta a Macy com um sorriso largo. — Está sentindo alguma vibração na terra?

— Por acaso tenho cara de sismógrafo, agora? — retruca ela, revirando os olhos. — Não consigo ler a terra por centenas de quilômetros em todas as direções.

— Pensei que esse fosse o plano — observa Luca, enlaçando a cintura de Flint enquanto se aproxima de nós.

— O plano era detectar a magia de terra que eles usam para manter a cidade e a si mesmos escondidos — responde ela, revirando a bolsa mágica que traz presa à cintura e depois a mochila. — E é isso que vou tentar fazer.

— O que podemos fazer para ajudar? — indaga Éden, chegando por trás de Macy.

— Não me atrapalhem — avisa ela, mesmo enquanto sorri para Éden por sobre o ombro. — Sei que isso vai contra o código de superioridade dos dragões. Mas este é um daqueles momentos em que as bruxas têm que fazer o trabalho pesado. — Ela começa a alongar os dedos, como se estivesse se preparando para fazer algum exercício físico.

— Por que não tenta ajudá-la, Grace? — sugere Hudson. E todos os olhares se voltam para mim.

— Achei que isso era coisa de bruxa — digo a ele, um pouco perplexa. — Como uma gárgula pode ajudar?

— As magias de terra curam você. Provavelmente você tem alguma afinidade pela área.

Aff… Detesto até mesmo pensar no dia em que Hudson me enterrou viva para salvar a minha vida. Sei que ele teve de fazê-lo, mas ainda é uma das coisas mais desagradáveis que já me aconteceu. Talvez a mais desagradável de todas. Considerando até mesmo aquela vez em que Lia tentou me transformar num sacrifício humano. Não foram poucas as vezes em que senti vontade de perguntar como ele sabia que tinha de fazer aquilo, mas tenho plena noção do ataque de pânico que isso iria me causar. Já tenho ataques de pânico em quantidade suficiente hoje em dia para não querer provocar mais um. Mas a questão é exatamente essa, não é? Eu baixo a cabeça e suspiro, porque não importa o quanto eu queira negar. Hudson tem razão. Eu tenho que melhorar a minha capacidade de lidar com conflitos. E acho que não há hora melhor para começar do que agora.

Olho para Hudson, mas ele não está onde eu esperava que estivesse. Em vez disso, ele se aproximou de mim. E, quando nossos olhares se encontram, consigo vislumbrar o estímulo de que preciso naqueles olhos azuis e brilhantes. Ele quer que eu faça essa pergunta. Precisa que eu confie nele e dê esse salto de fé.

E ele está certo. Sei que está. Já faz semanas que eu vinha querendo saber a resposta para essa pergunta. Será que vou realmente deixar que um pouco de medo me impeça de descobrir mais a respeito da minha gárgula? E sobre mim mesma?

Respiro fundo e solto o ar devagar. E questiono:

— Bom... por falar nisso... como você sabia que eu me curaria se fosse enterrada?

O sorriso no rosto dele é suficiente para iluminar toda a floresta quando ele responde:

— Eu me lembro de ter lido em um dos livros da biblioteca que gárgulas são imunes a todas as formas de magia elemental, como terra, ar, fogo e água. Já sabíamos que você era capaz de controlar água e que conseguia manipular a magia. Assim, deduzi que as gárgulas não são realmente imunes à magia, e sim capazes de defleti-la. De canalizá-la para longe, do mesmo jeito que podem canalizá-la para dentro de si. E, se isso fosse verdade, então você poderia manipulá-la. Você manipulou a água. Então, por que não conseguiria manipular os outros elementos também?

Espero que o meu coração comece a bater mais acelerado, que o ar fuja dos meus pulmões, quando me lembro de que fui enterrada viva. Mas isso não ocorre.

Em vez disso, só consigo pensar em que outras coisas posso conseguir fazer.

— Mas como você conseguiu fazer a ligação sobre a magia elemental em geral e saber que a magia da terra podia me curar?

Ele ergue uma sobrancelha enquanto abre um sorriso que mostra o quanto Hudson está satisfeito consigo mesmo.

— Por causa da Fera Imortal, é claro.

Macy se encosta em uma árvore enquanto suas sobrancelhas se erguem até o alto da testa.

— O que ele tem a ver com magias de terra?

— Ele era gigantesco, não lembra? — Hudson olha para ela antes de se voltar para mim outra vez. — Parecia ser o tipo de criatura que passou os últimos cem anos engolindo pedregulhos enormes no café da manhã.

— E...? — Flint pergunta. Ele parece tão fascinado quanto eu por toda a explicação.

Hudson pisca o olho para mim.

— Gata, se você estivesse numa situação em que várias pessoas quisessem matá-la, mas você não pode fugir... mas, se ainda assim, pudesse usar magias de terra... o que você faria?

Meus olhos se arregalam, e não somente porque ele me chamou de gata, embora isso faça o meu coração pular dentro do peito.

— Eu ficaria tão grande e forte quanto pudesse.

Ele confirma com um aceno de cabeça.

— E usaria a magia da terra para curar o seu corpo de pedra, certo? Se não fosse assim, como uma gárgula presa em uma caverna de pedra poderia ser imortal?

Mekhi solta um assobio longo.

— Ser gárgula ficou umas cem vezes mais impressionante do que já era.

— Mil vezes — corrige Macy. — Cara, isso é incrível. — Ela está com um sorriso ainda maior do que o de Hudson.

De fato, é incrível. Porque, no meio da explicação de Hudson, eu me dei conta de outra coisa. Esse rapaz maravilhoso sabia que eu estava com medo de fazer perguntas. Com medo de descobrir algo que não conseguisse suportar. E ele fez isso por mim. Para ter a resposta quando eu estivesse pronta para perguntar.

Dirijo-me até onde ele está, e não penso em nenhuma demonstração de afeto em público. Não estou preocupada com o que Mekhi ou Luca vão pensar. Ou mesmo Jaxon. O único pensamento em minha mente é Hudson quando o abraço e o seguro com força junto de mim.

Ele hesita por um segundo, como se estivesse surpreso. Todavia, em seguida, seus braços envolvem a minha cintura e ele retribui o abraço. Ele se abaixa o bastante para encostar a bochecha na minha cabeça. Fecho os olhos, deixando a fragrância familiar de gengibre e sândalo tomar conta dos meus sentidos, apenas inalando tudo aquilo. É a sensação de estar voltando para casa.

Não sei por quanto tempo ficamos assim. Tempo o bastante para que os outros se afastem e nos deem um pouco de privacidade. Após certo tempo, ele murmura:

— Está tudo bem?

Reflito sobre todas as coisas que posso verbalizar para responder àquela pergunta, todas as sensações que nadam em meus olhos. Sobre como ele me estimulou a questionar, mas também deu um passo atrás e deixou que eu criasse coragem no meu próprio tempo. Sobre como ele sabia que, cedo ou tarde, eu encontraria um jeito de perguntar. E assim... ele esperou por mim. Do mesmo jeito que está esperando agora.

No fim, digo a única coisa que posso:

— Obrigada.

Ele me pressiona contra o peito outra vez, me apertando contra o seu calor. E sei que ele ouviu tudo que eu não disse. Ele sempre sabe.

Depois de um momento, ele dá um beijo suave no topo da minha cabeça antes de se afastar e dizer:

— Não estou reclamando de ter você nos meus braços, mas... se não estou enganado, a sua prima está prestes a fazer algo que vai ser impressionante. Ou que vai acabar com a gente.

Eu me afasto e olho para o ponto que ele está observando... e meus olhos se arregalam. Puta que pariu. Minha prima está testando o equilíbrio de quatro Athames grandes na mão, movendo-as para cima e para baixo como se estivesse prestes a arremessar...

— Meu Deus do céu!

## Capítulo 51

### UM CORTE BEM AFIADO

Libero um gemido surpreso quando Macy arremessa as lâminas para cima com toda a força. Nós a contemplamos, alarmados e prontos para nos esquivar. Mas, em vez de caírem e empalarem algum de nós, elas se alinham em pleno ar, organizando-se em uma formação que lembra uma bússola.

Hudson e eu nos dirigimos até a clareira e ficamos encarando as facas flutuantes.

Aguardamos até que elas façam alguma coisa... qualquer coisa. Porém, durante vários segundos, elas simplesmente pairam no ar, com as lâminas apontando para o que eu imagino que sejam norte, sul, leste e oeste.

— Quer dizer que nem tudo que sobe tem que descer? — sussurra Flint em voz alta depois que os segundos se estendem e se transformam em um minuto, e depois em outro.

— Shhhh — silencia-o Macy enquanto levanta a varinha sobre a cabeça e começa a formar um círculo no ar. — Gwen falou que os gigantes trocam a entrada de lugar com frequência e que a cidade é protegida por feitiços de confusão. Assim, humanos desavisados que estejam fazendo trilhas não conseguem encontrá-la por acidente. Me dê um minuto para tentar encontrá-la.

Segundos depois, as Athames começam a girar em círculo, cada vez mais rápidas. Até que elas estejam girando tão rápido sobre nossas cabeças que é quase impossível distinguir uma da outra. Então, de repente, uma delas começa a brilhar com tanta intensidade que parece prestes a pegar fogo.

Quanto mais forte é o brilho, mais rápidos e abruptos se tornam os movimentos de Macy... até que três das outras facas caem no chão como pedras, em meio a exclamações de susto entre nós.

Mal temos a oportunidade de perceber o que acabou de acontecer quando a quarta Athame — agora com um brilho tão intenso que é difícil fitá-la — sai voando para o sul, mergulhando no meio de um aglomerado gigantesco de árvores.

— Vamos lá! — grita Macy, empolgada.

Ainda estou um pouco chocada por quase ter sido atingida por uma Athame, mas dou um jeito de engolir o medo. Foi para isso que viemos até aqui, não foi?

Os outros já estão correndo atrás de Macy. Assim, eu os sigo e trago Hudson a reboque. Eu sorrio para ele. E bato deliberadamente com meu ombro no dele. E, como ele é um vampiro e bem capaz de resistir, transformo ligeiramente o meu ombro em pedra.

Ele me encara com um olhar impenetrável quando recebe o golpe. Em seguida, acelera o passo. Isso me faz sorrir, porque essa é a versão dele para o meu encontrão com o ombro. Hudson nunca me acertaria um golpe, nem se fosse de brincadeira. Mas não tem problemas em me desafiar. E faz isso mesmo.

O bom é que gosto quando ele faz isso.

Aumento a minha velocidade para alcançar a dele. Em seguida, estamos correndo pela floresta, entrando por entre agrupamentos cada vez mais densos de árvores, saltando por cima de riachos e precipícios.

É mais divertido do que eu imaginava que seria.

Consigo ouvir os outros mais adiante. Macy e Éden estão na frente; os garotos vão logo atrás. Flint é quem está mais perto de nós, gritando e vibrando conforme avançamos por esta floresta que já parece um pouco mágica, mesmo sem os gigantes.

Saltamos por outro córrego — este, inclusive, com pequenas rãs pulando nas margens —, quando Hudson corta para a direita e começa a se distanciar de mim. Determinada a não permitir que ele abra vantagem, emprego o meu poder para canalizar a água do riacho e o acerto bem no rosto com uma bola enorme do elemento — incluindo duas ou três das rãs.

Ele fica tão chocado que desato a gargalhar. Em seguida, aproveito a pequena vantagem propiciada por esse ataque-surpresa e corro o mais rápido que consigo em busca de me proteger por entre as árvores.

Ele me alcança rápido — o que não me surpreende nem um pouco —, mas corro para a direita quando ele vai para a esquerda, e desvio para a esquerda quando ele vem para a direita. Embora não haja água para jogar nele desta vez, os movimentos ainda arrancam um grunhido de surpresa dele, o que me faz rir.

Sou esperta o bastante para saber que ele vai querer dar o troco. Assim, busco o cordão de platina dentro de mim. Momentos depois, minhas asas já estão abertas e levanto voo, passando por cima dele.

Daqui de cima, consigo observar onde os outros estão. E continuam todos no encalço da Athame. Ela se move rápido; Jaxon e Mekhi passaram na frente de Éden e Macy, e elas podem avançar com mais calma sem se preocuparem em perder a adaga de vista.

Estou bem no alto das árvores, mas estamos adentrando uma área mais densa da floresta, com árvores mais altas. Assim, decido voar um pouco mais alto para conseguir analisar o terreno à nossa frente e para ter certeza de que não vou trombar com nenhum galho.

Contudo, antes que eu consiga pensar direito no que estou fazendo, Hudson salta e passa por entre os galhos das árvores para me pegar.

Dou um gritinho quando sinto os braços dele ao redor do meu corpo, mas ele simplesmente ri e sussurra:

— Peguei você!

Começo a rir com ele, mas o som fica preso na minha garganta junto à golfada de ar que acabei de inspirar. O que começou como uma diversão inocente se transformou em algo completamente diferente.

Minhas asas impossibilitaram que ele me agarrasse por trás. Assim, estamos cara a cara; sua boca a poucos centímetros da minha e a frente do seu corpo pressionada contra a frente do meu, enquanto ele se agarra em mim. É uma sensação muito, muito boa estar nos braços dele assim — especialmente quando a expressão nos olhos de Hudson revela a reciprocidade.

E, quando ele se aproxima, ajustando sua posição para ficar mais parecido com o fato de que ele está me abraçando, em vez de simplesmente agarrado em mim, o calor explode entre nós. Meu coração começa a bater com o triplo da velocidade normal. E todo o ar que consegui puxar para dentro do corpo sai de uma vez.

Por um segundo cogito me enroscar em Hudson. Colocar os braços ao redor dele e as pernas ao redor dos seus quadris. Mas aí me lembro de onde estamos... e quem está logo abaixo de nós.

Ele sorri enquanto afrouxa a pegada e sussurra:

— A gente se vê no chão. — Em seguida, ele me solta e cai por entre a copa das árvores.

Prendo a respiração até ver que ele pousou em segurança, agachado, antes de sair correndo por entre as árvores outra vez. Começo a diminuir a altitude, planejando pousar um pouco mais adiante de onde ele está para podermos correr juntos outra vez. Mas, quando olho para o que há mais adiante, fico transfixada pelo que vejo.

Árvores em todas as direções, frondosas, verdes e majestosas. É uma das cenas mais bonitas que já vi.

Sempre me considerei uma garota praieira. Crescer em um lugar como San Diego causa esse efeito. Mas... e agora? Essa imagem é de tirar o fôlego. E de uma maneira totalmente diferente do que o efeito causado pelas montanhas do Alasca.

Dou alguns giros e alguns *loops* no ar enquanto admiro a paisagem. E me alegro com o fato de que, pela primeira vez em uma eternidade, não tenho a sensação de que a minha bunda está congelando.

Mais abaixo, a paisagem é vívida e verdejante até onde a vista alcança. Desde trilhas cobertas de musgo e plantas rasteiras emaranhadas até pinheiros e sequoias imensos que devem estar aqui há séculos. Não estamos tão distantes do oceano Pacífico, pois ainda consigo vê-lo à minha direita. Mas isso só serve para deixar a experiência ainda mais surreal.

Sequoias, o mar e um sol grande e bonito brilhando sobre tudo aquilo, depois das temperaturas congelantes dos meses mais recentes da minha vida. Isso aqui parece o paraíso. Ainda está frio, é claro. Mas não tão frio quanto o inverno do Alasca. E isso faz com que eu me sinta em casa pela primeira vez em muito tempo.

Entendo completamente por que os gigantes escolheram este lugar para construir sua cidade. Se eu pudesse escolher, acho que iria querer morar aqui também.

Mas não posso ficar aqui em cima para sempre, por mais que a vista seja linda. Temos muita coisa pra fazer e poucos dias para terminar tudo.

Pouso ao lado de Hudson, que sorri para mim.

— Demorou, hein?

— Viu a paisagem lá de cima? — pergunto. — É maravilhosa.

— Sim — confirma ele, com a voz baixa. — É linda.

Alguma nuance na voz de Hudson me sugere que ele não está falando sobre a paisagem. E isso faz com que eu comece a sentir um monte de coisas outra vez. Em vez de aproveitar a sensação da maneira que eu gostaria — esta não é a hora nem o lugar para isso —, corro mais rápido. E adoro perceber que Hudson continua ao meu lado durante o tempo inteiro.

Estou começando a achar que vamos correr para sempre, uma ideia da qual não gosto tanto, por mais que a paisagem seja bonita. Até que Jaxon grita alguma coisa, à nossa frente.

Não consigo ouvir o que é, mas percebo a urgência em sua voz. Assim, todos apertamos o passo. E ultrapassamos as últimas árvores bem a tempo de ver a Athame se fincar no tronco daquela que deve ser a maior árvore do mundo.

# Capítulo 52

## AS ÁRVORES NÃO SOMOS NOZES

Bem à nossa frente está o agrupamento mais bonito de sequoias que já vi — e isso não é pouca coisa. Quando eu tinha dez anos, os meus pais me levaram para a floresta de Muir Woods durante as férias que passamos na região norte da Califórnia. E eu fiquei obcecada com as sequoias daquele lugar. Passamos metade daqueles dez dias de férias andando por entre as florestas de sequoias gigantes e litorâneas. Tudo porque eu não conseguia me fartar delas.

E as árvores diante de nós agora são belas, perfeitas e magníficas. Naquela viagem, senti a magia nas sequoias de Muir Woods. Lembro-me de ficar entre aquelas árvores majestosas e girar de um lado para outro, rindo, alegre, com flores silvestres de todas as cores imagináveis se estendendo para fazer cócegas nos meus braços abertos.

Lembro-me de jamais querer ir embora daquele lugar. Até implorei para os meus pais para ficarmos ali para sempre.

Eles recusaram, é claro. Os empregos dos meus pais e a nossa vida ficavam em San Diego. Mas ainda me lembro do tamanho da minha decepção. E de não conseguir entender por que eles decidiram não sentir esse tipo de magia a cada segundo do dia.

Mas o que senti naquela época não é nada comparado ao que estou sentindo agora. As árvores estão praticamente cintilando com a magia que se irradia delas. E me sinto honrada, esmagada, insignificante por estar diante delas.

Caminho até a árvore gigante e puxo a Athame do seu tronco. E posso jurar que ouço a árvore gemer. Entrego a faca a Macy e, em seguida, coloco as mãos no tronco descomunal daquela árvore. Encosto a bochecha na superfície áspera, fecho os olhos e sinto a terra macia sob os pés. Absorvo a sua magia pelo meu corpo e canalizo a energia pelas mãos, diretamente para a árvore.

Instantaneamente, sinto uma magia reativa da árvore passar pelo meu corpo, das mãos até os pés, voltando para a terra ao meu redor. Um elo infinito de energia, de natureza, e faço parte dele, respirando e me sentindo acolhida.

Depois de um momento, eu me afasto da árvore e olho para os meus amigos. Ainda precisamos encontrar a entrada para a cidade.

Mas estão todos olhando para mim, boquiabertos e com expressões embasbacadas nos olhos. Até mesmo Jaxon parece atordoado.

— Mas o que... — questiono, olhando ao redor. E fico paralisada quando percebo que estou cercada por flores silvestres onde não havia nenhuma há um minuto. Enormes, altas e de todas as cores imagináveis.

E a sequoia gigante não tem mais o talho onde a Athame havia penetrado em seu tronco.

Hudson dá um passo à frente e puxa uma das flores a cerca de um palmo de distância das pétalas. Em seguida, coloca o caule azul-brilhante da flor logo atrás da minha orelha.

— Você é demais.

Baixo a cabeça quando sinto o calor aflorar nas bochechas, mas o grito de surpresa de Flint me faz erguer a cabeça outra vez.

E agora estou ali, boquiaberta e maravilhada, quando a Cidade dos Gigantes por fim é revelada.

## Capítulo 53

## LUZES BRILHANTES,
### CIDADE GRANDE

Pisco os olhos várias vezes só para garantir que eles não estão querendo me pregar uma peça.

Aquela muralha de sequoias desapareceu. Como se fosse só uma muralha mágica escondendo o que há mais adiante. E o que surgiu no seu lugar é algo... muito além do que pode ser descrito. Não sei no que devo me concentrar primeiro. Meu olhar vai de uma estrutura para outra. Algumas estão no alto das árvores; outras. Quase escondidas entre os imensos troncos das árvores. E há gigantes por todos os lados.

Bem diante de nós, junto da base da primeira sequoia, há o que parece ser uma guarita grande o bastante para abrigar um gigante ou dois.

Ainda mais impressionante é o que está acontecendo atrás da guarita — uma cidade movimentada e animada, cheia de gigantes, todos levando a vida sem fazer a menor ideia de que nós existimos, e menos ainda de que estamos observando tudo.

— É inacreditável — sussurra Luca, chegando mais perto para poder ver melhor.

— Completamente inacreditável — ecoa Macy, conforme se aproxima. — E... meu Deus! Tem outro prédio ali! — diz ela, com um gritinho. — É enorme, mas mal dá pra ver por causa do jeito que ele foi desenhado. Isso é...

— Mágico — complemento, passando ao redor de Flint e Jaxon para poder enxergar o que ela está apontando. — Uau. É enorme mesmo.

O prédio do qual ela está falando fica escondido entre três das maiores árvores, o que o oculta quase por completo. A base de cada árvore deve ter uns dez metros de diâmetro. E não consigo nem sequer imaginar a altura delas. Especialmente considerando que a única coisa que vejo quando olho para cima são mais árvore.

A estrutura, feita com uma madeira bonita e lustrosa, provavelmente tem uns quinze metros de altura por si só, mas nem se compara às árvores enormes que a cercam por todos os lados.

— Só o projeto em madeira já é incrível — comenta Macy quando nos aproximamos. — Como alguém consegue criar uma estrutura assim?

— Não achei tão incrível assim — diz Flint.

— Não achou? Está zoando, né? — eu me surpreendo. — Este prédio é lindo.

— Tudo bem. — Ele dá de ombros, como se dissesse que toda pessoa tem direito à própria opinião. Mas percebo que ele não está olhando para as mesmas árvores que eu e Macy. Flint está olhando para um ponto vários metros à esquerda. Algo que não entendo muito bem, porque não há nada ali.

— Não me parece tão grande — Éden concorda com ele. — Achei legal o que eles fizeram ali, mas...

— Esperem um pouco. Vocês estão falando de um prédio totalmente diferente! — exclamo quando enfim consigo entender do que eles estão falando, agora que me aproximei deles.

E eles têm razão. O lugar é pequeno... e não tem nada de especial. A estrutura é quase como uma casa de bonecas, encapsulada pelo anel de árvores gigantes ao redor. São bem mais delgadas — e obviamente bem mais jovens — do que aquelas que eu estava olhando antes, mas aquela casa pequena se encaixa perfeitamente ali.

Eu me aproximo ainda mais para conseguir ver melhor, mas em seguida me viro para dizer algo a Macy. E percebo que o prédio alto que estávamos observando até agora há pouco sumiu. Desapareceu completamente.

— Meu Deus! — Já entendi o que está acontecendo aqui. — Vocês não estão conseguindo ver.

Flint me olha como se eu estivesse bastante confusa.

— É claro que estou. A casa está logo ali.

— Não! — Eu o pego pelo braço e começo a puxá-lo para o lugar onde Macy está, ao mesmo tempo que faço um sinal para os outros se aproximarem.

— Puta que o pariu! — exclama Flint. — De onde surgiu isso?

— Como assim? — pergunta Macy. — Aquele prédio está ali desde que a gente chegou.

— Não — diz Jaxon. — Não estava...

— Estava — insisto, empolgada. — Estava, sim.

Perscruto ao redor, tentando avistar outros prédios, mas não consigo ver mais nenhum do ponto onde estou. Só que os gigantes, obviamente, estão entrando e saindo de algum lugar. Portanto, deduzo que os prédios devem estar por aqui, escondidos atrás das árvores, como esses dois estão.

— Já ouvi falarem disso antes — digo a eles. — Quando eu estava pensando em fazer faculdade na Universidade de Santa Cruz. — Parece que já faz um milhão de anos que pensei no assunto, em vez de apenas alguns meses. — Quando fomos conhecer o lugar, eles fizeram questão de falar sobre a arquitetura e de como o campus inteiro foi projetado de modo que as pessoas só consigam ver dois prédios de cada vez, para não interferir com a paisagem. Eles também têm sequoias lá.

Verdade seja dita, a arquitetura da faculdade é bem mais utilitária do que esses prédios bonitos, mas a consciência ambiental por trás do projeto é a mesma. Eu me apaixonei por aquele campus quando o vi, há alguns meses... e agora me apaixonei do mesmo jeito por essa Cidade dos Gigantes.

— É a coisa mais maneira que eu já vi — diz Luca, indo de um lado da clareira ao outro. — Você acha que a cidade inteira é assim?

— Aposto que é, sim. — Hudson vai um pouco mais para a direita e aponta para um terceiro prédio que nenhum de nós havia notado ainda. É uma loja de doces, eu acho, a julgar pelas jujubas de cores diferentes pintadas no telhado. — Isso foi elaborado com muito cuidado para ter somente fins estéticos.

— Tem razão — concordo, inclinando a cabeça para trás o máximo que consigo para tentar enxergar a copa das árvores mais próximas.

— É daqui que vem o conto de fadas — continua Hudson, colocando a mão discretamente nas minhas costas, na altura da cintura, quando olha para cima também.

— Meu Deus, você tem razão. Não era um pé de feijão. Eram sequoias.

Ele sorri.

— Exatamente.

— Espere um minuto aí — digo, encarando-o com os olhos estreitados. — Você disse que não conhecia essa história quando a mencionei no meu quarto.

Ele encara o meu olhar por um segundo antes de virar o rosto.

— Procurei a história depois.

— Procurou mesmo? De verdade?

Ele dá de ombros.

— Parecia importante para você.

— Não que fosse importante, mas... — Respiro fundo e não insisto no assunto. Porque o que eu quero dizer é que os pais dele são dois idiotas. Não faz sentido ele não conhecer algo tão simples quanto *João e o Pé de Feijão* só porque os seus pais são cuzões egoístas que provavelmente nunca leram uma história para Hudson antes de ele dormir. Que tutores são ótimos para o cérebro, mas talvez não sejam tão bons para o restante.

Considerando que Cyrus tentou fazer com que ele usasse seu poder para destruir inimigos e Delilah o ignorava, a menos que precisasse usá-lo como cúmplice, a infância de Hudson foi um pesadelo. Mas ele nunca usa isso como desculpa. Inclusive, nunca comenta a respeito. A menos que eu faça uma pergunta direta. Mas ele achou que a história tinha importância para mim. E encontrou tempo para lê-la.

Não sei como devo lidar com isso, mas me aproximo dele e entrelaço os nossos dedos enquanto sussurro:

— Obrigada.

No começo ele parece ficar assustado. E tenho a sensação de que ele vai recuar. Mas, em seguida, ele suspira e sinto o seu corpo relaxar, bem devagar, junto do meu.

— Não há de quê — diz ele, e o seu sotaque fica bem aparente. — Agora, se conseguirmos pelo menos descobrir como aqueles malditos feijões mágicos apareceram na história...

— Só tem um jeito de descobrir — proponho, com uma risada.

Ele ergue uma sobrancelha.

— E que jeito é esse, exatamente?

Olho para os meus amigos que estão ao redor. E todos eles parecem tão maravilhados por essa cidade quanto eu.

— Vamos perguntar a alguém — respondo enquanto o puxo pela mão e vou direto para a guarita.

# Capítulo 54

## TOC TOC TOC, QUEM É?

— Achei que eles não conseguissem nos ver — diz Éden, que está vindo logo atrás de mim.

— Não me parece uma estratégia defensiva das melhores, se nós podemos vê-los e eles não podem nos ver — comenta Flint. E tenho de admitir que concordo.

Chegamos com cuidado até a guarita. Não porque estamos com medo de alguma coisa, e sim porque não queremos assustar os guardas.

Só que, quando nos aproximamos da janela frontal da guarita, fica bem aparente que eles sabem muito bem que estamos aqui, mesmo que não tenham se pronunciado até agora. O estilingue gigante que um deles aponta diretamente para nós — carregado com uma pedra quase do meu tamanho — confirma essa impressão. Assim como a espada que o outro gigante tem nas mãos.

— Quem são vocês? — pergunta um deles com uma voz tão estrondosa que o chão à nossa volta treme.

Ele é bem mais alto (cerca de um metro e meio a mais) e maior do que o sr. Damasen; os dois são. E ele tem uma barba castanha bem espessa; um peitoral largo, coberto por uma camisa de uniforme preta; e os olhos azuis mais desconfiados com que já me deparei. E isso não é pouca coisa, considerando que sou a consorte de Hudson Vega. "Desconfiança" provavelmente é o seu nome, e o sobrenome também.

— O que estão fazendo no Firmamento? — pergunta o segundo, que é menor do que o outro, mas só um pouco. E isso não é pouca coisa, considerando que ele é quase dois metros maior do que eu.

Ele também parece um pouco mais novo do que o outro. Não sei se isso é pelo fato de ser realmente mais jovem ou se é porque não tem uma barba que lhe cobre dois terços do rosto. Seus olhos têm a mesma cor dourada estranha que percebi nos olhos do sr. Damasen, mas seus cabelos loiros estão presos num coque samurai. E ele tem tatuagens pretas decorando os antebraços, depois das mangas arregaçadas de seu uniforme.

Ainda assim, ele não parece menos perigoso, graças ao sabre enorme que traz apoiado no ombro.

— O Firmamento? — pergunto. — Esse é o nome da sua cidade?

Os olhos dele se estreitam perigosamente.

— Digam o que vieram fazer aqui ou voltem por onde vieram.

— Não temos um assunto oficial...

— Então voltem para a floresta — aconselha o barbudo. — Não temos nada para um bando de lilliputianos perdidos, mesmo que vocês tenham um pouco de magia.

Meus olhos se arregalam com o termo familiar usado para aquelas pessoas minúsculas e arrogantes em *As Viagens de Gulliver*.

— Vocês sabem o que nós somos? — pergunta Éden, com a mesma desconfiança no rosto que aquela que vemos nos gigantes.

— Sinto o cheiro de vocês, não é? — intervém o gigante loiro. — Agora, vão embora daqui, antes que a gente decida chamar os exterminadores de pragas para dar um jeito em vocês.

Certo... talvez vir até a guarita e tentar falar com eles sem uma boa história em mente não tenha sido o melhor dos planos. Mas, para ser sincera, que tipo de história a gente poderia contar a esses gigantes?

"Estamos perdidos e a nossa magia revelou a existência da sua cidade"?

"Queremos vir morar no Firmamento"?

"Caímos no buraco de um coelho com quatro vampiros, dois dragões, uma bruxa e uma gárgula"? Parece o começo de uma piada daquelas bem ruins.

— Não estamos planejando ficar por muito tempo — pronuncia-se Macy, com um sorriso doce. — Estamos procurando uma pessoa e esperávamos que algum de vocês pudesse nos ajudar.

— Querem encontrar um gigante? — diz o Barba Castanha. — Eu duvido. Agora, vão embora. Ou vou fazer vocês irem embora.

Consigo sentir Flint ficando tenso ao meu lado; sinto Jaxon se preparando para entrar em ação. E tenho medo de que a situação fique ruim bem rápido. E aí vamos estar fritos. Esta pista, por mais que não pareça de grande ajuda, é a única que nós temos.

Tenho certeza de que Hudson compartilha da sensação, porque se move para ficar diretamente na frente de Jaxon e Flint enquanto diz:

— Bem, estávamos tentando ser discretos, pois estamos viajando em um grupo pequeno. Mas vários de nós são representantes do Círculo Índigo.

Ele aponta para Flint, para Jaxon e para mim.

— Quatro de nós são membros das famílias governantes e estávamos esperando nos apresentar formalmente ao Colossor e à Colossa, enquanto estamos por aqui.

Mesmo que não pareça possível, os olhos de Barba Castanha parecem ficar ainda mais desconfiados.

— Não fomos informados de nenhuma visita real.

— Foi uma decisão de momento — eu me apresso em justificar. — Mas, quando vimos que estávamos dentro dos seus domínios, sentimos que seria uma incivilidade passar por aqui e não prestar reverência à família que governa estas terras.

Mekhi tenta sufocar uma risada quando uso a palavra "incivilidade". E... sim, admito que é algo meio antiquado e exagerado. Mas tudo nesses gigantes parece combinar com coisas exageradas. Tenho a impressão de que seguir por essa linha seja a melhor tática. E se não for... bem, eles já não iam nos deixar entrar desde o começo, então não faz mal tentar.

Os dois gigantes continuam a nos encarar com olhares desconfiados, mas também parecem preocupados agora — como se estivessem com medo das consequências de proibir a entrada de membros das famílias reais paranormais sem ao menos consultar alguém que faça parte da equipe de funcionários dos seus governantes.

Hudson teve uma ótima ideia. Usar credenciais da realeza para entrar neste lugar quando estamos aqui procurando uma maneira de derrubar o rei dos vampiros é bem irônico, mas quem sou eu para julgar? A esta altura, estou na fase topo-qualquer-coisa/o-que-vier-agora-é-lucro/caiu-na-rede-é-peixe.

Além de tudo, não estamos mentindo. Somos quem dizemos ser, e não desejamos causar nenhum mal aos gigantes ou a qualquer outra criatura... bem, com exceção de Cyrus.

E talvez a Cole, aquele desgraçado. Eu não acharia ruim se pudesse machucá-lo. Mesmo que só um pouco.

Depois de perguntar nossos nomes, o gigante do Coque Loiro nos manda "esperar aqui" enquanto ele e o Barba Castanha vão até os fundos da guarita para decidir o que vão fazer conosco. A parte mais engraçada é que eles tentam sussurrar, mas suas gargantas não foram exatamente feitas para isso. Assim, nós ouvimos tudo que eles dizem — incluindo a parte em que pensam em nos jogar na *oubliette*, se tiverem de fazê-lo.

Não faço ideia do que seja uma *oubliette*, mas, a julgar pela expressão de humor cruel no rosto deles quando falam a respeito, fico pensando se isso tem a ver com alguma cela... ou pior, com alguma masmorra. E não é assim que eu gostaria que a situação se desenrolasse.

Para ser sincera, nunca imaginei que haveria uma guarita logo na entrada. Não sei ao certo no que pensei. Mas, seja o que for, era algo que envolvia convencer as pessoas a conversarem com a gente em vez de tentar evitar ser jogada numa masmorra — ou numa *oubliette* — dez minutos depois de nossa chegada à cidade.

Ficamos esperando enquanto ocorrem telefonemas, outras discussões e então mais telefonemas. Os demais estão ficando impacientes, e isso não me surpreende nem um pouco em relação a Flint ou Éden. Se tem uma coisa que Katmere me ensinou foi que os dragões cospem fogo antes e fazem perguntas depois.

Mas até mesmo Mekhi, Luca e Macy parecem querer sair dali correndo. Jaxon parece pronto para arrasar a cidade inteira ao primeiro sinal de ameaça. Hudson e eu somos os únicos que parecem tranquilos, como se tivéssemos saído para um passeio despreocupado.

Após determinado tempo, os guardas voltam para junto de nós. E não parecem felizes, embora eu não saiba ao certo o que foi que fizemos para irritá-los além de simplesmente existirmos. Mas não estou disposta a perguntar.

— Não conseguimos falar com o Colossor ou a Colossa — anuncia o Barba Castanha, com uma cara séria. — E os conselheiros não estão dispostos a deixar nenhum paranormal desconhecido entrar no Firmamento sem permissão expressa.

— Paranormal desconhecido? — pergunta Hudson. — Nós já nos identificamos.

— Vocês disseram que eram do Círculo Índigo. Onde há dragões, lobos, vampiros e bruxas — intervém o Coque Loiro. — Mas ela... — ele me encara com uma expressão de poucos amigos — ... não é nenhum desses. Por isso, até sabermos o que ela é, e até recebermos ordens para permitir a entrada dela, o grupo inteiro de vocês vai ficar bem aqui.

Ele se põe a fechar as janelas antes que eu consiga assimilar aquelas palavras. Mas, quando alguns de nós tentam impedir que as janelas se fechem, para convencê-lo a mudar de ideia, eu ouço uma risada cristalina.

E me viro para ver uma das garotas mais bonitas que já vi na vida vindo em nossa direção. O fato de que ela tem quase quatro metros de altura, apesar de ter apenas doze ou treze anos, só evidencia mais a sua beleza e torna sua empolgação ainda mais inescapável.

## Capítulo 55

### FORJADA NO FOGO

— Meu Deus, então é verdade! Vampiros bem aqui, no Firmamento! Não acreditei quando Rygor me contou. — Ela estende as mãos enormes para nós. — Entrem, entrem! Já faz muito tempo desde a última vez que recebemos visitantes. Estou louca para conversar com vocês todos!

— Cala Erym. — Barba Castanha se curva até quase encostar no chão, fazendo uma reverência. — Lamento, mas acho que não é seguro se aproximar dessas pessoas. Elas não foram aprovadas pelos seus pais.

— Ah, pare com isso, Baldwin. — Ela revira os olhos arroxeados e brilhantes quando o encara, enquanto seu rabo de cavalo balança de um lado para o outro. — Não creio que a Corte Vampírica esteja aqui para nos matar. E, se estivessem, não anunciariam a sua presença logo na guarita.

Ela olha para nós.

— Meu nome é Erym, Cala da Corte dos Gigantes. Sejam bem-vindos ao nosso lar.

— Obrigado. — Hudson dá um passo à frente com um sorriso ensaiado que é tão inesperado quanto impressionante, e se apresenta. Este é Hudson, o diplomata, percebo, enquanto o observo conversando tranquilamente com Erym. É o vampiro que foi criado na corte. Aquele de quem ouvi falar, mas que nunca tinha visto antes.

Flint dá um passo à frente também, e se curva ligeiramente numa reverência que é ao mesmo tempo despretensiosa e encantadora enquanto segura a mão de Erym, que tem o dobro do tamanho da sua.

— Meu nome é Flint Montgomery, príncipe-herdeiro da Corte Dracônica. É um prazer conhecê-la, Cala Erym.

Ela dá uma risadinha e retribui o cumprimento com uma mesura discreta.

— É um prazer conhecer você também, Príncipe Flint. Os dragões sempre foram os meus favoritos.

— E os gigantes sempre foram os meus — ele responde, piscando o olho.

Ela dá outra risadinha e, talvez, até chegue a ficar um pouco corada. Luca solta uma risada bem discreta atrás de mim. Olho para trás para saber o que há de tão engraçado nisso tudo, mas ele está sorrindo para Flint. E, quando percebe que estou observando, revira os olhos de forma discreta e dá de ombros. É como se dissesse *Flint não é a coisa mais adorável no mundo inteiro?* E ele tem razão; eu não consigo evitar um sorriso quando penso nisso.

Depois que Flint termina de encantar Erym, Jaxon dá um passo adiante e se apresenta a ela também. Ele não recorre ao flerte como Flint nem é tão elegante quanto Hudson, mas isso não parece importar para Erym, pois seus olhos se iluminam no instante em que a palma de Jaxon a toca.

Atrás de mim, Mekhi solta uma risadinha, porque fica bem óbvio que ela já tem seu novo *crush*. E eu o cutuco nas costelas com o cotovelo. Em parte, porque isso é uma grosseria. Mas também porque sei exatamente como Erym se sente. Não faz tanto tempo que fiquei louca por Jaxon com a mesma rapidez.

Erym cumprimenta os demais com um sorriso gracioso, mas quando vou me apresentar ela bate palmas com bastante entusiasmo.

— Meu Deus! Então você é a gárgula da qual tanto ouvimos falar! Bem-vinda, Grace! Seja bem-vinda! — E então ela me pega como se eu fosse uma boneca de pano e me dá um abraço gigantesco. — É tão bom finalmente conhecer você! — anuncia ela enquanto me balança de um lado para o outro, como se eu fosse seu animalzinho de estimação favorito. — E pensar que você está logo aqui, no Firmamento! Estou louca para apresentar você para Xeno. Ele vive tentando ir embora porque diz que nada de empolgante acontece por aqui, mas veja só — diz ela, me colocando no chão outra vez. — Vejam todas essas pessoas fascinantes que vieram nos visitar!

Estou até um pouco atônita por ter acabado de ser levantada do chão e recebido palmadinhas na cabeça como se fosse um cãozinho, mas Erym é tão doce e inocente que não consigo me irritar com ela. Uma rápida analisada ao redor me indica que todos os outros estão tendo exatamente a mesma reação.

— Bem, vamos lá! — exclama ela, indicando com um gesto que devemos segui-la quando começa a voltar para a cidade saltitando. — Estou louca para mostrar tudo a vocês!

Coque Loiro avança para tentar impedi-la uma última vez, mas Erym simplesmente faz um sinal para que ele se afaste.

— Pare de se preocupar, Vikra. Vamos ficar bem. — Ela olha para nós. — Certo, pessoal?

Todos nós concordamos com acenos de cabeça entusiasmados. Afinal, o que mais podemos fazer? E também fica óbvio que ninguém quer decepcioná-la.

— O que vocês querem ver primeiro? — ela pergunta enquanto nos leva rumo ao centro daquela cidade.

— O que você quiser nos mostrar — responde Flint. — Nunca estivemos no Firmamento antes, mas este lugar é absolutamente maravilhoso.

Ela dá de ombros.

— Não sei se é tão maravilhoso assim, mas há várias coisas legais para fazer. Mandei Rygor preparar um banquete em homenagem a vocês para esta noite. Meus pais já devem estar em casa nessa hora e vão ficar tão contentes em conhecer vocês como eu estou.

— Há algum hotel ou pousada aqui para podermos passar a noite? — Hudson pergunta enquanto passamos por vários agrupamentos de árvores, cada um deles com um tipo de casa ou prédio bem protegido em seu interior.

— Você não acha que vou deixar que vocês fiquem num hotel, não é, seu bobo? — Ela dá uma palmadinha de leve no ombro dele, quase o arremessando pelos ares. — Vocês vão ficar hospedados com a gente, é claro.

— Não queremos incomodar — interrompe Flint, mas Erym simplesmente faz um sinal negativo com a cabeça.

— Não é incômodo algum. Temos bastante espaço. — Ela esfrega as mãos uma na outra. — Agora, que tal se eu levar vocês para dar um passeio no Firmamento? A gente pode se divertir bastante no caminho.

Não é exatamente o tipo de investigação que eu tinha em mente, mas o entusiasmo de Erym é contagiante. Além disso, quando é que vamos ter outra oportunidade de explorar uma cidade feita por gigantes?

— E o que vamos ver primeiro? Ouvi dizer que o Desafio Gorbenschlam é uma experiência que ninguém pode deixar passar — diz Mekhi com um sorriso, e em seguida pisca o olho para Macy.

— É assim que se fala! — Ela ergue o punho para que Mekhi o toque com o próprio punho, e ele não a deixa no vácuo. Mas ele se prepara para a pancada. E ela ainda consegue fazer com que ele recue mais de meio metro.

Não consigo deixar de rir, porque caminhar por essa bela cidade com Erym, cercada pelos meus amigos e pelas árvores mais mágicas que já vi, é a coisa mais divertida que tenho a oportunidade de fazer em muito tempo. Depois de passar meses me sentindo assustada, triste e às vezes até mesmo horrível, é como se eu enfim conseguisse respirar outra vez.

Em todos os lugares aonde vamos, os gigantes param seus afazeres e ficam nos fitando. Alguns são ousados o bastante para se aproximar e pedir a Cala Erym que nos apresente, enquanto outros simplesmente ficam observando de longe ou nos cumprimentam com acenos. É estranho ser o centro das atenções desse jeito, mas tento imaginar como seria em Katmere se, sem mais nem menos, oito gigantes circulassem pelos corredores. Com certeza muitas pessoas ficariam olhando para eles também.

Uma das primeiras coisas que percebo é que não há nenhum tipo de veículo no Firmamento. Todos à nossa volta andam a pé ou, no máximo, usam triciclos gigantes bem maiores do que nós. Parece estranho não haver outro tipo de transporte por aqui, mas, considerando o ambiente, a cidade não é tão grande, já que eles conseguiram usar o espaço vertical da melhor maneira possível. Além disso, tenho certeza de que, quando alguém tem entre três e cinco metros de altura, essa pessoa consegue andar bem rápido quando quer.

— Vamos por aqui! — convida Erym quando nos leva ao redor de uma das sequoias, cuja base deve ter quase trinta metros de diâmetro. É uma árvore descomunal. E, diferentemente de tantas das outras árvores, não tem uma construção aninhada entre ela e as que a cercam. Em vez disso, perto da base, parte do tronco foi escavada para que as pessoas literalmente entrem na árvore.

Logo acima da porta em forma de triângulo, que deve ter uns seis metros de altura, há uma placa que diz: Caldeirões Gigantes.

— Meu Deus! — grita Macy quando se dá conta. — Esse tempo todo, eu achava que eram chamados de "caldeirões gigantes" porque eram enormes! É sério, dá pra colocar três pessoas nos maiores. Mas eles são mesmo os caldeirões gigantes? — pergunta Macy, com a voz transbordando entusiasmo quando se aproxima da porta na árvore. — Vocês fazem caldeirões de bruxas?

— É claro. — Erym abre um sorriso indulgente. — Os gigantes são os melhores artífices do mundo com trabalhos em metal. Nós conseguimos manipular a magia da terra em tudo que criamos. Venham. Vou ver se consigo convencer Sumna a deixar que vocês assistam ao processo.

Ela diz essa última parte bem alto enquanto pisca os olhos roxos e grandes para a mulher mais velha logo atrás do balcão alto, perto da entrada da árvore. Seus cabelos castanhos são longos e estão presos em uma trança que lhe cai pelas costas. E, embora seu rosto seja sério, os olhos da cor de café com leite daquela gigante se tingem com um toque de peraltice.

— Tem certeza de que você quer revelar todos os nossos segredos? — pergunta a mulher, embora sorria para Erym antes de ir até um espaço que fica uns dez metros atrás do balcão, onde um gigante com pelo menos três metros de altura está trabalhando, debruçado em uma bancada enorme. E, atrás dele, há um forno esférico de metal com um fogo infernal em seu interior. É muito estranho não termos sentido o calor do fogo até chegarmos mais perto, mas imagino que, se alguém vai acender fogo dentro de uma árvore, é preciso protegê-la com uma magia poderosa.

As mãos avantajadas do gigante estão cobertas por luvas de couro laranja, e seu rosto está protegido por um aparato que parece uma máscara de soldador. Há pinças de metal presas ao lado de uma bacia de metal, e ele as usa para girá-la de um lado para o outro enquanto pressiona um longo bastão de metal, com uma bola de metal alaranjado-brilhante em uma das pontas dentro daquela bacia, parando a cada poucos minutos para recolocar a bola resfriada no fogo e reaquecê-la antes de dar início ao processo outra vez.

Todo aquele processo não parece muito mais especial do que o jeito que eu imaginaria a forja de um caldeirão, se alguma vez tivesse parado para pensar no tema. Mas, em seguida, o gigante coloca o bastão longo de metal com a bola de volta no fogo, ergue a máscara e se inclina para a frente, sussurrando alguma coisa ao redor do caldeirão e girando-o lentamente para receber o seu sopro.

Runas de vários formatos e tamanhos começam a aparecer do lado externo do caldeirão, em todos os pontos em que o seu sopro encosta no metal que esfria. Elas se destacam em um laranja-incandescente, como o do fogo, antes de o brilho perder força e adquirir um tom mais avermelhado, até desaparecer por completo no metal negro conforme esfriam.

— São runas mágicas? — Macy fala isso num gritinho estridente, com os olhos fixos nos símbolos que desaparecem.

— São, sim — confirma Sumna. E desta vez minha prima nem tenta esconder o sorriso. — Cada caldeirão é abençoado com um tipo específico de magia, a depender da intenção do forjador no momento da sua criação. Alguns caldeirões são feitos para criarem feitiços de cura; outros, para trazerem harmonia e equilíbrio. E tem até mesmo alguns caldeirões para a guerra.

— Eu tinha ouvido falar, mas não sabia que vocês os faziam assim! Macy sorri para mim. — Meu pai vai querer morrer quando souber que vi como o nosso caldeirão foi feito.

Uma rápida espiada em Flint, Éden e os vampiros me diz que eles estão tão fascinados quanto Macy por todo esse processo.

As sobrancelhas dela se erguem até quase chegarem à raiz dos cabelos e ela solta um suspiro emocionado.

— Isso quer dizer que cada forjador tem o seu próprio talento, seus próprios feitiços? E um Caldeirão Amweldonlis é isso mesmo? Ele foi feito por um gigante chamado Amweldonlis?

Agora, o sorriso de Sumna é quase tão amplo quanto todo o seu rosto.

— Quase. A primeira parte é o nome do forjador, e a segunda parte é o nome da árvore onde o caldeirão foi criado. Um Caldeirão Amweldonlis foi feito por Amweld na árvore Onlis.

Ela aponta para uma das sequoias gigantes que não fica muito longe da sua loja.

— Por exemplo... aquela ali é a árvore Falgron. Ela ajuda a imbuir feitiços com força e bondade. Por sinal, é a minha árvore favorita — conta ela, sorrindo para Macy. — E é por isso que o caldeirão que a sua família usa é um Sumnafalgron.

O queixo de Macy cai.

— Como é que você...?

— Sei para onde todos os meus caldeirões vão, meu bem. São artefatos muito queridos e amados para mim, e quero garantir que eles vão encontrar um lar feliz. O seu pai é um homem muito bom. Fiquei honrada quando ele decidiu usar um dos meus caldeirões.

— Não consigo... — A voz de Macy fica embargada e algumas lágrimas lhe brotam nos olhos.

Éden coloca um braço ao redor dela e sussurra:

— É a coisa mais legal do mundo, hein?

Minha prima confirma com um aceno de cabeça.

— A mais legal de todas.

— As árvores do Firmamento conversam com a gente — explica Sumna. — Elas nos oferecem sua magia para que possamos construir nossas casas e oficinas. Nós sempre as usamos para fazer os nossos caldeirões. Ou qualquer outro dos nossos trabalhos em metal. A própria magia da árvore onde o metal foi trabalhado traz algo especial ao artefato, assim como ao forjador. Além disso, a magia da árvore é tão importante que há forjadores que saem em busca de uma árvore específica para algum projeto em particular.

Ela leva a mão até o lado da boca e se abaixa um pouco, como se estivesse prestes a contar um segredo do seu ofício que não quer que ninguém mais ouça.

— Adoro as joias que são feitas dentro da árvore Manwa. — E os olhos dela, agora, estão resplandecentes. — Essa árvore é conhecida por dar um toque de glamour e beleza especial a quem usa as joias criadas em seu interior.

Macy contempla Éden com uma expressão de surpresa e faz um gesto com uma das mãos, indicando que a sua cabeça está explodindo. Éden ri.

E preciso dizer uma coisa... tudo isso é muito legal mesmo. Estou tão intrigada que quase esqueço o motivo pelo qual viemos aqui, até que Hudson me cutuca com o cotovelo. Sumna está sugerindo a Erym que leve o grupo até outro gigante que está começando o processo de criar um caldeirão, a partir de um pedaço enorme de metal com quase dois metros de comprimento posicionado sobre sua bancada.

Sumna se vira para retornar até o seu lugar, na parte frontal da árvore, e Hudson a acompanha.

— Com licença, Sumna — Hudson a chama, suave como manteiga derretida. Ela para e se vira para trás com um sorriso. — Desculpe incomodá-la. Mas eu queria saber se vocês têm algum forjador na cidade que faz pulseiras mágicas.

Sumna pisca o olho para ele.

— Meu bem, metade da população da cidade é de forjadores. E todos eles sabem fazer joias, além de caldeirões. Do que você precisa?

Sinto o meu estômago afundar. Nós imaginamos que Forjador fosse o nome do gigante, como se tivesse um F maiúsculo. Eu me sinto uma idiota agora, quando me dou conta de que esse não era o nome dele; era só a sua profissão. A Carniceira nos mandou encontrar o forjador que fez aqueles grilhões, não *o Forjador*.

Encaro Hudson e meu olhar pergunta de que jeito nós vamos conseguir encontrar um homem cujo nome não sabemos, em uma cidade onde metade dos habitantes tem a mesma ocupação. Ele só pisca o olho para mim e volta a conversar com Sumna.

— Será que você consegue me ajudar, então? Tem uma garota que eu quero impressionar, mas andei pisando na bola — Hudson mente com uma elegância que é só sua. — Tive uns problemas na escola e agora meus poderes foram neutralizados por algumas semanas.

Ele levanta o braço para mostrar a pulseira.

— Mas, se eu não conseguir tirar esta pulseira, não vou ter a menor chance. Como vou poder convencê-la de que sou o cara certo se sou apenas um vampiro como qualquer outro?

Sumna estuda a pulseira por um momento. Em seguida, faz um sinal negativo com a cabeça e franze as sobrancelhas.

— Lamento, garoto, mas já faz séculos que ninguém tem notícias do forjador que confeccionou estas pulseiras.

E isso é a última coisa que queríamos ouvir.

## Capítulo 56

### AQUELE CRUSH GIGANTESCO

Meus ombros desabam. Como vamos conseguir libertar a Fera Imortal e encontrar a Coroa sem o Forjador certo? E, se não encontrarmos a Coroa, como vamos salvar Hudson da prisão? E impedir que Cyrus ataque Katmere?

Mas Hudson está determinado. Ele amplifica ainda mais seu charme e pisca o olho para a gigante.

— Ah, por favor, Sumna. Amo essa garota de quem lhe falei. De verdade. Tem que haver alguma coisa que eu possa fazer, alguém apto a me ajudar.

Sumna o encara por alguns momentos antes de emitir uma risadinha.

— Eu lembro como é o amor dos jovens. Imprudente e empolgante.

Ela para por um instante, a fim de dar uma olhada nos outros que estão do lado oposto da fábrica. Em seguida, se abaixa para falar no ouvido de Hudson em tom conspiratório:

— Soube que a esposa dele ainda faz alguns reparos nos artefatos antigos que ele criou. Pode ser que ela esteja disposta a ajudar... talvez. Ela mudou muito desde que o marido se foi, mas ainda têm um fraco por amores jovens. Se ela estiver trabalhando, vai estar na árvore Soli.

Hudson abre um sorriso enorme para ela.

— Não vou me esquecer disso, Sumna! Se algum dia você vier até a Corte Vampírica, vai ser uma honra lhe apresentar o lugar.

Embora já tenha certa idade, aquela gigante fica corada como uma garotinha e dá um tabefe nele em tom de brincadeira.

— Ah, você é fogo, hein? — Os olhos dela apontam para os meus. — Esta é a sua garota?

Hudson não hesita.

— Sim, senhora.

Ela me observa, com os olhos se arregalando por um segundo antes que aquelas esferas marrons brilhem com um toque diabólico.

— Sim, estou percebendo por que você quer impressionar esta moça. — Ela está quase radiante com a magia. — Você vai ter que se esforçar muito para conseguir acompanhá-la.

— A senhora nem imagina o quanto — concorda Hudson, olhando nos meus olhos. — Mas vou passar o resto da minha vida me esforçando.

Será que isso faz parte da tentativa de convencê-la a nos ajudar ou Hudson está falando sério? Provavelmente é a primeira opção, mas isso não impede que o meu coração acelere os batimentos.

— Não tenho nenhuma reclamação — eu digo a ela. — Ainda estou aprendendo a usar a minha magia de gárgula.

Em seguida, a mulher faz algo completamente inesperado. Ela me cheira.

— Sim, consigo sentir o cheiro da gárgula em você, mas... — Ela se aproxima e me cheira outra vez. — Eu estava falando de outra coisa. Algo bem mais antigo. De que espécie eram os seus pais?

Fico tão surpresa com aquela pergunta que respondo sem pensar:

— Meu pai era um feiticeiro, mas minha mãe era uma humana comum.

Os olhos dela se estreitam.

— Hmmm. Tem certeza de que ela era humana? — Segundos se passam, mas a expressão sisuda se desfaz no rosto da gigante. — Acho que estou pensando em coisas demais. Bem, agora caiam fora daqui, vocês dois. Vão dar um jeito de tirar essa pulseira. E não façam nada que eu não faria.

Ela ainda está rindo sozinha depois desse último comentário enquanto se afasta, e olho para Hudson com uma cara de *o que aconteceu aqui?*

Ele dá de ombros.

— Esses gigantes...

Tenho vontade de perguntar o que ele acha que ela quis dizer, mas Erym e o restante do grupo terminaram de assistir à demonstração que queriam e voltam para junto de nós.

— Vamos lá, pessoal. Tem mais um monte de coisas que eu quero lhes mostrar. — Erym nos leva por uma esquina, entrando em uma rua tranquila e cheia de agrupamentos de árvores, cada um com sua própria casa no meio.

*Será que esse é o bairro residencial do Firmamento?*, fico imaginando comigo mesma quando ela passa com rapidez por aquele lugar. *Ou será que são algum tipo de condomínio na região central?*

— Vocês vieram no melhor dia da semana — ela explica quando viramos em outra esquina. Desta vez, a rua tem uma movimentação bem maior conforme as pessoas vão e voltam entre as lojas, portando sacolas que contêm todo tipo de produtos, de pães até livros. — É o dia do Mercado!

— Dia do Mercado? — indaga Éden enquanto caminhamos por entre as pessoas que estão naquela rua. — É como se fosse uma feira?

Quando Erym a fita com uma expressão de incompreensão, Éden esclarece:

— Um mercado de rua em que você pode comprar comida direto das fazendas?

— Este é um mercado em que você pode comprar qualquer tipo de coisa — responde Erym enquanto nos faz virar em outra esquina.

Quando olho para o turbilhão de cores e movimentos que se espalha por todas as direções diante de nós, não consigo deixar de concordar com ela. Este mercado tem de tudo.

Estamos na praça central da cidade, ou na coisa mais próxima disso que o Firmamento tem. A área é um quadrado amplo contornado por sequoias, mas o centro não tem árvore alguma. É a maior área sem árvores que encontrei desde que chegamos a este lugar, horas atrás. Mas ela está abarrotada com tendas enormes e coloridas em tons de vermelho, azul e verde.

Gigantes passam de tenda em tenda, com enormes bolsas de tecido nas mãos enquanto pegam um tesouro ou outro. O ar está tomado pelos aromas de pão fresco, cerveja e flores. Deveria ser uma combinação nauseabunda, mas admito que o cheiro é bem agradável. Especialmente se acrescentarmos o cheiro de pipoca amanteigada que flutua pelo ar, tomando conta de tudo.

Conforme vamos nos aproximando, vejo o que há no interior das tendas e o que estão vendendo. Há de tudo: flores, sais de banho, sapatos nos quais eu poderia me esconder e até *cupcakes* do tamanho do punho fechado de um gigante (algo que, no nosso mundo, seria chamado de bolo de três andares). Artistas e artesãos anunciam seus produtos — pinturas do tamanho da parede do meu quarto, móveis de madeira tão altos que não consigo vislumbrar o alto de alguns deles, colares que parecem ser cintos.

É a coisa mais fantástica que já vi.

Meus pais e eu tínhamos o hábito de andar por feiras e mercados ao ar livre o tempo todo em San Digo, mas nenhum deles era tão espetacular quanto este. E nenhum daqueles lugares tinha um ar festivo como aqui, com comidas cujo cheiro é tão delicioso que a minha boca está até salivando.

— Por onde quer começar? — indaga Macy, e ela parece tão empolgada quanto eu.

Mas Hudson não perde tempo.

— Erym, sabe onde fica a árvore Soli? Ouvi dizer que os forjadores que trabalham nela criam as melhores joias.

Erym bate palmas, animada.

— Ah, eles fazem mesmo! Mas é melhor você ter certeza de que realmente ama a sua garota antes de comprar alguma coisa para ela naquela árvore. — Ela pisca o olho para mim. — A árvore Soli imbui suas criações com magia imortal. Joias que vêm daquela árvore estão entre as mais procuradas em todo o mundo.

Engulo o nó que se formou na minha garganta quando ela pronuncia a palavra "imortal". Será que a imortalidade da árvore torna indestrutíveis os grilhões da Fera? Hudson não demonstra se abalar com a notícia. Ele pega a minha mão e abre um sorriso quando me contempla, antes de responder:

— Ah, mas tem alguém com quem eu quero ficar para o resto da vida.

A gigante ri e ensina Hudson a chegar até a árvore, que fica do outro lado da área do mercado. Hudson confirma com um aceno de cabeça e olha para Jaxon. Algum tipo de comunicação silenciosa ocorre entre os dois. Eles devem chegar a algum tipo de acordo, porque Jaxon tosse e vem falar com Erym.

— Acho que é melhor nos separarmos — sugere Jaxon. — Assim, nós vamos conseguir ver mais barracas mais rápido.

Eryn dá um gritinho e exclama:

— Que ideia incrível! — Ela pega a mão de Jaxon. — Você vem comigo. Nós voltamos para encontrar com os outros daqui a duas horas.

Ela nem espera para ver se concordamos com a sua sugestão e já puxa Jaxon para a tenda mais próxima. Jaxon, nesse meio-tempo, está mandando todos os sinais de *me salvem!*, mas eu simplesmente sorrio e aceno para ele. Talvez devêssemos ter vergonha do que estamos fazendo. É bem óbvio que Jaxon é o *crush* de Erym. Por outro lado, o pânico em seu rosto é a maior demonstração de emoção que detectei nele nos últimos dias. Negociar a atração que ela sente, sem magoar seus sentimentos, vai fazer bem para Jaxon.

Os outros devem sentir o mesmo, porque ninguém faz nada para ajudá-lo. Com exceção de Macy, que, quando Jaxon nos dá o que só posso descrever como uma expressão desesperada, finalmente cede:

— Eu vou com eles — diz ela, com um suspiro. — Parece que Jaxon vai precisar de bastante ajuda.

— É exatamente por isso que não queremos ir — alega Mekhi com um sorriso, mas Macy simplesmente revira os olhos e vai atrás dele, gritando para que os dois pombinhos a esperem.

O restante de nós também se divide. Flint vai com Luca (é claro) enquanto Éden e Mekhi se afastam para observar um estande com armas gigantes em uma tenda próxima. E me deixam sozinha com Hudson.

— Vamos procurar essa árvore Soli? — ele convida, com as sobrancelhas erguidas enquanto estou olhando para ele em vez de seguir os outros.

Meu estômago se revira um pouco com o toque britânico em sua voz. Aprendi que, quanto mais pronunciado o sotaque dele, mais fortes são os seus sentimentos, mesmo que seus olhos azuis não transpareçam nada disso. E preciso limpar a garganta antes de responder:

— Ah, sim, vamos lá.

Por um segundo, tenho a impressão de que Hudson vai dizer mais alguma coisa. Mas, no fim, ele faz um sinal com a cabeça na direção que Erym nos mostrou. Ele não faz menção de soltar a minha mão, e eu também não. Assim, não me resta escolha a não ser andar junto dele. Hudson está me levando, e desta vez eu não me importo em deixar que ele me conduza. Isso me dá a oportunidade de absorver as imagens, os sons e os aromas que saem das diferentes tendas sem ter de prestar atenção para onde estamos indo.

Sei que estamos no meio de uma floresta, mas alguma coisa neste lugar me faz lembrar do calçadão na orla da praia em San Diego nas tardes de sábado. Pessoas usando quaisquer roupas com que se sintam confortáveis, saindo das lojas carregando montes de comida e pacotes, rindo, conversando e se divertindo bastante. Tudo é tão colorido, bonito e divertido que, pelo menos por um segundo, uma saudade intensa da minha cidade natal me abala até os ossos.

Mas, logo em seguida, uma garotinha passa correndo com uma coroa de flores, rindo enquanto seus pais a perseguem. E a tristeza passa com a mesma rapidez com que chegou.

Ponho-me a olhar para o interior de todas as tendas. E fico tão encantada com uma delas, cheia de bolsas e cintos de couro lindos que nem percebo que Hudson parou de caminhar. Até eu trombar com ele. A mão de Hudson passa ao redor da minha cintura para impedir que eu tropece enquanto ele sorri para mim.

— Oi.

Pisco os olhos.

— Oi.

Fico até mesmo um pouco surpresa por conseguir colocar essa palavra para fora, já que meu corpo está tremendo tanto agora que estou junto dele e a minha atenção se perde no azul-profundo dos olhos de Hudson.

Ele ergue uma sobrancelha como se quisesse perguntar o que está havendo. Em seguida, completa:

— Chegamos.

— Ah! — Eu me afasto dos braços dele, quando sinto o constrangimento tomar conta de mim, e contemplo ao redor. Olho para qualquer ponto que não seja ele. Hudson ri um pouco e encosta a mão nas minhas costas, logo acima da cintura, levando-me rumo a uma sequoia gigante que fica no contorno do mercado, com uma placa gigante pendurada em um dos galhos que proclama com orgulho: Árvore Soli.

## Capítulo 57

### UM ANEL PARA
### A TODOS ENCANTAR

Hudson e eu trocamos um olhar enquanto abrimos a porta e entramos naquele espaço enorme. Mais de metade da árvore é uma joalheria apinhada de vitrines imensas com fileiras e mais fileiras com todo tipo de joia. Anéis, braceletes, brincos e... sim, até mesmo pulseiras.

A outra metade do espaço está tomada por vários gigantes trabalhando em suas mesas, com fornos mágicos funcionando a todo vapor junto das paredes do salão. Meu coração bate forte quando penso que a esposa do Forjador pode estar entre os gigantes que no momento estão trabalhando nas mesas.

— Essas joias são lindas — elogio para a garota atrás do primeiro balcão quando paro para admirar um estojo com anéis de tamanhos humanos.

— Obrigada! — ela responde e, embora seja um pouco mais velha do que Erym (e provavelmente mais do que eu, também), o seu sorriso é tão franco e amigável quanto. — Eu me divirto bastante fazendo essas peças.

— Presumo que também me divertiria — confesso ao admirar uma peça feita com uma tira de metal achatada e prateada, com símbolos delicados entalhados ao redor do anel. Tenho a impressão de que algum detalhe naqueles símbolos parece me chamar. E tenho de lutar contra o impulso de pedir para experimentá-lo. — São maravilhosos.

Hudson também caminha pelos corredores, mas está mais concentrado nas vitrines ao fundo, com braceletes maiores e pulseiras. A maioria é pequena demais para ter sido produzida pelo mesmo forjador que estamos procurando, mas com certeza é um bom lugar para começar.

— Que peças legais — comenta ele com a joalheira, cujo crachá a identifica como Olya. — Quem as fez?

— Uma das mulheres da cidade — responde Olya. — É muito talentosa e consegue confeccionar os objetos mais incríveis com qualquer metal que toque.

— Sério? — Ele parece fascinado por um bracelete grande, com símbolos que quase parecem dançar ao redor das bordas. E sinto a minha respiração parar. O jeito com o qual as runas estão entalhadas é bem parecido com aquelas que estavam no grilhão ao redor do tornozelo da Fera. — Ela aceita pedidos por encomenda?

— Acho que não. — O rosto de Olya parece ficar encoberto por uma sombra por uns breves segundos. — Ela não gosta muito de lidar com pessoas. Especialmente se forem estranhos. Ficou muito triste desde que perdeu o marido, e nós tentamos protegê-la.

— Tem certeza? — insiste Hudson. E está dando um show de interpretação, fingindo fascínio por aquele bracelete. — Porque isto aqui é...

Ele para de falar quando seguro sua mão e a aperto com delicadeza, na tentativa de o estimular a ser mais discreto. Olya parece se sentir meio desconfortável e não seria bom criar situações que possam fazer com que as pessoas parem de falar com a gente, ou pior: que contem sobre os nossos planos aos pais de Erym, o que está ficando mais óbvio a cada segundo.

Hudson deve entender o recado, porque para de pressioná-la sobre a pessoa que criou o bracelete e, em vez disso, passa a falar sobre o anel que eu estava admirando na parte da frente da loja.

O sorriso de Olya volta a se abrir de imediato enquanto ela o regala com os nomes de todas as runas diferentes gravadas na prata. Satisfeita ao perceber que Hudson não vai pressionar tanto, começo a afastar a minha mão da dele. Mas, em vez de deixar que isso aconteça, ele entrelaça nossos dedos com mais força; e aquele momento sobre a copa das árvores retorna com força. Os braços dele ao meu redor e aquela voz maliciosa com um toque de flerte quando ele sussurrou: "Peguei você".

O frio de uma nevasca toma conta de minha barriga, mas finjo que estou concentrada no anel e não nas nossas mãos unidas, soltando suspiros de admiração, embora quase não esteja prestando atenção na explicação sobre as várias runas e seus significados.

— Quer experimentar? — ela oferece após algum tempo.

— Ah, eu adoraria — respondo a ela, com toda a sinceridade. — Mas não tenho dinheiro.

Não é bem verdade. Tenho uns duzentos dólares na minha mochila, mas isso é dinheiro estadunidense. Não faço a menor ideia do que os gigantes usam como dinheiro.

— Eu tenho — diz Hudson, levando a mão ao bolso e pegando uma moeda de ouro com o símbolo de uma árvore nela.

O sorriso de Olya fica ainda maior com a possibilidade da venda do anel para nós.

— Eu nunca tinha conversado com um vampiro ou com uma gárgula — conta ela, antes de olhar para o anel. — Além disso, já percebi que o anel escolheu você.

Minhas sobrancelhas se erguem e eu fito Hudson, querendo perguntar sobre o que ela está falando. Mas ele está me contemplando com um sorriso enorme. Aquela covinha discreta em sua bochecha que quase nunca consigo ver faz meu coração derreter, e não tenho a menor condição de resistir a ele. Coloco a minha outra mão em seu peito e o meu corpo inteiro se derrete com um suspiro. Fico observando os olhos dele, fascinada quando suas pupilas ficam tão grandes que quase chegam a engolir toda a íris, deixando que eu veja somente um círculo de azul-tempestuoso nas beiradas. Seus lábios se movem, mas as palavras soam como se eu estivesse embaixo d'água. E é aí que percebo que devo ter me afogado nas profundezas infindáveis daqueles olhos oceânicos. Me parece um jeito adequado de morrer.

Olya retira o estojo da vitrine, mas Hudson age antes dela, erguendo as nossas mãos unidas e colocando gentilmente o anel no meu dedo enquanto murmura algo. Seus dedos deslizam pelos meus, fazendo meu corpo inteiro se arrepiar enquanto a minha respiração fica presa na garganta.

Até mesmo Olya deve sentir o que se passa entre nós, porque ela respira fundo e diz:

— Isso foi muito bonito.

*É só o elo entre consortes*, repito para mim mesma enquanto limpo a garganta e tento recuperar o fôlego perdido. É isso que está me fazendo sentir todas essas coisas por Hudson. Só o elo entre consortes.

Meu dedo começa a coçar e eu olho para baixo, percebendo que aquelas runas pequenas ardem com uma luz laranja por um segundo antes de voltarem à cor normal da prata entalhada.

Meu olhar procura o de Hudson outra vez. E ele explica:

— É o meu presente para você, Grace.

Hudson me comprou um anel? Por quê? O que isso significa? Meu coração começa a bater forte quando me dou conta novamente de onde estamos, como se estivesse acordando de uma soneca bem confortável.

Meu Deus. Eu deixei que Hudson me comprasse um anel.

Ele me encara e suspira.

— Você vai começar a reclamar, não vai?

Começo a tropeçar nas palavras.

— E-eu... é claro que vou. Você não pode sair por aí comprando anéis mágicos para as pessoas!

— Ora, ora, ela conseguiu encontrar sua voz de novo. — Ele pisca para Olya. — Eu sei, meu bem. O que você realmente queria era uma daquelas pulseiras daquele lado. — Ele indica os braceletes grossos no fundo da loja. Os mesmos que estava observando antes.

Sinto vontade de armar uma discussão, mas ele está me olhando de um jeito bem sério. E é somente aí que percebo o que está havendo.

— Sim, meu bem. Você sabia que eu queria uma pulseira hoje. — Faço a minha melhor imitação de uma garota mimada. — Por favor, por favor, por favooooor?

Como se já estivesse acostumado meus pitis, ele implora a Olya com o olhar.

— Se você se importa com a minha felicidade... bem que podia deixar a minha consorte experimentar uma daquelas pulseiras maravilhosas.

Olya simplesmente balança a cabeça, murmurando alguma coisa sobre consortes enquanto vai até a vitrine onde está a pulseira, no fundo da loja.

— O que está fazendo? — sussurro.

Ele levanta uma sobrancelha.

— Confia em mim?

Não hesito nem por um instante:

— Confio.

Aquela covinha aparece outra vez e ele aperta a minha mão. E anuncia com a voz intencionalmente alta:

— Faço tudo por você, meu bem.

Quando vamos até Olya, não consigo ignorar a impressão de que fui atropelada por uma carreta com o nome de Hudson estampado em toda a carroceria, desde o instante em que entramos nesta loja.

Só espero não terminar o dia com marcas de pneu no coração.

Capítulo 58

## SÓ OS LOUCOS
## E OS VAMPIROS SABEM...

Tenho de admitir que a ideia de Hudson foi ótima. Depois que experimentei a pulseira, ele a inspecionou, virando-a de um lado para o outro... até encontrar a inscrição que ele estava procurando na face interna da pulseira: faliasoli. Mesmo que a joalheira se recusasse a nos prover mais informações, pelo menos agora sabemos o nome da esposa do Forjador. Com certeza foi um ótimo começo.

Expliquei à joalheira que eu não achava a pulseira tão elegante quanto o anel que Hudson já tinha me comprado, e Olya assentiu, sorridente — já que, é claro, foi ela mesma quem forjou o anel. Em seguida, guardou a pulseira novamente na vitrine.

— É difícil competir com um anel de promessa da árvore Soli — explica ela. — Pode acreditar em mim quando digo que entendo.

Meus olhos ficam arregalados. Não faço a menor ideia do que devo comentar a respeito, especialmente com todas essas nuances que começam a fluir entre mim e Hudson. Mas sou poupada de ter de responder quando uma mãe e sua filha entram na loja, conversando com bastante animação.

A mãe para e fica olhando para nós, mas a garotinha sorri e acena. Percebendo que pode ter uma nova cliente, Olya parece ceder e diz:

— Se realmente quer uma pulseira como aquela, foi Falia Bracka que a fez.

Em seguida, ela explica rapidamente como encontrar Falia (já que hoje é seu dia de folga) e nos deseja boa sorte antes de se concentrar na mãe e na filha que observam uma das vitrines com medalhões em seu interior.

Acenamos e agradecemos Olya mais uma vez pelo anel antes de irmos até a porta. Eu divido um sorriso com Hudson quando percebemos que acabamos de conseguir a informação que viemos procurar. Estamos um pouco mais próximos de libertar a Fera Imortal e de encontrar a Coroa.

Quando voltamos para o mercado para encontrar nossos amigos, não consigo deixar de pensar no que vai acontecer a seguir.

Especialmente porque Hudson continua segurando a minha mão. Aquela que acabou de receber um anel de promessa.

Decido, quando saímos da loja, que Hudson pode me chamar de covarde o quanto quiser, mas não vou perguntar o que eu posso ter me comprometido a fazer quando ele colocou esse anel mágico no meu dedo. Hoje não, Satanás.

Por sorte, ele parece não achar ruim o fato de não tocarmos no assunto. Assim, passamos a próxima hora e meia andando pelo mercado, esperando o nosso grupo aparecer. E eu, pelo menos, passo esse tempo todo comendo toda a comida que aparece pela frente. Toda a comida.

Todos os vendedores de comida pelos quais passamos querem que a gente experimente seus produtos gratuitamente — afinal, somos convidados do Colossor real. E, como Hudson não come, sou eu que tenho de experimentar tudo que aparece. E quando digo "tudo", é tudo mesmo.

Normalmente, isso não seria problema. A comida é deliciosa e, ultimamente, eu estava vivendo à base de biscoitos Pop-Tarts de cereja e barras de cereal. Mas as porções que eles servem aqui são imensas. Não importa quantas vezes eu diga "só um pouquinho", sempre recebo pelo menos metade do que um gigante comeria... em cada uma das barracas que vendem alimentos.

E isso significa que, quando nossas duas horas terminam, estou completamente empanturrada de salgados recheados, falafels da floresta (que têm um gosto bem melhor do que o nome silvestre sugere), tortas de frutas silvestres, uma coxa de peru defumado (somente porque recusei o peru inteiro), um espeto gigante de frutas e legumes grelhados e uma costela assada que deve ter vindo da maior vaca do mundo.

— Temos que ir embora daqui — comento com Hudson depois de engolir mais alguns pedaços da costela. — Não consigo comer mais. Não dá.

Hudson assente, me levando para longe da última parte do mercado.

No instante em que estamos fora da vista das pessoas, jogo a costela na primeira lata de lixo que encontro.

— Acho que nunca comi tanto em toda a minha vida.

— Olhe, tenho que admitir que estou impressionado — brinca Hudson. — Não sabia que você era capaz disso.

— Esse é o problema — eu brinco. — Todos sempre me subestimam.

— Muitas pessoas fazem isso, sim — diz ele, falando de um jeito bem mais sério do que eu achei que falaria. — Mas eu nunca subestimei.

— Como assim? — pergunto, olhando para ele com a sobrancelha erguida.

— Nunca conheci ninguém como você, Grace. Acho que você pode fazer qualquer coisa que queira. — É um elogio dos grandes, especialmente vindo de Hudson. E não sei como devo responder. Pelo menos até que ele abre um sorriso torto e continua: — Bem, exceto tentar comer em um dia só um restaurante inteiro. Nesse ponto, acho que você não deu conta do desafio.

— Sabe de uma coisa? Não tenho nenhum problema em desistir desse desafio — eu rebato. — Especialmente quando a pessoa que me diz isso subsiste somente com alguns copos de sangue por dia.

— Está me discriminando por causa do que bebo? — Ele me encara, fingindo que está ofendido.

Reviro os olhos.

— Tenho certeza de que isso não existe.

— Pode ter certeza de que existe.

— Só por que você está dizendo? — Ergo uma sobrancelha.

— Talvez. — Ele me encara, estreitando os olhos. — Tem algum problema nisso?

— Talvez. Inclusive, eu... — Paro de falar quando ouço Flint me chamar do outro lado da praça.

— Ei! Aí está você, Novata.

Agora é a vez de Hudson revirar os olhos.

— Esses dragões aparecem sempre no pior momento, não é?

Segundos depois, Mekhi, Éden, Luca e Flint chegam até o lugar no qual estamos.

— Meu Deus! — exclama Éden quando toma o último gole de um milk-shake gigante e joga o copo na lixeira mais próxima. — Estava uma delícia, mas eu me sinto estufada.

— Eles pegaram você também, hein? — pergunto, percebendo o que ela está sentindo.

— Pegaram todo mundo — responde Flint. — Quando eu vi Macy, agora há pouco, parecia que a comida ia lhe sair pelas orelhas.

— Mas são pessoas legais, mesmo assim — opina Luca com um sorriso. — Todos foram bem amigáveis.

Mekhi dá de ombros.

— Mesmo assim, não conseguimos descobrir nada sobre o ferreiro.

— Isso é porque vocês todos são amadores — gaba-se Hudson. — O nome da esposa dele é Falia. E ela trabalha como ourives na árvore Soli. — Ele pisca o olho para mim. — Conseguimos também saber onde ela mora.

— Acho que nunca vamos superar isso, não é, Éden? — brinca Mekhi.

— O que é que posso dizer? — provoco. — Algumas pessoas têm talento...

— E outras não têm — completa Hudson.

Mekhi revira os olhos, mas Éden não responde. Ela está prestando bastante atenção na minha mão direita.

— Você disse que ela é ourives? É por isso que Grace está com um anel de promessa no dedo?

Todos os olhares se voltam para mim, e eu me encolho um pouco.

— É só um anel — digo, dando de ombros. — Achei bonito.

Flint dá um assobio longo e alto.

— Cara, você comprou um anel de promessa para ela? Eu achava que isso era... sei lá, o tipo de presente que você dá no centésimo aniversário do relacionamento. Estou impressionado.

Se não estou enganada, consigo ver uma admiração sincera nos olhos verdes de Flint pelo vampiro que ele no máximo tolera. Nos melhores dias.

Sem querer ficar de fora da diversão, Mekhi acrescenta também:

— Puta merda. Qual foi a promessa que você fez a ela? Sabe que esses compromissos são para sempre, não é?

Todos os rapazes ficam dando risadinhas, e Flint toca no punho de Mekhi com o seu enquanto fala algo sobre Hudson receber "ordens do elo". Por sua vez, Hudson encara a brincadeira sem se incomodar, mas seu olhar cruza com o meu algumas vezes. Provavelmente para saber se vou perguntar o que foi que ele me prometeu com esse anel mágico. Bem, vai ter de esperar, porque tudo que sinto é alívio por não ter feito nenhuma promessa de passar o resto da eternidade lavando os lençóis desse moço apenas porque estava louca de desejo.

Éden é a única que parece não achar nada de engraçado no anel, com uma sobrancelha se erguendo quando ela me diz, enfaticamente:

— Espero que saiba o que está fazendo.

— Quase nunca sei — respondo. E é verdade.

Ela ri, mas não prossegue com a conversa.

Depois que todo mundo passa alguns minutos tentando adivinhar o que Hudson me prometeu, Éden pergunta:

— Vocês acham que devemos ir conversar com Falia agora, enquanto Macy e Jaxon estão distraindo Erym?

Luca completa o pensamento:

— Ou é melhor esperar por eles?

— Acho que Jaxon vai nos matar se o deixarmos com uma menina apaixonada por muito mais tempo — eu comento.

— Essa é uma ótima razão para irmos embora daqui, se quer a minha opinião — diz Flint. E alguma coisa em sua voz me faz prestar mais atenção nele. Eu me pergunto se ele realmente está tão feliz quanto parece, ultimamente.

Mas seu olhar está límpido e o sorriso em seu rosto é tranquilo. Assim, decido que devo estar enganada.

— Vou mandar uma mensagem para ele e para Macy — diz Mekhi, pegando o celular. — Vou dizer para onde vamos e também para ele distrair Erym por mais algum tempo.

Vamos andando para o oeste, de acordo com as instruções que recebemos. E não demora muito até que o ambientalismo estruturado e pitoresco da cidade ceda espaço para terrenos mais ermos e uma floresta sem tantas interferências. As casas aqui parecem mais sujas e malcuidadas, e estão mais espaçadas entre si.

Já estou preocupada e receosa de que perto do lago não sejam indicações suficientes para encontrar a casa de Falia, contudo, quando o lago aparece, percebo que o problema não é tão grande quanto achei que seria.

Para começar, o lago nem é grande coisa. E há somente duas estruturas ao longo de toda a margem norte. Uma delas é um casebre que parece tão frágil que qualquer vento mais forte seria capaz de derrubá-lo. A outra é uma casa esculpida ao redor de uma das maiores sequoias que já vi.

A árvore que eu vi na cidade tinha quase trinta metros de diâmetro, com uma loja escavada nos primeiros seis metros do tronco, mais ou menos. A árvore perto do lago provavelmente tem o mesmo diâmetro. Talvez até um pouco mais. Mas, em vez de escavar a parte de baixo da árvore, alguém construiu a casa ao redor dela — sem precisar entalhar a sequoia. Considerando que as sequoias não têm galhos grandes como outras árvores capazes de sustentar casas, esta é uma das coisas mais incríveis que eu já vi.

Há uma escada que começa perto das raízes da árvore e vai subindo ao redor dela, ziguezagueando em uma trajetória diagonal bem espaçada. Estou no chão e olhando para cima, então não sei a altura da árvore. Mas parece que ela só termina depois de uns cinquenta metros acima do nível do chão. Mas a escada não é a parte mais interessante nem a mais magnífica da árvore.

Esse título vai para as plataformas estendidas sobre a escadaria, construídas junto da lateral da árvore, que também sobem serpenteando pelo tronco, seguindo os degraus. As plataformas, assim como a escadaria, são construídas nos quatro lados da árvore, de modo que uma fique de frente para o leste, seguida por uma que aponta para o norte, e assim por diante, até o alto da sequoia.

A pessoa que construiu as plataformas não abriu fendas na árvore para fixá-las. Pelo jeito, o objetivo era não causar nenhum dano à sequoia. Mas elas se encaixam tão perfeitamente no tronco que devem ter sido construídas uma a uma. Cada plataforma é coberta por um teto e a maioria é protegida por telas.

— Cada cômodo é construído em uma parte diferente da árvore — observa Flint, maravilhado, enquanto ficamos admirando aquela estrutura.

— Nunca vi nada assim — comenta Éden. — É brilhante.

— E velha — concorda Mekhi. — Quem imaginaria que esse tipo de construção existia há sabe-se-lá-quantas centenas de anos? Ou estaria tão preocupado com a árvore a ponto de ter todo esse trabalho adicional? A maioria das pessoas nem pensava sobre a Terra naquela época.

Penso em dizer algo sobre generalizações, mas em seguida me lembro de quem são as pessoas com quem estou conversando. Pessoas que estão vivas há muito tempo e que sabem exatamente como a vida era há duzentos ou trezentos anos... ou mais.

— Magia da terra — eu digo a ele, lembrando-o do que acontece aqui. — É difícil fazer algo que possa machucar a terra quando alguém está tão intimamente ligado a ela.

— Talvez. Mas, com certeza, alguma coisa está machucando aquela árvore — diz Luca. — Percebe como ela é diferente das outras ao redor? Todas aquelas fissuras e cancros na casca indicam que a árvore está bem doente.

— Não é a casa — concorda Hudson. — Mas você tem razão. Aquela árvore definitivamente está doente.

Nós observamos o tronco até o alto, chegando aos galhos menores que adornam o quarto mais alto da árvore. E percebo que até mesmo a copa da árvore parece doente, pela maneira que as suas estruturas estão secas e murchas.

— O que acham que aconteceu com ela? — pergunto quando finalmente chegamos perto o bastante para vê-la sob a luz do sol.

Assim, de perto, fico pasma com a maestria do trabalho de engenharia que foi a construção deste lugar.

A casa inteira — e todo o terreno ao redor, inclusive — dá a impressão de que já foi um lugar muito amado e bonito. Todos os indícios estão aqui; desde os entalhes alegres na escadaria e corrimãos até o jardim amplo e cercado que, tenho certeza, era algo digno de admiração em seus melhores dias. Até mesmo as rosas, que agora crescem desordenadamente pelo terreno deste lado do lago, tinham um lugar para chamar de seu: uma área circular ao lado da árvore. Mas parece que ninguém cuida ou poda as roseiras há mais de um século.

Olhando para este lugar, eu me lembro de uma das versões de *A Bela Adormecida* que a minha mãe leu para mim quando eu era criança. Depois que a garota espetou o dedo em uma e ficou adormecida por cem anos, todo o castelo adormeceu com ela. Todas as plantas continuaram a crescer, até que o castelo ficou coberto pela vegetação por todos os lados. Tudo ficou empoeirado e deteriorado, apenas esperando que a princesa Aurora acordasse. Esperando que ela voltasse para o lugar se embelezar outra vez.

É o que sinto em relação a todo esse pedaço de terra. Como se o que existe aqui tivesse passado tanto tempo esperando algo acontecer... até finalmente desistir. Como se tivesse esperado tanto tempo que cada pedaço está morrendo aos poucos.

É uma das coisas mais tristes que já vi na vida.

— E então... como vamos agir? — pergunta Luca. — Bater à porta e perguntar se, por acaso, ela é casada com a pessoa que criou um par de grilhões indestrutíveis para uma Fera Imortal? E, se for, o que precisamos fazer para quebrá-las, por favor e obrigado?

— O seu otimismo é contagiante — diz Flint a ele enquanto o cutuca com o ombro.

— Desculpe. Acho que a gente devia ter conversado sobre isso antes. — Fico pensando por um minuto. — Se Falia está tão triste quanto Olya disse que está, acho que a honestidade é a melhor estratégia aqui. Ela não precisa de mais drama em sua vida.

— É uma boa ideia — concorda Éden. — Mas talvez não devêssemos ir bater à porta dela todos juntos. Não queremos assustá-la.

— Ela é uma gigante — observa Mekhi. Tenho certeza de que seria capaz de nos rasgar ao meio, se quisesse.

— Tem razão — responde ela. — Pensando bem, talvez fosse bom se Jaxon e Macy estivessem aqui também.

— Eu estava pensando... acho que eu não estava preparado para o tamanho desses gigantes — diz Flint enquanto estamos andando pelo que já foi uma passarela bem estruturada, mas que agora são só pedaços de concreto quebrado cobertos por vegetação. — Damasen é o único gigante com quem eu tinha conversado, mas ele é um nanico se o compararmos à maioria dessas pessoas.

— E não é mesmo? — concorda Luca. — Eu imaginava que eles fossem ter dois metros, ou dois e meio. Mas essas pessoas são enormes! Conversei com um cara hoje que devia ter quase seis metros de altura.

— Não é surpresa eles morarem aqui — comenta Éden. — E nós achamos que a nossa existência já é ruim por termos que escondê-la das pessoas comuns. Mas muitos dos gigantes com quem conversamos hoje não podem se esconder, mesmo se quisessem. Não é justo com eles.

— Espero que ela seja gentil — sussurro, quando finalmente chegamos em frente à escadaria, na base da árvore. Mas, antes que coloquemos os pés no primeiro degrau, que fica a mais de um metro do chão, o som inconfundível de alguém chorando vem pairando pelas escadas até onde estamos.

# Capítulo 59

## A SOLIDÃO É FERA

— Parece que o coração dela está se despedaçando — sussurra Éden. E, pela primeira vez, essa garota-dragão durona parece estar com a voz embargada.

— Não. Parece que o coração dela já está despedaçado. E está assim há muito tempo.

Reconheço o som.

— Está vindo lá de cima? — pergunta Mekhi quando salta para subir o primeiro degrau... ou quando tenta saltar.

No instante em que o seu pé a toca, a escadaria se encolhe, enrolando-se sobre si mesma e por vários metros acima do chão.

— Ei... o que foi que aconteceu? — indaga Éden no momento em que todos nós nos entreolhamos.

— Não faço a menor ideia — responde Mekhi, quando a escadaria se desenrola e volta ao lugar original, vários segundos depois.

Luca tenta subir nela e a mesma coisa acontece. Ela simplesmente se enrola e se afasta do chão. Só que, desta vez, os corrimãos se movem também. Mas não são os corrimãos que estão se movendo, na verdade. São as gravuras entalhadas neles: imagens de uma mulher e duas crianças fazendo todo tipo de atividade.

Nadando no lago.

Cuidando das rosas.

Minerando pedras para as joias.

Assando biscoitos.

A lista se estende, sem parar... e as pessoas em cada um desses entalhes estão literalmente subindo pelas árvores, indo cada vez mais longe de nós.

— Mas... que porra é essa? — questiona Flint, falando como se estivesse encantado.

— Não sei — confesso, chegando perto do tronco em busca de colocar as mãos nele.

Eu me preparo para ativar minha magia de terra e tentar descobrir o que está havendo. Mas, assim que toco a árvore, percebo que não preciso fazer isso. A sequoia está literalmente gritando por dentro.

— A árvore está ligada a ela — sussurro quando a tristeza passa por mim. — Está imersa nas emoções dela.

— O que houve com ela? — indaga Éden. E, pela primeira vez desde que a conheci, Éden parece reticente. Como se não tivesse certeza de que quer saber.

— Ela sente saudades do seu consorte há muito tempo — responde Hudson, com a voz baixa. Seu ar é tão lúgubre que sinto vários alarmes soarem dentro de mim.

Será que estou condenando Jaxon a um destino como esse, agora que o nosso elo entre consortes foi quebrado?

Ou isso é o que vai acontecer comigo se Hudson for mandado para a prisão e eu não me juntar a ele?

De qualquer maneira, é algo horrível de se pensar. Devastador. Capaz de esmagar a própria alma.

— Talvez seja melhor ir embora — sugiro, afastando-me da árvore com uma sensação desconfortável no fundo do estômago.

— Ir embora? — Flint me olha sem acreditar. — Mas é exatamente por esse motivo que viemos aqui.

— Eu sei. Mas é que…

Para dizer a verdade, não quero ter de enfrentar essa sensação. Não faz muito tempo que Cole quebrou o meu elo entre consortes com Jaxon. E eu quase não consegui me levantar. Não quero me lembrar daquela sensação. E, com certeza, não quero mergulhar nessa agonia.

Sim, tenho Hudson agora. Mas isso só torna as coisas bem mais assustadoras. Porque perder Jaxon quase me matou. O que vai acontecer se eu perder o consorte a que estava destinada?

Só de pensar na questão já sinto a ansiedade se alastrando sob a minha pele, e preciso reunir toda a minha coragem para não sair correndo.

Sentir o grito da árvore já foi o bastante para que rachaduras começassem a se formar no meu coração frágil. Não sei se vou aguentar encarar as de Falia também.

— Ei… — Hudson apoia a mão nas minhas costas, logo acima da cintura, e me puxa para junto de si. Ele contempla a árvore com uma expressão séria. E sei que ele sabe no que estou pensando. O que estou sentindo. Ele me puxa ainda mais para perto de si, abrigando o meu corpo junto ao dele, e sussurra:

— Pode contar comigo. Sempre.

— Eu sei — respondo, sentindo o calor que emana dele. Quando o calor da nossa conexão supera o frio e entra em mim até os ossos.

Eu só queria saber por quanto tempo isso vai durar. Para sempre, como o elo entre consortes determina que deve ser? Ou isso é só outro sonho encantado que pode ser arrancado de mim no momento em que alguém decidir fazê-lo?

Mas este não é o melhor momento para uma dessas crises. Assim, engulo as dúvidas e forço meu rosto a abrir um meio-sorriso quando fito Hudson.

— Estou bem.

Ele não acredita. Nem nas palavras nem no sorriso. Mas me aperta com carinho uma última vez, quase como se tentasse instilar a própria autoconfiança em mim, antes de me soltar.

E, quando ele o faz, percebo que os outros estão conversando e tentando descobrir um jeito de subir em uma árvore que, com toda a certeza, não quer que subam nela.

E, toda vez que alguém tenta, algo mais severo acontece. Não basta somente a escada se recolher. Quando Flint tenta subir na árvore, rolos de couro bem desgastados e envelhecidos encobrem as duas primeiras plataformas teladas, escondendo os cômodos.

Quando Hudson tenta, a árvore derruba centenas de pequenas pinhas em nossas cabeças.

E quando eu finalmente tento... bem, logo que toco na árvore, tudo que ouço é um grito tão alto e agoniado que a solto de imediato.

Enquanto fazemos tudo isso, Falia permanece chorando.

— Mas que porra é essa?! — exclama Flint outra vez.

— Acho que ela não quer falar com a gente — arrisca Luca.

— Mas ainda precisamos falar com ela — retruca Éden, com a frustração bem aparente na voz. Ela vai contornando a árvore até chegar ao outro lado, quando chega ao lugar originário do som do choro. E lá, três plataformas mais acima, está uma mulher vestida de cinza, chorando sem parar.

— Ei! — Éden a chama, mas não recebe uma resposta.

— Com licença? — Flint coloca as mãos em concha ao redor da boca e grita junto de Éden.

Nada.

— Desculpe incomodá-la — grito para o alto. — Mas será que podemos tomar um minuto do seu tempo?

Mais uma vez, nada acontece.

Após certo tempo, Luca se cansa de esperar e salta, tentando alcançar a plataforma. Mas, no instante em que ele pousa no piso de madeira, o piso se ergue para cima e o arremessa de volta para a terra.

Embora provavelmente não seja necessário, já que vampiros sempre caem em pé, Flint sai correndo para agarrá-lo.

Luca sorri e sussurra:

— Ah, meu herói! — E fala isso alto o suficiente para que a gente consiga ouvi-lo.

Flint fica um pouco corado de vergonha, mas o sorriso em seu rosto é enorme.

— Bem, não deu muito certo — cutuca Mekhi. — Do jeito que aquele piso se levantou, eu tinha a certeza de que você ia acabar fazendo a sua melhor imitação de uma bala de canhão vampírica.

Luca ri.

— Pois é... eu também.

— E agora? — pergunto, pois precisamos mesmo conversar com Falia. E, para fazer isso, temos que passar pelo sistema de segurança incrível desta árvore.

Só que, quando contornamos a árvore, tentando entender como driblar as defesas, finalmente percebo que a choradeira parou. Logo antes de olhar para cima e ver uma mulher alta, com um blusão cinzento e uma longa saia cinzenta descendo devagar pela escadaria.

Aparentemente, Falia decidiu vir conversar com a gente.

Capítulo 60

## UM DESTINO PIOR
## DO QUE A MORTE

Ela não diz nada até chegar ao pé da escadaria. E, quando chega, a única coisa que consegue dizer é:

— Pois não? — Sua voz está tão enferrujada pela falta de uso que quase não conseguimos entendê-la.

Nenhuma bronca pela gritaria, nenhuma pergunta sobre por que decidimos pular em um dos quartos dentro da sua casa, nada além de um sorriso cortês e olhos cinzentos trágicos que fazem meu coração doer só de fitá-la.

— Desculpe-nos por incomodá-la — digo, dando um passo à frente e estendendo a mão. — Meu nome é Grace e estes aqui são os meus amigos.
— Não faço questão de apresentá-los pelo nome porque fica razoavelmente óbvio que ela não se importa com isso.

A mulher observa a minha mão por algum tempo, mas decide estender o braço a fim de me cumprimentar. Mas a casa interfere outra vez, levantando o degrau onde ela está até que nossas mãos se distanciem outra vez.

Falia observa tudo com um sorriso modesto.

— Desculpe. A casa é bem defensiva em relação a mim e às minhas meninas.

"Defensiva" até que é uma maneira interessante de descrevê-la.

— Acho que esta casa é incrível — elogio. Porque realmente acho. Nunca imaginei que um lugar como este pudesse existir.

— O meu consorte a construiu para mim. — Os olhos da mulher se fecham, e a sua pele escura assume um tom meio adoentado. — Cada parte desta casa é capaz de se mover para abrir mais espaço ou se fechar para nos proteger, com roldanas e alavancas. Meu consorte queria que a casa fosse um santuário para as crianças e para mim. Mas agora a árvore usa a sua magia da terra para nos proteger. Ele é muito mais do que um simples forjador.

— Com toda a certeza — concorda Hudson, analisando os entalhes elaborados no corrimão. — A habilidade dele é incrível.

— É mesmo — concorda a mulher. — Mas não foi o meu consorte que fez esses entalhes.

— Ah. Me desculpe. — Hudson parece constrangido pelo que presumiu. — Foi você que...

— A casa os fez — diz a mulher. E, pela primeira vez, há um leve brilho em seus olhos. — Para o meu consorte. Para que, quando ele voltasse, pudesse ver todas as coisas que não viu enquanto esteve fora.

E, com essa explicação, todas as gravuras entalhadas fazem muito mais sentido. Duas garotas colhendo maçãs, aprendendo a nadar, dançando na floresta. São registros para o pai delas. Que mostram as suas filhas crescendo.

— É muito bonito — digo a ela. E também é triste. Mas isso eu não verbalizo; até porque nem preciso. Está escrito em cada poro da sua pele, em cada vez que ela respira.

Ela agradece com um meneio de cabeça. Em seguida, pergunta:

— O que posso fazer por vocês?

— Na verdade, queríamos falar com a senhora. — Flint abre o sorriso que é a sua marca registrada. — Queremos fazer umas perguntas, se não se importar.

Não parece funcionar muito bem, pois a voz dela soa bem apagada quando pergunta:

— Sobre o quê?

Penso em mentir. Em tentar entrar naquela casa contando alguma história qualquer. Mas não tenho o menor talento para mentir, mesmo quando estou nos meus melhores dias. E duvido que esta mulher caia em uma mentira qualquer. Ela é triste, não ingênua. E não creio que ela tenha estômago para ser engrupida.

Assim, escolho a verdade. E fico esperando que o melhor aconteça.

— Queremos conversar com a senhora sobre o seu consorte, se não se importa.

— Vander? — ela pergunta, com um toque de desespero na voz. — Vocês têm notícias dele?

— Não. — O meu coração se despedaça outra vez. — Não temos... eu lamento. Queríamos que a senhora nos falasse sobre ele.

— Ah. — O lampejo doloroso de esperança desaparece dos olhos da gigante quando ela dá meia-volta e começa a subir as escadas outra vez.

Ela não se pronuncia. E fico sem saber se ela quer que a gente a siga ou se quer que a gente vá embora. Imagino que seja a segunda opção... em especial quando o corrimão desliza no sentido transversal dos degraus, impedindo que qualquer pessoa a acompanhe na subida.

Mas Falia para quando chega à primeira plataforma e convida:

— É melhor vocês entrarem, então. Querem tomar um chá?

Sem qualquer aviso, o corrimão volta ao lugar de sempre.

— Adoraríamos tomar um chá — responde Flint, já subindo a escada atrás da mulher. — Muito obrigado pela gentileza.

E é isso que adoro nele. Flint é ousado, impetuoso e muito divertido na maior parte do tempo. Mas também é incrivelmente gentil quando precisa ser. E, quando a segue até a segunda plataforma, vai conversando com ela com uma voz doce e suave, de um jeito que não me lembro de ouvi-lo falando com ninguém.

Ela não chega a responder, mas também não se esquiva da conversa. E, conforme vamos subindo, com a árvore nos vigiando cuidadosamente a cada degrau, ouvimos quando ela pergunta a Flint se ele gostaria de alguns biscoitos que sua filha assou.

Ele confirma (afinal, um dragão nunca recusa comida). E chego até a segunda plataforma bem a tempo de vê-lo se sentar na cadeira mais próxima do lugar onde ela está.

— Por favor, sentem-se — oferece ela ao restante do grupo enquanto despeja a água de uma jarra em uma chaleira.

Hudson une as mãos para me ajudar a subir em um dos sofás de tamanho gigante, mas, antes que ele possa fazê-lo, a própria plataforma entra em ação. A madeira sob os meus pés se ergue e me coloca no sofá, antes de voltar a se acomodar no lugar.

Os outros esperam que a casa faça o mesmo por eles, mas nada acontece. Tudo fica parado e Hudson não consegue evitar uma risada enquanto salta a fim de se sentar ao meu lado.

— Até mesmo a casa gosta mais de você do que de nós.

— Acho que ela sabe que tenho menos habilidades do que vocês — retruco enquanto todos se acomodam nos móveis espalhados.

Fico analisando o que acontece ao redor enquanto Falia se ocupa na cozinha, pegando canecas de um pequeno (bem... pequeno, considerando que o móvel é feito para gigantes) armário. Não sei no que estava pensando quando a segui até aqui em cima, mas não esperava que a plataforma fosse tão normal. Sim, ela foi feita para gigantes, mas ainda assim é completamente normal.

Ao que parece, este cômodo é uma sala de estar, criada ao redor de uma mesa ampla com um braseiro bem no centro da plataforma. É um móvel bonito feito de ferro fundido, com um desenho típico dos gigantes. O espaço para o braseiro fica no centro da mesa e um tampo decorado com filigranas de ferro o circunda. Ao redor da mesa há dois sofás grandes, e duas cadeiras completam o jogo de mobílias.

Falia vai até o braseiro e deposita ali a maior chaleira que já vi. Em seguida, pega uma lata que está por perto e tira a sua tampa. Dentro dela há *cookies* caseiros com gotas de chocolate. Eles são do tamanho da minha cabeça.

— Minha filha faz esses biscoitos para mim. Normalmente eles acabam indo para o lixo, mas tenho certeza de que ela vai gostar de saber que eu os dividi com pessoas que podem gostar deles.

Enquanto passamos os *cookies* entre nós, ela prepara uma bandeja com xícaras do tamanho de tigelas, colheres, mel e vários tipos de saquinho de chá. Hudson salta do sofá e se oferece para levá-la até a mesa — mesmo que a mesa seja quase tão grande quanto ele.

— Obrigada — agradece ela enquanto passa nervosamente a mão pelos cabelos curtos e cacheados. — Desculpe. Não recebo visitas desde... — Ela faz um sinal negativo com a cabeça e suspira. — Já faz muito tempo.

— Obrigado, você — diz Hudson a ela. — Por nos convidar a entrar. Foi muita gentileza.

Ela dá de ombros enquanto se senta na última cadeira que está vazia.

— Depois de mil anos desde que ele desapareceu, as pessoas estão cansadas de me ouvir falar sobre Vander. Ninguém mais pergunta dele.

— Mil anos? — Mekhi quase se engasga. — Já faz mil anos que ele sumiu?

Ela confirma com um aceno de cabeça. E a mão que usa para passar a lata com os saquinhos de chá para as pessoas à mesa treme tanto que sinto vontade de segurá-la. Apenas para lhe dar um pouco mais de força. O único empecilho é o medo de isso magoá-la mais do que pode ajudá-la. Ela parece tão frágil, tão cansada, tão devastada que não quero fazer nada que tenha chance de piorar a situação.

Nesse ínterim, nós pegamos as xícaras e os saquinhos de chá, enquanto esperamos que Falia conte mais alguma coisa. Acho que nenhum de nós quer pressioná-la. Mas, depois que ela passa vários minutos em silêncio, Flint indaga com a voz baixa:

— Pode compartilhar conosco o que aconteceu com Vander? Queremos muito ajudá-lo. E à senhora também.

Atrás de nós, o corrimão da casa começa a se mover de um lado para outro, como se estivesse agitado. Mas a casa não faz mais nada, como tentar nos silenciar ou nos jogar do alto da plataforma. Decido que se trata de uma pequena vitória.

Mais uma vez, Falia não responde imediatamente. Inclusive, o silêncio se estende por tanto tempo que quase decido que esta é uma causa perdida. Pelo menos até ela sussurrar:

— O rei dos vampiros fez isso. O rei dos vampiros traiu a todos nós.

## Capítulo 61

### COM ESTE ANEL

— O rei dos vampiros — repete Hudson. E o seu corpo inteiro se retesa. — Está falando de Cyrus?

— Ele é cruel — murmura ela. Embora esteja falando conosco, fica aparente que, pelo menos em parte, ela está trancada na própria cabeça com recordações que ninguém deveria ter. — Mentiroso. Maligno.

Até o momento, é uma descrição exata de Cyrus. Assim, o restante de nós simplesmente concorda com acenos de cabeça, estimulando Falia a prosseguir.

— Ele veio falar com Vander há mil anos, pedindo correntes indestrutíveis. Ele não revelou para quem seriam usadas. Somente que eram necessárias para prender um monstro que tinha uma força sem precedentes. Que traria a destruição ao mundo inteiro se não fosse detido. Um monstro que destruiria a tudo e a todos que Vander amava, se ele não conseguisse descobrir uma maneira de forjar correntes fortes o bastante para prendê-lo. Eu não confiava naquele vampiro. — Ela faz um sinal negativo com a cabeça, e seu corpo começa a balançar um pouco, para a frente e para trás. — Alguma coisa não parecia certa com ele, já naquela época. Eu percebia nos olhos dele. Malícia, cobiça, podridão. Estavam tudo ali, se Vander conseguisse ver.

— Lamento por isso — expresso com suavidade, mas ela simplesmente nega com a cabeça.

— Você não tem culpa pelo fato de o meu consorte ser um homem muito, muito teimoso. Nós passamos dias brigando por causa daquilo. Mas aquele rei maligno usou o único argumento que Vander não poderia ignorar. E foi por isso mesmo que ele insistiu na ideia. Nossas gêmeas tinham acabado de nascer, e ele as amava muito, tanto quanto eu. Mais do que todas as estrelas no céu.

— Cyrus usou essa cartada — acrescenta ela enquanto coça o dedo anular, como se ele estivesse pegando fogo.

Sigo o movimento e percebo que há longos arranhões em sua pele. Marcas e feridas ao longo de todo o dedo. Fico imaginando se algum inseto a picou ou coisa do tipo, mas não consigo imaginar que tipo de bicho teria uma picada tão irritante a ponto de fazer alguém do tamanho de Falia se coçar até sangrar.

— Cyrus fez Vander acreditar, de verdade, que esse monstro encontraria uma maneira de nos atacar, caso o deixássemos à solta. Indicou atos de destruição terríveis que teriam sido obra dessa fera. Alertou Vander de que os gigantes eram o seu próximo alvo. E que, se não encontrassem uma maneira de detê-los, seríamos as primeiras vítimas do monstro, porque ele sabia que tínhamos o poder para destruí-lo.

Meu estômago fica embrulhado com a história que ela conta, com o mal que corre pelas veias de Cyrus desde sempre. E com o fato de que esse monstro foi um dos responsáveis pela criação de Hudson. E também de Jaxon, embora não tão diretamente. Por saber que esses dois garotos vulneráveis tiveram de sofrer nas mãos desse mal por dois séculos. É algo que parte o meu coração ao mesmo tempo que reacende a fúria em meu interior. Uma fúria que, cada vez mais, eu receio que nunca vai desaparecer.

Observo Hudson, que está encarando os próprios pés. Como se o simples ato de erguer a cabeça fosse demais para ele suportar. Sua expressão está vazia, mas os punhos estão fechados com tanta força que tenho medo de que ele possa acabar quebrando alguma coisa. A única coisa que quero é poder abraçá-lo, passar a mão em seus cabelos e afirmar que tudo vai ficar bem.

Que, depois que tudo isso terminar, ele vai ficar bem.

Mas não sei se eu mesma acredito nisso mais do que ele… e, de qualquer maneira, Hudson não está olhando para mim. Assim, em vez de tentar reconfortá-lo, olho para a esposa do ferreiro e espero que ela continue a história. Porque, se ela não o fizer, qualquer esperança que eu tenha de manter Hudson a salvo vai evaporar.

— Vander acreditou nele — retoma Falia, recomeçando o relato e coçando distraidamente o dedo. — Não acreditou em mim nem em mais ninguém. Acreditou nele. E trabalhou como se fosse um homem possuído, dia após dia, noite após noite, por meses. Até que por fim criou as correntes que Cyrus estava tão desesperado para obter.

Falia respira fundo e parece afundar em si mesma. Mas a história ainda não terminou. O que aconteceu a seguir é a parte mais importante. E eu já estou sentada na beirada do sofá. Mas ela parece não ter pressa alguma em nos contar mais. E estou prestes a gritar de frustração. Preciso saber o que aconteceu com Vander. Se não conseguirmos convencê-la a nos ajudar na libertação da Fera Imortal para encontrarmos a Coroa... nem consigo imaginar o que vai acontecer com Hudson depois. Ou com Jaxon. Ou com Katmere.

— Por favor — imploro quando ela não diz mais nada e o silêncio fica insuportável. — Por favor, me diga o que Cyrus fez com o seu marido.

— O que Cyrus faz depois que termina de usar alguém? Ele o descartou — sussurra Falia, finalmente. E sinto o meu estômago afundar.

Será que Vander estava morto? Não tínhamos nem considerado essa possibilidade. E agora eu tenho a sensação de que o meu peito está preso em uma morsa, sendo apertado cada vez mais. Meu coração bate com força e eu tenho dificuldade para respirar. Mesmo assim, eu me forço a perguntar:

— Ele matou Vander?

O olhar suave da gigante se enche de lágrimas.

— Isso seria um ato de clemência. Para todos nós. — Ela faz um gesto negativo com a cabeça. — Como o rei não tinha motivo nem justificativa para matar Vander, ele fez algo quase tão ruim quanto: acusou-o de trair a coroa e o mandou para o Aethereum.

A árvore está tremendo ao nosso redor, como se estivesse tão enfurecida quanto nós com relação às ações de Cyrus. Os galhos se agitam, o tronco estremece e as gravuras entalhadas nos corrimãos parecem se fechar sobre si mesmas, como se a história contada por ela fosse horrível demais para que as crianças retratadas ali a ouvissem.

— A prisão? — Essa é a última coisa que espero que ela diga, mesmo ciente do paralelo assustador entre o que aconteceu com o ferreiro e com o que Cyrus está ameaçando fazer com o próprio filho.

Afinal de contas, se não está quebrado, por que ele vai querer consertar? Pelo que sei, Cyrus pode ter usado esse mesmo método para lidar com os seus inimigos milhares de vezes.

É um pensamento que me acalma.

— A sentença dele foi de quantos anos? — indaga Mekhi.

— Eterna? — Ela ri, mas é um riso sem humor. — Já faz mil anos. E ele ainda não retornou.

— Ninguém tentou ajudá-lo a escapar? — pergunta Éden.

— A fugir da prisão? — A risada dela fica embotada pelo muco e entrecortada. — Cyrus o mataria antes de permiti-lo. E ouvi relatos de que isso é impossível, de qualquer maneira. — Ela coça o dedo anular mais uma vez. — Não. Mas, algum dia, espero me juntar a ele lá. Quando os netos estiverem mais velhos.

— Se juntar a ele? — Agora não estou entendendo mais nada. — Por que você quer fazer isso?

— Faz ideia de como é viver sem o seu consorte, dia após dia, por mil anos? — sussurra ela. — Por uma eternidade? Eu devia ter ido com Vander quando Cyrus o levou. Mas nossas filhas eram bebês e ele me fez prometer que eu iria ficar com elas. Que iria cuidar delas até que elas pudessem cuidar de si mesmas. Eu concordei, mas não tinha a menor noção de que isso iria nos destruir. Não sabia que seria um destino pior do que a morte.

Desta vez, quando ela me encara, seu olhar já deixou de expressar assombro há um bom tempo. É um olhar que está desesperado, devastado, moribundo. E me deparar com aquilo faz com que o terror escorra pela minha coluna como rios congelados.

— Que horror — sussurro, quando sinto o meu estômago se retorcer. Desesperada para dar a essa mulher qualquer pouco conforto que eu possa, estendo o braço e deposito a mão sobre a dela. — Lamento muito.

— Obrigada — ela me agradece. E há lágrimas em seus olhos quando ela dá palmadinhas no dorso da minha mão. Mas fica paralisada no instante em que seus dedos tocam os meus.

— Esse anel... Você tem um consorte também? — pergunta ela, com a voz baixa e urgência na voz.

Contemplo Hudson, que nos observa com os olhos estreitados.

— Eu o comprei para ela — conta Hudson, antes que eu possa responder.

Desta vez, quando ela vai coçar o dedo, percebo que Falia está usando um anel também. Um anel de prata com vários símbolos entalhados ao redor. Um anel que se parece muito com o meu.

Ela esfrega os dedos no anel e, em seguida, retorce as mãos uma na outra.

— Desejo a você que tenha mais sorte com o seu anel do que tive com o meu — anuncia ela. E tenho a impressão de que Falia vai desatar a chorar.

— Como assim? — pergunta Hudson, com a voz estranhamente estridente. E ele parece estar tão tenso que temo que um movimento errado possa despedaçá-lo. — O que há de errado com o seu anel?

— Não tem nada de errado com ele. Ele funciona exatamente da maneira como deveria.

— E que maneira é essa, então? — pergunta Éden com um tom de urgência na voz, e não consigo deixar de lembrar como ela ficou preocupada quando fitou o anel. E também do seu olhar de desaprovação.

— Vander me deu este anel há quase mil e duzentos anos, junto de uma promessa que ele não consegue cumprir há quase mil. — Ela esfrega o dedo outra vez. — Ele coça e arde sem parar a cada dia que a promessa deixa de ser cumprida. É como se o anel soubesse que ela jamais poderá ser cumprida e quisesse que eu o tire. Mas não posso fazer isso.

— Por que não? — pergunto, quase com medo de respirar.

— Ah, minha pobre e doce criança — ela diz, fazendo um sinal negativo com a cabeça. — Porque, se a pessoa tira o anel, a quebra da promessa é perdoada.

— Então por que não o tira? — Há um leve toque de histeria na minha voz agora, mas não sei por quê. — Se Vander não pode cumprir a promessa, por que você se tortura desse jeito? Por que não tira o anel?

— Ele prometeu que voltaria para casa. Para mim — conclui ela, por entre soluços. — Enquanto usar este anel, sei que ele está vivo. Algum dia ele vai cumprir a promessa.

— Ele não tem escolha? — pergunta Éden.

— A promessa deve ser cumprida. Para sempre... ou até a pessoa remover o anel. Ou até que quem o deu morra — explica Falia. — E é por isso que, apesar de tudo, eu sou grata por este pequeno pedaço de prata. Porque é assim que sei que o meu Vander continua vivo, mesmo depois de todos esses anos.

Mas ela suspira e desliza o dedo pelo meu anel mais uma vez.

— Estou muito cansada. Obrigada pela visita, mas receio que preciso descansar agora.

Hudson se inclina para a frente e a fita nos olhos.

— Cyrus está tentando me mandar para o Aetherum também. Eu vou para lá. Vou encontrar o seu marido e trazê-lo de volta para você.

Sinto um aperto no meu peito quando a expressão no rosto dela se suaviza. Hudson não hesitou em oferecer sua própria segurança e sanidade para dar fim ao sofrimento dela. É admirável.

Mas ela nega a oferta com um meneio de cabeça.

— Meu querido, ninguém escapa do Aetherum. Se fosse possível, Vander teria encontrado uma maneira de fazer isso e cumprido a promessa. — Em seguida, ela olha para mim, me fuzilando com a intensidade. — Quando chegar o momento, vá com o seu consorte.

Engulo em seco.

— Não existe alternativa para você agora?

Ela ergue a mão e a coloca no meu rosto, até que a pressão faz a minha mandíbula doer.

— Quando você precisa fazer uma escolha tão horrível quanto a minha, só a morte pode libertar os dois.

# Capítulo 62

## ESTOU DE OLHO EM VOCÊ

— Até que foi divertido — comenta Flint, embora não haja humor algum na sua voz. Ele parece tão abalado quanto todos nós com as ações de Cyrus. O sofrimento que essa mulher teve de suportar por mil anos.

O clima entre o nosso grupo fica sombrio e silencioso durante todo o caminho de volta à Cidade dos Gigantes, como se até mesmo falar fosse algo que exigisse esforço descomunal. Ninguém está conversando sobre os nossos planos para hoje à noite. Não há brincadeira alguma sobre os desafios para ver quem bebe mais cerveja ou empolgação para voltar e fazer compras. Todos sentimos o peso de uma simples verdade: Cyrus vai colocar Hudson naquela prisão... e eu vou com ele. Se não conseguirmos encontrar uma maneira de escapar antes disso, Hudson e eu temos à nossa frente um destino pior do que a morte. E por toda a eternidade.

O olhar de Hudson está perdido na distância. E não é preciso ser nenhum gênio para saber no que ele está pensando. Se não conseguirmos encontrar um jeito de entrar e sair, Hudson vai escolher a morte para me libertar.

Ele me encara com uma expressão assustada quando tento pegar sua mão e aviso:

— Nem pense nisso.

Os olhos dele se arregalam quando se dá conta de que percebi com muita facilidade o que ele estava pensando.

— Mas...

Eu o interrompo:

— Nunca.

Quando chegamos ao mercado, nós todos concordamos silenciosamente que a única coisa que queremos fazer agora é voltar para Katmere. Caminhamos até o lugar onde combinamos de nos encontrar com Jaxon, Macy e Erym, ansiosos para juntar nossos amigos e irmos embora.

O rosto de Macy se ilumina com um sorriso enorme assim que nos vê. E ela vem saltitando em nossa direção. Ela se aproxima de mim e diz:

— Você nem imagina as histórias de hoje que tenho para lhe contar. Estou farejando um casamento entre um vampiro e uma gigante no futuro. — Quando percebe que não dou muita bola para a piada, o olhar de Macy se intensifica. Em seguida, ela olha para os nossos amigos. — Droga. Más notícias?

— A gente conversa depois. — É a melhor coisa que consigo dizer.

Jaxon também percebeu o humor do nosso grupo, mas Erym nem se toca quanto ao que está acontecendo enquanto nos fala, empolgada, sobre o banquete desta noite e sobre como está animada para que seus pais nos conheçam.

— Minha mãe diz que a Corte Vampírica fazia os bailes mais lindos! — E o seu olhar de adoração se fixa em Jaxon outra vez.

Estou revirando a cabeça em busca de uma justificativa cordial para não ir à festa quando Barba Castanha chega às pressas. Ele sussurra em sua orelha com uma voz que é alta o bastante para que os alunos de Katmere ouçam.

— A Guarda está aqui e estão exigindo entrar na cidade, Cala. Dizem que têm uma ordem de prisão para o Príncipe Vega.

Sinto o meu estômago afundar como se fosse uma pedra. E o meu coração tenta sair pelo pescoço. Como foi que eles nos encontraram tão rápido? Meu olhar cruza com o de Hudson. O medo se irradia pela minha coluna quando percebo que ele está considerando as nossas opções — e uma delas é se entregar para a Guarda para salvar a todos.

Faço-lhe um sinal negativo com a cabeça. Seu queixo fica tenso, mas ele assente com um movimento rápido. Solto a respiração que estava prendendo, aliviada. Pelo menos sei que ele vai lutar para não ser aprisionado. Pelo menos por enquanto.

Erym, por sua vez, encara Jaxon com os olhos arregalados.

— Você tem que sair daqui, e rápido!

Ela está imaginando que a Guarda veio atrás de Jaxon. Mas nós não a corrigimos. Especialmente quando Erym diz que conhece uma saída secreta da cidade que vai nos dar uma boa dianteira.

Só espero que seja o bastante.

## Capítulo 63

### ESTOU TORCENDO POR VOCÊ

Nós nos apressamos rumo ao túnel sobre o qual Erym nos contou e chegamos à floresta do lado de fora da cidade. E começamos a correr, depois de decidir que os vampiros deveriam carregar todos, exceto a mim.

Tenho só um segundo para me perguntar por que a Guarda ainda não nos alcançou. Afinal de contas, eles são mais rápidos do que nós com todo esse peso extra, mesmo que os vampiros consigam usar seu poder de acelerar como se os cães do inferno estivessem em perseguição. Minhas asas ardem enquanto tento acompanhá-los, mas faço um esforço extra para ganhar velocidade e, em seguida, me viro para trás a fim de saber por que a Guarda ainda não nos alcançou.

E não levo muito tempo para descobrir.

Eles não estão vindo diretamente contra nós... estão nos cercando. Nos encurralando.

Jaxon deve perceber a estratégia da Guarda ao mesmo tempo que eu, porque ele nos manda parar no centro de uma pequena clareira. E ficamos ali, horrorizados, conforme vampiros surgem por entre as árvores enormes... em todas as direções. Eu pouso com um baque forte, continuando na minha forma sólida de gárgula, usando as minhas asas de pedra para proteger os meus amigos tanto quanto posso.

— Macy... vou precisar que você construa o portal mais rápido na história das bruxas — pede Jaxon, sem tirar os olhos dos vampiros que nos cercam.

Macy está de joelhos, abrindo a mochila e pegando a sua varinha.

— Já estou cuidando disso.

Engulo em seco. Com força. Deve haver pelo menos uns trinta deles... e todos, com exceção de Macy e de mim, estão com os poderes neutralizados.

— Isso aqui não parece bom... nem um pouco. — O temor pelos meus amigos, por Hudson, bate no meu peito como se fosse uma coisa viva. Até mesmo as minhas palmas estão suando. E isso porque estou na forma de pedra. — Será que eu e Hudson devemos nos render e dar a vocês uma chance de fugir?

Mas Mekhi me encara e rebate:

— Meu Deus, Grace. Não é um exército.

Luca toca o punho dele com o seu e o restante do grupo faz o mesmo. Bem... todos, com exceção de Jaxon, que dá um passo à frente e exclama com uma voz alta e imperiosa:

— Sou Jaxon Vega, príncipe da Corte Vampírica. E os meus amigos estão viajando sob a minha proteção. Sugiro que vocês repensem o que estão fazendo antes de sofrerem as consequências da minha ira.

Vários membros da Guarda encaram o único membro que não está vestido da cabeça aos pés com um uniforme todo vermelho. Os trajes dele são negros como a noite. E fica bem claro que ele é o comandante do destacamento.

— Não tente blefar comigo, Vega. Tenho informações confiáveis de que todos, com exceção dessa sua gárgula, estão com os poderes neutralizados.

— Isso é verdade, Re-gi-nald — intervém Hudson, alongando propositalmente as sílabas do nome do vampiro como se quisesse provocá-lo. — Mesmo assim, nunca precisei dos meus poderes para lhe ensinar uma lição, não foi? E por falar nisso, como vai essa perna?

Reginald não gosta nem um pouco da afronta. O seu queixo se retesa e seu olhar se estreita.

— Você vai pagar por isso, cuzão.

— Vou pagar por muitas coisas algum dia, com certeza. Mas definitivamente não para você.

Hudson perscruta ao redor, observando os outros membros da Guarda.

— Bem, sei que vocês estão loucos por uma briga. Mas o que acham dessa ideia? Vocês podem passar para o time vencedor e podemos esfregar a cara do seu comandante no chão. Só pela zoeira. O que acham? Alguém topa?

— O que está fazendo? — sibilo para Hudson por entre os dentes. Provocar essas pessoas me parece uma ideia péssima.

Mas Hudson simplesmente pisca o olho para mim. Ele pisca o olho! Em seguida, murmura discretamente para Macy:

— Como está esse portal, Mace?

— Quase pronto — ela responde, mordendo o lábio, enquanto termina de fazer um símbolo complicado com a varinha antes de começar a traçar outro.

— Competência é isso aí — Hudson murmura para ela antes de gritar para Reginald outra vez: — Não sei, Reggie. Acho que alguns dos seus rapazes estão pensando na minha proposta. Que tal a gente poupar esse povo de enfrentar uma corte marcial e resolvermos as nossas diferenças, só eu e você? Talvez em um *mano a mano*?

Reginald pega um cassetete curto preso à sua cintura e o usa para esboçar um movimento brusco, apontando para o chão. O cassetete se estende e se transforma em um bastão longo. Isso deve ser alguma espécie de sinal, porque toda a Guarda faz o mesmo com os próprios bastões e começam a se aproximar, fechando o cerco à nossa volta.

— Resposta errada, Reggie. — Hudson balança a cabeça negativamente. — O meu irmão está louco para arrebentar a cara de alguém desde que roubei a consorte dele. E você sabe quem o treinou, não é? A Carniceira.

Vários membros da Guarda hesitam ante a menção à Carniceira. Eles olham para a reação do seu comandante, tentando confirmar se a informação é verdade. Mas é uma pausa pequena, e logo eles voltam a avançar. Estão apenas a trinta metros de nós agora.

— Você não roubou a minha consorte — vocifera Jaxon, com o olhar passando de um membro da Guarda para outro. E eu estou chocada. Não porque Jaxon não se deixou abalar pelas palavras de Hudson, mas por não ter entendido que o irmão estava tentando lhe mandar uma mensagem. Hudson nunca diria algo tão brutal a Jaxon. Jamais. Como é que Jaxon não conseguiu perceber isso?

Hudson revira os olhos e repete, com mais ênfase:

— Você não está querendo roubar algo de volta, maninho?

— Sim, Jaxon — eu digo, entrando na conversa. — Acho que você devia mesmo pegar alguma coisa de volta.

Os olhos de Jaxon encontram os meus. E percebo que ele enfim entende.

— Mas, se o treinamento da Carniceira não foi o bastante para você... — Hudson começa a falar, mas antes que consiga terminar a sentença, Jaxon já acelerou pela clareira com uma velocidade rápida demais para que eu consiga acompanhar.

— Acho que foi o bastante — responde Jaxon, e começa a jogar seis dos bastões que surrupiou da Guarda para todos nós, com exceção de Macy. Agarro o meu ainda no ar, pairando sobre o grupo para poder girar mais rápido e ir até onde precisem de mim.

O movimento de Jaxon deixa a Guarda atordoada por um segundo. Mas eles são soldados treinados e logo se recuperam do choque.

Eu percebo, deste ponto mais alto enquanto giro lentamente, que eles estão prestes a avançar sobre nós. Mekhi sussurra para Macy, perguntando de quanto tempo ela precisa. E a minha prima ergue dois dedos antes de voltar a trabalhar. Merda. Dois minutos. Não temos dois minutos.

Minha mente funciona em alta velocidade, considerando as nossas opções.

São muitos soldados para combater. Se pelo menos houvesse um jeito de diminuir a sua velocidade... Eu olho para a clareira, à procura de alguma coisa que possa usar para fazer exatamente isso. Mas as únicas coisas que vejo são grama e árvores. E é aí que uma ideia me ocorre.

Pouso com rapidez no chão, ligeiramente à frente de Hudson.

— Pensou em algo, gata? — pergunta ele, já sabendo que tenho um plano mesmo antes de pousar na sua frente e bloquear seu ataque.

— Pensei — respondo. E me agacho, com as mãos afastadas e apoiadas na grama ao redor, colocando o peso em um dos joelhos.

Hudson abre um sorriso.

— Reggie, sabe o que as gárgulas conseguem fazer que é muito legal?

Deixo que os meus sentidos afundem na terra, passando pelas minhas mãos e voltando pelos pés. E aciono o meu poder. Eu me abro para a magia da terra e a deixo fluir através de mim até ter a sensação de que sou tão alta quanto as árvores que cercam a clareira, observando lá do alto os meus amigos. Eles têm os bastões em punho, a varinha de Macy descreve movimentos quase poéticos pelo ar... e os vampiros avançam sobre todos. E, logo abaixo dos pés deles, sinto... a minha floresta encantada.

— O que vai fazer, garota? Jogar pedras em nós? — provoca Reginald, e alguns outros membros da Guarda acompanham-no na risada.

— Pedras, não — retruco em voz alta. E, com a minha magia, peço ajuda às árvores e sinto a resposta imediata. Respiro fundo. Só vou ter uma chance. Abro os olhos e fixo o olhar no comandante. — Isto aqui.

Antes que o vampiro consiga reagir, raízes gigantes de sequoia surgem da terra, fazendo com que pedaços do solo chovam por toda a clareira conforme elas se agitam pelo ar como os tentáculos de um polvo. A Guarda acelera de um lado para outro a fim de se esquivar dos golpes selvagens, mas as raízes são implacáveis. Vampiros gritam conforme seus corpos são jogados de um lado para outro como bonecas de pano, a dezenas de metros de distância de onde estamos.

Um dos membros da Guarda consegue se aproximar, mas Jaxon o derruba e coloca um pé em sua garganta em um piscar de olhos.

— Consegui! — grita Macy. — Vamos, vamos, vamos!

E todo mundo, com exceção de Jaxon e Hudson, correm para o portal. Mas ainda não posso partir. Preciso fazer com que as raízes continuem afastando a Guarda até que todos estejam a salvo.

— Atravesse o portal! — Hudson grita para Jaxon quando outro vampiro passa pelas raízes. Hudson o golpeia e o arremessa para longe. Jaxon diz alguma coisa. Não consigo entender, pois as árvores estão gritando na minha cabeça quando um dos membros da Guarda parte uma das raízes.

Meu Deus, que dor horrível! Tenho a sensação de que o meu próprio corpo está sendo rasgado ao meio e as lágrimas começam a escorrer pelo meu rosto, mas aperto os dentes. Aquele vampiro vai morrer por se atrever a atacar a minha floresta. Meu olhar fuzila o dele, e uma raiz explode do chão, perfurando sua a coxa e a atravessando. Ele grita em agonia, mas eu não tenho piedade.

— Gata...? — Percebo que Hudson está sussurrando na minha orelha, com as mãos nos meus ombros, acariciando-os para cima e para baixo. — Gata, nós temos que ir. Você foi incrível. Já pode soltá-los, está bem?

Pisco os olhos. E observo a clareira à minha frente. O sangue está se misturando à terra. Há corpos largados em ângulos estranhos por toda a parte. Meu Deus.

Respiro fundo e solto o ar, trazendo com vagarosidade a magia de volta para mim e sussurrando um "obrigada" para as árvores enquanto isso. E ouço uma resposta. *Adeus, filha.*

Depois de reabsorver toda a magia, a minha visão começa a ficar borrada. Estou cansada demais. A única coisa que eu quero é me encolher e me enfiar na terra. Quero sentir as rochas cobrirem o meu corpo... e dormir.

Sinto os braços de Hudson passando por baixo do meu corpo quando ele sussurra:

— Estou aqui.

E, em seguida, tudo escurece.

## Capítulo 64

## SEGURE O DRAGÃO PELO RABO

Já faz dois dias que voltamos à Katmere e Hudson não criou caso comigo uma única vez. É uma coisa bem irritante.

Mas eu entendo. Provavelmente lhe dei um susto enorme quando desmaiei naquela clareira. Eu não imaginava que usar magia fosse tão exaustivo. Mas decido considerar que foi uma oportunidade de aprender alguma lição sobre os meus poderes de gárgula. E decido considerá-la uma vitória. Vamos precisar de todas as vantagens que conseguirmos reunir, já que agora sabemos que o forjador que fez os grilhões da Fera está bem no lugar que estamos nos esforçando tanto para evitar. A prisão.

Mesmo assim, estou tentando me concentrar nas coisas que tenho que fazer para a escola e me formar. Além daquilo que posso fazer neste momento específico. É difícil, especialmente com o bafo do espectro de Cyrus no meu cangote. E no de Hudson também. E no motivo pelo qual ele quer tanto nos tirar do tabuleiro.

Nós concordamos que a melhor estratégia seria ir até a Corte Dracônica. Flint alega que um membro da Corte foi para essa prisão, mas conseguiu sair de lá um dia depois. Ou seja: isso é possível. Ele disse que ia pedir mais informações à sua mãe. Até lá, estamos só esperando para ver o que vai acontecer.

Por mais que eu acredite que conseguir a Coroa seja a nossa melhor chance de deter Cyrus, se não conseguirmos tirar o Forjador do Aethereum... ou a nós mesmos... bem, ir para a prisão não é algo que me agrada nem um pouco. Vamos precisar pensar em um plano B.

E é exatamente o que pretendemos fazer... depois das provas finais.

Sempre pensei que essa seria a época mais tranquila da minha carreira acadêmica — passar as últimas duas ou três semanas de boa, fazendo provas que não significam tanto assim e passando a maior parte do meu tempo com

Heather. Em vez disso, estou numa situação de morte súbita. Onde qualquer deslize significa que não vou poder me formar.

Não é nem de longe a maneira como quero passar o meu aniversário de dezoito anos. Especialmente com tudo que está acontecendo.

Contudo, é difícil me concentrar nos estudos quando passo o tempo todo pensando em Falia, em Vander, na Fera Imortal e em tudo que eles sofreram. É horrível. E toda vez que fecho os olhos, penso neles e no sofrimento pelo qual passaram, em toda a dor que ainda está por vir.

Não é justo. Sei que a vida não é justa, mas esse aspecto do mundo dos paranormais — o fato de que podemos viver por milênios — não é tão legal quando você percebe que também pode sofrer por todo esse tempo.

Suspiro. Não há nada que eu possa fazer com relação a isso.

Tenho de estudar para uma prova sobre ética do poder (uma matéria na qual Cyrus deve ter dormido em todas as aulas) e uma sessão de estudos sobre história mais tarde. Assim, apesar de tudo que está acontecendo e do fato de ser o meu aniversário, estou tentando não pensar em nada além das diferenças entre Jung e Kant. E... sim, é tão difícil quanto parece.

Duas horas depois, estou prestes a concluir minha última anotação sobre a filosofia de Kant quando o alarme do meu celular toca, lembrando-me de que preciso estar no quarto de Hudson para a sessão de estudos em dez minutos. Um pedaço de mim deseja cancelar. Estou tão cansada que nem sei se vou conseguir manter os olhos abertos por muito tempo.

Por outro lado, preciso muito dessa sessão de estudos. Ainda estou apanhando muito nas aulas de história, mesmo depois que Jaxon e eu estudamos rapidamente, há alguns dias. E não estou disposta a ser reprovada no último ano do ensino médio só porque não consigo entender a história pelo ponto de vista dos paranormais. Assim, em vez de correr para o meu quarto visando encher a cara de sorvete, guardo as minhas coisas e vou até o quarto de Hudson. E me esforço bastante para, enquanto isso, não pensar naquela cama em seu quarto.

Envio uma mensagem de texto para Macy a fim de saber se ela vem com a gente. Quando conversamos hoje cedo, ela respondeu que não tinha certeza, porque ainda está no terceiro ano e essa matéria não está na sua grade. Mas espero que ela apareça. Não contei a ninguém que hoje é o meu aniversário. De maneira geral, porque o tempo voou e nem percebi, e não porque escondi essa informação deliberadamente dos outros. Mesmo assim, seria legal poder ficar com ela hoje à noite.

Em especial porque este é o meu primeiro aniversário sem os meus pais... e, para ser sincera, esta é a verdadeira razão pela qual não contei a ninguém. É estranho fazer dezoito anos sem as panquecas doces com gotas de chocolate e cereja da minha mãe, sem ir almoçar com o meu pai e comer meus tacos de peixe preferidos e sem passar a noite maratonando filmes com Heather, como vínhamos fazendo há anos e anos no nosso aniversário.

Heather ainda não me mandou nenhuma mensagem desde que eu lhe disse para não vir me visitar em Katmere, e isso dói ainda mais hoje. Achei que talvez ela quisesse quebrar o silêncio para me desejar feliz aniversário, mas isso não aconteceu. Ela ficou bem irritada. E não a culpo. Eu mereço. No entanto, se isso é o que tenho de fazer para mantê-la a salvo... eu faria tudo de novo.

Macy não responde. Assim, enfio o celular no bolso de trás e tento não fazer beicinho, enquanto começo a descer a escadaria até os aposentos de Hudson. Não faz mal. Mais tarde a gente vai tomar sorvete juntas e...

— Surpresa!

Dou um grito (literalmente, eu berro) quando passo pelo vão da porta do quarto de Hudson e os meus amigos saltam de todos os esconderijos possíveis.

— Parabéns, Novata! — exclama Flint, do outro lado da sala, coberto com tantas serpentinas que até parece uma múmia rosa-choque.

— Obrigada! — eu o agradeço e, em seguida, olho para Macy, que está bem ao lado da porta, me cobrindo com uma chuva de glitter e confetes. — Está bem, está bem, já chega! Hudson vai ficar umas duas semanas andando pela escola com o cabelo cheio de glitter rosa-choque.

— Você não notou? — pergunta ele, erguendo as sobrancelhas. — Já estou exatamente assim.

Eu rio; não consigo deixar de sorrir, embora diga a mim mesma que essa era a última coisa que queria. Depois, contemplo o restante dos meus amigos.

Mekhi está largado no sofá com um sorriso e uma faixa enorme que diz "Feliz décimo oitavo aniversário".

Luca está ao lado de Flint, com um buquê de balões coloridos.

Éden está ao lado de Macy com uma tigela contendo mais confetes.

Jaxon, por sua vez, está ao lado da biblioteca de Hudson, soprando uma língua de sogra como se a sua vida dependesse disso.

E Hudson... Hudson está no meio do quarto, um chapéu de festa de aniversário listrado em rosa-choque e prateado em sua cabeça e um bolo gigante em suas mãos com os dizeres: *Gárgulas são as melhores e dragões são babões.* Porque isso é exatamente o que ele mandaria escrever no bolo.

— Como você sabia? — faço a pergunta para todo mundo, mas é Macy que me responde, revirando os olhos.

— Sou sua prima. Acha que eu não ia saber o dia em que você nasceu? — questiona ela. — Além disso, marquei a data no meu calendário logo depois que você chegou aqui, para não esquecer.

Com toda a certeza, não era isso que eu esperava como resposta. Assim, não me resta muito a fazer além de baixar a cabeça e tentar não chorar. Porque, às vezes, quando me sinto triste pelo que houve com os meus pais, penso apenas no que perdi e me esqueço de tudo que ganhei. E na sorte que tenho, depois de tudo que aconteceu, em poder vir para um lugar que me deu amigos — e uma família — como esta.

— Vai passar a noite inteira olhando para nós ou vamos fazer um campeonato de arremesso de machados? — provoca Flint.

— É isso que você quer fazer? — indago. — Arremessar machados?

— Ah... é, sim. — Ele olha para Luca. — Se puder me desenrolar...

Luca balança a cabeça e resolve as coisas do jeito mais direto, simplesmente arrancando toda aquela serpentina com um puxão.

Hudson deixa o bolo na sua mesa e coloca a música *Birthday Cake* da Rihanna para tocar bem alto enquanto Macy corre até a bancada dos machados, deixando uma trilha de glitter e confete atrás de si.

Eu a sigo com um passo mais tranquilo, mas não consigo tirar o sorriso do rosto. Isso é diferente de todas as festas de aniversário de que participei antes desta. E talvez seja isso que a torne tão perfeita.

— A aniversariante vai primeiro — sugere Flint, colocando um machado na minha mão. — Sabe arremessar isso?

— Está me zoando, né? Não sei nem como segurar isso.

Ele ri.

— É, eu também não. Acho que vamos ter que aprender juntos.

— E eu estava pensando que a gente ia brincar de encaixar o rabo no burro — brinco, quando Hudson chega para nos dar instruções.

Ele me encara com um olhar tranquilo.

— Que tal se, em vez disso, você brincar de jogar o machado no dragão?

— Ei, muita calma nessa hora — diz Flint. — Não precisa recorrer à violência. O Éden enche o saco às vezes, mas ela é uma pessoa legal.

— Ah, claro. Como se ele estivesse falando de mim, não é mesmo? — manifesta-se ela, dando uma ombrada amistosa em Flint. Mas ela sorri quando fita Hudson. — Eu topo. Acho que ele vai ficar ótimo com um alvo pintado bem em cima da boca.

Flint nos encara, fingindo mágoa.

— Sabe de uma coisa, Grace? Acho que quero brincar de espetar o machado na bunda do dragão. Éden, pode virar de costas, por favor?

Ela mostra o dedo médio para ele, mas dá uma chacoalhadinha nos quadris só para provocar.

Passo a noite inteira rindo sem parar. Não consigo. Meus amigos adoram uma zoeira e estou me divertindo demais.

Hudson, aparentemente, criou uma playlist de aniversário para Macy e para mim, e eu passo metade da noite dançando de um lado para outro ao som de músicas que vão de *Birthday Sex*, de Jeremih, até *Best Day of My Life*, de American Authors. Além de dançar, também arremessamos machados, jogamos partidas de *Cards Against Humanity* e fazemos um jogo sobrenatural de Twister que nos deixa todos amontoados no meio do piso de Hudson... com ele por cima. O que não surpreende absolutamente ninguém.

Apresento aos meus amigos o jogo *Heads Up!* — "antigamente chamávamos esse jogo *de Imagem e Ação*" —, que nenhum deles havia jogado antes. Jaxon tem uma vitória arrasadora sobre todo mundo, e Flint decide que chegou a hora de cantarem "Parabéns".

É a melhor noite que já tive em muito tempo. Talvez a melhor de todos os tempos. E, quando meus amigos enfim se reúnem para cortar o bolo, não consigo deixar de pensar que não quero que isso acabe. Não somente a noite de hoje — que, por mim, poderia continuar acontecendo para sempre, apesar dos meus pensamentos anteriores —, mas tudo isso. Vamos nos formar daqui a algumas semanas e... sim, tenho de ir a uma prisão (e sair de lá também). Tenho ainda uma guerra para vencer. Entretanto, depois que sairmos de Katmere, vai ser diferente. Tudo vai ser diferente.

Vamos nos espalhar pelo mundo e esse grupo de pessoas que é perfeito para mim não vai mais existir. Talvez seja por isso que ninguém aqui falou sobre o que pensa em fazer depois da formatura. Acho que todos sabem que estamos aproveitando os últimos momentos juntos. O resto das nossas vidas está chegando, independentemente de estarmos prontos para isso ou não.

É uma coisa horrível de se pensar, por isso afasto a ideia com força. Pelo menos por hoje. Em seguida, faço o pedido mais importante da minha vida logo antes de soprar as velas.

Comemos o bolo — pelo menos quatro de nós comem — enquanto eu abro os meus presentes. Brincos cintilantes de Macy, um *nunchaku* (junto de uma promessa de me ensinar a usá-lo) de Éden, um buquê de flores de Mekhi e uma almofada de corpo com Harry Styles estampado nela de Flint e Luca.

Hudson me dá um livro de poemas de Pablo Neruda, o que é de uma doçura incrível. Chego perto dele para agradecer, mas ele faz um gesto negativo com a cabeça.

— Esse é só o presente socialmente aceitável — diz ele, piscando aquele olho lindo para mim. — Tem outro presente que vou lhe dar quando estivermos a sós.

Todas as pessoas naquele quarto começam a brincar, tentando adivinhar qual é o outro presente. Desde alguma peça da Victoria's Secret (Mekhi), passando por um par de algemas (Flint) e até uma mordaça para ele (Éden).

Não consigo evitar o rubor que tinge as minhas bochechas nem fazer com que o meu coração bata mais devagar, imaginando qual é o presente que Hudson quer me dar... em particular. Ambos sabemos que há uma fornalha de calor entre nós toda vez que um está perto do outro, mas o que ninguém sabe é que, além de andar de mãos dadas de vez em quando, Hudson e eu ainda nem nos beijamos. E isso já serve para descartar todas as sugestões de presentes que os meus amigos estão dando, graças a Deus. Mas o que resta, então?

As minhas sobrancelhas se erguem quando questiono com o olhar o que poderia ser, mas ele simplesmente dá uma risadinha e diz que vou ter de esperar para ver.

Estou prestes a implorar por uma dica quando Jaxon vem até mim, com um pequeno presente quadrado embrulhado em um papel de seda rosa nas mãos.

Abro o presente e solto um gemido de susto. Nossos olhares colidem. E por um momento, um único e rápido momento, enxergo um lampejo de carinho nas profundezas daqueles olhos negros e gelados. Mas ele pisca os olhos e esse lampejo desaparece. E em seu lugar não há nada além do mesmo vazio que vejo há dias. O mesmo vazio que agora ecoa dentro de mim.

— Não posso... — Contemplo o desenho de Klimt que vi em seu quarto na primeira vez em que fui até lá. — Não posso aceitar isso — repito-lhe, tentando devolvê-lo enquanto o meu estômago começa a se revirar.

— Por que não? — ele responde, dando de ombros. — Não preciso mais dele.

São palavras que cortam como facas. Tenho a sensação de que ele está tentando exorcizar da sua vida tudo que aconteceu entre nós. Sim, é doloroso pensar em tudo que perdemos, mas eu não trocaria uma única lembrança por todo o dinheiro do mundo. Mesmo sabendo que tudo ia acabar. Em geral ele parece ter superado e feito as pazes com o que aconteceu, assim como o fato de que eu superei o que houve também. Mas é em momentos como este que fico me perguntando se ele realmente superou.

— O que é? — pergunta Macy, chegando perto para ver. — Meu Deus. Que presente lindo, Jaxon!

— E você devia aceitar, Grace — aconselha Mekhi. — Não combina mais com o quarto de Jaxon. Você viu que ele transformou o lugar em uma masmorra nesses últimos tempos?

Eu vi. E odiei. Muito.

— É que eu não...

— Aceite — incentiva Jaxon. — É um presente. E eu sempre quis que você ficasse com ele, de qualquer maneira.

Não sei como responder a tais palavras. Não sei nem se há alguma resposta que eu possa dar. Além disso, as coisas estão começando a ficar meio constrangedoras. Nossos amigos nos observam como se soubessem que essa conversa envolve mais do que apenas um desenho caro. Além disso, Hudson se afastou por completo, olhando para qualquer coisa e lugar que não sejam Jaxon e eu.

— Tudo bem — sussurro, porque é só isso que posso fazer. — Obrigada.

Ele faz que sim com a cabeça, mas, assim como Hudson, não olha para mim quando responde:

— Por nada.

Um silêncio estranho começa a se espalhar, mas... que Deus abençoe Macy, porque ela diz:

— Vamos, Hudson. Coloque mais uma música de aniversário para tocar antes que a gente vá embora.

Ele dá de ombros, mas vai até o aparelho de som. E, segundos depois, *Birthday*, dos Beatles, começa a tocar pela sala, com todos os estalidos e a crepitação agradáveis nas músicas de discos de vinil.

E... porra. Puta que pariu mesmo. Deixo os meus presentes ao lado da mochila, agarro Macy e danço com ela pelo quarto como se fosse o fim desta porra de mundo.

É só bem mais tarde, depois que já voltei ao meu quarto com Macy, que percebo que Hudson não me entregou o segundo presente.

Capítulo 65

## MENOS CONVERSA
## E (MUITO) MAIS AÇÃO

Os primeiros dois dias das provas finais são melhores do que eu esperava. Tiro nota A na minha defesa de caso em ética do poder e B na prova de física do voo. Isso faz com que eu me sinta bem melhor sobre a formatura. Ou pelo menos seria, se a minha prova de história não me assombrasse como uma avalanche prestes a desabar a qualquer momento e me enterrar viva.

Para combater esse pavor da última prova de história, combino uma última sessão de estudos com Hudson. Jaxon prometeu que me ajudaria, mas não me senti à vontade de pedir nada para ele ultimamente.

E isso nem é por causa do desenho que ele me deu. Ou, pelo menos, não é só por causa do desenho. Acho que entendo por que ele quer se livrar daquele quadro. Nem preciso perguntar qual é o seu lado da história. E mesmo assim, toda vez que abro a gaveta da minha escrivaninha e vejo o desenho me encarando, ele me lembra do que perdemos e me faz imaginar, pela centésima vez, se ele conseguiu mesmo superar o término do nosso namoro.

Eu entenderia totalmente se ele não aceitasse o fato de que Hudson e eu estamos juntos.

Ele não sabe o que sei agora: que fomos manipulados pela Carniceira. Que Hudson é o meu verdadeiro consorte. Assim, pela milésima vez, conjecturo se não lhe contar isso foi a decisão certa. Mas, como em todas as outras vezes, decido que isso lhe faria mais mal do que bem.

Além disso, o problema não é somente o término do namoro. Sinto que não é só isso. Tem algo estranho com ele, e já faz um tempo. Jaxon sempre foi um pouco distante, um pouco frio e meio difícil de lidar. Abrir-se para mim não significa que não percebi o jeito que ele agia com os outros. Mas o que está acontecendo agora é bem diferente. Não gosto nem um pouco disso, e acho que os membros da Ordem também não gostam. Mas tenho a impressão de que nenhum de nós sabe como agir a respeito, especialmente depois que ele se fechou tão completamente para o mundo.

Envio uma mensagem para Hudson avisando que estou a caminho do seu quarto, e ele responde no mesmo instante, pedindo que o encontre na entrada do castelo. Acho isso estranho, mas é ele quem está me fazendo um favor. Por isso, decido não questionar.

Ele está esperando perto da porta quando chego à entrada.

— Oi. O que houve? — pergunto, quando ele se vira a fim de sorrir para mim. — Você quer ir para uma das salas de estudo?

— Na verdade, achei que a gente poderia estudar do lado externo — sugere ele, e o sotaque britânico está forte na sua voz outra vez, o que indica que ele está irritado ou tenso. — O dia está lindo.

— Está mesmo — concordo, procurando em seu rosto algum indício do que se passa em sua cabeça. Não há motivo para que ele esteja nervoso. Por isso, decido perguntar: — Está tudo bem com você?

— Claro. Por quê?

Faço um gesto negativo com a cabeça.

— Só para saber. Ah, e eu adoraria estudar ao ar livre. Só preciso passar no meu quarto e pegar um casaco. Vou e volto bem rápido.

— Você pode usar o meu — oferece ele, tirando seu paletó de lã Armani. — Não preciso dele.

— Tem certeza? — pergunto, enquanto tiro a mochila das costas.

— Claro. Ele o segura para mim e vou pegar o paletó, mas percebo que Hudson está esperando que eu coloque o braço em uma das mangas... porque ele é um verdadeiro cavalheiro, aparentemente.

Quando eu estava em San Diego, provavelmente acharia estranho se um rapaz fizesse isso. Mas alguma coisa em Hudson torna a oferta tão elegante, tão atraente, tão sexy que simplesmente sigo o fluxo. E suspiro, encantada, quando seu aroma de gengibre e sândalo me envolve por todos os lados.

Ninguém tem um cheiro tão bom quanto o de Hudson.

— Como estou? — indago, rindo ao estender os braços para mostrar que as mangas passam das pontas dos meus dedos. É um esforço enorme para esconder o fato de que ainda estou cheirando o paletó dele como se fosse maluca. Mas não dá para resistir. Qualquer solução já vale a pena.

— Que beleza — ele responde, seco. Mas Hudson sorri quando dobra as mangas até que as minhas mãos apareçam outra vez.

— Está melhor? — pergunto, girando de um lado para outro antes de me abaixar, visando pegar a mochila.

Fico à espera de sua risada, mas seus olhos estão bem sérios quando responde:

— Gosto de ver você usando as minhas roupas.

E, só com essas palavras, sinto a boca ficar seca. Porque não há dúvidas de que gosto de usar as roupas dele. Ou este paletó, pelo menos.

O clima tranquilo entre nós se evapora. Em seu lugar surge uma tensão que não tem nada a ver com a nossa antiga inimizade, e tudo a ver com a atração entre nós que cresce um pouco mais a cada dia.

É só o elo entre consortes, digo a mim mesma enquanto sinto a respiração ficar presa na garganta.

Não é orgânico. Não é real, faço questão de me lembrar enquanto sinto o coração palpitar.

É uma coisa que pode desaparecer com a mesma facilidade que surgiu, repito como um mantra, mesmo enquanto ele se aproxima e liquefaz o meu corpo inteiro.

Pelo menos até eu perceber que ele só se aproximou tanto assim para pegar a minha mochila e colocá-la sobre o próprio ombro.

— Está pronta? — ele pergunta, abrindo a porta da frente.

— Como sempre — respondo, revirando os olhos. — A matéria de história está acabando comigo.

— É porque você nunca estudou desse jeito antes. Quando conseguir memorizar os fatos básicos, as coisas vão começar a se encaixar.

— Não tenho tanta certeza assim. — Ergo a cabeça para sentir melhor os raios mornos do sol. — Não tenho problemas para memorizar as coisas, mas acho que a minha dificuldade vem de ter de entender todas essas versões alternativas da História.

— A maior parte da História tem versões alternativas — argumenta Hudson ao descermos os degraus e entrarmos em uma das trilhas à direita. — Só depende de quem está contando a história.

— Não sei se concordo — opino, quando passamos por um pequeno gramado cujos assentos feitos de tocos de árvore eu nem sabia que existiam até a neve começar a derreter. — Tipo... até entendo que há duas ou mais versões em todas as histórias, mas os fatos não mudam. É por isso que são chamados de fatos.

— Concordo — diz ele, assentindo. — Mas acho que você precisa saber a História inteira antes de poder decidir o que é verdade e o que é opinião. A História facilita isso porque afasta a lente do observador. Permite ver a imagem por inteiro.

— Ah, é claro. E se tiver sorte, ver a imagem por inteiro não vai fazer o seu cérebro humano explodir durante o processo.

Ele sorri.

— Bem, isso é de se esperar.

Chegamos a uma bifurcação no caminho e ele coloca a mão nas minhas costas, logo acima da cintura, para me levar até um lugar onde nunca estive.

— Para onde estamos indo? — pergunto.

— Um lugar que eu conheço.

— Ah, claro. Eu nunca imaginaria algo assim. — Reviro os olhos. — Não pode me dar uma dica um pouco melhor?

— Isso não seria divertido — comenta ele.

— Para a sua informação, eu odeio surpresas — aviso.

— Não odeia, não — Hudson responde enquanto se concentra em me fazer contornar um monte de neve acumulada que não derreteu. — Você só diz isso para conseguir mais informações. Não é a mesma coisa.

— E as lembranças sobre como era ter você dentro da minha cabeça por tanto tempo continuam a chegar... — eu digo, fazendo uma careta para ele. — Essa coisa de você saber tudo sobre mim, mas eu não saber nada sobre você... isso é bem chato.

— O que você quer saber? — Ele me encara pelo canto do olho. — Não tenho problema algum em contar.

— Olhe, eu duvido. Abrir o coração não é demonstrar fraqueza? — digo, bem irônica.

— Não é como se eu quisesse anunciar as minhas neuroses para toda a escola — ele responde, seco. — Mas, se você quiser saber alguma coisa, é só perguntar.

Tem tanta informação que desejo saber que nem imagino por onde começar. Como ele era quando criança? Teve algum amigo? Onde estudou? Qual era o seu feriado favorito? Mas cada pergunta dessas parece um campo minado de tristezas para ele. E não quero forçá-lo a reviver nada que seja doloroso apenas para satisfazer a minha curiosidade.

— Posso pensar a respeito? — finalmente respondo.

— É claro. Pense o quanto quiser. — Mas sua voz parece enrijecer ao verbalizar isso. E tenho a impressão de ter dito a coisa errada.

— Hudson, eu...

— Não se preocupe — assegura ele, com um bocejo. — A psicopatia não é tão interessante assim.

— Não foi isso que eu quis dizer. — Deposito a mão no braço dele, tentando incitá-lo a me fitar. Mas ele não me encara. O que já é bem frustrante. — Por que você faz isso?

— Faço o quê? — A voz dele é tão suave quanto chantilly enlatado. E tão enjoativa quanto, ou até mais.

— Você se fecha! — quase grito para ele. — Toda vez que falo algo de que você não gosta, você simplesmente para de falar comigo.

— Por que isso a incomoda tanto? Em especial depois de eu passar meses tentando me afastar de você.

— Você está de brincadeira, não é? É esse o seu argumento? Eu achava que você fosse mau. Você passava o tempo todo tentando me afastar e não me deixava ver quem você era de verdade.

Ele começa a andar mais rápido.

— Mostrei a você quem eu sou de verdade. Mas, por pura conveniência, você esqueceu.

Aquelas palavras me acertam como socos.

— É isso que você pensa? Que eu não quero lembrar? — Eu o encaro, apertando os olhos. — Isso não é justo, Hudson.

— Ah, você quer vir me falar sobre o que é justo? — Ele para e pergunta com uma risada desprovida de humor. — Que beleza. — Em seguida, ele faz um sinal negativo com a cabeça e continua: — Vir até aqui foi uma péssima ideia.

Ele dá meia-volta e se afasta bruscamente. Mas seguro a mão dele, puxando-o para trás.

— Por favor, não vá embora.

— Por que você precisa de ajuda com aquela porcaria de aula de história? — pergunta ele, bem ácido.

— Porque eu quero conversar com você — replico.

— O que temos para conversar, Grace? Sei de absolutamente tudo a seu respeito, até as coisas que você não gostaria que alguém soubesse. E ainda assim tenho vontade de saber mais. Mas você não consegue pensar em uma única pergunta para me fazer? Estou cansado disso. De ser o único que está aqui de verdade.

— Será que você não quer dizer que está cansado de mim? — Atiro as palavras nele como se jogasse algo em seu rosto. E me sinto entrar em pânico quando percebo que elas o atingem em cheio.

— Sim — retruca ele depois de um segundo, com os olhos fixos e imóveis feito um lago congelado. — Talvez seja exatamente isso o que eu quis dizer.

Não consigo respirar. Hudson, que nunca desistiu de mim, está desistindo. E por que ele não faria isso? Fui eu quem lhe disse que queria que as coisas acontecessem devagar. Mas, em vez de ir devagar, eu o puxei para a areia movediça comigo. E, em seguida, fiquei observando-o afundar.

Ele começa a andar de novo. E desta vez eu corro até conseguir passar à frente dele e bloquear seu caminho.

— Me deixe ir embora — pede ele. E seus olhos azuis não estão mais calmos. Estão lívidos. Com tantas emoções misturadas que eu jamais conseguiria contar todas.

— Por quê? — sussurro. — Para você ir embora e construir uma muralha ainda maior entre nós?

— Porque, se você não sair da minha frente, vou fazer algo do qual nós dois vamos nos arrepender.

Mas duvido que ele faça algo assim. Não importa o quanto esteja bravo ou magoado. Hudson jamais faria alguma coisa que eu não quisesse. Nada para o qual eu não lhe dê permissão.

Mas estamos aqui nesse impasse, e não consigo nos tirar daqui. Com tudo que perdi neste último ano, as minhas defesas estão fortes demais. Não consigo deixar que alguém entre no meu coração. Se alguém quiser fazer isso, vai ter de ser à força. Talvez seja por isso que Hudson e eu sempre nos sentimos mais confortáveis brigando do que conversando. É como se reconhecêssemos o tamanho das nossas muralhas e o que é necessário para derrubá-las. E permitir que a outra pessoa entre. E assim, faço a única coisa que posso fazer. Eu aumento a aposta.

— É mesmo? — pergunto, e isso é, ao mesmo tempo, uma pergunta e também um desafio. — E se eu quiser que você faça isso? O que vai fazer, hein?

Tenho só um momento — um único momento — para vislumbrar toda a emoção se libertar das correntes com as quais ele se prende. E em seguida Hudson se aproxima de mim, com as mãos prestes a tocar as minhas bochechas.

— Isto — rosna ele, logo antes de encostar a boca na minha com força.

Capítulo 66

## PELO JEITO, OS DIAMANTES SÃO MESMO
## OS MELHORES AMIGOS DE UMA GAROTA

O mundo quase literalmente implode.

Não há outra maneira de descrever o que acontece. Não há maneira de embelezar a situação. Nem de suavizá-la. Não há como comentar outra coisa além disto: no momento em que a boca de Hudson toca a minha, tudo ao nosso redor simplesmente deixa de existir.

Não há frio, não há sol, não há um passado complicado nem um futuro incerto. Neste momento único e perfeito, não há nada além de nós dois e do fogo infernal e ardente entre nós.

Quente.

Avassalador.

Implacável.

Um fogo que ameaça me incinerar até não sobrar nada. E nos engolir por inteiro. Normalmente, sentir algo com tamanha intensidade me deixaria aterrorizada. Mas, no momento, o único pensamento em minha mente é que desejo mais. Muito mais.

E Hudson me dá o que desejo. Meu Deus, e como dá.

Seus lábios são quentes e firmes junto dos meus; seu corpo, firme e forte. E os beijos... seus beijos são tudo que imaginei que seriam. E muito mais.

Suaves e longos.

Rápidos e fortes.

Leves e avassaladores.

Fazem com que eu sinta chamas percorrendo a minha coluna, fazendo todo o meu corpo queimar. Me derretem por dentro, transformam o meu corpo em lava e os meus joelhos em cinzas. E ainda assim não são o bastante.

Porque ainda quero mais.

Eu me encosto nele, enfiando os meus dedos entre seus cabelos. E, quando ele se afasta para tomar ar, eu o puxo de volta para o fogo, sem piedade.

E aí é a minha vez de suspirar fundo, de queimar, quando ele fecha as mãos entre os meus cabelos e desliza uma presa pelo meu lábio.

E ele aproveita tudo no mesmo instante, lambendo e acariciando, chupando e mordendo por dentro da minha boca. Eu me abro para ele — é claro —, me deliciando ante a maneira com que aqueles braços apertam o meu corpo, a sensação de ter seu corpo junto do meu, a maneira com que a sua língua acaricia a minha com tanta gentileza.

É uma sensação maravilhosa — ele é maravilhoso — de um jeito que eu não esperava que fosse. Mas agora não consigo me saciar.

Estou desesperada. Determinada. Inebriada e quase perdida no cheiro, no gosto, na própria essência dele — gengibre, sândalo e maçãs maduras.

Eu o puxo ainda mais para mim, deslizando as mãos pelas suas costas, envolvendo-o com os braços ao redor da cintura, enrolando os dedos no tecido macio e sedoso de sua camisa. Hudson solta um gemido grave e morde o meu lábio, emaranhando os dedos nos meus cabelos conforme nossos beijos se tornam mais profundos, mais quentes e mais intensos.

Um pensamento aleatório passa pela minha cabeça: não quero que este momento acabe. Não quero que ele se afaste. Mas Hudson inclina a minha cabeça para trás e começa a explorar a minha boca. E toda e qualquer capacidade de raciocínio me abandona. A única coisa que consigo fazer é queimar.

Não sei quanto tempo teríamos passado ali, um destruindo o outro — um queimando o outro vivo — se alguns lobos não tivessem se aproximado e soltado assobios estridentes.

Estou tão empolgada com esse calor que faz arder que mal os ouço, mas Hudson se afasta com um rosnado tão sombrio e ameaçador que os assobios se transformam em ganidos à medida que eles voltam correndo para o castelo.

Hudson volta a me encarar, mas só consigo enxergar nos seus olhos a mesma coisa que sei que se reflete nos meus. O momento passou. Ainda assim, enquanto ele se afasta e eu ajeito os cabelos, a única coisa em que consigo pensar é que toda essa química do elo entre consortes não é mentira.

E também... quando é que vou beijá-lo outra vez?

É esse pensamento — e a urgência por trás dele — que faz com que eu me afaste de Hudson, com os olhos arregalados.

— Está tudo bem com você? — ele pergunta e, embora pareça preocupado, não avança para encurtar o espaço que abri entre nós.

— É claro! — exclamo em uma voz que ressalta que não me sinto nem um pouco assim. — Foi só um beijo.

Mesmo quando verbalizo essas palavras, tenho plena noção de que estou mentindo. Porque, se isso foi só um beijo, então o monte Denali é só um morro qualquer. Ou uma lombada na estrada.

— Ah, claro — rebate Hudson, e o sotaque britânico está de volta. — E o sol é só um palito de fósforo.

Ele fica me encarando nos olhos, com as mãos enfiadas nos bolsos. E espera. Fica observando ao redor, como se à espera de o meu tio sair do meio dos arbustos e o jogar na masmorra por se atrever a macular sua preciosa sobrinha.

— Você... hum, ainda quer estudar?

Não. O que quero fazer é voltar para o meu quarto e conversar com Macy, falar sobre cada segundo do que acabou de acontecer. E depois com Éden. E depois, talvez, com Macy e Éden juntas. Mas nada disso vai me ajudar a passar na prova de história, então...

— Quero, sim. Se fazer isso ainda estiver tudo bem para você.

Ele me encara com uma expressão séria.

— Eu não perguntaria se não estivesse.

— Ah, sim. — Abro o melhor sorriso de que sou capaz e espero não parecer uma psicopata. Do tipo que gosta de assar crianças no forno de uma casa construída a partir de doces. O limite entre a minha cara de nervosismo e a minha cara de "Sou completamente maluca; é melhor você esconder todo o seu dinheiro" é muito mais tênue do que eu gostaria que fosse.

Ainda assim, talvez eu não esteja tão mal, porque Hudson não sai correndo, aterrorizado.

Mas, antes que possamos ir em frente, há uma coisa que preciso lhe dizer.

— O motivo pelo qual eu queria pensar sobre a pergunta que iria lhe fazer não é porque não quero saber tudo sobre você.

Ele vira a cabeça para o outro lado como se estivesse esperando um golpe e não quer ver o que vai acontecer, mas isso é algo que não vou aceitar. Fui covarde antes, mas não posso fazer com que Hudson seja o único que vai tentar derrubar as nossas barreiras.

Assim, eu me posiciono bem diante dele, até que não lhe há qualquer outra opção, a não ser me encarar outra vez. Quando me asseguro de que toda a sua atenção está em mim, continuo:

— Sei que a sua infância foi terrível. Provavelmente pior do que posso imaginar, considerando aquela imagem em que o seu pai aparecia. E eu não quis lhe fazer uma pergunta dolorosa, Hudson.

Um lampejo de esperança brilha em seus olhos. E a sua boca se move, como se ele quisesse dizer alguma coisa. Mas, no fim, Hudson simplesmente faz um sinal positivo com a cabeça e pega a minha mão (uma atitude que já está se tornando um hábito). Em seguida, ele continua me levando pelo caminho e fazemos uma curva logo no fim. E não deixo de perceber o simbolismo existente aqui. Estou mesmo tentando ignorá-lo.

E isso é bem fácil de fazer quando vejo para onde Hudson me trouxe: uma pequena tenda ao ar livre com uma mesa de piquenique, luzes piscantes e a vista mais bonita de um lago da montanha que já vi na vida.

Ao redor de todo o lago, as flores desabrocham em todas as cores do arco-íris. E no centro da mesa há um vaso transparente abarrotado até a borda com flores silvestres.

— Foi você que fez tudo isso? — pergunto, contemplando ao redor, maravilhada.

— Posso receber o crédito pelas flores e as luzes, mas a paisagem é obra do Alasca.

— Ok, estou de acordo — concordo, dando risada. — Mas, mesmo assim, você não precisava ter se incomodado tanto para preparar tudo isto apenas porque vamos estudar juntos.

— Não foi incômodo algum — ele replica. — Além disso, eu queria lhe entregar o seu outro presente de aniversário.

— Ah. Mas você já me deu um presente de aniversário. E eu adorei. Pablo Neruda sempre foi o meu poeta favorito.

— Você não esqueceu que eu disse que tinha outro presente para você, não foi? — ele pergunta, incrédulo.

— Adoro aquele livro. Fiquei muito feliz com o presente. E não preciso de mais.

— Ah, tudo bem, então. Se é assim, não preciso lhe dar mais nada. — Ele indica a minha mochila com um aceno de cabeça. — Podemos só estudar, então.

— Não! Digo... sim, eu quero estudar. Mas, se você já está com o meu segundo presente, eu não me importaria em dar uma olhadinha.

Eu estaria mentindo se dissesse que não estou curiosa. Hudson pode agir como se nada tivesse importância, mas a verdade é que ele pensa muito em tudo que faz. E isso me faz imaginar que tipo de presente ele achou que devia me dar e por que eu só deveria abri-lo quando estivéssemos a sós.

— Na verdade, é um daqueles presentes que ficam melhor quando são dados logo depois de serem criados.

— Como este buquê de flores? — arrisco, me aproximando para cheirar as flores silvestres que ele colocou na mesa. — São lindas!

— Não, Grace. Não é como as flores — responde ele, já gargalhando agora. Ele aponta para as três pedras pretas no canto da mesa. Uma delas é redonda e possui cantos irregulares. Outra tem um formato mais triangular. E a terceira é quadrada. — De qual delas você gosta mais?

— De qual pedra? — pergunto. Afinal, Hudson nunca faz o que se espera dele.

— Sim. — Ele revira os olhos. — De qual pedra você gosta mais?

Hum... de nenhuma? Nunca fui muito ligada em pedras... e sei que isso é estranho. Afinal... gárgulas. Mas não posso dizer isso a ele. Não quando ele trabalhou tanto para preparar isto tudo.

— Não sei. Acho que gosto mais da quadrada — eu digo, pegando-a na mão. Fito a pedra por alguns segundos e depois penso em guardá-la na mochila. Mas agora Hudson está me olhando como se não fizesse ideia do que deve fazer comigo.

E, por mim, não há nenhum problema nisso. Eu nunca sei o que devo fazer com ele.

— Posso ver a pedra, por favor? — ele pede, estendendo a mão.

— Foi você que disse que era para mim — eu digo a ele enquanto a coloco na palma da sua mão.

— E é mesmo. Mas ainda não.

Em seguida, ele fecha os dedos ao redor da pedra e a aperta com toda a sua força. E aperta. E aperta. E aperta mais.

No começo, tenho a impressão de que ele ficou maluco. Todavia, conforme os segundos se transformam em minutos, uma ideia tão maluca surge na minha cabeça que nem consigo acreditar. E mesmo assim... pego outra das pedras e a examino enquanto tento me lembrar de algo que aprendi sobre pedras nas minhas seis semanas de aulas de geologia, ainda no primeiro ano do ensino médio.

— Meu Deus do céu! — exclamo, com os olhos arregalados. — Isto aqui é carbono?

Ele sorri e agita as sobrancelhas.

— Como é possível? Sei que vampiros são fortes, mas você não precisa dos seus poderes para...

— Não preciso dos meus poderes para fazer isso. Não dá para persuadir o carbono a fazer nada que não queira. — Ele pisca o olho para mim.

Depois de passar mais um minuto apertando a pedra, ele abre a mão e, onde antes havia somente um pedaço de carvão, agora há um diamante. E não é um diamante qualquer. Este aqui deve ter pelo menos uns cinco quilates. É bonito, impressionante e completamente incompreensível para mim.

— Eu achava... Não sei se... Ele não precisa ser polido? — pergunto. — Eles normalmente não são assim, não é?

Ele ergue uma sobrancelha.

— Assim como?

— Perfeitos — sussurro.

Ele sorri.

— Bem, os gigantes não são os únicos que conhecem a magia da terra. Além disso, você merece algo que seja perfeito.

E, em seguida, ele chega mais perto e coloca na minha mão o diamante mais lindo e bem cortado que já vi.

— Feliz aniversário, Grace.

— Feliz aniversário, Hudson.

Ele sorri. E quando percebo o que disse, sinto que estou ficando corada.

— Ah... eu quis dizer... eu... — Eu me obrigo a parar e respirar fundo. Ficar tão sem jeito quando estou perto de Hudson não é algo a que estou acostumada. Mas é difícil não ficar assim quando aquele beijo (e tudo que veio depois) fez a minha cabeça explodir desse jeito. — Obrigada — agradeço a ele depois de alguns momentos. E sorrio. — Eu me sinto como Lois Lane.

Quando percebo que ele não entendeu a referência, explico:

— Você sabe. Como no filme. O Super-Homem esmaga um pedaço de carvão mineral para dar um diamante a Lois.

Ele ergue uma sobrancelha.

— Não vi esse filme, mas acho que nós dois concordamos que eu seria capaz de esfregar a cara do Super-Homem no asfalto.

Reviro os olhos, mas mesmo assim rio. Tenho o consorte mais convencido da História. E não mudaria nada nele.

— Bem... obrigada.

— Por nada. — O sorriso de Hudson fica mais suave, mais íntimo, mais... vulnerável do que já testemunhei desde que nos conhecemos. Pelo menos até ele pegar a minha mochila e dizer: — Bem, sobre aquela caça às bruxas...

# Capítulo 67

## COM QUANTOS PAUS
## SE FAZ UMA CABANA?

Acabou.

Acabou, acabou, acabou. Finalmente!

Largo a minha carteira para trás e resisto à vontade de fazer uma dancinha da vitória ali no meio da sala enquanto levo a temida — e agora finalizada — prova de história até a frente da sala. Deixo-a na mesa da professora e dou um aceno discreto. Não vou esperar até que ela a corrija. Não tirei A, mas sei que passei. E hoje isso é a única coisa que importa.

Em seguida, dou meia-volta e saio pela porta da última aula do ensino médio que vou ter que fazer na vida.

É maravilhoso e estranho ao mesmo tempo.

Pelo menos até eu erguer os olhos e perceber que Flint está encostado na parede oposta, com os braços cruzados sobre o peito e um sorriso gigante no rosto.

— Você parece bem contente, Novata.

— Estou mesmo, garoto-dragão. Obrigada!

— Que bom saber disso. — Ele se afasta da parede e vem caminhar ao meu lado.

Estamos andando pelo corredor e Flint indica com a cabeça a longa fileira de janelas, assim como o céu azul que vemos através delas.

— É mais um dia maravilhoso. Quer sair para voar?

Meu primeiro instinto é recusar. Estou exausta depois de passar tantas noites estudando. E a única coisa que sinto vontade de fazer é deitar na minha cama, puxar as cobertas por cima da cabeça e rezar para não ter pesadelos com o choro de Falia... algo que vem acontecendo com certa frequência desde que voltamos do Firmamento.

Mas uma olhada mais atenta para o rosto de Flint me comunica que ele não quer só fazer um voo comemorativo pelo campus. Ele precisa conversar.

E um dos fundamentos que existem nas amizades é que nem sempre isso é conveniente. E também nem sempre é divertido. Mas é importante. E, para os bons amigos, é preciso compartilhar os momentos bons e os ruins também.

Assim, em vez de dar alguma desculpa, aviso:

— Vou só deixar a mochila no meu quarto e trocar de roupa. A gente se encontra na porta da escola em dez minutos.

O sorriso aliviado de Flint indica que o meu instinto estava certo.

— A gente se vê daqui a pouco, Novata.

— Sabe que a nossa formatura é daqui a uma semana, não é? — digo a ele. — Você vai ter que parar de me chamar de Novata depois que eu conseguir o meu diploma deste lugar.

— Vou pensar no seu caso — replica ele, revirando os olhos.

Mas eu também reviro os olhos em resposta.

— Pense mesmo!

Dez minutos depois, estou de volta ao térreo. Eu me sinto meio enjoada depois de engolir um biscoito Pop-Tarts tão rápido, mas épocas apressadas na Academia Katmere exigem soluções apressadas.

— Tudo pronto? — chamo Flint, abraçado com Luca no sofá do salão dos alunos. — Ou mudou de ideia?

— Eu não mudaria de ideia por nada. — Ele dá um rápido beijo em Luca e salta por cima do encosto do sofá. — Vamos nessa.

Assim que saímos da escola, o meu cansaço se dissipa. Quando busco o cordão de platina e me transformo, percebo que fiquei feliz por Flint me convencer a acompanhá-lo. Abrir as asas é o que preciso fazer hoje.

— O primeiro a chegar no topo do castelo escolhe o filme de hoje à noite — diz ele, mirando o telhado de Katmere.

— Não sei se você tem o direito de apostar isso, se os outros não estiverem por perto.

Ele dá de ombros.

— Ninguém mandou não estarem por perto.

— Bem, nesse ponto você tem razão — concordo, mesmo que não... logo antes de me jogar no ar e partir a toda velocidade rumo à parte mais alta do castelo. Que, por acaso, é a torre de Jaxon.

Logo abaixo, Flint grita, irritado:

— Se acha que vou assistir a *Crepúsculo* mais uma vez, Novata... — Em seguida, ele se transforma em um piscar de olhos e salta no ar também.

Ele está quase me ultrapassando. Eu acelero enquanto digo a ele:

— Nunca obriguei você a assistir *Crepúsculo*!

Macy e eu fazemos isso sozinhas no nosso quarto, como as Twihards civilizadas que somos.

Eu e Flint chegamos ao alto do castelo em uma corrida desesperada.

Pouso com agilidade na beirada do telhado, e Flint se transforma de novo em humano quando está prestes a aterrissar. E foi uma transformação impressionante de se ver, para ser bem sincera. Fico me perguntando se algum dia vou ter tanta confiança nas minhas próprias habilidades.

Nós dois nos sentamos naquela superfície de telhados frios, com os pés por cima da beirada, e contemplamos os prédios do campus.

— Está com sede? — pergunto, quando abro a minha mochila esportiva e tiro duas garrafas de água.

— Você é uma deusa — insiste ele quando eu lhe passo uma.

— Deusa, talvez não — eu digo a ele. — Mas, com certeza, uma semideusa.

— Não sei... — Flint finge que está pensando no caso. — Acho que você iria ensinar muita gente com quantos paus se faz uma cabana.

Dou uma risada alta.

— Acho que você quer dizer "canoa".

Flint parece confuso.

— A expressão é "com quantos paus se faz uma canoa".

— Bom... que esquisito — observa ele, fazendo uma careta. — Já viu uma canoa? É um treco pequeno. Tenho certeza de que você faria uma cabana inteira. Talvez até duas.

Simplesmente faço um gesto negativo com a cabeça e rio, porque às vezes as falas de Flint são tão sem noção que não há mais nada a fazer.

Permanecemos sentados em um silêncio amistoso por uns minutos. E reflito comigo mesma que as montanhas são muito bonitas. E que passei a amá-las depois desta minha temporada em Katmere. Não sei o que vou fazer depois da formatura — além de, possivelmente, ser presa enquanto me esforço para impedir a eclosão de uma guerra paranormal. Mas sei que provavelmente isso significa sair daqui. E a situação me deixa triste.

Quando cheguei aqui, em novembro passado, eu disse a mim mesma que seria capaz de aguentar qualquer coisa durante seis meses. E cumpri essa promessa. Só não tinha noção do quanto eu viria a amar todas essas coisas.

Quase digo algo para Flint, mas sua expressão está tão pensativa que decido esperar. Não demora muito e ele percebe que estou lhe observando.

— Entããããããooooo.... — ele diz. E percebo que a hora de falar chegou com toda a força.

— Entããããããoooo? — repito para Flint, com as sobrancelhas erguidas.

Ele abre um sorriso encabulado e passa a mão pelos cabelos *black power*, num gesto nervoso que eu geralmente não vejo em Flint. Em vez de esperar que ele decida por onde quer começar, resolvo perguntar diretamente:

— Vai me contar o que estamos fazendo aqui em cima ou vou ter que adivinhar?

O olhar dele fica ainda mais encabulado.

— Sou tão óbvio assim?

— Para alguém que acabou de perder uma corrida aérea para uma criatura feita de pedra, é, sim.

— Com licença, mas tenho certeza de que quem ganhou a corrida fui eu. — Ele parece ofendido.

— Flint, deixe disso. — Eu o contemplo com um sorriso encorajador. — O que está acontecendo?

— Preciso voltar para casa no fim de semana. — Ele respira fundo e solta o ar devagar. — E quero que você venha comigo.

# Capítulo 68

## A CAMINHO DA CORTE

— Para casa? A Corte Dracônica? — pergunto. — Seus pais não vão vir para a formatura na semana que vem?

— É claro que vão — diz ele, fazendo uma careta. — Eles estão loucos para vir. Mas neste fim de semana vamos ter a Abastança. Tipo, é o maior feriado do ano para os dragões. E eu não o deixaria passar por nada deste mundo.

— Abastança — repito, acostumando-me com a estranheza da palavra. — E o que se celebra nesse feriado?

— É o nosso Festival da Fortuna. Uma combinação das nossas três coisas favoritas.

— Que seriam...? — pergunto, fascinada pela ideia de um feriado dedicado à boa fortuna.

— Comer, acumular tesouros e fod... bom, acho que você deve imaginar qual é essa última coisa — diz ele, rindo. — Somos criaturas simples.

— É mesmo? E o que vocês fazem, então? — pergunto, apontando para um avião que surgiu no horizonte. — Decoram uma pilha de joias ou...

— Essa "pilha de joias" é o nosso tesouro — explica ele, balançando os pés mansamente, para a frente e para trás. — E nós não decoramos o lugar. Mas os participantes têm o direito de escolher alguma coisa do tesouro na última noite. Meus pais fazem uma celebração. E todos que participarem podem pegar alguma coisa do tesouro real.

— O tesouro real? Tipo... as joias da coroa?

Ele sorri.

— É... mais ou menos por aí. E tem também fogos de artifício, shows e comidas incríveis. É bem divertido.

— Parece divertido mesmo — concordo. — Mas então... por que tenho a impressão de que você não quer ir?

Ele suspira.

— Porque é a Corte. E isso significa um monte de... — Ele faz um gesto, agitando a mão. — Você sabe como é.

— Então... na verdade, não sei.

— É verdade. Você não sabe! — Ele parece ficar mais animado. — Mais uma razão para você vir comigo. Você pode ter uma ideia em primeira mão de como as coisas acontecem na Corte. Talvez isso a ajude quando você estabelecer a sua.

— A... minha própria Corte? — O prazer que eu estava sentindo em pensar na viagem desaparece imediatamente. — Como assim?

— Você se lembra do desafio do Ludares, não é? — Ele me olha como se eu tivesse batido a cabeça com força demais. — Você conquistou um lugar no Círculo. E isso significa que a Corte das Gárgulas vai ser criada.

Dou uma risada.

— Acho que não. Afinal... sou a única gárgula que existe. — Mas paro por um instante quando penso que há mais uma. — Bem, talvez haja dois da nossa espécie, se conseguirmos libertar a Fera Imortal. Mesmo assim, ainda seria a menor corte real do mundo.

— Uma corte não é somente quantos membros da sua espécie você consegue juntar ao seu redor — insiste Flint. — É o núcleo do seu poder político. E pode acreditar no que eu digo, Grace. Se quiser ficar viva neste mundo, vai precisar reunir poder político. Porque, neste momento, você está com um alvo enorme e luminoso nas costas.

— Uau. Fico superfeliz por você ter me convidado para voar — digo a ele, cheia de ironia.

— Desculpe. Assustar você não devia fazer parte do programa. — Ele passa a mão pelos cabelos de novo e parece frustrado. — A Corte das Gárgulas vai ser um sucesso. Estamos com você nessa. E Hudson também. Só estou falando esse monte de bobagens porque estou com medo.

— Medo de voltar para casa? — pergunto, ainda sem saber direito o que poderia haver de tão ruim em voltar para o lar da sua família, em especial onde as pessoas recebem joias de graça. Pelo que vi quando o Círculo veio para Katmere, Flint se dá muito bem com os pais. É totalmente o contrário do que acontece com Jaxon e Hudson.

— Medo de levar Luca comigo — responde ele, apressado. — Ele sempre quis ver uma Abastança e não quero tirar isso dele. O problema é... Essa coisa de apresentar alguém aos meus pais.

— Ahhh. — Finalmente compreendo. — É um horror mesmo. Afinal de contas, nem todo mundo tem a mesma sorte que tive com os pais do meu namorado, mas...

Ele solta uma risada sonora.

— É, tem razão. Por que estou tão preocupado, considerando que você teve que enfrentar Cyrus e Delilah logo de cara? Comparado ao que você passou, vai ser moleza.

— Comparado ao fato de que Cyrus tentou me matar — complemento, com as sobrancelhas erguidas. — Super de boa.

— Mesmo assim, eu queria que você fosse. Se aceitar, vou convidar os outros também. Para que a situação não fique esquisita. Além disso, a minha mãe quer ver você. Perguntei sobre a prisão e ela está topou conversar com a gente a respeito. Assim, se você e Hudson vierem, talvez a gente consiga descobrir se podemos ajudá-los a fugir da prisão. Ela diz que conhece a história do dragão que entrou e saiu da prisão no mesmo dia. Só isso já deve ser o bastante para fazer com que você e Hudson arrisquem uma viagem, não é?

— Você quer que Hudson vá, também? — pergunto, e essa sensação de frio na barriga tem tudo a ver com o fato de que venho me escondendo desde que ele me beijou ontem à tarde. Bem... desde que a gente se beijou. Sei que cedo ou tarde vou ter que encarar o fato, mas apertei o botão de pausa em tudo até passar na prova de história. — Se a gente fizer isso, ele não pode ser preso?

— Não se for uma viagem oficial para tratar de assuntos do Círculo. Ele é o seu consorte e você vai ser a nova rainha das gárgulas. Assim, ele se torna o próximo rei também.

— Isso significa que ele não pode ser preso de jeito nenhum? — pergunto.

— Um governante não deveria colocar seus pares na prisão. Além disso, se somos monarcas, não estamos sempre acima da lei? Tenho certeza de que isso caiu na minha prova de história.

Só não digo a ele que essa foi uma pergunta que acho que errei.

— Geralmente, sim, mas lembre-se de que você ainda não foi coroada. E, se sairmos escondidos e não contarmos para ninguém que ele escapuliu, vai ficar tudo bem.

— E se ele não ficar bem? — questiono quando nos levantamos e nos preparamos para voltar ao chão.

— Ele vai ficar — reitera Flint. — Minha mãe garante.

— Mas e se ele não ficar? — insisto de novo depois que voltamos ao chão.

— Bem, se não ficar, então ele vai ter a oportunidade de procurar pelo Forjador diretamente. — Flint abre a porta. — E nós vamos ter a oportunidade de planejar e executar uma fuga da prisão.

— Ah, claro. E isso tudo vai fazer com que eu me sinta menos preocupada? — indago.

Mas Flint apenas me manda um beijinho e vai embora saltitando, como um bom dragão faria.

Vida de merda.

Capítulo 69

UM CORPO QUE CAI

Depois que Flint vai embora, penso seriamente em voltar para o meu quarto e me jogar na cama com o almofadão do Harry Styles que ganhei de presente e a minha conta da Netflix. Mas a verdade é que a nossa conversa me deixou preocupada demais para dormir. Mesmo que não tivéssemos falado sobre tantos assuntos, somente aquele último comentário de Flint sobre armar uma fuga da prisão já seria o suficiente para isso.

O dia da formatura está quase chegando. E, muito provavelmente, isso significa que Hudson e eu vamos para a prisão. Se tudo der certo, teremos um plano para escapar de lá junto de Vander. Mas, se tem uma coisa que aprendi neste último ano, é a importância de poder me despedir quando tiver a chance.

Isso significa que tenho de fazer um último esforço para conversar com Jaxon. Mesmo que ninguém mais perceba, sei que tem algo de errado com ele. Algo que vai além do término do nosso relacionamento, embora eu nem sonharia em minimizar para alguém uma dor como essa.

Não. Tem algo mais acontecendo. E, como amiga, tenho a obrigação de comunicar a ele que pode contar comigo, se precisar. Que ele não precisa afastar todo mundo. E isso é exatamente o que o seu presente de aniversário para mim sugere que está fazendo.

Eu me lembro vagamente de que a Ordem disse que eles iam fazer uma espécie de ensaio para a cerimônia de formatura hoje. Ou seja: agora é a oportunidade perfeita de conversar com Jaxon a sós.

Subo pela escada, dois degraus de cada vez.

A antessala ainda está totalmente vazia, com exceção dos equipamentos para malhação. Mas, desta vez, a porta do quarto está aberta. E, quando atravesso a sala, percebo que o lugar também está vazio. Os instrumentos musicais, as obras de arte e os livros se foram. Em seu lugar não há nada além do vazio. Inclusive, os únicos itens que continuam naquele quarto são a cama, a escrivaninha e a cadeira. Até o meu cobertor vermelho favorito não está mais em lugar algum.

Nem Jaxon.

Não estou entendendo. Não entendo por que ele faria uma coisa dessas. Não entendo o que aconteceu com ele. Não sei como ajudá-lo. Simplesmente não entendo.

Não percebo que disse essas coisas em voz alta até que o rosto de Jaxon aparece na janela... pelo lado de fora. Ele está no parapeito. É claro.

— Oi! — exclamo com um sorriso. — Como estão as coisas?

Ele não responde à pergunta e não retribui o sorriso. Mas diz, afastando-se um pouco:

— Venha para cá.

Parece a oportunidade perfeita para conversar com ele. Assim, finjo não ver a mala aberta em sua cama e me dirijo até a janela, conjecturando durante todo o tempo como vou conseguir passar por ali. Não é uma manobra muito fácil... pelo menos para quem não é um vampiro.

Mas há uma coisa que esqueci. Jaxon pode estar agindo de um jeito meio estranho nos últimos tempos, mas ainda é Jaxon. E, quando chego até a janela, ele está bem ali para me ajudar. Como sempre.

— Obrigada — eu lhe agradeço quando sinto os pés firmes no piso de pedra do parapeito.

Ele faz um gesto negativo com a cabeça, como se dissesse que não preciso me preocupar em dizer isso. Depois, vai até as ameias, onde fica mirando o horizonte.

Pela primeira vez em muito tempo, sinto certo nervosismo por estar perto dele. Mas não é o tipo de nervosismo gostoso que senti na primeira vez em que conversamos. Não, este é um nervosismo completamente diferente. E não gosto da sensação de desconforto que isso me causa. Assim como não gosto do que isso representa com relação ao meu relacionamento com Jaxon e o que está havendo entre nós no momento.

Acompanho o olhar dele e percebo que está admirando o lago e o gazebo. Sinto o meu coração se partir um pouco quando lembro até que ponto chegamos... e o quanto perdemos.

— Você se lembra daquele dia? — sussurro. — Quando você me levou lá e nós fizemos aquele boneco de neve?

Ele nem me olha.

— Lembro.

— Sempre quis saber onde você arranjou aquela touca em forma de vampiro. — Eu me apoio na amurada, ao lado de onde ele está.

— A Carniceira a tricotou para mim.

— Sério? — A ideia de que a Carniceira fez a touca para Jaxon me dá vontade de rir, mesmo depois de todas as coisas que ela fez. De todas as maldades. Mais uma vez, penso em contar tudo a ele, mas receio que isso só piore tudo. E, francamente, não creio que ele seja capaz de enfrentar mais essa situação no momento.

Assim, em vez de estraçalhar a última de suas ilusões, eu me concentro no que há de positivo.

— Adorei aquela touca.

Ele dá de ombros.

— Ela sumiu.

— Não sumiu, não! — exclamo para ele, surpresa. — Era isso que você estava pensando? Que alguém passou por lá e a roubou?

— Não foi isso que aconteceu?

— Não! Meu Deus, tinha esquecido. Está no meu armário. Fui até lá no dia seguinte porque não queria que algo acontecesse com aquela touca. Eu a guardei no meu armário para lhe devolver depois, porque estava atrasada para a aula de artes. Mas foi então que... você sabe. Passei um tempo transformada em pedra. Me desculpe. Eu tinha esquecido completamente. Mas tenho certeza de que ainda está lá.

Ele olha para mim pela primeira vez. E consigo perceber em seu olhar o dilema intenso que arde dentro dele. Não sei qual dos dois lados vence, mas sei que há um pouco mais de carinho na sua voz quando ele diz:

— Obrigado.

— É claro. — Permaneço calada por um segundo, engolindo o meu medo. Em seguida, pergunto: — Já desejou poder voltar àquele dia? Quando tudo era simples? E perfeito?

— A ex de Hudson havia acabado de tentar matar você em um plano diabólico para ressuscitá-lo — responde Jaxon. — Isso é a sua ideia de perfeição?

— Eu não estava falando sobre Lia — eu digo a ele.

— Sei exatamente do que você estava falando — diz ele, engolindo em seco e balançando a cabeça. — Nós éramos duas crianças, Grace. Não fazíamos a menor ideia do que estava por vir.

— Faz menos de seis meses que isso aconteceu! — digo, rindo. — Eu não nos chamaria de crianças.

— Ah, sim. Mas muita coisa pode acontecer em seis meses — ele pontua.

E, nesse aspecto, ele tem toda razão. Olhe só para nós.

Há muito mais coisas que eu quero dizer, mas talvez a maneira que Jaxon escolheu para encarar a situação seja a correta. Talvez eu devesse só fechar a boca e parar de me importar.

Mas não sei ao certo.

E é por isso que faço a única coisa em que consigo pensar. Olho para a mala que está em cima da cama dele e pergunto:

— Por que está sempre arrumando suas coisas para viajar quando venho aqui? Ou Flint já convidou você?

— Me convidou para o quê?

— Ele vai para a Corte Dracônica este fim de semana e quer que a gente vá com ele. Vão fazer um festival para o maior feriado dos dragões e...

— A Abastança. Eu conheço. Aiden e Nuri organizam esse festival todos os anos. — Pela primeira vez em vários dias, os seus lábios se curvam ligeiramente em um sorriso. — É bem divertido.

— Você já foi?

— Faz muito tempo. Quando eu era parte da comitiva da Corte Vampírica, em uma época em que as relações entre as Cortes não estavam tão ruins quanto hoje.

— Bem, então você deveria ir de novo — peço. — Aposto que é mais divertido quando o próprio príncipe dragão faz parte do seu grupo.

Por um segundo, percebo que ele cogita aceitar. Contudo, em seguida, balança a cabeça e responde:

— Não posso. Recebi ordens de voltar para Londres.

— De novo? — pergunto. — Mas você esteve lá há pouco tempo.

— Sim... mas fui embora de repente. E Delilah não gostou muito disso. — Ele dá de ombros.

A irritação que sinto pela mãe dele fica aparente.

— Eu não sabia que você se importava com o que ela gosta ou não.

— Não me importo. Mas, se eu quiser que ela influencie Cyrus para anular as acusações contra Hudson, preciso pelo menos dar a impressão de que estou agindo de acordo com a expectativa dela.

— E acha que ela vai fazer isso? — Sendo bem sincera, fico chocada com a ideia. Delilah não parece tão maternal assim.

— Não sei. — Pela primeira vez, ele baixa a guarda. E parece... exausto. E acho que ele nem percebe que está esfregando a cicatriz, ou que voltou a tentar escondê-la. — Hudson sempre foi o filho favorito dela, então... quem sabe? É a melhor chance que temos.

Detesto ouvir isso, porque as informações que sei sobre Delilah não me fazem acreditar que ela vá mover um dedo para ajudar seu filho mais velho, em especial se isso significar alguma inconveniência para si mesma.

— Tome cuidado — peço a ele, porque não sei o que mais posso dizer.

— Um conselho da garota que faz de tudo para se envolver em problemas — responde ele, balançando a cabeça.

— Não tento me envolver em problemas. Eles simplesmente surgem.

— É... já ouvi isso antes. — Ele vai até a janela. — Preciso ir.

— Agora? — questiono, embora não saiba por que estou tão chocada.

— Preciso voltar para a formatura daqui a alguns dias, então... sim. Agora.

— Ele volta para dentro do quarto e estende a mão para me puxar pela janela.

Enquanto o observo recolhendo o celular e as chaves, sinto algo ruim tomar conta de mim. Não sou do tipo que acredita nessas coisas, mas desta vez... não vou conseguir só ignorar o mau pressentimento no fundo do estômago. Ou o fato de que não discutimos o que está acontecendo com ele. Preciso reiterar que ele tem amigos, pessoas que ainda gostam dele.

— Não vá — sussurro, segurando com força a mão dele. — Por favor. Preciso lhe dizer que...

— Pare, Grace. — Ele solta a minha mão e, em seguida, pega a mala e passa a alça sobre o ombro. — Está na hora de eu ir.

Ele volta a passar pela janela e vai até o parapeito, fazendo um rápido sinal para mim com a cabeça antes de saltar pela beirada.

Penso em sair de novo e ir até o parapeito só para vê-lo ir embora. Mas para que isso vai servir? Quando eu conseguir chegar lá fora, ele já vai ter sumido.

É o *modus operandi* dos Vega.

Assim, em vez de ir atrás de Jaxon, desço as escadas devagar. E, enquanto desço, penso muito naquele boneco de neve... e em todas as outras coisas que derreteram quando a primavera chegou.

Talvez, em todos esses anos, não é da chegada do inverno que nós tínhamos medo. E sim da primavera, que exibe toda a destruição e a desolação provocadas pelo inverno.

## Capítulo 70

## A VANTAGEM É DO TIME DA CASA

— Por que sempre temos que sair para fazer essas viagens no meio da noite? — questiona Macy, quando alguém bate à porta, ainda na madrugada de sexta.

— Hum, talvez porque a gente sempre esteja fazendo coisas que não deveríamos? — respondo enquanto vou até lá para permitir a entrada de Flint e Luca. E deixo a porta aberta para Hudson também, que não deve demorar a chegar.

— Não desta vez — responde ela ao vestir um moletom. — Esta excursão está autorizada pelo Círculo.

— Talvez. Mas ainda precisamos levar Hudson até lá sem que ele seja preso. Por isso, as viagens vão acontecer no meio da noite por enquanto.

— Me desculpem por causar essa inconveniência — comenta Hudson com a voz arrastada enquanto entra. — Vou tentar melhorar a questão de ser o inimigo do Estado para os nossos futuros projetos.

— Ah, claro. Nós dois sabemos que isso é besteira — digo, voltando para a minha cama e verificando, pela terceira vez, se a minha bagagem está pronta. Flint não me disse onde fica a Corte Dracônica, porque queria que fosse surpresa. Mas ele me falou que eu poderia levar quaisquer roupas que quisesse, desde que levasse pelo menos um blusão e um vestido elegante para a festa.

Depois da minha festa de boas-vindas, no meu primeiro dia em Katmere, quando eu não tinha um vestido para usar, comprei alguns de festa em um site. Mas um vestido de festa significa que tenho de comprar também sapatos elegantes, um sutiã sem alças e um monte de outras coisas com as quais os rapazes não precisam se preocupar. E, de algum modo, tive de dar um jeito de fazer com que tudo isso, além de roupas para três dias, coubesse em uma mochila... e sem usar magia.

— Quer dizer que eu não sou uma inconveniência, então? — pergunta ele, encostando o ombro no batente da porta.

— É claro que não — diz Macy. — Eu só estava sendo...

— Olhe... você é, sim — interrompo Macy, revirando os olhos. — Você é uma inconveniência desde o primeiro dia em que apareceu na minha vida. E nós dois sabemos que você não tem a menor intenção de mudar isso tão cedo.

Hudson boceja.

— E eu que pensei que estava me comportando bem.

— Provavelmente estava — concordo com ele, enquanto fecho o zíper da mochila. — Mas não é nada de especial.

— Você só diz isso porque nunca me viu quando me comporto mal.

— Desculpe. — Pego o blusão e o visto. — Acha que isso é alguma coisa da qual pode se vangloriar enquanto estamos todos aqui, tentando evitar que você seja levado para a prisão?

— Grace! — exclama Macy, em tom de bronca.

Mas Hudson só ri.

— Talvez você tenha razão.

— É, talvez. — Apoio a mochila no ombro e reviro os olhos mais uma vez, gemendo um pouco com o peso.

— Pegou tudo? — pergunta a minha prima enquanto verifica pela terceira vez a sua própria bagagem.

— Acho que sim. Se faltou alguma coisa, tenho certeza de que podemos conseguir o que falta quando chegarmos à Corte.

Hudson ri.

— Com certeza. Isso não vai ser um problema.

— Espere aí. Você sabe onde fica a Corte Dracônica? — Olho para ele, surpresa. — Macy e Flint não querem me dizer onde ela fica. Estão dizendo que querem ver a minha cara quando chegarmos.

— Sei exatamente onde é o lugar — responde ele. — Mas agora que eu sei que você não sabe, acho que vou guardar essa informação só para mim.

— Está vendo? — digo ao me esquivar dele. — É uma inconveniência mesmo.

— Então provavelmente é bom você gostar de mim do jeito que eu sou, não é? — retruca ele com um sorriso.

— Eu nunca disse uma coisa dessas. — Reviro os olhos depois de responder, mas o sorriso de Hudson só aumenta.

— Vocês têm o relacionamento mais bizarro que já vi — brinca Macy, mas ela não está errada. Nós temos, mesmo.

Mas, para nós, funciona. Então simplesmente dou de ombros.

— É minha obrigação ter certeza de que o ego do meu consorte não fique inflado demais. Assim, pelo menos ele consegue passar pela porta.

— E a minha obrigação é ficar cutucando a onça com vara curta até ela abrir a boca — rebate Hudson, com a covinha na bochecha aparecendo.

Macy olha para nós dois e diz:

— Escutem... por acaso vocês dois estão falando um tipo de código sexual?

Meu Deus do céu. Eu olho para Hudson e... ele estava. Faço um gesto negativo com a cabeça.

— Com certeza, é uma inconveniência.

Macy tranca a porta e nós saímos do castelo mais uma vez pela sua passagem secreta.

Quando saímos do prédio da escola, Éden e Flint já estão lá, junto de Luca e do tio Finn. Macy solta um gritinho de alegria quando percebe que o seu pai vai criar um portal para nós. E não vamos precisar fazer um voo longo que vai nos deixar gelados até os ossos.

— Oi, tio Finn. — Sorrio para ele, que retribui o sorriso, embora seus olhos demonstrem preocupação.

— Só estou fazendo isso porque Nuri me pediu pessoalmente. Ela me garantiu que todos vocês seriam tratados como membros da realeza durante essa visita.

Ele olha para nós e faz um sinal para que cada um dos meus amigos se aproxime, de modo que ele possa remover as pulseiras. Todos com exceção de Hudson, que simplesmente dá de ombros.

— Por favor, tentem passar pelo menos um fim de semana sem causar um incidente internacional, está bem?

Flint leva a mão ao peito, fingindo que está ofendido. E nós todos rimos. Até mesmo o tio Finn, que faz um gesto negativo com a cabeça e, em seguida, começa a gesticular como se fosse o maestro em uma orquestra.

Olho para Hudson, mas alguma coisa não parece muito certa aqui. Ele está com as mãos enfiadas nos bolsos e o queixo repuxado. Ergo as sobrancelhas para ele, me posicionando para perguntar o que está acontecendo. Mas ele simplesmente pisca o olho e tira uma mão do bolso para segurar uma das minhas. Quando nossos dedos entrelaçam, o calor familiar toma o lugar da tensão no meu estômago e afasto o pressentimento. Deve ter sido a minha imaginação.

— Vou deixar este lado aberto para você, Macy — explica o tio Finn quando termina de executar o feitiço. — Se tiverem algum problema... ou se criarem algum problema, voltem para o campus no mesmo instante. Estamos entendidos?

Todos garantimos que não queremos nada além de um fim de semana relaxante. Em seguida, passamos pelo portal. Tenho certeza de que o universo vai nos dar um fim de semana antes de acabar com as nossas vidas.

Capítulo 71

## SE OS PORTÕES DO INFERNO
## SE ABRIREM, POR QUE NÃO PODEMOS
## APROVEITAR TAMBÉM?

A única coisa que consigo dizer quando enfim pousamos na rua diante da Corte Dracônica é:

— Uau.

Reconheço de imediato o lugar. Estamos na cidade de Nova York, cara, e estou louca para sair e explorar!

Não é a primeira vez que venho para cá. Meus pais me trouxeram certa vez quando eu era pequena, mas não me lembro de muitos detalhes além do prédio do Empire State e muito trânsito. Desta vez, vou me lembrar de tudo.

Sei que só vamos passar alguns dias aqui, e que vamos ficar a maior parte do tempo na Corte Dracônica. Mas não vou permitir que isso me detenha. Vou escapulir no meio da noite, se for preciso. Mas vou dar um jeito de explorar a cidade. O fato de que Macy está quase pulando de alegria me informa que não vou ter dificuldades em encontrar uma parceira para essas escapadas.

O portal nos deixou no meio do bairro de Tribeca, e nós atravessamos a rua rumo ao saguão do prédio mais chique deste quarteirão. Aparentemente, a Corte Dracônica está surfando a onda do sucesso.

— Não acredito que a Corte fica em Nova York! — exclamo, empolgada. Mas é aí que um pensamento me ocorre. — Mas a Corte Dracônica é bem mais antiga do que a cidade. As Cortes mudam de lugar?

Flint confirma com um aceno de cabeça.

— Há dragões espalhados por todo o mundo. Mas a Corte é o lugar onde o rei e a rainha residem, a qualquer momento. A mesma coisa acontece com todas as facções. Bem, as espécies tentam não levar a sua Corte para uma cidade que já tenha uma Corte estabelecida, pois isso seria uma declaração de guerra. Mas, com exceção deste caso, elas podem ir de um lugar para outro, sim. Quem iria querer passar a eternidade no mesmo lugar? — Flint sorri para mim e eu acho que isso faz todo o sentido.

Por um momento fico imaginando onde iria querer estabelecer a Corte das Gárgulas, se eu pudesse escolher qualquer cidade do mundo. Mas balanço a cabeça para espantar esses pensamentos bobos. Ainda nem sei se quero fazer faculdade. E, com certeza, não estou pronta para tomar uma decisão como essa por um bom tempo. Se é que um dia vou estar.

Quando entramos no prédio, não consigo impedir que meus olhos observem todos os lados. Candelabros enormes feitos com vidro colorido — e tenho quase certeza de que são obras de Dale Chihuly — dominam a sala, e sinto vontade de passar algumas horas simplesmente admirando essas peças. É a primeira vez que admiro as obras dele em pessoa, e é algo tão encantador quanto sempre imaginei que seria. As formas e volteios que ele consegue criar com o vidro são admiráveis.

E o restante do salão é tão impressionante quanto. Um papel de parede dourado fosco, que tenho quase certeza de incluir ouro de verdade na composição, pisos de mármore travertino, móveis grandes e bastante almofadados e arranjos de flores naturais elaborados enchem aquele saguão elegante. Mas há toques mais divertidos também. Esculturas de dragão e uma vasilha gigante cheia de joias falsas, só para citar alguns.

— Senhor Montgomery! — A senhora idosa atrás do balcão da recepção, todo folheado a ouro, sai dali e quase atravessa o saguão correndo para chegar até nós. — Bem-vindo de volta à casa da família, senhor! A rainha está à sua espera. Ela me disse para avisá-lo que vá até o quinquagésimo quinto andar. Ela está ocupada com os preparativos para o banquete desta noite, mas deixou ordens expressas de que quer conversar com o senhor e os seus amigos antes de levá-los a seus quartos. — Ela se aproxima e sussurra com um ar conspiratório. — Acho que ela só está com saudades. E quer ver o seu rostinho antes que todas as festividades comecem.

— Vou falar com ela, sra. Jamieson. Obrigada por nos avisar. — Ele dá um abraço forte naquela senhorinha. — Eu estava com saudade.

— Ah, deixe de falar bobagem. — Ela dá um tapinha amistoso no ombro de Flint, mas suas bochechas ficam coradas e seu sorriso é cheio de alegria. — Eu estava com saudades também. Parece que foi ontem... quando você e o seu irmão ficavam brincando e voando por este saguão.

O sorriso de Flint se desfaz um pouco.

— É, às vezes tenho essa impressão também. — Ele se afasta. — Amanhã desço para conversar. Quero saber o que seus netos andam aprontando.

— Tenho um monte de fotos para lhe mostrar — diz ela. — Você sempre foi um menino muito bom.

— Eu me esforço, sra. Jamieson. Eu me esforço. — Ele pisca o olho para ela e, em seguida, nos leva até um elevador dourado e lustroso, separado dos outros quatro elevadores no saguão.

— Foi muito gentil o que você disse para aquela senhorinha — comenta Luca, que o observa com um olhar de adoração.

— A sra. Jamieson? — Flint parece ficar surpreso. — Ela é incrível, cara. Ela sempre tinha uns *cookies* incríveis na gaveta, só para Damien e para mim...

— Ah, Flint! Quase esqueci. — A sra. Jamieson vem trotando pelo saguão, com a caixa de uma confeitaria nas mãos. — Peguei estes para você antes de vir trabalhar hoje cedo.

O rosto dele se ilumina por inteiro.

— Cara... São aqueles com chocolate branco e meio amargo?

— Acha que eu lhe traria algum outro? — Ela o fita com um olhar de reprovação.

Ele se abaixa e lhe dá um beijo na bochecha enrugada.

— Algum dia ainda vou me casar com você, sra. Jamieson. Pode ter certeza.

— Acho que há pelo menos umas trezentas outras pessoas que não vão gostar dessa ideia. — Ela fala com a voz seca, quando aperta o botão do elevador. — Agora, vá lá conversar com a sua mãe.

— Trezentas? — repete Luca, com as sobrancelhas erguidas.

— Ela... ela estava exagerando — gagueja Flint, enquanto suas bochechas ficam coradas com um belo tom de siena queimada. — E muito.

— É claro que estava. — A tranquilidade da resposta de Luca só serve para intensificar o rubor de Flint.

O elevador chega imediatamente, o que me deixa surpresa — pelo menos até entrarmos. E percebo que só há quatro andares em que o elevador pode parar. E são os quatro andares mais altos, é claro.

Imaginando que posso ajudar Flint mudar o rumo da conversa, pergunto:

— A Corte Dracônica é dona desses quatro andares?

Mas Flint só ri.

— O prédio inteiro é nosso, Grace.

— O prédio inteiro? — Nem tento esconder o choque que fica evidente na minha voz. Os preços dos imóveis em Manhattan já são absurdamente altos, e este lugar... eu nem imagino o quanto uma cobertura neste prédio deve custar, e menos ainda o prédio inteiro.

— Dragões são bons poupadores, Grace. E nós descobrimos há um bom tempo que seria uma ótima ideia incluir imóveis no nosso tesouro.

— Pelo jeito, são mesmo — respondo, pensando na complexidade de tudo aquilo.

E Flint acha que vou conseguir estabelecer uma Corte das Gárgulas? Será que ele está falando sério? Bem, os meus pais me deixaram dinheiro suficiente para que eu não tenha que me preocupar com isso por um bom tempo, mas isso não chega nem perto de poder comprar um apartamento num prédio como este. E menos ainda de comprar um prédio inteiro.

Alguma coisa me diz que as outras Cortes são tão opulentas quanto esta. O que só me dá ainda mais certeza de estar numa posição totalmente desvantajosa. Isso se eu decidir que quero realmente participar desse Círculo. E ainda não tomei essa decisão. Nem de longe.

Mas isso é um problema para outro dia, porque as portas espelhadas do elevador estão se abrindo e Nuri está à nossa espera... junto a seis guardas armados e trajados com os uniformes da Corte Dracônica.

— Peguem-no! — ela ordena, e nem preciso olhar para trás para saber que Nuri está apontando diretamente para Hudson.

## Capítulo 72

### PRENDA-ME SE FOR CAPAZ

— Mãe! — Flint exclama, erguendo a mão para deter os guardas, quando eles se preparam para invadir o elevador. — O que está fazendo?

A hesitação dos guardas é tudo de que preciso, e aproveito este instante para me posicionar na frente de Hudson. Mas ele não aceita que eu faça isso. Em um instante, estou me movendo para ficar diante dele. No próximo, ele já está diante de mim.

— Afaste-se, Grace — diz ele, rosnando.

— Não! — esbravejo, já buscando o cordão de platina que pelo menos vai me dar uma oportunidade de lutar contra essa emboscada, seja o que for.

Mas Hudson não se abala. E, pela primeira vez, entendo o quanto um vampiro pode ser irredutível — em particular, se for tão poderoso quanto Hudson. Porque, gárgula ou não, não vou conseguir ficar na frente dele se Hudson não quiser. E, neste momento, ele definitivamente não quer.

— O que significa isto, Nuri? — Hudson questiona com uma voz tão fria quanto uma nevasca ártica.

— É *Rainha Nuri* para você — rosna ela. — E acho que você sabe exatamente o que isto significa. Ou você é ingênuo o bastante para achar que eu o deixaria vir até a minha Corte, sem consequências, depois do que você fez para o meu Damien?

— Eu sabia exatamente o que aconteceria se viesse. É bom ver que você não me decepcionou. — Ele ergue uma das sobrancelhas. — Afinal de contas... tal mãe, tal filho, não é? Não é assim que diz o ditado?

O rosto de Nuri enrubesce com tanta raiva que sua voz chega a tremer quando ela encara os guardas e diz:

— O que estão esperando?

Eles avançam ao mesmo tempo e eu entro em pânico, ciente de que Hudson não vai deixar que eu passe, a fim de me colocar entre ele e os guardas. Mas, no fim das contas, não preciso fazer nada. Luca se coloca diante dele para mim. Assim como Éden e Macy.

— Você não pode fazer isso — grita Macy. — Sei que você está triste pelo que aconteceu com Damien e...

— Já está feito — responde Nuri, friamente. — A única questão, agora, é saber quantos de vocês vão ser jogados nas celas com ele.

— Todos nós — grunhe Luca, mas percebo que Flint não se moveu.

— Tem certeza? — Os olhos de Nuri pousam em Macy, Luca, Éden e em mim. — Vão mesmo arriscar tudo por este vampiro? — Ela pronuncia a palavra como se fosse algo sujo. — Depois do que ele fez?

— Sim — responde Macy. — É exatamente o que vamos fazer.

— Não vão, não — diz Hudson a ela. E, pela primeira vez, ele parece estar um pouco inseguro diante daquilo, como se não conseguisse acreditar na situação.

Percebo quando vejo o rosto dele pelo espelho que Hudson não se refere à ameaça de prisão, mas ao fato de que alguém quer defendê-lo. De que alguém o apoia.

— Será que podemos ser francos aqui? — intervém Éden, e, em seguida, continua antes que Nuri lhe dê permissão para fazê-lo: — Damien era um cuzão. Eu o amava, Majestade. Assim como sei que Flint o amava. Mas ainda assim era um cuzão. E Damien foi o único culpado pela própria morte.

— Você se atreve a vir na minha casa e insultar o meu filho que morreu? — questiona Nuri. — A sua linhagem não é forte o bastante para isso, não acha?!

— Com todo o respeito, isso não tem nada a ver com a minha linhagem — retruca Éden, falando por entre os dentes. — O problema é que o seu filho nunca foi o homem que a senhora queria que fosse. E todos aqui sabem disso. Pode fingir o quanto quiser, mas passei quase a minha vida inteira na Corte, e isso era algo que todos comentavam. Também conheci Hudson nestes últimos meses. E descobri que ele é dez vezes o homem que o seu filho nunca foi.

Nuri recua como se tivesse levado um golpe. Eu prendo a respiração, à espera de ouvir a resposta. À espera de descobrir se esse pesadelo vai terminar ou se está só começando. Por um segundo, ela parece mais velha — muito mais velha do que parecia no campo do Ludares — e abatida. Como se qualquer pensamento descuidado pudesse derrubá-la.

No entanto, logo em seguida, ela estrangula a tristeza bem diante de nós. E se ergue até o alto do seu um metro e oitenta de pura nobreza, nos encarando de cima para baixo, e ordena:

— Peguem-na também.

— Por que, mãe? Porque ela disse o que pensa? — Flint entra na conversa pela primeira vez, depois do que parece ser uma eternidade. — Isso é o que Cyrus faz. Nós não somos assim.

Ela o ignora, decidindo encarar os guardas com um olhar severo enquanto espera que cumpram as ordens que lhes deu. E, embora eles tivessem ficado muito felizes em arrastar Hudson para a masmorra, ou seja lá qual é o lugar onde eles prendam as pessoas em prédios como este, parece que não estão com o mesmo entusiasmo em prender uma garota-dragão simplesmente por dizer a verdade a quem está no poder.

Mas Nuri não se dá por vencida. E, conforme os segundos tensos vão passando, acho que todos nós conseguimos entender isso.

Mesmo sob os protestos de Luca, Macy e os meus, Hudson sai de trás dos nossos amigos, certificando-se de proteger os corpos deles com o seu próprio.

— Vou com os seus guardas se você deixar Éden e o restante dos meus amigos em paz.

Nuri ergue uma sobrancelha, imperiosada.

— Você vai com os guardas independentemente do que aconteça.

— Talvez eu vá — concorda Hudson, erguendo a sobrancelha com arrogância. — Ou talvez eu decida derrubar este prédio inteiro. Quer me testar?

O olhar da rainha aponta para a pulseira mágica que ele está usando. A mesma que neutraliza seus poderes, como todo mundo sabe. Ele simplesmente abre um sorriso torto em resposta. Em seguida, leva a mão até a pulseira e abre o fecho, segurando-a para todos verem, antes de jogá-la aos pés de Nuri.

Macy solta um suspiro de surpresa. Éden ri e Luca procura um lugar para se esconder, antes de se lembrar de que está em um elevador.

Não tenho nem tempo de pensar por que a pulseira de Hudson não funcionou durante todo este tempo. Mas olho para ele pelo espelho com uma expressão que diz que nós definitivamente vamos conversar a esse respeito mais tarde. Por enquanto, estou mais preocupada em intervir em sua prisão.

Nuri o observa com os olhos estreitados, como se o estivesse avaliando e tentando decidir se vai pagar para ver. Mas, no fim, ela simplesmente dá de ombros e diz:

— Deixem a garota. Mas levem-no para a cela que separei para ele.

— Hudson, não! — Tento segurar no braço dele, fitar seus olhos pelo espelho diante de nós outra vez. — Você não precisa aceitar isso.

— Está tudo bem, Grace — garante ele, como se nada de especial estivesse acontecendo. Em seguida, tira a minha mão do seu braço como se eu não fosse nada além de um inseto.

Não é o que eu esperava dele. O vazio que encontro em seu olhar é tão estranho que sinto que tudo dentro de mim se encolhe. Digo a mim mesma que isso é só uma fachada que ele está mostrando para Nuri; que aprendeu com o pai que qualquer coisa que ame pode ser usada como arma contra ele. Isso, porém, não impede meu estômago de se retorcer ou as minhas mãos de se umedecerem por conta do medo.

Não sei aonde ela vai levá-lo. Não sei o que ela planeja fazer ou o que espera conseguir com isso. Entretanto, quando vejo os guardas colocarem correntes ao redor dos pulsos e tornozelos de Hudson, as expressões nos rostos dos meus amigos indicam que, seja o que for, não vai ser nada bom.

Capítulo 73

## NÃO VOU FICAR AQUI FAZENDO
## CELA PARA NINGUÉM

Ficamos observando em silêncio enquanto os guardas levam Hudson para longe. Ele não lutou nem resistiu à prisão, mas ou os guardas estão com muito medo dele, ou são muito sádicos, porque deixaram as correntes bem apertadas. O que faz com que ele tenha de andar com bastante dificuldade. Claro, talvez seja essa a ideia por trás de tudo.

De qualquer maneira, Nuri estampa um sorriso contente no rosto enquanto acompanha os guardas até que eles desaparecem em outro corredor. Será que eles estão indo para o elevador de serviço? Ou será que ela preparou a prisão para ele neste andar? Tenho a impressão de que é o elevador de carga. Mais tarde, pretendo perguntar à sra. Jamieson onde fica esse elevador, porque não vou permitir que ele passe a noite preso. De jeito nenhum.

Quando o som das correntes se arrastando pelo piso caro se dissipa, Nuri nos encara com um sorriso gracioso.

— Vou mostrar seus quartos agora.

É a coisa mais bizarra que ela poderia ter dito neste momento. E levo alguns segundos para processar tudo. Só que, quando consigo, me viro para ela com todo o medo e a fúria acumulados dentro de mim.

— Não está achando que vamos nos esconder em nossos quartos como um bando de crianças boazinhas depois do que acabou de acontecer, não é?

— Grace... — Flint se aproxima e coloca a mão no meu braço, mas eu me afasto. Não estou muito feliz com ele no momento, também. Talvez ele não soubesse dos planos de Nuri, mas não defendeu Hudson.

— O que espero, Grace, é que você faça o que todos nós fazemos em momentos como este. Aquilo que é mais prudente para você. Neste caso, creio que o melhor a fazer é ir para o seu quarto, desfazer as malas e esfriar a cabeça. — Os olhos dela se estreitam um pouco. — O dia está mais quente do que deveria.

É uma ameaça, do tipo que nem chega a ser discreta. Mas não estou nem aí. Não quando o pânico é um monstro vivo dentro de mim, roubando todo o meu oxigênio e se debatendo o tempo todo. Eu respiro fundo. E respiro fundo mais uma vez, mais várias vezes, enquanto conto até dez, vinte, cinquenta. Eu me concentro nos nomes de dez coisas nesta sala, na sensação dos dedos dos pés raspando a sola dos meus sapatos, mas nada parece funcionar. Sempre volto ao rosto de Nuri, ao seu olhar, e isso me destrói. O mesmo acontece quando penso em Hudson trancafiado e vulnerável. E também por eu não ter a menor possibilidade de ir ajudá-lo.

Talvez seja por esse motivo que eu desconto a minha raiva em Flint:

— Você sabia que isso ia acontecer?

Ele nega com um meneio de cabeça, mas não me encara. Em vez disso, fica olhando para a frente, com uma expressão vazia no olhar e o queixo repuxado.

Tal atitude me enfurece como nada mais seria capaz de fazer. Essa criatura sem emoções não é o Flint que conheço. E isso significa o quê? Que todo este fim de semana foi só uma armadilha? Mas quem a armou? Nuri ou Cyrus?

Fito Macy com uma expressão de pânico, já que ela geralmente sabe muito bem como me acalmar. Mas o jeito que ela me olha em resposta mostra que está tão confusa e assustada quanto eu. O que só serve para aumentar ainda mais o meu pânico.

Ainda assim, dou um jeito de ficar calada — e de não perder a cabeça — quando Nuri nos leva a um dos andares inferiores e nos acompanha até os nossos quartos. Ela tem razão. Não sobre eu precisar me acalmar, mas sobre parar por um momento e avaliar a situação. Pensar em qual será a minha próxima ação. E se isso significa que tenho de ir para o meu quarto, como uma gárgula boazinha faria, então que seja.

O corredor pelo qual passamos é lindo, e o salão de bailes que atravessamos é muito elegante... e parece preparado para receber quase mil pessoas. Em qualquer outra ocasião, sei que ficaria fascinada. Mas, agora, mal noto o que há por ali. Toda a minha atenção, cada parte de mim, está concentrada em Hudson e no cordão azul e brilhante dentro de mim.

Não sei como isso funciona. Não sabia nem que esses cordões existiam até saber do elo entre consortes que eu tinha com Jaxon. E fiquei muito assustada com a possibilidade de olhar para o cordão do meu elo com Hudson mais de perto.

Assustada com a possibilidade de que o elo vai fazer com que eu veja mais coisas do que quero ver em relação a ele... ou que ele veja mais do que quer ver em relação a mim.

Assustada porque posso gostar demais daquilo que vier a descobrir.

Assustada porque talvez eu não consiga me afastar dessa situação... ou deixar que ele se afaste.

Mas agora... agora eu busco o cordão com todas as minhas forças. E fecho a mão ao redor dele com a mesma determinação com que seguro o meu cordão de platina. Estou desesperada para encontrá-lo, para senti-lo, para saber que ele está bem.

No momento em que meus dedos se fecham ao redor do elo, sinto Hudson dentro de mim, segurando o lado dele do elo. Sinto o impacto de tantas emoções que quase tropeço. Emoções que não estou preparada para examinar. Nem para reconhecer. Assim, folheio as camadas do nosso relacionamento até encontrar a parte que preciso: apenas Hudson.

Imagino que ele possa estar assustado, frenético e tão preocupado consigo mesmo quanto estou com relação a ele. Mas não sinto nada disso. E essa situação é algo que me assustaria, não fosse pelo fato de que, no fundo, há uma sensação de carinho em vez de preocupação; de calma, em vez de medo.

Hudson está bem. Pelo menos por enquanto. Tenho tempo para criar uma estratégia para tirá-lo de lá antes que Nuri execute a próxima etapa do seu plano, seja qual for.

Por um instante, não consigo evitar o desejo de que ela fosse algum vilão da ficção, pronta para descrever seus planos nos mínimos detalhes para que o herói (ou, no caso, a heroína) descobrisse uma maneira de vencê-la. Mas isto aqui é a vida real, não a ficção. E Nuri não parece o tipo de pessoa tapada que revelaria seus planos para qualquer um. Por outro lado, ela também não parecia capaz de sequestrar e aprisionar ninguém, também. Mas só preciso lembrar o que aconteceu agora há pouco.

Aperto o cordão azul mais uma vez e, novamente, fico contente pelo lampejo de eletricidade que passa por mim em resposta. Hudson ainda está vivo. Ainda está forte. E isso é tudo que interessa.

— Este é o seu quarto, Grace — explica Nuri, quando para diante de um belo quarto azul. Tem outro candelabro de Dale Chihuly pendurado sobre a cama, uma mobília bonita branca e prateada, e uma colcha que, por coincidência, tem quase o mesmo tom de azul do elo entre consortes que fiquei observando nos últimos cinco minutos.

Faço que sim com a cabeça e, depois de olhar para Macy como se quisesse dizer "Venha aqui assim que Nuri for embora", entro no quarto. Nuri para por um instante diante da porta, como se esperasse que eu a agradecesse ou fechasse a porta. Mas o oceano vai ter de literalmente secar antes de eu pensar na hipótese de fazer qualquer uma dessas coisas.

Ela nos convidou para uma celebração e para nos ajudar a decidir o que fazer. Em seguida, mudou de time e prendeu Hudson em uma cela sem pensar duas vezes. Não vou agradecê-la por isso. E não vou fechar essa porta. Não quero me arriscar a ficar aprisionada aqui dentro também.

Este quarto pode ser a personificação do luxo para a maioria das pessoas, mas, quando uma porta é trancada pelo lado de fora, é uma prisão como qualquer outra. Hoje não vai ser o dia em que vou abrir mão da minha liberdade por livre e espontânea vontade. Não quando a liberdade de tantas outras pessoas depende de eu continuar livre.

Assim, em vez de dizer alguma coisa a Nuri, Flint ou aos outros, largo a mochila na bancada para bagagens, no *closet* aberto ao lado da porta, e finjo procurar algum item entre os meus pertences, ficando de costas para ela.

Sinto que ela está esperando. Ouço sua respiração. Mas, quando fica claro que não planejo me mover, ela leva a mão até a maçaneta da porta e começa a fechá-la.

— Não, obrigada. — Estendo a mão e o pé, já transformados em pedra, e impeço que a porta se feche.

Nuri não parece ficar chocada com o meu gesto. Em vez disso, ela parece estar intrigada... e vigilante. Muito, muito vigilante.

— Suponho que vamos deixar esta porta aberta, então — ela comenta antes de continuar pelo corredor. Meus amigos a seguem como se fossem patinhos... ou servos obedientes. Acho que vou saber nos próximos dias.

Capítulo 74

## O PASSADO É REALMENTE
## UM PRÓLOGO

— Meu Deus do céu! — exclama Macy, no instante em que chega ao meu quarto.

— Eu sei — É a minha resposta, levantando-me da cama pela primeira vez desde que deitei ali, meia hora atrás.

Já contei cada rosa em alto-relevo na moldura de gesso do teto pelo menos dez vezes e posso afirmar que há 227 delas com oito pétalas cada uma, num total de 1.816 pétalas. Não que alguém vá se importar com isso, mas pelo menos encontrei alguma coisa para fazer além de prestar uma atenção obsessiva ao meu elo entre consortes azul.

— Tipo... meu Deus, Grace.

— Eu já sei.

— O que vamos fazer?

— Isso... eu não sei.

Abro a mochila e pego um pacotinho de Twix. Em seguida, entrego uma das barras para Macy. Nuri colocou pequenas cestas com frutas e queijos em nossos quartos, mas, a esta altura, além de não querer nada que venha dela, eu não confio em nada que venha dela.

— Além de tirar Hudson da prisão antes que ele derrube o prédio inteiro? Tenho certeza de que ele vai parar em uma prisão de verdade se fizer isso, e não somente para encontrar o Forjador.

— Sim. — Ela suspira. — Eu sei.

Mordo o Twix para encontrar coragem no chocolate. Depois, pergunto aquilo que não sai da minha cabeça desde que Nuri mostrou quem era.

— Acha que Flint sabia que isso ia acontecer?

— O quê? — pergunta Macy, genuinamente chocada. — Ele não faria uma coisa dessas com você.

Tenho vontade de acreditar nisso, mas já me enganei com relação a Flint antes. E, embora eu acredite muito que o aconteceu no passado deve ficar no passado, é difícil fazê-lo quando o passado insiste em me acertar socos na cara. O tempo todo.

— Não sei. Quero acreditar que ele não nos trairia desse jeito, mas e se tudo isso fosse só um plano bem elaborado para trazer Hudson até aqui?

Ela parece confusa.

— Eles fazem esse festival todos os anos. Não foi um plano para...

— Não estou falando do festival, e sim dos assuntos do Círculo. E da promessa de um dragão que saiu daquela prisão em um dia. E se nada disso for verdade? E se tudo isso for só uma aventura maluca e sem sentido que vai acabar estragando tudo? — A minha voz fica embargada e eu respiro fundo, determinada a sufocar o pânico que me atormenta desde o momento em que as portas daquele elevador se abriram.

É uma pena que seja algo mais fácil de falar do que fazer.

— E se Flint pensar que... — Deixo a frase morrer no ar. Nem sei direito o que quero expressar. E também... talvez tenha um pouco de medo de colocar em palavras aquilo de que mais tenho medo.

— E se eu pensar o quê? — Flint indaga, surgindo sob o vão da porta, com o rosto sisudo e sem o sorriso que é sua marca registrada.

Luca está atrás dele, mas a situação não parece estar bem. Há um espaço considerável entre os dois. E, mesmo daqui de onde estou, consigo sentir a frieza do vampiro. Pelo jeito, não sou a única que tem dúvidas aqui.

— Não sei — respondo, quando a sensação de traição toma conta de mim. — Talvez, se eu soubesse, não me sentiria tão tapeada.

O queixo dele estremece.

— Você está sendo injusta, Grace.

— Estou? Sério mesmo, Flint? É este o seu argumento? Hudson está numa cela agora...

— Por ter matado o meu irmão! — ele grita. — Ele está preso porque matou Damien. Você nunca se lembra disso.

— Eu não esqueci de porra nenhuma — garanto a ele.

— Meu Deus. Você já sabia que isso ia acontecer! — exclama Macy, e parece ficar enjoada.

— Não, eu não sabia. — Ele balança a cabeça com força. — Se soubesse, não teria trazido vocês até aqui. Mas vocês precisam entender o lado da minha mãe também. Hudson é o cara que matou o filho dela.

— Porque o filho dela estava agindo com Cyrus para dominar a porra do mundo! — digo a ele. E não consigo acreditar que estamos tendo essa discussão, logo agora. — Ele ia machucar muita gente. Ele...

— Ele era meu irmão! E eu o amava. Bom... mas no fim ele não era uma pessoa boa. E sinto muito por isso. De verdade. Mas ninguém tem o direito de matar um cara só porque ele é um cuzão. Acha mesmo que Hudson não devia ser castigado pelo que fez com Damien? Pelo que fez com toda a minha família?

— Ah, do mesmo jeito que você não foi castigado por tentar me matar, várias vezes? — questiono. — Ou isso não importava, porque Lia já tinha matado os meus pais e não sobrou mais ninguém para sentir a minha falta?

— Meu pai e eu sentiríamos a sua falta — diz Macy, com a voz baixa.

— Então é isso. — Encaro Flint com um sorriso amargo. — É assim que as coisas são.

— Não é a mesma coisa, Grace. Eu estava tentando salvar...

— O quê? O mundo? — pergunto, com os olhos arregalados e com uma meiguice completamente falsa na voz. — De quem? De mim?

Eu olho para Luca e Macy com a minha expressão mais inocente.

— Mas isso é meio estranho, de acordo com essa sua lógica, ainda mais considerando que não fiz nada. Eu nem sabia o que estava acontecendo. Era Lia quem tinha criado aquele plano cruel. Lia era quem estava tentando "destruir o mundo", trazendo de volta Hudson Vega, o vampiro malvadão. Mas ela era poderosa demais para ser vencida. E, por isso, você decidiu que era eu quem devia morrer. Você decidiu que eu era somente alguém cuja morte não faria diferença no seu plano para salvar o mundo. Uma perda razoável.

Minha garganta fica embargada pela emoção, mas me esforço para limpá-la porque ainda não terminei de falar.

— E o que foi que fiz, Flint? Eu o acusei de alguma coisa? Exigi que você fosse preso por tentativa de homicídio? Por me agredir? Por ser cúmplice da porra de um sacrifício humano? Não. Não fiz nada disso. Deixei tudo isso de lado. Tentei superar a questão. Porque entendi que você não tinha saída. Que não havia opção. E você estava tentando salvar quem pudesse ser salvo. E não me arrependo dessa decisão. Ainda acredito que foi a decisão certa a se tomar. Achei que a gente podia deixar o passado para trás e que tudo ficaria bem. Mas não se atreva a bancar o justo comigo agora, seu filho de uma puta do caralho. Porque a única coisa que consigo ver entre o que Hudson fez e aquilo que você fez é que ele conseguiu. E o alvo dele sabia o que estava para acontecer. Por isso, vá se foder. Você e toda a sua Corte Dracônica. Vou encontrar sozinha essa masmorra, esse porão ou qualquer que seja o lugar onde estão prendendo Hudson. Vou tirá-lo de lá e nós vamos sair dessa merda de lugar. E se você e eu nunca mais voltarmos a conversar... bem, não vou achar ruim. Nunca consegui suportar gente hipócrita mesmo.

# Capítulo 75

## É ISSO AÍ

Flint não diz uma palavra, embora tenha empalidecido a ponto de sua pele ficar num tom de bege que, em outras ocasiões, até me deixaria preocupada. Contudo, neste momento, estou irritada demais para me importar. E o fato de que ele está parado no vão da porta, bloqueando o meu caminho para a liberdade, só me irrita ainda mais. Talvez seja por esse motivo que transformo o meu ombro em pedra quando o acerto para abrir caminho e passar por ali.

E dou de cara com Nuri, já que, ao que parece, essa desgraçada está em todos os lugares. Puta que pariu, é muito azar.

— Já terminou de dar o seu piti? — ela pergunta, sem se abalar.

— Não sei. Você já libertou o meu consorte?

— Ainda não.

— Bem, então acho que o meu "piti" ainda não terminou.

Vou passar por ela também, mas Nuri agarra o meu pulso e me segura no lugar onde estou. O que só me deixa ainda mais furiosa.

— É melhor você me soltar — aviso a ela.

— E é melhor você se acalmar — ela devolve, mas solta o meu pulso. — Minha paciência com você tem limite, Grace.

— Ah, ótimo. Porque posso dizer o mesmo em relação a você, Nuri.

Macy engole em seco com um som bastante audível. E Luca, que ainda está no corredor, dá um passo largo para entrar no meu quarto. Imagino que queira sair da zona de impacto.

Nesse meio-tempo, Nuri me encara com um olhar inflamado.

— Acho que você quis dizer "Vossa Majestade".

É um golpe baixo usar a hierarquia para me atingir. Mas ela se esqueceu de um detalhe. Nuri não é a única pessoa aqui que tem um título de nobreza. E é por isso que abro um sorriso meigo para ela e retruco:

— Só quando você se referir a mim do mesmo jeito.

Um pedaço de mim espera que ela me dê um tapa na cara para que eu me lembre do meu lugar (Cyrus com certeza faria isso). Mas esse mesmo pedaço também receberia isso com toda a alegria. Porque não sou a mesma garota que fui em novembro — perdida, exausta e tão triste que o caminho da mínima resistência parecia o único que eu poderia seguir.

Jaxon, Hudson e Macy, cada um do seu jeito, me ajudaram a superar a tristeza e a sensação de entorpecimento para conseguir me reencontrar. E não encontrei só a minha versão antiga, mas também uma versão mais forte de mim mesma. Alguém que é capaz de cuidar de si própria e também das pessoas que ama. Não estou disposta a voltar àquela existência infeliz. Não agora e, se depender de mim, nunca mais.

Mas Nuri me surpreende. Em vez de tentar me acertar, ela diz:

— Tudo bem, Grace. Se você quer brincar com as garotas grandes... então proponho um jogo chamado "Vamos fazer um acordo".

Agora é a minha vez de encará-la com uma expressão de irritação.

— Do que está falando?

Ela ri.

— Nada de ficar toda cautelosa comigo, agora. Venha. Vamos para o meu escritório. — Em seguida, ela dá meia-volta e começa a andar pelo corredor.

— "Disse a aranha para a mosca" — resmungo.

— Acho que você quis dizer o dragão, não é? — ela pergunta, olhando para trás, com uma sobrancelha erguida com toda a pompa. — É muito mais mortífero do que uma aranha.

Aquilo é uma ameaça pura e simples. Mas não me assusta. Ela não me assusta. Pelo menos, não mais. Porque, se houver um acordo que possa ser feito para tirar Hudson daquelas malditas correntes, eu o aceito.

O escritório de Nuri situa-se em um andar mais abaixo. Assim, descemos em silêncio até lá pela escada (acho que nenhuma de nós está com a cabeça fria o suficiente para entrar com a outra num elevador fechado neste momento). Meu celular vibra o tempo inteiro, e não preciso ser um gênio para saber que é Macy me bombardeando com mensagens.

Há um pedaço de mim que não se importaria em receber uns conselhos sobre como lidar com Nuri, mas não estou nem um pouco disposta a pegar o celular e demonstrar fraqueza. Além disso, acho que preciso confiar no meu próprio instinto.

Quando finalmente chegamos ao escritório dela, Nuri abre a porta com um floreio teatral. E assim que entro eu entendo a razão. Assim como entendo por que ela insistiu em conversar aqui e não em outro lugar. O escritório é tão dramático, elegante e poderoso quanto a própria rainha dos dragões.

A escrivaninha em si até que é delicada — um modelo estilo Rainha Anne, assim como aquela que a minha mãe tinha, embora esta fosse de um tom mais escuro de cerejeira. Mas a delicadeza termina aí. As cores da mobília, dos tecidos e das paredes são vermelhos ousados, roxos majestosos e brancos poderosos que atraem o olho e estimulam a imaginação.

Bem alto em um dos cantos, há um mostruário em vidro contendo o que parece uma coleção de artefatos egípcios. Um papiro, um vaso e joias de aparência bem antiga. Lembro-me de que Flint mencionou, certa vez, que sua mãe era originária de um clã egípcio de dragões. Assim, provavelmente esses objetos são de grande importância para ela.

Ao longo da parede cortada por janelas enormes que dão vista para a cidade — e que vista! —, há três obras de arte moderna em cores audazes que enviam uma poderosa mensagem de força e singularidade. E os enfeites, todos em temas relacionados a dragões ou à realeza, conferem um ar ainda maior de autenticidade a todo o escritório. Assim como o notebook bastante usado na beirada da escrivaninha.

— Quer beber alguma coisa? — oferece Nuri, apontando para um pequeno frigobar no canto com uma jarra de prata logo em cima, junto a vários cálices.

— Cicuta? — pergunto, porque, a esta altura, imagino que ela seja capaz de fazer qualquer coisa.

— Quase — ela responde, rindo. — É suco de abacaxi. Quer um copo?

— Não.

— Sente-se, por favor. — Ela aponta para uma das duas cadeiras posicionadas diante da sua escrivaninha. Ambas são forradas com um tecido branco totalmente imaculado. Em qualquer outra ocasião, eu teria um medo enorme de me sentar nelas, pensando no transtorno que causaria se uma caneta vazasse ou se eu derrubasse a minha bebida.

Sento-me na cadeira da esquerda e sou mesquinha o bastante para me arrepender de não ter aceitado o suco.

Ela vai até a cadeira roxa atrás da escrivaninha, que se parece muito mais com um trono do que com uma cadeira de escritório ergonômica.

Quando está sentada, ela pega uma caneta e começa a girá-la entre os dedos, enquanto me observa por vários segundos. E tenho certeza de que está esperando que os meus nervos saiam do controle. E não vou mentir: meus nervos estão mesmo à flor da pele. Junto a um monte de vozes no fundo da cabeça que me alertam que preciso tomar cuidado ao lidar com Nuri.

Por fim, ela quebra o silêncio:

— Você concordaria, Grace, se eu dissesse que ações têm consequências?

— Eu concordaria com isso — digo a ela. — Se pudermos concordar que a motivação influencia essas consequências. E eu também diria que aqueles que moram em prédios com telhados de vidro não devem jogar pedras no telhado dos outros.

Ela não responde verbalmente ao meu último comentário, mas a velocidade com que gira a caneta-tinteiro nos dedos aumenta significativamente conforme ela continua:

— Não acredito que você seja tão ingênua a ponto de achar que não existe oposição para que você e Hudson pleiteiem um lugar no Círculo. No momento, estamos divididos ao meio. Dragões e bruxas a favor, vampiros e lobos contra.

Ela junta as mãos diante de si e me observa por cima da ponta dos dedos.

— Mas isso pode mudar a qualquer momento.

É mais uma ameaça não tão velada. E há um pedaço de mim que quer o Círculo vá para o inferno. Não estou com a menor vontade de lidar com o restante das jogadas políticas que fazem parte dessa organização pelo resto da minha longa vida. Mas Nuri tem razão. Não sou tão ingênua. E sei que o meu único poder — a única coisa com a qual posso barganhar — é o fato de todas as diferentes facções saberem que conquistei o meu lugar no Círculo, gostem ou não.

Assim, em vez de esbravejar com ela e sair daquele escritório do jeito que tanto quero, eu me recosto na cadeira e pergunto:

— O que você quer, Nuri? Porque isso é a razão por trás de tudo que está acontecendo, não é? A parte do dia em que brincamos de Vamos Fazer um Acordo?

— Bem, na verdade, eu acho que ainda não chegamos nesse ponto — pontua ela. — Para começar... o que é que você quer?

— Quero que Hudson seja solto da sua masmorra e que os meus amigos e familiares estejam em segurança — respondo, de pronto.

— Só isso? — Ela ergue uma sobrancelha escura. — Nada de Corte? Nada de Círculo? Se você se tornar a Rainha das Gárgulas, vai precisar de uma perspectiva bem mais ampla. Suas decisões não podem se basear só em seu consorte, amigos e família. Você tem que pensar no que é melhor para as nossas cinco facções, em geral.

— Com todo respeito, discordo — digo. — Sim, temos que governar para todos. Mas acho que o problema de Cyrus é que ele acha que está fazendo essas coisas pelos vampiros espalhados pelo mundo, mas isso não é verdade. Tudo que Cyrus faz, ele faz pensando em si mesmo.

— Finalmente encontramos algo em que concordamos — comenta Nuri.

— Acho que, se todo o Círculo se importasse mais com as pessoas concretas em suas próprias vidas e menos com o conceito abstrato de poder, nossas vidas seriam muito melhores. É por isso que considero a motivação tão importante ao tomar decisões, como sobre castigos, ou sobre o que é certo e o que é errado. Ações têm consequências? Claro que têm. Tudo que fazemos um dia tem consequências. Pelo menos uma. A camisa que escolho determina se me sinto confiante para enfrentar o dia. A resposta para essa pergunta determina se vou me sair bem ou não no meu seminário de inglês. A resposta para isso determina se vou ficar com meus amigos hoje à noite ou se vou estudar. Estou falando sobre coisas simples, eu sei. Mas isso não significa que não sejam importantes. Coisas pequenas se transformam em coisas grandes. Coisas grandes se tornam coisas enormes. E as coisas enormes...

— Matam a todos nós — conclui Nuri.

— É mais ou menos por aí. — Suspiro. — E eu entendo. Não sou idiota. Entendo o quanto você deve ter ficado ferida por dentro por não ter podido salvar Damien. Eu me sinto do mesmo jeito sabendo que os meus pais morreram porque alguém que nunca viu nenhum de nós decidiu que seria dessa maneira. Porque ela precisava de alguma coisa que eu tinha. Sabe qual é essa sensação? — pergunto. — Saber que as duas pessoas que eu mais amava no mundo morreram por minha causa? E acha que não sei nada sobre ações e consequências? Acha que eu não sei que uma decisão pode simplesmente mudar tudo?

Penso em Jaxon e Hudson.

Na Carniceira e no falso elo entre consortes.

Em Xavier e em como Hudson implorou para que não enfrentássemos a Fera Imortal.

Em Lia e nos meus pais.

Penso em todos eles.

— Ações têm consequências — repito. — As pessoas cometem erros. Corações são partidos. Mas... julgar essas consequências? Decidir quais consequências uma pessoa deve enfrentar? Tudo isso são simplesmente mais ações. E essas ações levam a mais consequências. Que com frequência são sangrentas. Tudo isso se transforma em um ciclo infinito do qual não podemos nos livrar. A menos que façamos escolhas diferentes. A menos que as consequências que impomos reflitam não só o que aconteceu, mas por que tais eventos aconteceram. E como podemos curar a divisão causada por elas.

É a argumentação mais longa que já fiz na vida. E, quando termino, volto a me recostar na cadeira e espero o veredicto. Porque eu não estava falando isso só para tentar impressionar Nuri. Fui sincera em cada palavra que verbalizei, e não só porque quero libertar Hudson (embora, com certeza, isso seja um dos motivos).

Mas também porque aprendi nesses últimos seis meses que as nossas ações importam. As nossas palavras importam. Não podemos simplesmente fingir que isso não acontece. No entanto, até entendermos isso, até começarmos a agir como se tudo isso fizesse mesmo a diferença, vamos só continuar cometendo os mesmos erros.

Nuri não se pronuncia por um longo tempo. Fica apenas me encarando e pensando. E pensando. E pensando mais um pouco. Quase consigo vislumbrar as engrenagens funcionando dentro da sua cabeça, os pratos da balança pendendo de um lado e de outro, enquanto ela considera e reconsidera o que eu disse.

Isso se estende por tanto tempo que já estou a ponto de ter um ataque quando ela diz:

— Pergunte de novo o que eu quero.

Chegou a hora. Estou sentindo. A minha chance de libertar Hudson e, talvez, se tudo der certo, consertar um pouco do estrago que todos nós causamos.

— O que você quer?

— Me assegurar de que não vou perder o meu segundo filho. — Ela me fita nos olhos. — Agora, pergunte como vamos fazer isso acontecer.

Sinto a boca se ressecar e, por um segundo, não sei se vou conseguir proferir essas palavras. Mas umedeço os lábios com a língua, limpo a garganta e pergunto:

— Como é que vamos fazer isso?

— Fazendo tudo que for necessário para derrubar Cyrus Vega e trazer a paz para o Círculo, as facções e os nossos amigos e familiares.

# Capítulo 76

## COM A CHAVE NA MÃO

A resposta reverbera na minha cabeça como um fio bem tensionado.

— Se não houver guerra, não vão poder matar Flint. Nem ninguém mais.

— Exatamente. Porque ações têm consequências, mesmo nestes tempos sombrios.

Nuri estuda meu rosto com bastante atenção. Tanta atenção que chega até a causar certo desconforto, e cogito desviar o olhar por um segundo, só para conseguir respirar um pouco. Mas trata-se de um teste, assim como tudo que aconteceu nesta sala. Por isso, continuo a encará-la e deixo que olhe o quanto quiser.

Ela deve encontrar o que está procurando, porque se endireita de maneira abrupta na cadeira. Em seguida, abre a gaveta da escrivaninha e pega uma chave. Nós duas ficamos observando a chave antes que ela a estenda para mim.

Sinto medo de alimentar esperanças, mas a pego assim mesmo, determinada a não cometer nenhum erro. Pelo menos por enquanto.

— As celas ficam no térreo. Você vai precisar pegar um dos elevadores principais para chegar lá.

— Tudo bem.

Ela ergue a sobrancelha.

— Não vou ganhar nenhum "obrigada" por libertar o seu consorte?

— Obrigada — agradeço, e quase decido não dizer mais nada. Mas não posso fazer isso. Em particular porque o propósito desta reunião é estabelecer uma espécie de parceria. E estas só funcionam quando ambas as partes estão em pé de igualdade. E estou determinada a fazer com que esta funcione; determinada a qualquer coisa para proteger as pessoas que amo de Cyrus e Delilah, e de qualquer coisa que o Círculo tenha planejado. — Por favor, não faça isso de novo — peço. Mas tanto Nuri quanto eu sabemos que isso é mais uma exigência do que um pedido. — Acho que nós duas sabemos, agora, que prender Hudson foi a maneira que você encontrou de me obrigar a sentar para negociar. E, embora eu até... admire... a sua atitude de fazer tudo que for necessário para salvar o mundo, não quero que as pessoas das quais eu gosto sejam usadas dessa maneira outra vez.

Sei que estou testando os limites, tenho até a impressão de que ela vai retrucar com alguma resposta agressiva. Mas isso é algo que precisa ser verbalizado. Ela tem de saber que não vou aceitar que ela envolva Hudson, Jaxon, Macy, Éden, o tio Finn e a Ordem em seus planos. Da próxima vez que Nuri usar algum deles, ela não vai se sair tão bem da situação.

Ela inclina a cabeça e parece pensar no caso.

— Desde que eu não sinta que o meu filho corre algum risco, acho que posso aceitar essa condição.

Isso até parece justo, considerando que Nuri e eu queremos a mesma coisa. E, mesmo pensando no quanto fiquei brava com Flint antes, ainda assim não quero que nada de ruim aconteça com ele.

— Passei semanas considerando Flint um dos meus amigos mais próximos — digo a ela. — Até hoje, diria que poderia dar a minha vida por ele.

Quando Nuri se recosta em sua cadeira, desta vez, ela está sorrindo.

— Acredito em você. E, para sua informação, ele não sabia do que eu havia planejado para Hudson. Flint ficou tão chocado quanto você.

Não sei se ela diz isso para fazer com que eu me sinta mal, mas funciona. Um pouco, pelo menos. Foram duas as razões que me deixaram irritada com Flint. A primeira foi por achar que ele tinha nos levado de propósito para uma armadilha. Mas a segunda, e pior, foi por ele tentar culpar Hudson pelo que aconteceu com Damien sem assumir a responsabilidade pelo que fez comigo.

Eu achava que tinha superado isso. Achava que tinha deixado o passado em seu devido lugar. Mas, pelo jeito, não é bem assim.

Talvez eu devesse desenvolver melhor isso... mas não agora.

— Sabe, nem todos os vampiros são como Cyrus. — O jeito enojado de falar a palavra "vampiro" para Hudson, como ela fez quando chegamos, ainda dói. — O seu próprio filho amou dois deles, afinal de contas. Tenho a impressão de que ele gosta de verdade dos vampiros. Por isso, acho que facilitaria as relações familiares se você aprendesse a gostar deles também.

Nuri abre um meio-sorriso. É a primeira brecha que encontro em sua armadura esta noite, que expõe um vislumbre da mãe preocupada sob aquela carapaça régia.

— Sim. Já faz algum tempo que eu desconfiava que ele era apaixonado por Jaxon Vega. Mas vampiros são criaturas muito frias. Não combinam bem com os nossos corações ardentes de dragão. Nós amamos de modo muito intenso, e receio que Flint descubra de maneira muito sofrida que eles não são assim.

— Está errada, Nuri. Vampiros não são frios. Só porque eles nem sempre demonstram seu amor com palavras floridas, não quer dizer que o sentimento não exista. Eles não amam apenas com o coração. Vampiros amam com cada parte da sua alma. E eles sacrificariam a própria alma pela pessoa que amam, sem pensar duas vezes. É uma honra ser amada por uma criatura tão altruísta.

Jogo a palavra de volta para ela e fico observando quando a atinjo bem no ponto onde mais dói.

— Luca é muito gentil e amoroso. E Flint tem muita sorte por contar com a presença dele em sua vida.

— Obrigada por me dizer isso — diz ela.

— Faz alguma diferença?

— Ainda não sei — responde ela, mas percebo que está considerando o que falei. — E aquilo que eu disse sobre Flint? Faz alguma diferença o fato de ele não saber dos meus planos? Você vai reatar a amizade com ele?

— Ainda não sei — digo, com a mesma sinceridade. Nós duas já dissemos coisas demais. E temos muito em que pensar.

— Ótimo. Não seja tão mole com ele. — A minha surpresa deve ficar aparente, porque ela ri e repete seu mantra. — Ações têm consequências, Grace. Acha que, só porque sou a mãe dele, não vou admitir que ele cometeu um erro enorme com Lia? Ele não pediu ajuda. Tentou enfrentá-la sozinho. E quase destruiu tudo.

— Incluindo a mim — complemento, seca.

— Incluindo você — concorda ela, hesitando em seguida como se não soubesse se quer dizer mais alguma coisa. Mas, no fim, acho que ela decide que vale a pena continuar: — Não confie em ninguém, Grace. Especialmente em Cyrus.

— É... Quanto a isso, nem se preocupe. Prefiro confiar num pitbull raivoso.

— Cyrus me ludibriou uma vez, o que quase acabou destruindo o meu povo. Quase arrasou o meu reino inteiro. Antes que isso acontecesse, tivemos que abrir mão de quase tudo que tínhamos: nossos tesouros, nossos pertences e até mesmo as nossas moradas. Incluindo a própria Academia Katmere, que antigamente era a morada ancestral da minha família e o local da Corte Dracônica original. Tudo isso porque Aiden e eu confiamos em Cyrus.

Seus olhos ficam ainda mais brilhantes agora. E, quando observo mais de perto, percebo que não estão brilhando assim por causa do poder de Nuri. É pura fúria... e ódio.

— Ele usou essa confiança para acabar com as gárgulas, que eram a maior ameaça à sua dominação. E, depois de dar um fim nelas, nós nos tornamos o seu próximo alvo.

— Vocês o ajudaram? — A pergunta explode em um sussurro horrorizado antes que eu consiga pensar duas vezes se é prudente tocar no assunto. — Os dragões o ajudaram a destruir as gárgulas na Segunda Grande Guerra?

Só de cogitar a ideia sinto meu estômago se embrulhar. E tudo que há em mim rejeita a ideia. Sei que Cyrus é mau, sei que a sede de poder é uma doença arraigada em suas profundezas. Mas será que todos neste mundo são assim? Ninguém se importa com nada além de si mesmos e com os benefícios que podem conseguir?

Se for assim, será que devo agir do mesmo jeito? Será que vou entrar no Círculo e, de repente, passar a me importar só com o que posso ganhar? Ou com o que posso roubar?

Se for assim, então não quero me envolver nisso. Não quero me envolver com nada disso.

Agora é a minha vez de ficar em pé. Caminho na direção da porta, sentindo toda a pressão do que ela me contou e ainda mais atônita por tudo o que isso representa. Mas, antes que eu consiga colocar a mão na maçaneta, Nuri está bem diante de mim.

— Agora não é hora de se comportar de maneira imprudente — ela sibila para mim. — Nossa história é uma discussão complicada que vai ficar para outro dia. Mas quero que você saiba que nós não fomos diretamente responsáveis pela extinção das gárgulas, mesmo que essa seja a versão que aparece nos livros de história.

Permaneço onde estou, sem avançar para a saída.

— Agora é hora de tomar muito cuidado, Grace. Cyrus é ardiloso, e não vai deixar que nada o impeça de conseguir o que quer. Nada — ela reitera. — Mesmo que isso signifique que ele tenha que matar os próprios filhos. Exterminar uma espécie inteira. Destruir o Círculo e todo o nosso mundo até não restar nada. E somos as únicas que podem detê-lo.

As palavras dela explodem em mim como uma supernova. Não apenas o fato de Cyrus ser ardiloso, porque disso já sei faz tempo e tenho pesadelos para comprová-lo. Mas a ideia de que ela e eu podemos detê-lo? Que podemos mudar o que mil anos de planos, tramas e assassinatos causaram até aqui?

Tudo que fiz foi participar de um jogo, e quase morri. Como é que vou conseguir me levantar contra esse homem que transforma quaisquer oponentes em inimigos... e depois os destrói, só porque pode fazê-lo?

— Como? — pergunto. — Como vamos fazer isso? Você já colocou Hudson em uma cela porque ele lhe disse para...

— Você sabe disso? — ela pergunta com a voz cortante.

— Como você disse, não sou ingênua, Nuri. Acho que você gostou de colocá-lo naquela cela por causa de Damien. Mas acho que não foi o verdadeiro motivo para você ter feito isso. Você fez isso porque Cyrus quer que Hudson esteja ali. E isso vai lhe dar prestígio aos olhos dele. Cyrus quase a destruiu. E ainda assim você está disposta a agir desse jeito. Por que diabos, então, devo acreditar quando você diz que podemos detê-lo?

— Porque eu lhe dei a chave para abrir a cela de Hudson.

Ela vai contando as razões nos dedos.

— Porque, se não agirmos agora para deter Cyrus, ele vai tirar tudo que temos. Tudo. E, por último, porque o medo só serve para disciplinar as pessoas se elas tiverem algo a perder. Cyrus enfim chegou ao ponto de ruptura. Ele tirou tantas coisas de tantas pessoas que a sede por justiça está sufocando completamente o medo. Tudo que você precisa fazer é direcionar essa sede, fazê-la crescer e... quando chegar a hora, deixar que exploda. Ele não vai ter a menor chance.

Capítulo 77

## QUEM TEM UMA BRUXA TEM TUDO

Minhas mãos estão tremendo tanto que decido enfiá-las nos bolsos para que Nuri não perceba. Ela pode até achar que estamos do mesmo lado, mas não duvido de que ela vai explorar as minhas fraquezas se considerar que isso pode ajudar a manter Flint — ou a sua preciosa Corte — vivo.

Parece que Hudson tinha razão quando disse "tal mãe, tal filho" antes de ser preso.

Não sei exatamente como me sinto sobre o que ela me contou. Não sei como devo me sentir em relação a tudo isso, para ser bem sincera. Mas há uma guerra chegando. Todos nós sabemos disso. E imagino que seja melhor ter aliados do que inimigos.

— O que preciso fazer? — pergunto quando o silêncio fica desconfortável.

— Você precisa deixar que Hudson vá para a prisão — ela responde. — Ele não vai poder se esconder para sempre. A maioria dos membros do Círculo vai estar em Katmere para a formatura na semana que vem.

— Eles não podem pegá-lo enquanto ele estiver em Katmere! É assim que as coisas funcionam.

— Ah, é claro. Porque Cyrus mostrou que sabe jogar de acordo com as regras, não é? — Ela me encara com um olhar de pena. — Quem vai impedi-lo se ele decidir que deseja prender Hudson? Finn Foster? Um bando de crianças? A nova rainha das gárgulas?

— O que você quer que eu faça, então? Que eu o deixe na sua cela para que você o entregue a Cyrus?

— Não a Cyrus — corrige Nuri. — Para a prisão. Ele é seu consorte. Tenho certeza de que você acha que ir para a prisão é melhor para ele do que morrer, certo?

— Para uma prisão inescapável, onde ele pode passar uma eternidade, confinado por uma maldição irreversível? — digo isso por entre os dentes, mas paro ao perceber a surpresa no rosto de Nuri. — Você achava que eu não sabia disso, não é?

Ela ignora a minha pergunta. Mas estou começando a perceber que Nuri ignora qualquer coisa que não queira reconhecer.

— Estar vivo na prisão é melhor do que estar morto. Nem mesmo Hudson seria capaz de desafiar o destino duas vezes.

— Você acha que ele deve passar a eternidade preso? — indago. — Por defender o mundo das maquinações de Cyrus?

— Não vai ser por uma eternidade. — Nuri faz um gesto negligente com a mão. — Podemos libertá-lo assim que Cyrus for vencido. E, mesmo que tenha feito tudo aquilo em defesa da sua consorte, ele assustou as pessoas. Essa é a verdadeira razão pela qual ele tem que ser encarcerado. Ele tem poder demais. E isso assusta aqueles que são capazes de fazer qualquer coisa para manter o próprio poder.

— Como Cyrus.

— Isso mesmo.

— E como você — eu sussurro.

Ela não nega.

— Você viu o que ele é capaz de fazer. Com um gesto simples, ele destruiu todos os ossos do corpo do pai. Com um pensamento, demoliu um estádio. Esse tipo de poder é descomunal... e pode ser corrompido. Nós já vimos o que ele fez com Damien. O que mais ele pode fazer se tiver oportunidade? Caso ele se torne membro do Círculo?

Nada, sinto vontade de responder. Ele não vai fazer nada além de tentar governar da melhor maneira que puder. Mas Nuri não conhece Hudson. Não do jeito que eu conheço. Mesmo se conhecesse, não acreditaria em mim. Se fazer o que ele fez salvou pessoas ou não, Hudson sempre será o responsável pela morte do seu filho.

Assim, em vez de dizer tudo isso a ela, eu me concentro no próximo problema que vejo em seu plano.

— Eu achava que consortes decidissem ir juntos para a prisão.

— Ah, você está ignorando a palavra-chave: "decidir". Consortes podem decidir ir juntos para a prisão. Mas eles não são necessariamente obrigados a fazer isso.

— Não sei se isso chega a ser uma escolha. — Eu me lembro da pobre Falia, louca e desesperada.

Ela mal reconhece as minhas preocupações.

— Você é uma mulher forte, Grace. Mais forte do que imagina. Vai doer? Sim. Mas você vai conseguir superar isso. E quando isso acontecer, quando perceber que passou e chegou do outro lado, você vai ser indestrutível. Sua força vai ser o objeto de desejo de todos que a conhecerem. Essa garota, essa mulher, é quem pode salvar a todos nós.

— Desde que eu destrua a minha própria alma? — pergunto, incrédula.

— Se for preciso — ela responde, com uma tranquilidade que me deixa gelada por dentro. — Lembra-se de onde essa discussão começou? Dizendo que faríamos qualquer coisa necessária para manter a salvo as pessoas que amamos? É assim que essas coisas são feitas.

Um som de descrença se forma no fundo da minha garganta.

— Já pensou que esse é o grande plano de Cyrus? Prender Hudson em um lugar inacessível para que a única pessoa capaz de impedi-lo nunca tenha a chance de fazer isso?

Nuri faz menção de ignorar as minhas palavras mais uma vez, mas para. Estreita os olhos. Tamborila os lábios com os dedos enquanto mira um ponto qualquer no espaço, imersa em pensamentos.

Então, decido tentar a sorte.

— Quer defender o seu reino contra Cyrus? Concordo que nós duas formamos uma força formidável. E talvez a gente até consiga sobreviver a tudo que ele pensa em jogar contra nós. Mas pense. Nós duas, com Hudson ao nosso lado? Essa é a única chance verdadeira que temos.

Nuri ainda está perdida em pensamentos, mas, quando volta a juntar as mãos sobre o colo, tenho certeza de que a convenci. Mesmo antes de ela dizer:

— Flint mencionou que você e Hudson tinham a intenção de ir juntos para a prisão. Ele não entrou em detalhes. Só contou que você queria a minha ajuda para descobrir um jeito de sair. Isso ainda é verdade?

Agora o meu coração bate tão rápido que tenho certeza de que Nuri consegue ouvi-lo. Será que é isso? Nós finalmente vamos conseguir a resposta de que precisamos? Confirmo com um aceno de cabeça.

— Bem, talvez nós duas possamos conseguir o que queremos e sair dessa mais fortes.

Ela para por alguns momentos e olha para uma estatueta de dragão, onde a fera está com as asas curvadas para baixo, quase encobrindo um dragão-bebê sob sua proteção.

— Acho que posso concordar com isso. Se Hudson for preso, posso cair nas boas graças de Cyrus por enquanto. Talvez possa até dar a impressão de que a Corte Dracônica quer formar uma nova aliança. Mas também vou ajudá-la a encontrar uma maneira de escapar da prisão para que você esteja pronta para lutar ao nosso lado quando a hora chegar.

Já estou inclinada para a frente, ansiosa para que ela continue. Porque a verdade é que precisamos de mais tempo para nos preparar. Não há ninguém entre nós que esteja pronto para se levantar contra Cyrus agora. Especialmente considerando que ele teve um milênio para se preparar para o presente momento.

— Ouvi rumores sobre uma bruxa, a Estriga, que ajudou a construir essa prisão. Ela vive como ermitã hoje em dia, e ninguém sabe ao certo o quanto ela sucumbiu à loucura. Mas, supostamente, se conseguir fazer com que ela converse com você, é possível descobrir os segredos da prisão. E uma maneira de escapar. Certa vez, ela ajudou um dragão a fazer exatamente isso. Mas esteja avisada: o preço que ela cobra é alto.

As asas da esperança começam a bater dentro do meu peito pela primeira vez desde que as portas daquele elevador se abriram.

— E que preço foi esse?

— O seu coração dracônico. Que é um destino pior do que a morte para um dragão. Não podemos assumir nossa forma de dragão sem um coração dracônico — explica Nuri, e a dor trágica em seu rosto demonstra a gravidade da situação. Precisamos de alguma coisa bem mais favorável para dar em troca. Caso contrário, não faz sentido tentar algo assim. O custo seria alto demais. — Mas preciso lhe dizer uma coisa, Grace. As probabilidades não são boas.

É verdade. Mesmo assim...

— Nada do que eu fiz desde que comecei a estudar em Katmere tinha boas probabilidades de dar certo, Nuri. Mas uma probabilidade ruim é melhor do que nenhuma.

— Especialmente para a garota que insiste em superá-las. — Ela suspira e, em seguida, continua: — Posso lhe dar uma semana.

— Só uma semana? — Meus olhos se arregalam. — Só isso para encontrar a bruxa?

— Encontrá-la não é um problema. — Ela pega uma folha de papel e escreve um endereço, entregando-o para mim. — Mas fazer com que ela converse com você e convencê-la a ajudar? Isso vai ser meio difícil. Mas, se demorar mais do que isso, Cyrus vai querer saber por que não mandei prender Hudson. A Corte Dracônica vai transmitir impressão de fraqueza. Ou de que está se preparando para enfrentá-lo. Não posso permitir nenhuma dessas possibilidades.

Entendo, de verdade. Assim como eu, Nuri não tem muitas opções. Mas vou em frente.

— E posso escolher a semana que eu quiser, ou você está falando desta semana, que inclui, digamos... a obrigatoriedade de eu e quase todos os meus amigos estarmos na Academia Katmere? Para a formatura?

— Definitivamente esta semana.

— Foi o que imaginei que você ia dizer — respondo, enquanto penso seriamente em bater a cabeça na quina da escrivaninha dela. Talvez, se eu der um jeito de desmaiar, então, mais tarde, quando acordar, tudo isso não vai ter passado de um sonho ruim.

Ela sorri.

— Que bom que você é a garota que não se intimida com as probabilidades, não é?

— É... que bom — repito, sem muito ânimo.

— Você não tem um vampiro para libertar? — Ela faz questão de olhar para a chave nas minhas mãos.

— Sim. — Agora é a minha vez de suspirar. — Sim, tenho que fazer isso mesmo.

— É melhor andar logo com isso, então. O banquete começa às oito e detesto quando as pessoas se atrasam.

Capítulo 78

## DUNGEONS & DRAGONS, AVENTURA
## ESPECIAL: "O SURTO DE GRACE"

Saio do escritório de Nuri e passo pelo corredor quase correndo; é a velocidade mais rápida com a qual me sinto confortável para andar com guardas
me vigiando a cada quinze metros. Considerando que eles parecem ser do
tipo que cospe fogo antes e nunca se preocupa em fazer perguntas, acho que
contrariá-los não é o melhor curso de ação.

Enfim chego ao elevador, mas a descida é excruciante. Juro por Deus,
porque paramos em cada um dos cinquenta e seis andares. E isso me dá
tempo suficiente para imaginar Hudson machucado, arrebentado e acorrentado em alguma parede. A única coisa que ainda me mantém calma é ver que
o elo entre consortes continua tão forte e azul quanto sempre foi.

E sei que ele pode usar seus poderes para causar um estrago considerável.
Suspiro, porque também sei que ele não iria querer que as repercussões
chegassem até nós se isso acontecesse. E é por isso que ele não vai tomar
uma atitude do tipo.

Quando as portas do elevador se abrem no porão, as minhas palmas estão
suando e o meu estômago, todo retorcido. Saio correndo do elevador rumo
ao vestíbulo e observo ao redor, desesperada, sem saber o que devo esperar,
mas louca para encontrar Hudson.

Fico pensando se vou dar de cara com algum guarda, carcereiro ou Mestre
das Masmorras bem diferente daqueles que encontramos em aventuras do
*D&D*. Alguém que esteja no comando deste lugar. Mas não há ninguém.
Somente uma sala escura, reverberante e cavernosa que torna mais assustador
aquilo que já era assustador.

Dou um passo à frente com cuidado, à procura de compreender para onde
estou indo naquela sala escura. Pelo que consigo ver, o porão é imenso. É do
mesmo tamanho de um andar inteiro deste prédio, mas é a única semelhança
com os pisos de cima.

Não há candelabro algum de Dale Chihuly aqui, nenhuma poltrona acolchoada. Quase nenhuma luz e nenhum móvel. Há somente duas ou três lâmpadas que piscam como se estivessem velhas ou com mau contato, mas que só servem para tirar o lugar da escuridão completa... deixando-o "apenas" sinistro pra caralho. Não é exatamente a minha ideia de uma decoração aconchegante.

Mesmo assim, ficar parada aqui não vai ajudar em nada. Assim, eu me ponho a circular pela sala, me esforçando para enxergar algo. Passos depois, percebo que o salão inteiro é dividido por barras verticais. E, de tempos em tempos, as barras são divididas ao meio por paredes de pedra mais baixas, formando quadrados ou...

Celas, percebo ao sair do vestíbulo do elevador e entrar na área principal deste porão. Eles dividiram o lugar em várias celas. Tipo... um monte.

Quantos prisioneiros a Corte Dracônica imaginou que teria de trancafiar aqui de uma vez, exatamente? Parece que Nuri tem celas em quantidade suficiente para aprisionar metade da população de Tribeca.

Todas as celas perto de mim estão vazias. Assim, começo a correr para o centro da sala. Estou tão longe do lado oposto (e a iluminação é tão ruim aqui embaixo) que não consigo examinar direito as celas.

Ouço um ruído sibilante estranho do canto ao fundo, à esquerda. E, mesmo sem conseguir identificar o que está fazendo esse barulho, é animalesco o bastante a ponto de me deixar nervosa com a possibilidade de me aproximar demais. No entanto, basta andar um pouco por esta parte do porão para que eu perceba duas coisas: a primeira é que todas as celas aqui estão vazias; e a segunda é que elas seguem o mesmo modelo daquelas que há na Academia Katmere... incluindo os grilhões para braços e pernas nas paredes.

Meu estômago embrulha quando imagino Hudson acorrentado desse jeito. Acelero o passo, investigando cada uma das celas pelas quais ainda não passei, me desesperando cada vez mais.

Será que Nuri mentiu para mim durante todo esse tempo? Será que ela me chamou para conversar em seu escritório para me manter ocupada enquanto faziam coisas horríveis com ele? Pensar no assunto congela a minha coluna, mesmo que eu repita para mim mesma que não devo entrar em pânico, que preciso ficar calma. Para ignorar aquele som estranho e sibilante cada vez mais alto conforme vou chegando perto do canto da sala.

*Hudson está aqui dentro em algum lugar*, lembro a mim mesma. Mandei uma mensagem de texto para ele no elevador. Sei que isso dificilmente daria certo. E é claro que ele não respondeu. Talvez, se eu gritar seu nome, ele me ouça... ou talvez essa coisa, que está fazendo esse som, me ouça. E aí vai ser o fim de tudo.

Mesmo assim, tenho de fazer alguma coisa. Ele não está em nenhuma das celas dos cantos. Por isso, vou precisar...

Fico paralisada quando finalmente descubro o que é aquele som sibilante e estranho: dois guardas sentados no piso de cimento, jogando uma bola de plástico de um lado para outro.

De todos os seres estranhos — aranhas gigantes, cobras venenosas, dragões raivosos — que imaginei que pudessem ser a origem do barulho, dois guardas brincando com uma bola (e ignorando por completo a minha invasão em sua prisão) nem chegaram perto das dez mil criaturas que eu imaginaria antes deles.

Por um segundo fora do fluxo temporal, tenho a impressão de que estou num daqueles programas de pegadinhas com câmera escondida. Que isso é só uma armação para esconder o que realmente está acontecendo. E é então que me dou conta de que a destruição não é o único poder de Hudson. É só aquela na qual eu me concentrava.

— Hudson! — grito, e a minha voz ecoa pelo salão escuro. — Hudson, onde você está?

— Grace? O que está fazendo aqui?

A voz dele emana do fundo daquela fileira, a última cela no canto. E me apresso até lá, com a chave tremendo entre os dedos. Só para vê-lo sair da cela bem diante de mim... porque toda a parte da frente da cela desapareceu.

— Seu filho da puta. — Aquelas palavras saem da minha boca antes que eu saiba o que ia dizer. Mas, quando percebo o que disse, não sinto vontade de pedir desculpas.

— É ótimo ver você também — diz ele. E há um toque de acidez em suas palavras para lembrar a qualquer um que esteja ouvindo que ele é um vampiro... como se eles precisassem que alguém soubesse, quando ele ostenta isso tal qual um maldito troféu.

— Está me zoando, né? Eu estava morrendo de preocupação por sua causa! Briguei com Flint, Luca brigou com Flint e depois eu briguei com Nuri. Durante todo esse tempo eu estava agoniada, pensando que estavam torturando você. E você está bem.

— Desculpe pela decepção. Você preferiria que eles tivessem me torturado?

— A questão não é essa — rosno para ele enquanto dou meia-volta e começo a retornar para o elevador, pisando duro.

— Qual é a questão, então? — ele responde, vindo atrás de mim.

— A questão é que você está bem. Você persuadiu os guardas a ficarem brincando com aquela bola. Você desintegrou a maior parte da sua cela...

— Até aqui, não estou vendo problema algum. A menos que você estivesse esperando me encontrar aqui, preso com aquelas lindas correntes na parede.

— Eu estava ficando louca, achando que era assim que ia encontrar você. — retruco para ele. — Mas você está bem!

— Você já disse isso. Realmente não estou entendendo. — Num estilo que lhe é bem típico, Hudson consegue falar como se estivesse confuso e ofendido ao mesmo tempo. — Você não ficou feliz?

— É claro que fiquei! Ou você acha que gostei de imaginar que eles estavam cortando você em pedaços ou...

— Ah, por favor — diz ele, seco. — Poupe-me dos detalhes sórdidos.

— E por que eu deveria poupar? Imaginei tudo isso em cores vivas e berrantes. Várias vezes. Mas você está bem — digo, balançando a cabeça e tentando afastar os últimos resquícios do medo e da adrenalina. — Você está bem.

— Ainda não consegui entender o que está rolando aqui — diz ele. E o sotaque britânico voltou com força para a voz dele. — Você queria que eu estivesse bem, mas ficou irritada porque estou bem. — Ele ergue as mãos, repousando uma de cada lado do corpo, e as move para cima e para baixo como se fossem uma balança.

— Estou irritada porque você podia perfeitamente ter saído dessa situação a qualquer momento... e porque, inclusive, saiu dela. E, em vez de nos acalmar, você fez com que Luca, Macy, Éden e eu ficássemos preocupados com você. Como não consegue perceber que isso foi pavoroso?

Fico à espera de que ele faça pouco caso das minhas palavras, que afirme que estou agindo de um jeito ridículo. Mas, em vez disso, ele simplesmente fica ali no meio do porão, me fitando com a expressão mais bizarra que já vi no seu rosto.

— O que foi? — pergunto, quando ele não diz nada. — Por que está me olhando desse jeito?

— Você estava preocupada comigo.

Agora é a minha vez de encarar Hudson.

— É claro que eu estava preocupada com você! Sobre o que mais eu estava gritando até agora há pouco? O que achou que fosse acontecer? Que eu iria só ficar assistindo a você ser preso e pensar "Ah, que pena! Foi bom enquanto durou"? Que bom saber que você me considera tanto assim!

— Desculpe. Só achei que você soubesse que sou capaz de cuidar de mim mesmo.

— Sei disso. Mas também sei que há muitas pessoas neste mundo em que não se pode confiar. E a maioria delas quer pegar você.

— Ah... desculpe — repete ele. Em seguida, solta o ar que vinha prendendo no peito. — Ninguém nunca...

— Ah, não — eu o interrompo. — Nana-nina-não. Você não vai fazer isso. Nada de vir para cima de mim com essa porcariada de "pobre-menino-rico". Você sabe que há pessoas que se importam com você, agora. Você sabe que tem amigos. Você sabe que tem... — Paro de falar, cruzando os braços diante do peito em uma tentativa fraca de me proteger.

— Uma consorte? — pergunta ele, andando lentamente na minha direção.

— Não foi isso que eu quis dizer! — esbravejo com ele, recuando e sentindo o coração na garganta... mas por uma razão completamente diferente agora.

— Acho que isso é exatamente o que você queria dizer — ele comenta, dando mais um passo para junto de mim... o que me faz recuar dois passos.

— Pode pensar o que quiser — eu o desafio com a minha voz mais petulante. — Isso não torna verdade o que você pensou.

Viro de costas para ele e vou para o elevador, mas ele segura o meu pulso. E me puxa para junto de si até estarmos frente a frente.

— Me desculpe. Não pensei em como você estava se sentindo. Ou em como eu ia me sentir se eles tivessem acorrentado você e a levado para longe de mim. Eles me trouxeram aqui para baixo, eu vi essas celas e pensei... *Que se foda. A minha vida inteira foi uma prisão. Esta aqui é só mais uma.* Mas desta vez eu estaria aqui por escolha própria, sob as minhas condições. E não pensei em mais ninguém. Não vai acontecer de novo.

Confirmo com um aceno de cabeça, porque entendo o que ele está dizendo. E porque sinto um nó na garganta. Pelo garotinho que sofreu tantas coisas impensáveis e pelo homem que ele se tornou.

Como sei que ele odeia o fato de eu sentir tantas coisas sobre aquilo que Cyrus o fez passar, eu me forço a engolir o nó e mudo o assunto. Aponto a cabeça na direção do som da bola sendo jogada de um lado para outro, que ainda ecoa pelo porão.

— Vai fazer alguma coisa em relação a isso?

Ele parece pensar na questão. Em seguida, ele replica:

— Passar mais algum tempo com esse jogo de crianças pode fazer bem para eles. — Apenas ergo uma das sobrancelhas para ele. Hudson suspira e continua: — Está bem. Mas só porque você pediu com toda essa gentileza.

Em seguida, ele volta até lá e sussurra alguma coisa para os guardas, que balançam a cabeça e depois se levantam.

Quando ele volta, eu digo:

— Enquanto você estava aqui embaixo, brincando, Nuri me explicou como podemos conseguir fugir da prisão.

As sobrancelhas de Hudson se erguem.

— Sou todo ouvidos.

Assim, repasso tudo que Nuri me contou sobre a Estriga. Inclusive, Hudson fica impressionado — e cético — por ela ter nos dado o endereço onde podemos encontrá-la.

— Pode ser uma armadilha — ele pontua.

— Ah, já estou até me preparando para isso — concordo. — Mas acho que não temos escolha. Precisamos da Estriga para escapar da sentença de prisão, mesmo que o Forjador não nos ajude a libertar a Fera Imortal. Mas, se apenas sairmos de lá, sem a Coroa... Já sabemos que Cyrus tem algum plano. Não podemos ir contra ele sem a Coroa.

O olhar de Hudson se concentra em mim.

— Se Cyrus atacar qualquer pessoa que eu amo, vou dar um fim na existência miserável dele.

Tento ignorar o quanto meu coração troveja quando ele fala sobre amar. Em vez disso, paro de andar e olho nos olhos dele.

— Nesse caso, precisamos dar um jeito de tirar você da prisão de qualquer maneira. Acho que temos um bom plano. Vamos tentar conseguir um daqueles cartões de "saída livre da prisão", salvar o Forjador e, por tabela, também a Fera Imortal. Se a Fera não quiser ou não puder nos dar a Coroa, pelo menos nós salvamos algumas pessoas que estão sofrendo nas mãos de Cyrus. E isso é melhor do que não salvar ninguém. Não somos indefesos sem a Coroa. Vamos encontrar outra maneira de lutar para proteger Katmere e os alunos.

— Não estou gostando disso — diz Hudson. — Sem a Coroa, muita gente vai morrer. Eu podia acabar com ele agora. E evitar essa dor de cabeça.

— Está maluco? Esqueceu que você pode ir para a prisão por assassinato? — Reviro os olhos. — Nuri parece achar que temos uma chance. Por falar nisso, como você conseguiu tirar aquela pulseira?

Hudson fica encarando os próprios pés por tanto tempo que tenho a impressão de que não vai responder.

— Meu velho e querido pai costumava colocar essas pulseiras em mim logo antes das minhas... lições. Ele não conseguia nem conceber a ideia de que alguém com o meu poder não o usaria para matar. — Ele dá de ombros. — Comecei a desintegrar uma das runas que trancam a pulseira antes que ela se fechasse ao redor do meu pulso, e ela se inutilizava. Virou algo natural para mim. Nem pensei nisso quando fiz o mesmo com a pulseira de Foster. E todo mundo se sentiu muito mais confortável quando eu estava por perto e com os poderes "neutralizados". Por isso eu não comentei nada.

Sei que deveria reagir ao que ele acabou de me contar, mas não há nada que eu diga que não vá irritá-lo, nem fazer com que ache que eu sinto pena dele. Assim, decido não dar muita importância ao fato.

— Vamos voltar — sugiro. E vamos andando até os elevadores outra vez.

Quando o elevador finalmente chega, Hudson me leva para dentro. Em seguida, diz:

— Se eu soubesse que só precisava ser jogado em uma cela para você mostrar que se importa comigo, eu teria me trancado nos túneis de Katmere logo no primeiro dia.

Eu o encaro com os olhos estreitados.

— O que foi? — ele indaga enquanto vamos para o meu quarto. — É muito cedo para fazer piadas?

— Com certeza, sim.

Capítulo 79

## LEVANDO UM BAILE
## DO VESTIDO DE BAILE

Quando Flint disse a Macy que precisaríamos de um vestido elegante para a primeira noite da Abastança, não imaginei que ele estivesse se referindo a um maldito vestido de baile. E não havia nada que eu pudesse fazer a esse respeito em tão pouco tempo. Mesmo assim, seria ótimo poder estar mentalmente preparada em vez de passar a noite inteira puxando a barra do meu vestido para baixo porque ele é curto demais para um baile de gala.

O vestido que Macy está usando também é um pouco inapropriado para o banquete, pelo que percebemos. Mas é melhor do que o meu.

*Experimente algo novo*, ela sugeriu quando estávamos fazendo as malas no nosso quarto, no alojamento da escola. *Seja ousada, abale as estruturas.*

Foi o que fiz. E agora estou com um vestido *halter neck* vermelho, quase sem tecido nas costas e com uma saia feita de tiras horizontais largas que envolvem cada uma das minhas curvas. E ainda assim só chega até o meio das coxas. Se eu fosse para uma danceteria em Manhattan, seria o traje perfeito. Mas, quando outra mulher passa pela porta aberta do meu quarto com um vestido longo que quase encosta no chão, tenho certeza de que vou me destacar de um jeito pouco agradável quando entrarmos naquele salão.

Em minha defesa, o vestido parecia mais inócuo quando estava pendurado no armário do que agora no meu corpo, cobrindo as minhas curvas.

— Pare de puxar esse vestido para baixo! — Macy me diz por entre os dentes quando entramos no banheiro para nos olharmos no espelho. — Você está linda.

— E com um vestido escandaloso — respondo no mesmo tom.

— Bem escandaloso — ela responde. — Mas a culpa não é nossa. O problema foi o que Flint nos disse. Então, ele que lute para explicar.

Temos mais ou menos uma hora até o horário em que combinamos de encontrar os garotos, mas, honestamente, olhando para mim mesma em um vestido que não é nem um pouco adequado para um evento formal, estou pensando em simplesmente ficar escondida no meu quarto. Olho para Macy e percebo que ela está pensando em fazer a mesma coisa.

Estou prestes a verbalizar isso quando ouço alguém bater na minha porta aberta.

— Vou ver quem é — diz Macy, saindo do banheiro. Segundos depois, ela solta um gritinho estridente e saio correndo do banheiro. E fico boquiaberta quando vejo cabides e mais cabides com os vestidos de baile mais bonitos que já vi na vida entrando no meu quarto e sendo colocados diante da parede oposta.

— Senhora? — Um dos funcionários me entrega um pequeno envelope branco.

— Obrigada — digo quando o pego. Minhas mãos tremem tanto que quase deixo o envelope cair duas vezes antes de pegar o cartão e ler a caligrafia masculina que está ali.

Fecho os olhos e respiro fundo. Já sei quem enviou isso — só pode ser uma única pessoa — e, caso ele tenha escrito alguma coisa romântica no cartão, não sei o que vai acontecer. Aqueles momentos na masmorra foram o suficiente para fazer o meu coração bater em modo *overdrive*. Não sei se estou pronta para levar as coisas mais adiante do que isso, emocionalmente falando.

Sei que estamos indo em direção a alguma coisa desde que nos beijamos. Nós dois sabemos. Mas as minhas muralhas são altas demais para que qualquer coisa além de comentários ácidos e o calor passem por elas, e eu esperava que ele entendesse isso.

Se ele não entender, não sei o que vai acontecer.

Respiro fundo outra vez e solto o ar devagar enquanto Macy implora:

— Leia este cartão de uma vez!

E é o que eu faço. E começo a rir alto. Porque Hudson está em um de seus melhores momentos. E é claro que ele sabe do que eu preciso. Ele sempre soube, mesmo quando eu não sei.

*Roupa íntima e sapatinhos de cristal são itens puramente opcionais.*
*— H.*

— O que diz no cartão? — Macy pergunta, empolgada, enquanto tenta espiar por cima do meu ombro.

Como se eu fosse ler esse cartão em voz alta.

— Isso é obra de Hudson. Ele quer que a gente se sinta como se fôssemos a Cinderela.

Vou até a minha mochila e coloco o cartão no bolso da frente — o mesmo bolso onde guardei, impulsivamente, o diamante que ganhei de aniversário antes de sairmos de Katmere.

— Meu Deus! — exclama Macy outra vez, com a mesma voz estridente. Ergo os olhos e a vejo segurando dois vestidos idênticos. — Ele mandou todos os vestidos nos nossos dois tamanhos!

É claro que mandou. Afinal, ele é um príncipe vampiro.

Tento fingir que não estou me derretendo toda, mas não funciona. Em particular quando sinto os joelhos fraquejarem e preciso me sentar na beirada da cama. Como posso resistir a Hudson quando ele faz esse tipo de coisa? Mandar um vestido para a sua consorte é uma coisa. Eu poderia dizer que, assim, estaria adequadamente trajada para acompanhar o príncipe vampiro. Mas ele mandou todos os vestidos da Bloomingdale's nos tamanhos certos para mim e para Macy também. Sinto os olhos começarem a lacrimejar, apesar das minhas melhores intenções.

Hudson me paga.

Mas Macy não me dá nem um minuto para processar o que aconteceu. Ela já está em ação. Vem correndo até onde estou e me puxa até que me ponha de pé outra vez.

— Levante-se! Temos só quarenta e cinco minutos para escolher um vestido que vai deixar aquele vampiro doido por você!

Observo os cabides com os vestidos e levo a mão ao queixo. Será que ele acha que pode desistir de tentar passar pelas minhas barreiras e fazer algo tão doce que faz com que elas se reduzam a escombros? Bem, não vai ser tão fácil, Hudson Vega. Não vai ser tão fácil assim.

Este é um jogo que duas pessoas podem jogar...

# Capítulo 80

## ASSIM CAMINHA ARMANI-DADE

— Vamos encontrar os rapazes e ver se Éden já voltou do Brooklyn — diz Macy, quando saímos do meu quarto no hotel.

Sinto um frio na barriga por causa do nervosismo enquanto passo a mão pelo meu vestido. Mal posso esperar para ver a reação de Hudson quando nos encontrarmos.

Escolhi este vestido por duas razões. A primeira, porque ele é absolutamente maravilhoso e me serve perfeitamente. Na frente, o cetim escarlate abraça as minhas curvas com perfeição até a altura dos joelhos, e depois se abre até o chão em uma silhueta que finge modéstia. Não tem alças, mas o corpete com o V discreto tem a estrutura necessária para me dar a firmeza de que preciso sem fazer com que eu me sinta desalinhada ou exageradamente sugestiva. No momento em que eu o vesti, me senti como a personagem Cachinhos Dourados. Foi como se eu tivesse encontrado o vestido certo, a roupa que faz com que eu me sinta sexy, poderosa e pronta para encarar o mundo lá fora. Mesmo que esse mundo inclua o príncipe vampiro mais sexy que já existiu.

O fato de que as costas são um pouco ousadas melhora tudo. Hudson decidiu caçar meu coração esta noite com tamanha ousadia. Assim, decidi que a única resposta possível é revidar com todas as forças. E, com este vestido, com as costas em um V bem cavado, vão atingi-lo em um lugar que fica um pouco mais abaixo do coração.

A segunda razão pela qual escolhi este vestido é que, das dúzias que Hudson mandou para o quarto, este era o único Armani. É um desafio, puro e simples, considerando que tenho certeza de que ele vai vestir um smoking Armani esta noite. Certos desafios foram feitos para serem aceitos. E outros, para serem engolidos pela pessoa de quem o desafio partiu.

Este desafio, definitivamente, se classifica no segundo caso.

Contemplo Macy, que escolheu um vestido rodado de um ombro só de chiffon com todas as cores do arco-íris. É leve e delicado. E tão colorido que até sinto o coração doer um pouco, só de olhar para esse vestido. Só de olhar para Macy e pensar que enfim está voltando a ser quem era.

Éden não estava por perto quando tive aquela discussão feia com Flint, porque havia saído para visitar sua tia e os primos no Brooklyn e passou a tarde por lá, depois de jurar que "nem uma alcateia de lobisomens raivosos vai me impedir de chegar para o banquete de hoje!". Mesmo assim, Macy e eu nos divertimos escolhendo um vestido para ela, para que não se sentisse deslocada hoje à noite. Deixamos o vestido em seu quarto, mas agora estou louca para saber como a peça ficou nela.

Entramos no corredor do salão de bailes e percebemos que estamos bem ao lado da porta onde Flint, Luca e Hudson estão esperando. Fico paralisada. Exatamente como eu temia, os três estão maravilhosos em seus smokings superapropriados para a ocasião. Os olhos dos três quase lhes saltam do rosto quando olham para o meu vestido vermelho e o de Macy, com as cores do arco-íris.

O sorriso típico de Flint desaparece quando seu olhar cruza com o meu, e abro a boca para me desculpar pelo que aconteceu hoje à tarde. Só que as palavras ficam presas. Havia muitas verdades misturadas com a raiva acumulada, não consigo fazer muito mais do que soltar uns ganidos.

Flint, por sua vez, cumprimenta Macy e a mim com um aceno de cabeça antes de se virar e abrir a porta do salão do baile para nós. Luca abre um sorriso fortificado e diz:

— Vocês estão lindas, moças.

Hudson não se mexeu desde que Macy e eu chegamos, e parece que deixei minha coragem no quarto, porque não consigo olhar nos olhos dele.

Desesperada para fugir de todos os sentimentos esquisitos e desconcertantes que se acumulam naquele corredor, baixo a cabeça e caminho rumo à porta do salão.

Atrás de mim, Hudson inala o ar e solta toda a respiração de uma vez. E não consigo suprimir um sorriso. Parece que o meu plano deu certo.

Eu me sinto muito mais confiante quando dou outro passo para entrar no salão, pelo menos até que Macy avança e bloqueia o meu caminho. Em seguida, ela se aproxima e sussurra (com uma voz que juro ser alta o suficiente para ser ouvida do outro lado do salão):

— Não seria melhor você entrar com o seu consorte?

Antes que eu consiga responder alguma coisa ou a mate a sangue-frio, ela toma o braço que Luca lhe oferece e adentra o salão, com um sorriso luminoso e empolgado estampando seu rosto.

— Está pronto? — pergunto a Hudson, com as bochechas coradas por ela ter de me lembrar sobre sermos consortes depois do que aconteceu mais cedo entre nós.

— Com toda a certeza — ele diz por entre os dentes. E, em vez de tomar o braço que lhe ofereço, como Macy fez com Luca, ele me enlaça a cintura e encosta a palma da mão nas minhas costas nuas. Em seguida, ele se aproxima e murmura: — Realmente esperava que você fosse escolher esse vestido.

O hálito dele roça na minha nuca e sinto arrepios se espalharem pela minha coluna. Digo a mim mesma que isso é por causa de tudo que aconteceu nos últimos dias. Em particular, o beijo e a discussão que tivemos no porão.

Mas a verdade é que Hudson é lindo. Seu smoking Armani, como eu já imaginava que seria, com as lapelas acetinadas e o lenço branco no bolso, combina muito bem com seu corpo alto e esguio — como se feito sob medida para ele. E, pensando bem, provavelmente foi. Afinal de contas, meu consorte é um príncipe vampiro. E ele, inteiro, parece valer uns dois milhões de dólares. Além de ser total e completamente atraente.

— Você também está bonito — murmuro de um jeito discreto.

O elogio parece assustá-lo, fazendo-o arregalar os olhos. Mas o sorriso com que ele retribui é a coisa mais luminosa no salão. E isso não é pouco, considerando que todas as dragões aqui estão cobertas de joias. E a mão que sinto nas minhas costas fica um pouco mais possessiva.

A sensação daqueles dedos se curvando ao redor da lateral da minha cintura faz com que eu sinta a boca secar. E as minhas pernas, já não tão firmes, começam a tremer.

Determinada a recuperar um pouco da compostura, eu o espio pelo canto do olho e digo:

— Sapatinhos de cristal são coisa de contos de fadas.

— É mesmo? — Ele se aproxima ainda mais, com os olhos ardendo enquanto me admira da cabeça aos pés. — E o que me diz de roupas íntimas?

Ergo uma sobrancelha, imitando perfeitamente o que Hudson Vega faria.

— Tenho certeza de que isso depende de cada garota.

E, com essa simples frase, percebo que os olhos de Hudson se escurecem. O calor neles passam de chamas para incêndio infernal no instante entre uma batida de coração e outra.

— E que tipo de garota é você? — sussurra ele, com o hálito quente junto da minha orelha.

Deixo aquela pergunta pairando no ar por um segundo ou dois antes de me aproximar de Hudson, os lábios roçando o contorno da sua mandíbula antes de eu sussurrar de volta:

— Só tem um jeito de descobrir.

Hudson solta um grunhido do fundo da garganta. E a sua pegada deixa de ser simplesmente possessiva e me dá a sensação de que estou com um homem das cavernas. Seus olhos queimam quando ele me encara. E espero que ele diga algo que vai fazer as minhas bochechas arderem na mesma temperatura daquele olhar. Todavia, depois de vários segundos, ele parece conseguir controlar o que se soltou dentro dele.

Porque, em vez de avançar com força total, ele solta o ar, balança a cabeça e em seguida coloca o cérebro e outras partes do corpo em ordem para o ambiente do salão de baile. Em seguida, indica, com uma leve pressão nas minhas costas, que devo seguir em frente.

— Está pronta?

Tiro os olhos dele pela primeira vez para observar o jeito que o salão foi totalmente transformado e me dou conta de que...

— Não. Não estou nem um pouco pronta para isso.

Ele sorri.

— É melhor se preparar, então, porque vamos entrar.

## Capítulo 81

### PELO JEITO, O CUPIDO TEM OUTRAS COISAS
### EM SEU ARSENAL, ALÉM DE FLECHAS

Não sei muito bem a que ele se refere. E estou ocupada demais admirando o cômodo e a cidade pelas janelas que vão do piso até o teto. O salão do baile dá vista para o rio Hudson e grande parte de Manhattan. A paisagem e as luzes urbanas refletidas nas águas são impressionantes. Flint tinha razão quando disse que os dragões descobriram o valor dos imóveis há muito tempo. Esta deve ser uma das melhores vistas da cidade.

— Meu Deus! Que coisa linda.

— Absolutamente linda — concorda Hudson. Eu me viro para olhar para ele... e percebo que ele não está mirando a paisagem. Está olhando para mim.

Nossos olhares se cruzam e ficam fixos um no outro. E até me esqueço de como se respira. Pelo menos até eu sentir algo duro batendo na minha cabeça.

— O que foi isso? — Eu me viro para trás com um movimento brusco para ver o que me acertou.

— Parece que é um rubi que passou voando baixo — diz Hudson com uma risada. Ele o pega de algum lugar atrás de nós para me mostrar.

— O tesouro? — pergunto. — Como assim?

Ele simplesmente sorri e aponta para cima.

E... MEU DEUS DO CÉU. Eu estava tão encantada pela vista da cidade que, de algum modo, não percebi que o ar na parte de cima do salão do baile — começando a pouco menos de meio metro acima da cabeça de Hudson e se estendendo até o teto — está cheio de tesouros. Joias, ouro, prata, chaves e pequenos envelopes roxos flutuam no ar. Mas todos esses objetos não estão simplesmente pairando no ar; estão girando pela sala elegantemente decorada bem devagar, dando a todas as pessoas a oportunidade de ver tanto as coisas que há ali em cima quanto possível.

— Meu Deus! O que está rolando? — indago. — Isto é de verdade?

Hudson ri.

— Claro que é de verdade. É um tesouro.

— Tipo aquela pilha de tesouros de dragão sobre as quais Flint estava me falando?

Não consigo tirar os olhos das joias que pairam no ar. Não que eu cobice algum item do tesouro; mas estou tendo dificuldade para compreender como é possível que milhões e milhões de dólares estejam simplesmente circulando pelo ar do salão sobre nossas cabeças como se não fossem nada de mais.

— Não é um amontoado qualquer — diz Hudson. — Isso é um tesouro de dragões. Mas recebeu alguns encantos para ser mais atraente do que o normal. Todos os dragões aqui vão ter a chance de ganhar alguma coisa do tesouro.

Flint tinha me dito isso, mas imaginei que seria uma moeda de ouro para todos os presentes ou algo do tipo. Não um colar de diamantes ou uma safira do tamanho da mão de um bebê. É algo que vai além de toda a compreensão, mesmo antes de Hudson arremessar o rubi de volta para o teto.

— Ei, o que... por que... — Solto um gritinho de surpresa, esperando que a pedra caia de volta no chão. Mas isso não ocorre. Ela simplesmente flutua por um segundo antes de voltar a girar como o restante do tesouro.

— Por que está tão surpresa? — murmura Hudson quando seguimos Luca, Flint e Macy; os três estão de braços dados, e parece que todo mundo fez as pazes com Flint depois da minha conversa com Nuri. Bem, todo mundo menos eu. Fico observando-o enquanto ele os leva até uma mesa na parte da frente do salão, onde Éden já está esperando, um pouco nervosa, apoiando o peso do corpo em um pé e depois no outro.

Obviamente, Éden adorou o vestido que escolhemos para ela hoje. Está maravilhosa com aquela peça de veludo preto que vai até o chão. Mas não seria Éden se não tivesse combinado o vestido com botas Doc Marten com biqueira de aço e um belo *piercing* de argola no nariz. Ela abre um sorriso enorme para Macy, e as duas se sentam juntas, do outro lado da mesa para a qual Hudson está me levando.

— O nome do feriado é *Abastança*, afinal de contas — diz Hudson.

— Sim, agora entendi. Eu achava que alguns feriados ficassem mais simbólicos com o passar do tempo.

Ele ri.

— Não é o caso deste aqui.

— Óbvio que não. — Contemplo o tesouro flutuante outra vez. — Para que servem as chaves? E os envelopes?

— Se me lembro bem das circunstâncias da última vez que estive aqui, as chaves são de imóveis ou veículos. E os envelopes têm certificados de ações de empresa como Apple e Facebook. Ou dinheiro vivo.

— Ah, é claro — digo com o tom mais neutro possível. O que não chega a ser muito. Mas, pelo jeito... Hudson deve ter sido criado em um ambiente cuja riqueza é tão absurda a ponto de não se abalar nem um pouco com o que está acontecendo aqui. Se ele "se lembra bem"? Juro a mim mesma que nunca vou me esquecer deste momento. É a cena mais incrível e inesperada que já testemunhei.

E olhe que estudo com dragões e vampiros...

Quando enfim consigo parar de fitar o tesouro e me concentro outra vez nas pessoas do baile, não consigo deixar de notar que todos estão nos encarando à medida que vamos nos sentar. Sei que, em parte, isso acontece porque estamos com Flint, que é o herdeiro do trono dos dragões.

Mas nem todos os olhares apontam para ele... ou para o novo namorado real, Luca. Vários deles estão apontados para Hudson e para mim, também.

E embora eu tenha aprendido que vampiros — em especial a realeza dos vampiros — sejam como astros do rock neste mundo, não faço ideia do motivo pelo qual eles estão olhando para mim. Ninguém sabe quem eu sou, ainda. Não há fotos espalhadas por toda a internet "daquela gárgula recém-chegada" ou coisa do tipo.

Pelo menos até eu perceber que a maior parte das mulheres por quem passamos olham para mim e para o meu vestido vermelho com uma inveja declarada. E estão praticamente comendo Hudson com os olhos. Digo a mim mesma que isso só está acontecendo porque ele é o príncipe vampiro, mas não sou cega. Reconheço a inveja de longe. Há muitas mulheres jovens neste salão que fariam qualquer coisa para estarem no meu lugar.

E não as culpo. Quanto mais tempo passo com Hudson, mais percebo que ele é tudo o que uma mulher quer.

Ninguém parece agitado pelo fato de que o vampiro que matou o antigo príncipe herdeiro está no mesmo ambiente. E não consigo deixar de ponderar se Éden tinha razão quando afirmou que todo mundo sabia que Damien era um cuzão. Todo mundo exceto a própria mãe dele, é claro.

Somos os últimos a entrar no salão; todos aqui devem saber da obsessão de Nuri pela pontualidade. Quando nos sentamos à segunda mesa mais próxima da principal, Nuri e Aiden se dirigem até o microfone, alocado em um púlpito.

Aiden veste um smoking também, mas, assim como o de seu filho, o paletó tem um pouco mais de personalidade do que o preto-básico. Ao passo que o de Flint exibe uma estampa texturizada simulando a pelagem de uma zebra, com um tom sobre tom preto e lapelas de couro, seu pai preferiu um tom mais vivo: um paletó de veludo violeta e uma gravata-borboleta no mesmo tom, que destaca com perfeição os cabelos ruivos da sua ascendência irlandesa. Ele deveria ficar deslocado em meio a este mar de homens vestidos de preto, mas seu visual é incrível.

Com certeza, deve ser algum talento especial da realeza.

Nuri também está maravilhosa. Seus olhos cor de âmbar estão brilhando, e esta é a primeira vez que vejo soltos seus cabelos cacheados e pretos. Quando as luzes do salão tocam seu vestido, percebo que ele não é o pretinho básico que imaginei a princípio, e sim um violeta-escuro e iridescente que cintila a cada movimento. Agora o traje escolhido por Aiden começa a fazer mais sentido.

A rainha dos dragões é a primeira a falar no microfone, dando as boas-vindas à celebração deste ano da Abastança. Ela parece empolgada como uma criancinha. E o sorriso no rosto de Flint enquanto observa a sua mãe me indica que ela está sendo totalmente sincera quando compartilha com todos que este é o seu feriado favorito.

Ela olha para todo o salão de baile, que deve reunir quase mil pessoas.

— Poder acolher todos vocês na minha casa para esta celebração sempre será uma das maiores honrarias da minha vida. Há milhares de anos, os dragões eram criaturas rejeitadas, desabrigadas e que se escondiam em qualquer lugar que pudéssemos para tentar sobreviver à ira e à detecção dos humanos. — Ela olha de um rosto para outro. — Mas... não mais. Nós nos juntamos ao Círculo, recebemos a dádiva do Cemitério dos Dragões para que os restos dos nossos entes queridos não fossem violados pelos humanos e lutamos pelo nosso lugar de direito ao lado dos vampiros, das bruxas... e dos lobos. — Ela cita o último grupo entortando um pouco a boca, o que provoca um riso em sua plateia cativa. — Por meio da aliança que forjamos com as bruxas, combinamos as nossas magias e criamos as ilusões necessárias para viver em uma cidade tão digna do nosso tesouro e voar na forma dracônica sem sermos detectados. E agora, aqui estamos! — Ela abre os braços para indicar não somente o salão do baile e o tesouro, mas toda a cidade que brilha do lado externo das vidraças. — Este mundo pertence a nós agora, e ele é todo nosso!

Capítulo 82

## VESTIDOS DE BAILE E CORRENTES

Aplausos estrondosos e assobios recebem as palavras apaixonadas de Nuri, mas não consigo deixar de notar que Macy, Hudson e Luca não aplaudem. Eles simplesmente trocam olhares como se tentassem entender se Nuri está falando em hipérboles... ou se acabou de anunciar uma tentativa de golpe de Estado contra o Círculo.

E, embora eu adorasse poder afirmar que o tempo passado em seu escritório hoje me garantiu que a situação está mais para a primeira opção, isso seria mentira. Sim, ela fez um acordo comigo focando a destruição do reinado de Cyrus para que possamos trazer paz ao Círculo e salvar a vida das pessoas que amamos. Mas não chegou a dizer o que aconteceria em seguida. Qual é a sua ideia de paz depois que isso acontecesse.

O erro foi meu por não perguntar.

Quando ela termina aquele discurso sobre "o mundo dos dragões" apresentando os vampiros, a bruxa e a gárgula que estão no salão, não consigo deixar de pensar se isso é uma homenagem ou se ela está pintando alvos em nossas costas. As expressões no rosto dos meus amigos — até mesmo no de Flint — me dizem que eles estão pensando na mesma coisa.

Ainda assim, não há muito tempo para nos preocuparmos com isso agora, pois Nuri coreografou este banquete nos mínimos detalhes.

O jantar é servido logo depois que Nuri e Aiden fazem seus discursos. E a comida é bem mais do que simplesmente deliciosa. Não faço a menor ideia de como eles conseguem preparar um jantar para tantas pessoas e que agrade todo mundo. Mas acho que, quando se tem dinheiro, é possível preparar qualquer coisa.

Flint, Macy, Éden e eu nos empanturramos com uma variedade enorme de aperitivos servidos diretamente nas nossas mesas, seguidos pela salada mais bonita que já vi. Em seguida, podemos escolher o prato principal, e eu peço uma massa vegetariana que derrete na minha boca e um pão de alho com trufas que é inacreditável de tão gostoso. Quando as sobremesas chegam, já estou tão empanzinada que quase não consigo me mover, mas engulo alguns pedaços do tiramisu também. Afinal de contas, é um tiramisu. E preciso comer isso.

Nuri também providenciou sangue para os vampiros. E pelos olhares que Hudson e Luca trocam quando o experimentam, definitivamente não é o mesmo sangue animal que eles costumam beber em Katmere.

Enquanto comemos, uma orquestra com quinze instrumentistas toca músicas suaves ao fundo. Quando os pratos são retirados, vários casais se dirigem à pista de dança no meio do salão.

Um grupo de garotas-dragão vem até a nossa mesa. No começo, fico imaginando que seja por causa de Flint, o que até me faz dar uma risadinha, já que Luca é quem recebe toda a sua atenção. Mas em seguida percebo que elas estão aqui por causa de Hudson, e começo a ter a impressão de que estou "segurando vela" aqui. Especialmente quando elas vêm pedir que ele as tire para dançar; e Hudson me usa como desculpa para recusar todos os convites.

Finalmente, depois que uma garota me encara com um olhar particularmente irritadiço — como se não desejasse apenas me ver morta, e sim coberta de mel e acorrentada sobre um formigueiro gigante —, digo a ele:

— Você sabe que não precisa ficar fazendo isso.

— Fazendo o quê? — ele pergunta. E mais uma vez com aquele olhar confuso no rosto.

— Recusando esses convites. Se quiser dançar, pode ir dançar — esclareço com uma tranquilidade estudada que é muito distante do que estou sentindo.

— É mesmo? — Ele olha para várias das dragões mais jovens que estão lhe dando atenção pelo salão... o que não me parece muito justo. Bem, até fico feliz porque os dragões não estão causando problemas para mim e para Macy; tenho mais homens em minhas mãos agora do que acho que consigo dar conta. Mas será que é tão errado assim querer que o meu consorte me tire para dançar? Ou há alguma razão para ele não querer dançar comigo bem no meio de um salão abarrotado com a elite da Corte Dracônica?

Estou tão ocupada discutindo comigo mesma, dentro da minha cabeça, que quase deixo passar a pergunta de Hudson:

— Então com quem você acha que eu deveria dançar?

Engulo em seco. Puta merda. E se ele quiser dançar comigo? Provavelmente só vou fazer Hudson passar vergonha. Ainda mais com estes sapatos.

— Hmmm... não acha que você mesmo devia responder?

— É, acho que você tem razão — diz ele, com um sorriso surpreendentemente grande. — Talvez eu devesse convidar...

Eu tinha certeza de que ele ia me tirar para dançar.

— Flint? — interrompo.

— Acha que eu deveria ir dançar com Flint? — ele pergunta, me encarando com uma expressão confusa.

— Não. Eu acho que eu deveria dançar com Flint. — Eu me viro para olhar para o dragão em questão e pergunto: — Quer dançar comigo?

Ninguém parece ficar mais confuso com isso do que ele, considerando a última conversa que tivemos. Mas... tropeçar nos meus próprios pés na pista de dança com Flint parece menos constrangedor do que se isso acontecer com Hudson. Além disso, devo um pedido de desculpas a Flint. E ele me deve um também. Eu devia ter conversado com ele antes, quando voltei da masmorra. Mas eu não sabia o que dizer... e admito que esperava que ele viesse conversar comigo. Mas ele não veio. E agora há esta coisa gigantesca entre nós. E tenho uma sensação horrível de que as coisas chegaram a um ponto tão bizarro que, se não resolvermos isso agora, não vamos resolver nunca mais.

E não quero que isso aconteça.

Assim, se tirá-lo para dançar nos ajudar a deixar essa esquisitice para trás — e me poupar de passar vergonha bem diante de Hudson —, então vou conseguir matar dois coelhos com uma cajadada só.

— Quer dançar com Flint? — Hudson pergunta, apontando os olhos para ele e para mim, indo e voltando.

— Quero — replico, e estendo a mão para ele. E decido não pedir pela segunda vez; simplesmente o chamo desta vez. — Vamos dançar.

— Ah... é claro. Vamos. — Flint e Luca trocam um olhar como se dissessem "que diabos está acontecendo aqui?". Em seguida, Flint se levanta e segura a minha mão. — Eu adoraria, Novata.

— Tudo bem, então — comenta Hudson com um toque de ironia quando afasto a minha cadeira e me levanto, esperando não torcer o tornozelo por causa destes sapatos ridículos que Macy me convenceu a trazer. — Cuidado para não voltar com pulgas.

— Como é? — pergunta Flint.

— Você também. — Abro o meu sorriso mais falso para Hudson e, em seguida, seguro a mão de Flint, praticamente puxando-o para a pista de dança.

— O que estava acontecendo ali? — ele indaga, espiando por cima do ombro como se estivesse preocupado em levar uma mordida pelas costas.

— Nada — respondo, enquanto ele segura uma das minhas mãos e pressiona a outra nas minhas costas, logo acima da cintura. — Estávamos só trocando umas palavrinhas.

— Ah, sim. Conheço bem essa sensação — ele diz à medida que começamos a nos misturar com os outros dançarinos. E, se eu puder deixar registrado algo importante aqui, Flint dança muito bem. Não sei muito mais o que fazer além de me apoiar no meu parceiro e balançar o corpo quando toca uma música mais lenta, mas Flint sabe conduzir tão bem que está praticamente me fazendo bailar pela pista.

— Me desculpe — peço a ele depois de alguns segundos. — Falei sem pensar com você hoje à tarde. E não havia motivo para isso.

— Eu não diria que não houve motivo — ele responde. — Muito do que você disse é verdade.

A bola de gelo que vinha pairando em algum lugar perto do meu coração desde que brigamos começa a derreter.

— Concordo. Mas eu não precisava ter dito aqueles insultos. E definitivamente não devia ter discutido com você na frente de todo mundo. Eu estava tão preocupada com Hudson e tão brava com você que... — Deixo a frase morrer no ar, porque um pedido de desculpas não faz sentido se eu começar a ralhar com a pessoa outra vez.

— Tão brava comigo por não conseguir enxergar os paralelos. Você tinha razão. Não vi nada, mesmo. — Ele me puxa para me dar um abraço antes de voltarmos a dançar a valsa. — Eu lhe pedi desculpas uma vez, mas não foi o bastante. Realmente lamento pelo que fiz, Grace. Não consigo acreditar que cheguei a pensar que aquilo fosse um bom plano. Eu me sinto um idiota.

— Obrigada — agradeço. — Sei que você não faria a mesma escolha hoje em dia, então... que tal se a gente nunca mais tocar nesse assunto de novo?

— Ótimo — diz ele, logo quando a música muda para algo que se parece mais com um *swing*. — Além disso, temos que dançar.

Ele estica o braço com um movimento rápido e me faz girar; em seguida, me puxa para junto de si. É algo que eu não esperava, de verdade; solto uma risada que é quase um grito quando me agarro em seus ombros para não cair.

— O que está fazendo? — E dou uma risadinha.

— Está se divertindo, hein? — ele responde com outro agitar de sobrancelhas, logo antes de me fazer girar outra vez.

É o passo mais divertido que já fiz numa pista de dança em toda a minha vida, mesmo estando convencida de que vou quebrar o tornozelo a qualquer momento. Mas Flint é um excelente parceiro e faz de tudo para me manter em pé, mesmo quando me joga de um lado para outro como se eu fosse uma boneca de pano. Em determinado momento, olho para a nossa mesa e percebo que Hudson continua sentado ali, conversando com Luca e Macy. Observo também o que se passa pelo restante da pista de dança e percebo que Éden está sendo girada para os braços de outro dragão, com um sorriso amigável mas pouco interessado. Não consigo deixar de me perguntar se ela planeja tirar Macy para dançar hoje à noite, ou se só imaginei que alguma coisa estivesse surgindo entre as duas nessas últimas semanas.

Os olhos de Hudson queimam num tom cerúleo brilhante quando nossos olhares se cruzam. Por um segundo, não consigo respirar. Mas, em seguida, Flint me leva para longe outra vez e o momento desaparece.

A música enfim termina um minuto depois, e estou prestes a implorar por uma pausa quando Flint olha para um ponto atrás de mim e sorri.

— Acho que chegou a hora de eu me retirar — avisa ele, dando um passo para trás.

— O que você... — Paro de falar, olhando para trás. E percebo que Hudson está logo atrás de mim.

— Posso? — ele pede, estendendo a mão para mim quando uma música lenta e sensual começa a tocar.

## Capítulo 83

## ENRIQUECER OU NÃO ENRIQUECER...
## EIS UMA PERGUNTA QUE NINGUÉM
## NUNCA FEZ

Por um segundo, fico tão surpresa que não respondo. Mas Flint me cutuca, e eu concordo com um aceno de cabeça tão brusco que quase quebro o pescoço.

— Ah, é claro.

Hudson sorri. Em seguida, pega a minha mão e me puxa direto para os seus braços. Talvez ele não seja tão extravagante quanto Flint, mas mesmo assim tem estilo. Ele sabe exatamente como segurar uma garota para que ela se sinta segura, protegida e também livre para se mover como quiser.

E também, percebo quando me afasto para agitar um pouco os ombros e os quadris que foi sempre desse jeito que Hudson me tratou. Assim como com todas as outras coisas. Ele sempre fica perto o suficiente para me ajudar, caso eu precise. Seja quando estou aprendendo a acender velas, tentando tirar notas boas em ética paranormal ou enfrentando o seu pai dele.

Ele não interfere nas minhas batalhas. Inclusive, insiste que eu lute as minhas próprias batalhas. Mas sempre está por perto para me ajudar caso eu precise. Não sei por que nunca percebi isso antes.

É meio estranho percebê-lo agora, logo quando ele me puxou para tão perto de si, que consigo sentir aqueles músculos longos e firmes pressionando o meu corpo. Tão perto que tenho até medo de que Hudson consiga ouvir o ritmo subitamente acelerado das batidas do meu coração.

Ele olha para mim com olhos cheios de um calor que causa um tremor nas minhas mãos e faz com que a minha garganta se feche.

— Hudson... — sussurro o nome dele. É o único som que consigo emitir, a única palavra em que consigo pensar.

Noto como ela o atinge, como ele precisa engolir em seco uma ou duas vezes antes de sorrir e sussurrar o meu nome de volta.

Ele vem baixando a cabeça bem devagar e o meu corpo inteiro entra em estado de alerta vermelho. Porque isso é um milhão de vezes diferente daquilo que aconteceu na floresta perto de Katmere. Aquilo foi rápido e brutal, um incêndio que saiu do controle. Mas isso aqui... isso é uma chama que queima lentamente, com firmeza, do tipo que fica mais quente com tanta sutileza que é quase impossível perceber que está acontecendo... até chegarmos quase ao ponto de ebulição.

— Hudson... — repito, e a minha voz soa fraca e trêmula, até mesmo para mim.

Ele também percebe. Vejo isso nas suas pupilas dilatadas, ouço no tremor da sua respiração, sinto no jeito com que o seu corpo agora treme junto do meu.

E, então, logo quando ele está quase me beijando, quando seus lábios estão quase tocando os meus, ouvimos uma explosão repentina sobre as nossas cabeças.

Hudson passa o braço ao meu redor em busca de me proteger, enquanto me puxa para longe dali. Ambos olhamos para cima a fim de saber o que está acontecendo, e solto um gemido quando percebo. Em determinado momento nestes últimos minutos, os candelabros foram recolhidos para uma espécie de painel oco no teto. E agora o teto inteiro está se abrindo, deslizando para exibir o céu sobre a nossa cabeça — junto ao espetáculo de fogos de artifício mais incrível que já vi na vida.

Hudson dá uma risadinha, mas fico embasbacada pelas dezenas de explosões gigantes de fogos de artifício que estouram ao mesmo tempo, várias e várias vezes.

— Vamos lá — convida Hudson, me levando para junto dos nossos amigos, que estão maravilhados com o espetáculo. Até mesmo Flint, que, pelo que eu imagino, já deve ter visto isso várias vezes antes. Mas, quando Hudson sugere irmos até um canto vazio, onde duas das vidraças se encontram bem de frente para o rio, é que as coisas ficam realmente espetaculares.

Agora, não somente os fogos de artifício estão diretamente sobre nós; estão ao nosso redor também. Riscos luminosos vermelhos e roxos, verdes e dourados, brancos e rosados, sem parar, várias e várias vezes. Em seguida, novas luzes se juntam aos fogos de artifício; círculos que cortam os riscos e se alinham para criar imagens de dragões gigantes, coroas e chamas.

São os efeitos mais incríveis que eu já vi. É algo que dá a impressão de ser encantado — talvez até um pouco místico. E mesmo que Luca explique que os desenhos são criados por drones, isso não tem importância. Ainda assim, o efeito é mágico.

Tudo nesta noite é mágico. Em particular quando os fogos de artifício terminam e a orquestra volta a tocar. E eu e os meus amigos passamos horas dançando sob a luz das estrelas.

Quando o relógio anuncia a meia-noite, pequenas sinetas começam a tilintar por todo o salão e eu olho para Hudson.

— O que está acontecendo?

Ele dá de ombros, mas abre um meio-sorriso.

— Acho que chegou a hora do tesouro.

As pessoas por todo o salão se agrupam ao redor do tesouro flutuante, erguendo as mãos para algum objeto e esperando enquanto ele cai lentamente. Há risos e gritos de alegria quando, um depois do outro, um dragão estende a mão para o tesouro e pega um envelope, uma joia ou uma chave.

Enquanto todos vibram de empolgação com suas escolhas, um pensamento triste surge na minha mente sobre todos os dragões que não estão aqui na noite de hoje.

Olho para Flint e pergunto:

— São somente as famílias da Corte que podem escolher algo do tesouro? E os dragões que vivem em outros lugares e que não têm riqueza?

Flint me encara com um olhar escandalizado.

— Em primeiro lugar, um dragão sem riqueza? — Ele finge que está arrancando uma faca do coração. — Dragões adoram acumular riquezas. Está no nosso sangue. Não dá para evitar. Assim, não importa o que a gente acumular na vida. Tudo é tesouro. Nós acumulamos riquezas naturalmente, mesmo que demore gerações para isso acontecer. — Ele olha para Luca e coloca um braço sobre o ombro do namorado antes de continuar. — Mas dragões têm corações enormes. Por mais que a gente ame riqueza, amamos ainda mais as nossas famílias. Nossos clãs. Nosso povo. — Ele aponta para os dragões animados que ainda estão pegando coisas do tesouro à nossa frente. — Este festival acontece em todas as cidades e lugares no mundo onde existam dragões. Claro, ninguém faz uma celebração com toda a elegância e o estilo da rainha dos dragões e da Corte Dracônica, mas a minha mãe faz questão de que todos os clãs recebam partes do tesouro real. Nós cuidamos dos nossos.

Éden entra na conversa.

— Cada dragão e família têm seu próprio tesouro pessoal, mas todos nós também contribuímos para o tesouro real. E, durante o festival, esse tesouro é redistribuído. Alguns itens do tesouro real são enviados para cada festival e incluídos nos tesouros dos clãs.

Concordo com um aceno de cabeça.

— Então... contribuir para o tesouro real é como pagar impostos?

Flint revira os olhos ante as minhas palavras.

— Claro, claro. Mas sem a ganância política ou benefícios só para as famílias mais ricas. A família Montgomery é a governante porque somos os mais fortes, não apenas os mais ricos. E acreditamos que a nossa força depende da força do clã mais fraco.

O rosto de Luca é puro orgulho, com um sorriso enorme para o seu namorado.

— Você quase me faz querer ser um dragão.

Flint sorri para ele, estufando um pouco o peito.

— Talvez algum dia tenhamos que tornar você um membro honorário.

E, com isso, o momento entre os dois vai de "meigo" para "ardente". Éden leva a mão à boca e tosse, lembrando que ainda haverá mais música para dançar. E todos nós nos viramos para retornar à pista de dança.

Mas Flint nos chama.

— Esperem aí, só um minuto. Vocês pegaram?

— Pegamos o quê? — pergunta Macy, parecendo confusa e um pouco atordoada pela falta de sono. Todos nós já estamos acordados há mais de vinte e quatro horas, a esta altura. E, entre a chegada tensa e as danças, estamos mais do que prontos para cair na cama e apagar.

Flint sorri e aponta para o tesouro que flutua sobre nossas cabeças, agora com um tamanho bastante reduzido.

— O tesouro de vocês.

— Ah, não precisamos de... — Luca começa a dizer, mas Flint faz um sinal negativo com a cabeça.

— Vocês não podem vir à maior festa do calendário dos dragões e sair de mãos abanando. Simplesmente não é assim que se faz. A minha família contribuiu com uma quantidade de riquezas pessoais mais do que suficiente para compartilhar com os nossos convidados, sejam dragões ou não. — Ele nos encara com uma expressão bem séria. — Por isso, escolham algum tesouro.

— Está bem, está bem. — Éden olha para o ouro e as joias que giram sobre as nossas cabeças. — O que recomenda?

— Depende do que você quer. — Flint olha para cima também. — Mas geralmente prefiro os envelopes. — Ele espera até que o envelope que quer esteja diretamente sobre as nossas cabeças e levanta a mão. Segundos depois, o envelope vem descendo até ele conseguir pegá-lo.

— O que tem aí? — pergunta Macy, aproximando-se para olhar por cima do ombro dele.

Flint dá de ombros. Em seguida, rasga a parte de cima. E tira de dentro o que parecem ser cinco mil dólares em dinheiro vivo. Ele sorri.

— Pelo jeito, o café da manhã vai ser por minha conta.

— É fácil assim? — pergunta Macy, balançando a cabeça, maravilhada.

— A minha mãe e o meu pai... e também os meus avós maternos, antes deles, se esforçaram bastante pra transformar a Corte Dracônica em uma coisa formidável, independente e rica. É muito importante para a minha mãe poder contribuir para o seu povo desse jeito. É muito importante que haja dinheiro para distribuir assim. — Ele inclina a cabeça. — Por isso... sim. É fácil assim... e é muito importante.

— E eu pensava que a história das bruxas já tinha muitos campos minados — comenta Macy. — Pelo jeito, a história dos dragões é tão complexa quanto.

Em seguida, ela estende a mão e puxa um bracelete de ouro com vários pingentes de pedras preciosas. Incluindo um penduricalho em formato de lobo.

Luca pega um belo relógio Breitling com pulseira de couro de crocodilo preta, e Éden decide pegar uma chave.

— Tem algum armário aqui que eu possa abrir com esta chave?

Flint simplesmente ri.

— Não é esse tipo de chave, Éden.

Ela o encara com os olhos estreitados.

— Bem, que tipo de chave é esta aqui, então? Nunca peguei uma chave antes.

Ele leva a chave até um aparador próximo e a mergulha no que restou de uma jarra de água. Ficamos olhando, maravilhados, quando um logotipo dourado que parece ser formado por dois leões e algo como um par de asas aparece no chaveiro.

— É uma Ecosse? — Éden quase solta um grito. — Está me zoando. É só o chaveiro, não é? Não é realmente uma...

— Ah, é uma Ecosse, sim — garante Flint com um sorriso enorme. — Entregue isto à secretária da minha mãe amanhã, e ela vai lhe deixar escolher o que você quiser, dependendo de quais ainda estiverem sobrando.

Éden parece que vai começar a pular de alegria. Mas eu me sinto completamente confusa.

— O que é uma Ecosse? — indago.

Macy parece estar tão perdida quanto eu, mas os outros quatro me olham como se eu tivesse acabado de lhes cravar uma faca nas costas... e nos seus corações.

— É só uma das motos de grife mais incríveis do mundo — Éden me explica. — Chassi de titânio, rodas de fibra de carbono, a pintura mais charmosa de toda a indústria... bem, sem contar a Harley Cosmic Starship, mas ninguém pode andar numa dessas. Uma Ecosse!

— Que incrível — diz Macy a ela, dando-lhe um abraço com força... enquanto me olha discretamente com uma cara que diz "Finja que sabe do que está falando".

— É maravilhoso mesmo — concordo.

Éden só revira os olhos.

— Vou levar você para dar uma volta nela. E aí você vai entender.

— Vou cobrar, hein? — eu digo a ela com toda sinceridade. E... sim, meus pais tinham uma regra para mim, de que eu nunca poderia andar de moto com alguém. Mas imagino que, se posso voar no lombo de um dragão e me transformar em pedra sempre que quiser, talvez eu consiga sobreviver a um passeio de moto também.

— Agora é a sua vez — diz Luca, piscando o olho.

Olho para todas as coisas voando pelo salão e penso no quanto me senti amedrontada e desempoderada quando tentei imaginar como seria ter o dinheiro necessário para começar a construir uma Corte das Gárgulas. Assim, deixo todas as chaves passarem por mim e escolho um envelope.

Ele vem diretamente para mim, como aconteceu com as escolhas dos outros. Eu o abro, esperando que sejam os mesmos cinco mil dólares que Flint ganhou. Mas dentro dele encontro o título de um lote de *1.500 ações da Alphabet Inc.*

— Puta que pariu — diz Luca. — Sério mesmo, puta que pariu de novo. É a empresa que é dona do Google.

— E isso é bom? — pergunto. — Tipo... eu sei que é bom. O Google é enorme, claro, mas...

— Claro que é bom — diz Hudson, dando de ombros. — Se você acha que três milhões de dólares são uma coisa boa.

Quase engasgo com a própria saliva.

— Desculpe. O que foi que você disse?

— Você me ouviu. Cada ação dessas está valendo uns mil e oitocentos dólares. Por isso... tem quase uns três milhões de dólares nessa sua mãozinha sortuda.

— Retiro o que disse — Flint me provoca. — O café da manhã é por sua conta, Grace.

— Ah... claro. Assim que eu conseguir sentir o meu rosto outra vez. E as minhas mãos. E todas as outras partes do meu corpo. — Eu fico olhando para o título de ações, chocada. — Isto aqui é de verdade mesmo?

— É de verdade, Novata. — Flint me pega no colo e me gira com ele. — Você ficou milionária!

— Com o que você vai gastar essa grana? — pergunta Éden, com um sorriso.

— Pelo jeito, com o café da manhã — digo a ela quando começo a acreditar que talvez isso esteja acontecendo de verdade. — E com o começo da Corte das Gárgulas?

— Ah, é isso aí! — exclama Macy, com um gritinho.

Todos nós rimos e em seguida relanceio para Hudson.

— Agora é a sua vez.

Ele faz que não com um aceno de cabeça.

— Já tenho tudo de que preciso. — Será que o fato de que ele está olhando para mim quando diz isso é o que faz o meu estômago dar piruetas?

Os outros soltam gemidos enfastiados, e acho que Éden até faz um ruído como se estivesse engasgada.

Mas Flint simplesmente abre um sorriso. Em seguida, diz:

— Bem, pegue um envelope e dê para Grace, então. Parece que temos que uma Corte das Gárgulas para construir.

Capítulo 84

## MÃOS LENTAS SÃO LEGAIS, MAS MÃOS
## LIGEIRAS SÃO AINDA MELHORES

E é o que Hudson decide fazer. O envelope que ele escolhe tem mil dólares em seu interior. É algo que me deixa superfeliz, mas lhe rende uma vaia de Flint.

Mesmo assim, um chocolate quente e petiscos no meio da madrugada correm por minha conta quando subimos até a cobertura mais tarde — depois de trocar de roupa, preferindo calças de moletom e blusas à formalidade do baile. Estamos exaustos, mas nenhum de nós quer que a noite termine. E há alguma coisa mágica em estar aqui em cima, com a cidade que se espalha lá embaixo.

Eu nunca tinha visto Nova York a essa hora antes. E é impressionante como a cidade fica silenciosa durante a madrugada. É como se um interruptor fosse desligado e a cacofonia do dia e o fervor do néon da noite simplesmente desaparecessem por algumas horas. E tudo que resta é... paz.

E paz é exatamente o que preciso neste momento. E os meus amigos também, eu acho. Temos muita coisa pela frente. E esta noite — este momento roubado no tempo — parece perfeito.

Mas, após alguns momentos, todos se recolhem para os seus quartos. Flint e Luca são os primeiros a sair, com uma troca de olhar bem íntima. Éden é a próxima que desce para o quarto, e Macy vai logo depois.

Em seguida, estamos somente Hudson e eu ali em cima — junto à minha xícara de chocolate quente que já está começando a esfriar.

— Já quer descer? — pergunto, quando pego o último pedaço de marshmallow que ainda flutua na xícara.

— Você quer? — ele responde.

Eu deveria dizer que sim. Estou com frio e a temperatura está caindo ainda mais... mas não sei. Tem alguma coisa muito especial em estar neste sofá com Hudson — com o mundo aos nossos pés e a minha playlist favorita tocando no celular dele — que me parece especial demais para deixar para trás. Pelo menos por enquanto.

Por isso, faço um gesto negativo com a cabeça e me enfio um pouco mais debaixo das cobertas, e fico mais próxima dele.

— Está tudo bem? — ele pergunta.

— Acabei de ganhar três milhões de dólares. Acho que está, sim — eu digo, em tom de piada.

Ele sorri.

— Mais do que simplesmente "bem", eu diria.

— Este fim de semana foi bem surreal. — Não faço ideia de como aconteceu isso de ter começado com Hudson sendo preso e terminado comigo neste telhado, ao lado dele, e com três milhões de dólares no bolso.

— Foi o melhor fim de semana da minha vida — confessa ele em voz baixa.

Pondero sobre sugerir que ser preso não costuma fazer parte das listas de desejos das pessoas, mas tem alguma entonação na voz de Hudson — alguma coisa em seus olhos quando ele se vira de frente para mim — que faz com que as palavras entalem na minha garganta.

E quando *Adore You* de Harry Styles começa a tocar (porque Hudson sempre coloca alguma música de Harry Styles no meio de alguma playlist, somente para mim), não consigo me conter. Eu me levanto e lhe estendo a mão.

— Vamos — sussurro. — Vamos fechar o melhor fim de semana da sua vida com uma dança no topo do mundo.

Ele sorri e pega na minha mão. E, logo depois, estamos dançando no terraço do prédio ao som de uma das minhas músicas favoritas. E percebo que Flint não é o único que sabe dançar.

— Não sei onde você aprendeu a dançar assim — elogio com um gritinho quando ele me faz girar e depois me puxa para junto de si com movimentos perfeitos.

— Tem muitas coisas que você não sabe sobre mim — ele responde. E tem alguma coisa em sua voz que faz o meu corpo arder e a minha garganta se fechar.

Por um segundo, tenho medo de fazer a pergunta para a qual ele me abriu a oportunidade, mas, quando a música termina e ele se debruça sobre mim, segurando o meu corpo enquanto estou quase tocando o chão, não consigo evitar.

— O quê, por exemplo? — sussurro.

Ele me puxa de volta para cima bem quando *If the World Was Ending* de JP Saxe e Julia Michaels começa a tocar na playlist. A mão de Hudson desliza pelo meu corpo até a curva logo acima do meu bumbum enquanto ele me puxa para junto de si. E ele nos faz girar até a beirada do terraço, deixando as luzes de Manhattan brilharem logo abaixo.

E quando ele enfim responde à minha pergunta seus olhos são um oceano.

— Por exemplo... que estou com muita vontade de beijar você agora.

É o único convite de que preciso. E as minhas mãos sobem para se enroscar nos cabelos de Hudson, enquanto puxo a sua boca para junto da minha.

Ele solta um gemido grave no fundo da garganta e começa a retribuir o beijo. Os lábios, dentes e a língua devastando a minha boca como se fosse o fim do mundo e este o último beijo que duas pessoas vão dividir.

E eu o devasto de volta, lambendo, chupando, beijando, explorando cada milímetro daquela boca até mal conseguir respirar ou pensar. Até que a única coisa que consigo fazer é sentir.

Sinto as presas roçando no meu lábio e isso me faz gemer. Aperto os dedos ao redor dos cabelos dele e tento puxá-lo ainda mais para perto de mim.

É impossível; não tem como ficarmos ainda mais próximos. Mas isso o faz soltar um grunhido grave no fundo da garganta. E desta vez, quando ele usa as presas no meu lábio, ele me corta... para, logo em seguida, lamber as gotas de sangue que se acumulam ali.

— Meu Deus! — Afasto a minha boca enquanto todas as sensações que já tive na vida se acumulam dentro de mim, todas de uma vez.

— Foi demais? — pergunta ele, e parece estar tão sem fôlego quanto eu.

— Não foi o bastante — respondo. E me jogo de novo em seus braços. Eu me jogo de novo nele. Na incandescência selvagem e infinita que somos nós dois.

Sinto as mãos dele deslizarem até o meu bumbum e o abraço ao redor do pescoço, com as pernas em volta da sua cintura. E em seguida nós aceleramos, saindo daquela cobertura, descendo os três lances de escada e passando pelo corredor que nos leva a meu quarto.

A boca de Hudson não se afasta da minha nem por um segundo.

Capítulo 85

## SOBRE MORDIDAS E ELOS

Acho que um pedaço de mim sempre esperou que as coisas fossem ficar estranhas se algum dia chegássemos a este ponto. Ou eu teria alguma sensação estranha se estivesse nos braços do garoto que passou tanto tempo vivendo na minha cabeça. O garoto que sabe de tudo — de bom, de ruim e até o que não faz diferença — a respeito de mim.

Mas não parece estranho. A sensação é... perfeita. Como se este momento no tempo sempre estivesse destinado a acontecer.

Ainda estamos no corredor, diante da minha porta, como se Hudson tivesse medo das implicações se der aquele último passo e nos levar para dentro. Mas não me importo com o lugar onde estamos. E não me importo com regras, gentilezas sociais ou qualquer outra coisa que não envolva sentir o corpo dele pesando sobre o meu. Mas acho interessante que ele faça isso. É uma gentileza dele querer que eu tenha certeza.

Mas eu tenho. Deus do céu, e como tenho. Com um gemidinho, levo as mãos até a barra da camisa dele e deslizo os dedos por aquela barriga achatada e dura. Em seguida, passo os dentes pelo lábio de Hudson do mesmo jeito que ele fez comigo.

E o calor cresce; é uma conflagração gigantesca ganhando corpo dentro de nós até transbordar e incendiar o mundo inteiro.

Solto um gemidinho que vem do fundo da garganta enquanto seguro aqueles ombros largos. Puxo sua camisa, enfio os dedos naqueles músculos rígidos e tento, desesperada, puxá-lo para ainda mais perto de mim. E alguma coisa parece se libertar dentro dele; algo selvagem, brutal e avassalador.

Ele dá um gemido rouco enquanto tateia a porta e, de algum modo, consegue fechá-la logo atrás de nós. Em seguida, ele já está me prensando contra a parede, com o peitoral, os quadris e as mãos me apertando com tanta intensidade que não sei mais onde eu termino e ele começa. E, ainda assim, desejo mais. Ainda estou implorando por ele, pequenos gemidos e pedidos dos meus lábios conforme ele me devora. Conforme um devora o outro.

Beijo a beijo, toque a toque.

Em determinado momento, ele afasta sua boca da minha; respira fundo, inalando golfadas entrecortadas de ar, e diz com a voz arrastada:

— Grace... Tem certeza? Você quer...

— Sim — suspiro ao passo que puxo a boca dele para junto da minha. — Sim... ai, meu Deus, eu quero.

Se ele não esboçar alguma reação logo, vou morrer. Vou me incendiar aqui mesmo e me desfazer em chamas.

Hudson rosna quando suga o meu lábio por entre os dentes, mordendo-o só o bastante para me fazer gemer e apertá-lo contra mim. Ele também geme e, desta vez, quando uma das suas presas desliza pelo meu lábio, cortando-me só um pouco, ele geme como um homem que sentiu o gosto do paraíso... ou como alguém prestes a enlouquecer.

E aquilo que eu quero que Hudson faça me consome por inteiro. O que preciso que ele faça. Arqueio as costas para trás, separando nossas bocas e inclinando a cabeça para o lado como se fosse uma oferenda.

Ele rosna, bem no fundo da garganta.

— Você não sabe o que está pedindo.

— Sei exatamente o que estou pedindo — digo a ele enquanto pressiono sua boca contra a minha pele. — O que estou implorando. Por favor, Hudson... — sussurro, quando o calor dentro de mim ameaça me sufocar, me puxar para um inferno irresistível do qual eu talvez nunca consiga escapar. — Por favor... por favor.

Ele solta um gemido baixo de prazer, fechando as mãos nos meus cabelos para virar ainda mais a minha cabeça.

Espero que ele ataque naquele instante, rasgando-me como a fera descontrolada que colocou as garras em nós dois. Mas este é Hudson — firme, deliberado, cuidadoso; e me rasgar toda não está em seus planos, embora ele esteja bem ali, com a boca em cima da minha jugular.

— Por favor — sussurro.

Seus lábios deslizam devagar pelo meu ombro.

— Meu Deus... — eu digo em meio a um gemido.

Aquela língua desliza pela minha clavícula, traçando desenhos delicados.

— Vai — digo, quando suas presas roçam de leve logo atrás da minha orelha. — Agora... agora, agora!

É aí que ele ruge. É um rugido profundo, áspero e animalesco. E me deixa em estado de alerta, com o corpo inteiro distendido como se fosse a corda de um equilibrista à medida que espero. E espero. E espero mais um pouco.

— Hudson, por favor — imploro. — Isso dói. Está...

E, com isso, ele ataca. Suas presas penetram profundamente em minha garganta.

Um prazer quente como ferro em brasa toma conta de mim e explodo, com gemidos lutando para sair pela minha garganta. Hudson para, como se quisesse se afastar, mas o seguro tal qual uma mulher ensandecida, com toda a minha força.

Ele grunhe em resposta, segurando nos meus quadris enquanto começa a beber.

E é aí que eu grito. Não por causa da dor, mas pela explosão que me faz vibrar da cabeça aos pés.

Mesmo assim, ele não para. Ainda continua a beber do meu sangue enquanto suas mãos deslizam pelo meu corpo. O calor não cessa; os sentimentos que percorrem as minhas terminações nervosas e se rebelam dentro de mim não têm fim.

Há apenas fogo e chamas. Que incineram todas as minhas barreiras, derrubam todos os obstáculos que eu poderia colocar no caminho, dominando tudo até eu não ser mais capaz de pensar, respirar ou fazer mais nada além de queimar.

Hudson deve sentir o mesmo porque, mesmo depois de parar de beber do meu sangue, quando se afasta e lambe as feridas a fim de fechá-las, ele não para de me tocar. Suas mãos estão por toda a parte, sua boca está por toda a parte, e quero fazer com que ele se sinta tão bem quanto ele está fazendo com que eu me sinta.

Pego a camisa dele e a puxo por cima da cabeça; em seguida, minha boca está em todos os lugares também.

Ele geme, segurando minha bunda enquanto nos leva para a cama. E, quando se deita ao meu lado, seu corpo alto e esguio junto do meu, percebo que nunca senti nada tão bom.

No entanto, ao pensar na situação, eu me assusto um pouco. Porque estou com Hudson e todos os meus alarmes começam a gritar. Alegando que, se eu permitir que isso aconteça, se eu o escolher, então perdê-lo vai me destruir por completo.

Eu me afasto por um segundo e Hudson apoia o corpo sobre o cotovelo, com uma expressão curiosa e olhos atentos.

— É só o elo entre os consortes — eu digo a ele.

Ele ergue uma sobrancelha.

— O que houve?

— Isso aqui. — Monto em cima de Hudson, com as coxas ao lado de seus quadris. — Tudo isso. É só o elo entre consortes.

No começo, tenho a impressão de que ele vai querer discutir, porém, quando encosto minha boca na dele, sinto que ele sorri junto dos meus lábios. E diz:

— Para mim, isso não é problema algum.

Capítulo 86

## BEIJINHO, BEIJINHO E TED TALK

Hudson geme um pouco e se encaixa melhor em mim; e agora é a minha vez de assumir o controle. A minha vez de dar beijos em seu pescoço, em sua clavícula, na curva do pescoço.

Ele cheira muito bem. Sândalo, sol e um âmbar morno e convidativo. Sinto vontade de me enterrar nele, de ficar junto dele pelo tempo que este momento e este mundo me deixarem.

Hudson deve sentir o mesmo, porque não tem pressa alguma de levar isto adiante ou de sair de baixo de mim. Em vez disso, ele traz as mãos ao meu cabelo, enrolando os cachos ao redor dos dedos até estar preso em mim de um jeito que parece gostoso, real e aterrorizante ao mesmo tempo.

*É só o elo entre consortes*, repito para mim mesma enquanto movimento o meu quadril contra o dele.

*Só o elo entre consortes*, quando me abaixo para beijá-lo e os meus cabelos formam uma cortina perfeita entre nós e o restante do mundo.

*Só o elo entre consortes*, quando ele pressiona o corpo contra o meu várias e várias vezes, até eu sair voando e girando pelo tempo e pelo espaço mais uma vez.

Por um bom tempo ainda, sinto como se o meu corpo inteiro fosse feito de poeira de estrelas. Como gotículas de luz, milhões de minúsculas explosões voando, caindo e flutuando pelo espaço.

Hudson me abraça o tempo todo, com a boca macia e suave junto da minha enquanto beija meu ombro. Enquanto desliza o rosto pela curva do meu pescoço. Enquanto passa os lábios logo atrás da minha orelha.

Quando sua boca por fim se solta da minha, já estou tremendo.

E ele também está tremendo; seu corpo tenso como a corda de um arco. Contudo, quando levo as mãos até o seu cinto Armani, sem conseguir soltá-lo, ele me puxa de novo para cima e nos faz rolar pela cama, ficando por cima de mim desta vez, com o corpo encaixado perfeitamente entre o V formado pelas minhas pernas.

— Você é tão linda — elogia ele, com desejo na voz. É a segunda vez que me diz isso. E é tão intenso que chega a doer por dentro. E isso me faz tremer ainda mais.

— Até que você é bonitinho, sabia?

Ele balança a cabeça e solta uma risada discreta do fundo da garganta.

— Que bom que você acha que sou bonitinho.

— Ah, e você é cheiroso também — digo a ele, enquanto finjo pensar na situação. — É mais um ponto a seu favor.

Ele está rindo abertamente agora. E fica muito bonito assim. Vejo ruguinhas se formando nos cantos dos olhos, e a covinha na bochecha esquerda.

— Bem, pelo menos tenho alguma coisa de bom.

— Eu diria que você até que está indo bem.

Esfrego as mãos em suas costas, me deliciando na força dele sob as minhas palmas e no jeito que seus músculos se movem e se esticam. Me deliciando também nessa sensação, em como isso é prazeroso de um jeito que poucas coisas foram na minha vida.

Não sei o que isso significa... e não quero saber. Não vou me preocupar com isso tão cedo. Hoje à noite, só quero estar aqui com Hudson. Somente ele e eu por mais um tempo.

— É mesmo? — Ele ergue uma sobrancelha. — Me fale mais sobre isso.

— Acho que vou lhe mostrar. — Sorrio e o empurro para que ele encoste as costas no colchão, levando a mão até o cinto outra vez. Desta vez ele não me afasta.

Hudson geme e seus olhos estão arregalados, as pupilas dilatadas, quando reage ao meu toque.

Ele está tremendo agora, com a respiração rápida e curta, a pele corada e ligeiramente suada. E vê-lo desse jeito é a cena mais sexy que já presenciei. Mesmo antes que os seus dedos agarrem o lençol e o meu nome saia dos seus lábios como chuva no deserto.

Depois que relaxamos, ambos nos preparamos para dormir. Fico esperando que ele se deite ao meu lado, que talvez até durma. Mas, em vez disso, ele vem por cima de mim até se encaixar entre as minhas pernas outra vez. Seu rosto está a poucos centímetros dos meus. Seus dedos brincam com os cachos do meu cabelo enquanto me observa com olhos já mais relaxados... e com alguma coisa a mais. Algo sobre o qual não estou pronta para pensar no momento.

E fico pensando no quanto isso parece natural. Como se não fosse a primeira vez que estamos assim. Sei que não pode ser verdade. Sei que eu jamais teria traído Jaxon enquanto estava aprisionada na minha forma de pedra.

Mas isso me faz querer saber mais. Se não sobre aquela época, especificamente, então sobre Hudson. E, agora, com ele me causando arrepios à medida que traça uma linha de beijos pelo meu pescoço, não há nada que me impeça de descobrir.

— Posso perguntar uma coisa? — sussurro.

Ele ergue a cabeça a fim de me fitar nos olhos, com as sobrancelhas franzidas.

— É claro. Ainda acha que precisa pedir?

— Me conte alguma coisa sobre você que eu não saiba.

— Como assim? Agora? — Ele parece totalmente confuso. — Por acaso não estou fazendo do jeito certo? — Ele aponta para si mesmo. E, no momento, está deitado em cima de mim, com a boca a poucos centímetros da minha pele.

Eu rio.

— Você está fazendo tudo do jeito certo. E o pior é que sabe disso.

Pego sua mão e aplico um beijo na palma. E fico observando os olhos dele serem tomados pelo desejo outra vez... o que traz borboletas ao meu estômago virar meia dúzia de piruetas quando Hudson pergunta:

— Então... por que agora?

— Não sei. — Dou beijos por sobre os seus dedos e ao redor do pulso. — Eu só estava pensando...

— Então eu estou fazendo do jeito errado mesmo — ele interrompe, seco. — Achei que o objetivo era fazer com que você não pensasse.

Apoio o peso do corpo nos cotovelos.

— Ah, sim. Bem, nessa parte você teve um resultado excelente. Mas falando sério... é que você sabe tanto sobre mim. E sei que houve uma época em que eu sabia muitas coisas a seu respeito. Mas não consigo me lembrar. E odeio que as coisas sejam assim. Será que você pode... — A minha voz hesita quando penso em quantas coisas perdi, e em quantas ainda estou deixando passar. — Será que você pode me dizer algo... sobre você? Alguma coisa que eu sabia, mas da qual não consigo me lembrar agora?

— Ah, Grace. — Ele baixa a cabeça até que a sua testa encoste na minha. — É claro. O que você quer saber?

— Não sei. Qualquer coisa. O que você quiser.

— Esse recorte é muito amplo, mas... tudo bem. — Ele desfere um beijo nos meus lábios e rola para o lado, deitando-se ao meu lado.

— Você não precisava sair de onde estava. — Seguro seu braço e tento trazê-lo de volta.

Ele ri.

— Não vou me afastar. Mas, se quiser que eu tenha uma conversa real e coerente, não posso ficar em cima de você.

— Talvez a gente possa ter esta conversa coerente mais tarde, então. — Mais uma vez, tento puxá-lo de volta para cima de mim. Mas é impossível mover Hudson quando ele não quer ser movido.

— Alguma coisa sobre mim que você sabia. — Ele pensa no caso por um segundo. — Li todas as peças de teatro de Shakespeare pelo menos duas vezes.

— Ah, sério? — Reviro os olhos. — Eu nem precisava perguntar para saber disso.

— Está falando sério? Vai ficar julgando o que decido lhe contar? — Ele parece ficar ofendido.

— Quando é tão óbvio, vou julgar, sim. Não se ofenda, mas tenho quase certeza de que você é uma biblioteca viva e ambulante. E não é uma biblioteca qualquer. Está mais para a Biblioteca de Alexandria.

— Você acha que sou como uma biblioteca que queimou até não sobrar nada? — Agora ele parece ainda mais ofendido.

— Mas sei que ela não foi totalmente destruída pelo incêndio — digo a ele. — Você não viu aquela TED Talk?

— Acho que eu devo ter deixado passar. — Ele me encara com uma expressão do tipo "Está falando sério?".

— Azar o seu — respondo, dando de ombros. — Foi uma palestra legal.

Ele faz que sim com a cabeça, e tenta até mesmo sufocar a vontade de rir quando responde:

— Imagino.

— Ela pegou fogo quando Júlio Cesar incendiou os navios que estavam no porto. Mas há evidências que mostram que muitos escritores e filósofos continuaram usando a biblioteca anos depois. Não foi o incêndio que acabou com ela. E sim todos os líderes que vieram depois, que tinham medo do conhecimento existente ali.

Quando termino de falar, percebo que Hudson está me olhando com a expressão mais perplexa com que já me deparei em seu rosto.

— O que foi? — pergunto.

Ele simplesmente faz um gesto negativo com a cabeça.

— Preciso lhe dizer uma coisa, Grace: esta é uma conversa incrivelmente sexy para um casal na cama.

Ele se aproxima para me beijar, mas o faço parar, cobrindo-lhe a boca com a mão.

— Não, nada disso. Nada de conversas na cama e nada de beijos até você me contar algo que eu realmente não saiba.

As sobrancelhas dele se erguem num movimento brusco.

— Está me zoando, né? Vai me negar uns beijos agora?

— Hmmm... vou, sim. Até você começar a seguir as regras, vou fazer isso, sim. — Seguro o edredom e começo a me cobrir.

Mas Hudson não admite isso. Ele puxa o edredom de seda azul outra vez e o deixa cair no chão, bem longe do meu alcance.

— Caso você não tenha percebido, não sou muito bom em seguir regras. Além disso, há vários outros lugares onde quero beijar você.

E ele começa a puxar a minha calça de moletom para baixo.

# Capítulo 87

## QUANDO AS SENSAÇÕES SÃO DEMAIS

Acordo devagar, com a sensação do sol no meu rosto, com o corpo longo e firme de um homem encostado nas minhas costas.

Não há nenhum momento de surpresa, nada de ficar imaginando o que está acontecendo. A partir do instante em que estou desperta o suficiente para reconhecer a sensação do seu hálito na minha nuca, sei exatamente o que está acontecendo. Estou na cama com Hudson.

Passei a noite com Hudson.

E, tecnicamente, embora não tenhamos feito sexo ontem à noite, fizemos muitas outras coisas. Muitas outras coisas que explicam por que me sinto tão tranquila, relaxada e feliz esta manhã. Coisas que também me causam certa ansiedade, porque, de repente, isso pode ter ficado sério.

Afinal de contas... sim, o elo entre consortes sempre teve importância, mas havia um pedaço de mim que ainda achava que as coisas voltariam ao normal. E depois eu teria... Não sei. Uma escolha?

Não que eu odeie a ideia de haver um elo entre consortes que une duas pessoas. Nada disso. Mas sempre achei que a liberdade de escolha deveria ter um papel mais importante. Entendo aquilo que nos ensinaram na aula. Sobre como duas pessoas têm de estar abertas e dispostas para que o elo entre consortes se estabeleça, mas não sei se aceito isso tão facilmente. Afinal, o meu elo com Hudson se formou quando eu estava praticamente em coma depois da mordida eterna de Cyrus.

Será que isso significa que este é um elo verdadeiro? Ou é outro elo forjado, como aquele que eu tinha com Jaxon? E será que os meus sentimentos mudam conforme a pessoa com quem tenho um elo? Ou o que sinto por Hudson tem mais a ver com aqueles três meses e meio que passamos juntos do que eu imaginava? Será que o meu coração se lembra de algo que a minha mente consciente esqueceu?

Esses pensamentos ficam girando sem parar na minha cabeça até que a felicidade com que acordei se dissipa sob a ansiedade crescente em mim.

Não gosto do fato de que isso não está resolvido. E gosto menos ainda de ter pouco controle sobre a minha vida. Na verdade, não tenho controle algum. Desde o momento em que Lia matou os meus pais, minha vida ficou fora das minhas mãos. Só queria uma chance de recuperar esse controle.

Hudson se mexe ao meu lado e murmura algo por entre os meus cabelos que faz o meu corpo inteiro enrijecer pelo choque.

— O quê? — pergunto, enquanto me viro para olhar naqueles olhos azuis e sonolentos.

Fico esperando que ele acorde com um salto ou pelo menos que volte atrás em suas palavras. Mas Hudson simplesmente passa o braço ao redor da minha cintura e me puxa para junto de si até que nossos rostos estejam a poucos centímetros de distância. E... para pensar: por que vampiros não têm aquele bafo característico logo pela manhã? Sei que eles não comem, mas, mesmo assim... Porra, não é justo, considerando que estou sentada aqui com a boca fechada com toda a força, quando tudo que mais quero é gritar com ele, exigir que peça desculpas pelo que disse... ou que repita.

— Não se preocupe com isso — ele me diz. Embora suas pálpebras estejam pesadas e a bochecha tenha ficado marcada por se deitar em cima de uma dobra da fronha, tem algo no jeito que ele pronuncia aquelas palavras que me causa tanto frio na barriga quanto as palavras em si.

— Você não pode dizer para eu não me preocupar com isso. Especialmente se disse o que eu acho que você disse.

Ele suspira e passa a mão por aquele cabelo amarrotado e sexy.

— Isso importa tanto assim?

Olho para ele como se duas outras cabeças tivessem lhe brotado sobre os ombros.

— É claro que importa. Nós conversamos sobre isso. Dissemos que era somente o elo entre consortes...

— Não. Você disse que era somente o elo entre consortes — ele me corrige, erguendo o corpo até se sentar. E quando faz isso, o lençol lhe cai até a altura dos quadris. Com briga ou sem, não há como deixar de perceber como o corpo de Hudson é bonito.

— Mas você concordou! — exclamo. — Você disse exatamente essas palavras: "Para mim, isso não é problema algum"!

— Para mim, não é problema algum mesmo — reforça ele, dando de ombros. — É você que parece estar surtando aqui.

— Porque você disse... — Deixo a frase no ar quando os olhos dele se estreitam, assumindo um ar predatório.

— O quê? — ele provoca. — O que foi que eu disse?

— Você sabe exatamente o que disse! — respondo, irritada. — E não é justo que...

— Justo? — ele rebate, com o sotaque britânico voltando com força. — Eu ainda nem tinha acordado direito. Ou melhor... Eu ainda estava quase dormindo. Não posso ser responsabilizado por aquilo que digo quando não estou consciente.

— O problema não é o que você disse! — Estou quase gritando agora, mas o pânico é um animal selvagem dentro de mim. É algo que arranha a minha garganta, que faz a minha cabeça girar e os meus pulmões se fecharem. — É o que você sente!

— Como é? — retruca ele, irritado, e seus olhos ficam da cor de uma tempestade sobre o oceano Pacífico. — Você não tem o direito de determinar o que devo sentir ou deixar de sentir.

Nunca o vi tão ofendido, mas isso só serve para me irritar ainda mais.

— Ah, claro. Mas você não tem o direito de dizer o que eu devo sentir, também.

Agora é ele que me olha como se eu tivesse algum tipo de problema. E não vou mentir: eu tenho, sim.

— Nunca tentei lhe dizer o que você devia sentir. — A voz de Hudson corta como vidro quebrado. — Ontem à noite você me disse que era o elo entre consortes agindo do seu lado. E eu disse que não tinha problema com isso.

— Do meu lado? Quer dizer que, agora, esse calor do elo é algo que só acontece comigo?

Por um segundo, tenho a impressão de que Hudson vai explodir, entrar em combustão espontânea bem no lugar onde está. Mas ele respira fundo e solta o ar em intervalos crescentes e entrecortados.

Em seguida, respira fundo outra vez. E de novo, até enfim olhar para mim e perguntar:

— Será que podemos conversar, só por um segundo, sem que um fique jogando acusações no outro?

Tenho de admitir que fico grata por ele ter falado desse jeito. Em especial porque sou eu que estou fazendo acusações contra ele desde que acordei.

Mas isso significa que agora é a minha vez de respirar fundo algumas vezes antes de dizer:

— Você disse que me ama. E isso me assusta. Muito.

— Está bem, me desculpe — ele pede, com os ombros caindo para a frente. — Não tive a intenção de dizer o que disse. Não teria falado isso se estivesse pensando direito.

— Então não era verdade? — indago. E sinto o meu estômago afundar dentro de mim de um jeito que não faz sentido algum. — Você não me ama.

Ele balança a cabeça, com a mandíbula e a garganta agitadas enquanto olha para todos os lados, menos para mim.

— O que você quer que eu diga, Grace?

— Quero que você me diga a verdade. É pedir muito?

— Eu amo você — diz ele, sem qualquer floreio ou vibração. Somente três palavras cruas que mudam tudo, não importa se a gente quer ou não que isso aconteça.

Balanço a cabeça e fujo para o canto da cama.

— Você não pode estar falando sério.

— Não é você quem decide se estou falando sério ou não — responde ele. — Assim como não tem o direito de dizer o que sinto ou deixo de sentir. Eu amo você, Grace Foster. Amo você há meses. E vou amar para sempre. E não tem nada que você possa fazer com relação a isso.

Ele estende a mão em busca de me tocar e me puxa de volta para junto de si, deitando-se e me puxando por cima do seu corpo.

— Mas também não estou tentando usar o que sinto como uma arma. Eu tinha planejado lhe dizer isso? Não. Acho ruim você saber disso? — Ele faz um gesto negativo com a cabeça. — Não. Espero que você diga que me ama também?

— Hudson... — Não consigo evitar o tom esganiçado e amedrontado na minha voz.

— Não — continua ele. — Não espero que você faça isso. E não quero que você se sinta pressionada a me dizer nada que não queira.

As lágrimas fazem meus olhos arderem e a garganta se fechar.

— Não quero magoar você.

— Não é algo que depende de você. — Ele leva a mão até o meu rosto e me acaricia levemente com o dedo. — Você é responsável pelos seus próprios sentimentos, e eu sou responsável pelos meus. É assim que essas coisas funcionam.

De algum modo, ouvi-lo falar assim dói mais do que qualquer outra coisa. Porque sinto algo por ele, querendo ou não. Sentimentos que são vastos, enormes. E que me assustam tanto que mal consigo respirar. Mal consigo pensar.

Eu amava os meus pais e eles foram assassinados.

Eu amava Jaxon e ele foi arrancado de mim.

Se eu amar Hudson — se eu me permitir amar Hudson —, o que vai acontecer comigo se eu o perder? O que vai acontecer comigo se este novo mundo no qual me encontro não permitir que eu o tenha?

Não vou conseguir fazer isso. Não vou conseguir passar por tudo isso outra vez. É simplesmente impossível.

O pânico piora; minha garganta se fecha ao ponto de eu não conseguir respirar. Levo as mãos ao pescoço, tentando arranhá-lo para que o oxigênio entre, mas Hudson segura as minhas mãos. E as segura com força, mesmo enquanto tento me desvencilhar para poder me arranhar ainda mais.

— Está tudo bem, Grace — diz ele calmamente, com a voz serena e confortadora. Fazendo o que é certo. — Vamos respirar.

Faço um gesto negativo com a cabeça. Não consigo.

— Consegue, sim — ele responde o protesto implícito. — Vamos, inspire comigo. Um, dois, três, quatro, cinco. Segure o ar. Ótimo. Agora, coloque para fora. Um, dois, três...

Ele faz isso várias vezes comigo. E, quando o pânico passa, quando finalmente consigo respirar e pensar outra vez, eu sei de duas coisas.

A primeira é que os meus sentimentos por Hudson Vega são mais fortes do que eu imaginava.

E a segunda é que nunca vou poder contar isso a ele.

## Capítulo 88

## O MESMO TIPO DE POEIRA
## DE ESTRELAS

— Você está bem? — ele pergunta quando a minha respiração finalmente volta ao normal.

— Sim, estou bem.

— Ótimo. — Ele sorri para mim enquanto me tira do colo. — Acho que é melhor eu pegar...

Eu o faço parar com um beijo. Não um daqueles beijos cáusticos e ardentes da noite passada, mas um beijo doce. Um beijo carinhoso. Um beijo que tenta lhe mostrar tudo o que sinto, mas que não consigo expressar com a voz.

— Ei... — Ele se afasta. — Você não precisa fazer isso.

— Mas eu quero — respondo, subindo outra vez em seu colo. Colocando as pernas ao redor de seus quadris. E pressionando meu corpo no dele. — Não consigo falar o que sinto, Hudson.

— Está tudo bem — diz ele. Mas suas mãos estão nos meus quadris e sei que ele vai me afastar.

— Não consigo falar. Mas posso mostrar.

Eu me inclino para a frente e pressiono os meus lábios nos dele.

Durante um longo tempo ele deixa isso acontecer, movendo os lábios sob os meus. Sua boca me toca, provoca, experimenta.

Até que ele se afasta um pouco, encosta a mão no meu rosto, dá vários beijos carinhosos na minha testa, no nariz e até no meu queixo e sussurra:

— Você não precisa provar nada para mim. Não precisa fazer nada...

— Não é isso que está acontecendo.

— O que é, então? — ele pergunta.

Hudson sempre está a postos para fazer as perguntas difíceis, para colocar tudo às claras e se certificar de que estou bem. De que não estou fazendo nada que possa me machucar ou que talvez não seja exatamente o que eu quero fazer.

Sou grata por essa parte dele. A parte que sempre cuida de mim, não importa o que aconteça. Mas, agora, eu é que quero cuidar dele. Por nós dois.

— Eu quero, Hudson — revelo a ele. Porque é fácil falar sobre o desejo que queima com tanta força entre nós. — Quero você.

Desta vez, quando o beijo, ele se entrega por inteiro.

E eu também, mesmo que não consiga verbalizar isso para ele. Mesmo que não consiga dizer isso a mim mesma.

Desta vez, quando as mãos dele tocam meus quadris, nada é — e ao mesmo tempo tudo é — como pensei que seria.

Aquela boca, sombria e possessiva.

Sua pele morna e cheirosa.

Suas mãos firmes, mas suaves em todos os lugares certos.

E o seu corpo, esse corpo bonito, forte e poderoso, me protegendo, se debruçando sobre mim, me pressionando, tirando tudo que lhe ofereço e me dando muito mais em troca.

Nunca senti nada tão bom.

Nunca senti nada tão intenso.

E, quando termina, quando as minhas mãos finalmente pararam de tremer e o meu coração voltou a bater na velocidade normal, percebo que a poeira das estrelas ainda não assentou. Todos os pedaços de mim e todos os pedaços dele se misturam até ser impossível saber onde eu termino e ele começa.

Até ser impossível determinar o que cada um de nós é, foi ou será sem o outro.

## Capítulo 89

## COMA ATÉ ENTRAR EM COMA

Hudson e eu acordamos, tomamos o café da manhã na cama e passamos o tempo todo juntinhos assistindo à Netflix, mas, depois de certo tempo, ele disse que queria voltar para seu quarto e tomar um banho.

Já faz uma hora que ele saiu e ouço Macy bater discretamente à porta. Abro e percebo que ela está tentando não agir de um jeito muito óbvio — mesmo que esteja agindo de um jeito bem óbvio — quando olha para a minha cama, tentando identificar se tem alguém nela.

Reviro os olhos, mas não consigo evitar que as minhas bochechas fiquem ligeiramente coradas.

— Hudson foi para o quarto dele tomar banho.

Ela sorri e esfrega as mãos uma na outra.

— Vou querer saber de todos os detalhes.

Eu me viro para a cama de modo que ela não consiga ver como o meu rosto está vermelho agora.

— Pode tirar o cavalinho da chuva. Isso não vai acontecer.

Ela fica emburrada.

— Está bem. Mas quando eu arrumar um consorte... também não vou lhe contar nada.

— Tudo bem, eu aceito. — Dou uma risadinha.

Ela está prestes a se sentar na cama ao meu lado (provavelmente para começar a exercer o direito de interrogatório que há entre as melhores amigas) quando ouvimos outra batida à porta, seguida pela voz de Éden:

— Andem logo! Minhas mãos estão cheias!

Segundos depois, Macy abre a porta e Éden entra com sacolas contendo a comida com o cheiro mais delicioso que já senti.

Salto da cama para pegar as sacolas das mãos dela. Toda essa atividade da manhã me deixou com uma fome de leão.

— Não me importa o que tenha aí dentro. Vou querer comer tudo isso.

Ela ri.

— Estamos em Nova York, neném. *Shawarma*, batatas fritas, dolmas e *cheesecake*. Tudo que um dragão pode comer, até entrar em coma. Mas os vampiros vão ter que se virar sozinhos.

Tiro os itens de dentro das sacolas e roubo uma batata frita. Bem... na verdade, um saco inteiro de batatas fritas.

Menos de um minuto depois, a cabeça de Luca e Flint aparecem sob o vão da porta.

— Meu Deus, que cheiro delicioso está emanando daqui — comenta Flint, com um suspiro feliz. — Você é a minha amiga favorita, Éden.

Ele dá um beijo enorme e estalado no alto da cabeça de Éden, mas ela simplesmente revira os olhos.

— E quem disse que eu trouxe alguma coisa para você?

— A mensagem que você me mandou há cinco minutos, dizendo para vir até o quarto de Grace. — Ele ergue o celular para mostrar as provas.

— Acho que tive uma daquelas experiências extracorpóreas — rebate ela, logo antes de arremessar um sanduíche embrulhado na direção dele.

Hudson agarra o sanduíche no ar quando passa pela porta, pegando-o bem antes que Flint o segure.

— Éden. Quanta gentileza da sua parte — diz ele, seco.

— Cara... — Flint o encara com os olhos estreitados. — Entregue esse *shawarma* agora e ninguém se machuca.

— Olhe, estou literalmente tremendo de medo. — Hudson fica segurando o sanduíche... com a mão firme como pedra.

Jogo um pedaço enorme de *cheesecake* para Flint.

— Comece pela sobremesa. Uma hora ele vai ficar de saco cheio de atormentar você.

— Você acha, é? — Flint pergunta, em dúvida.

— Ele nunca demora muito tempo para deixar de torrar a minha paciência.

— Isso é porque ele não quer que a sua consorte o odeie — comenta Flint, enquanto enfia o garfo no pedaço de *cheesecake*. — Ele não se importa se eu o odeio.

— É verdade — concorda Hudson, sentando-se ao meu lado na cama.

Vou oferecer um pedaço do *cheesecake* para ele, já que nunca digo a ninguém para fazer algo que eu não faria. Mas fico com o rosto vermelho quando percebo o que estou fazendo.

— Desculpe. Eu... esqueci.

Ele faz um gesto negativo com a cabeça.

— Não tem problema. — Mas tem alguma coisa no olhar de Hudson quando ele me encara, e sei que isso me faz tremer na base... da melhor maneira possível.

— E então? O que vai acontecer hoje à noite? — Macy pergunta ao passo que come as batatas fritas. — Tipo... o que vamos precisar vestir? Vamos sair para andar pela cidade ou...?

Flint dá uma risada.

— Provavelmente não vamos andar muito. Mas vista alguma coisa confortável. E não se esqueça de levar um casaco.

Macy faz uma careta para ele.

— Isso não me diz absolutamente nada.

— Eu sei. — E ele parece muito feliz consigo mesmo.

— Luca, dá para você fazer alguma coisa com o seu namorado? — peço, com a voz chorosa.

— Já fiz um monte de coisas com ele — rebate Luca. — Então, acho que você vai ter que ser mais específica.

— Ei! — Flint parece ficar um pouco constrangido, mas também bastante contente. E Macy solta uma gargalhada... assim como todos os outros presentes no quarto.

Éden até mesmo se manifesta:

— É isso aí, garoto! — E, em seguida, se aproxima para tocar com o punho fechado no de Luca, que também parece bem feliz consigo mesmo.

E fico só observando tudo aquilo com um sorriso gigante na cara. Porque era disso que eu estava falando para Nuri ontem. Isso que está acontecendo aqui é pelo que estou lutando. E é por isso que vou morrer, se tiver de fazê-lo.

Capítulo 90

## O CÉU É O LIMITE

— É inacreditável — comenta Macy três horas depois, quando passamos pela Times Square bem no fim da tarde. O sol está prestes a se por completamente, pintando o céu em tons de azul e roxo.

— É mesmo — concordo, porque há algo totalmente surreal em caminhar por Nova York a menos de uma semana antes da minha formatura do ensino médio. E não é somente Nova York, mas uma das partes mais icônicas da cidade: a Times Square e a Broadway.

Minha mãe era fã dos musicais da Broadway. E sempre me dizia que, depois que eu me formasse, viríamos passar uma semana em Nova York no verão para ver *Hamilton*, *Kinky Boots* e quaisquer outros musicais que tivéssemos vontade. O fato de eu estar aqui agora, tão perto da minha formatura, mas sem a presença dela, entristece um pouco o meu coração.

Consegui ignorar esse fato ontem durante quase todo o dia. Os problemas que envolveram Hudson e Nuri me ajudaram a fazê-lo. Mas estar aqui, bem diante do Teatro Richard Rodgers, onde *Hamilton* é encenado...

É impossível não pensar nela, cantando as músicas do espetáculo em nossa cozinha enquanto separava as ervas e flores por cima da mesa da cozinha para preparar seus chás.

É impossível não pensar que ela não vai arrumar o meu cabelo para a formatura daqui a alguns dias.

É impossível não pensar no quanto sinto a falta dela... e quantas coisas eu queria perguntar sobre este novo mundo em que estou vivendo. Inclusive aquela pergunta: "Você sabia?". E, se sabia, *por que não me contou*?

Na maior parte dos dias, aprendo um pouco mais a viver sem eles. Mas, de vez em quando, o sentimento se aproxima sorrateiramente. E este é um desses momentos, quando a dor me ataca como uma pedra que cai na água, alastrando as ondas cada vez mais até me deixar totalmente abalada.

— Você já assistiu? — pergunta Hudson. E percebi que passei tempo demais olhando para a entrada do teatro.

— Não. — Viro para o outro lado, correndo os olhos pela Times Square na tentativa de encontrar alguma outra coisa em que me concentrar.

— Ei... — Hudson me chama, com a preocupação tomando o lugar da leveza de momentos atrás. — Você está bem?

— Estou — asseguro a ele. Porque estou mesmo.

Tenho de estar.

— E o que vai acontecer depois? — pergunta Macy quando olhamos pela cacofonia de néon que é a Times Square. Há anúncios e painéis espalhados pelas fachadas dos prédios, cores piscantes e imagens bem amplas. Há pessoas e carros por todos os lados. O som das suas vozes e buzinas preenche a rua. É um caos organizado que, na verdade, não é tão organizado assim. Mas funciona.

Mas tudo em que consigo pensar ao fitar os milhares e milhares de pessoas que abarrotam o lugar é: "Como é que eles vão conseguir fazer um festival dos dragões bem aqui?".

— Acho que temos que esperar Flint voltar — diz Éden, quando nos espremeamos para passar por um vendedor de cachorro-quente e uma motorista de táxi que está batendo boca com um passageiro.

— Certo, mas como é que isso vai acontecer? Tem muita gente aqui — pergunto.

— Muita, mesmo — repete Macy.

— Tenho certeza de que os dragões têm algum truque na manga — arrisca Luca. — Eles não nos trariam até aqui por nada.

— Eu sei — concorda Macy. — Mas onde?

Estamos no meio da rua e olhamos para cima, para o alto do W, do Marriot Marquis e vários outros prédios que não me dei ao trabalho de identificar. Os tons de roxo e laranja do começo da noite começaram a descer pelos pedaços de céu aberto acima de nós. E não consigo afastar a sensação de que os dragões estão ali em cima, em algum lugar, esperando alguma coisa acontecer. Só não faço a menor ideia do que pode ser.

— Olhem ele lá! — Luca aponta para a área abarrotada de gente logo diante do restaurante Junior's. E consigo ver Flint abrindo caminho por entre a multidão com um sorriso enorme em seu rosto.

— Desculpem — pede ele assim que chega até nós. — Atrasei um pouco porque tive que resolver alguns últimos detalhes na Corte, mas está tudo certo agora. Estão prontos?

— Mais prontos do que nunca — afirma Macy. — Mas... prontos para quê?

Ele pisca o olho para ela.

— Venham comigo. Vou mostrar. — E, em seguida, ele entra pelas portas do Marriot Marquis sem a menor cerimônia.

O restante do grupo se entreolha, mas decidimos segui-lo pela porta giratória do hotel.

Hudson caminha ao meu lado com as mãos enfiadas nos bolsos, como já fez milhares de vezes. As minhas sobrancelhas se erguem e sussurro para ele:

— Já esteve neste festival antes?

Ele olha nos meus olhos e sorri.

— Mas é claro que sim.

Os outros vão passando à nossa frente e eu encaro Hudson, sorrindo.

— Você pode me contar, então. O festival é aqui?

— Mais ou menos — ele responde. E acho que está gostando do mistério.

— Não vai nem me dar uma dica? — pergunto, quase implorando.

— Não. — Ele sorri.

— Você é um chato, sabia? — brinco.

— Já me disseram isso — responde ele, piscando o olho.

E não tenho resposta para isso. Sinto o calor tomar conta das minhas bochechas com suas palavras. E estaria mentindo se alegasse que não percebi que ontem as coisas mudaram entre nós. No porão, para ser mais exata. Estávamos tentando não tocar no assunto do que há entre nós, mas sabíamos... que as cartas teriam de ser postas na mesa logo.

Alcançamos os outros e pegamos os elevadores de vidro. Dali, subimos até o quadragésimo quinto andar. Quando saímos, o hotel inteiro está aos nossos pés. Não sei se isso tem a ver com a opulência ou com os dragões em si, mas eles com certeza gostam de ficar nas alturas.

Não há salões de baile aqui, somente quartos. Estou totalmente confusa agora, porque não faço ideia de como um festival pode acontecer em um quarto de hotel. Nem mesmo em um quarto de hotel grande como aquele para o qual estamos indo, e que percebo ser enorme de verdade quando Flint passa o cartão magnético na fechadura. E quando afirmo que ele é grande... é realmente ENORME. Inclusive, tem um piano de cauda no meio da sala de estar. Não se vê isso em um hotel em Nova York todo dia... ou em qualquer dia, imagino.

A suíte está cheia de pessoas bebendo champanhe, comendo aperitivos, rindo e, ao que parece, se divertindo bastante. Parece muito mais uma festa do que um festival. Pelo menos até Flint nos levar até uma das vidraças enormes que dá vista para a Times Square e pergunta:

— Vocês confiam em mim?

— Não — Hudson responde de pronto. — Nem um pouco.

Nós todos rimos e Hudson fica olhando para nós como se não soubesse o motivo da piada. Mas consigo perceber o humor em seus olhos, apesar da falta de expressão em seu rosto.

— Bem, então você vai odiar isso aqui — conclui Flint quando coloca a mão no vidro... e a janela se dissolve bem diante de nós. E, do nada, estamos na beirada da janela, quarenta e cinco andares acima da Times Square, sem qualquer barreira que nos impeça de cair e morrer.

E isso é logo antes de Flint dar um passo para fora da beirada do prédio, pisando no ar.

## Capítulo 91

## "SOBRE A BROADWAY" É O NOVO "OFF-BROADWAY"

Luca tenta segurá-lo, mas não consegue. E acaba caindo pela janela também.

Macy grita quando ele cai. E, logo, metade da sala está à nossa volta, observando enquanto Luca paira a cento e cinquenta metros da Times Square. Porque ele não está caindo. Está simplesmente deitado ali, em pleno ar, aos pés de Flint.

— Está de boa, meu bem — diz Flint, estendendo a mão para ajudá-lo a se levantar enquanto os convidados atrás de nós soltam exclamações de surpresa. Porque, sem qualquer razão que eu seja capaz de calcular ou perceber, Flint e Luca estão literalmente caminhando em pleno ar.

O mesmo acontece com vários outros convidados, que devem decidir que chegou a hora de sair do hotel. Vinte ou trinta deles enchem o ar sobre a Times Square, as taças de champanhe cravejadas de joias permanecem em suas mãos.

Há um pedaço de mim que quer dizer que isso acontece porque são dragões, mas nenhum deles está com as asas à mostra. E, além disso, Luca está ao lado de Flint. E sei que ele não sabe voar.

— O que está acontecendo? — pergunta Macy, dando voz à pergunta existente na cabeça dos outros cinco de nós.

— Venha aqui fora e veja você mesma — convida Flint. E, embora não tenha muita certeza de que quero comprar o que ele está vendendo, decido fazer o que ele diz. Na pior das hipóteses, se eu cair... pelo menos tenho asas para não me esborrachar no chão e morrer.

Mas quando passo pela janela... não sinto o ar entre os meus pés. Sinto um chão firme.

O que é impossível, pois estamos literalmente em pé no ar. Olhando para baixo, vejo pessoas circulando pela Times Square. Os letreiros luminosos, o trânsito, as luzes da Broadway... está tudo bem ali. Estávamos lá embaixo havia poucos minutos e não tinha nada aqui em cima. E eu estava olhando para o alto deste prédio.

Mesmo assim... olhe onde estamos. Hudson, Macy e Éden se juntam a nós, andando sobre o que parece uma placa de vidro gigante que se estende sobre a Times Square, indo até a Sétima Avenida e à rua 45. Porque, até onde consigo ver, há pessoas — dragões — agrupadas nas laterais das ruas de vidro, esperando a ação começar.

É a coisa mais bizarra que já vi, em um ano cheio de coisas muito bizarras. Mas, de algum modo, os dragões aqui reuniram uma quantidade enorme de magias de ar (pelo menos, estou imaginando que seja magia) para organizar um festival inteiro no ar, bem acima da Times Square, e ninguém lá embaixo conseguir nos ver.

É genial e diabólico ao mesmo tempo. E também é muito legal.

— Você tem que admitir que é preciso ter colhões para fazer isso — diz Hudson, cutucando Luca com o cotovelo.

— Colhões enormes — concorda Luca.

— Quem teve essa ideia? — indaga Macy. — E como vocês conseguiram fazer isso?

Flint apenas abre um sorriso.

— Você não achava que as bruxas eram as únicas criaturas capazes de moldar o ar, não é?

— Bem... na verdade, eu pensava isso, sim — responde ela.

— Ouvi dizer que a Corte fazia isso — comenta Éden. E esta é a primeira vez que a vejo aturdida desde que a conheci. — Mas nunca acreditei nisso... até agora.

Flint abre os braços.

— Surpresa!

— Puta que pariu, é uma surpresa e tanto — resmunga Luca. Todavia, ele está com um sorriso quase tão grande quanto o de Flint.

— Quer encontrar um lugar legal? — Flint pergunta.

— Você não precisa cumprir nenhum dever real ali? — pergunto, apontando para o que parece o palco principal do evento inteiro.

— Só depois — explica ele. — Pedi para não ter que participar do começo da celebração para poder ficar com os nossos hóspedes reais. — Ele aponta para Hudson e para mim.

Hudson só ri.

— Duvido que seja verdade.

— E não é mesmo — concorda Flint. — Mas, pelo menos, não tenho que ser o centro das atenções. O que, para mim, já está ótimo. Agora, vamos. O festival começa daqui a cinco minutos e quero ver tudo.

Ele nos leva para longe do hotel, até uma área VIP mais adiante no quarteirão, cercada por um cordão vermelho. O lugar ainda está repleto de gente, mas não tanto quanto outras áreas sobre a rua. Assim, ficamos bem satisfeitos quando passamos sob as cordas.

Acho que chegamos ao lugar bem a tempo, porque a música começa logo que deixamos a corda para trás. No começo está baixa, quase imperceptível. Só há alguns mensageiros-dos-ventos girando pelo ar. Mas ela vai ganhando corpo; sinos e flautas entram na melodia, seguida por outros instrumentos de sopro e enfim surgem os instrumentos de corda, quando a música soa e passa por entre a plateia, dançando no ar.

É maravilhoso; provavelmente está entre as músicas mais bonitas que já ouvi. Mas não a reconheço.

— Que música é essa? — sussurro, sem querer afetar o feitiço que ela tece ao nosso redor.

— É o canto dos dragões, mas em forma de melodia — responde Hudson, de modo solene.

— Eu não sabia que isso existia.

— Ah, existe, sim. Peça para Éden ou Flint cantarem para você algum dia. Você vai se surpreender.

Conforme a música vai ficando cada vez mais alta, passando por sobre nós, os primeiros artistas aparecem no que, começo a perceber, é um desfile gigantesco. Dragões em forma humana fazem acrobacias aéreas, voando e rodopiando, retorcendo-se e desfraldando fitas ao redor de si mesmos, enquanto giram pela rua. Com uma maquiagem bem elaborada nos rostos e trajando roupas justas e coloridas com saias de tule e camisas folgadas, performam uma apresentação delicada que eu não imaginava que os dragões seriam capazes de fazer.

À medida que o desfile avança, a música muda. Fica mais alta, mais intensa, mais poderosa. E, à medida que ganha força, os dragões decolam por cima dos prédios mais altos ao nosso redor e disparam em direção ao centro da rua.

Relâmpagos rasgam o céu enquanto fogo e gelo são disparados em todas as direções. Os dragões voam em disparada pela rua de vidro. Em seguida, sobem muito alto, até estarem bem acima de nós para executarem voos rasantes, rodopios e piruetas no ar enquanto voltam pelo mesmo caminho por onde vieram em velocidades que desafiam a morte.

Repetem-no várias e várias vezes, e cada mergulho é mais perigoso do que o anterior. Então, a música muda outra vez, retornando ao som leve e etéreo do começo. Mas não consigo identificar os instrumentos nesta música. E, quando os dragões surgem outra vez, percebo o motivo. São dragões mulheres, todas em forma humana, cantando... Este é o canto dos dragões, que Hudson mencionou havia pouco. É tão bonito que sinto lágrimas se formando nos meus olhos.

— Você tem razão — sussurro para ele, e sinto a voz ficar um pouco embargada.

Ele retribui meu comentário com um sorriso. Desta vez, um sorriso suave, diferente dos sorrisos mais marcados que ele normalmente exibe. Embora eu tenha me esforçado para conter as lágrimas, ele deve perceber os resquícios das que se formaram nos meus olhos, porque passa um braço ao redor do meu ombro e me puxa para junto de si.

— Que incrível — diz Macy, quando as dragões cantoras avançam pelo espaço.

— É mesmo. Nunca vi nada parecido — concordo com ela.

Logo em seguida, mais dragões descem e se juntam ao desfile. Grandes, fortes e poderosos, eles agitam o vento pela plateia, dançando com tochas perto das cordas que nos separam do restante das pessoas.

Um dos dragões cospe uma bola de fogo em nossa direção e solto um gemido de surpresa, à procura de me esquivar dela. Mas Flint ri. Logo antes que outro dragão a pegue no ar, transformando a bola de fogo em um anel gigante. Depois, há uma dúzia de anéis de fogo alinhados no centro da rua, um depois do outro. Os dragões se alternam, voando por entre os anéis ao passo que estes se estreitam cada vez mais.

Depois deles vêm os dragões mais jovens, meninos e meninas que desfilam em forma humana, enquanto jogam punhados de joias e moedas de ouro para os espectadores.

Quase espero que as pessoas saiam correndo para pegá-las; Deus sabe que os humanos pisoteariam uns aos outros para conseguir pegar um diamante do tamanho da mão de um bebê ou uma safira tão azul que quase chega a ser negra. Mas os dragões parecem não se inquietar tanto com a situação; é como se soubessem que todos que quiserem alguma coisa vão consegui-las antes de irem embora.

Mais dragões passam voando depois deles e os relâmpagos estalam no céu, logo acima de nós. São raios poderosos, estrondosos e brilhantes. E não consigo evitar uma olhada lá para baixo a fim de ver se os pedestres na rua viram ou ouviram alguma coisa. Mas ninguém está olhando para cima. É como se todos estivessem sozinhos lá embaixo, sem nada sobre eles além do céu.

Depois que os dragões dos relâmpagos passam, fogos de artifício começam a estourar mais acima, tão grandes e brilhantes quanto aqueles que vimos na noite passada sobre o rio Hudson. Imagino que isso marca o fim da apresentação. Mas, no meio das explosões dos fogos de artifício, um grupo de dragões dourados vem voando pela Sétima Avenida a uma velocidade muito maior do que aquela que sonhei ser possível.

Eles percorrem de uma ponta a outra no que parece um piscar de olhos; em seguida, voltam pelo mesmo caminho e fazem tudo de novo... mas, desta vez, jogando entre si o que se parece muito com um cometa do Ludares.

Eles voam tão rápido e em trajetórias tão retilíneas, arremessando o cometa com tanta força de um para o outro, que mal consigo enxergar a bola quando ela deixa as garras de um dragão e é agarrada pelo próximo. Eles voam de um lado para o outro, jogando o cometa de garra em garra, como se em meio à disputa do Ludares mais importante de suas vidas.

— Quem são esses? — pergunta Macy, com a voz cheia de empolgação conforme os dragões dourados dão meia-volta e se aproximam para voar pela rua outra vez.

— São os Aurodracos — explica Éden. E é impossível não perceber o respeito e a reverência em sua voz quando fala sobre eles. — São os dragões mais bem treinados no mundo. Eles viajam por todos os lugares, fazendo apresentações e ajudando a treinar outros dragões.

— A primeira equipe de Aurodracos foi formada há mais de mil anos — continua Flint, e percebo uma veneração similar em sua voz. — Naquela época, o Ludares era mais do que apenas um jogo para crianças. Quando uma partida decidia não só quem tinha o direito de se sentar no Círculo, mas também quem vivia e quem morria. Os dragões entregavam seus filhos com maior habilidade de voo para serem treinados pelo time. Pouco a pouco, eles nos ajudaram a sair da pobreza e dos lugares onde vivíamos escondidos. Ajudaram a recuperar o nosso status e criar a Corte Dracônica, que é capaz de fazer tudo isso.

Mais uma vez, os Aurodracos fazem um *loop* e passam voando. E, quando disparam pela rua 45, eles o fazem com uma velocidade tão impressionante que chegam a romper a barreira do som — um *boom* sônico gigantesco, tão ruidoso e óbvio que até mesmo os humanos lá embaixo se assustam e começam a olhar ao redor em busca de descobrir a causa do barulho.

O restante de nós explode em gritos e aplausos que duram até uma nova salva de fogos de artifício começar a pipocar sobre nossa cabeça, tão rápida e intensa que ilumina toda a rua, dando a impressão de que está chovendo ouro do céu.

Capítulo 92

## TUDO ESTÁ NO AR

Quando a apresentação enfim termina, Flint se junta à linha de recepção com seus pais. É uma tarefa exaustiva; ele, Nuri e Aiden ficam no palanque oficial, cumprimentando e recebendo todos que querem conversar ou conhecer a família real. Ele diz que provavelmente isso vai durar o resto da noite e diz que é melhor sairmos para explorar o festival.

Luca o acompanha, e isso não é nenhuma surpresa. Assim, o restante de nós sai caminhando pela rua 45 suspensa a fim de ver o que conseguimos encontrar.

E a resposta é "muita coisa".

A razão pela qual o desfile aconteceu na Sétima Avenida é porque a rua 45 estava cheia de tendas de dragões que vendem de tudo: desde aparadores de garras até pílulas para amplificar o fogo das baforadas. Embora a gente não precise desses itens, encontramos muitas outras mercadorias interessantes para olhar, experimentar ou comprar.

Hudson descobre discos de vinil antigos que insiste que precisa incluir em sua coleção: *Straight Outta Compton*, de N.W.A., e *Graceland,* de Paul Simon. Macy compra algumas velas de baforada de dragão e Éden compra pulseiras de couro pelas quais se apaixonou por completo.

Não encontro nada que considere essencial para mim, até que passamos por um caricaturista. Assim, peço e imploro aos três que se sentem comigo. Até que finalmente, finalmente eles concordam. O artista leva uns quinze minutos para concluir o desenho. E, quando termina, sinto o meu coração subir até a garganta.

Hudson é retratado como uma espécie de empresário de banda de rock paranormal, com os cabelos ainda maiores e mais espetados e as presas bem longas, enquanto nós três formamos uma banda de meninas. Com Macy à frente, seus olhos grandes e meigos enquanto canta ao microfone; Éden à direita, tocando um saxofone e olhando para fora da página com uma expressão desconfiada. A imagem é tão parecida com o olhar dela que é impossível não se impressionar. Eu, por outro lado, apareço no desenho chacoalhando um pandeiro. Mas, em vez de fitar a plateia, estou encarando Hudson com um olhar sedutor... e ele está olhando para mim.

Macy e Éden riem quando veem a caricatura, mas Hudson fica tão quieto quanto eu. E isso me deixa ainda mais encabulada. Mas, no fim das contas, decido enrolar o desenho e o guardo na minha bolsa. Afinal, a ideia era conseguir uma lembrança divertida da noite de hoje; nada mais, nada menos.

Flint nos manda uma mensagem de texto duas horas mais tarde, dizendo que ainda não sabe a que horas vai conseguir se livrar das suas obrigações e falando sobre diferentes lugares, tanto na rua 45 quanto na Sétima Avenida, onde há portas que levam de volta à rua lá embaixo. Mas nós decidimos permanecer no festival dos dragões, que desce pela Broadway e vai até o prédio de Flint, um caminho de quase cinco quilômetros no total. Não temos a intenção de ir até lá, mas é tão divertido caminhar por ali, olhando as barracas e agindo como pessoas normais, das quais o destino do mundo independe, que é impossível resistir.

Ao chegarmos ao espaço aéreo diante da Corte Dracônica, encontramos um DJ e uma espécie de pista de dança. A música é alta e o lugar está cheio de cores e pessoas. Parece bem divertido. Mas estamos bem cansados depois de toda a caminhada e da comida comprada no caminho. Assim, vamos até uma mesa com banquetas altas perto do prédio e nos sentamos por alguns minutos para tomar água e observar as atividades de todo mundo.

Cerca de dez minutos depois que as nossas bebidas chegam, percebo que Macy não para de balançar os ombros e bater os pés no chão, como se quisesse ir dançar. A velha Macy — antes de Xavier — teria se levantado da banqueta com um pulo e corrido até a pista de dança sem pensar duas vezes. A nova Macy é mais cautelosa, menos aventureira e, embora eu a ame de todo o coração (ou talvez por causa disso), sinto que isso me entristece.

Estou quase me levantando para chamá-la para dançar, mas Hudson é mais rápido do que eu. Macy fica surpresa, mas feliz quando lhe permite levá-la até a pista de dança.

Eles escolhem um lugar não muito longe de Éden e de mim. E não consigo deixar de ficar contemplando os dois. Não consigo deixar de perceber como Hudson lida bem com Macy, o cuidado que ele tem e como é receptivo e genuíno. E acho incrível que, mesmo depois de tudo que ele passou, depois de tudo que sofreu, ainda assim conseguiu ser uma pessoa muito boa.

Bem, ele ainda é ácido e sarcástico. Às vezes, até meio rabugento, em especial quando acha que fiz alguma coisa proposital para ofendê-lo. Todavia, quando o vejo cuidando de Macy, tentando alegrá-la apenas porque ficar triste é um saco, não consigo deixar de pensar em como ele é incrível. Hudson teve uma vida de merda. Acho que qualquer pessoa que o conhece deve concordar. Mas, em vez de se tornar uma pessoa dura e sem coração, ele ainda se lembra da sensação de ser magoado. E por causa desse tipo de empatia faz de tudo para não magoar os outros, se puder evitá-lo.

É difícil não respeitar esse tipo de atitude. E mais difícil ainda não se apaixonar por isso, mesmo que só um pouco. E, quando ele sorri para Macy e ela ri, sinto isso por todo o meu corpo.

— Ele só é um babaca por fora, não é? — pergunta Éden. E percebo que ela está olhando para Hudson e Macy com a mesma atenção que eu.

— Não acho que ele seja um babaca, não. — Em particular quando ele sorri para Macy daquele jeito, tal qual um irmão mais velho. Ou quando ri de si mesmo, como agora, quando as primeiras notas de *Cupid Shuffle* começam a tocar e ela tenta ensiná-lo o que deve fazer. — Distante, sim. Babaca, não.

Macy também está rindo agora, quase gargalhando pela primeira vez em muito tempo. E é aí que me dou conta de algo. Assim como eu, Hudson não sabe dizer não para as pessoas de quem gosta. Ele só consegue esconder isso um pouco melhor.

Conforme as pessoas na pista de dança começam a se alinhar para fazer a coreografia de *Cupid Shuffle*, pego na mão de Éden e a chamo:

— Vamos lá!

Fico imaginando se ela vai criar caso, mas Éden estampa um sorriso tão grande quanto o meu durante a nossa corrida rumo à pista de dança. Macy e Hudson ficam de mãos dadas e nós chegamos bem ao lado deles, bem a tempo de começar a dançar ao som de "*to the right, to the right, to the right...*".

Nós dançamos mal. Muito mal. Hudson vai na direção errada na metade do tempo. E, quando ele não vai, Éden é quem vem para a frente quando tem de ir para trás. E tudo isso não tem a menor importância. Macy e eu tentamos colocar um pouco de ordem na bagunça, mas, no fim, os dois fazem somente aquilo que querem. E é fantástico.

Quando a música termina e *Slow Hands*, de Niall Horan, começa a tocar, formamos pares naturalmente. De repente, eu me encontro nos braços de Hudson. E percebo que era nisso que eu vinha pensando o dia, a semana, o mês inteiro, mesmo que fosse a última coisa que eu esperava que acontecesse.

Quando ele olha para mim com aquele olhar profundo, azul e penetrante, não há nada que posso fazer além de me derreter toda.

Nada além de queimar.

Mesmo antes de ele me puxar para junto de si. Mesmo antes de encostar o corpo esguio e rígido no meu. Mesmo antes que ele nos leve a outro ponto da pista de dança e eu olho para baixo...

— Estamos dançando no ar — sussurro, quando outra onda de calor me atravessa.

Ele sorri, me puxando para ainda mais perto e nos fazendo girar pela pista.

— Agora você sabe como é essa sensação.

— Qual sensação?

— Estar junto de você.

Sinto tudo dentro de mim ficar imóvel com tal admissão, e me aproximo ainda mais dele. Querendo, *precisando* senti-lo por inteiro junto de mim.

Hudson deve sentir o mesmo, porque os seus braços se apertam ao meu redor e ele me ergue... até os nossos rostos estarem na mesma altura. E estarmos apertados desde as coxas até os ombros.

— Oi — sussurro quando sua boca paira a poucos centímetros da minha.

— Oi — ele responde quando enlaço as minhas pernas instintivamente ao redor da sua cintura.

Sinto que ele estremece e seus olhos se escurecem, com as pupilas dilatadas, até que mal consigo vislumbrar o azul outra vez.

— O mundo inteiro desaparece quando você está perto de mim, Hudson — sussurro, com a respiração trêmula. — Estamos sozinhos?

Ele grunhe no fundo da garganta quando faço essa pergunta, e também pelo desejo trêmulo entre nós.

— Ainda não.

Dentro de mim, tudo se silencia no mesmo instante, como se todo o meu ser prendesse a respiração, à espera de testemunhar sua próxima ação.

E, exatamente assim, começamos a nos deslocar, acelerando pelo ar, descendo a rampa de acesso, e depois a escada que leva até o meu quarto, naquele espaço tranquilo e perfeito entre uma respiração e a próxima.

Capítulo 93

## CRISES EXISTENCIAIS NÃO SÃO TUDO ISSO
## QUE DIZEM POR AÍ

Na manhã seguinte, passamos o dia em Nova York, mais por necessidade do que pelo desejo de ficar perto de Nuri e lhe dar a oportunidade de nos atacar outra vez. Luca e Hudson, porém, beberam sangue humano desde que nós chegamos aqui; Hudson mais do que Luca, obviamente. E isso significa que não podemos viajar até escurecer.

Éden e Macy aproveitam o tempo passeando pela cidade na nova Ecosse de Éden, enquanto Flint e Luca assistem a uma apresentação na Corte Dracônica; o rei e a rainha querem dar uma olhada no novo namorado, o que é justo.

Isso permite que Hudson e eu passemos o dia inteiro no meu quarto, assistindo a filmes e conversando sobre um pouco de tudo. Na minha vida antes de Katmere, eu era uma leitora voraz. Não tive tempo de ler muita coisa desde que o mundo paranormal pintou um alvo nas minhas costas, mas é legal poder ficar deitada e discutir com Hudson sobre Hemingway (que era um misógino, não importa o que ele diga), Shelley (Percy, não Mary; não importa o quanto você seja brilhante, se for um cuzão) e o amor eterno de Hudson pelos existencialistas franceses (nada pode ser tão ruim quanto eles pensam que tudo é).

— É sério. Se nada importa, por que eles precisam passar tanto tempo choramingando por causa disso?

— Eu não chamaria isso de "choramingar" — rebate Hudson. E percebo ter tocado num ponto sensível. Afinal, este é o garoto que lia *Entre Quatro Paredes*, num ato bem passivo-agressivo, quando estava preso na minha cabeça e irritado comigo por beijar seu irmão.

Mas não estou disposta a ceder nesse quesito.

— "Qualquer coisa. Qualquer coisa seria melhor do que esta agonia mental, esta dor sorrateira que rói, apalpa e acaricia a pessoa sem nunca machucá-la o bastante" — digo a ele, citando Sartre e revirando os olhos.

— Certo, até aceito que isso aí pode ser choramingar. — Ele ri. — Mas nem todos os existencialistas são assim.

— "É certo que não podemos escapar da angústia, já que somos a angústia"? — retruco. — Continue a defendê-lo. Posso passar o dia inteiro fazendo isso.

Hudson levanta as mãos no gesto universal de rendição.

— Você ganhou. Talvez eu simplesmente tivesse muitos motivos para choramingar antes.

— Antes de quê? — pergunto.

Ele não responde. Só balança a cabeça de um jeito discreto. Mas está me contemplando com uma expressão suave. E sei exatamente o que Hudson não está verbalizando. *Antes de mim.*

E não sei como responder a isso. Então, não digo nada. Simplesmente me aproximo e o beijo, beijo sem parar. Até que, uma hora depois, Flint bate à nossa porta e avisa que precisamos ir embora.

Meu estômago se revira. E aquela ansiedade familiar retorna. Estávamos vivendo num tempo além dos quarenta e cinco minutos do segundo tempo, mas agora o fim do jogo está chegando. Hudson e eu decidimos não estragar a diversão dos nossos amigos em Nova York discutindo a prisão ou a Estriga. Repassamos todas as informações de Nuri a eles enquanto jantamos, antes de voltarmos para Katmere.

Assim… por que estou com uma sensação esquisita no fundo do estômago, pensando que esperamos tempo demais?

Mal passamos pela porta em Katmere antes que Jaxon pule pelo vão de quatro andares, pousando bem diante de nós.

— Meio dramático, não? — Hudson pergunta quando Mekhi desce as escadas num ritmo bem mais tranquilo.

Jaxon só mostra os dentes numa cópia malfeita, bem pouco convincente de um sorriso.

— Conversei com Delilah sobre o seu caso. Mas, se não quiser saber o que ela disse, posso voltar para o meu quarto.

— Eu prefiro nem ouvir — resmungo por entre os dentes.

Mas não existe resmungar por entre os dentes quando há vampiros por perto, e Hudson me encara com um olhar sério.

— Não a julgue antes de saber o que está acontecendo.

— Ou o que ela sofreu — zomba Jaxon. E isso é essencialmente no que estou pensando agora, mas não estou na vibe de falar.

Hudson o ignora e fala comigo:

— Não vou defender a minha mãe. Ela escolheu o destino dela quando escolheu Cyrus. Ela não pôde ir embora, mas me protegeu da melhor maneira que conseguiu. E passou por muito mais coisas que você nem sequer imagina.

— Assim como eu — retruca Jaxon, com uma expressão de desprezo no rosto, inclinando a cabeça para que a cicatriz fique bem visível, marcando-lhe a bochecha. — E não tenho tempo para pensar em tudo que ela fez por você. Estou ocupado demais lembrando de toda a vontade que ela teve de me destruir por sua causa.

Os olhos de Hudson apontam para a cicatriz, mas ele ainda dá a impressão de que quer discutir mais. Coloco a mão em seu antebraço, esperando (mesmo sem muita esperança) que ele não prossiga. Depois de alguns momentos, ele faz uma pergunta simples:

— Qual foi a mensagem que ela mandou?

— "Pareça fraco quando estiver forte".

— Certo. Obrigado. — Hudson suspira enquanto passa a mão cansada pelo rosto. — Será que pode me dizer o que ela queria que eu soubesse? Para que a gente possa finalmente ir dormir?

— Só isso — responde Jaxon, e seus olhos não são nada além de fossos negros quando repete: — Foi *só isso* que ela disse.

— Só isso? Ela exigiu a sua presença na Corte por causa de uma citação de *A Arte da Guerra*? — questiona Hudson.

E sou obrigada a rir, porque ele parece bem atônito pela situação. Não só pelo fato de que sua mãe lhe mandou uma citação esquisita, mas pela ideia de parecer fraco de propósito. Acho que ele não conseguiria, mesmo se quisesse.

— Isso não me impressiona — diz Hudson, dando de ombros. — Me parece uma mensagem idiota. — O fato de que Hudson deliberadamente evita olhar para Jaxon deixa óbvio que ele acha que o irmão está lhe trollando.

Mas não acredito que Jaxon faria uma coisa do tipo. O fato de que ele foi à Corte duas vezes e lidou com a mãe em ambas demonstra o quanto quer ajudar Hudson, não importa o que seu irmão diga.

— Acho que não — digo a ele, me posicionando entre os dois em busca de diminuir a tensão que emana de ambos. — Acho que talvez isso signifique que ela está tentando parecer fraca no momento para que o seu pai não perceba que todos nós estamos trabalhando contra ele. Inclusive a sua mãe.

Fico meio engasgada quando digo essa última parte, mas talvez Hudson tenha razão em relação a ela. Talvez.

Jaxon bufa e Hudson o encara com os olhos estreitados, mas nenhum deles se pronuncia para o outro.

— Além disso, mesmo que não seja o caso, pode perguntar a ela quando seus pais vierem para a formatura, daqui a uns dias.

Assim que digo essas palavras, percebo que cometi um erro. Ainda antes que os olhos de Hudson escureçam, quando pensa na vinda de seus pais para Katmere. Ou, mais especificamente, em seu pai.

Jaxon reage tão mal quanto.

— Que sorte a nossa, não? — retruca ele, antes de voltar à escadaria. — Agora que passei o recado, vou dormir.

— Não vai, não — intervém Luca, falando pela primeira vez. — Nós voltamos para tomar banho e pegar comida. Temos que sair antes de o sol nascer.

Jaxon o encara com os olhos estreitados, como se estivesse ponderando sobre qual seria a sensação de rasgar Luca ao meio. Luca olha nos olhos dele por alguns segundos, mas em seguida baixa o rosto. Não o culpo.

É impossível ir contra este Jaxon.

Mas Mekhi se aproxima depois de alguns segundos e pergunta:

— Para onde vocês vão desta vez?

Agora que a tensão entre os dois irmãos perdeu força, os outros se aproximam.

— Temos que conversar com uma bruxa sobre a prisão — Flint lhe responde. — Minha mãe acha que talvez ela possa ajudar Hudson a escapar.

Jaxon parece não se importar muito em libertar Hudson da prisão, a julgar pela expressão de "E daí?" com a qual encara Flint.

— Certo, então esqueça Hudson. Acho que nós concordamos que agora precisamos da Coroa, mais do que nunca, para conseguir deter Cyrus. A rainha dos vampiros está mandando mensagens em código. — As sobrancelhas de Flint se erguem como se ele dissesse "Será que dá para as coisas ficarem ainda mais esquisitas?".

Jaxon suspira e olha para mim.

— Uma bruxa? Que bruxa?

— Nuri a chamou de Estriga. E disse que ninguém a vê há muito tempo, mas que ela ajudou a construir a prisão e talvez tenha alguns conselhos para nos dar — explico.

— E o que vai acontecer? Vamos sair correndo atrás dessa bruxa e confiar nela só porque a mãe de Flint falou para fazermos isso?

— Ei, confiar numa bruxa não é mais ilógico do que confiar num vampiro! — Macy rebate, indignada.

Ele a encara com um olhar severo.

— Por acaso está alucinando sobre eu confiar em vampiros?

— Temos que confiar em alguém — digo a ele.

— E acha um bom plano começar com alguém chamada de "A Estriga"?

— Não precisa vir se não quiser — rosna Hudson.

— Ah, mas eu vou — devolve Jaxon. — Deus sabe que vocês vão precisar de alguém para salvá-los quando tudo der errado.

— E por que acha que vai dar tudo errado? — questiona Éden.

— A pergunta certa é… como diabos vocês podem achar que não vai?

## Capítulo 94

## NEM TUDO QUE É DOCE
## É AÇÚCAR

Preciso reconhecer que as coordenadas que Nuri nos deu para chegar à casa da Estriga são bem exatas, embora nosso grupo tenha duvidado disso quando procuramos saber mais. O Google Maps não mostrou nada neste lugar. Mesmo assim, decidimos arriscar.

O resultado: Nuri, 1; Google, 0.

Como Macy nunca veio visitar esta bruxa e não quisemos arriscar pedir para o tio Finn, não pudemos construir um portal e tivemos de voar até aqui nas costas de Flint e Éden, em suas formas de dragão. Foi um voo longo e gelado, mas pelo menos me deu bastante tempo para pensar.

Hudson passou uma hora tentando nos convencer a não ir, insistindo que a Estriga ia cobrar um preço que ele nunca nos deixaria pagar para salvá-lo. Mas não consegui pensar em nenhuma outra maneira. Cyrus vai colocá-lo naquela prisão de um jeito ou de outro. Imagino que a verdadeira razão para a ordem de prisão tenha sido o fato de Hudson ser poderoso demais para ficar no tabuleiro, considerando as próximas jogadas que Cyrus planejou. E embora a gente deteste admitir... Cyrus está planejando algo. Não podemos deixar que ele controle Katmere.

Por isso, precisamos que a Estriga salve Hudson e a mim de uma vida inteira em uma prisão com torturas. Para mim, isso conta como um sucesso. Mas, se tivermos a sorte de libertar o Forjador e depois a Fera, e se conseguirmos a Coroa para impedir que uma guerra aconteça, aí sim vai ser um sucesso enorme. Não importa o quanto custe.

Estremeço e Hudson me aperta mais firme ao redor da cintura.

Ele se inclina para a frente e diz na minha orelha, em meio ao vento que sopra com força:

— Vai ficar tudo bem.

Faço que sim com um aceno de cabeça e toco no nosso elo entre consortes.

Esta é uma conversa que não posso ter com ele. Diferentemente de outras ocasiões, Hudson está se recusando a enfrentar o que vem pela frente. E isso deveria ser a minha primeira indicação sobre como ele acha que esta viagem vai terminar mal. Mas precisamos descobrir qual vai ser o custo para conseguirmos sair daquela prisão. O que eu estaria disposta a sacrificar para salvá-lo?

Qualquer coisa. A resposta desliza pelos meus nervos. E isso deveria ser a minha primeira indicação sobre o quanto as coisas ainda vão piorar. Olho para os amigos à nossa volta e percebo que a minha resposta seria a mesma por qualquer um deles. Esta é a minha família agora. E vou protegê-los, não importa o custo.

Damos uma volta ao redor da ilha a fim de termos uma noção do terreno. Não que haja muito para observar, com exceção da casa gigantesca que fica bem no meio da ilha. Para ser sincera, chamar esse lugar de "casa" é mais ou menos como dizer que um hotel de cinco estrelas é uma pensão de beira de estrada. É praticamente uma mansão bem no meio do Oceano Pacífico.

Eu gostaria de circular mais algumas vezes, tentar descobrir com precisão como vamos nos aproximar dessa casa. Estou meio acanhada depois daquela experiência com a esposa do Forjador. Mas estávamos correndo para escapar do amanhecer que nos perseguia pelo horizonte. E isso significa que Hudson e Luca já não têm muito mais tempo. Pelo menos Macy pode criar um portal que nos leve de volta para a escola quando terminarmos o que viemos fazer aqui.

Flint e Éden são os primeiros a aterrissar, seguidos por Jaxon. Fica bem óbvio que Hudson se irrita com o fato de que Jaxon pode simplesmente "flutuar", enquanto ele precisa viajar nas costas de Flint. Normalmente ele usaria seu poder de acelerar, mas nem mesmo Hudson Vega conseguiu descobrir uma maneira de correr sobre oceano. Eu me ofereci para viajar junto dele e isso pareceu fazê-lo se sentir melhor. Sinceramente, não achei que os meus músculos das asas já estivessem fortes o bastante para atravessar o Pacífico por enquanto. E achei que poderia acabar atrasando todo mundo.

Mas Hudson não diz nada para Jaxon enquanto ficamos ali observando a casa. Mas tenho certeza de que isso tem mais a ver com a casa do que com qualquer reserva que Hudson tenha com relação ao irmão mais novo.

— Não sou só eu que estou percebendo, não é? — pergunta Éden.

— É difícil não perceber — concorda Mekhi, e seus olhos estão mais arregalados do que eu já tenha visto antes.

— Qual é o nome que vocês dão para esse tipo de arquitetura mesmo? — pergunta Flint, olhando para Macy.

— Por que está perguntando para mim? — diz ela. — Pareço o tipo de pessoa que moraria numa casa como essa?

— Ah, então não é uma coisa típica das bruxas? Vocês não vivem em casas como essa? — Luca ergue as sobrancelhas.

— Moro em um castelo, para a sua informação. O mesmo castelo em que todos vocês moram, inclusive. Caso tenham se esquecido.

— Sim, mas isso é uma escolha, não é? — prossegue Flint, catalogando com os olhos cada detalhe do interior da casa. — Ninguém constrói acidentalmente uma casa dessas.

— Acham que ela tem um forno aí? — pergunta Mekhi. — Será que a gente devia se preocupar se ela tiver um forno?

— Tenho quase certeza de que ela tem um forno — digo a ele. — Quase todo mundo tem.

— Talvez ela prefira a churrasqueira — sugere Hudson, seco.

— Isso existe? — pergunta Flint, olhando rapidamente por entre nós. — Fazer churrasco?

— Quanta frescura para um só dragão — digo a ele.

— Como assim? — pergunta ele, sua voz alta demonstrando que o insultei. — Não fico voando ao redor da escola usando as minhas chamas para assar os animais.

— Estou achando que deve ser um daqueles fornos de pizza — Jaxon entra na conversa sem nem pestanejar. — Acho que vi um forno grande nos fundos da casa, quando estávamos circulando.

— Nesse caso, vamos lá — chama Éden, indo até a porta. — Essas coisas esquentam muito. Vamos saber bem rápido se houver algum deles funcionando.

— Esquentam muito mesmo? — pergunta Mekhi quando a segue pela passagem com flores dos dois lados.

— Alguém já decidiu qual nome vão dar para esse estilo de arquitetura? — repete Flint, enquanto contempla, boquiaberto, os postes de iluminação decorados com fitas que demarcam o gramado, cada um com uma lâmpada de cor diferente brilhando no alto.

— Casa feita de doces? — zomba Éden.

— Eu diria que está mais para uma mansão feita de doces — comenta Hudson a ela enquanto sobe a escada que leva até a porta.

— Um condomínio feito de doces? — sugiro, enquanto vou subindo logo atrás dele.

— Um chalé de esqui feito de doces — diz Luca, definitivamente. — Em uma ilha tropical.

— E isso a torna o quê? — Flint indaga.

— Uma pessoa com deficiência arquitetônica — sussurro, quando enfim chegamos até a porta.

— Será que está cedo demais para bater? — pondera Macy. — Sei que precisamos colocar Hudson e Luca longe do sol, mas... e se ela estiver dormindo?

— Não estou dormindo — responde uma voz leve e bem atrás de nós.

Nós nos viramos para trás e damos de cara com uma mulher alta e bonita, trajada com um longo vestido florido nos observando. Ela também traz uma cesta cheia de flores e ervas no antebraço.

— A hora logo antes do amanhecer é o melhor momento para colher os ingredientes das minhas poções — explica ela, enquanto sobe as escadas na ponta dos pés, quase dançando, enquanto fita cada um de nós. — Mas decidi voltar mais cedo quando vi vocês pousando.

— Desculpe-nos pelo incômodo — pede Macy com sua voz mais meiga.

— Não se preocupem. Eu estava imaginando quando vocês viriam.

Ela acena com a mão elegante, com as unhas pintadas de lilás, para a porta dupla da casa, que se abre sozinha.

— Entrem. Vou servir um chá para vocês.

É o convite pelo qual estávamos esperando, mas não consigo deixar de conjecturar se essa é realmente a mulher que motivou nossa vinda até aqui para conversar. Essa não pode ser a Estriga. Eu estava imaginando uma mulher velha e corcunda. Em vez disso, ela parece uma deusa grega. Cabelos longos e esvoaçantes, uma pele perfeita que parece de porcelana, olhos azuis e brilhantes que parecem catalogar tudo a nosso respeito.

Mas não há como saber, a menos que entremos com ela. Mesmo assim, não tenho certeza. O que devemos dizer? *Com licença, a senhora é a Estriga?* Parece uma grosseria das grandes. Especialmente porque viemos pedir sua ajuda.

Ela nos leva pela porta, com os longos cabelos esvoaçando ao vento. Flint a segue. Depois, Éden, Hudson e eu. Mas, quando Jaxon vai entrar, ela se vira para trás com um movimento rápido e grita:

— Não!

Ele fica paralisado, quase trombando com a barreira invisível criada diante dele.

— Tem alguma coisa errada? — pergunto. — Ele é Jaxon Vega.

— Sei exatamente quem ele é — diz a mulher. — E quem faz parte da família dele, aqui. Mas não permito que criaturas sem alma entrem no meu lar.

— Sem alma? — repito, totalmente confusa a esta altura. — Ele não é uma criatura sem alma. É um vampiro, assim como Hudson.

— Lamento, mas são as minhas regras.

Aqueles olhos azuis queimam com um laser quando ela os aponta para mim.

— Você e quaisquer outros amigos que desejar podem ficar aqui dentro comigo, enquanto ele fica do lado externo. Ou podem ir todos embora. Mas é melhor decidirem logo. Tenho que trabalhar com as minhas flores. — Ela caminha por uma sala que se encaixaria muito bem em algum palácio europeu e deposita a cesta de flores sobre a mesinha de centro antes de olhar para mim. — E, então, Grace?

— Você sabe o meu nome? — pergunto.

Ela ergue uma sobrancelha perfeita, mas não responde.

A verdade é que só existe uma resposta possível para a pergunta dela: temos de aceitar sua escolha e deixar Jaxon lá fora, não importa o quanto sua acusação seja bizarra e infundada.

— É claro que queremos ficar — asseguro-lhe, enquanto olho para Jaxon com uma expressão de "me desculpe por ter de fazer isso". Os outros ainda parecem confusos, mas não discutem. Eles sabem que não temos outra saída.

Jaxon, que não parece ter ficado ofendido com as palavras da mulher — apenas resignado —, vai até um dos dois balanços na varanda e se senta, esticando as pernas enquanto balança para a frente e para trás. E faz questão de não olhar nos olhos de ninguém. O que me deixa muito mal.

Sua expressão está vazia, típica de um jogador de pôquer. Mas conheço esse garoto. E sei o quanto essas acusações sem qualquer base o incomodam. O que me surpreende é o fato de Jaxon não ter proferido uma palavra sequer em sua defesa.

Os outros devem sentir o mesmo, porque percebo que estão divididos entre ficar com ele ou comigo.

No fim das contas, Mekhi e Éden decidem ficar lá fora com ele. E sei que Luca iria querer fazer a mesma coisa, se não tivesse que se abrigar do sol. Macy, Flint, Hudson, Luca e eu ficamos no interior da casa.

Quando isso fica decidido, as portas duplas se fecham atrás de nós e a bruxa aponta para os dois sofás cinzentos no meio de sua sala de estar.

— Sentem-se. Por favor.

Quando nos sentamos, ela vai até a poltrona vermelho-sangue à direita dos sofás e se senta. E temos a impressão de que ela se porta como uma rainha diante da sua corte.

E falando sério: Nuri e Delilah não chegam nem perto desta mulher em termos de afetações da realeza. Percebo isso pela maneira com que os dois príncipes na sala se agitam em seus assentos como se reconhecessem a mesma coisa.

— Gostariam de beber alguma coisa? — ela oferece, com a voz melodiosa tilintando como sinetas pelo ar, agora que todos os aspectos da situação estão organizados exatamente da maneira que ela queria.

E estou com bastante sede; o voo foi longo e esvaziei minha última garrafa de água perto do Havaí. Mas não vou aceitar nada do que essa mulher me ofereça até conseguir formar uma impressão melhor a seu respeito. Porque, para mim, toda essa doçura parece falsa. E não estou gostando muito dos meus pressentimentos.

# Capítulo 95

## AMOR, ÓDIO E GRAÇA

— Estamos bem assim — manifesta-se Flint depois de alguns momentos de silêncio constrangedor. — Mas obrigado.

— Como quiserem. — Ela estala os dedos e um copo de limonada aparece em sua mão. Ela toma um longo gole, com os olhos fixos em nós o tempo todo. Não sei se isso é porque ela não confia em nós ou se está tirando um sarro da nossa cara por não confiarmos nela. Mas, quando ela por fim solta o copo, ele fica pairando no ar ao lado dela.

— Então, queridos, qual é o segredo que vocês querem descobrir?

— Acho que não é bem um segredo, e sim uma solução. — Eu me agito no sofá com um certo desconforto, tentando saber se é melhor ir direto ao assunto ou fazer o pedido lentamente, em etapas. É muita coisa. E ela não tem motivos para nos ajudar, além da bondade em seu coração... uma bondade que já é bastante suspeita em minha cabeça.

Mas, antes que eu consiga decidir o que quero dizer a seguir, ela olha bem nos meus olhos e diz, cantarolando:

— Tudo é um segredo, Grace. Não importa se sabemos disso ou não.

Ela toma outro gole da sua limonada antes de deixar o copo pairando no ar outra vez.

— Sabe, eu me apanhei pensando em uma velha história várias vezes nas últimas semanas. Ainda não consegui entender por que ela surgiu na minha memória ou por que continuo com isso na cabeça. Normalmente as histórias aparecem e ficam por um tempo. Depois, voam para longe com a brisa da manhã, quando percebem que não posso contá-las para ninguém, com exceção das minhas flores. Afinal, estamos meio isoladas aqui, não é?

Por um momento, há um toque de rispidez nas suas palavras, mas desaparece tão rápido que calculo que deva ser fruto da minha imaginação. Especialmente quando os outros não esboçam qualquer reação.

— Mas agora vocês estão aqui. E percebo que essa história devia estar esperando por vocês durante todo esse tempo. — Ela olha nos olhos de cada um de nós. — Assim, peço que me permitam fazer um passeio pelos meandros da memória, se não se importam.

— Não nos importamos nem um pouco — eu digo, sorrindo. — Inclusive, acho que gostaríamos muito de ouvir as histórias que você tem para nos contar.

— Todo esse poder e também uma bela dose de diplomacia. Você é uma surpresa muito agradável, Grace. — O sorriso da mulher é lento e amplo, mas não consegue chegar até seus olhos. E não acho que isso seja problema algum, considerando que tenho quase certeza de que o meu também não chega.

Mas Hudson não gosta do que está acontecendo. Eu percebo pela maneira como ele fica tenso ao meu lado, com o corpo inclinado para perto de mim como se quisesse bloquear qualquer coisa que pudesse me atacar. Incluindo a Estriga.

Mas ela apenas se recosta em sua poltrona com um sorriso satisfeito e começa o relato.

— Certa vez, há muito tempo, a magia cantava aos ventos que assobiavam por entre as árvores. Brincava de pega-pega nas ondas que beijavam a areia e dançava nas chamas que ardiam para que a terra ficasse cada vez mais rica e benevolente. Era bela e solitária. E foi neste mundo de poder descontrolado, bem diferente daquele que tentamos compreender tão desesperadamente agora, que duas crianças nasceram.

Seus olhos vão queimando cada vez mais — ela vai brilhando cada vez mais — conforme prepara os alicerces da história. Até que todo o seu ser parece se iluminar por dentro.

— As crianças eram irmãs gêmeas que nasceram de duas divindades: Zamar e Aciel, que se amavam tanto a ponto de quererem um filho. Mas o universo exige equilíbrio, e assim eles tiveram duas filhas. Cada uma delas é um lado diferente da mesma moeda. Infelizmente, na noite do nascimento, Zamar morreu e se tornou a própria luz e o calor que aquece todas as criaturas neste novo e estranho planeta. Aciel ficou arrasada com a perda, mas jurou criar as meninas com todo o cuidado e amor que a outra divindade daria a elas.

Ela faz uma pausa para afastar os cabelos dos olhos. Ao fazer isso, a luz do começo da manhã reflete neles. E percebo que não têm o castanho-claro que imaginei que tivessem. São de todas as cores — ruivo, loiro, castanho, preto, grisalho e branco, todos misturados em uma cascata de cores que parece infinita de um jeito que sou incapaz de descrever.

Ela percebe que estou observando e aproveita o momento, passando as mãos pelos cabelos de modo que reflitam a luz em seu melhor ângulo. E preciso me esforçar para não sorrir, porque, mesmo sendo poderosa, ela é vaidosa pra caralho. Decido guardar isso na memória porque talvez seja algo que possa nos ajudar mais tarde. Em seguida, espero de modo paciente que ela continue a história.

— Aciel amava as meninas igualmente e sempre lhes disse que tinham nascido para trazer equilíbrio ao universo. Que seu poder era tão grande que não podia, nem deveria, ser contido em uma única pessoa. Ela dizia: "O poder sempre requer uma força que o contrabalance". Não se pode ter força sem fraqueza, beleza sem feiura, amor sem ódio. — Ela toma outro gole da limonada antes de acrescentar: — Bem sem o mal. Assim, as irmãs foram criadas neste mundo que amavam e odiavam com a mesma intensidade; o mundo que tirou Zamar das meninas, mas que também lhes dava Zamar de volta todos os dias, a partir do momento em que o sol nascia até o momento em que se punha. Elas cresceram sob esse mesmo sol, aprendendo e amando, errando e florescendo, até que um dia já tinham idade suficiente.

Ela faz uma nova pausa e permite que assimilemos a história enquanto toma um longo gole da sua bebida, devagar. Eu nunca tinha ouvido essa história antes, mas já li o bastante para reconhecer um mito de criação quando o ouço. E estou louca para que chegue a parte boa. Louca para saber quem criou o que e por quê. E como tudo isso se encaixa com o que viemos perguntar a ela. Ou mesmo se as questões se encaixam de algum jeito.

E tenho de admitir que a Estriga sabe como encantar uma plateia, porque estamos literalmente na beirada dos nossos assentos. Os outros mantêm olhares bem interessados sobre o que ela diz, quase como se partes desse mito lhes fossem familiares, mesmo que eu nunca tivesse ouvido nada a respeito. E isso não chega a ser uma surpresa. Quanto mais tempo passo no mundo paranormal, mais percebo o quanto as coisas são diferentes em relação ao mundo humano. Por isso, seria estranho se o mito de origem dessas pessoas — o seu sistema de crenças — fosse diferente também?

Mas estou surpresa por ter passado tanto tempo por aqui sem reconhecer a situação. Por outro lado, passei o feriado mais famoso da minha cultura num estado bem parecido com a hibernação...

— Idade suficiente para quê? — pergunto, quando fica óbvio que ela está estendendo o silêncio porque quer que alguém faça essa pergunta.

— Ora, para darem nomes a si mesmas, meu bem. Aciel não podia fazer isso. Dar um nome a alguém é um ritual sagrado. E com a morte da outra divindade, as duas meninas não receberiam seus nomes até terem idade suficiente para cumprirem o rito por si mesmas.

— E assim, Cássia e Ádria nasceram.

O nome das irmãs rasgam a sala como um relâmpago — rápidos, brilhantes e abrangentes. À medida que os outros assentem como se esta parte, pelo menos, já fosse bem conhecida, percebo que já ouvi fragmentos desse relato outras vezes, nas minhas aulas de história e de leis da magia, embora as referências sempre fossem feitas rapidamente.

A Estriga não percebe apenas que conhecemos esses nomes, mas parece se deliciar com a situação. E sua voz vai ficando cada vez mais animada conforme a história prossegue. Seu sorriso chega até mesmo a perder o toque anterior de agressividade, tornando-se mais carinhoso e menos defensivo.

— Muitas culturas sabem sobre Cássia e Ádria, embora as chamem por nomes diferentes. E muitos universos as amam por seus sacrifícios e sua benevolência. Ádria amava tanto a ordem, que criou leis para governar o universo que as irmãs tanto adoravam e desprezavam. Em seguida, criou os seres humanos e declarou que eram a criação perfeita.

A Estriga rosna ligeiramente quando diz isso, como se não conseguisse acreditar que alguém tivesse a ousadia de afirmar que humanos são perfeitos. Embora eu seja uma paranormal agora, em vez de uma humana comum, a garota que passou dezessete anos da sua vida no mundo humano se incomoda um pouco com essa animosidade, mesmo reconhecendo que boa parte dela é justificada. Afinal de contas, é só pensar no que fizemos ao planeta de Ádria… e uns com os outros.

— Cássia, por outro lado, adorava o caos. E, sem querer deixar que sua irmã perfeita levasse a melhor sobre ela, criou as criaturas paranormais. E declarou que eram perfeitas também. — Ela abre um sorriso gentil para nós. — E aqui estão vocês, filhos do amor e da imaginação de Cássia.

Ela para de falar, como se esperasse que a agradecêssemos. Mas não importa quem a Estriga pense que é, não consigo imaginá-la como uma das duas deusas em um mito de criação milenar. Talvez eu seja uma cética, mas é um pouco difícil acreditar nisso, mesmo em um mundo onde vampiros e dragões andam pela Terra.

— Mas, desde o instante em que foram criados, humanos e paranormais nunca se deram bem — continua a Estriga, retomando de modo abrupto a narração da história, quando percebe que não haverá nenhuma onda de adoração. — E, assim, Cássia e Ádria ficaram observando suas belas criações irem à guerra. Humanos, que acreditavam na ordem, tentaram domar o universo. Estabeleceram regras para tudo e destinaram um lugar para cada coisa no seu ambiente. Paranormais, por outro lado, nunca conseguiram prosperar em meio à ordem — conta ela, balançando a cabeça como uma mãe benevolente que jamais vai entender seus filhos. — Eles gostam de lutar, de semear a discórdia e a devastação por onde quer que passem. Isso irritou Ádria, que ficou furiosa pela maneira que seus filhos vinham sendo destruídos pelos filhos do caos. Ela olha para Hudson com uma expressão particularmente severa, como se vampiros (e ele, em específico) fossem responsáveis por tudo de ruim que já aconteceu no mundo. — Ver sua criação sendo destruída abalou Ádria. E ela envenenou a Taça da Vida, criada para nutrir a ela e à irmã. Foi essa taça que lhes permitiria viajar pelos reinos e continuar a criação em todos eles.

Ela faz um aceno negativo com a cabeça ao mencionar a maldade de Ádria.

— E quando Cássia, a deusa do caos, foi beber da taça, ela foi imediatamente envenenada e caiu na terra como uma semideusa. Seus poderes haviam sido reduzidos à metade. Ádria sentiu pena da irmã, mas pensava que estava agindo da maneira certa para proteger suas criaturas e a ordem necessária para a prosperidade de todas. Mas aquela deusa tola se esqueceu de uma coisa muito importante.

Ela faz uma pausa dramática, aproveitando até mesmo para engolir o restante da sua limonada em um longo gole.

Macy está sentada na beira do sofá agora, com as mãos retorcendo o próprio vestido enquanto espera a Estriga continuar a história.

— E o que aconteceu? — ela finalmente pergunta, quando a Estriga não dá prosseguimento à história com a velocidade que ela espera. — O que aconteceu com Ádria?

— Ela se esqueceu do conselho mais importante que Aciel lhe deu. O universo exige equilíbrio em todas as coisas. E teve que pagar o preço.

— E qual foi o preço que ela pagou? — indaga Flint. E também parece estar louco para saber o que aconteceu.

— E o que aconteceu com Cássia? — pergunta Macy. — Ela ficou bem?

— Ádria caiu à Terra também, como uma semideusa cujos poderes mais importantes lhe foram arrancados. Pois o que recai sobre uma irmã sempre deve recair sobre a outra... para manter o equilíbrio. É a magia mais antiga do universo. — Ela balança a cabeça como se estivesse triste porque as duas irmãs se esqueceram desta lição, e pelo que aconteceu a seguir. — E Aciel, que as amou e venerou por toda a vida, as abandonou. Disse que seria somente quando aprendessem sua lição, quando aprendessem a se dar bem, quando soubessem equilibrar o caos e a ordem... que voltaria para buscar as gêmeas.

Sua voz paira no ar enquanto ela olha para um ponto atrás de nós, através das vidraças enormes no fundo da sala.

— Mas isso aconteceu há muito tempo — ela finalmente sussurra. — E Aciel nunca mais voltou para nenhuma das duas. Assim, a história diz que Cássia e Ádria continuam presas na Terra até o dia de hoje, forçadas a observar conforme uma geração após a outra de paranormais caça uma geração após a outra de humanos, e vice-versa. Os dois lados lutam o tempo todo e se recusam a entrar em qualquer espécie de acordo, incapazes de viverem em harmonia ou equilíbrio... assim como as irmãs que os criaram.

Sua voz fica um pouco embargada e ela para de falar, respirando fundo e soltando o ar devagar. Como se contar essa parte da história a machucasse fisicamente. Mesmo assim, depois de certo tempo, ela continua o relato em uma voz que é pouco mais do que um sussurro.

— Conforme as lutas continuaram entre as duas criações e resultaram na Primeira Grande Guerra, os dois lados imploraram com suas criadoras para que escolhessem um lado, de modo que enfim pudessem viver em harmonia. Mesmo que isso significasse aniquilar por completo o outro lado. Assim, Ádria começou a ajudar seus amados humanos, treinando-os para caçar e destruir os paranormais de uma vez por todas. Eles destruíram vidas, arrasaram vilarejos inteiros de paranormais e levaram algumas espécies à beira da extinção, mas mesmo assim os paranormais não se renderam. Ainda continuaram a combater os humanos até que um caos devastador reinasse sobre o mundo.

Ela para durante um momento. Seu olhar passa por todas as pessoas presentes na sala até se concentrar apenas em mim.

Os olhos dela estão bem estranhos agora. E brilham com tanta intensidade que quase não parecem normais. A tensão cresce na sala enquanto ela me observa, e sinto calafrios percorrerem o meu corpo. Antes mesmo que ela diga:

— Foi neste caos, nessa desordem, nesses extremos de amor e ódio, que você... e que todas as gárgulas nasceram.

## Capítulo 96

## TRAVES DE EQUILÍBRIO NÃO SÃO APENAS
## PARA GINASTAS... MAS DEVERIAM SER

Meu corpo inteiro congela e ferve, congelando logo a seguir de novo conforme aquelas palavras ardem na minha pele e deslizam por todas as minhas terminações nervosas.

Tentei não deixar que os arroubos dramáticos da Estriga me afetassem. Tentei agir como se a história de Cássia e Ádria não fosse tão fascinante quanto é. Mas ela conseguiu me atingir com isso. E o sorriso satisfeito em seu rosto, conforme seus olhos quase retornam à normalidade, indica que ela sabe disso.

É isso que eu estava procurando em todos aqueles livros. Essa é exatamente a história da origem das gárgulas que eu não consegui encontrar em lugar nenhum.

Hudson deve sentir a minha empolgação, porque desliza as mãos pelo espaço entre nós no sofá e enlaça o dedo mínimo ao redor do meu. Um tipo totalmente diferente de energia nervosa passa por mim quando sua pele roça na minha.

E, quando ele usa o mindinho para apertar o meu, respondo com o mesmo movimento. E fico chocada pela quantidade de calor que essa pequena interação faz espalhar por todo o meu ser.

Como se percebesse que não está mais prendendo a minha atenção, a Estriga limpa a garganta várias vezes. É somente quando nós cinco voltamos a concentrar a atenção nela que a Estriga finalmente começa a contar a última parte da história.

— Embora a divindade tenha deixado Cássia e Ádria para que sofressem junto de suas criações, Aciel não as abandonou por completo. E assim, percebendo que o mundo e os seres criados pelas filhas talvez nunca encontrem o equilíbrio (o que as deixaria presas na Terra para sempre), Aciel deu às duas a dádiva de uma das suas próprias criações. As gárgulas.

Ela me encara com um sorriso esquisito que faz os pelos da minha nuca se eriçarem por inteiro. Em resposta, consigo sentir algo no fundo do meu ser se agitando e ganhando vida. No começo, tenho a impressão de que é a minha própria gárgula reagindo às mudanças rápidas que acontecem no meu corpo enquanto tento absorver todas as informações que a Estriga está nos passando.

Mas, em seguida, ouço a voz da Fera Imortal dentro de mim. Já faz semanas que não a ouço, mas a reconheço no instante em que ele começa a falar.

*Não*, diz ele. *Não, não, não. Você precisa ir embora.*

*Está tudo bem*, digo à Fera Imortal, que está conseguindo falar comigo apesar da distância entre nós. *Ela não vai nos machucar.*

*Isso é ruim, muito ruim*, ele me diz.

*Está tudo bem*, repito. *Preciso saber como nós fomos criados. Preciso saber o que aconteceu com a gente.*

Ele não se manifesta mais. Apenas me envia uma sensação de cautela antes de desaparecer. Eu só gostaria de saber se isso aconteceu porque ele está aprisionado e precisa que eu vá libertá-lo ou se é porque ele sabe de algo que eu não sei, e está tentando me dizer... ou tentando esconder isso de mim.

*Não se preocupe*, asseguro a ele. *Prometo que vou voltar para onde você está. Prometo que vou libertá-lo.*

Mas ele já desapareceu com a mesma facilidade com que surgiu.

— Quer dizer que essa divindade que criou as garotas também criou as gárgulas? — pergunta Luca, com os olhos apertados pela concentração.

— A divindade que criou as deusas — corrige ela. — Mas... sim. Foi para poder equilibrar as forças da ordem e do caos, causadas pelos humanos e pelos paranormais, que as gárgulas foram criadas. Era o desejo de Aciel que, depois de determinado tempo, as gárgulas trouxessem o equilíbrio a tudo. E, assim, algum dia, suas filhas, depois de aprenderem a lição, seriam libertas deste reino terreno. Contudo, para transformar essa possibilidade em realidade, elas teriam que criar uma criatura que não pudesse ser cortejada por nenhum dos lados. Como as gárgulas foram criadas a partir da fonte de toda a magia, em vez de se originarem do caos ou da ordem, você tem ambas as forças dentro de si, Grace. O desejo de criar ordem, o desejo de criar caos. Sempre em guerra, mas também sempre em harmonia. E é essa capacidade que lhe permite agir em ambos os mundos, que se torne uma luz pacífica para as criações das duas irmãs. E isso também a ajuda a usar a magia dos dois lados. Não é que você seja imune à magia — ela explica. — Você é uma criatura que nasceu da magia, então sempre vai estar ligada à magia de uma forma ou outra. Mas somente as magias mais antigas vão funcionar em você.

Como se quisesse provar o que diz, ela manda uma corrente de eletricidade pela sala que me atinge com força suficiente para me fazer gemer de surpresa.

— O que houve? — pergunta Hudson, olhando para a Estriga e depois para mim, com os olhos estreitados.

— Somente uma pequena demonstração do que a verdadeira magia é capaz de fazer — responde ela, placidamente. — Grace está bem.

— Estou bem — repito, embora cada terminação nervosa me dê a impressão de que fui eletrocutada.

Tem muitas coisas que desejo perguntar. Isso significa que sou mesmo tão diferente dos outros quanto me sinto, às vezes? É pelo fato de as gárgulas terem praticamente desaparecido da face da terra que as coisas parecem estar saindo do controle tão rápido, tanto no mundo humano quanto no paranormal? E, se for assim, sou eu quem deve encontrar uma maneira de recuperar o equilíbrio?

A ideia parece ser absurda. Antigamente, havia milhares e milhares de gárgulas andando pela terra. Agora só sei de duas que ainda restam. E uma delas está acorrentada em uma caverna, quase enlouquecida pelo isolamento. Como vamos poder consertar tudo que está errado?

É muita coisa para assimilar de uma vez. Muita coisa para pensar, para me preocupar e encontrar uma maneira de lidar com tudo. E agora não é hora para fazer isso. Especialmente quando a Estriga está me observando com tanta atenção. E quando todo o restante parece estar saindo do controle: Jaxon, Cyrus, os meus sentimentos por Hudson...

Neste momento, sou acometida pela sensação de que estou andando em uma trave de equilíbrio muito longe do chão. Basta um movimento em falso e não vou simplesmente cair; vou me espatifar por completo. Consigo sentir um aperto crescendo no peito e o meu coração martelando conforme o estômago afunda. *Não... não, não agora. Não posso passar por um ataque de pânico agora.*

Puxo o ar para dentro, trêmula, e empurro as palavras pela minha garganta afora, que está se fechando bem depressa.

— Se tenho a capacidade de agir nos mundos do caos e da ordem, por que qualquer menção de conflito consegue me tirar o ar?

— Essa é uma ótima pergunta, não é? — Ela está sorrindo outra vez. E, de novo, o sorriso não alcança os seus olhos. Mas depois de passar alguns minutos me observando respirar com dificuldade, ela faz um gesto. E tenho a sensação de que ela afrouxou uma morsa que estava ao redor do meu peito. Sinto a respiração voltar ao normal e a ansiedade que tomava conta de mim desaparecer.

Sinto uma vontade louca de perguntar como ela fez isso, mas sei que já demonstrei fraquezas demais. Assim, em vez disso, eu a encaro nos olhos e faço a outra pergunta que está ardendo no meu peito.

— Mas... se as gárgulas deviam trazer equilíbrio e são imunes aos dois lados, por que foram derrotadas tão completamente na Segunda Grande Guerra? Como elas quase foram extintas?

A Estriga dá de ombros.

— Como uma coisa dessas acontece? Traição.

— Traição? — Hudson pergunta, e a própria palavra me faz estremecer até os ossos. — E quem as traiu?

— O rei das gárgulas — ela responde. — Quem mais poderia ser responsável por uma traição com todo esse efeito?

— Não estou entendendo — eu sussurro. — Achei que as gárgulas deveriam trazer o equilíbrio. O que ele fez para...

— Ele se aliou aos paranormais para se levantar contra os humanos. Se tornou até mesmo o consorte de um deles. Ele quebrou o equilíbrio de uma vez por todas. E, por causa disso, foi rapidamente castigado. Mas o castigo acabou afetando a todos, não somente a ele. E assim, um de seus homens, ansioso por dar um fim ao que interpretou como ameaça contra si mesmo e contra todas as gárgulas, foi até o rei dos vampiros. E lhe disse como ele poderia matar as gárgulas. Era um segredo que ninguém conhecia. Achou que Cyrus o usaria somente contra o rei das gárgulas...

— Mas ele o usou contra todas — eu sussurro, horrorizada. — Ele matou todas as gárgulas.

— Exatamente — concorda a Estriga.

Sinto uma onda de horror passar por mim... e por todos nós, a julgar pelos olhares no rosto dos meus amigos. E imagino que todos nós estamos pensando na mesma coisa...

Se Cyrus conhece o segredo para matar uma gárgula com facilidade... por que não o usou em mim antes? Por que não me tirou do tabuleiro antes das provações?

— Cyrus quase me matou com sua Mordida Eterna. Essa é a fraqueza das gárgulas, já que elas deveriam ser imunes à magia dele?

— Ah, não, minha criança. A mordida de Cyrus não é mágica. Ela é simplesmente venenosa. — Os olhos da Estriga estão brilhando com uma luz maligna agora. — Na verdade, Cyrus perdeu a maior parte da sua magia há muito tempo. E é por isso que ele governa com o medo e a atrocidade. É melhor você temê-lo do que ele temer você, não é?

As palavras que a rainha dos vampiros enviou a Hudson enchem a minha mente. *Pareça fraco quando estiver forte.* Passamos tanto tempo tentando descobrir o que ela quis dizer que nem pensamos que poderia haver uma segunda parte naquele ditado. Eu olho para Hudson e digo:

— Pareça fraco quando estiver forte.

E os olhos dele se estreitam quando ele compreende. A rainha dos vampiros estava nos dizendo que Cyrus está tão desesperado para encontrar a Coroa quanto nós. Ele precisa de poder. O que ele faria com a Coroa se conseguisse pegá-la antes de nós? Tenho certeza de que não continuaríamos vivos para descobrir.

Capítulo 97

## O INIMIGO DO MEU INIMIGO AINDA É
## ENIGMÁTICO PRA CARAMBA

O pânico começa a crescer dentro de mim. Desta vez, não sei se vou conseguir levar a melhor sobre o ataque. Meu coração está batendo descontrolado. Tenho a sensação de que tem um elefante sentado bem em cima do meu peito. Minhas mãos tremem tanto que preciso apoiá-las sob as coxas, num esforço desesperado para escondê-las da Estriga e dos meus amigos.

Respiro fundo algumas vezes. Tento me acalmar, dizer a mim mesma que tudo vai ficar bem. Que é ridículo ficar assim por causa de qualquer coisa.

No entanto, se houver alguma coisa no mundo sobre a qual valha a pena ficar desse jeito, um inimigo ciente de um segredo capaz de me matar me parece ser um bom lugar para começar. Especialmente se esse conhecimento já foi usado com êxito no passado. E se há uma Coroa em algum lugar que pode dar a ele o poder de fazer um estrago ainda maior.

Estou tentando me segurar, tentando evitar que as pessoas percebam a força do meu pânico. Mas eu acho que Hudson percebe. Ou talvez ele reconheça os sintomas, depois de passar tanto tempo na minha cabeça. Porque ele se aproxima até que a parte externa da sua coxa encoste na parte externa da minha.

É bem distante da sensação de grama sob os meus pés e do sol no meu rosto. Mas ele me dá a sensação de segurança e calor de que preciso. Solto o ar num sopro longo e vagaroso, concentrando-me em sentir a perna de Hudson encostada na minha. Firme. Forte.

Respiro fundo outra vez e solto o ar devagar. Constante. Inabalável.

Respiro fundo mais uma vez, solto o ar mais uma vez. Bem. Ele faz com que eu me sinta bem.

— Está tudo bem? — pergunta Hudson por entre os dentes. E confirmo com um aceno de cabeça, mesmo que não seja exatamente verdade. "Tudo bem" é algo que está bem longe daquilo que estou sentindo, mas é melhor do que totalmente em pânico. É o que temos para hoje.

Ergo os olhos e percebo que a Estriga está me encarando como se eu fosse um inseto sob o microscópio. Será que ela nunca viu um ataque de pânico antes? É o que eu me pergunto. Ou por que está catalogando as minhas fraquezas? Tentando entender onde e como me atingir?

Detesto o fato de pensar desse jeito agora. De olhar para todo mundo, até mesmo as pessoas a quem somos forçados a pedir ajuda, como adversários que podem ou não querer nos destruir a qualquer momento. É um jeito horrível de viver, um jeito horrível de pensar. Mas, considerando que a alternativa é nem estar vivo... o dilema é real.

Os outros devem perceber a mesma coisa, porque Flint entra em ação. E "ação", neste caso, significa abrir o seu sorriso mais encantador.

— Sei que você disse que estava à nossa espera, mas isso significa que sabe por que estamos aqui?

Com certa relutância, ela vira o rosto na direção dele... e, em seguida, o encara até que o sorriso que Flint abriu murche e ele desvie os olhos. É só então que ela se permite sorrir um pouco e dizer:

— Há uma quantidade enorme de razões pelas quais vocês podem estar aqui. Meus chás de ervas. Uma poção do amor particularmente potente. — Ela examina as unhas pintadas de lilás. — Ou o Aethereum.

Meu corpo inteiro fica paralisado quando ela profere essa última palavra. Como se houvesse alguma coisa no jeito de pronunciar a palavra, uma reverência que faz com que o lugar lhe pareça bem especial. Como se ela *tivesse ajudado a construí-lo*, quem sabe?

De qualquer maneira, é óbvio que ela está bancando a inocente. Só queria saber o que ela consegue com isso, além de uma plateia encantada por suas histórias.

Por outro lado, talvez isso seja a única coisa de que ela precise. Se ela vive sozinha neste lugar há tanto tempo, como mencionou, então talvez tudo que queira seja alguém com quem conversar. E, quem sabe... nos colocar para adivinhar garante que a visita do nosso grupo se prolongue.

Mas a paciência de Hudson, obviamente, já se esgotou. Em vez de jogar o jogo dela, ele pergunta sem fazer qualquer cerimônia:

— Pode nos ajudar a sair daquela prisão ou não?

— Sair? — ela pergunta, com as sobrancelhas erguidas. — Vocês estão planejando fazer alguma coisa que vai colocá-los dentro do Aethereum? E, se for o caso, por quê?

— Há uma ordem de prisão para o meu consorte — explico. — Ele irritou Cyrus e...

— É o bastante. Ninguém gosta mais de brincar com seus súditos do que o rei dos vampiros. — Ela faz um gesto negativo com a cabeça. — Que homenzinho ridículo.

— Eu estava pensando que ele era um homenzinho horrível — diz Macy. — Mas "ridículo" também serve para descrevê-lo.

A Estriga ri.

— Gostei de você — diz ela à minha prima, que retribui o sorriso.

— Gostei de você também. E adorei o seu cabelo.

Isso provoca ainda mais risada na Estriga, agitando seus cabelos.

— É divertido, não é? — Ela volta a olhar para nós. — O conselho que tenho para vocês é: fiquem fora da prisão. Façam todo o necessário para não serem mandados para lá, mesmo que isso signifique fugir da ordem de prisão. Porque, uma vez lá dentro, o problema não é simplesmente a dificuldade para sair. Na maior parte dos casos, você perde a vontade de sair de lá.

Como assim? Quem perde o desejo de sair de uma prisão? — indaga Luca.

— Digamos que é um lugar bastante… singular. O lugar foi projetado de uma maneira terrivelmente inteligente. — A Estriga sorri.

— Isso significa que você tem um cartão de saída livre da prisão igualmente inteligente para oferecer? — pergunta Flint, cheio de esperança.

A Estriga estala a língua.

— Nada é de graça neste mundo, dragão. Especialmente quando as coisas têm valor. — Ela se levanta. E, a princípio, tenho a impressão de que vai nos mandar embora da casa.

— Supondo que chegássemos a um acordo, quantas pessoas precisariam de uma passagem, digamos… para sair do Aethereum?

Dou uma tossida.

— Hmmm… precisaríamos de três.

A Estriga aperta os olhos.

— Isso seria muito caro, meu bem. Tem certeza de que deseja pagar o preço de um pedido como esse?

Chegou a hora. A pergunta que eu sabia que viria. Aquela que eu temia. Mesmo assim, fico surpresa com a rapidez da minha resposta.

— Sim.

Ficamos olhando nos olhos uma da outra. E eu percebo que ela está ponderando as próximas palavras com bastante cuidado.

— Muito bem, Grace. Vou garantir que três pessoas saiam do Aethereum com segurança em troca de um favor. Algum dia vou lhe pedir uma coisa e você não vai poder recusar. Você concorda?

— Não! — Todos os meus amigos gritam de uma só vez. Bem… todos, exceto Hudson, que responde: — De jeito nenhum, porra.

Mas a pergunta é simples: estou disposta a trocar o meu futuro pelo dos meus amigos, da minha família e pela sobrevivência do próprio Círculo? Por Hudson? E Jaxon?

— Sim — respondo, e ela começa a abrir um sorriso. — Com várias condições.

— Você não está em posição de negociar, Grace.

Tais palavras são verbalizadas com uma tranquilidade deliberada. E é assim que percebo que tenho algo que ela quer. E muito. Assim, talvez eu esteja, sim, em uma posição em que possa negociar.

Dou de ombros e concluo:

— Bem, você tem todo o direito de recusar a minha oferta. E nós podemos sair por aquela porta e tentar encontrar outra maneira.

Os olhos dela se estreitam quando ela me encara, antes de finalmente dizer:

— Muito bem. Quais são as suas condições?

— Não vou fazer nada que prejudique os meus amigos, minha família ou alguém na porra do planeta inteiro, direta ou indiretamente.

— As suas condições estão todas descritas nestas palavras, exatamente? — ela pergunta, e repasso o que disse várias vezes na cabeça. Será que deixei alguma brecha que essa bruxa pode explorar?

Não consigo pensar em nada. Faço um gesto afirmativo com a cabeça.

— Essas são exatamente as minhas condições.

— Aceito — responde ela e se dirige à cesta de flores colhidas hoje de manhã, antes de chegarmos.

Ela organiza as flores durante uns segundos, e conforme as move de um lado para outro, elas liberam uma fragrância deliciosa no quarto. Não faço ideia do que ela possa estar procurando, nem por que está fazendo isso agora. Mas, quando ela se vira para trás, está com os braços cheios de flores com pétalas de um laranja forte, agrupadas em caules longos e verdes.

— Isto é a única coisa que consigo imaginar que pode livrar vocês da prisão — ela diz. — Mas ela exige um preço alto. — Em seguida, a Estriga sai da sala.

— Hmmm... será que isso foi um convite para pagá-la? — pergunta Macy, revirando os bolsos. — Porque acho que só tenho uns vinte dólares aqui.

— Acho que não é desse tipo de pagamento que ela está falando — diz Hudson.

— Então simplesmente ficamos aqui e esperamos que o melhor aconteça? — pergunto. — Ou vamos atrás dela?

— Atrás de quem? — pergunta a Estriga quando entra por uma porta totalmente diferente, que está em uma direção totalmente diferente daquela por onde a bruxa saiu da sala.

— Você — digo, deixando o "é óbvio" de lado.

Ela pisca aqueles olhos superazuis enquanto me encara.

— Mas já estou aqui, Grace, meu bem. Por que está à minha procura?

Não sei como devo responder a isso, então simplesmente sorrio e faço que sim com a cabeça.

— Tem razão.

Os caules das flores foram cortados e elas estão em uma pequena tigela com água.

— Preparei estas para você — ela me diz, estendendo a tigela para mim.

— Obrigada — respondo, embora não saiba por que ela está me entregando um monte de flores podadas. Especialmente no meio de uma conversa.

Mas, quando me debruço para cheirar aquelas flores de aroma agradável, ela me impede com uma mão firme no ombro.

— Eu não faria isso se fosse você.

Fico paralisada. Se há uma coisa que aprendi depois que passei a viver neste mundo paranormal é que, quando uma criatura poderosa lhe diz para não fazer alguma coisa (especialmente com esse tom de voz), você não faz.

— Tudo bem — respondo, erguendo a cabeça.

— Isso é erva-de-borboleta — ela me diz. — A única planta no mundo na qual as borboletas-monarcas põem seus ovos. Ela é bonita e tem um cheiro maravilhoso, mas é muito, muito tóxica.

— Ah. Bem... obrigada pelo presente... eu acho — digo a ela, segurando a tigela o mais longe de mim que consigo sem parecer grosseira.

Ela solta um longo suspiro.

— Não é um presente, meu bem. É o seu... como foi mesmo que você chamou? — ela pergunta para Flint. — O seu cartão de saída da prisão? Você só precisa morrer para conseguir usá-lo.

## Capítulo 98

### A ESPERANÇA FLORESCE ETERNAMENTE

Deposito as flores sobre a mesa mais próxima. Já quase morri tantas vezes que não preciso de uma flor para me ajudar no processo.

A Estriga simplesmente sorri para mim de um jeito indulgente, embora continue me observando de um jeito que não se encaixa muito bem em toda a impressão de meiguice e doçura da natureza mais pura que ela está se esforçando para passar.

— Você não vai morrer se tocá-las, Grace. Só se as comer — ela me diz.

— Deixe eu ver se entendi direito — diz Luca. — Só porque quero que todo mundo esteja na mesma frequência. Meus amigos dizem que não querem ir para a prisão, e com certeza não querem ficar lá por crimes que não cometeram. E a sua sugestão é o suicídio? — Ele parece tão horrorizado quanto o som da própria voz.

— O quê? É claro que não! O suicídio não ajuda ninguém, meu jovem. — Ela solta um longo suspiro enquanto pega uma das flores cortadas e usa o dedo indicador de uma mão para girá-lo na palma da outra. — Esta é a minha erva-de-borboleta especialmente preparada. Tem a maioria das propriedades desta espécie de planta de seiva leitosa, incluindo as toxinas que causam de tudo. Desde inchaços até alucinações e morte.

— Que divertido — comenta Flint, obviamente enojado com a situação. Mas ela o ignora.

— Com um toque adicional que eu mesma acrescentei.

— E o que exatamente é esse "toque adicional"? — questiona Hudson. E eu que pensei que ele estava com uma expressão cética antes. Neste momento, parece que, se a Estriga lhe disser que hoje é segunda-feira, ele vai acusá-la de estar mentindo. Embora realmente seja segunda-feira.

— É só um toque de... engenharia genética mágica que faço em algumas das minhas flores. É um dos meus *hobbies*.

— Torná-las menos perigosas? — pergunta Macy. E até mesmo ela parece bem cautelosa. — Ou mais perigosas?

Os dentes da Estriga batem quando ela sorri.

— O que acha? Meu bem. — Esse último comentário é emendado na frase como se ela tivesse de se lembrar de colocá-lo ali.

— Acho que é melhor não levarmos essas flores — responde Macy.

— Isso, como sempre, fica a critério de vocês. — Ela volta, deslizando pelo chão, até a sua poltrona. — Mas elas vão resolver o seu problema.

— Quando nos matarem? — Hudson pergunta, seco. — Já passei por isso uma vez. Não estou a fim de repetir a dose.

— Fazendo com que vocês pareçam mortos por tempo o bastante para quebrar o domínio da prisão sobre vocês. E os guardas os levarão para fora.

— Essa é uma forma educada de dizer que eles vão nos enterrar vivos? — pergunto. Só de pensar nisso, já começo a suar frio.

— Ninguém naquela prisão é enterrado quando morre — responde ela, com a voz meiga. — Que bobagem.

Isso está ficando cada vez mais esquisito.

— Então... está dizendo que nós temos que comer as flores, sabendo que elas são venenosas e vão nos matar... — começo a recitar, mas paro quando ela balança a cabeça de maneira insistente.

— Vão fazer com que vocês pareçam mortos — enfatiza ela. — É totalmente diferente.

— Ah, certo. Desculpe. Elas vão dar a impressão de que estamos mortos. E, então, por alguma razão que não conhecemos, os guardas vão nos levar para fora dos muros da prisão e não vão nos enterrar. E aí nós podemos simplesmente fugir.

Ela sorri.

— Exatamente. Parece fácil, não?

— Parece uma versão mágica e pós-moderna de *Romeu e Julieta* — responde Flint. — E acho que sabemos o que aconteceu com eles.

— Não cheguei a ler isso — diz ela, mas seu tom de voz fica uns dez graus mais frio do que estava antes.

— Ah, claro. Vou lhe dar um *spoiler*, então — rebate Flint. — Os dois morrem no fim. De verdade.

— Hmmm. — Agora é a vez de Flint ser examinado como se fosse um inseto. Mas não um inseto qualquer. Ela o encara como se ele fosse uma barata gigante que anda pelo carpete enquanto ela está descalça, logo antes de olhar para mim outra vez. — Só para ser bem clara. Vocês são livres para ir embora quando quiserem. Foram vocês que vieram aqui me pedir ajuda, e não o contrário.

— Claro, você tem razão — replico. Porque tem mesmo. E também porque alguma coisa me diz que essa bruxa não é do tipo que fica brava; ela costuma dar o troco... da pior maneira possível. — Viemos até aqui para pedir ajuda e agradecemos por tudo que fez por nós.

Pego outra vez a tigela com as flores, fazendo o possível para não derramar a água por sobre as beiradas.

— Se acha que essas flores são a solução, então vamos ficar com elas, caso nos prendam.

Hudson me encara com um olhar que diz "Nem morto", mas o ignoro. Ele pode fingir que temos algum controle sobre o que vai acontecer conosco. Mas a verdade é que não temos. Pelo menos por enquanto. Se essas flores letais puderem nos dar alguma espécie de controle, então acho que vale a pena tentar.

— Não é assim que as coisas funcionam — diz a Estriga.

— Como é?

Ela faz um gesto negativo com a cabeça.

— Aquele lugar é uma prisão, meu bem. E você não sabe quando, nem se, vai acabar lá. Se as flores morrerem antes de você ser presa, elas serão inúteis para vocês. Além disso, a prisão nunca vai deixar que vocês entrem com elas.

— Ah, é mesmo. — Eu me sinto como uma criança quando olho para o laranja-vivo das flores boiando na água. — Então, o que devemos fazer?

— Você precisa colocar a mão no líquido — diz ela, indicando especificamente a mim com um aceno de cabeça.

— A minha mão? — indago, com uma boa dose de nervosismo. Há duas razões pelas quais não quero fazer o que ela pede. Uma é porque as flores são venenosas, e a segunda é porque ela chamou a coisa na qual elas estão flutuando de "líquido" em vez de "água".

Provavelmente não sou a única que percebeu isso, porque Flint coloca a mão no meu braço para me impedir de obedecê-la.

— Que tipo de líquido é esse do qual estamos falando aqui, exatamente?

A bruxa se limita a sorrir.

— Não é nada que vai machucá-la, Grace.

— Deixe que eu faço isso — oferece Hudson, avançando para bloquear o meu acesso à tigela.

— Nada disso — responde a Estriga. E, por baixo da doçura, há apenas aço.

— E por que não? — pergunta ele.

— Porque eu estou dizendo — retruca ela, com os olhos incendiando. — E também porque este passo não vai funcionar com um vampiro.

Hudson lhe mostra os dentes, e não consigo deixar de conjecturar se tudo isso está prestes a ir por água abaixo... da pior maneira possível. Uma maneira que inclui tirar Hudson daqui em um daqueles sacos para transportar cadáveres... depois que ela o enfiar em seu forno de pizza.

— Eu vou fazer isso — aviso a ela, contornando Hudson.

— Grace... — Hudson me encara com um olhar de advertência, mas o ignoro.

É claro que sei que isso é uma má ideia. Mas más ideias são o que restam depois que esgotamos todas as boas.

Seria isso um último recurso? Com toda a certeza. Não vou nem discuti-lo. Todavia, se formos presos e jogados em uma prisão inescapável com uma maldição impossível de ser quebrada, então acho que já estamos fodidos de qualquer maneira.

Assim, com opções que são, basicamente, A) morrer rapidamente; B) morrer devagar; ou C) talvez ter uma oportunidade de cair fora de lá com a ajuda dessas flores...

Então escolho a opção D. Mas alguma coisa me diz que Cyrus não vai deixar que isso aconteça. Assim, o que nos resta é a opção C.

Sem esperar por mais alguma objeção (ou que Hudson tente me impedir), mergulho a mão na tigela com as flores e o líquido.

*Romeu e Julieta*, lá vou eu.

Capítulo 99

## O SANGUE NÃO É MAIS ESPESSO
## DO QUE A ÁGUA

Minha mão continua doendo várias horas mais tarde, quando enfim voltamos à Katmere. Tento ignorar a queimadura que se irradia das três flores alaranjadas que agora estão marcadas como se tivessem sido forjadas com ferro quente na minha palma, mas é basicamente impossível.

*Tylenol*, lá vou eu.

— Que ideia péssima — comenta Hudson enquanto subimos as escadas que levam a Katmere.

Estamos todos exaustos. Passamos tempo demais voando, festejando e envolvidos em negociações tensas nessas últimas setenta e duas horas. E tudo que queremos é dormir um pouco. Se possível, dormir bastante antes da formatura, amanhã. Jaxon e os outros voltaram antes de nós. Assim, é provável que já estejam na cama. Sinto inveja deles.

Não duvido que precisaremos estar com a cabeça descansada e preparada quando tivermos de enfrentar Cyrus, o qual eu sei que vai estar em sua melhor forma.

— Concordo — digo a Hudson. — Mas, mesmo assim, não podemos simplesmente ignorar isso.

— Ignorar? Como podemos admitir uma coisa dessas? — diz ele, por entre os dentes. — Não me diga que você confia naquela mulher.

— "Confiar" é uma palavra bem forte.

— "Confiar" é uma imprudência total. Aquela mulher mora numa maldita casa feita de doces. Não sei você, mas eu acredito que há uma certa verdade nas lendas. E não tenho o menor interesse em ser jogado na porra da história de João e Maria.

Faço uma careta para ele.

— Duvido que o canibalismo seja uma das opções.

— Ah, não tenho tanta certeza disso. Viu o jeito que ela olhava para Luca?

— Sim. Mas eu não acho que aquilo tivesse alguma coisa a ver com canibalismo.

Nós dois rimos, e não sei... Tem alguma coisa na expressão de Hudson... ele parece muito feliz, apesar de todos os problemas que ainda temos pela frente. E sinto isso me atingir direto nos sentimentos. E faz com que eu me desmanche em risadinhas depois que a piada termina.

— Você está bem? — ele pergunta, quando passamos pelas portas duplas no alto da escada.

— Sim. — Confirmo com um aceno de cabeça. — Estou, sim. E você?

Os olhos de Hudson assumem aquele tom de azul-escuro que faz tudo dentro de mim entrar em um modo de alerta e percepção. Em seguida, aproxima-se e sussurra:

— Vou ficar melhor se você decidir dormir no meu quarto esta noite.

Reviro os olhos.

— Se eu decidir dormir no seu quarto hoje, acho que nós dois vamos aparecer na formatura com cara de zumbis.

— Por mim, isso não é problema algum — ele diz, levantando as sobrancelhas de uma maneira discreta e bem maliciosa. E isso me faz pensar que dormir, talvez, não seja algo tão necessário assim.

— Talvez isso não seja um problema para mim também — eu lhe respondo, girando preguiçosamente o anel de promessa ao redor do meu dedo. E os olhos dele se arregalam, com uma sensação de prazer que me faz rir outra vez.

— Prometo que vou deixar você dormir um pouco — ele me diz. — Mas só um pouco.

Em seguida, ele estende a mão e afasta um dos muitos cachos rebeldes que insistem em cair sobre o meu rosto. Ao fazê-lo, ele deixa o dedo tocar a minha bochecha por um segundo ou dois. Mas é tempo suficiente para fazer com que e minha respiração fique presa na garganta.

Tempo suficiente para fazer com que a eletricidade corra pelas minhas terminações nervosas.

Mais do que tempo suficiente para me fazer pensar no quanto gosto de sentir a boca de Hudson na minha.

Ele está pensando na mesma coisa. Eu percebo. E, por um momento, tudo à nossa volta se desfaz, com exceção de Hudson, de mim e desse calor que insiste em queimar entre nós.

Mas é aí que começa o inferno.

— Não toque nela, seu desgraçado — rosna Jaxon. — Tudo isso é culpa sua! Você e o seu elo entre consortes são o motivo pelo qual ela pode morrer na prisão. E você acha que tem o direito de colocar essas mãos imundas nela?

— Ei, ei, Jaxon. — Mekhi tenta colocar a mão em seu ombro para contê-lo, mas Jaxon se desvencilha e agora está cara a cara com Hudson.

Os olhos de Hudson ficam glaciais de um jeito que eu não encontrava nele há semanas.

— Bem, pelo menos não sou o imbecil que jogou o seu elo entre consortes no lixo. Por isso, acho que você não devia me julgar tão rápido.

— Sabe de uma coisa? Foda-se! — Jaxon grita. — Você é um cuzão que adora se fazer de vítima. E ninguém gosta de você. Que porra você ainda está fazendo aqui, hein?

— Pelo jeito, estou aqui irritando você. E parece que estou conseguindo. E aqui vai um conselho. Continue agindo como um filho da puta e ninguém vai gostar de você também.

Hudson vai passar pelo irmão, mas, sem qualquer aviso, Jaxon o agarra e o arremessa com tanta força contra a parede que a sua cabeça faz um som de algo se quebrando quando bate naquelas pedras antigas.

— Jaxon! — Agarro o braço dele e tento puxá-lo para longe. — Jaxon, pare! Ele não se move. Nem pisca os olhos. Sinceramente, acho que ele nem me ouve. É como se Jaxon fosse um estranho, alguém que nem consigo reconhecer.

— E você vai ficar parado aí, feito um idiota? — provoca Hudson, com uma expressão de desprezo. — Ou vai mesmo fazer alguma coisa? Não tenho o dia todo para aguentar esses seus chiliques.

— Hudson, pare! — grito, mas é tarde demais. Percebo o momento em que Jaxon enlouquece. Sua mão vai até a garganta de Hudson e ele começa a apertar.

— Jaxon! Jaxon, não! — Seguro a mão dele, tento puxá-lo para longe, mas ele não cede. Nem Hudson, que continua olhando para ele com uma expressão de desprezo. Fico esperando que ele pare com isso, esperando que se desvencilhe de Jaxon, mas ele não faz o menor esforço. Não entendo o que está acontecendo, até perceber que Jaxon está usando a sua telecinese para segurar Hudson contra a parede. E é nesse momento que passo de "assustada" para "aterrorizada".

Se eu não conseguir impedir isso, Jaxon pode acabar matando Hudson... de novo.

— Por favor.

Eu me enfio entre os dois de modo que Jaxon não consiga me ignorar. Em seguida, seguro a mão que ele está usando para segurar Hudson contra a parede.

— Deixe disso, Jaxon — peço, determinada a não permitir que ele continue fingindo que não estou ali. — Não faça isso.

Os olhos que ele vira para mim são pretos como o breu e vazios. E me fazem gelar até os ossos. Porque esse não é o meu Jaxon. Mesmo naquele primeiro dia em que conversamos, ele não estava assim.

Os outros já chegaram junto de nós, gritando com Jaxon e tentando afastá-lo de Hudson, mas não está funcionando. Nada funciona.

Tenho uma impressão sutil de ouvir Macy chamar o tio Finn. Mas, se eu não fizer alguma coisa agora, tudo isso vai terminar antes que ele consiga chegar aqui. Tenho certeza de que Hudson pode usar o seu poder para derrubar o teto, mas ele não vai fazer isso. Não com os outros e comigo aqui.

E isso significa que tenho de encontrar uma maneira de acabar com isso. De conseguir chegar até o Jaxon que espero ainda estar lá.

Respiro fundo para afastar o pânico. Depois, solto o ar lentamente enquanto estendo as mãos para tocar o rosto dele.

— Jaxon — sussurro. — Olhe para mim.

Por segundos longos e impossíveis, ele se recusa a agir de acordo com o meu pedido. Mas aquele olhar vazio cruza com o meu. E quase solto um grito, temendo já ser tarde demais.

Mas ele está ali. Sei que está. Só preciso encontrá-lo.

— Está tudo bem — digo a ele, com suavidade. — Estou aqui, Jaxon. Estou bem aqui. E não vou a lugar algum. Não importa o que esteja acontecendo. Juro que estou aqui, com você.

Ele começa a tremer.

— Grace... — ele sussurra. E parece tão perdido que sinto o meu coração se despedaçar. — Tem alguma coisa errada. Alguma coisa que...

— Eu sei.

O salão inteiro começa a tremer agora. Objetos caem das paredes, pedras se racham e sinto que Hudson começa a perder a consciência.

O tempo está acabando. Sinto isso. O pânico é um animal raivoso dentro de mim agora. Mas eu luto contra ele, me recuso a ceder. Porque, se eu o fizer, então tudo vai estar acabado. E depois, o que vou fazer? O que é que todos nós vamos fazer?

Por um segundo, só um segundo, olho atrás de Jaxon, as portas que ainda estão abertas... e vejo a aurora boreal dançando pelo céu. Isso me dá uma ideia. Só espero que seja uma das boas. Porque é a minha última chance.

— A aurora boreal acabou de surgir, Jaxon. Ali fora.

Nossos amigos parecem não acreditar no que estou dizendo. Mas estou apostando tudo na certeza de que o Jaxon que eu amava ainda está ali dentro, em algum lugar.

— Você se lembra daquela noite? — sussurro. — Eu estava muito nervosa. Mas você segurou a minha mão e me levou até a beirada do parapeito.

Os tremores estão piores agora. Nele e em todo o salão. Mas sei que ele está ali dentro. Sinto que está tentando voltar para nós.

— Você me fez dançar pelo céu. Lembra? Passamos horas lá fora. Eu estava congelando, mas não queria entrar. Não queria perder um único segundo lá fora, com você.

— Grace... — É um sussurro agoniado, mas ele se concentra em mim. E é o bastante. Seu poder vacila por um único instante. E Hudson ataca.

# Capítulo 100

## EM PEDAÇOS

Jaxon ruge quando bate na parede ao lado da porta com força o bastante para deixar uma marca do seu tamanho naquelas pedras de vários séculos de existência. Ele se recupera mais rápido do que eu imaginava ser possível. E avança sobre Hudson outra vez. Enquanto isso, Hudson está no meio da sala, tentando recuperar o fôlego. Mas o olhar em seu rosto indica que ele já está farto daquilo.

Jaxon parte para cima dele, mas Hudson se esquiva. Quando Jaxon se vira para ele e tenta usar a telecinese outra vez, Hudson rosna:

— Ah, nem se atreva!

Segundos depois, o mármore sob os pés de Jaxon explode e faz com que ele caia em um buraco de pouco mais de meio metro de profundidade.

Não acredito que estou vendo isso.

Jaxon salta dali com um movimento fluido. E continua encarando Hudson. Mas o irmão o encara de volta, sem qualquer resquício da paciência anterior. E fico tomada pelo pavor de que os dois vão acabar se matando se ninguém fizer alguma coisa.

Acho que não sou a única que pensa assim, porque Mekhi, Luca, Éden e Flint pulam em cima de Jaxon enquanto vou para cima de Hudson.

— Pare! — esbravejo por entre os dentes. E ele fica surpreso, com os olhos arregalados.

E eu entendo. Tenho quase certeza de que nunca falei desse jeito em toda a minha vida, mas não vou deixar essas duas pessoas que amo tanto destruírem uma à outra bem diante dos meus olhos. De jeito nenhum.

— Você precisa sair daqui — informo a ele. Sim, sei que parece injusto lhe falar isso quando foi Jaxon que o atacou. Mas é Hudson que está com a cabeça mais centrada no momento. Não sei o que deu em Jaxon. Mas, seja o que for, não é nada bom. — Tem alguma coisa muito errada com ele.

Hudson respira fundo e solta o ar devagar. Em seguida, ele assente e recua um passo. Quanto a mim... olho para Jaxon e o tumulto que criamos aqui.

Ele já se acalmou o suficiente, a ponto de Flint e Éden o terem largado e se afastado. Luca também o largou, mas ainda está posicionado diretamente entre Jaxon e Hudson, enquanto Mekhi ainda o segura com força.

— Deixe-o comigo — falo para Mekhi.

Ele me encara com um olhar que diz "É melhor não", mas simplesmente fico à espera. E repasso na cabeça tudo que aconteceu nesses últimos dias como se fosse um vídeo em *loop*. Após certo tempo, Mekhi se afasta, abrindo espaço para mim. E me dirijo até Jaxon e o puxo para os meus braços.

No começo, ele resiste. Seu corpo está rígido contra o meu. Mas não vou soltá-lo. Quando ele enfim se dá conta disso, encosta a cabeça no meu ombro, enterrando o rosto na curva entre o meu pescoço e o ombro.

Não me manifesto a princípio. E ele também não. Em vez disso, ficamos simplesmente abraçados ali conforme os segundos vão se passando. Em um determinado momento, sinto o meu pescoço ficando úmido. E percebo que Jaxon está chorando. E o meu coração quase cede sob toda essa dor.

Ao passo que os segundos se transformam em minutos, sinto vontade de me afastar a fim de descobrir o que há de errado com ele e como posso ajudá-lo. Mas a minha mãe me ensinou, há muito tempo, a nunca ser a primeira pessoa que se afasta de um abraço como este. Porque nunca se sabe pelo que a outra pessoa está passando... ou do que ela precisa.

É evidente que alguma coisa estranha está acontecendo com Jaxon. E, se isso for a única coisa que ele me deixar fazer, então é isso que vou fazer pelo tempo que ele precisar.

Mas após algum tempo, suas lágrimas silenciosas começam a secar. E ele se afasta. Pela segunda vez esta noite, os nossos olhares se cruzam. Então sussurra:

— Estou numa merda sem tamanho, Grace.

É bem óbvio agora, quando o contemplo. Jaxon perdeu peso mais uma vez e parece ainda mais magro do que quando consegui retornar da minha forma de estátua. Seu rosto está mais afilado e as olheiras, bem mais evidentes. Parece até mesmo que ele está com dois olhos roxos. E tem também alguma coisa muito errada com os próprios olhos dele.

— Me conte o que está acontecendo — peço em um sussurro, segurando sua mão.

Mas ele só faz um gesto negativo com a cabeça.

— Não sou mais um problema com que você tenha que se preocupar.

— Escute bem o que vou lhe dizer, Jaxon Vega — ordeno. E desta vez, nem tento manter a voz baixa. — Não importa o que aconteceu entre nós.

Você sempre vai ser um problema com o qual tenho que me preocupar. Você sempre vai ter importância para mim. E estou assustada. Muito assustada. E preciso que você me diga o que está acontecendo.

— É que... — Ele não termina a frase. Balança a cabeça num sinal negativo. Encara o chão.

Tudo isso só me assusta ainda mais. Jaxon geralmente é bem direto sobre seus problemas. Mas, se está agindo assim, a situação deve ser bem pior do que eu imaginava.

E é aí que me lembro.

— Por que a Estriga disse aquilo hoje? — sussurro. — Por que ela disse que você não tem alma?

Ele está tremendo mais uma vez.

— Eu não queria que você soubesse. Eu não queria que ninguém soubesse.

— Quer dizer que era verdade? — sussurro, sentindo o horror me rasgar por dentro. — Mas como? Quando? Por quê?

Ele não olha para mim quando responde, mas não afrouxa a pegada forte nas minhas mãos também.

— Eu sabia que havia alguma coisa errada. E já faz semanas. Por isso, nesta última vez em que fui a Londres, conversei com um curandeiro.

— E o que ele disse? — indago. E há um pedaço de mim que quer gritar com ele por ter demorado tanto. Para implorar que desembuche logo. Para eu saber o quanto devo surtar. Porque, neste momento, tenho a impressão de que deveria surtar como se não houvesse amanhã. Tipo... muito, mas muito mesmo.

— Ele disse... — A voz dele vacila, e Jaxon engole em seco algumas vezes antes de começar de novo: — Ele disse que, quando o elo entre consortes se quebrou, as nossas almas se quebraram também.

Atrás de mim, Macy solta um gemido assustado. Mas ninguém mais faz ruído algum. Não sei nem mesmo se eles estão respirando. Tenho certeza de que eu mesma não estou, a esta altura.

— E o que isso significa? — pergunto, quando enfim consigo puxar um pouco de ar para os pulmões. Só que, desta vez, é a minha voz que vacila.

— Como as nossas almas podem ter se quebrado? Como elas podem... — Eu me forço a parar de falar e a simplesmente esperar. A escutar o que ele tem a dizer. É óbvio que está em uma situação bem pior do que a minha, porque a minha alma (e todo o restante de mim) parecem bem.

— Porque tudo aconteceu contra a nossa vontade. E de um jeito tão violento que quase nos destruiu no momento da quebra. Você se lembra?

Se eu me lembro? Será que ele está falando sério? Nunca vou me esquecer da agonia daqueles momentos. Ou do quanto estive perto de desistir de tudo, para sempre. Nunca vou me esquecer do olhar no rosto de Jaxon ou de como me senti quando Hudson me convenceu a me levantar daquele chão coberto de neve.

— É claro que eu me lembro — sussurro.

— Você se tornou a consorte de Hudson logo depois. O curandeiro tem certeza de que a alma dele envolveu a sua para protegê-la. Por isso, você vai ficar bem. Mas estou...

— Sozinho — termino a frase por ele. E sinto todo o meu corpo desmoronar sob o peso do meu próprio medo, da culpa e da tristeza.

— Sim. E sem nada a que eu possa me apegar, os pedaços da minha alma estão morrendo, um a um.

Flint solta um ruído terrível. Luca o manda ficar quieto, mas já é tarde demais. O som faz a dor ganhar força no fundo dos olhos de Jaxon. E suscita calafrios por toda a minha coluna.

— E o que isso significa? — pergunto. — O que podemos fazer?

— Nada — ele responde, dando de ombros. Mas sei que está bem longe de se sentir indiferente às circunstâncias. — Não há nada a fazer, Grace. Só esperar até que a minha alma morra por completo.

— E o que vai acontecer depois? — sussurro.

Ele abre um sorriso amargurado.

— Vou me tornar o monstro que todos sempre pensaram que eu fosse.

Capítulo 101

## JUNTE OS PEDAÇOS DO MEU CORAÇÃO

Isso não pode estar acontecendo.

Isso não pode estar acontecendo, de jeito nenhum. Já perdi a conta de quantas vezes pensei nisso desde que cheguei à Katmere, mas desta vez é diferente. Desta vez estou falando sério. Porque não vou dar conta de uma coisa dessas.

Nesses últimos meses, aprendi a ser capaz de enfrentar quase qualquer coisa. Mas não isso. Não vou conseguir lidar com o que está acontecendo com Jaxon. Não agora que estamos tão perto de, talvez, enfim encontrar uma maneira de dar um fim ao reinado cruel de Cyrus.

Não agora que estava achando que as coisas ficariam bem.

Não agora. E não com Jaxon. Por favor, Deus... não com Jaxon. Ele não merece isso. Não merece nada disso.

— Por que não me contou? — pergunto.

— E por que eu contaria? — ele responde. — Não tem nada que você possa fazer, Grace. Não há nada que qualquer pessoa possa fazer.

— Não acredito nisso. — Contemplo os nossos amigos à nossa volta. E todos parecem tão horrorizados quanto eu. — Tem que haver alguma coisa.

Ele faz um gesto negativo com a cabeça.

— Não há nada.

— Não diga uma coisa assim. Não acredito nisso. Sempre tem alguma coisa que pode ser feita, alguma brecha nas regras ou alguma magia. Alguém que sabe de alguma coisa que nós não sabemos. A Carniceira...

— Ela não sabe de nada. Acha que ela não foi a primeira pessoa com quem conversei depois que voltei da Corte? Ela não tinha nenhuma sugestão. Nada que imagine que podemos tentar fazer. Ela chorou, Grace. — Ele faz um gesto negativo com a cabeça. Imagino que, se a própria Carniceira se desmanchou em lágrimas, é um sinal bem relevante que é hora do *game over* para mim.

A fúria explode quando penso que aquele monstro simplesmente desistiu de tentar ajudá-lo. Foi ela que causou tudo isso. E, agora, quando Jaxon precisa dela, ela simplesmente o descarta? Ela só chora um pouco e diz "Que pena, não há nada a se fazer"?

Não admito uma coisa dessas. Não admito de jeito nenhum.

— Isso não é bom o bastante — digo a ele.

— Grace...

— Não. Nem vem com essa de "Grace...", Jaxon. Sabe quantas vezes, desde que cheguei a esta escola, consegui provar que todos estavam errados? Quantas vezes eu devia ter morrido e não morri? Puta que pariu. Duas pessoas neste salão tentaram me matar e ainda estou aqui.

E isso sem contar Lia, Cole e aquele desgraçado do Cyrus. Nós vencemos todos eles.

— Olho ao redor e aponto para os nossos amigos.

— Nós vencemos todos. E se você pensa que agora, quando precisa de nós, vamos simplesmente ficar parados e permitir que isso lhe aconteça... — Encaro Flint, Mekhi... e até Hudson. — Certo, pessoal?

— É claro. — Macy é a primeira a responder. — Vamos dar um jeito de descobrir o que está acontecendo.

— Vamos mesmo — concorda Mekhi. — Sem querer ofender, mas você já é assustador demais do jeito que é. Nenhum de nós precisa da versão sem alma. Obrigado, de nada.

— Isso sem mencionar que já faz uma semana desde a última vez que tentaram nos matar — brinca Flint. — Imagino que já fosse hora de isso acontecer de novo, certo?

Jaxon sorri e, por um segundo, consigo vislumbrar o velho Jaxon. Aquele que me mandava exemplares de *Crepúsculo* e que contava piadas ruins. Aquele que eu amava.

Meu coração se parte mais uma vez quando me dou conta da verdade. Ele era alguém que eu amava. Tento voltar atrás. Me convencer de que foi só um pensamento solto. Que isso não significa nada. Mas é então que percebo que não precisa significar alguma coisa. Posso dar um jeito nisso. E posso dar um jeito em Jaxon. Só preciso consertar o que despedaçou a alma dele.

Preciso encontrar a Coroa, assim como Hudson e eu tínhamos planejado. Quando isso acontecer, podemos usá-la para romper o nosso elo entre consortes, como conversamos há algumas semanas.

Sinto uma pontada de remorso no coração quando me lembro desses últimos dias com Hudson, mas a ignoro. Digo a mim mesma que não tem importância, assim como não têm importância as lágrimas que ardem no fundo dos meus olhos.

Talvez não seja preciso chegar a esse ponto. Talvez, se encontrarmos a Coroa, seja possível usar sua magia para reconstruir a alma de Jaxon.

Mas se isso não der certo, se tivermos de fazer uma escolha entre ficar com o garoto que me quer, mas que ficaria bem sem mim, e o garoto que precisa de mim e vai enlouquecer se eu não estiver com ele... bem, nesse caso, não existe uma escolha, na verdade. Pelo menos, não para mim. E nem para Hudson. Porque, se tem algo que aprendi sobre ele, é que ele faria exatamente a mesma escolha.

Jaxon é seu irmão caçula. O menino para quem ele entalhou um cavalo na madeira. O menino de quem ele passou grande parte da vida sentindo saudades. Não existe a menor possibilidade de ele permitir que o irmão perca a alma, se houver alguma providência a ser tomada.

É isso que me faz olhar para trás, à procura de Hudson. E, quando os nossos olhares se cruzam, percebo que ele já está ali. E já aceitou o que estou começando a perceber: que o universo está nos pedindo para escolher entre o nosso elo e o garoto que ambos amamos. O garoto que vamos perder para sempre se fizermos a escolha errada.

Tudo isso prova que não existe escolha. Talvez nunca tenha havido.

*Desculpe*, digo para ele em silêncio, formando a palavra com os lábios.

Hudson não diz nada. Simplesmente faz que sim com a cabeça antes de dar meia-volta e ir embora.

Enquanto o acompanho com os olhos, não consigo deixar de lembrar o dia em que ele me disse que jamais me faria escolher entre os dois. Porque sempre soube que eu não o escolheria.

É somente agora, neste exato momento — quando a escolha está completamente fora das minhas mãos —, que percebo que eu começava a esperar ser capaz de provar que Hudson estava errado. Que talvez eu o pudesse escolher.

Quando Hudson se afasta, desaparecendo pelo corredor que leva até seu quarto — o quarto onde eu ia passar a noite com ele —, digo a mim mesma que não importa. E que a sensação de que algo está se quebrando no fundo do meu ser é só a minha imaginação.

Capítulo 102

## ROSA-CHOQUE É HEREDITÁRIO,
## AFINAL DE CONTAS

Passo a noite inteira sem dormir.

Estou exausta, tanto física quanto emocionalmente por causa de todos os acontecimentos dos últimos dias. Ainda assim, não consigo dormir. Fico deitada, mirando o teto e repassando todas as coisas que podem dar errado a qualquer momento no decorrer das próximas vinte e quatro horas.

Como se isso já não fosse o bastante, toda vez que fecho os olhos, vislumbro o olhar vazio de Jaxon me encarando enquanto ele arrebenta a garganta de alguma pessoa inocente. Ou a de Macy. Ou a minha.

Até pouco tempo atrás, eu achava que era horrível ter de reviver a morte de Xavier várias e várias vezes, mas a ambiguidade de tudo isso — o fato de não saber o que vai acontecer, ou quando — é ainda pior.

É por tudo isso que não consigo dormir, mesmo que nunca tenha precisado tanto de uma boa noite de sono. Em algum momento do dia de hoje, Cyrus e Delilah vão aparecer junto de Aiden e Nuri. O que acontecer nesse momento vai ser um completo show de horrores, não resta dúvida.

Além de tudo isso, está o espectro da formatura... junto ao que vai acontecer quando estivermos com o nosso diploma em mãos. Por quanto tempo Hudson vai conseguir permanecer em Katmere antes de ser forçado a voltar para seu covil? E por quanto tempo Cyrus pode se dar ao luxo de ficar do lado de fora do terreno de Katmere, esperando para colocar as mãos nele?

Receio que a resposta a essa última pergunta seja "para sempre". Em particular porque Cyrus não precisa ficar pessoalmente à espera de Hudson. Só precisa deixar um punhado de guardas aqui, para prendê-lo.

O que vai acontecer depois? Com ele e comigo? E se tivermos que passar um tempo na prisão até escaparmos... o que vai acontecer com Jaxon?

Será que é tão estranho assim eu ter dificuldade para dormir? Parece que o meu cérebro vai explodir.

Macy se levanta por volta das nove horas. Ela também passou uma boa parte do tempo acordada. E diz que vai tomar um banho para tentar espairecer a cabeça.

Desejo boa sorte à minha prima e permaneço exatamente onde estou. Mesmo sabendo que eu também deveria me levantar. Pelo menos tentar decidir o que vou vestir sob a beca e o capelo. Em vez disso, passo uns quinze minutos tentando domar a minha ansiedade e encontrar a vontade para me mover, tudo ao mesmo tempo.

Eu que lute.

Estou prestes a me atirar ao chão quando ouço alguém bater à porta.

Meu estômago fica aos pulos e eu pondero se é Hudson. Mas, quando enfim abro a porta, depois de demorar demais para dar um jeito no meu cabelo no espelho mais próximo, abro e vejo que é o tio Finn... com um buquê gigante de flores silvestres.

— Meu Deus! Que lindas! — exclamo para ele, pegando-as nos braços.

— São mesmo, não são? — diz ele com um sorriso e piscando o olho.

— Muito obrigada — agradeço-lhe. — Eu...

— Ah, não, Grace! Não é um presente meu. Elas estavam ao lado da sua porta quando cheguei aqui. Mas imagino que um certo vampiro quis lhe fazer uma surpresa.

Sinto lágrimas brotarem nos meus olhos, porque... Hudson. Mesmo depois de tudo o que aconteceu, de tudo o que ainda vai acontecer, ele me traz flores.

Que porra é essa? Passei quatro anos esperando pelo dia da minha formatura no ensino médio. E agora que o dia chegou, tudo está tão complicado que não consigo nem pensar no evento. Que droga.

— Ah, Grace. Não precisa chorar — diz o meu tio, puxando-me para um abraço. — Tudo vai ficar bem.

Não tenho tanta certeza disso, mas não quero cometer a grosseria de contradizê-lo.

— Eu esperava que a gente pudesse conversar hoje — conto ao meu tio, voltando até a minha cama para me sentar nela.

— É mesmo? — Ele pega a cadeira da minha escrivaninha e a puxa para perto, sentando-se diante de mim. — Sobre o quê?

— Eu queria lhe agradecer.

— Me agradecer? — Ele parece completamente confuso. E essa é a razão pela qual o meu tio Finn é e sempre será o melhor guardião de todos os tempos.

— Porque você me acolheu, mesmo sem ter a obrigação de fazer isso. Porque moveu céus e terra para me ajudar quando me transformei em gárgula.

E, acima de tudo, porque você e Macy me deram uma família outra vez. Por tudo isso, sou eternamente grata.

— Ah, Grace. — Agora é vez de o meu tio ficar com os olhos imersos em lágrimas. — Você nunca precisa me agradecer. Por nada disso. Desde o instante em que chegou à Academia Katmere, você se tornou uma segunda filha para mim. Alguém de quem me orgulho muito. Você é uma moça forte, inteligente, capaz e bonita. E mal posso esperar para saber até onde você pode voar, mesmo sem usar suas asas.

Eu rio, porque o meu tio é mesmo o cara mais fofo do mundo.

— Sei que falamos sobre eu ficar aqui na Academia Katmere depois da formatura até descobrir o que quero fazer. Só queria saber se essa oferta ainda está de pé.

— E por que não estaria? — Ele parece confuso. — Você sempre terá um lar comigo e com Macy, seja aqui em Katmere ou em qualquer outro lugar. Você não vai se livrar de nós, menina. Entendeu?

Abro um meio-sorriso trêmulo para ele.

— Entendi.

— Ótimo. — Ele leva a mão ao bolso do blazer que está vestindo e tira uma caixinha embrulhada em papel rosa-choque. — Macy escolheu um presente de formatura para você, um que ela me disse ser incrível. Mas este aqui é um presente meu.

— Ah, você não precisava...

— Mas é claro que precisava. Já faz algum tempo que eu quero lhe dar isso. — Ele indica a caixa com um meneio de cabeça. — Vá em frente, pode abrir o seu presente.

Sorrio para ele enquanto desembrulho uma caixinha vermelha e tiro a tampa. Dentro dela, vejo uma pedra retangular. Ela é rosada, em um tom bem vivo (como se isso ainda me surpreendesse), com algumas linhas coloridas em branco e marrom que a atravessam. E, entalhada no alto, há uma inscrição: duas letras V justapostas, uma ao lado da outra.

Não tive muita experiência com esse tipo de coisa desde que cheguei em Katmere, mas consigo reconhecer o que é.

— Que runa é esta? — indago.

Ele sorri.

— A inscrição significa paz, felicidade e esperança. E a pedra na qual ela está entalhada é uma rodocrosita, que tem o mesmo significado. Cura emocional e alegria. — A voz dele fica um pouco embargada. E ele desvia o olhar, piscando os olhos.

— Ah, tio Finn! — Atiro os braços ao redor dele. — Obrigada. Eu adorei!

Ele retribui o abraço e dá um beijo paternal no topo da minha cabeça.

— Tenho o conjunto inteiro dessas runas para você no meu quarto, mas ele é grande. E eu queria lhe dar uma coisa que você pudesse levar consigo.

Sinto o meu coração derreter e o abraço outra vez.

— Acho que você nem faz ideia do quanto eu precisava disso hoje — sussurro.

— Tem mais. E espero que isso a deixe feliz, não triste.

Ele hesita por um segundo. E, enquanto tento decifrar do que ele está falando, o meu tio diz:

— Elas pertenciam ao seu pai, Grace. Ele as deixou comigo quando decidiu, junto à sua mãe, deixar esta vida para trás. Sempre imaginei que ele voltaria para buscá-las. Mas, quando chegou aqui, soube que elas ficariam com você.

Aquelas palavras me pegam desprevenida. E um soluço sobe pela minha garganta, ficando preso ali.

— Desculpe. Eu não...

— Shhh. Está tudo bem. — Ele me puxa para junto de si outra vez e me embala, enquanto eu choro um pouco no seu ombro.

Porque hoje é o dia da minha formatura e os meus pais não estão aqui.

Porque enfim me abri para Hudson. E agora tenho de perdê-lo antes de tê-lo de fato para mim.

Porque não faço a menor ideia de como este dia vai terminar. E tenho um medo enorme de que vai acabar de um jeito horrível.

— Grace, você é muito corajosa — o tio Finn sussurra para mim. — Lamento muito por tudo que você teve que passar neste ano. Queria poder tirar tudo de ruim que lhe aconteceu.

Eu me afasto enquanto balanço a cabeça, enxugando as lágrimas com as mãos.

— Só sinto saudades deles, sabia?

— Eu sei. E como sei — ele diz. — Também sinto a falta deles.

— Obrigada pela runa — agradeço a ele, pegando-a e rolando pela palma da mão, de um lado para outro. Ela é surpreendentemente quente para uma pedra que não estava sendo tocada.

— Runas. Vou trazer todo o conjunto aqui depois da formatura. Mas... Grace? — A voz dele fica bem séria. — Não importa o que aconteça. Não importa onde você estiver nos próximos dias ou semanas. Quero que você fique com essa runa o tempo todo.

— Certo — eu lhe confirmo, mas não consigo deixar de me sentir um pouco confusa. — Tem algum motivo para...?

— Você vai saber o motivo logo, logo — ele me informa. — E vai saber quando precisar. Mas lembre-se sempre de confiar em si mesma e nas pessoas que a amam. Nós estamos com você.

Ele demonstra vontade de dizer mais, mas Macy sai saltitando do chuveiro com um roupão longo e os cabelos enrolados em uma toalha.

— Confie nas pessoas que a amam — aconselha o tio Finn mais uma vez antes de se levantar para ir até Macy. — Você vai precisar de todos eles antes que isso termine.

# Capítulo 103

## COM UMA AJUDONA DOS MEUS AMIGOS

— Está pronta? — Flint pergunta várias horas mais tarde, quando me pega no colo e rodopia comigo.

— Tão pronta quanto sempre estive — respondo quando ele me coloca no chão outra vez. Dou uma olhada nele, da cabeça aos pés. — Você está parecendo uma berinjela gigante.

— Bem, prefiro uma berinjela gigante do que uma miniberinjela — diz ele, agitando as sobrancelhas. — Quem foi que riu por último, hein?

— Pelo jeito foi você, seu pervertido.

— Ei, foi você que falou de berinjelas.

Ele observa as arquibancadas improvisadas, construídas pelas bruxas às pressas para a formatura depois que Hudson destruiu o estádio de Katmere, e acena.

— Só vim para lhe dar um abraço e conversar um pouco.

— Seus pais já chegaram? — pergunto, tentando seguir o olhar dele. Mas há tantas pessoas nas arquibancadas que fica muito difícil encontrar indivíduos específicos. Mesmo que esses indivíduos sejam o rei e a rainha dos dragões.

— Ah, sim. Eles estão aqui — responde ele, embora seu sorriso perca um pouco do brilho. — E Cyrus e Delilah também.

— É claro. — Dou uma olhada ao redor. — Jaxon e Hudson estão bem?

Ele me encara com os olhos arregalados.

— Depois do que aconteceu ontem? Duvido que qualquer um de nós volte a ficar bem.

— Você tem razão — concordo com ele, e consigo até sentir o meu estômago se retorcer.

— Grace... — Ele começa a dizer alguma coisa, mas para quando Éden e Mekhi chegam junto de nós.

— Eu adoro roxo, mas tem limite para o tanto de roxo que eu gosto — comenta Éden, revirando os olhos. — Isto aqui é um excesso de roxo — conclui ela, apontando para o capelo e a beca.

— Acho que você está uma fofura — diz Mekhi a ela. E deve estar se sentindo bem corajoso, porque chega até mesmo a apertar o nariz de Éden.

Ela o encara com uma expressão bem irritada.

— E acho que você está querendo morrer.

Ele ri.

— Onde está o restante do povo?

— Provavelmente, tentando fugir — ironiza Éden. — Fala sério. Consegue imaginar Hudson vestindo uma roupa dessas?

— Eu só queria não conseguir me ver com esta roupa aqui — diz Luca, chegando por trás de Flint e passando-lhe um braço ao redor da cintura.

— Meu Deus do céu! — Macy chega correndo, com o celular em punho. — Vocês estão lindos! Preciso tirar umas fotos.

Nós resmungamos bastante, mas, no fim, fazemos uma pose razoável para a foto — se não contarmos o fato de que Flint fica fazendo caretas para a câmera ou colocando "chifrinhos de dragão" em nossas cabeças.

Hudson chega no meio daquela sessão de fotos improvisada. Ele está com o capelo na cabeça, mas trouxe a beca dobrada sobre o braço.

— Você tem que vestir a beca, sabia? — diz Macy, brincando com ele.

Ele a encara com um olhar horrorizado.

— Isto aqui é um Armani — diz ele, apontando para o próprio terno elegante.

— O que uma coisa tem a ver com a outra? — pergunta Mekhi.

— Tudo. Eu me recuso a cobrir o Armani com esta beca monstruosa até que seja absolutamente necessário.

Macy revira os olhos.

— Quanta frescura!

— Olhe quem está falando. A única pessoa aqui que não está vestindo uma beca roxa — rebate Hudson.

— Só porque ainda não posso — retruca ela, e seu queixo estremece um pouco. — Não consigo acreditar que vou ter que passar o próximo ano aqui sem vocês. O que é que ou fazer?

— Venha nos visitar várias vezes — sugere Éden, passando o braço ao redor dos ombros dela e a abraçando com força. — Seria ótimo contar com o ponto de vista de uma bruxa na Corte Dracônica.

— Você decidiu, então? — pergunta Macy, com os olhos enormes. — Vai fazer o treinamento para ser guarda?

— Acho que vou, sim. — Ela olha para Flint. — Alguém tem que manter esse cara aqui na linha.

— O restante de nós vai voltar para a Corte Vampírica em breve. Se tudo der certo, vamos dar um jeito naquele lugar depois que arrancarmos Cyrus de lá, de uma vez por todas — conta Luca. — Por isso, pode vir nos visitar também. Londres é um lugar bem legal.

— E ainda vou ficar por aqui mais um tempo — digo a ela, passando o braço ao redor dela do outro lado. Em seguida, penso na Coroa que preciso ir buscar... e o que tenho de fazer para consegui-la. — Tirando o tempo que vou passar na prisão. Mas isso não conta, certo?

Macy ri, mas antes que ela consiga dizer qualquer coisa Jaxon chega junto de nós — vestindo uma camiseta preta e uma calça jeans, sem o capelo nem a beca.

— Onde está a sua beca? — questiona Macy. — A colação de grau vai começar daqui a, tipo, dez minutos.

— No meu quarto, que é o seu devido lugar.

— Não vai vestir a beca? — pergunto.

— E ficar parecido com um pênis gigante? — Ele olha para os outros rapazes como se aquilo fosse engraçado. — Melhor não.

— Chega. — Macy joga as mãos para cima. — Vou exigir que o meu pai troque a cor da beca na formatura do ano que vem.

— Pena que a mudança não vai valer para este ano — resmunga Luca.

Mas Macy simplesmente revira os olhos.

— Para mim, vai! Além disso... antes tarde do que nunca. Vamos lá, pessoal. Se apertem aí. Quero tirar uma foto com todos vocês.

Jaxon revira os olhos, mas não consigo deixar de notar que, quando chega a hora de tirar a foto, ele está bem no meio do grupo — e está com um braço ao redor de Hudson e outro de mim, apertando com força.

E vejo que Hudson também percebe isso. Apesar de tudo, o abraço que ele dá no irmão é tão forte quanto.

— Vai ficar tudo bem — eu sussurro. E, enquanto digo essas palavras, não sei se estou falando com Jaxon, com o universo inteiro ou comigo mesma. Só sei que, quando o vento ganha força e espalha as palavras, não consigo evitar o pensamento de que talvez a gente consiga passar por tudo isso caso consigamos nos lembrar de que realmente amamos uns aos outros. E também que as pessoas que precisamos enfrentar estão do outro lado.

— Certo! Estou com a foto! — grita Macy, empolgada.

— Ah, não, nada disso — digo a ela.

Ela parece ficar confusa.

— Como assim?

— Não é a foto se você não estiver nela. Por isso, venha aqui e vamos tirar mais uma.

Macy fica corada de alegria, mesmo que esteja piscando para afastar as lágrimas. E, em seguida, nós nos juntamos ao redor dela enquanto Macy ergue a câmera.

— Quando eu contar até três, gritem "Cyrus é um cuzão!" com toda a força — instrui ela. — Um, dois, três!

— Cyrus é um cuzão! — nós gritamos e ela tira a foto.

Quando a abro, minutos depois, e olho para aquelas oito caras sorridentes, peço ao universo com todas as minhas forças que, de algum modo, essas oito pessoas consigam passar inteiras pelo que está por vir... e que continuem juntas.

Capítulo 104

CARPE PEGUEM-NOS

A cerimônia da formatura é surpreendentemente... anticlimática. Não sei o que eu estava esperando. Talvez uma apresentação dos Aurodracos, como vimos no festival dos dragões? Ou as bruxas iluminando o lugar?

Em vez disso, é um evento honrado e ordenado como a formatura de qualquer outra escola no mundo. E eu entendo. É realmente tão empolgante assim fazer uma cerimônia que envolve subir ao palco para pegar um papel fajuto que deve ser trocado dali a alguns dias pelo papel verdadeiro? Claro, os nossos diplomas são impressos em papiros de duzentos anos, mas, com exceção disso, imagino que seria bem parecido com a cerimônia da qual eu participaria se ainda estivesse em San Diego. A diferença é que aqui tenho muito mais amigos... e muito mais inimigos.

Depois de tirar mais uma rodada de fotos — desta vez com a maioria das famílias —, eu e os meus amigos voltamos para o castelo. Como a formatura precisou acontecer ao cair da noite para acomodar os vampiros, o tio Finn planejou um jantar em família comigo e Macy. Depois vem a noite da formatura que todo mundo diz que vai ser um evento fantástico... sem falar em todo o espetáculo paranormal que não vimos na colação de grau.

Estou planejando deixar meus problemas na porta e me divertir o máximo que puder, considerando que nenhum de nós faz ideia do que pode acontecer amanhã. Considerando isso, até o momento Cyrus e Delilah demonstraram um comportamento exemplar.

O que significa que é só uma questão de tempo até a máscara de ambos caírem.

Estou na metade do caminho quando Hudson vem até onde estou. Não vou mentir: há um pedaço de mim que fica superempolgado por ele ter vindo me procurar... e outra parte que deseja simplesmente sair correndo a toda velocidade. Depois do que aconteceu na noite passada, não sei o que vou lhe dizer. Ou mesmo se há algo a ser dito. Sei que não quero me apaixonar por ele mais do que já estou... e também não quero que ele se apaixone ainda mais por mim. Isso já vai ser bem difícil.

O calor do elo entre consortes ainda está aqui, combinado com a amizade e o respeito que construímos nessas últimas semanas... mas não sei. Não sei como vamos fazer isso, como devemos estar juntos, mas separados.

Era mais fácil antes da viagem a Nova York, antes de Hudson ter me beijado, me tocado e... tão mais fácil que eu quase desejo que nada daquilo tivesse acontecido. Quase. Porque a verdade é que, não importa o que aconteça depois, eu não trocaria aquelas horas em Nova York por nada. Ficar deitada nos braços de Hudson, ouvi-lo falar sobre qualquer coisa... e saber que isso nunca vai acontecer de novo tornam ainda mais difícil o ato de olhar para ele.

— Oi — cumprimenta ele, depois de caminharmos juntos por alguns metros num silêncio bem esquisito.

— Oi — respondo. — Obrigada pelas flores. Elas são lindas.

— Que bom que você gostou — comenta Hudson, me espiando pelo canto dos olhos.

— Adorei mesmo. — Limpo a garganta, à procura das palavras certas. No fim, a única coisa que consigo falar é: — Me desculpe.

— Não há nada pelo que você tenha que se desculpar — ele me diz.

— Não é verdade — digo, buscando a mão dele... para logo em seguida me arrepender de fazê-lo, pois o calor se espalha por nós como um fio de alta tensão. — Estraguei tudo desde o começo. Não me lembrei de você. Não acreditei em você. Eu não...

— Você não me amou? — ele pergunta com um sorriso que mostra mais resignação do que tristeza.

Aí é que está. Ainda não sei se amo Hudson, mas já passei do ponto de achar que poderia amá-lo... se as coisas fossem diferentes. Se nós fôssemos diferentes. Se todo este mundo maluco fosse diferente.

— Me desculpe — repito, mas Hudson só faz um sinal negativo com a cabeça.

— Eu também amo Jaxon, você sabe — diz Hudson. — E preciso que ele fique bem tanto quanto você precisa... apesar do desejo incessante que ele tem de me ver morto. E também de ser o responsável pela minha morte.

Rio, pois a única alternativa é chorar. E já fiz isso.

— Como está a sua garganta?

— Vampiros se curam rápido — ele me diz.

Eu o encaro com um olhar irritado.

— Isso não é resposta.

— Claro que é. Inclusive, eu...

Ele para de falar quando Nuri e vários dos seus guardas vêm andando na nossa direção.

— Hudson Vega — anuncia ela. — Você está preso por ordem do Círculo.

Percebo uma expressão de surpresa se formar no rosto de Hudson, mas ela desaparece logo em seguida.

— Está falando sério, Nuri? Já não fizemos isso antes? — rebate ele, fingindo bocejar.

— Fizemos — ela concorda. — Mas, desta vez, vim preparada.

Quatro dos guardas de Nuri avançam sobre Hudson, e, segundos depois, eles colocam as pulseiras neutralizadoras de poder nos dois pulsos e nos tornozelos dele; artefatos que fazem com que as pulseiras que o meu tio usa aqui em Katmere se pareçam com brinquedos.

— Nuri! — O tio Finn corre até onde estamos. — Solte-o agora mesmo.

— O que está acontecendo aqui não é um assunto que lhe diz respeito, Finn — explica ela.

— Ele é um dos meus alunos, e isso com certeza me diz respeito — rosna o meu tio, furioso. E preciso admitir que não imaginava que o tio Finn tivesse essa coragem. Mas, no momento, ele parece pronto para arrebentar alguém com as próprias mãos.

— Correção — intervém ela, com um brilho no olhar que indica o quanto está gostando da situação. — Ele era seu aluno. Há cerca de meia hora, ele se tornou um cidadão comum.

— Sim, mas você não pode prendê-lo enquanto ele estiver no território de Katmere — retruco-lhe, enfurecida com a traição... e com o fato de ela estar quebrando a lei.

Ela nem olha para mim quando responde:

— O Círculo aprovou uma nova lei ontem à noite. Alunos que quebrem a lei estão seguros no território da Academia Katmere apenas enquanto estiverem matriculados. No momento em que a matrícula expira, seja por cancelamento ou pela formatura, a proteção da escola se torna inválida.

— Que asneira sem tamanho — grunhe o tio Finn, colocando em palavras aquilo que eu mesma estou pensando em dizer a Nuri. — Você não pode mudar as leis e aplicá-las antes de informar às pessoas sobre as mudanças.

O tio Finn pega a sua varinha e a aponta para as correntes que prendem Hudson.

— Não faça isso, Finn — avisa Nuri, olhando por cima da cabeça dele. — Você pode se arrepender.

Sigo o olhar de Nuri e percebo que Cyrus está observando tudo junto das árvores, como o fanfarrão que é. Nuri nos deu uma semana, mas está aqui depois de apenas três dias, quebrando a própria palavra. Sei que Cyrus está por trás disso. Só não sei se ele a ameaçou ou se lhe prometeu alguma coisa.

E, sinceramente, não me importo. Em especial agora que ela provou, mais uma vez, ser indigna de confiança.

— Você é patética — eu digo para ela, praticamente cuspindo as palavras. E mais furiosa do que jamais estive em toda a minha vida.

— O que você disse? — retruca ela.

— Eu disse que você é patética. E mais do que isso, você é covarde. Você age como se fosse muito poderosa, como se fosse capaz de enfrentar qualquer um. Mas a verdade é que você não é capaz de fazer merda nenhuma.

Indico Cyrus com um movimento de cabeça, que está observando a tudo com um brilho nos olhos.

— Você aceitou ordens de um vampiro. Você aceitou ordens de Cyrus, que você odeia. Porque é tão fraca e sedenta por poder quanto todos eles.

— Grace, pare com isso — diz o tio Finn. E há um tom de advertência na sua voz e nos seus olhos me avisando de que estou indo longe demais.

Mas não me importo. Já estou farta dessa mulher e das suas mentiras. Farta deste mundo maldito onde todas as pessoas em posições de poder só pensam no que podem obter para si. E não se importam com aqueles com quem podem foder ou a quem podem destruir para conquistarem o que quiserem.

Ela me encara com um olhar cheio de cólera.

— Você é uma criança muito, muito ingênua.

— E você é uma mulher ainda mais ingênua.

Estou tão irritada quanto ela, mas a minha fúria é algo vivo, que respira dentro de mim, batendo no meu peito por dentro, implorando por liberdade. Implorando para que eu ceda e perca o controle. Quero fazer isso, mais do que jamais quis fazer alguma coisa. Mas sei que não vai nos levar a lugar nenhum.

Assim, respiro fundo e complemento, com uma tranquilidade mordaz:

— Mas isso não me surpreende. Pode agir como quiser, Nuri. Proteja quem você quer proteger e tenha uma visão tão pequena quanto quiser ter. Mas não venha me incomodar quando essa sua aliança infeliz voltar pra morder a sua bunda. Porque é isso que vai acontecer. Talvez eu tenha só dezoito anos e seja semi-humana. Mas sou inteligente o bastante para saber que você já está acabada. Só você ainda não percebeu isso.

— Você acabou de perder qualquer apoio que pudesse ter comigo — diz ela por entre os dentes.

— Bem, digo o mesmo — retruco, rosnando. — E alguma coisa me diz que você vai precisar mais do meu apoio do que vou precisar do seu.

Por um segundo, tenho a impressão de que ela vai explodir. Mas ela respira fundo e encara o meu tio.

— Você tem alguma coisa pra dizer sobre isso?

— Além de lhe dizer que o Círculo vai ter que prestar contas ao meu advogado em menos de uma hora? — pergunta o tio Finn. — Não.

— E você? — Nuri pergunta a Hudson. — Quer dizer alguma coisa antes que o levemos daqui?

Ele finge pensar na questão por um momento, mas nega com um movimento de cabeça.

— Acho que Grace já disse tudo o que eu poderia dizer. — Ele sorri para mim. — Você mandou bem.

Nuri mostra os dentes, se parecendo mais com um dragão do que em qualquer outra ocasião em que eu a tenha visto.

— Levem-no daqui — ela ordena aos guardas antes de olhar para Hudson. — Você vai morrer antes de sair daquela prisão.

Hudson olha para mim naquele momento. Por um segundo, há algo em seu olhar que quase me arranca do peito a porra do coração. Mas em seguida ele encara Nuri com um sorriso maligno e responde:

— Bem, não seria a primeira vez.

Meu coração bate acelerado quando os guardas arrastam Hudson para longe, assim como aconteceu na Corte Dracônica. As correntes em suas pernas estão tão distendidas que ele praticamente não consegue andar. Mal consegue fazer qualquer movimento.

Eu me viro para acompanhar o progresso dele com os olhos e percebo que o restante dos meus amigos se juntou à multidão cada vez maior que está à nossa volta... e que parecem tão furiosos quanto eu mesma me sinto. Com exceção de Jaxon, que parece simplesmente vazio.

Não importa o quanto eu queira ficar aqui, não importa o quanto eu não queira fazer aquilo que estou prestes a fazer, sei que chegou a hora. É agora ou nunca.

— Espere! — grito para Nuri.

Ela voltou a me ignorar, recusando-se até mesmo a me fitar. E reconheço que é uma reação merecida. Mas não significa que vou permitir que ela saia impune.

— Sou a consorte dele! — exclamo isso tão alto e com tanta clareza que a minha voz ecoa pelas árvores, ressoando pelo gramado. — Tenho o direito de ir com ele. O direito de não ser separada dele.

Ela se vira para me encarar.

— Você quer ir para a prisão? — O tom na voz dela deixa implícito que tem alguma coisa muito errada comigo.

Sentindo o terror correr pela minha coluna, não posso afirmar que discordo dela. Mas já fui longe demais para querer voltar atrás agora. E eu não mudaria de ideia mesmo que a situação fosse diferente. Há muita coisa envolvida nessa decisão.

— Quero ficar com o meu consorte — respondo-lhe.

— Grace, não! — Meu tio Finn se aproxima e tenta ficar entre nós duas. — Há outras maneiras de...

Não para fazer aquilo que tenho de fazer. Mas não verbalizo isso para ele. Se eu fizer isso, Cyrus e o restante da sua aliança maldita vão desconfiar que temos algum plano.

— Vai ficar tudo bem — digo para o tio Finn, me aproximando para lhe dar um abraço rápido e colocar a runa do meu pai em seu bolso. E sussurrar na orelha dele: — Dê a minha runa para Jaxon. Diga para ele guardá-la para mim. E para me esperar. Macy vai explicar tudo. Escute o que ela tem a dizer.

— Está bem, então. — Nuri chama os seus guardas. — Vocês a ouviram. Prendam a gárgula.

E é dessa maneira que a minha vida muda. De novo.

Capítulo 105

## QUEM DORME COM CUZÕES ACORDA
## COMPLETAMENTE FODIDA

Os guardas de Nuri avançam sobre mim como se fossem uma horda de bárbaros. Não sei se é porque acham que "a gárgula" é perigosa ou se estão irritados pelas palavras que dirigi à rainha deles. Seja lá o que causou isso, ainda assim tenho a impressão de que os meus braços vão ser arrancados dos ombros quando eles os viram para trás e prendem meus pulsos com algemas grossas.

— Ei! — grita o tio Finn. — Vocês não precisam tratá-la desse jeito. Grace não fez nada de errado.

— É só o procedimento padrão quando as pessoas são transportadas para o Aethereum — explica Nuri, com a voz neutra. Mas não me parece que esse procedimento seja muito "padrão" quando os guardas apertam os meus pulsos com tanta força que praticamente vejo estrelas.

Hudson, que permaneceu incrivelmente tranquilo durante todos esses acontecimentos, parece prestes a perder a cabeça pela primeira vez.

— Soltem-na! — ordena ele por entre os dentes. — Ela está enganada. Não vai vir comigo para...

— Não é você quem decide isso — Nuri o interrompe. — Inclusive, a partir de agora, você não tem o poder de decidir nada. Pense nisso enquanto passa a eternidade na prisão.

Os olhos dele assumem uma expressão mortífera, assim como sua voz.

— Vou pensar sobre muitas coisas enquanto estiver na prisão — responde Hudson. — E garanto que não vou ficar lá por uma eternidade.

— Levem esses dois daqui! — vocifera Nuri por sobre os gritos e protestos dos nossos amigos e de um grupo de outros alunos da Academia Katmere que se reuniu ali.

Mas, novamente, antes de sairmos da clareira, os guardas são forçados a parar outra vez. Desta vez, pelo próprio rei dos vampiros.

— Lamento interferir com a aplicação estrita da justiça — diz Cyrus, e não consigo deixar de sentir certo prazer em ver o quanto ele parece irritado pelo fato de ter de conversar com a gente, apoiando-se em uma bengala enquanto ainda tenta se recuperar depois do ataque de Hudson. Mesmo que seja uma bengala imponente como o modelo em preto e prata que ele está empunhando agora. De resto, está tão elegante quanto sempre esteve, com um terno estampado em xadrez. — Mas o Círculo emitiu mais uma ordem de prisão durante a reunião especial ocorrida no fim de semana passado.

— Reunião? — pergunta Nuri, com os olhos estreitados. — Não fui informada de nenhuma reunião do Círculo no fim de semana passado.

— Não nos pareceu adequado perturbá-la durante o feriado mais importante do ano para os dragões. — Cyrus age de maneira totalmente benevolente, como o ditador que bate no peito e proclama "Eu tenho o direito de tomar decisões como esta". E percebo que isso está afetando Nuri exatamente como ele almejava: da pior maneira possível.

— Da próxima vez, não tome esse tipo de decisão por mim, Cyrus. — Ela fita a ordem de prisão que Cyrus tem nas mãos. — Quem mais o Círculo decidiu prender?

— Imagino que você esteja perguntando "quem mais é culpado por um crime" — responde ele, sem se alterar.

— Sim, é claro. — Ela encara o meu tio com um olhar que é puro aço. — Aparentemente, a Academia Katmere se transformou num antro de crimes nestes últimos meses.

O tio Finn não reage, mas a expressão nos seus olhos deixa bem claro que ele deve estar querendo transformá-la num sapo.

— A ordem de prisão foi decretada para Flint Montgomery. E a acusação é a tentativa de assassinato da última gárgula que existe.

Por um breve segundo, ninguém reage. Nós simplesmente ficamos ali, atordoados com a acusação... e com a audácia dele. Há um pedaço de mim que quer gritar com Cyrus, dizer que é ele quem está há algum tempo tentando matar "a última gárgula", que ele sabe muito bem que não é a última gárgula. Por isso, por que diabos não há uma ordem de prisão para ele também?

Mas, antes que eu consiga decidir como vou dizer isso — ou mesmo se devo ou não mencionar a Fera Imortal —, Nuri perde completamente a cabeça. Ela pula no pescoço de Cyrus e seus guardas se posicionam logo atrás dela.

No começo, tenho certeza de que estamos prestes a ver quem leva a melhor em uma luta até a morte entre um vampiro e uma dragão. Todavia, quando Cyrus se prepara para a briga e a sua bengala de prata se transforma em uma faca de aparência bem ameaçadora, o tio Finn usa a magia para criar uma barreira sólida entre os dois.

É a magia mais potente que já o vi fazer e, às vezes, até me esqueço de que ele é um feiticeiro. Mas observar o meu tio fazendo isso é algo que me impressiona bastante. Acho que sempre imaginei que ele não tivesse muito poder mágico, porque sempre agiu de um jeito muito... doce. Mas o homem à minha frente detém um poder enorme. Mais do que o bastante para manter Nuri e Cyrus exatamente no lugar onde ele quer que fiquem.

— Você não pode atacar Cyrus, Nuri — avisa-lhe Finn, com a voz tranquila.

— É isso que ele quer. Uma chance de expulsar você do Círculo ou de mandá-la para a prisão.

— Ele é o meu filho, Finn. — Nuri parece arrasada. — Dei a Cyrus tudo que ele queria. Por que ele está fazendo uma coisa dessas?

*Porque ele pode. Porque você* deu *tudo que ele queria.* As respostas estão na ponta da minha língua, mas agora não é o momento certo de dizê-las. Nunca fui o tipo de pessoa que gosta de dizer *eu avisei...* e, definitivamente, nunca fui fã de chutar uma pessoa quando ela já está caída.

Além disso, ela já sabe. Está escrito no rosto dela. Assim como a determinação de um dia dar o troco em Cyrus por isso, de algum modo.

Claro, pode ser só a minha imaginação, já que eu adoraria poder fazer o mesmo. Deus sabe que eu nunca quis esfregar a cara de alguém no chão com tanta vontade em toda a minha vida. Não a cara de um time de guarda-costas. A do próprio Cyrus.

Ela faz um sinal para o tio Finn, indicando-lhe para baixar a muralha. E, embora eu não tenha certeza de que ela está tranquila o bastante para se conter, é óbvio que o meu tio vê alguma coisa em seu rosto que o faz acreditar nela.

A barreira se desfaz e todos nós prendemos a respiração, enquanto esperamos que Nuri se aproxime de Cyrus para lhe dizer alguma coisa. Em vez disso, ela finge que ele não existe e prefere se aproximar do filho.

Flint está mais sério do que jamais o vi, mas não parece estar com medo. E também não está com uma expressão de rebeldia no rosto. Eu diria até que não faz sentido algum, pois há um pedaço de mim que diria que ele parece quase... aliviado.

Nuri estende os braços para pegar as mãos dele, mas já estão algemadas. Assim, ela coloca a mão em seu ombro e espera até que ele olhe em seus olhos.

— Você precisa se redimir — ela diz.

— Não sei se... eu não...

— Preste atenção — ela fala, com a voz baixa e urgente, aproximando-se de Flint. — Você não matou Grace. Por isso, o preço que você tem que pagar não é a própria vida. A prisão só encarcera os culpados até considerar que você pagou pelo que fez. Se quiser sair de lá, você vai precisar cumprir a sua sentença.

É uma das poucas vezes que ouço alguém mencionar o que acontece na prisão. E a minha mente começa a raciocinar enquanto tento descobrir o que aquilo significa. Entendo o conceito de pagar por um crime cometido, mas como uma prisão — que, ainda assim, é um prédio, não importa o quanto seja encantada — decide que você já se redimiu o bastante? Ou pior... que não se redimiu?

Fico tentando entender como isso funciona, enquanto eles nos escoltam pela floresta, e dali vamos direto a um portal que Cyrus obviamente deixou preparado especialmente para esta ocasião. Contudo, me dou conta de que não tenho de imaginar essa situação. Vou ver tudo com os meus próprios olhos em pouco tempo.

Capítulo 106

## NUNCA ENCONTRAMOS
## UM PAR DE SAPATINHOS DE RUBI
## QUANDO PRECISAMOS

O portal não é como aqueles do torneio do Ludares. Não há nenhuma sensação de estar sendo esticada, nada que cause dor, nenhum mergulho no nada ou uma saída ligeira. Não há nada além de uma queda livre em meio à escuridão que se estende até o infinito.

Aperto os olhos, na tentativa de me orientar. Na tentativa de encontrar Hudson ou Flint no meio desse breu, mas é impossível. Estou completamente isolada, sozinha. É tão apavorante quanto desorientador.

Um grito obtém força dentro de mim e estendo a mão, certa de que, se conseguir encontrar Hudson ou Flint, se conseguir pelo menos tocar um deles... então vou conseguir suportar tudo isso. Mas não consigo alcançá-los. E muito menos tocá-los. É como se eles tivessem desaparecido e eu estivesse por aqui, completamente só.

Não sei quanto tempo este portal demora para nos levar até o nosso destino. Provavelmente dois ou três minutos. Mas são os dois ou três minutos mais longos de toda a minha vida, e a única coisa que eu quero é que essa experiência termine.

Até que ela termina.

O portal me vomita no meio de uma sala escandalosamente clara, com luzes como agulhas gigantes que são enfiadas nos meus olhos depois da escuridão absoluta dos últimos minutos. Estou desorientada, quase não consigo enxergar e estou mais assustada do que gostaria de admitir quando caio no chão de joelhos, com um *bonk* ruidoso que faz a dor ricochetear pelo meu corpo.

Meu primeiro instinto é ficar parada no lugar até conseguir determinar que lugar é este. Além disso, não conseguir enxergar e estar de joelhos faz com que eu me sinta vulnerável demais. Eu preferiria estar em pé ao me defrontar com o que está por vir.

E descubro que o que está por vir é uma mulher com um terno preto severo e óculos escuros, com os cabelos negros presos em um coque impiedosamente preciso. Ela está a pouco mais de um metro de distância de mim. Embora eu não consiga ver seus olhos, a maneira como ela inclina a cabeça indica que é ela quem está me observando como se eu fosse um animal numa jaula.

Talvez eu seja exatamente isso. Exatamente aquilo em que Cyrus transformou nós três.

Meus instintos me sugerem que baixe a cabeça, para não fitar a mulher enquanto ela me observa. Mas isso me parece algo bem próximo de assumir uma derrota. Seria tipo desistir de tudo em um momento em que vou ter de lutar com mais forças do que jamais lutei a vida toda. Assim, eu a encaro de volta, com o olhar mais vazio que consigo estampar no rosto. Afinal de contas, ela veio aqui para fazer alguma coisa, seja o que for. E o fato de eu me recusar a baixar a cabeça não vai mudar esse fato.

Seria melhor se ela tirasse os óculos, porém alguma coisa me sugere que talvez ela os esteja usando para a minha proteção, não para a dela. Sinto a magia na mulher, mas não faço ideia do que ela seja. Definitivamente não é uma vampira nem qualquer outra das espécies paranormais que estou acostumada a ver na Academia Katmere. Mas, como estou aprendendo, há uma infinidade de outras criaturas, que ainda não conheço, neste mundo. E, com certeza, ela é uma dessas outras criaturas.

— Bem-vinda ao Aethereum, srta. Foster — saúda ela, sibilando, com os S bem exagerados enquanto anda ao meu redor em um círculo, fazendo os pelos da minha nuca se eriçarem de imediato.

Eu me viro em sua direção. Meus instintos gritam comigo para que eu não vire as costas para essa mulher. O sorriso frio em seu rosto me diz que a minha relutância a diverte. Mas a sua linguagem corporal avisa que ela não vai tolerar isso por muito tempo.

Mesmo antes que ela diga:

— Vire de costas, por favor. — Mais uma vez com os S bem longos.

Preciso reunir toda a minha força para seguir a orientação, mas dou um jeito. Em seguida, quase solto um soluço de alívio quando ela afrouxa as algemas apertadas. Pelo menos até eu sentir duas agulhadas fortes no meu pulso.

Tento afastar a mão, mas ela me impede.

— Você pertence à prisão agora, srta. Foster. Vai fazer o que eu lhe disser e mais nada.

— O que você fez comigo? — pergunto, sentindo as pontadas no meu pulso ficando cada vez mais fortes em vez de mais suaves.

— Garanti que os seus poderes pertençam a nós, agora. Nada mais, nada menos.

— Como assim? — pergunto, enquanto busco a gárgula dentro de mim. Não porque quero me transformar, mas porque preciso que ela me reconforte. Preciso saber que ela ainda está ali. Só que não está... eu não consigo encontrar o cordão de platina. E menos ainda tocá-lo.

Procuro com rapidez os outros cordões, e fico um pouco estonteada quando encontro o cordão do elo entre consortes, ainda brilhante e bonito. Mas meu cordão da gárgula... sumiu.

O pânico toma conta de mim e sinto vontade de gritar com ela, implorar para que me diga o que fez. Mas já sei que ela não vai me contar. Afinal de contas, estou em uma prisão agora. E ela não tem a obrigação de me revelar coisa alguma.

Penso isso logo antes de sentir algo gelado ao redor do mesmo pulso que ela perfurou: um bracelete de metal que se fecha e se prende ao redor do pulso.

— Você já pode ficar de frente para cá, agora. E vir comigo — avisa ela. Sem os S, as sílabas são afiadas e severas.

Obedeço-a, esfregando o pulso enquanto saímos daquela sala com as luzes fortes e entramos em um corredor povoado por sombras. Fico tentando distinguir o que ela fez comigo, mas o bracelete cobre aquela parte do meu pulso.

Em relação ao artefato em si, vejo que na superfície há inscrições estranhas que se parecem com runas. Muito parecidas com aquela que o meu tio me deu hoje de manhã, inclusive.

No meio do bracelete, diretamente sobre o lugar onde levei as agulhadas na pele, que enfim estão parando de arder, há um ponto vermelho e brilhante. Imagino que a luz vermelha tenha algo a ver com o desaparecimento da minha gárgula. E sinto uma vontade enorme de arrancar esse bracelete com as próprias unhas. Arrancá-lo de mim. Despedaçá-lo. Qualquer coisa capaz de devolver os meus poderes.

Sei que é ridículo me irritar tanto com o fato de a minha gárgula ter sido aprisionada; especialmente considerando que, há alguns meses, eu nem sabia que ela existia. E eu já imaginava que fossem dar um jeito de neutralizar os meus poderes na prisão. É algo que eles têm de fazer, se quiserem controlar a população do lugar.

Mas sabê-lo e senti-lo são coisas duas coisas diferentes. E, agora que a minha gárgula sumiu, eu me sinto completamente sozinha. Como se uma parte gigantesca de mim estivesse faltando. E como se eu jamais fosse conseguir reencontrá-la.

Intelectualmente, sei que não é verdade. Sei que quando Hudson, Flint e eu sairmos daqui, minha gárgula vai voltar... assim como todos os outros cordões. Tenho de me apegar a isso. Tenho de me lembrar de que esta situação não vai perdurar para sempre.

Que tudo vai ficar bem.

Claro, seria mais fácil me lembrar disso se não tivéssemos acabado de parar diante de um cubículo de acrílico de um metro e meio por um metro e meio. A mulher segura a porta aberta e convida:

— Entre, por favor.

Não sinto a menor vontade entrar, mas parece que não tenho muita escolha. E imagino que lutar contra isso não vá adiantar muito. Por isso, respiro fundo e finjo que não estou à beira de um surto quando penso em ser trancafiada dentro de uma caixa pequena e transparente.

Por um segundo, tenho a impressão de que talvez seja uma espécie de box de chuveiro. Por si só a ideia já é horrível, mas sei o que acontece em prisões humanas comuns. Mas esse box não tem um chuveiro, o que espero ser bom. Mesmo não querendo apostar as minhas fichas nisso...

Passo pela porta e tento não gemer ante o som daquela mulher fechando — e trancando — a porta atrás de mim.

— Fique no centro da sala, com os braços ao lado do corpo. E não se mova.

— O que é este lugar? — Faço o que ela diz, mas fico olhando em volta o tempo inteiro, em busca de alguma indicação do que está para acontecer.

— Falei para não se mover.

Fico paralisada no lugar.

— Certo, mas você pode pelo menos me dizer...

— Cale a boca!

Paro de falar e fecho a boca tão rápido que meus dentes estalam quando batem uns contra os outros. E isso acontece bem a tempo, pois um vento forte começa a soprar sem qualquer aviso. Ele me fustiga por todos os lados, tornando quase impossível seguir o aviso repetido da mulher, mandando-me "parar quieta".

Bem quando penso que vou ser feita em pedaços, aquela ventania se dissipa. E o fogo toma o seu lugar.

— Não saia do X — ordena a mulher.

Eu faço o que ela diz, forçando meus pés a ficarem no X preto pintado no chão, enquanto chamas que não fazem fumaça dançam ao meu redor, próximo de mim, mas sem me tocar, antes de se espalharem pelas laterais do cubículo e irem até o teto. É diferente de qualquer fogo que eu já tenha visto até hoje. As chamas são tão quentes que chegam a ser azuladas. E sei que basta um deslize, um movimento errado, para eu ser incinerada.

É algo que parece se alongar por uma eternidade. Até eu ser tomada por um terror enorme, pensando que só o calor da sala já vai ser o bastante para me queimar por inteiro. Mas, de repente, o calor simplesmente desaparece.

— Venha comigo — ela instrui outra vez, e a sigo com as pernas bambas.

Ainda quero saber o que foi que aconteceu comigo. Entretanto, para ser honesta, estou receosa demais para perguntar. Toda vez que eu abro a boca neste lugar, alguma coisa pior acontece.

A próxima parada requer uma troca de roupas. Tiro o vestidinho fofo que ia usar na festa de formatura e visto o macacão preto de mangas longas que vai ser o meu uniforme da prisão até eu conseguir sair daqui. Meu celular e os brincos são colocados em uma bolsa e levados dali, junto ao meu vestido.

Fico esperando que ela tire também o meu anel da promessa, e sinto um aperto no peito. Mas ela simplesmente olha para mim e pergunta:

— Quer ficar com o anel?

Sei que não devo fazer perguntas, mas não consigo conter as palavras que se apressam a sair.

— Posso ficar com o meu anel? Achei que não podíamos ficar com objetos pessoais e joias.

Ela me encara com um olhar firme e tenho a impressão de que não vai responder. Mas, em seguida, a mulher diz:

— Fazemos exceções para esses anéis, visando impedir que as pessoas sejam encarceradas para cancelar uma promessa. O Aethereum não foi feito para escapar de compromissos.

Meu coração bate com força no peito e fico contemplando o anel, girando-o ao redor do dedo sem parar. Ainda não sei o que Hudson me prometeu. Será que eu quero cobrar essa promessa dele? E quando escaparmos daqui e eu voltar para Jaxon? Vai ser justo cobrar essa promessa?

É por isso que faço o anel girar várias e várias vezes.

— Escolha rápido, srta. Foster.

Respiro fundo e levo a mão até o anel... mas não consigo. Tirá-lo agora seria como desistir de Hudson. De nós. E sei que vou ter de fazê-lo para salvar Jaxon, cedo ou tarde. Mas não vou conseguir fazê-lo hoje. Ainda não estou pronta para perdê-lo.

— Vou ficar com o anel.

Capítulo 107

## POUCO SOLITÁRIA NO CONFINAMENTO

Paramos em outras duas salas antes de ela me levar por mais um corredor escuro. Ambas são tão assustadoras quanto a primeira, considerando o lugar em que estou. Este é o caminho mais longo que tive de percorrer até agora. E estou começando a esperar que todos os procedimentos de admissão já tenham terminado, mas ela me leva até outra sala.

Sinto um frio na barriga quando passo pela porta com ela, apavorada com o que pode vir a seguir.

Mas essa é a parte burocrática da minha admissão, considerando que a sala está cheia de escrivaninhas e arquivos. Talvez aquilo devesse me reconfortar, considerando que essa parte, pelo menos, se parece com todos os outros escritórios burocráticos do governo espalhados pelo mundo. E talvez eu conseguisse relaxar, se não fosse pelo fato de esta sala inteira parece ter sido tirada de algum filme de terror sobre a Transilvânia... e as criaturas sentadas diante de cada uma das escrivaninhas não fossem tão esquisitas.

Há oito escrivaninhas pretas alinhadas em duas fileiras pela sala. Os computadores e bandejas de pastas em cada uma deveriam conferir um ar de normalidade ao espaço. Mas as cadeiras pretas pontiagudas que acompanham cada escrivaninha (e os ocupantes das referidas cadeiras) espantam qualquer atmosfera de normalidade daqui.

Os guardas responsáveis pelos arquivos, ou qualquer que seja o nome dados a eles, são as pessoas de aparência mais esquisita com que já me deparei. Será que são zumbis? É o que conjecturo ao observar a pele cinzenta e quase translúcida deles, assim como seus olhos amarelos. Ou será que são algo ainda mais ameaçador?

O rosto deles são esquálidos; os cabelos longos são grisalhos e têm uma aparência meio sebosa; e os dedos têm garras longas nas pontas, que estalam com um som bem desconfortável toda vez que tocam nos teclados.

— Sente-se. — O sussurro é fino como uma folha de papel e é direcionado a mim, embora eu não tenha certeza de onde ele vem... pelo menos até a mulher que me trouxe até aqui ordenar: — Vá até a primeira mesa à direita. Este é o último passo.

— O último passo de quê? — pergunto, esperando conseguir atrasar um pouco as coisas. Mesmo que tudo dentro de mim grite para eu não me sentar diante de uma daquelas coisas, sejam lá o que forem.

— Da sua admissão — ela responde, estreitando os olhos. E é a primeira das minhas perguntas a que ela responde, além daquela do anel da promessa. E, pelo jeito, vai ser a última.

Ela vem na minha direção com uma expressão pouco amistosa quando percebe que não me movo de imediato. Desta vez, quando me diz para andar logo, a sua língua sai pela boca, num aviso bem claro. Quase grito quando percebo que ela é bipartida... e preta.

Começo a andar, sem saber o que é pior a esta altura: o cara na escrivaninha, que parece estar morto, ou a mulher-cobra. Mas morrendo de medo de descobrir.

Mas ainda nem cheguei perto da escrivaninha para a qual ela me mandou quando a porta se abre e Hudson entra, acompanhado por um homem trajando um terno preto e óculos escuros... e que é muito parecido com a mulher que me acompanhou durante todo esse tempo.

— Grace! — ele exclama, o alívio praticamente escorrendo naquela palavra.

Ele está vestido com o mesmo macacão preto com mangas longas que uso — e fica bem melhor nessa roupa do que eu, com certeza. Mas seu cabelo *pompadour*, que normalmente é perfeito, está todo desgrenhado e espetado. Percebo também que ele traz uma linha de fuligem na bochecha esquerda e que a pele dos seus dedos está toda arranhada.

— Estou bem — asseguro a ele, virando-me instintivamente em sua direção.

Mas a mulher está ali, entre nós, com a língua boca afora em posição de aviso quando me manda "ssssentar" com um tom de voz que indica que não vai tolerar mais nenhuma desobediência.

É o que faço, indo rapidamente até a primeira mesa à direita e me sentando diante do cara de aparência superesquisita ali.

Hudson se senta diretamente à minha frente. E parece muito mais composto do que me sinto, apesar dos cabelos desalinhados. Quando nossos olhares finalmente se cruzam, ele abre um sorriso reconfortante e faz um sinal afirmativo com a cabeça. E sinto que isso ajuda a me acalmar... pelo menos um pouco. Quando Flint entra, minutos mais tarde, com o penteado *black power* maior do que jamais vi antes (uma cortesia daquela sala com o vento e o fogo do inferno, com certeza), nós dois soltamos longos suspiros de alívio.

A mulher, seja quem for, desaparece assim que Flint se senta — assim como os dois homens que acompanharam Hudson e Flint durante o processo infernal de admissão.

No momento em que eles saem, todos nós relaxamos um pouco. Embora estes guardas sejam bem esquisitos de se olhar, não parecem muito motivados para executar outra atividade além do próprio trabalho.

— Você está bem? — Hudson pergunta para Flint depois que aquela mulher assustadora e seus dois compatriotas passam pela porta.

— Estou. E vocês?

Ele confirma com um aceno de cabeça e Flint faz o mesmo.

— O que aconteceu com a gente? — sussurro. — Hudson, você conseguiu, digamos... dar um jeito nas suas algemas?

Hudson faz que não com a cabeça, fitando as próprias mãos.

— Nunca vi algemas como estas antes. Não sabia qual era a runa que eu precisava remover.

— Este lugar inteiro é ridículo — diz Flint. — Estive pensando no que aconteceu. Tenho quase certeza de que o fogo foi um tipo de tratamento mágico para piolhos. E para terem certeza de que não trouxemos nenhuma magia ou encantamento que o bracelete não tenha conseguido neutralizar.

— E as fotos que tiraram naquela última sala foram para nos mapear e nos identificar — complementa Hudson. — Caso alguma coisa nos aconteça.

— Sim, foi o que imaginei também — concorda Flint depois de limpar a garganta algumas vezes. — Não sei para que serviu o restante.

— Silêncio, por favor — ordena o oficial de admissões que está cuidando da documentação de Flint, e a sua voz arrastada me causa calafrios.

Ficamos quietos por uns minutos, mas percebo que alguma coisa deixou Flint e Hudson animados, porque eles trocam olhares o tempo todo. E isso só serve para me assustar ainda mais. Algo que definitivamente não preciso neste momento.

— Quem eram aquelas pessoas? — pergunto, quase com medo de ouvir a resposta. — A língua dela era...

— Basiliscos — responde Flint, com um olhar taciturno.

— Basiliscos? — repito, sentindo o horror correr pelo meu corpo.

— Silêncio! — grunhe um segundo guarda de admissão de um jeito que faz com que até mesmo Flint feche a boca.

Longos minutos transcorrem sem qualquer som além dos cliques inquietantes daquelas unhas nos teclados. O silêncio não-tão-silencioso vai irritando meus nervos e percebo que não sou a única. A perna de Flint está balançando para cima e para baixo. E o jeito que Hudson tamborila o polegar no dedo médio indicam que eles compartilham dessa sensação.

Por fim, quando o silêncio já nos deixou quase a ponto de surtar, Flint pergunta ao oficial de admissões:

— O que vai acontecer agora?

Ele não tira os olhos da tela do seu notebook enquanto diz, com a voz bem arrastada:

— Agora vamos colocar você em uma cela.

— Com Remy? — pergunta Flint.

Os oficiais trocam um longo olhar. E Hudson definitivamente percebe. Seus olhos ficam mais atentos enquanto estende as pernas diante de si, recostando-se na cadeira.

— Também quero ficar na mesma cela de Remy. Faz mais o meu estilo, não acham?

Olho para Flint com uma expressão confusa, mas ele simplesmente dá de ombros. E acho tudo isso bem estranho, considerando que ele foi o primeiro a mencionar Remy, seja lá quem for.

— Ah, e já que vocês estão escolhendo as nossas celas, será que podem nos colocar em uma com vista para o mar? — satiriza Hudson. — É dessas que Remy gosta, não é?

— É melhor tomar cuidado com o que fala — sussurra o oficial que está encarregado da minha documentação, fazendo um som estridente quando suas unhas arranham o tampo da escrivaninha. — Remy se irrita com facilidade.

As sobrancelhas de Hudson se erguem com a confirmação de que Remy existe. E, obviamente, essa é uma pessoa bem assustadora, considerando que os guardas nos avisam para tomar cuidado com ele.

— Ele está à espera da garota — anuncia uma voz estrondosa nas sombras do outro lado da sala.

Quase pulo da cadeira, assustada, antes que ele apareça sob as luzes, porque não fazia ideia de que havia alguém ali. Entretanto, quando ele vem andando, sinto que fico gelada por dentro. Porque essa criatura faz com que todas as outras que apareceram antes dele pareçam monstros felpudos do episódio de Halloween de algum programa infantil de TV.

Ele é sério e completamente apavorante. Não só por causa dos chifres de cervo em sua cabeça, porque, normalmente, não tenho nada contra esses animais. O seu rosto, contudo, também é cheio de ângulos fortes que não são característicos de humanos nem de cervos, mas sim alguma fusão entre as duas espécies. E sua aparência é vagamente demoníaca.

Mais do que isso: a pele cinzenta é quase completamente translúcida, com veias e artérias bem mais visíveis do que acontece com uma pessoa normal — ou mesmo com o restante das criaturas nesta sala. Quando percebe que o estou observando, ele me encara com o arremedo de um sorriso — uma expressão que revela fileiras duplas de dentes afiados como navalhas.

Ele dá alguns passos na minha direção, e bruscamente eu desvio o olhar. E vejo que Hudson parece prestes a saltar para se posicionar entre essa criatura e eu. Embora acredite piamente que Hudson é o cara mais valente por aqui, mesmo sem seus poderes, também tenho uma forte impressão de que esse cara seria um competidor à altura.

Assim, me forço a abrir um sorriso (que estou muito longe de sentir de verdade) e formo as palavras "Está tudo bem" com os lábios, embora eu não me sinta nem um pouco bem.

Hudson fica me olhando por vários segundos, mas volta a se recostar na cadeira, tamborilando silenciosamente o polegar e o dedo médio outra vez.

Minutos mais tarde, eles terminam de processar a nossa documentação. Em seguida, usam um *scanner* para reler nossos braceletes e para se certificarem de que todos os nossos objetos pessoais tenham sido removidos. É então que o guarda gigante do fundo da sala se aproxima com passos pesados, avisando que devemos segui-lo.

Ele sai pela porta que conduz de volta ao corredor escuro até chegarmos a um portão levadiço cuja tecnologia parece bem avançada. A porta de metal inclui barras verticais e horizontais como os antigos portões dos castelos medievais. Mas, pelo que consigo perceber, cada barra de metal tem vários sensores detectores de movimento e calor.

O portão levadiço me faz lembrar de Katmere. E, não pela primeira vez, eu me pergunto como será que os meus amigos estão agora. Espero que o tio Finn não tenha de enfrentar nenhum problema sério por ter se metido no meio da luta entre Nuri e Cyrus. E espero muito que Jaxon tenha recebido a runa do meu pai. E que Macy e os outros não estejam surtando. Só espero que a gente consiga passar por tudo isso bem rápido. Não sei quanto tempo Jaxon ainda tem.

— Qual cela? — pergunta o guarda que está cuidando do portão. Ele se parece muito com o guarda que está nos acompanhando, mas um de seus chifres está quebrado no meio.

— Eles vão ficar com Remy — responde o guarda que está conosco.

O outro faz um sinal afirmativo com a cabeça e digita alguns números no teclado eletrônico logo atrás dele.

— Eles vão para o pavilhão A, vaga 68 hoje — informa ele, e o nosso guarda assente.

Me intriga um pouco a ideia de que as celas são estacionadas como se fossem carros, mas isso é algo com que posso me preocupar mais tarde. No momento, tenho uma pergunta bem mais urgente.

483

— Quem é Remy? E como você sabia que tinha que falar o nome dele? — pergunto a Flint, enquanto o portão levadiço começa a se erguer.

— Minha mãe sussurrou esse nome para mim logo antes de Cyrus me tirar de Katmere. Ela me disse para procurar Remy. Não sei o porquê.

— Vamos — chama o guarda, quando começa a andar pelo novo corredor.

Nós o seguimos, ficando próximos uns dos outros porque, à medida que caminhamos por aquele corredor, ele vai ficando mais estreito e mais baixo.

Paramos diante de outro portão e os dois guardas têm basicamente a mesma conversa que ouvimos há pouco. Mas, em vez de nos ignorar, este novo guarda nos encara quando abre o portão levadiço. E diz:

— É melhor para vocês que ele esteja de bom humor. Remy detesta surpresas.

— Detesta mesmo — concorda o guarda que está nos conduzindo. — Quantos guardas ficaram trabalhando para juntar os pedaços da última pessoa que pediu para falar com Remy?

— Quatro — responde o guarda do portão. — E tiveram que fazer várias viagens.

De repente, um quarto sem vista para o mar (e sem Remy) me parece a melhor alternativa, mesmo que Nuri tenha dito o contrário.

No entanto, assim que estou chegando a essa conclusão (junto a Flint e Hudson, tenho certeza), o guarda aperta uma sequência de números em seu teclado. Agora, porém, em vez de o portão se levantar, ouço o metal raspando contra metal, como se engrenagens gigantescas girassem em conjunto.

Ao passo que as engrenagens giram, os dois guardas chegam mais perto do portão de metal. Estou prestes a perguntar o que está acontecendo quando o piso sob os nossos pés se abre.

— Mas que porra é essa? — grita Flint, tentando se agarrar em alguma coisa. Mas já é tarde demais. Já estamos escorregando, caindo cada vez mais... e entramos por um tubo gigantesco e íngreme de metal.

Sou a primeira a cair no tubo. Agito os braços, tentando encontrar alguma coisa — qualquer coisa na qual eu possa me agarrar. Mas o tubo é completamente liso. Não há superfícies rugosas, alças... nada em que eu possa me segurar. O que talvez nem seja tão ruim assim, considerando que ouço Hudson e Flint escorregando pelo tubo logo atrás de mim. E não vai ser nada bom se algum deles trombar comigo.

Leva quase um minuto até eu chegar ao fim daquele escorregador. E em seguida caio pelo ar de uma altura de um metro e meio, batendo em um piso de metal imaculado.

Desta vez, caio de bunda no chão, porque, aparentemente, cair em pé com um pouco de dignidade seria pedir demais. Dói, mas não tenho tempo de pensar muito na dor porque preciso me afastar daquele tubo para evitar ser atingida por Hudson — que, obviamente, pousa no chão com toda a leveza e elegância de um ginasta olímpico. Segundos depois, Flint faz a mesma coisa.

Odeio esses palhaços.

— Onde vocês acham que estamos? — indaga Hudson quando estende a mão para me ajudar a levantar. Aceito a ajuda porque tanto a minha bunda quanto os meus joelhos estão doendo agora. E ainda não passamos nem duas horas neste lugar.

— No pavilhão 68? — respondo ao perscrutar à minha volta e perceber que este lugar é quase tão escuro quanto aquele corredor. Ainda assim, há luz o bastante para eu notar que estamos em uma cela feita de algum metal perfeitamente liso e polido. É um metal antigo com algumas manchas causadas pela ação do tempo em alguns lugares e meio opaco em outros. Mas, mesmo assim, continua sendo metal.

Passo a mão na parede, mas não há nenhuma imperfeição ou emenda. Pelo que consigo perceber, todo o lugar é uma peça única e contígua: as paredes, o teto e o piso. Nunca vi nada assim. A artista que existe em mim está fascinada, mesmo que o restante de mim esteja aterrorizado pelo fato de que acabamos de cair num caixão de metal perfeito.

E isso ocorre logo antes de um grunhido grave e apavorante surgir do nada, deixando em pé todos os pelos do meu corpo.

## Capítulo 108

### O DIÁRIO DE UM MAGO

Eu me viro com agilidade para trás, tentando descobrir a origem desse som, mas Hudson e Flint já entraram na minha frente, impedindo que essa coisa avance sobre mim, seja lá o que for, mas também me impedindo de ver o que é.

Outro grunhido, mais grave, ressoa. Começo a pensar que talvez Remy seja um tiranossauro, pois não dá para imaginar qual outra criatura ele pode ser com um ruído como esse.

Tento afastar Hudson para o lado, mas ele não deixa. E, quando repito a tentativa, ele solta o seu próprio rosnado de advertência. O problema é que não tenho a menor ideia se esse ele está rosnando para mim ou para a criatura terrível que agora começou a grunhir para nós, sem parar.

Finalmente me dou conta de que, se encontrar o ângulo certo, vou conseguir espiar entre Hudson e Flint para enxergar o que eles estão vendo. O que, no momento, parece apenas um par de olhos vermelhos e brilhantes.

— Calder, Calder. Fique calminha — diz uma voz baixa e grave que arde como pimenta-de-caiena e é doce como os confeitos de noz-pecã que a minha mãe adorava. — Não consegue reconhecer uma visita quando a vê?

Aparentemente ele esqueceu, porque a única coisa que Calder faz é soltar outro grunhido longo e baixo.

— Quem é você? — pergunta Hudson.

— Sou eu que devia fazer essa pergunta, não acha? — A resposta vem num tom tranquilo. — Já que vocês chegaram à minha casa sem serem convidados.

— Sem sermos convidados? — digo, com a voz meio esganiçada. — Não tivemos muita escolha.

— É claro que tiveram, *cher*. — Ele dá alguns passos à frente agora. E, embora ainda não tenha saído das sombras, está suficientemente perto da luz para que eu perceba cabelos escuros e cacheados, ombros largos e um queixo forte.

— Nem tanto — sussurro. Bem, talvez a história não seja bem essa, mas não vou contar isso a ele. Pelo menos não até descobrirmos qual resposta vai fazer com que o nosso grupo seja devorado por aquilo que está rosnando no canto.

— Hmmm — responde ele. — Pela minha experiência, "nem tanto" é praticamente um sinônimo de "sim".

— Nem tanto — repito, e desta vez ele ri. Uma risada potente e ousada, mas que só serve para aumentar a tensão na sala.

— Você tem coragem — comenta ele com um sotaque típico de Nova Orleans, que estica cada palavra. E começo a imaginar se esse é o local onde esta prisão foi construída. — Isso é algo que preciso reconhecer.

— E você tem problemas, pelo que os guardas dizem — retruco. — Você deixa todo mundo em pedaços ou só aqueles que não têm medo de você?

Flint solta um ruído engasgado e Hudson inala o ar rápido demais, mas nenhum dos dois tenta me convencer a parar de falar. Mesmo assim, eles se preparam para o que ele venha a fazer, seja o que for.

Mas ele não faz nada, exceto balançar a cabeça quando finalmente sai das sombras. E, quando dou a minha primeira olhada de verdade nele, percebo que não é nem um pouco parecido com o que eu esperava.

Para começar, ele é jovem. Talvez tenha a minha idade ou um ano a menos. Sei que isso não significa nada neste mundo paranormal, já que o próprio Hudson tem mais de duzentos anos e parece ter dezenove.

Mas não sinto uma presença vampírica nesse cara, com os cabelos cacheados e olhos verdes como florestas. E também não tenho a impressão de que ele existe há muito tempo. E ele é enorme e musculoso. Deve ter pelo menos um metro e noventa, com ombros quase tão largos quanto a porta. Definitivamente, é maior do que Flint. E, ao contrário de nós, não está usando o macacão preto da prisão.

Em vez disso, veste uma calça jeans e uma camiseta branca que faz com que a sua pele negra pareça ainda mais atraente, uma cor muito bonita.

Estou quase decidindo que esse garoto talvez não seja tão ruim. Mas os nossos olhares se chocam e sinto o medo percorrer a minha coluna.

Talvez haja uma fera raivosa no canto desta cela, louca para nos estraçalhar até não sobrar nada. Mas basta uma olhada naqueles olhos para perceber que Remy é o verdadeiro perigo aqui.

Não sei o que ele fez para ter sido jogado nesta prisão, mas consigo perceber uma coisa: com toda a certeza, ele fez alguma coisa horrível. E sorriu durante o processo.

— Ótima pergunta. O que você acha? — ele questiona, quando vem até nós como se estivesse em um piquenique às margens do rio Mississippi em um domingo qualquer.

É difícil saber ao certo se tais palavras são uma ameaça velada, já que ele fala de um jeito tão casual. Mas Hudson parece pensar que são, porque ele diz por entre os dentes:

— Fique longe dela. — Sua voz é tão grave e controlada que me faz estremecer toda.

Remy, por outro lado, só dá uma olhada tranquila para ele, com as sobrancelhas escuras erguidas.

— Você tem um cão de guarda bonitinho, meu bem. Acho melhor mandá-lo parar com isso... se quiser que ele saia daqui com todos os pedaços ainda grudados no corpo.

Hudson avança um passo para encará-lo e me dá a oportunidade que eu queria. Passo por entre ele e Flint e me posiciono na frente dele.

— Parem com isso — sibilo para Hudson e Flint. — Vocês não estão ajudando em nada.

— Ah, e ele está? — rebate Hudson, ofendido.

— Ainda não sei o que ele está fazendo, mas vamos pelo menos tentar descobrir antes que vocês se arrebentem.

— Não sei se as coisas vão acontecer desse jeito — intervém Remy. — Mas gosto de um desafio.

— Pois vou adorar lhe mostrar exatamente o que vai acontecer — rosna Hudson em resposta, agora com as presas bem expostas.

— Já chega. — Agora é a minha vez de rosnar. — Será que podemos dar um jeito de diminuir o nível de testosterona nesta cela antes que alguma coisa ruim aconteça?

— Não quero interromper o que é obviamente um campeonato para ver quem tem o maior pau — diz Flint, com a voz mais tranquila possível. — Mas quero que conste em ata que o meu nível de testosterona está completamente sob controle.

E, no período de um segundo, Remy e Hudson deixam de rosnar um para o outro como dois galos de briga e ficam olhando para Flint como se fosse ele quem estivesse interrompendo.

Já eu, por outro lado, poderia até mesmo dar um beijo nele. Só um dragão encantador como ele poderia descobrir a melhor maneira de diminuir a tensão na sala, quando tudo que faço só parece servir para aumentá-la.

Depois de analisar Flint da cabeça aos pés com um toque de desconfiança, Remy volta a olhar para mim.

— Você tem um par de companheiros bem interessantes, Grace.

Todos ficam imóveis.

— Como... como você sabe o meu nome?

Mas ele simplesmente fica me fitando nos olhos até eu sentir uma descarga de eletricidade percorrer meu corpo. Não é o mesmo tipo de calor que sinto quando estou com Hudson. Não chega nem a ser sexual. Todavia, é uma descarga poderosa mesmo assim. Quase como se ele estivesse observando dentro de mim, por entre o sangue e os órgãos, células e moléculas, para descobrir quem realmente sou por baixo de todas essas estruturas.

É uma sensação estranha. E que só fica mais forte conforme a nossa troca de olhares continua. E, então, quando os olhos dele ficam escuros e revoltos como um céu de tempestade, consigo sentir o poder que emana dele, me puxando, tentando se prender em alguma coisa e me puxar para a frente. E eu quase cedo. Pelo menos até que Hudson enlaça a minha cintura com o braço e me puxa para junto de si, encostando o peito nas minhas costas.

— Não olhe nos olhos dele — sussurra Hudson. E, embora tenhamos preocupações maiores no momento, o calor de seu hálito na pele da minha nuca e na orelha faz com que um leve *frisson* se desdobre dentro de mim.

Em seguida, ele encara Remy e ordena:

— Pare com esses truques, bruxo. Ou eu mesmo vou fazer você parar.

Capítulo 109

## UM GAROTO ENCANTADOR, UM *BAD BOY*
## E UMA ALMA PERDIDA ENTRAM
## EM UMA CELA...

Um silêncio tenso se forma enquanto Remy nos observa como se fôssemos insetos em um microscópio.

— Tudo a seu tempo, Grace — diz ele após determinado tempo, respondendo à pergunta que lhe fiz sobre saber o meu nome. Em seguida, faz o ruído de um estalo pelo canto da boca. — Por que não vem até aqui, *cher*, e me fala um pouco a seu respeito?

Não consigo decidir se isso é um convite ou uma ordem. Na verdade, estou tendo dificuldades para entender exatamente quem é Remy, de maneira geral. Sim, ele parece um cara assustador, frio e ameaçador. Por outro lado, estamos em uma prisão. Além disso... como diabos ele sabe o meu nome? Talvez essa seja a coisa mais assustadora em toda a situação, apesar de alguma coisa dentro de mim dizer que não preciso ter medo. Que há algo de familiar nele. E mais, que ele me transmite uma sensação de segurança.

E nada disso faz sentido.

Tudo nesse garoto parece gritar "Fuja correndo"... com exceção dos olhos. Seus olhos são observadores demais. Cautelosos demais. Carentes demais.

E é aí que me dou conta do que está acontecendo. Sei exatamente por que ele me parece familiar.

Ele não é o primeiro cara que conheci que finge ser um psicopata para que ninguém olhe mais de perto e veja a sua dor... o meu próprio consorte é igualzinho.

E pronto. Não consigo evitar. Começo a rir descontroladamente. Homens... Eles são criaturas bem simples, às vezes.

— Por que não vem até aqui e nos conta um pouco a seu respeito? E pode começar explicando como conseguiu tirar o seu bracelete — rebato. E fico olhando para o pulso exposto e sem marcas.

Um momento de hesitação transcorre antes que ele me diga:

— Gostei de você. — E agora percebo: os olhos dele praticamente dançam de alegria. Tudo isso foi só uma brincadeira para ele.

— Sim, isso é bem óbvio — resmunga Hudson, mas Remy finge não ouvir.

Em vez disso, Remy segue a direção do meu olhar e encara o pulso sem o bracelete, como se fosse responder. Mas, em seguida, ele simplesmente dá de ombros e diz:

— Acho que simplesmente sou especial.

— "Especial" é uma maneira de explicar isso — zomba Hudson. E se ele continuar me apertando desse jeito, tenho certeza de que vai cortar a minha circulação. — "Narcisista" seria outra. Mas... Tanto faz como tanto fez, certo?

Remy parece ficar tão surpreso — e desconcertado — com essa resposta que não consigo suprimir outra risada.

E, aparentemente, não sou a única a fazer isso, porque a fera que está nas sombras ri — um som grave e jovial que enche toda a cela de alegria. E, do mesmo jeito, Remy está rindo também.

— Porra, Calder. Você estragou a minha brincadeira. Acho que já pode parar de se esconder nas sombras.

— Eu estava aqui imaginando quando você ia me deixar brincar também — responde uma voz feminina leve, que faz com que Hudson, Flint e eu troquemos olhares como se disséssemos "Mas que porra é essa?".

Afinal, como é possível que alguém possa rosnar daquele jeito? Pelo menos até que Calder saia das sombras. E nós percebemos que ela é uma garota enorme. Uma amazona que tem a mesma altura de Flint e bíceps tão grandes quanto os de Remy. E que parece ter uns dezessete anos.

Ela também é muito bonita. Sem qualquer sombra de dúvida. Com cabelos ruivos e longos, grandes olhos castanhos, peitos ainda maiores do que os meus e um sorriso contagioso que ilumina toda a sala, assim como a sua risada.

Penso em dar um passo à frente com a mão estendida para dizer "olá", mas Hudson murmura enquanto me puxa com mais força para junto de si:

— Meu Deus.

Nisso, Flint cheira o ar e pergunta com os olhos arregalados.

— Puta que pariu. Ela é uma manticora?

— Sou, sim, e com orgulho — responde Calder. — E, só para você saber, prefiro quando os homens falam comigo, não de mim.

— Ah, sim. Mas é claro. Desculpe. — As bochechas de Flint ficam avermelhadas.

Não estou querendo ser grosseira aqui, especialmente porque essa garota parece capaz de estraçalhar qualquer um de nós com as próprias mãos. Mas não faço a menor ideia do que está havendo.

— Com licença — intervenho. — Ainda sou meio nova nesse mundo paranormal. O que é uma manticora?

Remy ri outra vez, mas Calder ergue a cabeça com orgulho, deixando os cabelos ruivos lhe caírem pelas costas quando anuncia:

— Somente a criatura mais feroz e mais linda já criada.

Não é algo que explique muita coisa, mas é uma descrição incrível. E, olhando para ela, é difícil não pensar que é uma descrição bem fiel.

# Capítulo 110

## NEM-TÃO-NOVA ORLEANS

— Manticoras são metade humanos e metade leões, com asas de águia e uma cauda de escorpião — explica Hudson, com a voz tranquila.

— Que incrível! — exclamo.

— Eu sei. — Calder ri, fingindo polir as unhas na camisa. — Nós somos ótimos.

— E definitivamente os mais modestos — diz Hudson pelo canto da boca.

Flint faz um ruído como se engasgasse, mas Calder só faz um gesto bem casual com a mão.

— Está tudo bem. Detesto essa imposição de ter que ser discreta.

É a resposta mais perfeita de todos os tempos — pelo menos, considerando que vem dessa criatura gloriosa. E provavelmente é por isso que desato a rir no momento em que o olhar de Remy cruza com o meu. Ele também ri, mas Calder só ajeita os cabelos e os joga de um lado para o outro.

— Por que vocês não se sentam um pouco, então? — sugere Remy. — Fiquem à vontade e me digam por que pediram para falar comigo.

— Você quis dizer "fiquem pouco à vontade", não é? — pergunta Flint, olhando para o chão denteado e cheio de marcas de amassado. Eu observo com mais atenção também. E tenho quase certeza de que algumas dessas marcas foram... feitas por garras? Pensar a respeito me traz a sensação de que meu estômago está afundando.

O que acontece aqui dentro para que alguém venha a fazer uma coisa do tipo? E o que podemos fazer para prevenir que isso aconteça com a gente?

Remy abre um sorriso.

— Ficar à vontade é um conceito relativo depois de passar a vida na prisão. Mas vocês logo vão descobrir isso.

— Na verdade, é com isso que a gente esperava que vocês pudessem nos ajudar — digo a ele. — A mãe de Flint é a rainha dos dragões. E ela nos mandou procurar você. Precisamos encontrar outra pessoa que está na prisão e depois fugir. De preferência, o mais rápido possível.

— Está falando sério? — pergunta Remy, erguendo as sobrancelhas. — Vocês vão armar uma fuga deste lugar para quatro pessoas como se fosse a coisa mais fácil do mundo, então?

Ele estala os dedos, provocando a explosão de faíscas em sua mão com o som. Elas pairam no ar entre nós por alguns momentos antes de se dissiparem devagar.

— Sim, é a ideia — diz Flint a ele.

— Sabem que este lugar é governado por uma maldição inquebrável, não é?

— Sim — respondo.

— E então? — ele pergunta. — Acham que podem ser os primeiros a romperem essa maldição?

— Nós somos os primeiros que vão fazer isso — Hudson lhe garante. E, por um segundo, fala de um jeito tão arrogante quanto Calder. E, assim como acontece com ela, a autoconfiança lhe cai bem.

Cai muito, muito bem em Hudson. Seus olhos azuis resplandecem quando ele encara Remy e os cabelos escuros lhe caem sobre a testa desde que aquele cubículo com o vento e o fogo destruíram o penteado habitual. Além disso, o macacão da prisão, que me deixa ridícula, acaba ficando muito bom nele, especialmente com a gola aberta que deixa à mostra aquele pescoço tão beijável, ao mesmo tempo que se molda com perfeição ao redor dos músculos da parte superior do corpo.

Sei que estamos na prisão, assim como sei que as coisas não podem piorar muito mais.

E também sei que, se conseguirmos encontrar o Forjador, vamos usá-lo para encontrar a Coroa, derrotar Cyrus e quebrar o nosso elo entre consortes para salvar a alma de Jaxon.

Mas, neste exato momento, quando o meu consorte está com o braço ao redor do meu corpo e se preparando para fazer negociações escusas com um bruxo e uma manticora, é difícil conseguir me lembrar de tudo isso. Sinceramente, é difícil me lembrar de qualquer coisa, exceto disso. Por algum motivo que não consigo compreender, o universo fez desse rapaz lindo, sexy e brilhante o meu consorte. Meu.

Estou tentando não atrair atenção para mim, mas parte do que estou sentindo deve estar aparente no meu rosto, porque Hudson não para de me olhar de um jeito esquisito. E, quando os nossos olhares se cruzam por um segundo ou dois, ele se agita, um tanto desconfortável. E acho até mesmo que ele se esquece de como se respira.

*É só porque estamos próximos*, digo a mim mesma. *É só biologia.* Mas quando Hudson ergue uma sobrancelha irônica em resposta ao comentário de que "ninguém foge desta prisão" de Remy, ele não é mais o único que está desconfortável.

— Como saímos daqui, então? — questiona Flint. — Porque vamos sair.

Não sei se Remy está brincando com a gente ou se acredita no que dizemos. Mas, depois de observar cada um dos nossos rostos, ele diz:

— Mas antes de tudo... vamos falar de valores.

— Do que está falando? — pergunto. — Você acha que podemos pagar para sair da prisão?

— Oh, *cher.* — Ele me olha como se estivesse decepcionado comigo. — Será que você ainda não se deu conta de que qualquer coisa pode ser comprada pelo preço certo?

— Sim. Por isso, diga qual é o seu preço — responde Hudson. — Vamos conseguir o que você quer.

— Ora, ora. Pelo jeito, temos um homenzarrão aqui — diz Calder, e não sei se ela gostou do que Hudson disse ou se está sendo irônica. Pelo menos até contemplar Hudson da cabeça aos pés... e umedecer os lábios com a língua.

Como se não faltasse mais nada. Aparentemente, devemos colocar nosso destino nas mãos de uma amazona depravada e um bruxo que parece um vigarista. É muita sorte.

— Não é tão simples assim — explica Remy. E posso jurar que o sotaque dele ficou ainda mais intenso.

— Como assim? — responde Hudson.

— Significa que vocês precisam pisar no freio. Chegar até um ponto onde talvez consigam sair deste lugar é um processo demorado, e não importa o quanto sejam impacientes. Algumas coisas simplesmente não podem ser aceleradas.

— Entendo — retruca Hudson. — Mas será que não há algum jeito de adiantar um pouco esse processo?

Remy faz um sinal negativo com a cabeça, como se estivesse com pena de Hudson.

— Isto aqui é Nova Orleans, neném. Não é assim que as coisas funcionam por aqui.

Uma prisão para criaturas paranormais em Nova Orleans. Tudo nessa frase faz sentido.

— Como é que elas funcionam, então? — Hudson o encara como se calculasse o tamanho do balde necessário para o sangue de Remy, caso decida atacá-lo com a mesma fúria da Carniceira.

— Devagar e sempre. Assim como as melhores coisas da vida — ele responde, e até pisca o olho para mim. — Nova Orleans não é conhecida como "Big Easy" sem motivo.

Flint explode em uma gargalhada e rapidamente a transforma em uma tossida quando Hudson o encara com uma expressão bem irritada.

— Desculpe — murmura ele.

Hudson suspira e esfrega os olhos como se estivesse com a pior enxaqueca do mundo... o que até me parece bem justo, para ser honesta. Remy é uma pessoa... difícil.

— Então, o que precisamos fazer? — pergunto, esperando poder lhe dar uma chance de colocar a cabeça no lugar.

— Eu estava esperando por este momento desde o dia em que nasci — responde Remy. — Por isso... a primeira coisa que vocês têm que fazer é me escutar.

— Você se lembra do dia em que nasceu? — indago. E tenho plena consciência de que é a pergunta mais idiota entre todas as que ainda estão na minha cabeça. Mas é a pergunta que dá um jeito de ser formulada. Em parte, porque parece ridícula, mas também porque o mundo paranormal é suficientemente bizarro para que isso seja verdade. Em especial considerando que estou em uma cela com um dragão, um vampiro, um bruxo e uma manticora. Qualquer coisa é possível.

Remy não responde imediatamente. E, depois de alguns segundos, eu me convenci de que ele não vai responder. Mas ele diz:

— Quando você nasce em uma prisão, é normal se lembrar disso.

— Você nasceu aqui? — pergunta Flint. — Isso é...

— ... assim mesmo. — Remy termina a frase com um olhar de advertência. É óbvio que ele não quer que ninguém sinta piedade, mas isso parece impossível quando sinto o meu coração se retorcer por ele.

Ainda assim, limpo a garganta para conseguir falar com a voz normal e não deixar que ela fique embargada.

— Quer dizer que você nunca saiu de dentro dessas muralhas?

— Não é tão ruim assim — Ele dá de ombros. — Depois que você aprende como a prisão funciona, as circunstâncias melhoram. Não me falta nada aqui.

Só a liberdade. E ar fresco. E a possibilidade de escolher o que fazer com qualquer parte da própria vida.

Ele tem razão. Não é tão ruim assim. É horrível. Especialmente quando eu penso no fato de que ele não fez nada para estar aqui. Remy passou a vida inteira trancado nesta prisão apenas pelo crime de ter nascido.

É bem pior do que apenas "horrível".

— Eu... — É difícil terminar a frase. Não sei o que dizer.

Mas Remy simplesmente faz que não com a cabeça.

— Por favor, não me diga que você lamenta.

— É difícil não lamentar — respondo.

— Não deveria ser. Não para você.

Não consigo entender.

— Por que não?

— *Cher*, você é o motivo pelo qual estou vivo nesses últimos dois ou três anos. E ouvir dizer que você lamenta por isso iria partir o meu coração.

# Capítulo 111

## NÃO PEDI PARA SALVAR VOCÊ...
## MAS ALGUÉM VAI TER QUE FAZER ISSO

— E o que isso significa, exatamente? — A voz de Hudson corta o silêncio como vidro quebrado.

— Significa que já faz um bom tempo que estou esperando por ela. — Remy sorri para mim. — Você desapareceu por algum tempo, mas voltou algumas semanas atrás. — E preciso dizer que sou muito grato por você ter voltado ao caminho da devassidão e da violência que a trouxe a este belo estabelecimento.

— Nada de devassidão nem de violência para mim — eu pontuo.

Ele me olha e faz *tsc, tsc* com a boca.

— É difícil acreditar nisso, Grace. Passei anos vendo você várias vezes nos meus sonhos. E se tem uma coisa que eu sei... é que você é bem selvagem.

— O que você disse? — pergunta Hudson, irritado.

— Nos seus sonhos? — pergunto. — Quer dizer que os seus sonhos...

— Se transformam em realidade? Sim. Minha mãe era bruxa, mas não era das mais fortes. Mesmo antes de colocarem um desses braceletes nela. Ela morreu quando eu tinha cinco anos. Meu pai, por outro lado... não sei nada sobre ele, porque a minha mãe nunca disse uma palavra. Mas ele me deu um presentinho. Consigo ver o futuro. E vi que você é a minha chave para escapar desta prisão de merda. — Ele sorri. — E, como eu dizia, Grace, já faz um bom tempo que previ a sua vinda. Estou simplesmente feliz por você ter chegado. — Ele estende a mão e dá uma palmadinha no meu joelho, o que faz com que Hudson o encare com uma expressão irritada mais uma vez.

Mas eu entendo. Não dá para imaginar alguém que passa a vida inteira vendo uma pessoa em seus sonhos e achar que essa pessoa pode libertá-lo... para, em seguida, desaparecer logo antes de a hora chegar.

Sei quais são as semanas das quais ele está falando. E percebo que Hudson também sabe. Deve ter sido a época em que fui a consorte de Jaxon. Quando eu estava com ele, devo ter saído do caminho que me faria seguir Hudson até a prisão.

Espio Hudson pelo canto do olho. E vejo que está arrasado. Sei que ele se culpa pelo que aconteceu. E que pensa ser o culpado por eu estar aqui. Mas se Remy me viu durante todo esse tempo, será que isso não prova que Hudson e eu sempre estivemos destinados a sermos consortes?

Pensar no assunto faz meu coração se despedaçar muito mais do que estar nesta prisão. Porque é a realidade. Hudson é o consorte que o universo me deu. E sou a consorte que o universo deu a ele. Mas, mesmo assim, não podemos ficar juntos... se ficarmos, vamos perder Jaxon. E sei que nenhum de nós conseguiria viver em paz se isso acontecesse.

Ainda assim, pego a mão de Hudson e a aperto com carinho. Porque, seja lá o que acontecer com a gente... se encontrarmos a Coroa e quebrarmos o elo entre consortes ou não, há um pedaço de mim que nunca vai esquecer que Hudson me ama, mesmo com todos os meus defeitos.

Remy está nos observando com atenção. E tem alguma coisa em seus olhos que faz meu coração doer ainda mais por sua causa. Mas, no instante em que ele percebe que o estou olhando, essa coisa desaparece e o sorriso espertalhão reaparece.

— Mas tenho que lhe dizer uma coisa, Grace. Acho que você devia ter esperado um pouco mais para encontrar um consorte.

— É mesmo? — pergunto, segurando a mão de Hudson com firmeza quando vejo as presas ressurgirem.

— Sim. — Ele olha Hudson da cabeça aos pés, com uma expressão bem arrogante. — Tenho certeza de que você poderia ter arranjado alguém com uma personalidade mais alegre.

— Alguém como você, talvez? — indago, seca.

— Eu? Assim você me deixa mal-acostumado. — Ele me olha, fingindo que está chocado. E nós dois sabemos que é só encenação. — Mas, já que perguntou, a vaga está aberta.

— Ei, estou sentado aqui ou fiquei invisível, porra? — pergunta Hudson. — Para um cara que quer a nossa ajuda, você até que é bem atrevido.

Remy encara Hudson bem nos olhos.

— Passei a vida inteira neste lugar do caralho. Atrevimento é a única coisa que tenho.

— Deve ser por isso que você é um cuzão que espanta todo mundo — retruca Hudson.

— Ei! — Calder para de trançar os cabelos e encara Hudson com uma expressão zangada. — Isso não foi legal. É melhor você pedir desculpas.

Ela ajeita a franja.

— Eu não me afastei.

Por um tempo, Hudson fica só olhando para ela, impassível. E preciso reunir todo o meu autocontrole para não rir. Porque a verdade é que o meu consorte é inteligente, engraçado, autodepreciativo e sexy pra caralho.

Mas ele também está acostumado a ser a diva mais dramática do ambiente. E agora ele está se digladiando com Remy, que usa a atratividade como uma arma, e Calder, cuja autoestima é tão grande que o sarcasmo de Hudson não consegue ultrapassar.

Francamente, estou impressionada por ele ainda não ter começado a arrancar os cabelos. Por outro lado, acho que ele não ficaria muito bem se fosse careca...

— Do que está rindo? — pergunta Hudson com a voz baixa.

— Não sei do que você está falando — replico, com a expressão mais neutra que consigo colocar na cara. — Não estou rindo de nada.

Ele revira os olhos.

— Você está rindo por dentro. Tenho certeza.

— Desculpe. Eu só estava... — baixo a voz até estar no nível de um sussurro. — ... imaginando você careca.

A olhada que ele me dá é tão ofendida que tanto Flint quanto Remy se põem a gargalhar. Calder nem percebe.

— Vampiros não ficam carecas.

— É por isso mesmo que foi uma cena engraçada de pensar. — Arregalo os olhos, tentando fazer cara de inocente. Mas a desvantagem de ter passado tanto tempo com Hudson vivendo na minha cabeça é que ele não acredita em mim nem por um segundo.

— Será que podemos nos concentrar em sair desta prisão, por favor? — pergunta ele. — Quanto mais rápido descobrirmos o que é necessário fazer, melhor. Precisamos voltar para casa. — Ele olha para Remy de novo. — Quando acha que podemos fazer isso acontecer?

— Vai depender de vocês três — ele responde. — Quero sair deste inferno mais do que qualquer pessoa aqui, mas não dá para burlar o sistema.

— Sabemos que a maldição é inquebrável — afirma Flint. — Mas tem que haver uma brecha. Certo?

— Não existe brecha — nega Remy. — Mas as flores vão...

— Espere aí. — Os olhos de Hudson se estreitam. — O que você sabe sobre as flores?

Remy suspira.

— Qual foi a parte que você não entendeu quando eu disse que "sou capaz de ver o futuro"?

— A parte na qual você é um cuzão do caralho. Ah, mas espere... esse é o presente e também o futuro. Foi mal.

Os dois parecem prontos para dar início a mais uma disputa pelo maior ego. Mas, sinceramente... não tenho a menor energia para isso.

Além disso, temos um problema maior.

— Tenho as flores. Mas não sei como vou usá-las.

## Capítulo 112

### DÊ UMA FLOR PRO SEU BRUXO

— Eu sei — afirma Hudson.

— O quê? Como assim? Desde quando? — pergunto. — Achei que você nem acreditasse que as flores fossem funcionar!

— Não faço a menor ideia se vão funcionar — ele me responde. — Mas já vi esse tipo de magia antes. Você pressiona os dedos na tatuagem como se estivesse colhendo as flores do próprio ar e elas vêm até você. É um feitiço de necessidade.

— Eu diria que é algo mais próximo do desespero — bufa Flint. E ele não está errado. Mesmo assim...

— Você é brilhante! — elogio Hudson. E, por mim, quero que a nossa plateia vá para o inferno. Assim como o fato de estarmos praticamente vivendo em alguma série de TV. Eu me aproximo dele e lhe dou um beijo rápido, mas perfeito.

As sobrancelhas de Hudson se erguem, mas ele está completamente do meu lado agora.

— São três flores — continua ele, murmurando com os lábios encostados nos meus. — Sabe... caso você queira me agradecer por cada uma das flores.

Rio, mas lhe dou outros dois beijinhos rápidos, porque os quero tanto quanto ele mesmo.

— Que fantástico! — exclamo, quando volto a me sentar no chão. — Passei as últimas horas morrendo de preocupação, pensando que não fôssemos conseguir pegá-las.

— Ah... Grace? — Flint me interrompe. — Detesto ser o cara que vai estragar a sua alegria, mas ainda temos um problema.

— Que problema? — pergunto.

— São três flores. Contando o Forjador, nós somos em quatro...

— Cinco — interrompe Remy.

— Seis, na verdade — Calder faz questão de nos lembrar.

— Está bem, está bem — diz Flint. — Contando com o Forjador, somos em seis pessoas que precisam escapar. E temos somente três flores que vão nos ajudar a fazer isso. Acha que podemos usar meia flor por pessoa?

— Ah, claro. E aí vamos só dar a impressão de que estamos meio mortos — comenta Remy, cético. — Isso só vai servir para nos levarem até a enfermaria de Bianca. E ninguém aqui vai querer ir até lá.

— Além disso, são flores bem pequenas. — Ele olha para as minhas tatuagens, em dúvida. — E se o forjador de quem vocês estão falando for o cara que acho que é... bem, ele é um sujeito enorme. Metade de uma flor talvez mate a mão de soldar dele, mas só isso.

— Vander Bracka, um gigante que faz pulseiras mágicas? — pergunto, somente para ter certeza de que esse é o forjador de que precisamos. Afinal, seria péssimo tirar o forjador errado deste lugar.

Remy faz que sim com a cabeça.

— O próprio.

— Bem, então estamos de volta ao ponto de partida — concluo. — Não temos nada.

— Não é bem assim — pontua Hudson. — Você e Flint ainda podem encontrar o Forjador. E vocês três podem escapar.

— Não estou gostando desta ideia — informo a ele.

— Ah... eu também não gosto — observa Calder. — Por que ela é tão especial assim?

Hudson ergue uma sobrancelha.

— Porque ela trouxe as flores?

— Sim, mas nós estamos esperando pela garota com as flores desde sempre. Não acho justo o fato de vocês não pensarem em nós para saírem com ela. Especialmente porque todos nós sabemos que essas flores vão ficar muito bem em mim.

— E o que isso tem a ver? — pergunta Flint. — Nós vamos comer as flores, não colocar na roupa.

Ela agita os cabelos e dá de ombros.

— Só estou dizendo que a estética é importante. E a minha, obviamente, é a melhor.

Flint fica olhando para ela por um segundo, como se não conseguisse acreditar que Calder existe de verdade. Em seguida, ele balança a cabeça como se quisesse limpá-la e diz:

— Estética à parte, tenho uma ideia. Que tal se a gente bolar um plano para tirar todo mundo daqui? Qual é o sentido de termos um grupo tão incrível e não conseguirmos descobrir uma saída para a situação?

— Ah, você é um fofo — diz Calder para ele. Em seguida, finge que sussurra algo com Remy, mas fala alto o bastante para todos ouvirem: — Viu? Flint falou que sou incrível.

Flint, Hudson e eu nos entreolhamos, perguntando em silêncio se essa garota existe de verdade, mas Remy assente como se ela tivesse afirmado a coisa mais lógica no mundo. Depois, ele olha para nós.

— Olhem, pelo pouco que sei, o restante de vocês vai sair daqui montado em um lindíssimo unicórnio com o rabo colorido com todas as cores do arco-íris. Mas Grace me dá uma flor. Vi isso um milhão de vezes. É a minha única saída.

— Unicórnios não gostam de manticoras — comenta Calder, sem se abalar.

— Provavelmente porque os nossos rabos são mais legais. Além disso, você não me deixaria aqui sozinha, então uma dessas flores também deve ser para mim. — Ela dá de ombros como se quisesse dizer "É lógico".

Quer dizer, então, que já estamos com duas flores a menos e ainda nem encontramos o Forjador? Isso está começando a me parecer meio suspeito. Hudson deve estar com a mesma sensação, porque ele verbaliza a pergunta que está na ponta da minha língua desde que cheguei aqui.

— Como vocês dois se conhecem?

A resposta óbvia é "na prisão", mas não pode ser só isso. É uma amizade bem esquisita. Está claro que esses dois se amam, mas não há nada de sexual entre eles. É algo mais parecido como o amor entre irmãos.

E isso me faz pensar... até onde Remy iria para conseguir tirar Calder daqui? Longe o bastante para nos enganar e roubar uma flor?

— Calder e eu nos conhecemos há muito tempo, não é? — Remy abre um sorriso vagaroso para ela. — Já vi o fim dela. E não vai ser nesta espelunca. Agora, sobre como nos conhecemos... essa história é dela, não minha.

— Algumas histórias não devem ser compartilhadas — ela responde, dando de ombros. — Caso contrário, perderiam sua magia.

Isso não está nos levando a lugar algum. Contemplo Remy. Estou começando a pensar que precisamos deixar uma coisa bem clara.

— Ninguém vai ganhar uma flor, a menos que a gente encontre outra forma de sair daqui. Com o Forjador.

Calder inclina a cabeça enquanto me observa com cuidado.

— Acho que estou gostando dessa garota aí, Remy.

Remy simplesmente sorri.

— Tenho certeza de que podemos dar um jeito de tirar vocês daqui. Se tiverem sorte e se conseguirem sobreviver por tempo suficiente e se fizerem exatamente o que eu mandar.

Seu sorriso se transforma em uma careta.

— Mas o Forjador... bem, ele é um cara bem-conceituado aqui embaixo. E, considerando o tamanho do camarada, não é muito fácil fazer com que ele saia escondido, se o plano for esse.

Alguma ideia deve surgir na cabeça dele, porque os seus olhos se estreitam quando ele olha para cada um de nós antes de perguntar.

— O que exatamente vocês fizeram para serem mandados para cá?

— Eu e meu pai tivemos uma discordância — Hudson relata como se fosse a situação mais trivial do mundo. Mas seus olhos estão bem atentos, enquanto ele espera para ver a reação dos outros.

— Uma discordância fez com que você viesse para cá? — pergunta Calder, cética. — O que você fez? Transformou o seu pai em uma galinha dançante?

— Transformei os ossos dele em pó — ele pronuncia as palavras sem se alterar, mas é obviamente um desafio.

— Pó? — questiona Calder. — Tipo... das cinzas às cinzas, do pó ao pó? Que brutal, cara.

Mas ela não parece nem um pouco abalada.

— Ele não morreu, se é isso que você está perguntando — responde Hudson com a expressão neutra. — Transformei só os ossos dele em pó.

Um brilho ganancioso surge nos olhos de Calder quando ela o contempla da cabeça aos pés.

— Você e eu vamos ser grandes amigos.

Acho que nós dois concordamos com aquela declaração... até que ela lambe os lábios novamente. E, desta vez, agita as sobrancelhas também.

Hudson vem mais para perto de mim no chão, e não o culpo por isso. Assim, passo o braço ao redor dos ombros dele e digo:

— Meu.

Simples, direto ao ponto e impossível de entender errado.

Claro, isso também faz com que Hudson se aproxime de mim e abra o sorriso mais bobo que se possa imaginar. Aff, meu Deus. Homens...

Calder pisca os olhos, com um ar inocente, antes de olhar para Flint.

— E você, grandão?

Flint parece ficar meio constrangido quando faz um sinal na minha direção com a cabeça e admite:

— Tentei matar Grace.

— Você só tentou matá-la? — Calder parece ficar um pouco decepcionada, o que até... ah, eu devia agradecer por isso. Mas ela só leva um segundo para voltar a agir como antes.

— Vou lhe contar uma coisa — anuncia ela com a voz empolgada. — Da próxima vez que você tentar matá-la, eu lhe dou umas dicas. Sou muito boa nisso. Depois, pego Hudson e nós três podemos ser grandes amigos.

— Já me dispensou? — pergunta Remy, e reviro os olhos. Com força.

— Alguém se importa com o motivo pelo qual estou aqui? Porque a resposta é a seguinte: sou a consorte dele.

— Que coisa sem graça. — Calder parece confusa. — Ah, é claro. É por isso que o cara grandão vai tentar matar você, sua boba. E aí, tudo vai dar certo.

Remy ri e pisca o olho para mim.

— Não ligue para ela, *cher*. Calder só está tentando saber se o que tem por baixo dessa sua cara fofa. Mas ela não faz mal a ninguém.

Vou responder "Pedra". Debaixo da minha cara fofa, sou feita de pedra pura. Mas aí lembro que esta prisão tirou a minha gárgula e meus ombros murcham um pouco. O que tem por baixo da minha pele, se eu não tiver a minha gárgula? Para ser sincera, não sei.

— Tem algum problema se eu perguntar o que há de tão importante no Forjador? — indaga Remy. — Como eu disse, ele é bem popular aqui embaixo. Por isso, tirá-lo daqui vai ser meio complicado.

Nós não respondemos de imediato. Flint, Hudson e eu trocamos olhares. E nenhum de nós sabe o quanto devemos contar aos nossos companheiros de cela. E se Remy quiser usar o que lhe dissermos para fugir sozinho?

Por outro lado, ele parece bem convencido de que precisa usar uma flor para sair. E também não sabe da verdadeira razão pela qual nós estamos aqui ainda. Por isso, não tem motivos para mentir. E Nuri mandou que Flint procurasse por Remy. O que ela sabia sobre ele? E como isso pode nos ajudar?

Meu estômago está todo retorcido, tentando encontrar a melhor maneira de responder a essa pergunta. Mas de uma coisa eu sei… vamos ter de confiar em alguém aqui embaixo se quisermos escapar vivos. E como Remy é o único que está se oferecendo para nos ajudar, a escolha é fácil.

Respiro fundo e peço a Deus para não estar errada.

— Precisamos do Forjador para derrotar Cyrus.

As sobrancelhas de Remy e Calder se erguem com tanta rapidez que quase chega a ser cômico. Quase. Considerando que estamos sentados no chão de uma cela tentando planejar uma fuga, inclusive.

— Deixe-me ver se entendi isso direito — diz Remy, com seu sotaque arrastado e tranquilo. — Vocês três estão aqui, totalmente de boas, criando um plano para derrubar o rei dos vampiros… enquanto estão na prisão?

Hudson dá de ombros.

— Bem, ele não gostou muito quando transformei seus ossos em pó.

As sobrancelhas de Remy agora estão quase se misturando com seus cabelos longos e cacheados.

— O seu pai é o rei dos vampiros?

— Qual é o problema? — pergunta Hudson, se fingindo de inocente. — Você não tinha ligado o nome à pessoa?

Remy faz um sinal negativo com a cabeça.

— Nem de longe.

— Ah, tô dentro — decide Calder, e seu rosto parece iluminado por dentro com a empolgação quando ela olha para Hudson. — Tipo, mil por cento dentro. Pode deixar que eu o seguro no chão enquanto você arrebenta a cara dele, bonitão.

Flint tenta sufocar uma risada, mas Hudson o encara, irritado. E eu? Estou sorrindo de uma orelha à outra. Porque os olhos de Calder nunca brilharam quando ela flertou com Hudson como estão brilhando agora que pensou em matar Cyrus. Isso é o verdadeiro sinal de interesse.

— O que foi que Cyrus lhe fez, exatamente? — Flint pergunta a Calder. E percebo que Remy olha para ela com mais suavidade.

— Ah, comigo, nada — diz ela enquanto indica Remy com um aceno de cabeça. — Mas Cyrus é a razão pela qual o meu garoto aqui passou a vida toda nesta prisão. Isso não é legal.

Remy inclina a cabeça.

— Família é tudo para os manticoras.

Isso não é só um comentário; é também um aviso.

— Eu não sabia que vocês dois eram parentes — respondo, surpresa.

— Família não é feita só por parentes de sangue — observa Calder, como se isso fosse a coisa mais óbvia do mundo.

Penso em Xavier, em Flint e Éden, Jaxon e Hudson, Mekhi e Luca. E concordo totalmente com ela.

— Sabe de uma coisa, Calder? Acho que gostei de você também. Tanto que vou até deixar você flertar com o meu consorte.

— Ei, calma aí. Como assim? — sussurra Hudson, me olhando com uma cara desesperada.

Mas agora estou sorrindo junto a Calder.

— Mas nada de botar a mão.

— Viu? Eu sabia que íamos ser amigas — diz Calder. — Não foi o que acabei de dizer, Remy?

— Isso significa que vocês vão nos ajudar? — pergunto a Remy.

— Se for para obrigar Cyrus a pagar pelo que fez com a minha mãe? Ah, *cher*, nem precisa pedir. Mas vou pegar uma dessas flores como pagamento.

# Capítulo 113

## ME ALGEME, ME PRENDA,
## FAÇA TUDO COMIGO

— Supondo que a gente concorde com os seus termos... — começa Hudson.
— Qual é a sua ideia para sair daqui sem as flores? E o mais importante: por que não tentou fazer isso para sair daqui com Calder?

Remy dá de ombros.

— Ver o futuro não é uma habilidade tão legal quanto parece. O futuro muda constantemente. Só porque consigo ver um dos caminhos, não significa que é o que vai acontecer realmente. É como eu ter visto Grace me dando uma flor. Mas, depois, ela desapareceu dos meus sonhos por várias e várias semanas.

Não sei onde ele quer chegar com essa conversa.

— E...?

— Eu sabia que eu ia sair daqui com uma flor. E tinha uma ideia de quando Calder sairia, mais ou menos — explica ele. — Pelo menos havia esperança para nós. Arriscar outro tipo de fuga poderia ter dado errado e também mudado o futuro. E, assim, nunca sairíamos daqui. — Remy deve perceber que ainda não estou entendendo, porque fica me fitando nos olhos. — Qual é a melhor aposta a fazer, *cher*? A aposta segura que vai fazer você sair desta prisão do caralho algum dia, mesmo que precise esperar anos? Ou uma chance de fugir que pode dar errado e fazer com que nunca saia daqui? Decidi apostar na opção segura.

Fico pensando naquelas palavras, revirando-as na cabeça. O que eu faria? Sinceramente, não sei. Não consigo me imaginar presa nem por um dia a mais do que deveria se houvesse alguma chance de sair. Mas, por outro lado, não passei dezessete anos aqui dentro. Ainda não. Talvez, depois de todo esse tempo, eu também apostasse na opção segura.

— Mas vocês acham que existe uma saída para nós? — pergunta Flint.

Remy faz que sim com a cabeça.

— Como eu disse, vai ser preciso muita sorte e ainda mais dinheiro. E isso somente se sobrevivermos à jornada. Mas existe uma chance. Já aconteceu antes.

O último comentário nos deixa com as orelhas em pé. Só sabíamos de um dragão que conseguiu sair. E ele fez um acordo com a Estriga para conseguir uma flor. Será que havia outra maneira onde eu não precisasse fazer um pacto demoníaco com uma bruxa e seu forno de pizza? O chato é que só ficamos sabendo disso agora.

— Certo. Qual é esse grande plano de fuga, então? — pergunto.

Todavia, antes que eles consigam dizer alguma coisa, ouço alguma coisa raspando no chão do outro lado da cela.

— O que é isso? — indago, enquanto Hudson se move de modo que estou atrás dele de novo.

— O jantar — responde Calder. E, embora não pareça muito feliz com isso, também não fala como se estivesse traumatizada. Pelo menos isso já é alguma coisa. Especialmente considerando que o meu estômago decidiu me informar que já faz muitas horas desde a última vez que comi.

— Eles nos dão comida por um buraco no chão? — Flint parece horrorizado.

— Aquela abertura no piso é o único acesso para entrar ou sair desta cela — explica Remy. — Não há portas, janelas, nada. Só o tubo que jogou vocês aqui e essa portinhola que os guardas precisam nos mover para desbloquear. Ah, e a escadaria dobrável logo abaixo, que eles têm que ativar.

— Para… nos mover? — pergunta Flint. — Como assim?

— Você vai ver — responde Remy.

O jeito tranquilo com que ele fala não devia me deixar agitada; ele é bem *blasé* em relação à situação, inclusive. Mesmo assim, é algo que está quase me fazendo surtar. Até o momento acho que consegui afastar o pânico, mas a ideia de que não há literalmente nenhuma saída deste lugar, exceto esperar que os guardas, além de abrirem a nossa cela, desobstruam completamente a entrada… bem, digamos que isso é algo que me dá vontade de sair daqui agora mesmo. Agora.

Tipo… será que esse lugar tem um alvará dos bombeiros para funcionar? E se houver um incêndio, por exemplo? Como vamos sair daqui?

Calder vai até o buraco no piso que está aberto e tira dali uma bandeja bem carregada.

— Vocês chegaram num dia bom. Hoje tem frango com purê de batatas.

Não vou mentir. O cardápio do dia me deixa muito surpresa. Não sei o que eu esperava comer na prisão mais diabólica já criada. Mas definitivamente não era o prato preferido da minha mãe para o dia a dia.

Enquanto ela entrega as bandejas cobertas para Flint e para mim (e também um copo do que presumo ser sangue para Hudson), sentamo-nos no chão outra vez e começamos a comer.

Depois de certo tempo, Hudson consegue afastar a desconfiança que sente por Remy por tempo o bastante para perguntar:

— O que mais pode nos contar sobre como este lugar funciona? Temos a sensação de que os nossos poderes sumiram.

— É porque eles foram bloqueados — responde Calder. — Assim... bloqueados mesmo.

— Por causa destas pulseiras que colocaram em nós? — indaga Hudson.
— Eu já tinha usado uma pulseira como esta antes. E ela nunca me arrancou os poderes. Não deste jeito.

— Porque não é só essa pulseira. — Remy come um pedaço de um bolinho que veio na sua marmita e aponta para o restante da cela. — Dê uma olhada ao redor. As pulseiras bloqueiam a sua magia. Até mesmo magias de transformação. Mas digamos que seja possível quebrar esses artefatos...

Calder faz um sinal negativo com a cabeça.

— Mesmo assim, você não teria nenhuma habilidade paranormal. A própria cela é uma versão dessas pulseiras.

— Puta merda. Isso é brilhante — elogia Flint. E o olhar em seu rosto é metade respeito e metade horror, enquanto ele examina o interior da cela. — É por isso que a cela inteira é feita de metal.

— A prisão inteira é como uma pulseira gigante — Remy nos conta. Cada cela é uma pulseira em uma longa cadeia de pulseiras que, quando estão presas umas nas outras, formam outra pulseira. Além disso, claro, tem as pulseiras que vocês estão usando.

— Quatro pulseiras? — pergunta Flint. E, pela primeira vez, parece completamente acuado.

— Tem quatro pulseiras que me separam da minha magia? — Ele faz um gesto negativo com a cabeça. — Agora sei por que não consigo nem senti-la.

É por isso que a minha gárgula desapareceu por completo. Ela está trancafiada, escondida sob várias camadas de metal. Até não restar nada. Fico cutucando a comida com o garfo. De repente, meu apetite sumiu.

Essa crueldade parece não ter fim. Entendo que este lugar é uma prisão. Entendo que seres poderosos precisam ser contidos. Mas eles estão usando várias e várias camadas de proteção para garantir que as pessoas não consigam acessar algo que faz parte delas, tanto quanto o coração ou o sangue... e isso é realmente horrível. É uma verdadeira violação.

— E, se parar para pensar, até que tivemos sorte — prossegue Remy, taciturno. — Como não tenho uma pulseira, tenho acesso a uma parte da minha magia. Nem imagino como o restante de vocês consegue sobreviver sem nada. É uma tragédia.

— Sorte? — questiono. — Como assim?

— Nós estamos na Roda Leste, que é o lado dos presos políticos e de quem foi condenado por crimes menores. Se vocês forem até a Roda Oeste, onde os criminosos de verdade estão, há ainda mais camadas de proteção.

Não quero nem pensar no assunto. Mas percebo que não tenho escolha. Nossos planos não levaram em conta a planta da prisão porque não sabíamos a respeito. É um segredo muito bem guardado. Mas isso quer dizer que...

— Você sabe onde está o Forjador? — pergunto. — Na Roda Leste ou na Oeste? Porque se ele estiver na Roda Oeste...

— ... Aí nós estamos fodidos — Flint termina a frase para mim.

— E isso vai ser só o começo — concorda Hudson.

— Ele está em um lugar completamente diferente — responde Remy. Talvez eu ficasse aliviada em saber disso... se ele não tivesse uma expressão tão cautelosa no rosto.

— Onde ele está, então? — pergunto quando o meu estômago começa a se retorcer de pavor.

Remy e Calder trocam um olhar.

— Ele está no Fosso, Grace — responde ele, relutante.

## Capítulo 114

### COMO UMA CELA SE TORNOU O LUGAR
### ONDE AS COISAS ACONTECEM

— O Fosso? — Encaro Hudson e Flint, mas ambos parecem tão perdidos quanto eu. — O que é isso?

Remy ergue uma sobrancelha.

— Já leu *Inferno*, de Dante? Acho que ele se inspirou nesse lugar, porque alguém se divertiu bastante com a ideia.

— Não li, não.

— Eu li — revela Hudson, com uma cara bem séria. E seu braço enlaça a minha cintura outra vez. — E, para ser sincero, eu acharia bem melhor não ser congelado... ou passar por qualquer outra coisa assim.

Não faço ideia do que ele está falando, mas concordo totalmente.

Calder se levanta e coloca a bandeja de volta no buraco do chão, e todos nós fazemos o mesmo. Analiso ao redor da cela, imaginando se vamos ter de urinar em algum buraco diferente da próxima vez. Calder deve perceber a minha expressão e adivinhar no que estou pensando, porque ela sorri e diz:

— O banheiro fica do outro lado, nas sombras. Escondido atrás da parede.

Formo a palavra "obrigada" com os lábios e deixo essa informação guardada para mais tarde.

Remy vai até o tubo por onde caímos e puxa a corrente presa ali na ponta. Ele a faz passar por uma roldana presa ao teto e, bem devagar, camas começam a descer pelas paredes nas posições correspondentes aos números doze, dois, quatro, seis e oito de um relógio.

— Caso não queiram dormir no chão — diz ele, piscando o olho para mim. — A cama do outro lado do tubo é a minha. Calder dorme na que fica à direita.

— Ah, graças a Deus — sussurro, deitando na cama que fica ao lado da de Calder. Hudson fica com a cama ao lado da minha, deixando a última para Flint. mas ele se acomoda aos pés da minha por enquanto.

— Mas temos que falar com o Forjador — lembra Flint. E sei que ele está pensando que Luca é o primogênito da sua família em Katmere. E no que pode acontecer se Cyrus conseguir fazer o que deseja. — Caso contrário, tudo isso aqui não vai ter adiantado nada.

— Você tem razão — concordo, antes de olhar para Remy e Calder. Não vamos ficar nesta prisão. E não vamos deixar Jaxon sozinho, nem Katmere vulnerável aos planos de Cyrus. De jeito nenhum. — Como é que vamos fazer isso, então?

Remy e Calder trocam um olhar mais sério do que qualquer interação que eu já tenha visto nos dois.

— Precisamos passar pelo corredor da morte para chegar ao Fosso — afirmam os dois ao mesmo tempo.

— E por que o prenderam no Fosso? — questiono, ignorando o comentário sobre o tal corredor da morte. — Achei que ele estivesse aqui como prisioneiro político, não porque era um criminoso de verdade.

— Ele não está no Fosso porque é um cara mau, *cher*. Ele está no Fosso porque é lá que fica a forja.

— A forja? — Hudson pergunta. — Ele ainda trabalha como forjador?

— Ele é o melhor forjador do mundo — explica Calder, enquanto começa a desfazer a trança que passou algum tempo fazendo. — Acha que eles iam deixá-lo passar o dia inteiro sentado em uma cela?

— Ele faz as pulseiras — complementa Remy, apontando para os nossos braços. — É por isso que elas são tão eficazes.

— É por isso que vocês disseram que ele é um cara popular por aqui — comenta Hudson. — Ele é útil. E é por isso que não vão querer que ele vá embora.

— Ah, certo. Bem, acho que esse problema é dos guardas deste lugar. Vocês não fazem ideia do que isso causou com a coitada da esposa dele. — Eu me concentro em Remy e respiro fundo. — O que é esse corredor da morte? E qual é o tamanho dele?

Ele me encara com aqueles olhos que enxergam coisas demais.

— Olhe, meu bem, preciso admitir que adoro essa sua atitude de querer dar um jeito nas circunstâncias. É revigorante.

— Fico feliz em saber disso. Mas podemos então dar um jeito de fazer isso logo?

— Com toda a certeza. — Ele abre uma gaveta embaixo da cama e retira dali um caderno e uma caneta. Rabisca alguns desenhos rápidos e depois vem se sentar ao meu lado, na cama. Com ele à minha esquerda e Flint à direita, estamos bem apertados ali. Assim, alinho os ombros para dar a todos nós um pouco mais de espaço na minha cama.

513

Hudson vem e se senta na cama de Remy, bem diante de mim, e mostra um pouco das presas para o bruxo. Tenho certeza de que isso é por minha causa — só para lembrá-lo de quem é o meu consorte. E não consigo evitar; dou uma risadinha porque tudo isso é completamente ridículo. É algo que faz Hudson abrir um sorriso encabulado para mim por um segundo antes de voltar a encarar Remy. É o comportamento típico de um homem das cavernas. Mas isso não me incomoda nem um pouco. Afinal de contas, houve alguns momentos em que Calder estava lambendo os lábios também. E tive de avisá-la para não ultrapassar os limites. Pelo jeito, somos uma dupla bem possessiva.

— Bem, este é o nosso pavilhão, certo? — diz ele, apontando para o cordão de celas que desenhou.

— E este lugar aqui é algo que eles costumam chamar de câmara.

Ele aponta para uma forma oval que desenhou bem no meio das duas extremidades da corrente.

— E o que a câmara faz? — indaga Flint.

— Ela faz você desejar não ter nascido. — Calder está esticada em sua cama agora. A trança está desfeita e seus cabelos estão espalhados ao redor da cabeça como se fossem uma coroa. Ela fala com um tom tão tranquilo que podia estar conversando sobre o almoço, o tempo ou um milhão de outros assuntos. E isso só faz o que ela disse parecer pior e ressoar ainda mais.

— Será que você pode ser um pouco mais específica? — insiste Flint, e parece bem nervoso.

Mas não o culpo. Tenho certeza de que devo estar nervosa também. O rosto de Hudson, completamente sem expressão, indica que ele também está sentindo o estresse.

— A câmara foi construída para a reabilitação — Remy nos explica.

— E essa reabilitação é para que os prisioneiros aprendam uma profissão? — arrisco. — Ou é como acontecia na Inquisição Espanhola?

Remy pensa no caso por um segundo.

— Eu diria que é um pouco mais dolorosa do que a Inquisição Espanhola.

— Quando ele diz "um pouco", na verdade, é porque o lugar é muito mais doloroso — traduz Calder. — Tipo... muito, mas muuuuuuito mais.

— E temos que passar pela câmara para chegar ao Fosso? — pergunto. E o meu estômago se revira sem piedade agora.

Calder suspira.

— O problema é que a prisão é juiz, júri e carrasco. Tenho certeza de que você sabe como é difícil haver um julgamento de verdade no mundo paranormal. As pessoas usam a magia para ludibriar o sistema ou usam seus poderes para derrubar as cortes. Por isso, esta prisão foi construída com uma maldição inquebrável. Ninguém aqui pode jogar com o sistema. Depois de entrar, a única maneira de sair é provar que você está reabilitado.

Remy ri, mas não há nenhum humor na sua voz.

— E, claro, isso significa que é a própria prisão que vai julgar quando você pode se considerar reabilitado. Ela aplica castigos cada vez maiores por meio da câmara. E, quando ela acha que você já se redimiu o suficiente, decide deixar que vá embora.

Calder indica Remy com um aceno de cabeça.

— E se você tiver o azar de ter nascido aqui dentro... bem, nascer aparentemente é o seu crime. E não há como se redimir por esse pecado.

Solto um gemido exasperado e olho para Remy. Agora sei por que ele tem tanta certeza de que uma flor é a sua chave para sair daqui.

— A prisão decide — ecoa Hudson, com a expressão totalmente vazia. — E quem comanda a prisão?

— É aí que está — diz Remy. — Ninguém a comanda. Supostamente, a prisão é governada por uma magia antiga. Ela toma as próprias decisões, funciona por conta própria... e como não tem nenhuma emoção ou desejo humano, não pode ser subornada nem ficar irritada, nem nada do tipo. Embora eu suspeite de algumas coisas.

— Minha mãe disse uma coisa sobre me redimir quando eu estava sendo preso — Flint fala para nós. — Eu não sabia do que ela estava falando, mas devia estar me dizendo para ir até a câmara.

— Ela não devia saber o que estava pedindo — diz Calder. — Ninguém desejaria uma coisa dessas a um ente querido.

— Mesmo assim, você faz isso todos os meses para que eu possa ir ao Fosso — pontua Remy, sorrindo para ela.

Pela primeira vez desde que a conhecemos, Calder parece um pouco encabulada. Mas logo se recupera.

— Bem, preciso dar um jeito de conseguir meu esmalte de unhas. A beleza tem seu preço.

Flint olha para as unhas dela, para Remy e para mim. E eu dou de ombros. Eu seria a última pessoa a querer passar por uma sessão de torturas em troca de uma nova cor de esmalte.

— Então, como podemos chegar até a câmara? — pergunto. Apavorada, mas, ao mesmo tempo, determinada. Precisamos chegar até o Forjador. E depois, precisamos cair fora daqui. Se a câmara for a única maneira de fazê-lo, então eu topo. — E quanto tempo leva para chegar de onde estamos até o Fosso?

— Você sabe, Calder? — pergunta Remy. — Não consigo me lembrar em que ponto do ciclo nós estamos. Acho que faltam uns seis ou sete dias...

— Seis — responde Calder. E agora ela está sentada na cama, pintando as unhas dos pés de preto. Não faço a menor ideia de onde ela tirou o esmalte. Mas preciso admitir que ela é muito boa nisso.

— Quer dizer que, daqui a seis dias, vamos estar no Fosso? — pergunta Hudson.

— Se quiser se arriscar a passar pela câmara todas as noites.

— Como assim, "se eu quiser arriscar"? — pergunta Flint. E ele também está observando Calder pintar as unhas.

— É como brincar de roleta-russa — explica Remy, levantando-se e voltando para a sua cama, enquanto Hudson vem para junto de mim. — E a câmara é a bala. Se decidirmos jogar, então vamos girar a roda naquela noite. Podemos cair na câmara. Mas podemos cair em outro lugar. Se não cairmos, ainda assim descemos um nível e conseguimos uma boa noite de sono. E jogamos de novo no dia seguinte. Se cairmos na câmara, vamos passar por um inferno sem tamanho. E, depois, se ainda estivemos dispostos, jogamos de novo no dia seguinte. Como faltam seis dias, isso significa que a câmara pode girar seis vezes. Seis noites possíveis de tortura. Mas depois chegamos ao Fosso.

— Não vai ser tão ruim assim — garante Hudson. — Ninguém vai poder nos machucar tanto em uma noite só, certo?

— Ah, a tortura não é física — diz Calder. — A câmara não toca em um fio de cabelo seu. Mas, no final, você vai estar implorando que ela o deixe ir. — Ela guarda o esmalte, ergue os joelhos até a altura do peito e balança um pouco.

— E o que acontece? — indago, já sentindo muito medo da resposta.

— Ela faz você encarar as piores coisas que já fez, várias e várias vezes. Até ter certeza de que você se arrependeu e se redimiu por tudo. Dias... semanas... anos. — O rosto de Remy está bem sério.

— Há pessoas que enlouquecem com isso. Às vezes, na primeira noite. Outras vezes, depois de passarem vários meses ali. Depende só da pessoa.

— E dos crimes que ela cometeu — completa Calder.

— E dos crimes que ela cometeu — concorda Remy. — Por isso, acho que vocês precisam perguntar a si mesmos. Qual é a pior coisa que já fizeram?

# Capítulo 115

## COMO PREVER O FUTURO SE NÃO HOUVER UM FUTURO PARA PREVER?

A pergunta paira no ar pelo que parece uma eternidade depois que Remy a formula, ficando cada vez maior. Até que é a única coisa na qual consigo pensar. A única coisa em que cada um de nós consegue pensar.

Flint é o primeiro a se mexer. Ele se levanta e começa a andar pela cela. E sua expressão mostra que ele já está em um lugar sombrio.

Hudson nem reage. Seu semblante continua vazio. Ele não move um músculo sequer. Mas estou segurando sua mão. E sinto que ele está tremendo.

Tento atrair seu olhar, mas ele está mirando algum ponto no espaço. E sei que ele está repassando os últimos dias e semanas em Katmere, antes que Jaxon o matasse. Sei que ele pensava que estava fazendo a coisa certa na época, mas também sei o quanto esses erros o machucam agora, em retrospecto. A ideia de passar uma noite inteira com esses erros sendo esfregados na cara dele — ou várias noites — é incrivelmente cruel.

— E se você não quiser jogar? — pergunto, de repente. — E se não quiser se arriscar a parar na câmara?

— A prisão não é um lugar completamente cruel — responde Remy. — Basta não se oferecer para participar da roleta. E aí, você fica exatamente onde está. Pode demorar seis meses para chegar ao Fosso. Ou um ano. Ou pode levar uma eternidade. Mas se você não se redimir na câmara...

— ... Então nunca vai ter a oportunidade de sair — completo a frase para ele.

— Exatamente.

— Puta que pariu, que maravilha — rosna Flint, ainda andando de um lado para o outro. E sem dar nenhum sinal de que vai parar ou se sentar tão cedo.

— Então já sabemos que não temos flores o suficiente para tirar todo mundo daqui. E estamos a seis dias de alcançar o Forjador — digo, contando cada informação que temos, na tentativa de criar um plano... e de não me estressar com os meus próprios "crimes". Talvez eu não tenha usado a minha mente para forçar as pessoas a se matarem. Mas não resistir com mais energia ao que Jaxon quis fazer com a Fera Imortal e depois ver que Xavier morreu por causa disso são coisas nas quais não gosto nem de pensar. E gostaria menos ainda de revivê-las várias e várias vezes.

Mas, se formos em frente com este plano, vou ter que revivê-las. Até que a prisão ache que me redimi o suficiente e me deixe ir embora... ou até que a gente consiga encontrar uma maneira de fugir daqui.

Como Flint acabou de dizer... "Puta que pariu, que maravilha".

— Só por curiosidade... qual é a probabilidade que temos de chegar ao Fosso em seis dias e a prisão decidir que já nos redimimos o bastante para nos deixar ir embora? — conjecturo, enquanto repasso na cabeça tudo que Remy e Calder me contaram.

— Zero — respondem os dois ao mesmo tempo.

— Sério? — pergunto. — Mesmo se formos para a câmara todas as noites? Nem assim a prisão vai nos deixar sair?

— Não vamos cair na câmara todas as noites — Remy me responde. — Nunca acontece assim. Ouvi um guarda dizer que, antigamente, todo mundo tinha que escolher câmara ou pausa. Mas, com o passar dos séculos, a prisão foi ficando cada vez mais lotada. Por isso, hoje nós giramos uma roleta para saber quem vai cair na câmara a cada noite. E não sei se é essa é toda a história ou se é só o jeito que esta prisão do caralho foi construída. Mas essa história de "redenção" é uma piada. Em dezessete anos, nunca vi alguém ser reabilitado por meio de tortura.

É um pensamento aterrador. E percebo que todo mundo está assimilando as palavras.

Calder quebra o silêncio depois de um tempo.

— E, também, se alguém cair na câmara todas as noites... ninguém é capaz de aguentar tantas vezes o que a câmara faz. Especialmente em dias tão próximos.

— Então, nosso dever é não cair nela seis vezes — concluo, tentando passar a impressão de que estou animada. — Podemos fazer isso duas ou três vezes, não é?

— Uma vez já é o bastante para você nunca mais querer passar pela câmara — afirma Calder. E já parece estar... vazia. Como se ela também estivesse em algum lugar sombrio. E estivesse tentando somente descobrir uma maneira de suportar as provações.

— Mas Remy disse que vocês dois fazem esse trajeto uma vez por mês — comento.

— Fazemos mesmo — concorda Remy e pisca o olho para Calder. — Claro, Calder gosta muito de esmalte de unhas.

Sinto vontade de perguntar se ela cheira o esmalte. Afinal, quem escolheria passar voluntariamente por uma sessão de torturas? Mas o meu estômago começa a se revirar quando outro motivo surge na minha mente. Será que o que acontece nos momentos de "pausa" é pior do que a câmara?

A minha ansiedade começa a sair do controle. O pânico cresce dentro de mim. Eu me curvo e começo a tirar os sapatos, mas percebo que a única coisa que tenho para sentir é um metal frio e liso. E isso não vai servir para eu me acalmar.

Não consigo puxar o ar para os pulmões. Não consigo pensar. Tento pensar no nome das coisas nesta cela para me centrar, mas não há nada aqui. E a própria cela parece ter sido construída para me deixar ansiosa demais. Eu seguro nas cobertas, apertando-as entre os dedos para me concentrar no toque das fibras. Mas os lençóis são finos. E só reforçam a percepção de onde estamos.

Começo a fazer uma contagem regressiva; tenho a sensação de que o meu coração vai explodir. Mas Hudson está bem ao meu lado. Fazendo com que eu sinta a força na sua mão, sentindo nossos dedos roçarem uns nos outros, ajudando a descarregar essas sensações ruins... com ele.

O ataque ainda se estende por alguns minutos. Mas ele parece saber o que deve fazer para que eu me sinta melhor. Ele não fica tentando atrair a minha atenção, nem tentando falar comigo. Não faz nada além de ficar ao meu lado. Após algum tempo, enfim consigo respirar outra vez.

— Desculpe — digo a ele, quando finalmente me sinto normal outra vez... ou tão normal quanto posso me sentir numa situação como esta.

A risada dele é sombria. E é dolorosa de se escutar.

— Não me peça desculpas. Por isso não. Nem por nada. — Ele balança a cabeça, com o queixo tenso. — Não acredito que eu fiz isso com você.

— Você não fez isso comigo — sussurro, com força. — Eu decidi vir. Nós temos um plano e...

— Você escolheu vir porque a alternativa seria tão ruim quanto. Isso não é uma escolha!

— Não faça isso, Hudson. Nós estamos nisso juntos desde o começo. Não mude isso agora. E não tire o meu direito de decidir o que quero fazer. Sou eu quem tomo as decisões da minha vida, não você. Nem ninguém.

No começo, ele não responde. Mas, em seguida, ele me puxa para junto de si até que nossos corpos ficam a poucos centímetros um do outro.

— Não quero que você sofra mais por minha causa — ele sussurra. — Não vou... — Ele para de falar, com a garganta retesada.

— E não quero que você sofra por minha causa — devolvo. — Não quero que ninguém nesta cela sofra. Mas estamos nisso juntos, certo? — Perscruto ao redor, para todas as pessoas que estão ali. Todos estão se esforçando para não ouvir a nossa conversa... mas sem sucesso.

— Estamos nisso juntos, certo? — repito. — Aconteça o que acontecer, vamos encontrar o Forjador. E vamos dar um jeito de sair desta prisão. Juro que vamos.

Olho para Remy.

— Você é capaz de ver o futuro. Então, me diga, o que mais você vê? Você usa a flor para sair daqui. Mas o que acontece com o restante de nós?

— Não sei — ele admite.

— Como assim "não sabe"? — pergunta Flint.

Seus olhos verdes giram de um jeito grotesco, mas em seguida ele balança a cabeça e eles voltam ao normal.

— Tudo o que sei é que uso a flor. Por isso... ou você me dá a flor para que eu a use, ou mato você e a pego, ou você procura outra saída.

— Bem, são muitos "ou" em uma só frase — grunhe Hudson. E mais uma vez ele parece querer arrebentar a cara de Remy.

— Não consigo prever o futuro, a menos que ele esteja decidido — responde Remy. — E, no momento, o que vai acontecer com vocês está totalmente no ar.

## Capítulo 116

### AS PORTAS DOS DESCONFIADOS

— Você é mesmo o cara que dá as melhores notícias, hein? — pergunta Flint quando se deita na cama outra vez.

— Não tenho a obrigação de fazer com que você se sinta bem com as próprias escolhas que fez — diz ele. E, embora as sílabas fluidas do seu sotaque de Nova Orleans ainda estejam bem aparentes, agora há um toque cortante em sua voz que não estava ali desde o começo.

— Ah, é claro. Bem, vou tirar uma soneca. Me acordem quando tivermos que ir para essa câmara. — Flint fecha os olhos e só leva alguns minutos até que a sua respiração fique mais tranquila e compassada.

— Deve ser bom — diz Hudson por entre os dentes. E, para ser sincera, pensei a mesma coisa. Flint estava estressado agora há pouco sobre aquilo que acha que a câmara vai fazer com ele. Mas, aparentemente, ele conquistou esse medo. O que é ótimo para ele. Mas eu queria poder conquistar o meu medo da câmara com a mesma facilidade. A ideia de ver Xavier morrer várias e várias vezes... preciso lutar contra o impulso de me enfiar debaixo das cobertas e nunca mais sair.

— Certo. Então acho que vamos jogar — diz Remy. Em seguida, ele pressiona um botão grande perto das roldanas da cama.

— Faltam três horas até o próximo giro — lembra Calder, enquanto se estica na cama outra vez.

— Como sabe? — pergunta Hudson.

— Ela aponta para uma série de pontos pequenos na parede, atrás do tubo que nos trouxe até aqui. Três deles são iluminados com uma cor azul fluorescente e clara.

— Tem certeza de que você quer fazer isso? — pergunto.

Ela dá de ombros.

— Você não vai sair se não fizermos. Então...

— Sim, mas não me parece muito justo para você — digo quando começo a assimilar aquilo que vamos forçar Remy e Calder a fazer.

Ela solta um ruído do fundo da garganta que diz que não tem nada de mais nisso.

— Nada neste lugar é justo, Grace. Quanto mais rápido você entender isso, mais rápido vai encontrar um jeito de aceitar o tempo que precisa passar aqui.

Ela dá de ombros de novo.

— Além disso, quero sair daqui tanto quanto vocês. Estou disposta a fazer o que for preciso para que isso aconteça. Matar Cyrus quando estivermos lá fora... bem, isso vai ser só a cereja do bolo.

É a frase mais racional que a ouvi dizer desde que nos conhecemos, o que só me deixa mais preocupada com o que está por vir. Se a câmara é capaz de fazer isso com Calder...

Hudson se levanta e faz um gesto para que eu me levante também, de modo que ele consiga puxar as cobertas. Ao fazer isso, eu me deito na cama e vou até a beirada para abrir espaço para ele.

Ele hesita por um segundo, mas não vou me dar por vencida.

— Se tudo isso se transformar em um inferno, quero passar essas três últimas horas abraçada com você — afirmo, com a voz suave.

Ele emite um som agoniado e grave no fundo da garganta, mas em seguida se deita ao meu lado. Passa um braço sob a minha cabeça para que eu o use como travesseiro e o outro ao redor da minha cintura, me puxando para junto de si para que eu possa senti-lo me envolver completamente.

É uma sensação muito boa. Senti-lo junto de mim é muito bom. Eu me derreto junto dele, pressionando o meu corpo ainda mais para que Hudson seja a única coisa que eu consiga sentir.

— Nada de mordidas — pontua Flint. O que provavelmente indica que ele não está dormindo. — A menos que eu possa ficar olhando, é claro. Nesse caso, pode morder à vontade, Hudson.

— Você é um tarado mesmo — brinco.

— É assim mesmo que sou — rebate ele. — Além disso, é desse jeito que você gosta de mim.

Hudson grunhe um pouco, mas sem agressividade. E, a julgar pela risadinha que ele dá, Flint sabe.

— Vamos sair daqui — Hudson sussurra junto da minha orelha. Falando desse jeito, tenho a impressão de que é uma promessa. — E, quando sairmos, vou fazer coisas bem piores do que desintegrar os ossos de Cyrus.

Ele não diz nada depois disso, eu também não. Em vez disso, me aconchego junto dele e finalmente cedo à exaustão que vem me afetando há dias.

Não sei por quanto tempo dormimos, mas sei que só acordo na hora em que caio no chão. Com força.

"Terremoto" é a primeira coisa que surge na minha cabeça, porque você pode tirar uma garota da Califórnia, mas não pode tirar a Califórnia de dentro dessa garota.

Mas os tremores são piores do que um terremoto. É o que percebo quando Calder grita como se a sua vida dependesse disso:

— Coloquem as camas para cima!

— Nós perdemos a hora — explica Remy enquanto corre para pegar a corrente atrás do tubo, puxando-a com tanta força que Flint quase não consegue sair da cama a tempo.

— O que está acontecendo? — pergunto, ficando de joelhos. Mas o chão ainda treme violentamente, o que torna quase impossível ficar em pé.

As camas se encaixam em seus lugares na parede quando Hudson grita:

— Me dê a sua mão!

Ele está com um pé apoiado na parede quando estende a mão para mim, mas a sala começa a girar antes que eu consiga alcançá-lo. Por uns três segundos, até que não é tão ruim. Em seguida, é como se uma chave tivesse sido acionada. E ela vai de zero a trezentos quilômetros por hora em um instante.

Sou arremessada contra a parede como se estivesse em uma daquelas máquinas giratórias em um parque de diversões; a força centrífuga me prende no lugar enquanto a sala gira sem parar. O giro vai ficando cada vez mais rápido, até que o simples ato de afastar a mão da parede fica impossível.

Ao meu lado, Calder ri como se estivesse em algum brinquedo da Disneylândia. Mas o meu estômago não tem a mesma impressão, porque ele se retorce e se revira enquanto o frango que comi no jantar ameaça reaparecer de uma forma bem desagradável.

E bem quando tenho a impressão de que vou me transformar em uma versão do Vomitron da vida real, nós paramos ante um som de metal raspando em metal.

Deslizo pela parede até encostar no chão. E nunca me senti tão grata em toda a minha vida pelo fato de os meus pés estarem tocando o chão firme. No entanto, quando a cela volta ao seu lugar, todos os vinte e quatro pontos da contagem regressiva do relógio ficam vermelhos ao mesmo tempo. E o mesmo acontece com as luzes embutidas no teto.

Calder para de rir e murmura:

— Puta que pariu.

E é aí que percebo.

Nós estamos na câmara.

## Capítulo 117

### NEM O INFERNO TEM TANTA FÚRIA QUANTO
### UMA PRISÃO INSULTADA

Remy pega na minha mão.

— O que vai acontecer agora? — pergunto, mas minha resposta aparece antes que Remy diga uma palavra.

Diante de mim, os olhos de Hudson se reviram em sua cabeça e ele cai no chão.

Grito, e em seguida solto a mão de Remy e atravesso a cela correndo.

— Ai, meu Deus! Hudson! Hudson! — Olho para Remy, querendo perguntar que diabos está acontecendo. E percebo que Calder e Flint já estão desmaiados no chão.

Sinto o meu sangue gelar.

— É isso que a câmara faz? — sussurro.

— É, sim. — Ele dá de ombros. — Mas não se preocupe. Eles estão bem.

— Eles *desmaiaram*. Como é que podem estar bem? — Verifico a pulsação de Hudson para ter certeza.

— É melhor estarem dormindo do que acordados. — Ele volta até a corrente e faz com que as camas se desencaixem da parede de novo. — Ninguém precisa estar consciente quando passa pelo que está acontecendo com eles agora.

— É tão ruim assim? — indago enquanto passo a mão no rosto de Hudson antes de ir ver como Flint e Calder estão.

Remy tem razão. Os dois estão respirando normalmente.

— É pior — responde ele, enquanto pega Calder e a leva para a cama.

— O que podemos fazer para ajudá-los?

— Não há nada a fazer. Só esperar — responde ele, enquanto cobre Calder com o lençol e o cobertor. — A câmara vai libertá-los... quando estiver pronta.

Fico observando em silêncio, enquanto ele carrega Hudson e depois Flint para as suas respectivas camas. E faz tudo com bastante facilidade, sem se cansar.

Quando os três estão acomodados, e depois de eu ter examinado cada um deles pela segunda vez para ter certeza de que todos estão bem, faço a pergunta presente na minha cabeça desde o instante em que percebi o que estava acontecendo com os outros.

— Não estou entendendo — falo para Remy, quando ele se deita em sua cama com um livro surrado nas mãos.

— Por que a câmara não me afetou? — Reflito sobre como Hudson, Flint e Calder estão sofrendo sabe-se lá o quê enquanto estou aqui, conversando tranquilamente com Remy e me sentindo bem... se não fosse pelo peso da minha culpa. Isso não está certo.

— Por que Calder? Ou Flint? Ou...

— Hudson? — Remy ergue uma sobrancelha. — É sobre ele que você quer saber mesmo, não é?

— Ele passou por maus bocados — digo a ele. — O que ele tem que enfrentar...

— Ele vai enfrentar ou não vai. Não há nada que você ou eu possamos fazer em relação a isso.

— Tem que haver — insisto. — É óbvio que há. De algum modo, a câmara não me pegou. Então, talvez ela possa deixar algum deles de fora na próxima noite.

— A câmara não deixou você de fora. Eu impedi que você fosse pega.

Os meus olhos se arregalam com o choque.

— Se você é capaz de impedir que as pessoas sejam pegas, por que não fez isso com os outros?

— É exatamente essa a questão — responde Remy, balançando a cabeça. — Não consigo impedir que a câmara pegue qualquer outra pessoa. Só você.

— Como assim "não consegue"? Por que não?

— Acha que não tentei impedir que a câmara pegasse Calder antes? Toda vez tento fazer isso. Mas nunca funciona. Mas eu soube, no instante em que nos conhecemos, que poderia evitar que você fosse pega, simplesmente se tocasse a sua mão. Não sei por quê. Foi algo que vi, então fiz quando chegou o momento.

— Por que não se pronunciou a respeito antes que a cela chegasse à câmara?

— Achei que não valia a pena deixar os outros preocupados com o fato de que eu já sabia que entraríamos na câmara hoje. E antes que você pergunte outra vez, não faço a menor ideia de como consigo impedir que a câmara a pegue, mas não consigo fazer isso por mais ninguém. Tem alguma coisa em você que faz com que a minha magia limitada funcione.

O que ele está dizendo faz sentido... de um jeito horrível. Provavelmente, é a minha gárgula. Ela está escondida sob várias camadas de metal, mas continua fazendo parte de mim. E há uma coisa na qual ela é bem talentosa: canalizar a magia.

O que não diminui nem um pouco a sensação de culpa.

Hudson estava morrendo de medo da câmara. Ele não me disse uma palavra. Nunca fez nenhum comentário, mas não conseguiu esconder aquele tremor. Mas sei que ele estava com medo. Sei que ele não conseguia suportar a ideia de enfrentar seus atos do passado.

Deve haver alguma coisa que Remy possa fazer, mas seu rosto está com uma expressão fechada. Não vou conseguir tirar nada dele agora. Mas isso não significa que não vou poder tentar fazer isso mais tarde... e talvez convencê-lo a tentar impedir que a câmara pegue Hudson, se cairmos nela outra vez.

Não é que eu esteja ansiosa para uma nova rodada de passar pelo que este lugar está fazendo com os dois garotos mais fortes que conheço. Se as coisas acontecerem do jeito que espero, jamais vamos cair nesta câmara outra vez. Mas, se cairmos... se isso acontecer, é justo que seja a minha vez de passar por esse inferno.

Acomodo-me na cama e fico contemplando Hudson ao meu lado, pronta para ajudá-lo, se ele precisar de mim. Não sei quanto tempo permaneço aqui, observando-o. Também não faço ideia de que horas são. Os guardas tiraram o meu celular, e a única coisa que lembra um relógio neste lugar são aqueles pontos iluminados na parede que vão contando cada hora. Mas estou louca para saber quanto tempo mais isso vai durar. Tenho a sensação de esperar uma eternidade até que os três acordem. Mas todas as doze luzes ainda estão acesas, o que indica que não faz nem uma hora que tudo isso começou.

— Quanto tempo mais? — pergunto a Remy. Porque, se isso for durar a noite inteira, preciso me preparar.

Ele olha para as luzes na parede e dá de ombros.

— Geralmente leva uma hora e meia. Então, talvez mais uma hora.

— Uma hora e meia — repito, aliviada. — Não é tão ruim assim.

Remy bufa.

— Talvez não para você, *cher*. Mas... e para eles? — Ele faz um gesto negativo com a cabeça. — É como sonhar. Sabe quando você está num sonho bem elaborado? E uma soneca de dez minutos parece ter durado umas oito horas? É assim que as coisas estão acontecendo para eles agora. Toda essa merda vai atacá-los por todos os lados. E eles vão ter a impressão de que várias horas estão se passando.

— Estou começando a odiar este lugar — confesso, fechando os punhos ao lado do corpo.

— E ainda nem completou suas primeiras vinte e quatro horas aqui. Imagine como o restante de nós se sente.

— Estou curiosa sobre uma coisa. Se você passou a vida inteira na prisão, por que fala com esse sotaque *cajun* típico das pessoas de Nova Orleans? — Viro o rosto para olhar para ele. Remy está com uma perna cruzada sobre o joelho e um livro apoiado nela, para ler deitado. — Você nunca saiu mesmo daqui?

A princípio, ele não responde; mas, após certo tempo, suspira e admite:

— Os guardas da prisão e as criaturas do Fosso me criaram. A maioria deles é daqui de N'Óleans, então acabei pegando o sotaque.

— Nem consigo imaginar. Eu...

Agora é a vez de Hudson gritar, várias e várias vezes. É estranho, porque ele não está fazendo quase nenhum barulho. Embora esteja com a boca completamente aberta, a única coisa que sai dali é um sussurro agoniado tão horrível que me faz gelar até os ossos.

Vou até junto dele. Não consigo não ir até Hudson quando ele emite esse tipo de som, quando faz uma expressão como essa. Ainda está dormindo, ainda está totalmente apagado. Mas, quando passo os meus dedos pelos cabelos dele, Hudson segura a minha mão e assim a mantém por vários segundos enquanto grita sem parar.

Sinto algo se quebrar dentro de mim por vê-lo desse jeito, e caio de joelhos enquanto levo a outra mão até o seu rosto para lhe acariciar os cabelos, o braço, o ombro e as costas.

Após determinado tempo, o grito silencioso para. Mas ele continua segurando a minha mão com a mesma força. Assim, fico o tempo todo com ele, observando cada lampejo de horror que cruza o seu rosto. Sentindo cada tremor em seu corpo, ouvindo cada grito e lamento silencioso.

São os noventa minutos mais longos da minha vida. E quem está dizendo isso é a garota que ficou amarrada em um altar para sacrifícios humanos à espera da morte. Mas estar aqui, testemunhando a dor e a vergonha de Hudson, Flint e Calder, com certeza é a pior experiência que já vivenciei. E a única coisa que estou fazendo é observar. Nem imagino o que eles devem estar sentindo.

Hudson geme outra vez, e me debruço sobre ele. Sussurro que estou aqui, que tudo vai ficar bem... mas não sei se é verdade. Eu tiraria a dor dele, se pudesse. Assistiria um milhão de vezes à morte de Xavier, se isso servisse para poupar Hudson do que ele está passando agora. Mas não posso. Assim, faço a única coisa que posso agora: fico sentada, segurando a mão dele e aguardando que tudo termine logo.

Após certo tempo, as luzes vermelhas retornam ao normal.

Os pontos luminosos na parede voltam a ficar verdes.

E as pálpebras de Hudson finalmente se abrem.

Nunca me senti tão aliviada ao ver alguém acordar em toda a minha vida. Pelo menos até que ele olha para mim e sussurra:

— Não mereço sair daqui, nunca.

## Capítulo 118

## E HÁ TEMPOS O ENCANTO ESTÁ AUSENTE

— Ah, Hudson. — Estendo os braços para ele, mas ele se esquiva. E se encolhe todo, como se tentasse se proteger. De quê? É o que eu gostaria de saber. Da câmara... ou de mim?

Não faz sentido que ele queira se proteger de mim, mas toda vez que tento tocá-lo ele estremece, como se fosse incapaz de suportá-lo. E isso me assusta demais, porque nunca foi um problema para mim e para Hudson. Ele mal pode esperar para que eu coloque as mãos nele, normalmente.

Hudson está tremendo agora. Seu corpo todo estremece como se ele sentisse um frio congelante. Sinto vontade de me aproximar dele, de abraçá-lo até que se aqueça — outro problema que ele geralmente não tem. Mas tenho medo do que vai acontecer se eu tentar tocá-lo. Porque toda vez que tento me aproximar, ele se encolhe e recua.

Mas ele está tremendo tanto que não posso simplesmente ficar olhando sem fazer nada. Especialmente quando seus dentes começam a bater.

Sem saber o que mais posso fazer, volto até a minha cama e pego o cobertor fino. Não é muita coisa, mas é melhor do que nada. Eu o deposito sobre Hudson, por cima do lençol e do cobertor que ele já usou para se cobrir. Penso também em forrar o corpo dele com as pontas do cobertor, mas me contenho. Ele já está tão assustado que não quero fazer nada que possa piorar a situação.

Meu estômago está se revirando e se contorcendo, do mesmo jeito que acontecia quando estávamos girando de um lado para outro. E, por um segundo, tenho a impressão de que vou vomitar.

Respiro fundo algumas vezes, respirando pelo nariz para poder manter a boca fechada com firmeza para rebater a náusea crescente em mim. Todavia, quando Flint solta um grito grave e se debate com tanta força que acaba caindo da cama e se arrebentando no chão, sei que vou perder a batalha.

Corro até o banheiro e vomito tudo o que resta no estômago. E ainda preciso aguentar vários espasmos os quais meu corpo tenta vomitar, mesmo não havendo sobrado mais nada. Sei que Remy avisou que a câmara era ruim. Ele e Calder avisaram. Mas eu não esperava algo assim.

Em particular considerando que Hudson e Flint provaram que não tem o menor problema em ir andando até o inferno, se precisarem — e sair pelo outro lado rindo e contando piadas. Mas... para ficarem desse jeito?

Outra onda de enjoos me atinge.

Quando finalmente termina, eu me forço a ficar em pé. Me forço a escovar os dentes com uma das novas escovas de dente que chegaram pelo buraco junto do nosso jantar.

Eu me forço a lavar o rosto e a respirar fundo várias vezes a fim de tentar me acalmar.

Não há nenhum espelho aqui. Mas não preciso de um espelho para saber como está a minha cara agora. Cabelos escorridos, pele pálida, olhos arregalados e inchados.

Tenho a sensação de que fui atropelada por uma manada de elefantes alucinados, seguidos por uma dúzia de ônibus e uma ou duas carretas. E nem precisei entrar na câmara.

Passo outra vez pela porta do banheiro, embora realmente a única coisa que quero fazer é me esconder aqui para sempre. E vou até Flint, que está acordado agora. Mas ainda está deitado no chão, encolhido na posição fetal.

Eu me esforço para ajudá-lo a voltar para asua cama, mesmo que ele também se esquive e não queira deixar que eu o toque. E apesar da expressão de horror em seus olhos.

Depois que Flint já está na cama, olho para Calder e percebo que Remy deve ter cuidado dela enquanto eu estava no banheiro. Ela também está embaixo das cobertas. Embora não esteja encolhida como Hudson e Flint, seus punhos estão fechados com força. E a boca está aberta em um grito silencioso.

Retorno para junto de Hudson. À diferença de Flint e Calder, ele ainda está acordado. E pior: ele se encolhe até a cabeceira da cama quando vê que estou me aproximando. Como se quisesse fugir de mim a qualquer custo.

Isso dói. Mas não faço ideia do que ele sofreu na câmara. Não tenho o direito de julgar nem de ficar magoada por ele não querer nada comigo. Ou pior... pelo fato de que parece estar com medo de mim.

Fico perto dos pés da cama dele por algum tempo, tentando decidir o que fazer. Ele parece precisar que alguém o conforte — que lhe ofereça mais conforto do que considero possível. Mas ele também está deixando bem claro que não quer que esse conforto venha de mim.

Por fim, volto até a minha cama e me sento nela. Em seguida, ergo os joelhos até encostá-los no peito e me preparo para uma noite infinita.

Não demora muito até que Calder solte um grito gutural e Flint vire para o outro lado, cobrindo as orelhas com as mãos.

— Está acontecendo de novo? — pergunto a Remy. E consigo até mesmo ouvir o medo na minha própria voz.

Mas Remy faz que não com a cabeça.

— Geralmente é assim que acontece. Calder geralmente dorme por umas dez horas depois de passar pela câmara.

— Dez horas? — pergunto, horrorizada. Não vou aguentar passar mais dez horas sem conseguir chegar perto de Hudson, sem conseguir falar com ele, ver seus olhos e ter certeza de que ele está bem.

— Considere que isso é um lado bom. Os pesadelos só duram por alguns minutos. Depois eles se acalmam.

Espero que ele tenha razão. Mas, considerando o jeito que eles estão agitados em suas camas, é uma teoria pouco provável.

— Que coisa horrível.

Remy dá de ombros.

— É assim que as coisas são.

Ele fala de um jeito bem insensível, quando volta a ler o livro que deve ter tirado daquela gaveta debaixo da cama, mas percebo duas coisas ao mesmo tempo. A primeira é que ele deve ter passado por isso várias outras vezes com Calder. E a única maneira de sobreviver sem perder a cabeça é abrir uma boa distância entre ele e o processo. E a segunda? O livro que ele está "lendo" está de cabeça para baixo. O que significa que ele não está tão imune ao que acabou de acontecer quanto quer me fazer acreditar.

Penso em lhe dizer isso. Mas, antes que eu consiga dizer qualquer coisa, Flint se levanta com um movimento brusco e um grito rouco.

— Está tudo bem — digo a ele, correndo até lá para me sentar ao lado dele, na cama. — Você está bem.

Flint está tremendo tanto que tenho receio de que ele vá cair da cama outra vez. Pego sua mão e tento acalmá-lo. Pelo menos até que ele abre os olhos e percebe que sou eu que estou segurando sua mão. Ele recua instintivamente, levantando a mão diante do rosto, como se pensasse que vou agredi-lo.

— Está tudo bem, Flint — eu o acalmo com a voz tranquila. — Esse sonho que você teve não foi real. Qualquer que seja. Foi só...

— Foi real, sim — ele me diz com a voz rouca, e puxa as cobertas como se quisesse se esconder embaixo delas.

Como se quisesse se esconder de mim.

O que me assusta o bastante para que eu me levante, com as mãos erguidas, para mostrar que não vou machucá-lo... ou mesmo tocá-lo. Mas isso não parece causar nenhum efeito capaz de diminuir o medo. Por isso, eu me afasto, com lágrimas nos olhos.

Conforme Flint se acomoda em um sono exausto, eu olho para Calder. E percebo que ela finalmente se aquietou, embora seu rosto ainda esteja úmido pelas lágrimas.

Puta que pariu. Puta que pariu mil vezes. A câmara e seus efeitos são realmente as cenas mais horríveis que já vi. Quem criou esta prisão era um monstro. Assim como qualquer criatura que condene uma pessoa a vir para este lugar.

Minha vontade é mandar todos eles se foderem.

Sete horas mais tarde (pelo menos de acordo com aqueles pontinhos brilhantes e ridículos na parede, que estão mais uma vez fazendo a contagem regressiva para a câmara desta noite), o café da manhã chega pelo buraco no chão. Nem Remy nem eu olhamos para a comida. Se eu tentar comer agora, tenho certeza de que vou vomitar outra vez.

Em vez disso, eu me acomodo na cama de Hudson, atrás dele, envolvendo o seu corpo com o meu. Ele ainda está tremendo bastante enquanto eu passo o braço ao redor da sua cintura. Mas, pelo menos, está dormindo. E não está mais tentando fugir de mim.

Todavia, enquanto fico aqui escutando o coração dele batendo rápido demais, não consigo deixar de pensar que deve haver alguma outra maneira.

Não consigo deixar de pensar que não podemos passar por isso por mais cinco ou seis noites.

Porque, se passarmos... se isso acontecer, a questão não vai mais ser simplesmente sair deste lugar.

Quem vamos ser quando finalmente sairmos?

# Capítulo 119

## A ENERGIA DO PORRETE

Hudson acorda mais ou menos uma hora mais tarde, embora dê a impressão de que não dormiu nem um pouco. Seus cabelos estão desgrenhados, sim. Mas não daquele jeito sexy que lembro. Parece que ele literalmente foi até o inferno e ainda está vivendo lá. O fato de Flint e Calder ostentarem as versões *black power* e "rainha do baile" do penteado dele, que já foi um *pompadour*, só serve para deixar tudo bem pior.

Ele se senta na cama e tento tocá-lo outra vez, mas Hudson se esquiva das minhas mãos e só consigo agarrar o ar.

Ele vai direto até o banheiro e liga o chuveiro. A água cai sem parar pelo que parece uma eternidade.

Remy, enquanto isso, já pegou dois embrulhos da gaveta embaixo da sua cama. Aparentemente ele tem uma loja de conveniência inteira ali dentro.

— Prepare-se — avisa ele, por cima do ombro.

— Para quê?

Calder sorri e joga os cabelos longos e ruivos como se estivesse em um estúdio de cinema da década de 1950 e fosse a principal garota *pin-up*. Só que o ligeiro tremor em suas mãos trai o fato de que ela está tão abalada quanto Hudson, à sua própria maneira.

— Para colocar a sua valentia interior em ação, é claro.

Não faço ideia do que isso quer dizer, mas olho para Flint para sorrir também. E porque espero que ele tenha um monte de perguntas a fazer. Esse é o tipo de frase que costuma intrigá-lo. Mas ele está simplesmente sentado na cama, com os braços ao redor do corpo, enquanto olha para o nada.

Dirijo-me ao outro lado para oferecer um tipo de conforto e sussurro:

— Oi.

Nem me preocupo em perguntar se ele está bem. Percebo com nitidez que ele não está nem um pouco bem.

Mas Flint recua, apertando os braços com ainda mais força ao redor de si mesmo, olhando para qualquer lugar que não seja para mim. Quando nossos olhares se cruzam, por puro acaso, não consigo deixar de perceber que suas olheiras estão tão escuras que dão a impressão de que ele apanhou de um campeão de boxe.

É apavorante. E faz com que eu me pergunte o que acontece exatamente na câmara para deixar desse jeito dois dos caras mais fortes que conheço. Sinto vontade de abraçar Flint, de envolver Hudson e segurá-lo contra mim até que ele seja capaz de olhar para o meu rosto outra vez. Mas nenhum dos dois parece querer ser tocado... ou mesmo que eu converse com eles.

— Não sei se a valentia interior dessas pessoas está funcionando hoje — digo finalmente a Calder, enquanto volto a sentar na minha cama para esperar que Hudson saia do banho.

— Bem, é melhor você dar um jeito de colocá-la para funcionar, *cher* — avisa Remy. — Porque só temos mais quinze minutos até começar.

Agora estou ficando alarmada.

— Até começar... o quê? — pergunto, desconfiada.

— A hora do Hex — responde Calder. — E, a menos que você queira que pensem que é carne fresca, é melhor você e os seus amigos colocarem a cabeça no lugar.

Já assisti a vários filmes de prisão para saber o que significa "carne fresca". E pensar nisso já faz o meu estômago se revirar novamente. Tenho certeza de que podemos enfrentar qualquer coisa que vier pela frente. O problema é que não quero ter que estar em uma situação do tipo. Não quero ter que brigar com alguém. E, com certeza, não quero ter que arrumar briga com alguém. Enfrentar a câmara não foi o bastante para Flint e Hudson? Eles vão ter que brigar também? Durante alguma coisa chamada hora do Hex, também?

— O que é essa hora do Hex? — Flint pergunta. E, embora ele não faça uma piada a respeito, como normalmente faria, pelo menos está fazendo perguntas. Já é alguma coisa, certo?

— É hora de ficar no Hex — responde Calder. E isso não nos diz absolutamente nada.

— E o Hex seria...? — Eu a fito com cara de quem não está entendendo nada.

— É o pátio — responde Remy. Percebendo que continuo sem entender, ele revira os olhos e continua: — Temos duas horas por dia para sair da cela. Passamos a maior parte desse tempo no Hex. Mas, depois de passar umas semanas aqui e conseguir uns privilégios, você pode ir à biblioteca e a outros lugares.

— E como conseguimos esses privilégios? — pergunto, cautelosa.

— É só não arrumar briga com as pessoas que querem brigar com você — Remy me explica como se isso fosse a resposta mais óbvia do mundo.

— Só que você tem de entrar nas brigas — adverte Calder. — E ganhar. Senão eles vão comer você viva.

— Eu? — falo com a voz bem esganiçada, porque ainda há um pedaço de mim que não consegue acreditar que isso está acontecendo. Que não consegue acreditar que estou realmente tendo esta conversa agora. Na prisão.

E me lembro de todos os filmes que já vi, onde dizem para escolher o maior brutamontes da prisão e não demonstrar medo. Mas nunca achei que esse conselho se aplicaria a mim. Porque as coisas até que são bem divertidas quando Groot pega o cara pelo nariz naquela cena de *Guardiões da Galáxia*. Aqui, parece um pesadelo.

— Não podemos simplesmente ficar na cela? E não sair para o Hex? — sugiro, nervosa.

— É praticamente uma exigência — esclarece Calder, quando Remy se levanta e bate à porta do banheiro, apressando Hudson. — E, se você ficar escondida aqui, é como se dissesse a todo mundo que não tem coragem.

É claro.

— Quer dizer, então, que não há um jeito de vencer. É isso?

— De jeito nenhum. — Calder arruma os cabelos outra vez. — O que estou dizendo é que você tem que ir lá fora e mostrar toda a sua beleza e valentia. Caminhe pelo Hex de cabeça erguida. Com um porrete grande nas mãos.

Reconheço a citação de Teddy Roosevelt. Mesmo assim, não consigo resistir e respondo:

— Não tenho um porrete aqui.

Ela revira os olhos.

— É claro que tem. Você tem Remy e a mim. Nós somos os maiores porretes neste lugar.

— Ei, não me inclua nisso — diz Remy, falando bem devagar e arrastando a voz. — Prefiro amar em vez de brigar.

Calder ri como se Remy tivesse dito a coisa mais engraçada de todos os tempos. E não consigo deixar de recordar o que os guardas disseram ontem: a última pessoa que caiu na cela de Remy foi tirada de lá aos pedaços. Quando conhecemos Calder, imaginei que fosse por causa dela; afinal, aquele rosnado era o bastante para que eu mesma me fizesse em pedaços só para evitar o que ela havia planejado fazer comigo.

Mas talvez seja Remy, mesmo. Tem alguma coisa em Remy que praticamente grita que ele é capaz de se garantir em qualquer situação, com qualquer pessoa. Pensando bem... é mais ou menos como Hudson. Mas em um conjunto bem diferente.

— Tudo bem, então. — Engulo com dificuldade, considerando o nó que se formou na minha garganta. — Mais alguma coisa que precisamos saber sobre como se sobrevive neste lugar?

— Não aceite desaforo de ninguém — aconselha Hudson quando sai do banheiro. Seu cabelo ainda está úmido, escorrido e lhe caindo por cima da testa. É a primeira vez que o vejo assim. E, apesar das palavras valentes, é algo que o faz parecer... vulnerável. Mas, por outro lado, pode ser por causa de seu olhar. Defensivo, distante e vazio.

Apesar de tudo isso, ele continua supersexy. Afinal de contas, estamos falando de Hudson Vega. Tenho certeza de que ninguém inventou um método para tirar esse ar sexy dele.

— Exatamente. — Calder sorri e pisca os olhos. — Hudson sabe do que estou falando.

Eu fito Hudson, à espera de que ele olhe para mim e divida um sorrisinho sobre o quanto Calder sabe ser ridícula... e ridiculamente adorável. Mas ele está fazendo de tudo para não olhar para mim. Assim, não me resta nada a fazer além de dividir um sorriso com Remy, que balança a cabeça indicando que adora as coisas que Calder diz e faz.

Sinto vontade de dizer mais, mas, antes que eu consiga fazê-lo, todas as luzes da cela ficam azuis.

— É hora do Hex? — pergunto, nervosa.

— É hora do Hex — responde Remy, logo antes de um alçapão no piso se abrir.

## Capítulo 120

## POR QUE DEVEMOS OFERECER A OUTRA FACE
## QUANDO PODEMOS DAR UM TABEFE
## NA OUTRA FACE?

— O que vamos fazer primeiro? — pergunta Flint enquanto esperamos que a escadaria mais íngreme e mais estreita que já vi na vida se estenda a passo de tartaruga. Ela vai baixando tão devagar que tenho quase certeza de que poderia descer mais rápido se fizesse um rapel. E olhe que sou péssima de escalada.

— Tenho que dar umas voltas. E entregar uns pacotes — comenta Remy. — Pode vir comigo, se quiser.

— Ou você pode vir comigo — oferece Calder. — Sou bem mais divertida do que Remy, de um jeito ou de outro.

Remy nem discute. Só inclina um pouco a cabeça e parece dizer: "Ela é mesmo".

— O que vai fazer? — pergunto, porque não sei se a palavra "divertido" significa a mesma coisa para Calder e para mim. E acho que não significa mesmo.

Os dentes dela brilham sob as luzes da nossa cela.

— Vou procurar um jogo, é claro.

— Um jogo? — pergunta Flint, como se aquela fosse a última resposta que ele esperava.

— Vamos para o Fosso daqui a uns dias — ela explica. — Por isso, vamos precisar de dinheiro. E isso significa...

— Que precisamos encontrar um jogo para apostar? — termino a frase para ela.

— Exatamente — responde Calder.

— De que tipo de jogos vocês estão falando? — indaga Hudson.

— Não se preocupe. Tem todo tipo de jogo para todo tipo de gosto — explica-lhe Calder, olhando-o da cabeça aos pés como se Hudson fosse um cavalo premiado... um garanhão, pelo jeito.

— Que sorte a nossa — ele responde, colocando um braço ao redor dos meus ombros. Tenho certeza de que isso é um mecanismo de autodefesa, pois Calder está ficando cada vez mais assanhada. Mas não chega a ser um problema. Fico feliz em poder protegê-lo um pouco.

Além disso, gosto de senti-lo assim, junto de mim. E do jeito que ele finalmente me olha quando me aconchego ainda mais junto dele, sob o seu braço. Como se eu fosse absolutamente tudo que ele quer.

Sei muito bem que isso é uma má ideia, brincarmos de ser consortes quando sabemos que isso vai ter de acabar. Mas é difícil ignorar a atração existente entre nós agora que estamos trancafiados em um lugar tão pequeno. É ainda mais difícil ignorar o que ele sente por mim quando está tudo escrito em seu rosto... e mais ainda: ignorar a minha suspeita de que estou me apaixonando por ele também. Ou pior: que já me apaixonei. E a ideia de desistir dele dói muito mais do que eu gostaria. Muito mais do que consigo suportar agora.

No entanto, o que mais posso fazer? Deixar que Jaxon perca sua alma, que ele se transforme naquilo que mais teme, quando tenho a chance de impedir que isso aconteça? Não vou conseguir agir assim. Mas a dor já está aqui, esperando por mim, esperando por nós. Vai doer muito se, só por um tempo, eu fingir que Hudson é meu? E se eu deixá-lo fingir que sou dele?

— Já estava na hora! — exclama Flint. E percebo que a escada encostou no chão. — Vamos lá.

— Está pronta? — pergunta Hudson, com as sobrancelhas erguidas.

— Nem um pouco.

— Ahh, pare com isso. Vai ser divertido — intervém Calder com um sorriso enorme. — Vários detentos novos chegaram nestas últimas semanas. Tenho certeza de que podemos chamar alguns para disputar umas quedas de braço.

— Hmmm... — Analiso o bíceps gigante dela e depois para o meu, que não é tão grande assim, e sugiro: — Talvez eu fique só olhando esse jogo.

— Ah, é claro, Cachinhos. — Ela revira os olhos de uma maneira amistosa. — Eu estava falando com o vampiro.

— Opa, foi mal — digo, com uma risada, enquanto saio de baixo do braço de Hudson. — Fiquem à vontade para disputar o que quiserem.

— É o que pretendo fazer — conta ela, agitando as sobrancelhas. E logo antes de dar um tapa na bunda de Hudson. — Ande logo ou leva outro, mocinho.

Em seguida, ela mergulha pelo alçapão.

— Por acaso ela... — Hudson me encara com olhos chocados.

— Sim. Exatamente isso — eu lhe garanto. — Deve ser alguma coisa entre os membros do mesmo time. Você sabe. Assim os jogadores de futebol americano dão tapas na bunda uns dos outros logo antes de entrarem em combate.

— Eu sei. Mas acho que essa é a primeira vez que alguém deu um tapa na minha bunda desde que eu... — Ele para por um momento para pensar; em seguida, faz um gesto negativo com a cabeça. — Não, esta é a primeira vez na vida que alguém me dá um tapa na bunda.

Ele não parece irritado; está mais para contemplativo.

— Olhe só para você — brinca Flint, enquanto segue Calder. — Já começou a ter novas experiências na prisão.

— Se quiser, posso lhe dar mais um tapa — diz Remy, sem rir. — Assim você já leva um tapa de cada lado.

Hudson revira os olhos.

— Acho que estou bem assim. De qualquer maneira, obrigado.

Remy dá de ombros, filosoficamente.

— É você quem está perdendo, parça. — E ele também desaparece pela escada.

Vou descer logo em seguida, mas Hudson segura a minha mão e me puxa de volta para os seus braços.

— Ah, é assim? — pergunto com um sorriso mal-intencionado, enquanto enlaço a cintura dele com os braços. — Quer que eu lhe dê um tapa nessa bunda em vez de Remy?

Ele finge pensar a respeito. Em seguida, sorri e diz:

— Sempre que quiser. — Logo antes de encostar a boca na minha.

É um beijo doce, rápido e ainda faz com que eu me derreta toda por dentro. Talvez seja por isso que abaixo um pouco a mão e lhe dou outro tapa na bunda, assim como Remy sugeriu.

Hudson ri, quase gargalhando. E sei que fiz isso porque nada neste mundo me deixa mais feliz do que ver Hudson rindo.

— Vamos lá — eu o chamo, enquanto vou para a escada. — O último a chegar lá embaixo tem que disputar uma queda de braço com Calder.

O fato de que ele nem tenta passar na minha frente para descer a escada mostra que Hudson é realmente um cavalheiro.

## Capítulo 121

## SÓ É UMA GUERRA DE COMIDA
## SE A COMIDA REVIDAR

Parece que o Hex não tem esse nome à toa.

Em parte, porque é uma sala gigantesca, com o tamanho de pelo menos dois campos de futebol americano, com seis lados. E também porque a maioria das pessoas aqui está tentando fazer alguma coisa para levar vantagem em cima das outras — mas sem usar magia alguma, é claro. Graças às pulseiras.

O salão inteiro está tão iluminado quanto a Times Square numa noite de sábado. Mas é aí que a luz acaba, porque tudo neste lugar é bastante sombrio.

Sombrio, mortífero e devastador.

Há guardas posicionados a cada dez metros ao longo das paredes marcadas e manchadas. Mesmo à luz do dia, aquelas criaturas esquisitas com chifres de cervo na cabeça e a pele translúcida são mil vezes mais assustadoras do que à noite. Algo que não achei ser possível.

— O que são essas coisas? — sussurro para Hudson, quando passamos pelo maior guarda no salão. Ele está vigiando a entrada principal do lugar. E, embora esteja vestido com um uniforme verde-oliva sem muitos adereços, ainda consigo ver as veias e os músculos. Em alguns casos, consigo até ver os ossos logo abaixo da sua pele. E basta acrescentar um conjunto de dentes e garras bem assustadores para eu perceber por que essa criatura não precisa de armas. Ela *é* a arma.

— São windigos — responde Hudson em voz baixa. — Nem pense em mexer com eles.

— Não me diga — respondo.

— É sério. Eles são implacáveis e comem carne humana. Por isso, é melhor não chamar a atenção deles.

— Eles nem são tão ruins — rebate Remy. — Claro, não estou dizendo para você ir até lá e irritá-los. Mas, se não se meter com eles, quase consigo garantir que eles não vão querer devorar você.

— Sabe, afirmar que você "quase consegue garantir" é bem eficaz para acalmar os nervos das pessoas — comenta Flint, enquanto observa outro guarda pelo canto do olho.

— Aquela ali é Bertha — explica Remy. — Ela não vai machucar você... a menos que você apronte alguma coisa comigo.

— Quer dizer que não posso dar um tapa na sua bunda, então? — conclui Hudson, mantendo a expressão séria.

— Aí depende — diz Remy depois que consegue parar de rir. — Se quiser continuar com a mão grudada na ponta do braço depois. Ela adora churrasco de dedos.

— Cada um com seu prato favorito — concorda Flint. E percebo que ele está forçando o humor, mas mesmo assim gosto de ver isso. — O meu é bolo de chocolate, mas quem sou eu para julgar? Afinal de contas, churrasco é uma delícia também.

— Você é ridículo mesmo — falo para ele. — E você sabe disso, não é?

— Como eu poderia não saber, se você vive falando a mesma coisa? — ele responde, piscando o olho.

— O que vamos fazer agora, então? — pergunta Hudson.

— Agora procuramos algumas pessoas que queiram perder dinheiro — replica Calder, enquanto faz um sinal com a cabeça, indicando um grupo de paranormais mal-encarados que estão sentados juntos em algumas mesas no centro do salão. Diferentemente da maioria dos outros grupos neste Hex cavernoso, o grupo não parece ser formado em sua maioria por uma espécie de paranormal. Em vez disso, há uma mistura de espécies: fadas, dragões, bruxas, vampiros e um punhado de outros que não consigo identificar em suas formas humanas.

— Vai mesmo disputar umas quedas de braço? — pergunta Remy, observando-a e se divertindo com a situação, enquanto passamos por um grupo que tenho quase certeza de serem feiticeiros, cobertos da cabeça aos pés em runas e outras tatuagens mágicas.

Eles estão rolando dados dentro de um pentagrama preto desenhado no chão. Olho mais de perto, esperando ver símbolos mágicos nos dados. Mas, em vez disso, eles são somente dados normais de seis lados com pontinhos marcando os valores de cada face, assim como aqueles que a maioria das pessoas no mundo joga.

— O que está havendo ali? — pergunto quando uma paranormal, cuja espécie não reconheço, rola os dados dentro do pentagrama. Um dos dados mostra o número um e o outro, o número dois. O feiticeiro que comanda o jogo ri e estende a mão. Ela revira os olhos, mas coloca uma moeda de ouro na palma dele com força antes de pegar os dados de novo.

— Não dá para trapacear com dados mágicos — diz Calder, com desprezo. — Assim, a menos que seja uma exigência do jogador, aqueles necrólitos usam dados comuns e atraem os crédulos e os ingênuos.

— E muitas pessoas exigem o uso desses dados? — indago.

— Está me zoando, né? Isto aqui é o Hex. Ninguém confia em ninguém — ela responde. — Nem mesmo os caras bons.

— E tem caras bons aqui embaixo? — pergunto enquanto olho para um grupo de paranormais diferentes que não tenho a menor condição de identificar.

— E nós? Somos o quê? — pergunta Remy.

— E mesmo assim Calder está querendo usar Hudson para ganhar umas apostas — eu o lembro.

— Isso não faz de mim uma pessoa má — pontua Calder, segura de si.

— Isso faz de você o quê, então? — pergunto.

— Ei, eu só jogo com a vaidade alheia. Esses caras trapaceiam. Não é a mesma coisa — explica ela, enquanto olha para Hudson e diz: — Faça cara de otário.

— Como é? — Ele ergue uma sobrancelha.

— Faça aquela cara de "Acabei de passar pela câmara", que você estava fazendo antes. Ninguém vai acreditar que você é incapaz de ganhar se continuar andando desse jeito. — Ela pisca os olhos para ele. — Sendo bem sincera, neste exato momento você está quase tão bonito quanto eu.

— E por que eles acreditariam que você não é capaz de ganhar? — Hudson questiona. E, embora o seu rosto esteja bem sério, percebo que ele está se divertindo bastante com a situação.

— Mas você não sabe de nada mesmo, hein, inocente? — Ela o encara com uma expressão de "Isso não é óbvio?" enquanto abre os braços. — Encantos femininos, neném. Encantos femininos.

— Grace tem encantos femininos também — comenta Flint quando me cutuca com o ombro.

— Sim, mas ela só tem isso. — Calder solta um aff pelo canto da boca. — O que ela vai fazer? Estrangular aqueles otários com os cachos?

— Eu não sabia que teria que estrangular alguém — respondo.

— Exatamente! — exclama ela, triunfante, o que me deixa perguntando a mim mesma como e por que ela quer estrangular suas vítimas nas disputas de queda de braço. E por que ela acha que fazer isso a ajudaria a ganhar dinheiro.

Isso também incentiva a minha determinação para provar o meu valor, de algum modo. Mesmo que seja na arena de queda de braço. Se eu tivesse a minha gárgula, poderia fazer muitas coisas. Sem ela, sou apenas a velha Grace de sempre. Mas essas pessoas também estão sem seus poderes, o que significa que, pelo menos, tenho uma chance.

Passamos por outro grupo de paranormais — fadas, creio, a julgar pelas asas pequenas e os cabelos multicoloridos. Eles estão entretidos com um jogo que envolve três copos e uma moeda de ouro. E eu observo com interesse enquanto ganham da sua vítima uma quantia bem maior do que o valor daquela moeda que ele está tentando pegar.

No canto, vislumbro um grupos de lobos promovendo um jogo de vinte-e-um. E, embora eu não fique muito tempo por perto para ver o que estão fazendo (ou como estão jogando esse jogo), é óbvio que eles tenham tentado aprontar alguma coisa, a julgar por um apostador que ficou irritado. Inclusive, ele está tão irritado que falo para a minha turma se apressar.

Uma cadeira voa pelo lugar e acerta o lobo que está dando as cartas, enquanto o apostador grita alguma coisa sobre trapaça. Ele mal consegue dizer mais do que um punhado de palavras antes que outro lobo esteja sobre ele, fechando o punho com força ao redor do seu pescoço. E é aí que tudo se transforma em um inferno. O apostador era um troll, e um grupo de trolls invade o jogo dos lobos em massa. O que faz com que outro bando de lobos decida fazer a mesma coisa.

Sangue e corpos começam a voar pelos ares enquanto Remy nos tira dali, mas o tumulto não dura tanto tempo. Dois guardas chegam correndo e já começam a arrebentar o jogo. O maior deles enfia uma garra longa no ombro de um lobo e o atravessa de um lado a outro; em seguida, ele o ergue para que todos consigam vê-lo, enquanto o segundo agarra o troll que começou tudo e lhe arranca a perna... para, logo em seguida, começar a comê-la.

O troll está gritando. O sangue flui aos borbotões. E os outros guardas estão se aproximando com os dentes à mostra e as garras prontas. Meu estômago se retorce com aquela carnificina e quase vomito, mas consigo me conter. Não consigo nem imaginar o tamanho do sinal de fraqueza que isso seria em um lugar como este. Fico apavorada pelo que pode acontecer a seguir, porém ainda mais apavorada quando percebo que a maioria das pessoas neste lugar mal percebe a cena.

Remy e Calder não fazem muito mais do que dar uma olhada rápida para o troll que sangra antes de continuarem a cuidar dos próprios planos. Eu, por outro lado, não consigo parar de enxergar o windigo comendo a perna do troll, mesmo que Hudson esteja com os braços ao redor de mim e pressionando o meu rosto em seu peito.

— Precisamos sair daqui — sussurro para ele, enquanto o meu estômago se revira e se retorce em um esforço desesperado para vomitar o que sobrou daquele frango com batatas.

— São só duas horas — ele me diz. — Logo isso vai terminar...

— Não, não estou falando do Hex. Esta prisão. Não podemos ficar aqui. Não podemos...

— Fale baixo, Cachinhos — interfere Calder, com a boca bem perto da minha orelha. — A pior coisa que você pode fazer neste lugar é falar sobre os nossos planos. Vamos ser jogados na solitária em menos de três minutos... e provavelmente vamos chegar lá sem um braço ou uma perna, também.

Depois do que acabamos de ver, eu acredito. Que tipo de prisão tem guardas que gostam de devorar os detentos? Tipo... até entendo que isso diminui o problema da superlotação, mas mesmo assim é assassinato. Por que colocam pessoas aqui para puni-las e fazer com que se redimam por crimes violentos, se aqueles que estão no controle cometem todos os atos violentos que quiserem?

Não faz sentido. E pior: isso é errado. Completamente errado.

— Continue andando — diz Remy. E, pelo menos desta vez, identifico uma urgência na sua voz que se recusa a ser ignorada.

Assim, vamos em frente, com um pé depois do outro, mesmo que nós três estejamos abalados.

Hudson parece ter sido o menos afetado pelo que acabamos de ver, mas ele passou uma parte enorme da vida na corte de Cyrus e Delilah. Quem sabe o que ele viu por lá?

Não paramos de andar até aquele tumulto se acalmar. Percebo que estamos bem no centro do Hex, diante de uma mesa cheia de infergins. Ou "otários", como Calder os chama.

Eles parecem um pouco perdidos, um pouco confusos e um pouco assustados. Mas nenhum sai correndo quando Calder se senta no tampo da mesa ao redor da qual todos estão sentados e pergunta:

— Quem quer jogar?

# Capítulo 22

## DE FÉRIAS COM O HEX

— Vai nos comer se jogarmos? — pergunta o demônio solitário.

Calder manda um beijinho para ele.

— Só se você pedir com jeitinho.

— E isso funciona ao contrário também? — questiona um dos vampiros que está de olho nela desde que chegamos aqui.

— Só se você pedir com jeitinho — repete ela, e a mesa inteira ri. — Mas vou lhe dizer uma coisa. O vencedor ganha tudo. Certo, Hudson?

Meu consorte não diz nada em resposta a isso. Simplesmente inclina a cabeça, indicando que aquilo que ela diz é o que vale.

Mas Hudson fica muito fofo quando faz isso. E a plateia não deixa esse fato passar. Isso e a maneira com que Calder encara o grupo ao redor da mesa, agitando as sobrancelhas, é o bastante para dar início a uma comoção.

Não sei se isso acontece porque um dos membros do grupo finalmente reconheceu a existência deles ou se é porque estão simplesmente encantados com Calder e Hudson, mas os *infergins* quase atropelam uns aos outros em seu entusiasmo para chegar ao que seria a primeira fila do espetáculo. Antes que eu perceba, cada um deles já apostou uma moeda de ouro pelo privilégio de disputar contra Calder ou Hudson.

Calder casa a mesma quantia para cada uma das apostas. E fico me perguntando quantas moedas ela tem guardadas. Cada um deles tem filas longas diante de si — umas vinte e cinco pessoas, mais ou menos. Não vão conseguir ganhar de todos. Alguns dos adversários que eles vão enfrentar são enormes. Há também outros vampiros. E, mesmo tendo certeza de que Hudson é capaz de cuidar deles, não sei se Calder se daria tão bem.

Sei que ela é bem forte; isso é óbvio. Mas será que ela é forte o bastante para enfrentar um vampiro adulto com toda a sua força? Especialmente sem conseguir acionar o seu lado manticora?

O meu estômago gela de nervoso quando as duas primeiras pessoas chegam para disputar contra eles. Cada um bota uma moeda na mesa ao lado de Hudson e Calder. Em seguida, sentam-se nas cadeiras com os braços erguidos.

Hudson e Calder se inclinam para a frente e seguram a mão dos seus adversários. E, então, Flint (que, por algum motivo, foi escalado para ser o árbitro) começa a explicar as regras.

— Bundas na cadeira o tempo todo. Só vale usar um braço na disputa. O vencedor leva a grana e o árbitro decide todos os empates. Essas são as regras. Quem não gostou delas, caia fora. — Ninguém se move nem reclama, então Flint prossegue: — Comecem quando eu disser "três". Um, dois, três!

A coisa termina pouco antes de Flint terminar de dizer a palavra. Calder e Hudson batem os braços dos seus oponentes com tanta força no tampo da mesa que fico imaginando se a superfície ficou amassada.

Não chegou a tanto, mas tenho quase certeza de que alguém saiu dali com uma torção no pulso.

A segunda e a terceira disputas acontecem essencialmente do mesmo jeito. Mas, na quarta aposta, Hudson se vê diante de um gigante. Calder ganha a sua queda de braço contra o demônio, mas Hudson leva a pior.

Ele aceita a derrota com um sorriso e uma piada, e logo a atmosfera tensa que invadiu a competição se dissipa e todos estão se divertindo bastante. O que é bem diferente dos outros jogos que ocorrem no lugar.

Pouco tempo depois, Remy sai da mesa com seus dois embrulhos misteriosos e decido andar um pouco, considerando que os outros três ainda estão concentrados nas disputas de queda de braço. Normalmente, eu ficaria por perto, mas estou assimilando um pouco os comentários de Calder sobre os meus encantos femininos serem a única coisa de valor que tenho.

Ao mesmo tempo, não vou muito longe; isso me parece não ser a coisa mais inteligente a se fazer, considerando o que aconteceu agora há pouco com os lobos e o troll. Se puder escolher, prefiro que meus braços e pernas fiquem exatamente onde estão.

Assim, em vez de ir para perto de um dos guardas, fico mais perto das mesas no centro do Hex, procurando alguma coisa que atraia a minha atenção.

A primeira coisa que vejo é um bando de dragões em forma humana que estão ocupados com um jogo de cartas. Eles não parecem muito bem. Mesmo na forma humana, sua pele parece arranhada e cheia de feridas. E isso me faz sentir pena deles. Será que isso é culpa da própria prisão? Ou talvez da câmara?

Passo por um grupo de paranormais pequenos com asas, cabelos multicoloridos e várias fileiras de dentes bem afiados. Será que são fadas?

Pixies? Ou alguma espécie completamente diferente? Não tenho certeza, mas um deles sorri para mim e tenta me convencer a comprar um tipo de pó iridescente. Do outro lado há um grupo de selkies que vendem frascos de algum tipo de água... água do mar, talvez? Fico observando duas bruxas que organizam um jogo chamado *Razzle Dazzle*, no qual, para marcar pontos, é preciso jogar bolinhas dentro de uma caixa com ranhuras. A mais nova me lembra muito a minha amiga Gwen, com seus longos cabelos negros e seu sorriso tímido.

Só que, quanto mais tempo passo ali, mais percebo que ela usa esse sorriso para ganhar vantagem. E convencer as pessoas de que não há nenhum tipo de trapaça com esse jogo. Mas já joguei esse jogo algumas vezes. O pai de Heather é professor de matemática e uma das coisas que mais gostava era demonstrar como os diferentes jogos de apostas só servem para arrancar dinheiro das pessoas... e também qual é a melhor maneira de ganhar, quando se joga um deles.

Quando o último jogador se levanta e vai embora, irritado por ter perdido (mas sem surtar para atrair a atenção dos guardas, graças a Deus), eu me sento na cadeira que acabou de ficar vaga.

— Você é nova aqui — afirma a bruxa velha que comanda o jogo.

— Sou, sim — concordo.

— E está com quem?

Não sei exatamente do que ela está falando. E isso deve ficar bem visível no meu rosto, porque ela ri e indaga:

— Quem a trouxe até aqui?

— Ah. Remy e Calder. Eles...

— Todo mundo conhece Remy — ela me diz, e há um toque de carinho em sua voz quando fala dele que eu não esperava. Por outro lado, também não chega a ser tão estranho assim. Ela deve ser uma das pessoas que está aqui há mais tempo. E provavelmente conhece Remy desde que ele era pequeno.

— Mas, olhe, estou surpresa por ele ter deixado você andar aqui sozinha.

— Ele está ocupado — explico a ela, dando de ombros. — E achei que o seu jogo parecia bem divertido.

As bruxas se entreolham.

— Ah, com certeza, é bem divertido — concorda a mais nova. — Quer jogar?

— Quero, sim. — Observo aquele tabuleiro já familiar, com a disposição aparentemente aleatória de números entre um e seis. E tento descobrir se há algum padrão aqui. Assim como a matemática avançada que o pai de Heather ensina a seus alunos, este aqui tem vários números 4, vários números 1 e bem poucos 5 e 6. Os números mais altos estão concentrados no centro do tabuleiro, em sua maioria. E muito poucas pessoas percebem que essa área é ligeiramente mais elevada do que o restante do tabuleiro, de modo que as bolinhas que eu jogar ali vão rolar para longe do centro.

— Mas não tenho dinheiro para apostar.

— Não tem nada? — questiona a bruxa, obviamente espantada.

— Nada — repito. E me sinto uma idiota. A ideia principal é jogar por dinheiro, sempre. Por que diabos eu me sentei aqui sem ter um único dólar no bolso?

A verdade é que fiquei tão irritada com aqueles comentários de Calder a meu respeito que simplesmente não pensei.

— Desculpe. Vou sair.

— Não tão rápido. — A mão encarquilhada e com garras longas da bruxa segura o meu braço e impede que eu me levante. — Você não tem nada de valor aí?

Penso em dizer que não, mas coloco a mão nos bolsos e encontro... uma moeda de ouro. Não faço a menor ideia de como ela surgiu ali, mas deve ter sido colocada por Calder ou Remy. Preciso me lembrar de agradecê-los mais tarde.

— Quantas jogadas esta moeda vale?

Rápida como um relâmpago, a mão dela se move e pega a moeda, enquanto a ganância brilha em seus olhos.

— Uma jogada — ela me diz. — Se você ganhar...

— Uma? — pergunto, incrédula. — Não, obrigada.

Ergo a mão para pegar a moeda e ela rosna. A bruxa literalmente rosna para mim enquanto puxa a moeda para longe do meu alcance.

— Que tal dez jogadas? — sugere a bruxa mais nova. — Pode jogar cinco vezes. Se, a qualquer momento, a soma dos seus números for igual a um dos prêmios... — Ela aponta para as várias pilhas de moedas atrás das combinações vencedoras: vinte e seis, dezoito, quarenta e um e trinta e dois. — Você leva a moeda e o prêmio. Se perder o jogo, a moeda é nossa.

A bruxa mais velha sorri agora. Embora eu saiba que essa aposta as favorece muito mais do que a mim (ou pelo menos é isso que elas pensam), decido aceitar. Todas as instruções do pai de Heather estão passando pela minha cabeça agora, enquanto pego o punhado de bolinhas e as rolo perto da parte de baixo do tabuleiro.

Elas caem por toda parte. E, quando adicionamos os valores, o total é dezenove. Que não corresponde a nenhum prêmio.

A bruxa velha sibila de alegria.

— Mais quatro — diz a bruxa jovem, devolvendo as bolinhas para que eu as jogue outra vez.

Eu as balanço na mão um pouco mais desta vez e jogo de novo. Desta vez, o total é vinte e três. Ainda não consegui nenhum prêmio.

A bruxa mais velha se inclina na minha direção com um sorriso macabro.

— Mais três rodadas, lindinha.

Concordo com um aceno de cabeça e agito as bolinhas na mão, enquanto tento decidir o que fazer. Perdi as duas primeiras rodadas. Será que devo perder a terceira e induzi-las a uma falsa sensação de conforto? Ou é melhor começar a ganhar agora para que não possam alegar que a última rolagem foi sorte?

Não há resposta fácil. Especialmente se considerarmos que, se elas fizerem um escândalo, posso acabar com uma perna a menos, como aquele troll. Considerando que gosto das minhas pernas — e dos meus braços —, o dilema é real.

Jogo as bolinhas mais uma vez e elas caem nas ranhuras cuja soma é dezoito.

As duas bruxas se afastam do tabuleiro, chocadas, enquanto sorrio e estendo a mão para as dezoito moedas que a minha jogada me rendeu.

— Como fez isso? — pergunta a bruxa jovem, com a mão em cima do saco de moedas.

— Como assim? — pergunto, arregalando os olhos e fingindo inocência. — Achei que precisava conseguir um dos números que aparecem no tabuleiro?

— É, sim. Você jogou bem — elogia a bruxa mais velha, tocando o braço da mais nova com um gesto apaziguador. — Antes de receber o seu prêmio, que tal se apostarmos valendo o dobro ou nada?

— Não tenho outra moeda para dobrar a minha aposta — digo a ela, mesmo sabendo que não é a isso que ela se refere.

— É claro que você não tem. Você aposta a mesma moeda e pode ganhar o dobro. Se ganhar outra vez, você recebe a sua moeda de volta e o dobro do prêmio que ganharia normalmente. Se perder, fico com tudo.

Finjo refletir acerca da proposta.

— Acho que parece justo.

— Claro que é justo. Tantas moedas são um dinheirão no Fosso — afirma ela, com um sorriso malandro. — É para lá que você vai, não é?

Não pergunto como ela sabe disso. Em vez disso, sorrio-lhe e jogo as bolinhas... e a soma delas resulta em trinta e dois. Oitenta e duas moedas. Tenho certeza de que isso é mais do que Calder ganhou com as quedas de braço até o momento. Não que eu esteja contando, é claro.

— Posso pegar meu prêmio, por favor? — pergunto, usando a voz mais agradável que consigo entoar.

— Você trapaceou — a bruxa mais nova sussurra para mim, com os olhos estreitados e a voz lívida.

— Eu estava só jogando o seu jogo — replico, enquanto estendo a mão para receber o prêmio.

— É impossível você ter ganhado de um jeito justo. Impossível — comenta ela por entre os dentes.

— Ué... por que isso seria impossível? — pergunto, sem alterar a voz. — A menos que isso signifique que vocês estão trapaceando.

Ela não responde, mas seus dedos se curvam como se estivesse louca para arranhar o meu rosto inteiro. Em vez disso, ela balança a cabeça.

— Não foi esse o acordo que fizemos. Você não pode sair do jogo até fazer a última jogada.

— Mas já estou satisfeita. Não quero mais jogar.

Ela se aproxima de mim e desliza uma unha afiada como uma navalha pelo meu rosto.

— Neste caso, você abre mão do seu prêmio, lindinha. Um acordo é um acordo, afinal de contas.

Pondero sobre discutir com ela, pois nosso acordo não falava nada sobre apostas agregadas. Por isso, tecnicamente, eu devia ser paga por essas duas jogadas e depois jogar a quinta vez, sem qualquer outra obrigação. Mas um dos guardas está passando por perto. E não quero dar chance para o azar nem deixar que ele me pegue batendo boca com essas bruxas.

Assim, simplesmente confirmo com um aceno de cabeça quando ela oferece:

— O dobro ou nada.

E pego as bolinhas que ela me entrega.

Logo depois, a bruxa mais nova balança o tabuleiro.

— Só por sorte, mais nada.

Mas percebo uma diferença no tabuleiro. Vejo que ele está ligeiramente inclinado para um lado, de modo que as bolinhas vão rolar para longe dos números mais altos. Heather e eu passamos horas treinando este jogo quando éramos crianças, determinadas a ganhar do pai dela. E depois de literalmente dezenas de milhares de jogadas, eu sei que o segredo é jogar metade das bolinhas no lado mais baixo e depois girar o pulso para que a outra metade fique perto do topo, onde os números mais baixos estão agrupados.

Mas isso era no tabuleiro do pai dela, que tinha uma inclinação tão discreta que era quase impossível perceber. Mais ou menos como este tabuleiro estava antes que a bruxa o balançasse. Não sei se vou conseguir fazer a mesma coisa funcionar quando o tabuleiro está inclinado de um jeito diferente. Mas digo a mim mesma que não tem importância. Apostei uma moeda no começo, sabendo que podia perdê-la. Na pior das hipóteses, vou sair deste jogo de mãos abanando, mas com os braços e pernas intactos, porque não estou a fim de brigar.

Na melhor das hipóteses? Calder vai aprender que os meus encantos femininos não são a minha única vantagem.

Com isso em mente — e com uma quantidade cada vez maior de pessoas que me encaram com olhares de cobiça —, passo um bom tempo agitando as bolinhas na mão antes de finalmente jogá-las no tabuleiro.

# Capítulo 123

## HEX-CELENTE

Prendo a respiração enquanto as bolinhas rolam pelo tabuleiro mais do que eu gostaria, desejando com todas as forças que parem nas ranhuras com números favoráveis para mim. Achei que tinha feito um arremesso certeiro, porém, quando as bolinhas quicam do lado do tabuleiro até o canto e depois rolam por ele, não consigo deixar de pensar se cometi algum erro e joguei com força demais.

Após instantes, as bolinhas pousam e somo cada uma delas. Três, nove, quinze, dezoito, vinte e dois, vinte e três, vinte e sete, trinta e dois.

Pisco os olhos e conto outra vez. O número ainda é o mesmo. Trinta e dois. É um dos números vencedores.

A bruxa e eu erguemos os olhos do tabuleiro ao mesmo tempo. E, de repente, ela está junto de mim, com uma Athame encostada na minha garganta. Não sei por que ela foi mandada para a prisão. E, no momento, isso não importa. Tudo que importa é que ela não corte a minha garganta.

E que aqueles malditos guardas windigo não apareçam aqui para esquartejar nenhuma de nós.

— Não está achando que vou lhe pagar, não é?

— Vai pagar, sim, Esmeralda. — A voz arrastada e com o sotaque de Nova Orleans surge por trás de mim. — E vai tirar essa faca de perto da garganta dela. Caso contrário, eu e você vamos ter um problema sério para resolver.

Esmeralda rosna para Remy, que não diz mais nada enquanto ela o encara com um olhar furioso por cima da minha cabeça. Mas ela também deve saber que a última pessoa foi tirada da cela de Remy em pedaços. Porque só demora alguns segundos até que ela baixe a faca, e eu consiga respirar fundo pela primeira vez desde que ela me agarrou.

— Obrigado — agradece Remy daquele jeito sutil. Mas, quando olho para trás, percebo que os olhos dele estão girando daquele jeito estranho, dois poços verde-acinzentados. E, sinceramente, ver isso acontecer bem aqui, no meio de tudo... é completamente assustador. Até mesmo quando ele olha para mim e pergunta:

— Quanto ela está lhe devendo?

— Cento e sessenta e quatro moedas de ouro — respondo para Remy, e vejo seus olhos se arregalarem.

— Ela trapaceou — resmunga Esmeralda por entre os dentes. — Eu não devia ter que pagar.

Atrás de mim, ouço pessoas se agitando. Não sei se isso é por causa da discussão ou porque algum guarda está vindo. Mas, se for pelo segundo motivo, não vou me importar tanto com o que Calder e Remy dizem sobre o Fosso. Não preciso tanto de dinheiro para me arriscar a fazer inimizade com algum windigo.

— Podemos esquecer aquela parte sobre ganhar o dobro ou nada — sugiro-lhe. — Você pode pagar metade da...

— Aposta é aposta — Remy me interrompe. — Pague o que deve, Esmeralda. Ou você e eu vamos ter uma conversa séria. Não quer que isso aconteça, certo?

Aparentemente, não, porque dois sacos de moedas de ouro batem na mesa bem rápido.

— Obrigada — digo enquanto pego o dinheiro.

— Não me agradeça ainda, menina — pontua ela, com a voz carregada de raiva... e rancor. — Vou voltar para buscar o que é meu.

Não sei como responder a isso. Assim, não digo nada. Simplesmente pego o dinheiro que ganhei e deixo que Remy me leve para longe dali. E é o que ele faz, bem rápido.

Percebo que Hudson está logo atrás de Remy. E ele é a outra razão pela qual ninguém tentou interromper o jogo... ou roubar o ouro que ganhei. A única outra vez que o vi com essa cara foi logo antes que Hudson desintegrasse os ossos de Cyrus. E, usando ou não os braceletes que neutralizam a magia, Hudson não parece o tipo de pessoa que aceitaria alguma provocação agora. E isso é logo antes de ele encarar um dos guardas que vem para nos interceptar.

Depois disso, as pessoas não apenas se afastam quando passamos; elas literalmente se apressam para sair do caminho. Flint e Calder, que estavam terminando de organizar as coisas no ringue de queda de braço, vêm nos encontrar logo depois. E, em seguida, tenho a sensação de que estou andando em alguma espécie de gaiola paranormal, com Remy à minha frente, Hudson atrás e, à minha direita e à esquerda, Calder e Flint.

— Para onde estamos indo? — sussurro enquanto me apresso para acompanhar os passos longos de Remy. Só para mencionar: é uma droga ser a única pessoa baixinha num grupo de gente alta, em particular quando todos estão apertando o passo para tentar chegar bem rápido a algum lugar.

— De volta à nossa cela — explica Hudson. — Contando o que você ganhou e com as quedas de braço, temos ouro suficiente para que metade deste pátio queira pular em cima de nós.

Quando observo ao redor, percebo que todas as pessoas neste lugar estão nos fitando. E o que noto em seus rostos não é bom.

Medo, cobiça, curiosidade, raiva. Está tudo bem ali. E não consigo deixar de pensar quanto tempo vai levar até que tudo exploda.

Temos mais seis dias para chegar ao Fosso. Ou seja, vamos ter de fazer outras cinco visitas ao Hex. Eu achava que a câmara era a pior coisa que teríamos de enfrentar neste lugar, mas agora não consigo deixar de pensar se seria simplesmente uma questão de sair da frigideira para cair no fogo. E depois voltar para a frigideira, repetindo tudo isso sem parar.

Chegamos até a nossa cela no que deve ter sido um tempo recorde, mas nenhum de nós relaxa até que a escada se erga outra vez e o alçapão se feche.

No instante em que isso acontece, Calder solta um grito de alegria.

— Retiro o que tinha dito, Grace. Você deu um show lá embaixo. Pelo jeito, você tem muito mais talentos do que eu pensava.

É o elogio mais ambíguo que já recebi, mas Calder parece estar sendo sincera. Assim, sorrio e replico:

— Obrigada. — Mesmo que não me pareça muito justo aceitar o elogio, considerando que Remy teve que vir me resgatar. Se ele não tivesse vindo, tenho quase certeza de que eu ou uma das bruxas acabaria perdendo um braço, uma perna ou outras partes do corpo nas mãos de algum windigo irritado.

— Tem razão. Foi um show incrível.

— Eles mandaram muito bem, não foi? — pergunto, sorrindo para Hudson. — Ainda não acredito que você aguentou tanto tempo contra aquele gigante.

— Acho que ele não estava falando das quedas de braço — comenta Hudson com um sorriso. — Você foi espetacular.

— Eu? A única coisa que fiz foi jogar bolinhas em um tabuleiro.

— Contra duas das bruxas da irmandade mais maligna deste lugar — completa Remy. — E deixou as duas quase chorando antes de acabar.

— A única coisa que fiz foi jogar o jogo...

— Ninguém nunca ganha o jogo delas. Jamais. — Remy chega até a balançar a cabeça, sem acreditar. — É um fato bem conhecido por aqui.

— O que fez você decidir jogar com elas? — pergunta Flint.

— Eu conhecia o jogo. O pai da minha amiga Heather tinha um tabuleiro como aquele. E eu só queria ganhar dinheiro para ajudar todo mundo aqui.

— Não menciono o meu desejo de mostrar a Calder que tenho outros talentos, mas o olhar de Hudson me informa que ele já sabe disso. E que está se divertindo bastante com essa competição.

— Acho que você faturou quase tanto quanto Hudson e Calder ganharam juntos — avalia Remy. E é bem óbvio que ele está gostando da situação também. — Parece que você é a mais valente de todas aqui.

— Não tenho tanta certeza disso — respondo. — Hudson encarou um windigo como se isso não fosse nada.

— O que é que posso dizer? — Ele abre um sorriso pequeno que me faz sentir várias coisas em vários lugares. — Gosto de você com os braços e pernas grudados no corpo.

— É... eu também — concordo, com intensidade.

Os olhos dele escurecem com a minha maneira de falar. E, exatamente assim, volto àquele quarto de hotel em Nova York, envolvendo Hudson com os braços e as pernas enquanto ele fazia todas aquelas coisas com as partes do meu corpo de que tanto gosta.

## Capítulo 124

## O JOGO AINDA É A ROLETA-RUSSA SE A ARMA ESTIVER COM TODAS AS BALAS?

Não sei quanto tempo passamos aqui, encarando um ao outro com todo esse calor no olhar. Mas é o bastante para que Calder comece a se abanar e que Flint vá até o banheiro, justificando:

— De repente, senti uma vontade forte de tomar um banho frio.

Remy, por outro lado, simplesmente começa a rir e vai para a sua cama. Não demora muito até o restante de nós fazer o mesmo.

O almoço chega pelo alçapão; desta vez são sanduíches de peito de peru. E, a julgar pela maneira que eu como, parece que já faz um ano desde a última vez que vi comida. Quem imaginaria que quase ser assassinada pudesse abrir tanto o apetite de uma garota?

Depois, fico pensando se vamos passar o tempo sentados, conversando, já que não há muito mais coisas a fazer. Mas Calder, Flint e Hudson não demoram muito para dormir, e isso até parece normal. Pelo menos até que cada um deles comece a se agitar ou a gemer.

Nunca me senti tão patética — nem tão inútil — em toda a minha vida.

Detesto vê-los sofrendo. E detesto ainda mais não haver nada que eu possa fazer contra isso. Ainda assim, Remy diz que vai impedir que a prisão me pegue esta noite. E vou deixar que ele o faça, mesmo que não consiga impedir que os outros sejam pegos. A minha única esperança para eles é não cairmos na câmara de novo esta noite. Remy e Calder disseram que isso nunca acontece em sequência. Que talvez você seja pego pela câmara duas vezes no caminho para o Fosso, se tiver azar.

Estou com os dedos das mãos e dos pés cruzados, assim como todas as outras coisas que posso cruzar também. Só desejando que eles não precisem passar por tudo isso de novo. Que Hudson, Flint e Calder não precisem encarar o que a câmara guardou para eles. Especialmente considerando que esta noite vai ser pior, já que estamos um nível mais perto do Fosso.

Há um pedaço de mim que gostaria de ter lido o *Inferno* de Dante para entender como toda essa dinâmica das camadas do inferno funciona nesta prisão. Mas o outro pedaço está bem feliz por não saber. Hudson e Macy falaram que eu me escondo dos problemas. Que fico enterrando a cabeça na areia. E eles têm razão. Eu faço isso mesmo. Contudo, quando penso na prisão, a última coisa que preciso é que as imagens do que está por vir fiquem marcadas no meu cérebro.

Além disso, não temos a certeza de que essas coisas vão acontecer se não cairmos na câmara outra vez. Procuro me lembrar disso. E não vamos cair na câmara. Não vamos. Ninguém pode ter tanto azar assim.

Com exceção do nosso grupo. Sem parar.

Todas as noites, a cela gira enquanto esperamos para descobrir se caímos na câmara. E, absolutamente todas as noites, nós vamos parar no inferno.

— Isso não é justo! — grito com Remy na terceira noite. — Por que isso fica acontecendo com eles?

— A vida não é justa, *cher* — é a resposta lacônica. Mas os dedos de Remy estão brancos conforme ele segura o livro como se fosse uma corda na beira de um penhasco.

— Eles não podem continuar passando por isso! — grito, quando caímos na câmara na quarta noite seguida. A culpa e o desespero começam a me comer viva. Mas a única coisa que posso fazer é ficar sentada aqui, olhando... enquanto eles passam pelo inferno.

Nessa noite, os gritos deles são mais altos e mais frequentes. E, na manhã seguinte, nenhum dos três faz o menor esforço para fingir que estão melhores.

Flint está com uma cara horrível. Já faz dois dias que não o vejo sorrir. Seus olhos viraram dois poços profundos devido à falta de sono causada pelos pesadelos. E as mãos dele, agora, tremem quase o tempo todo.

A pele de Calder perdeu o brilho e ela estampa olheiras bem visíveis no rosto. Até mesmo os seus cabelos gloriosos estão opacos agora. Em vários momentos, ela tem de lutar para conter as lágrimas.

E Hudson...

Hudson está definhando bem diante de mim. Ele nem chega perto do sangue que lhe mandam na hora das refeições. Na verdade, nem olha para os copos. Quase não fala. Quase não dorme. E, a cada dia, parece se afastar um pouco mais de mim.

— Vai ficar tudo bem — garante Remy. Entretanto, consigo ver que há uma dúvida cada vez maior em seu olhar.

No quinto dia, não chegamos nem à metade do tempo que temos para passar no Hex. Todos os outros no nosso nível estão com um humor ótimo, já que nenhum deles caiu na câmara uma única vez, com exceção de um punhado de pobres coitados (que nos dão a impressão de que viriam nos encher de porrada se não estivessem tão abatidos pela câmara). Os jogos de azar estão ficando cada vez mais ousados. E Remy consegue ganhar uma quantidade enorme de moedas no jogo dos três copos com a bolinha. Ele tenta convencer os outros a montarem mais um campeonato de queda de braço, mas logo fica bem aparente que nenhum deles está em condições de participar de algo assim.

Flint perde suas primeiras três quedas e desiste.

Calder não consegue ficar sentada por tempo suficiente para começar uma disputa.

E Hudson se recusa terminantemente a tocar qualquer pessoa. Ele também nem passa diante das barracas que oferecem livros para trocar, algo que fez durante quase todos esses últimos dias.

Nós voltamos para o nosso quarto depois de menos de uma hora.

Mais tarde, depois que Calder começa a chorar histericamente no instante em que as luzes marcam uma hora até o giro da câmara, imploro a Remy que me deixe tomar o lugar de um deles.

— Não consigo aguentar isso! Não aguento ver meus amigos sofrerem desse jeito mais uma noite e não fazer nada para ajudá-los.

— Não vai funcionar — ele responde, apertando os dentes.

— Mas, se não tentar, como sabe que não vai funcionar?

A expressão com a qual ele me fuzila é tão sombria e desesperada quanto a sensação que tenho.

— Como sabe que já não tentei? Todas as noites tentei tomar o lugar de um deles. Impedir que a câmara os pegasse. Não dá certo, Grace. Por alguma razão que não entendo, só funciona com você.

No sexto dia, estamos reduzidos a escombros. Flint parou de comer e beber ontem, também. Ele não conversa nem se move. Quando chega a hora do Hex, Remy tem de inventar uma desculpa para os guardas, porque não há jeito de tirarmos Flint da cama. Ele passou quase todas as últimas vinte e quatro horas sentado na cama, com os braços ao redor dos joelhos enquanto balançava de um lado para o outro.

Tentei conversar com ele, reconfortá-lo, fazê-lo rir. Mas toda vez que chego perto dele é como se eu tivesse lhe acertado um tapa. Não sei o que ele está passando na câmara. Mas, seja o que for, isso o está matando. E isso é algo que não consigo aguentar.

Hudson está num estado quase tão terrível quanto Flint agora. Suas olheiras estão tão marcadas que até parece ter apanhado... várias e várias vezes. Ele não foge de mim, mas também não conversa muito comigo. Sempre que me aproximo, ele se enrijece. E, sempre que tento falar sobre o que aconteceu na câmara na noite anterior, ele diz que não preciso me preocupar com isso. Que está tudo bem. Que ele merece o que está acontecendo, mas que é preciso muito mais do que os pesadelos da câmara para derrubá-lo.

Eu queria ter essa certeza.

Sei que isso não vai matá-los. Flint e Hudson são muito fortes, fisicamente, para que uma semana sem comer direito os afete. Mas no campo mental e no emocional o jogo é bem diferente. E não sei se eles vão conseguir aguentar muito mais.

Até mesmo Calder, que já passou por tudo isso antes, parece a ponto de desmoronar. Ela passou o dia inteiro nas sombras. Toda vez que eu e Remy fazemos algum barulho, ela se encolhe e implora que não a machuquemos. Seus olhos castanhos, que normalmente exibem um brilho próprio, estão opacos e apagados. E ela nem tentou pentear os cabelos. Para uma garota que adora se cuidar, a mudança é impressionante. E perturbadora.

Quando a noite cai e as luzes na parede vão se apagando uma a uma ante a aproximação da hora do giro, a tensão cresce dentro da cela.

Flint finalmente se mexeu. Agora ele está deitado de bruços, com a cabeça enfiada embaixo do travesseiro, com o corpo todo enrijecido.

Calder ainda está nas sombras, mas fala sem parar. Sua voz sai estridente e embolada ao passo que as palavras saem cada vez mais rápido.

E Hudson passa a maior parte da noite no chuveiro. E não sei se isso é porque ele quer gritar sem que o restante de nós escute, ou se está só tentando se sentir limpo.

Quando a última luz se apaga, não consigo nem respirar direito. Tampouco pensar. A única coisa que consigo fazer é fechar os olhos conforme a nossa cela começa a girar.

## Capítulo 125

### O CORDÃO DA SALVAÇÃO

Assim que paramos, sei que estamos fodidos. As luzes ficam vermelhas. E, mais uma vez, Hudson, Flint e Calder desmaiam.

Acho que solto um grito. Não tenho certeza, porque o horror dentro de mim é algo que me consome por inteiro agora. O pânico me domina de todas as maneiras possíveis. Meu estômago se retorce. Meu coração parece que vai explodir. E a única coisa em que consigo pensar é: *De novo não. De novo não. De novo não. De novo não.*

— É a última vez — pontua Remy. Mas ele parece tão exausto e derrotado quanto eu mesma me sinto. — Eles vão conseguir passar por isso.

— Eles não deviam ter que passar por isso! — retruco. Pela primeira vez, percebo que estou de joelhos, embora não faça a menor ideia do que me levou a ficar assim.

Tento me levantar, mas as minhas pernas estão tremendo tanto que mal conseguem aguentar o peso do meu corpo. Não vou conseguir aguentar isso. Não vou aguentar vê-los passar por tudo isso de novo. Não consigo.

Um grito ecoa pela câmara e tenho certeza de que é meu. Não é, porém. É Calder, que grita e implora ao que está acontecendo em sua cabeça.

— Pare! Por favor, por Deus. Pare com isso!

Flint está chorando, lágrimas escorrem em seu rosto enquanto soluça como se seu coração estivesse se despedaçando.

E Hudson treme tanto que seus dentes estão batendo uns contra os outros. E ele não para de bater a cabeça na parede junto à qual está deitado.

— Precisamos colocá-los de volta nas camas antes que eles se machuquem — observo, e Remy concorda com um aceno de cabeça.

— Eles vão ficar bem — afirma ele pelo que parece ser a milésima vez.

Entretanto, quando ele os leva para suas camas e eu os cubro, Remy não parece ter tanta certeza. Os três parecem estar sendo torturados das piores maneiras possíveis. E ficar aqui, sem poder fazer nada enquanto isso acontece, deve ser a pior experiência da minha vida.

Quando Hudson também começa a chorar... não consigo mais aguentar. Olho para Remy e imploro:

— Ajude-o. Por favor. Você precisa ajudá-lo.

Remy faz um sinal negativo com a cabeça. Pela primeira vez desde que chegamos aqui, ele parece incapaz de tomar qualquer atitude...

— Não consigo fazer isso, Grace. Não é assim que as coisas funcionam.

— Foda-se o jeito que as coisas funcionam. Ele não está aguentando!

Mas Remy continua inabalável.

— Ele terá que aguentar. Todos terão, porque precisam encontrar sua própria saída.

— E se não conseguirem? — Aponto para Hudson, encolhido com mais força do que os outros, tremendo tanto que faz o estrado da cama bater na parede. — E se ele não conseguir passar pelo que houver na sua mente?

Remy não responde. Simplesmente volta para sua cama e puxa um caderno de desenho da gaveta embaixo dela.

— Remy? — eu o chamo. Quando percebo que ele não responde, chamo outra vez. — O que acha que a gente...

— Não sei! — ele explode. — Não faço a menor ideia do que vai acontecer. Nunca ouvi falar de ninguém que caísse na câmara seis noites seguidas. Isso simplesmente não acontece.

— E não acha estranho isso acontecer agora? — pergunto.

— Eles devem ter feito coisas realmente horríveis. E a prisão está exigindo que se redimam — responde ele. — De que outra maneira a prisão pode ter certeza de que as pessoas pagaram por seus atos?

— Isto não é redenção! — grito para ele. — Isto é vingança, pura e simples.

— Não. — A voz de Remy é taxativa. — A prisão não sente. Não tem como desejar vingança.

— Talvez, não. Mas as pessoas que construíram este lugar podem. E as pessoas que a encheram com prisioneiros também.

Viro para trás a fim de olhar para Hudson e Flint.

— Sabe quem eles são?

— Um vampiro e um dragão — responde ele, dando de ombros.

— Não são um vampiro e um dragão quaisquer — digo. — Este aqui é o príncipe real dos vampiros, e aquele outro é o príncipe real dos dragões. Seus pais são membros do Círculo.

Remy sabe quem eles são, é claro. Já conversamos sobre isso antes. Mas vejo que uma percepção sobre a verdadeira identidade deles emerge em seu rosto.

— O que é que eles estão fazendo aqui?

— Eles tentaram mudar as coisas, tentaram lutar contra um sistema injusto onde o poder favorece os mais brutais e os mais ambiciosos. Eles se levantaram contra o rei dos vampiros e o *establishment* revidou da pior maneira.

— Sim. Foi isso mesmo. — O sotaque arrastado voltou com força.

— Está percebendo por que acho que o fato de cairmos na câmara todas as noites não é um acidente?

— Não sei. — Ele joga o caderno de desenhos na cama, desistindo de tentar fingir que a situação não o afeta. — Passei a minha vida inteira aqui. Conheço essa prisão até no avesso. E eu não fazia ideia de que fosse possível controlar os giros da câmara.

Ele olha para onde Calder está encolhida sob o cobertor, chorando baixinho.

— Não é certo fazer isso com as pessoas.

— Nada disso aqui é certo — argumento. — É uma barbárie. Um abuso completo de poder. E isso tem que parar. Não só as noites seguidas na câmara, mas toda essa prática. Ninguém deveria ter que passar por isso simplesmente para poder sair da prisão. Especialmente se nem deveriam estar aqui, para início de conversa.

Remy concorda com um aceno de cabeça.

— Mas, mesmo assim, não consigo ajudá-los. Ajudaria se pudesse, Grace. Mas não tem absolutamente nada que eu possa fazer. Se tivesse, já estaria fazendo.

Não é bem a resposta que eu queria ouvir. Mas, olhando para ele agora e percebendo a indignação em seu rosto, consigo acreditar nele de um jeito que, antes, não conseguia. Não há de fato nada que ele possa fazer para salvá-los.

— Acho que eles não... — Paro de falar quando Hudson grita.

O que resta do meu autocontrole emocional se estraçalha. E penso... *agora chega*. Agora chega mesmo. Não vou conseguir aguentar mais um segundo. Não consigo ficar sentada aqui dentro assistindo ao sofrimento de Hudson.

A fúria me rasga de uma ponta a outra. Mas, com ela, surge uma ideia. Não sei se vai surtir algum efeito. Mas é a única coisa que posso fazer. Assim, procuro dentro de mim e começo a procurar por um cordão em particular: o cordão azul que passei tanto tempo tentando ignorar. Esse que está brilhando com toda a intensidade. Eu o agarro e fecho os olhos antes de apertá-lo com toda a força.

## Capítulo 126

### VOU TE AMAR ATÉ MORRER
### (QUERENDO OU NÃO)

Quando abro os olhos, estou de volta a Katmere... no quarto de Hudson. Estou vendo aquela cama enorme, preta e vermelha, com a qual tive tantas fantasias. E sinto o calor do sol da primavera passando pelas janelas. E consigo ouvir *Grace*, de Lewis Capaldi, tocando nas caixas de som. Mas essas são as únicas imagens que me parecem familiares. O restante está errado. .

A mobília está toda destruída. Os discos de vinil estão quebrados, os pedaços espalhados pelo piso. E as estantes de livros foram arrancadas das paredes. Há pilhas de livros destruídos jogados por todos os lados, com páginas rasgadas flutuando pelo ar.

E, no canto, logo atrás do equipamento de áudio, vejo outra versão de mim. Estou com o meu uniforme de Katmere, porém, em vez de estar sentada na cama (como imaginei mais vezes do que gostaria de admitir até para mim mesma), estou encolhida no canto, chorando e implorando.

— Pare! Por favor! Por favor, pare com isso!

Alguém está rosnando alto o bastante para que eu consiga ouvir sua voz mesmo com a música tocando. Quando me viro para tentar entender quem é (e o que está acontecendo), identifico Hudson bem ali. Suas presas estão expostas e gotejando sangue. E há uma expressão em seu rosto que avisa que o meu tempo acabou. Não há lugar algum para onde eu possa ir. Não há como escapar daqui.

— Não consigo parar, Grace — ele está gritando para mim. — Não consigo parar. Não consigo parar. Ele leva as mãos à cabeça e fecha os punhos ao redor de algumas mechas dos cabelos.

— Está doendo... está doendo muito. Estou tentando... — Ele para de falar com um grunhido, com o corpo inteiro sendo sacudido por uma convulsão, enquanto ele luta contra o impulso de pular sobre mim. — Por favor, não faça isso. Não me obrigue. Por favor, não. Ele parece implorar a alguém que não consigo enxergar. — Não me obrigue a fazer isso. Não quero machucá-la. Não quero... — Ele não consegue terminar a frase. Outro tremor o sacode com força. E, em seguida, ele grita: — Fuja, Grace! Fuja!

E a outra Grace tenta fugir. Tenta de verdade. Ela se levanta com um salto e corre até a porta, mas mesmo assim já sei que é tarde demais.

Em um segundo ele a pega, indo até o lado oposto do quarto com um único salto. Ela grita por um longo momento. O som paira no ar enquanto Hudson rasga a garganta da outra Grace e começa a beber.

No momento em que ela morre, a compulsão termina e Hudson é a única coisa que resta, coberto de sangue (coberto com o meu sangue), enquanto cai de joelhos. Ele me segura junto ao peito enquanto o sangue continua a jorrar pela artéria carótida estraçalhada. Embora haja lágrimas silenciosas lhe escorrendo pelo rosto, ele não emite um som sequer. Em vez disso, simplesmente me segura nos braços e me embala devagar conforme o meu sangue jorra sobre nós dois e também no chão à nossa volta.

A mão dele está no meu pescoço e fica óbvio que ele está tentando estancar o sangue. Mas nada é capaz de fazê-lo. Ele continua jorrando até nós dois estarmos encharcados. O sangue cobre o chão, penetra nas páginas dos seus livros favoritos, se espalha pelo quarto inteiro. É muito mais sangue do que o meu corpo seria capaz de conter.

Mas isso não tem importância neste lugar infernal.

Nada importa além de torturar, brutalizar, destruir Hudson.

E, quando ele joga a cabeça para trás e grita como se tudo dentro dele estivesse se quebrando, não consigo evitar o pensamento de que a prisão atingiu seu objetivo.

E aí, no espaço entre um piscar de olhos e outro, o sangue desaparece. E Hudson está sentado no sofá, lendo *O Estrangeiro*, de Albert Camus (é claro). *If the World Was Ending*, de JP Saxe e Julia Michaels, está tocando quando alguém bate à porta. E a música parte o meu coração mais uma vez.

É a outra Grace. E ela o abraça com força assim que Hudson abre a porta. Ele larga o livro e a pega no colo. As pernas dela se fecham ao redor da cintura dele, do mesmo jeito que aconteceu naquela noite em Nova York. E os dois estão se beijando como se isso fosse a única coisa que importa em todo o mundo.

Finalmente, ela se afasta um pouco e puxa o ar com força.

Ele sorri e sussurra enquanto desliza o nariz pelo seu pescoço:

— Você está cheirosa.

— É mesmo? — A outra Grace inclina a cabeça para o lado e sussurra: — Acho que você devia dar uma mordida. E ver se o gosto é tão bom quanto o cheiro.

Ele solta um gemido grave que vem do fundo da garganta antes de esfregar as presas no pescoço dela.

A outra Grace estremece, pegando nos cabelos dele enquanto tenta puxá-lo mais para perto.

— Por favor, Hudson — ela sussurra. — Preciso de você.

Mas ele se limita a fazer um sinal negativo com a cabeça e sussurrar:

— Não posso. Se a morder agora, não vou conseguir parar. Vou beber você inteira.

E é aí que me dou conta do que está acontecendo. O crime de Hudson, os atos pelos quais ele tem de se redimir, é ter provocado tudo que aconteceu em Katmere antes que Jaxon o matasse. Mesmo que tenha sido por um bem maior, mesmo que houvesse supremacistas trabalhando secretamente com Cyrus, Hudson tirou seu direito de escolha e os transformou em assassinos.

E agora a prisão está fazendo a mesma coisa com ele, provocando-o a assassinar sua consorte várias e várias vezes.

O Hudson nesta visão deve perceber isso ao mesmo tempo que eu, porque ele a coloca de volta no chão e sussurra:

— Fuja! — E logo em seguida as suas presas explodem em toda a sua voracidade.

A outra Grace aceita o conselho, mas ele bloqueia a passagem dela pela porta. Por isso, ela corre para o outro lado do quarto. Mas ela tropeça no canto do tapete e sai voando. E é assim que fica encolhida perto do equipamento de som. Enquanto Hudson se aproxima dela e a música muda para *Grace*, de Lewis Capaldi, percebo que este é o momento. É aqui que ele a mata. Quando a expressão se forma no rosto de Hudson, vejo que ele também se dá conta do que vai acontecer.

Também percebo no mesmo instante que o verdadeiro Hudson, aquele que está tremendo e implorando na cama ao meu lado, está tão transtornado que, se tiver de passar mais uma hora me matando, mesmo que isso aconteça só em seus pesadelos... isso pode destruí-lo para sempre.

## Capítulo 127

## SE NÃO CONSEGUE AGUENTAR O CALOR, FIQUE LONGE DAS CHAMAS DO INFERNO

Não sei o que posso fazer por ele. Não sei como impedir que isso aconteça. Nem como impedir que nada do que está havendo aqui aconteça.

Enquanto fico ali assistindo à prisão obrigá-lo a fazer isso, eu me lembro da ocasião em que Hudson me disse que o seu poder era a opção nuclear. E finalmente entendo o que ele quis dizer. E por que se recusou, várias e várias vezes, a convencer alguém a fazer qualquer coisa.

Achei que ele fosse fazer isso no Firmamento, quando a Guarda estava nos cercando. Depois, fiquei me perguntando por que ele não o fez em Nova York, quando Nuri o prendeu.

Mas ele nunca fez nada disso. Nunca conseguiu se perdoar por suas atitudes do ano passado. Nunca se perdoou pelo o que causou. Ele fez tudo aquilo porque achou que não tinha escolha. E aqueles garotos morreram, o que foi trágico.

Eles estavam planejando cometer atos horríveis? Sim, com certeza.

Teriam matado pessoas por vontade própria? Provavelmente.

Mas nunca vamos saber com certeza.

E, agora, observando o que acontece aqui — observando Hudson atentamente —, percebo que não é o fato de que eles estão mortos que o devora por dentro. Sim, as mortes o incomodam, é óbvio. Mas o que o destrói de verdade é o fato de ter tirado o livre-arbítrio daquelas pessoas. Ele as convenceu a fazer algo tão horroroso, tão sórdido, que jamais vai conseguir perdoar a si mesmo.

Desintegrá-los teria sido uma atitude mais humana, mas Hudson não podia deixar que seu pai descobrisse que esse poder ainda existia. Em vez disso, ele foi cruel e forçou os garotos a se tornarem espectadores em seus próprios corpos enquanto matavam seus amigos.

E agora ele está passando pela mesma coisa, sem parar.

Não me admira que ele pareça tão mal. Não me admira que ele não suporte ficar perto de mim. Toda vez que Hudson me olha, a única coisa que ele vê é o que fez. E o que é capaz de fazer.

Bem diante de mim, a outra Grace procura um lugar para fugir. Ou para se esconder. Ela tenta retornar à porta do quarto, mas ele bloqueia o caminho de novo. Quando ela corre na direção da biblioteca, ele se joga sobre ela e lhe crava as presas no ombro. Quando ela se vira na direção da cama, ele a segue com o sangue escorrendo pelas presas. E ainda implorando à outra Grace que saia dali. Que fuja. Que não lhe permita machucá-la.

Em seguida, ali está ela, acuada atrás do aparelho de som, exatamente do jeito que estava na primeira vez em que entrei neste pesadelo infernal. E sei que nosso tempo acabou.

Desesperada para fazê-lo parar, desesperada para poupá-lo do terror e da agonia de me matar mais uma vez, eu o chamo.

— Hudson! Hudson, pare! Estou aqui.

Por um segundo ou dois ele fica paralisado, com a cabeça ligeiramente inclinada, como se pudesse me ouvir.

— Hudson... por favor! Está tudo bem, Hudson. Você não precisa fazer isso! Você está bem. Você está...

Paro de falar quando percebo que Hudson não está conseguindo me escutar, mas, além disso, os meus gritos estão piorando a situação. Porque há um pedaço dele que consegue me ouvir. E isso o deixa ainda mais desesperado para parar, mesmo que a compulsão o empurre para continuar em ação. Agora ele ouve não só a compulsão em sua cabeça, mas a minha voz também. E, conforme as lágrimas agoniadas rolam pelo rosto dele, não consigo deixar de pensar que as minhas palavras só servem para torturá-lo ainda mais.

A ideia me traumatiza. Quando ele agarra a outra Grace de novo, quando lhe arrebenta a garganta de novo, sinto o terror de Hudson com a mesma clareza que sinto o meu próprio. Quando ele cai de joelhos, com a outra Grace nos braços, sinto algo bem no fundo de mim se quebrar em um milhão de pedaços. Porque a expressão no rosto de Hudson quando ele levanta a cabeça — as lágrimas, a angústia, a culpa que devora sua alma — são mais do que consigo aguentar.

Porque esse garoto lindo que amo tanto não merece isso.

Ele não merece sofrer desse jeito.

Não merece ser arrasado assim.

Ele já aprendeu a lição. Já se arrependeu das coisas que fez. Ele mudou. Mudou de verdade. E essa redenção forçada está destruindo a pessoa que ele se esforçou tanto para se tornar.

Tenho de fazer isso parar. Tenho de consertar isso.

Mas só tenho uma chance.

Quando a cena se reinicia, com Hudson lendo no sofá, respiro fundo e me obrigo a soltar o cordão do nosso elo entre consortes. É mais difícil do que deveria, mesmo ciente de que é a minha única chance de dar um basta nesta situação.

Caio novamente na cela, bem a tempo de ouvir Hudson gritar. E isso me faz pensar se ele tinha alguma noção da minha presença por causa do nosso elo. Ele está no começo do pesadelo, antes que algo ruim aconteça. Ainda não devia estar tão agitado assim. Mas ele está sofrendo uma convulsão na cama. Seu corpo inteiro treme enquanto ele geme de agonia.

Caio de joelhos ao lado dele, na cama, e coloco um braço ao seu redor.

— Estou aqui — sussurro na orelha dele, esperando a todo custo que ele consiga me ouvir no meio daquele pesadelo infernal. — Vou tirar você daí.

Olho para Remy e pergunto:

— Pode vir aqui me ajudar? Preciso que você o segure com força.

— Claro — ele responde, praticamente saltando da cama e atravessando a cela às pressas em busca de chegar até onde estamos. — O que aconteceu lá dentro? — ele pergunta, ficando de joelhos ao meu lado.

Mas não posso responder agora. Não posso perder tempo, especialmente sabendo o que vai acontecer a seguir com Hudson. Em vez disso, fecho a mão ao redor do antebraço de Remy e sussurro:

— Me desculpe.

Em seguida, rezando para que meu plano funcione, fecho os olhos mais uma vez e agarro o cordão do elo entre consortes.

Demora alguns segundos a mais do que na primeira vez. Entretanto, quando abro os olhos, Remy e eu estamos no pesadelo de Hudson.

— Mas que porra é essa? — Remy grita. Ele não parece irritado. Na verdade, parece mais surpreso do que qualquer outra coisa. O que até entendo, considerando que estou um pouco chocada por ter funcionado.

— Canalizar a magia é um dos meus poderes. E, embora os meus estejam neutralizados, os seus não estão. Por isso, decidi arriscar. Esperava que a magia usada para canalizar viria de você, da fonte... e não de mim, o que a tornaria imune a toda a capacidade da própria prisão quanto a neutralizar a magia.

Abro um sorrisinho.

— Pelo jeito, valeu a pena correr o risco.

— É... pelo jeito... — ele concorda. — Belo trabalho, Grace Maravilha.

— Que tal se a gente deixar os apelidos heroicos para depois? Ainda não sabemos se o meu plano vai funcionar.

Observo minha mão, que ainda está segurando o antebraço dele.

— Você se importa?

— Por você, *cher?* — Ele pisca o olho com uma expressão bem-humorada.
— Nem um pouco.

Talvez eu tivesse revirado os olhos, mas estou ocupada demais tentando
manter a concentração em cada pedaço de magia que consigo sentir nele. Há
mais do que eu pensava, mas não tanto quanto eu gostaria. Nem tanto quanto
imagino que vamos precisar. Mas não me importo. Tenho de tentar.

Puxando para mim o máximo que posso daquela magia, eu me concentro
em Hudson, que agora persegue a outra Grace pelo quarto. E grito o mais
alto que consigo:

— Pare!

## Capítulo 128

### ASSIM VOCÊ ME MATA...
### SÓ QUE NÃO

No começo, tenho a impressão de que ele não me ouve. Ele não se move, não vacila, nem olha para onde estou. Não estou disposta a desistir agora, porém. Não quando estou tão perto de conseguir chamar sua atenção... e quando ele está tão perto de se autodestruir.

— Hudson! Pare! — grito outra vez.

Desta vez, ele faz mais do que isso. Ele se vira para mim e, bem devagar, percebe que estou bem aqui, dentro do sonho.

— Grace? — ele sussurra. — O que está fazendo aqui?

— Está tudo bem — digo a ele, me aproximando. — Estou...

— Não! — ele grita, erguendo a mão para impedir que eu chegue perto. — Não se aproxime!

Ele fala de um jeito tão angustiado, tão tomado pelo pânico, que fico paralisada ainda no meio do quarto.

— Hudson, por favor. Me deixe tocar você.

— Não posso. — Ele ergue as mãos, que estão cheias de sangue, mesmo que ele nem tenha tocado na outra Grace. — Vou machucar você.

— Não. — Nego com um movimento de cabeça enquanto dou outro passo na direção dele. — Não vai, não. Isso é só um pesadelo. Não é real.

— É real, sim — insiste ele. E sua voz treme de um jeito que quase nunca acontece. — Eu machuco todo mundo. É isso o que faço. É a única coisa que sou capaz de fazer.

— É isso que você pensa? De verdade? Ou é disso que este lugar está lhe convencendo?

— É a verdade. Matei aquelas pessoas. E pior ainda, fiz com que matassem uns aos outros.

— Sim, você fez mesmo — concordo. — E foi uma coisa terrível. Mas a culpa não é só sua, Hudson. É deles também.

— A culpa é toda minha. Tirei o livre-arbítrio deles. Eu os obriguei a fazer o que fizeram.

— Porque você achou que não tinha nenhuma outra escolha — eu o lembro.

— Eles iam fazer coisas horríveis. Iam machucar e talvez até matar todos aqueles garotos. Destruir todas aquelas famílias. Você não sabia em quem podia confiar. Por isso, fez o que achou que devia fazer para impedi-los.

— Eu os obriguei a matar os próprios amigos enquanto eles gritavam por dentro para que eu parasse — sussurra ele. Ele continua num soluço entre-cortado: — Mas eles não puderam fazer isso. Simplesmente não podiam.

Antes que eu consiga pensar em alguma outra coisa para dizer, a Grace que está encolhida no chão começa a gritar.

— Pare! Por favor, Hudson, pare! Não me machuque. Não me...

— Saia daqui, agora! — ele grunhe para mim. — Antes que seja tarde demais.

Em seguida, ele se vira e avança na direção da Grace que está ajoelhada. E sei que ele vai matá-la outra vez. Mas também sei que é esta a vez que ele vai desmoronar. Percebo nos olhos dele. Ouço na agonia que ele nem tenta disfarçar.

Sinto na amargura que se forma entre nós, como um elo entre consortes prestes a se romper.

E sei que não posso deixá-lo fazer isso. Não desta vez. E nunca mais.

Assim, tomo a única atitude na qual consigo pensar. A única atitude que talvez consiga alcançá-lo. Solto o braço de Remy e deixo que ele saia do pesadelo infernal. Não preciso mais dele agora que Hudson sabe que estou aqui. Em seguida, atravesso o quarto com um salto, me colocando entre ele e a outra Grace.

— Saia daqui! — ele grita outra vez. E agora a sede por sangue está em seus olhos; a compulsão arde em Hudson como uma floresta em chamas. — Não consigo mais me conter!

— Então não se contenha — rebato, aproximando-me e encostando o meu corpo no dele. — Faça o que tiver que fazer, Hudson. Porque não vou sair daqui. E não vou sair de perto de você.

— Grace... — ele rosna, mesmo que o fogo queime em seu olhar. — Grace, não.

— Está tudo bem, Hudson. — Dedilho os cabelos dele e me encosto ainda mais em seu corpo.

— Não posso... — ele diz, com a voz estrangulada. E consigo ver aquelas presas brilhando sob a luz. — Não vou conseguir...

Ele para de falar e encosta o rosto no lugar onde o meu pescoço e ombro se ligam. Consigo senti-lo lutando contra si mesmo. Tentando se afastar, tentando sair dali. Mas também consigo sentir aquele calor nele, o desejo. E a sede de sangue. Sei que, se eu soltá-lo agora, ele vai pular em cima da outra Grace, a Grace que este pesadelo maldito brande como uma arma contra Hudson. E, se o fizer, ele não vai conseguir sobreviver.

Nenhum dos dois vai sobreviver.

Não estou disposta a deixar que isso aconteça. Esta merda de lugar está me usando para machucá-lo desde o dia em que chegamos...

Mas isso acaba aqui e agora.

— Ninguém passa pela vida sem arrependimentos, Hudson — afirmo, fitando-o nos olhos. — Todo mundo toma decisões ruins em determinado momento. Decisões difíceis. E são aquelas das quais passamos a vida inteira nos arrependendo. — Por um segundo, penso nos meus pais. — O segredo não é tentar passar pela vida sem arrependimentos. É tentar sempre tomar a melhor decisão que puder tomar naquele momento. Porque o arrependimento vai vir, queira você ou não. Mas, se tentou fazer o seu melhor... bem, isso é o máximo que alguém pode pedir que você faça.

Faço uma pausa e respiro fundo.

— Está tudo bem — sussurro de novo enquanto inclino a cabeça para trás e para o lado. — Eu quero.

Ele tenta mais uma vez.

— Grace...

— Estou com você, Hudson. Estou aqui com você.

Ele solta um gemido grave e gutural. Em seguida, com um lampejo de dentes, está sobre mim.

Hudson me morde bem no ponto da pulsação, na base do meu pescoço, com as presas, cortando a carne e afundando nas minhas veias.

Eu grito com o movimento súbito e o impacto forte da dor, mas ela desaparece com a mesma velocidade com que surgiu. Logo depois ele começa a beber, e tudo vai desaparecendo além de Hudson, de mim e deste momento...

Ele se move junto de mim, querendo mais. Inclino a cabeça para trás a fim de facilitar o acesso. Aperto-me com ainda mais força contra ele para sentir cada parte de Hudson junto de cada parte de mim. E me delicio com o jeito que as mãos dele apertam os meus quadris, com o jeito que sua boca se move cada vez mais devagar conforme ele bebe do meu sangue.

Pelo que parece durar uma eternidade, eu me esqueço de onde estamos, do motivo pelo qual estamos fazendo isso, de tudo que existe. Só não me esqueço de Hudson e de que, se eu não conseguir fazer com que ele rompa esse ciclo, talvez nunca consiga trazê-lo de volta.

Ele se move um pouco mais, se afasta, e eu gemo baixinho. Com a voz rouca, sussurro:

— Hudson... eu confio em você.

Ele avança sobre mim de novo. Desta vez, vem mais fundo ainda, e libero um gemido exasperado. Estremeço. Tento envolvê-lo com o meu corpo enquanto ele continua. Enquanto continua a tomar de mim tudo o que tenho para lhe dar. E quer mais. Querendo tudo, até que meus joelhos ficam bambos, a minha respiração fica mais curta e as minhas mãos e pés ficam gelados, apesar do calor que me incendeia por dentro.

Mesmo quando sinto o prazer me inundar, me engolir, há um pedaço pequeno de mim que entende o que aconteceu: Hudson tomou sangue demais.

## Capítulo 129

## TEM DIAS QUE A VIDA É UM POTE DE CEREJAS; E TEM DIAS QUE SÃO SÓ OS CAROÇOS

Por um breve momento penso em protestar, em me afastar.

Mas a minha mente está embotada demais. Meu corpo está fraco. E não tenho a menor vontade de resistir. Porque ele é Hudson.

Meu consorte.

Meu melhor amigo.

Meu companheiro.

E, como ele é todas essas coisas, sei de uma coisa que ele não sabe. Algo que este pesadelo infernal não consegue imaginar. Algo que Hudson nunca vai se permitir acreditar. Ele fez a melhor escolha que podia fazer com aqueles garotos... e eu jamais o culparia por isso. Arrependimento? Sim. Mas há o perdão também.

Por isso, repito, e desta vez com mais intensidade:

— Confio em você, Hudson.

Hudson se afasta de mim com um gemido estrangulado, os olhos confusos mas, desanuviados, enquanto olha para mim e para a Grace que está no chão. Quando se dá conta de que isso é mesmo só um pesadelo.

É a vez de ele colocar as mãos nos meus cabelos enquanto sussurra:

— Você está bem? Eu a machuquei?

— A questão é exatamente essa — murmuro, virando a cabeça para poder beijar a parte interna do seu pulso. — Aquilo que eu sempre soube e o que preciso que acredite também. Você nunca vai me machucar, Hudson. Pelo menos, não desse jeito. Você não machucaria ninguém, se pudesse evitar.

Ele faz um gesto negativo com a cabeça e parece prestes a dizer alguma coisa, mas eu o impeço, colocando um dedo sobre os seus lábios.

— Nunca — reitero.

Ambos olhamos para baixo, para a outra Grace, que devia estar encolhida no piso, perto da escrivaninha dele. Mas ela desapareceu. E, quando olho para a porta, eu a vejo indo embora, com a mochila sobre o ombro e os cachos esvoaçando no ar.

— Foi errado — ele me diz. E percebo que ele também está observando a outra Grace ir embora. — Aquilo que fiz com eles.

— Sim — concordo. Porque foi mesmo. — Mas sabe de uma coisa, meu bem? A guerra transforma todo mundo em vilão. Nunca houve uma maneira de contornar esse fato.

Hudson não responde. Simplesmente, fecha os olhos com um suspiro e assente.

Ele parece tão cansado, tão desgastado, que enlaço sua cintura com o meu braço e o puxo para junto de mim para ajudá-lo a apoiar o peso do corpo.

— Quantas vezes você me matou até agora? — pergunto.

Ele engole em seco e os músculos do seu pescoço se agitam.

— Muitas vezes. Milhares. — Ele suspira de novo. — Talvez dezenas de milhares.

— É o bastante — digo a ele. — Mais do que o bastante.

Ele pode ter sofrido esse castigo por alguns dias apenas. Mas esse castigo é realmente repugnante. E ele o sofreu várias e várias vezes. E tudo nesta vida tem um limite.

Ele faz um gesto negativo com a cabeça.

— Faz somente alguns dias.

— Não — eu digo a ele. E agora é a minha vez de fazer um gesto negativo com a cabeça, enquanto cito seu filme favorito: — "O problema não é a idade do carro, querido. É a quilometragem".

Pela primeira vez em vários dias, ele sorri. Porque ele enfim entendeu.

— Chegou a hora de você se perdoar, Hudson. É hora de deixar o passado para trás.

Ele não se pronuncia. A princípio, tenho a impressão de que talvez ele não esteja pronto para isso. Mas logo a seguir ele sorri e se aproxima para me beijar de novo.

Desta vez, quando ele se afasta, estamos de volta na cela.

— Mas que porra é essa? — Remy para de andar pela cela no instante em que nós acordamos. — Você não pode fazer isso comigo, Grace! Nunca fiquei tão angustiado como nesses últimos vinte minutos. Achei que ele fosse matar você!

— Ficamos todo esse tempo lá dentro? — pergunto. — Parece que foram só uns dois ou três minutos.

— Sim. Bem, eu lhe disse que o tempo passa de um jeito diferente lá dentro. Às vezes parece que leva mais tempo. Outras vezes, menos. — Remy faz um som grave no fundo da garganta. E é óbvio que ficou bem irritado.

— Da próxima vez que quiser pegar carona na magia de alguém, escolha outra pessoa, *cher*. Porque isso foi uma atitude muito errada.

— Me desculpe — peço a ele. — Não tive a intenção de deixar você preocupado. E agradeço sua ajuda. De coração.

— Foi assim que você entrou? — pergunta Hudson, olhando para Remy e depois para mim.

— Foi, sim. Sua garota praticamente me arrastou para aquele pesadelo. — Remy revira os olhos. — Mas olhe... você é um cara que merece o meu respeito. Não sei quanto tempo eu conseguiria aguentar o que você passou.

Por um segundo, Hudson parece ficar meio desconcertado, como se não soubesse o que fazer por outra pessoa além de mim ter visto o que se passava na cabeça dele. E entendo. Eu me lembro de como foi esquisito saber que Hudson estava na minha cabeça quando ainda não confiava nele. Não consigo nem imaginar como deve ser a sensação de saber que um bruxo que ele mal conhece teve acesso a seus medos mais profundos. E, por tabela, a sua maior vergonha.

No começo, tenho a impressão de que ele vai se esconder atrás da própria armadura e fazer um comentário completamente arrogante. Mas, no fim, acho que ele deve ter decidido aceitar a situação. Em vez de agir como um babaca, ele oferece a mão a Remy e fala:

— Valeu pela ajuda.

Remy parece ficar surpreso também, mas aperta a mão que lhe foi oferecida e responde com um aceno de cabeça que obviamente significa "de nada".

Vou até a minha cama e me sento. E Hudson se deita ao meu lado, com o braço ao redor dos meus ombros. Flint e Calder permanecem desacordados, e é horrível observar os dois se debatendo e se retorcendo na cama. Especialmente agora que tenho uma ideia daquilo que eles estão passando. Mas a única maneira que eu tinha de chegar até Hudson era pelo nosso elo entre consortes. Não tenho uma maneira de entrar nos pesadelos deles, e é horrível me dar conta disso.

— Agora acabou, não é? — indago enquanto os minutos vão passando devagar. — Nós chegamos ao Fosso agora?

— Sim — confirma Remy. — E, se tivermos sorte, não vamos ter que fazer isso outra vez.

— Então, acho bom termos bastante sorte. — O sotaque de Hudson está bem marcado. E sua expressão está completamente vazia.

— O máximo de sorte que pudermos ter — acrescento, enquanto tento imaginar como vai ser o Fosso, se essa foi somente a viagem para chegar *até* aqui.

Quer dizer, Hudson chegou a brincar há alguns dias, dizendo que no *Inferno* de Dante, o Fosso era o lugar onde o próprio Diabo ficava. Por isso, há um pedaço de mim que está absolutamente aterrorizado acerca do que vai acontecer quando as portas se abrirem, amanhã de manhã. O que vimos nos níveis regulares durante a hora do Hex já foi terrível. Se não fosse a nossa única chance de encontrar o Forjador para sairmos daqui e salvarmos nossos amigos contra Cyrus, tenho certeza de que nada me faria sair desta cela.

Sinto vontade de perguntar a Remy sobre o Fosso, mas se ele disser que o lugar é tão ruim quanto eu penso que é, acho que vou surtar sem parar até as portas se abrirem. Além disso, nós dois não conversamos nas outras noites durante a passagem pela câmara porque parecia desrespeitoso quando as pessoas de quem gostamos estavam sofrendo.

Hoje à noite não é diferente, apesar de Hudson finalmente ter conseguido escapar do seu pesadelo infernal. Por isso, em vez de conversar, Hudson e eu ficamos abraçados na minha cama, em silêncio.

Quando os últimos minutos da câmara se aproximam, não consigo deixar de pensar em Flint. Sobre qual deve ser seu castigo. Ele foi preso por tentar matar a última gárgula, o que me faz pensar que esse castigo deve ter alguma coisa a ver comigo. Especialmente se eu considerar o jeito que ele estava agindo toda vez que eu tentava conversar com ele nestes últimos dias.

Depois de ver como fui usada contra Hudson em seu castigo (e o que esses castigos fizeram com ele), chego a sentir um enjoo pelo que pode estar acontecendo com Flint. E pelo fato de que este lugar passou a última semana me usando contra o meu consorte e também contra um dos meus melhores amigos.

Este lugar é maligno. E, se eu tiver qualquer oportunidade, vou fazer tudo que puder para demolir tudo isso aqui. Reabilitação é uma coisa. Tortura é outra. E o que o Aethereum faz é tortura, pura e simplesmente. Não me importo com o propósito deste lugar. Não me importo com o motivo pelo qual ele foi construído. Este lugar não reabilita ninguém. E isso não é certo.

Os minutos enfim passam, as luzes vermelhas no teto lentamente voltam a ficar brancas enquanto Flint e Calder param de se agitar.

Flint parece completamente indefeso, deitado e encolhido na posição fetal, tremendo sob o cobertor que coloquei sobre ele há uma hora. Sei que ele sofreu. Vi as olheiras, a tremedeira e como ele parou de sorrir e de comer. Mas acho que, ao término de cada noite na câmara, eu estava tão preocupada com Hudson que não percebi o estado de Flint quando ele finalmente desperta.

Ou talvez porque hoje tenha sido o pior dos dias. Não sei e não quero saber. Assim que Flint se senta na cama, atravesso o quarto e me ajoelho ao seu lado.

Ele se esquiva de mim no momento em que tento pegar sua mão. E considero a possibilidade de ir embora. Sem dúvida, não quero tornar a situação mais difícil para ele, não quando Flint já está sofrendo tanto. Por outro lado, se eu puder encontrar um jeito de ajudá-lo, é o que vou fazer.

— Me desculpe — peço-lhe com a voz suave, ciente de que os outros provavelmente estão escutando. Contudo, ainda assim tento manter a maior parte dessa conversa entre nós. — Não gosto nem um pouco de ver você passar por isso.

Ele dá de ombros e fica mirando a parede logo atrás da minha cabeça.

— Eu mereço.

— Ninguém merece uma coisa dessas. — Tento pegar sua mão de novo. Desta vez, ele deixa.

— Não é verdade — ele me diz. — Quase matei você, Grace. Quase matei você. E para quê? Para impedir que Hudson voltasse? — Ele fita o meu consorte e levanta a voz de propósito, quando fala com um sotaque britânico bem forçado: — Ainda acho que ele é um bobão.

Hudson responde mostrando o dedo médio, sem nem tirar os olhos do livro que pegou emprestado com Remy.

— Mas ele não devia ter que morrer por isso. E você também não devia ter quase morrido por causa disso. Fiquei tão cego pelo medo, pela raiva e pelo ódio que quase destruí uma das melhores pessoas que já conheci. — Ele limpa a garganta e engole em seco. — E isso não me torna melhor do que o irmão que eu estava tentando vingar. Damien era um monstro. E eu simplesmente não queria ver isso. E essa decisão quase me fez matar uma garota inocente. Mereço cada dia que tiver que passar aqui, e mais.

— Por quê? Por que você precisa sofrer? — Ele desvia o olhar e eu aperto sua mão. — Não… Você já sofreu bastante, Flint. É hora de se perdoar.

— Eu não… — Ele para de falar, mas em seguida recomeça. — Não sei se consigo fazer isso.

— Eu perdoei você. Sei que gritei com você por causa disso quando estávamos em Nova York. Mas já o perdoei há muito tempo. E acho que, se você quiser vencer esta prisão, vai ter que fazer o que acabou de fazer. Vai ter que reconhecer as suas ações e por que fez tudo isso. Mas você também vai ter que perdoar a si mesmo. Se o fizer, este lugar de merda não vai mais conseguir torturar você.

Flint não responde, mas está me escutando com atenção. Eu percebo. E, pela primeira vez em quase uma semana, ele consegue sorrir para mim. Não é aquele sorriso charmoso de sempre, mas está de bom tamanho.

Não sei o que posso dizer a Calder, que está com os joelhos encostados no peito e os braços ao redor deles, balançando na cama. Mas sei que ela também estava escutando o que eu dizia para Flint. Quando ela finalmente se dá conta de que passou pelo pior — de que todos eles passaram —, finalmente percebo que ela começa a respirar aliviada.

— Você deveria pintar as suas unhas de novo. Para dar uma volta no Fosso — sugiro, fitando-a nos olhos. Sei que, se Calder cuidar da aparência, ela vai ficar bem. E assim, espero. E espero.

Parece levar uma eternidade, mas depois de algum tempo ela concorda com um aceno de cabeça e tira um frasco de esmalte azul com glitter de baixo da cama. Suspiro aliviada. Calder vai ficar bem. Todos vão. Passamos pelo corredor da morte. Não foi um percurso dos mais fáceis, mas conseguimos.

Certo tempo depois, voltamos às nossas camas para conseguir descansar um pouco. Até mesmo Hudson o faz, embora ele ainda passe aquilo que espero sinceramente ser a sua última hora embaixo de um chuveiro, tentando esfregar o meu sangue imaginário da sua pele. Mas todos tentamos dormir pelo menos um pouco. Porque sabemos o que está por vir...

Não consigo refrear as batidas do meu coração algumas horas depois, quando a cela começa a se mover outra vez — embora em uma velocidade bem menor do que na roleta que nos levou à câmara. É algo que dura somente uns quinze segundos. Em seguida, todas as luzes da cela ficam roxas.

— O que está havendo? — pergunta Hudson, observando as luzes roxas como se o divertissem.

Remy sorri quando abre a porta no piso pela qual a nossa comida normalmente é entregue.

— Cuidado com o seu dinheiro e a sua magia, meninos e meninas. Porque finalmente chegamos. Sejam bem-vindos ao Fosso.

Capítulo 130

## A SORTE SORRI PARA QUEM
## FOI TROLLADO

Meu estômago está todo retorcido quando descemos as escadas. Eu já tinha me acostumado com o Hex. Detesto aquele lugar, mas me acostumei com ele. Mesmo assim, não consigo imaginar como seria o Fosso. Sei que temos de ir até lá. Sei que temos de encarar o que houver aqui embaixo, mas um pedaço de mim só quer ficar aqui mesmo, na cela.

Dou uma olhada para o meu grupo e me dou conta, não pela primeira vez, de como sou menor do que eles.

Flint e Hudson não parecem ter muitas reservas em sair da cela, a julgar pela maneira com que se amontoam ao redor da abertura para tentar dar uma olhada no que o Fosso tem a oferecer.

Calder começa a descer, mas Remy a faz parar, colocando-lhe a mão no ombro.

— Se houver alguma coisa que você queira levar, é melhor pegar agora.

A expressão que cruza o rosto dela é mais assustadora do que qualquer outra que já vi ali. Por um segundo, tenho a impressão de que vai simplesmente ignorar o comentário. Mas ela volta até sua cama e abre a gaveta embaixo do estrado. Não sei ao certo o que ela pega. Mas deve ser algo pequeno, porque ela esconde aquilo em algum lugar das próprias roupas.

— Lembrem-se de que temos doze horas para cair fora desta prisão — avisa Remy. — Se não conseguirmos escapar até lá, vamos ter que voltar para a nossa cela e recomeçar todo o processo. Só que, dessa vez, vamos ter que passar pelos nove giros da câmara. — Ele observa o nosso grupo. — Nenhum de nós quer que isso aconteça. Mas, se estivermos chegando perto do limite das doze horas e ainda não tivermos saído daqui... vocês vão precisar voltar, mesmo que seja um tormento. Qualquer cela que se atrase para voltar do Fosso passa um mês direto na câmara. Obviamente, ninguém se atrasa. Não vamos ser os primeiros a fazer isso.

— Vamos encontrar um jeito de sair — diz Hudson. E eu queria ter toda essa confiança. Talvez Hudson tenha vencido a câmara hoje e não precise voltar para lá, mas não confio em nada que exista neste lugar. Não vou ficar imaginando que sei como as coisas funcionam por aqui.

— Espero, sinceramente, que você tenha razão — responde Remy. Em seguida, ele indica que devemos descer as escadas antes dele, e sinto o meu estômago afundar.

Não quero ser a primeira a descer. E se houver alguém do Hex à nossa espera? Ou pior... alguém que vive no Fosso? Sinto o meu corpo estremecer e estou quase sugerindo ser a última a descer. Mas vejo Calder ajeitar os cabelos, Flint esfregar as mãos uma na outra e o sorriso nos olhos de Hudson quando vê que finalmente vou sair desta cela. E me dou conta de que não posso mostrar a ninguém o quanto estou assustada. Talvez eu seja o elo mais fraco em nosso grupo, mas não há motivo para demonstrá-lo.

Vou até o buraco e vejo Calder descer por ele. Sigo logo depois enquanto os rapazes fecham a retaguarda. Mas, no instante em que toco o chão, percebo que tem alguma coisa muito errada por aqui.

Porque o lugar que estou vendo não é nada como o que eu esperava que fosse. Para falar a verdade, o Fosso não é parecido com nada que eu já tenha visto antes. Só não sei se isso é bom ou ruim.

À nossa volta, outras pessoas descem das suas celas e se põem a correr assim que pisam no chão... e se dirigem ao labirinto de vendedores e barracas alinhadas nos dois lados da longa rua sobre a qual descemos. Centenas de pessoas se apressando rumo às dezenas de barraquinhas onde podem comprar roupas, comida, cerveja e vários outros itens, a julgar pelas placas coloridas e brilhantes acima de cada uma das lojas.

Era a última coisa que eu esperava ver aqui. Mas agora sei por que Remy insistiu tanto para que ganhássemos dinheiro toda vez que íamos até o Hex nesses últimos dias. Não há como sobreviver aqui embaixo sem dinheiro.

Talvez eu não saiba muito sobre este lugar, mas conheço o bastante para me dar conta disso. Se quisermos ajuda, vamos ter de pagar por ela.

— Isso aqui é o Fosso? — indaga Hudson. Ele parece tão atônito quanto eu.

— Achei que seria... — Flint deixa a frase morrer no ar. E eu entendo. Ele está tentando encontrar a maneira menos ofensiva de descrever o lugar. Sei disso porque estou tentando fazer a mesma coisa nos últimos cinco minutos.

— Uma versão coletiva do seu próprio pesadelo infernal? — pergunta Remy.

Flint dá de ombros.

— Mais ou menos por aí.

— Por que alguém iria querer chegar ao Fosso, então? A ideia é fazer com que as pessoas queiram se redimir pelos seus crimes. Se você se arriscar a passar pela câmara, e especialmente se cair nela, esta é a sua recompensa. Calder estende as mãos e gira como se fosse uma daquelas assistentes de palco de programas de TV antigos mostrando algum produto.

— E para onde vamos primeiro? — questiono, quando começamos a andar por entre aquela horda de prisioneiros. Todas as pessoas do nosso nível estão aqui nesta noite. Ou seja: todas as caras familiares do Hex.

Uma irmandade de bruxas passa por nós, me encarando com o que tenho certeza de que é literalmente um mau-olhado pela primeira vez na vida, mas não lhes dou atenção. É fácil fazê-lo quando Hudson coloca a mão nas minhas costas, num gesto óbvio de apoio.

— Tenho que ir buscar alguns pacotes — anuncia Remy. — Depois, podemos ir encontrar o Forjador.

— Você e os seus pacotes, hein? — brinco.

Calder dá aquela arrumada tradicional nos cabelos e os joga por cima do ombro.

— Como acham que ele virou o cara mais rico da prisão? Se a beleza fosse o único critério, eu estaria cheia da grana.

— Ah, com toda a certeza estaria mesmo — concorda Remy com um sorriso, enquanto Flint revira os olhos.

— Se você é o cara mais rico da prisão, por que precisamos conseguir mais dinheiro para sair daqui? — penso em voz alta.

— *Cher*, se eu tivesse dinheiro suficiente para sair, não acha que eu já não teria pulado fora daqui a essa altura? — Ele ergue uma sobrancelha para mim enquanto dá alguns passos para a direita à procura de desviar de uma enorme lata de lixo à beira da estrada. — E agora precisamos tirar seis pessoas daqui. Como eu disse, vai ser preciso muito mais dinheiro e uma sorte enorme para que isso aconteça.

As ruas continuam a se encher conforme caminhamos por elas. A multidão aumenta e o falatório fica mais alto à medida que as últimas celas se esvaziam. Quando enfim chegamos à esquina, nós cinco estamos tão apertados uns aos outros que acabo pisando sem querer nos pés de Hudson mais de uma vez.

Depois de um tempo, paramos diante de um mercador de cerveja/bar improvisado com uma placa que chama o lugar orgulhosamente de "Paradiso". Espero, sinceramente, que essa não seja a definição de paraíso do proprietário do lugar. Porque... não, gente, não dá.

Um monte de duendes (com orelhas pontudas) e goblins (nem vou falar nada sobre esses) parecem já tomar a sua segunda ou terceira dose.

— A mercadoria está pronta? — Remy pergunta ao *barman* de aparência esquisita, com olhos mortos e pele amarelada que, tenho certeza, faz parte da raça das sereias, a julgar pelas tatuagens de tritões que cobrem todo o seu tronco e os braços expostos.

O *barman* termina de encher uma caneca com alguma espécie de cerveja escura e a faz deslizar pelo balcão de madeira compensada até chegar a um duende sentado em um banquinho na outra ponta. Em seguida, enxuga as mãos em uma toalha antes de tirar um pacote embrulhado com papel marrom embaixo do balcão improvisado do bar.

Remy o pega com um aceno de cabeça e toca o punho do atendente com o seu próprio. Em seguida, vira as costas e vai embora.

Na terceira vez que isso acontece, estamos diante de uma barraca de vidente de aparência bem suspeita, com cartas de tarô sujas e um troll velho e encarquilhado vestido com um blazer de cores vivas, em tons de laranja e roxo, e com lantejoulas nos punhos e nas lapelas. Ao que parece, nascer com habilidades mágicas não implica que a criatura também nasça com bom gosto.

Ficamos esperando do lado de fora enquanto Remy entra e entrega um dos pacotes recolhidos há pouco. E, enquanto observamos o troll fazendo truques com o seu baralho de tarô, Hudson pergunta a Calder:

— Como ele consegue prever o futuro das pessoas com a magia neutralizada?

— Ela não está neutralizada — responde Calder. — Nenhuma dessas pessoas que trabalham no Fosso são prisioneiras. São mercadores que vêm aqui todos os dias em busca de oferecer seus produtos.

— E eles simplesmente aceitam o que acontece aqui? — pergunto, horrorizada. — Só porque conseguem ganhar dinheiro com isso?

— Talvez eles não saibam — sugere Flint. — Se isso é a única coisa que eles veem...

— Talvez eles não queiram saber — retruco. — Afinal... dê uma olhada nessas pessoas. Todo mundo aqui está com a magia neutralizada. Tem uma galera aqui que perdeu algum pedaço do corpo, cortesia daqueles guardas canibais e psicóticos. E vários prisioneiros estão no limite da sanidade por causa do tempo passado na câmara. Como é que isso poderia passar despercebido?

— Ah, sim. As pessoas geralmente acham que aqueles que estão na prisão merecem qualquer castigo que recebam — comenta Hudson. — A pessoa só está na prisão porque fez alguma coisa errada. Porque decidiu cometer um crime. Claro, se elas infringem alguma lei, foi só uma questão de momento. Não tiveram escolha. Foram vítimas das circunstâncias.

Remy dá de ombros.

— Só os criminosos vão para o xadrez. As vítimas, não. É assim que você diferencia um do outro, acho.

— Que horrível — respondo.

— É assim que as coisas são.

Cruzo os braços diante do peito e me encosto no pedaço de pau que sustenta aquela barraca improvisada.

— Bem, ainda assim não é uma droga.

— Se essas pessoas entram aqui, deve haver um jeito de sair — pondera Hudson.

Remy sorri quando volta para junto de nós.

— Tudo certo.

O ar que eu não sabia que estava prendendo no peito se dissipa devagar enquanto olho para Flint e Hudson, e todos nós sorrimos juntos. Temos uma chance. E Remy parece se dar bem com os vendedores. Talvez seja seu plano, desde o começo. Ver se podemos conseguir escapar com eles quando o dia terminar. Não me admira que esteja preocupado com a maneira com que vamos esconder o Forjador, entretanto.

Remy se vira para ir embora, mas o troll nos segue barraca afora, com as cartas de tarô na mão.

— Deixe-me prever o seu futuro, moça bonita.

— Hoje não, Lester — Calder lhe responde. — Temos um monte de tarefas para fazer.

— Não era com você que eu estava falando — responde ele enquanto abre o baralho em um leque. Ele olha para mim e diz: — Escolha uma.

— Ah. Não acho que...

— É por conta da casa — oferece ele, com um gesto. — Você é parecida com a minha neta favorita.

Nem sei como devo reagir a esse tipo de elogio, considerando que ele é um troll. Mas simplesmente sorrio e digo:

— Obrigada. Mas precisamos mesmo ir.

— Por que a pressa? — Ele olha para o relógio. — Vocês ainda têm onze horas e meia antes de terem que voltar para a cela. Não faz mal dar três minutos ao velho Lester.

Estou prestes a recusar outra vez. Com tudo que estamos planejando, parece meio arriscado deixar um vidente dar uma olhada no meu futuro.

Mas Remy faz um sinal positivo com a cabeça. E percebo que Lester é alguém de quem ele gosta. Assim, mesmo sabendo que vou me arrepender, eu cedo e puxo uma carta. E levo um susto quando percebo todo mundo ao meu redor ficar tenso. Inclusive o próprio Lester.

— Que carta é esta? — pergunto, já que não sei muita coisa sobre o tarô.

— Problemas — responde Hudson enquanto observa a carta que se parece com uma torre atingida por relâmpagos.

— Muitos problemas — enfatiza Lester, ao mesmo tempo em que pega a minha mão e a leva até os lábios. Mas ele me cheira por um longo momento e seus olhos se arregalam.

— Você não me disse quem ela era — ralha ele, dando uma bronca em Remy.

Remy não responde. Apenas abre um pequeno sorriso enquanto me pergunto se é tão óbvio que sou uma gárgula.

Lester deve perceber que Remy não vai responder, porque logo ele se vira para mim e diz:

— Só existe um caminho para você, minha rainha.

## Capítulo 131

### CHAPADOS E PERDIDOS

Embora eu tenha certas reservas, sinto o coração acelerar e me inclino um pouco para a frente. Porque, se esse cara puder me dizer qual é o meu único e verdadeiro caminho, então quero saber. Deus sabe que não consegui encontrá-lo por conta própria.

Ele deve perceber que estou lhe dando a minha atenção completa e irrestrita, porque enfia as cartas no bolso. Em seguida, cobre as nossas mãos (que ainda estão unidas) com aquela que segurava as cartas.

— Você deve encontrar esse caminho e segui-lo, minha bela, antes que seja tarde demais.

Espero que ele diga mais alguma coisa, mas Lester dá um passo para trás e sorri.

— Viu? Eu lhe avisei que só ia lhe tomar uns poucos minutos. — Ele pisca o olho para mim. — Vá encontrar esse caminho, garota.

Remy joga uma moeda para ele enquanto acenamos e vamos embora, mas, assim que fazemos uma curva, ele começa a rir.

— A cara que você fez foi a coisa mais engraçada que eu já vi na vida — comenta ele. — Valeu cada centavo daquela moeda que dei a ele.

— Bem, como é que eu ia saber que ele estava me zoando? Estamos cercados por criaturas paranormais.

— Ah, não sei — comenta Flint, com um sorriso. — Talvez porque ele seja literalmente... um troll?

— Justo — concordo, quando viramos em outra ruela e sentimos um cheiro delicioso.

— Tacos? — pergunto. Porque, se há uma coisa que consigo reconhecer a cinquenta metros de distância é o cheiro de tacos. — Ninguém me falou que vendiam tacos no Fosso.

— Tacos e pizza — revela Remy.

— Não ligo muito para pizza, mas eu faria qualquer coisa para comer uns tacos agora.

— Qualquer coisa? — pergunta Remy, piscando o olho para Calder.

— Vou buscar uns tacos para você, Grace. — Hudson passa na frente do grupo. — Quantos você quer? Cinco? Dez?

Rio, porque Hudson está agindo de um jeito ridículo. Seja lá o que for que Remy pensa conseguir de mim em troca dos tacos, definitivamente não é o que Hudson entende.

— Que tal três? — respondo enquanto aperto o passo para alcançá-lo.

Leva alguns minutos, pois aparentemente os paranormais gostam tanto de tacos quanto as garotas da parte sul da Califórnia. Mas, depois de determinado tempo, estamos amontoados ao redor de uma mesa de piquenique enquanto devoramos alguns dos melhores tacos de carne assada que já comi. Até Hudson está comendo outra vez. Ele pegou uma garrafa térmica cheia de sangue de uma banca nas proximidades.

Mas Hudson não está concentrado na refeição. Em vez disso, ele me observa com um enorme sorriso no rosto enquanto eu como. Para alguém que não ingere comida, ele gosta bastante de me dar coisas para comer. E quando o almoço enfim acaba, ele fita Remy.

— Já que o seu amigo troll não nos ajudou muito, tenho que perguntar. Você já viu o que vai acontecer?

Remy faz um sinal negativo com a cabeça.

— Só o bastante para saber que tudo depende de Grace.

Engulo o medo que borbulha no meu peito. E que ameaça fazer com que eu bote os tacos que comi para fora. Se esse plano dependia de mim para salvar todo mundo... então estamos perdidos.

— O que foi que você viu, então? — Hudson pergunta, estendendo o braço para pegar a minha mão.

Remy se inclina para trás e se encosta na cadeira com as mãos cruzadas sobre o peito.

— Como eu disse, vamos precisar de dinheiro e muita sorte.

— Isso não é um plano dos mais elaborados — observa Calder. E pela primeira vez ela parece de fato interessada na conversa. Como se estivesse pensando em alguma outra coisa além de si mesma. — Considerando que temos que tirar seis pessoas daqui.

— Eu sei. — Remy acena negativamente com a cabeça. — Mas temos três flores. E isso significa que só temos que descobrir um jeito de tirar três de nós daqui. O Forjador vai ficar com uma das flores, obviamente. A prisão não vai libertá-lo a menos que não tenha escolha. As minhas visões continuam a me dizer que a única maneira que tenho de sair daqui é com uma flor. Mas deve haver uma maneira diferente para os outros. — Seus olhos se transformaram num redemoinho nebuloso outra vez. — Às vezes, vejo você saindo. Outras vezes, essa visão desaparece. — Os olhos de Remy voltam à cor verde-pinheiro habitual e ele continua a falar: — Por isso, há algumas coisas que precisamos fazer que ainda não estão decididas.

— Talvez eles tenham se redimido o suficiente — arrisca Calder. — Talvez seja assim que Flint e Hudson consigam sair. E Grace fica com a última flor.

— Mas você ainda ficaria aqui — digo a ela.

— Talvez isso tenha sido só um sonho, mesmo. Talvez a prisão não suporte que eu vá para outro lugar. — Calder força um sorriso amplo, e em seguida balança a cabeça para jogar os cabelos de um jeito impressionante. Tão impressionante que alguém que está na mesa atrás de nós chega a assobiar. — Afinal... você deixaria isso tudo para trás, se não precisasse ir embora?

— Não vamos sair daqui sem você — aviso-lhe, e Remy concorda.

— Bem, vamos fazer o que pudermos — sugere Hudson. — Ainda temos dez horas e meia antes que tudo vá para o inferno. Por isso, vamos dar uma olhada no problema. Qual é o próximo passo?

— O Forjador — responde Flint. — Certo? Nossas opções são diferentes, dependendo se vamos conseguir convencê-lo a sair daqui com a gente ou não. Por isso, vamos tentar encontrá-lo antes de pensar no restante.

Ele tem razão. É o próximo passo. E é por isso que, depois de limparmos a mesa, seguimos Remy de volta à rua abarrotada de gente.

Não demora muito até ele nos fazer entrar em um beco escuro. Em seguida, passamos por dois windigos. Fico esperando que eles nos mandem parar, mas um deles nos cumprimenta com o olhar enquanto o outro dá palmadinhas na cabeça de Remy. E eu me lembro, mais uma vez, de que essas pessoas, essas criaturas, criaram Remy depois que sua mãe morreu, quando ele tinha cinco anos. Que este lugar é um lar para ele, ao mesmo tempo que é uma prisão.

Pondero como deve ser a sensação, o que passa pela cabeça dele ao saber que, quando sair, nunca mais vai voltar a ver essas pessoas — embora algumas delas sejam a coisa mais próxima que ele já teve de uma família.

Dias atrás, Calder mencionou uma coisa que aprendi quando cheguei em Katmere: não é somente a família que uma pessoa tem que a torna quem é; a família que essa pessoa cria também é importante. Com frequência, é essa última que nos ajuda a navegar em dias ensolarados ou que serve de âncora quando o mar fica agitado.

Deve ser terrível ter que desistir disso para finalmente conseguir a chance de viver de verdade.

Viramos em dois outros lugares enquanto um som que parece o de um trovão ecoa à nossa volta. Tenho vontade de perguntar a Remy do que se trata, mas ele está andando depressa. E tenho a impressão de que não deveria distraí-lo. E, sinceramente, não tenho certeza de que quero mesmo saber.

Viramos em uma última rua que nos leva até um caminho ladeado por construções. Ali é tão escuro que preciso me segurar em Hudson para ter certeza de que não vou tropeçar em meio a esse breu todo. E, para uma criatura que supostamente "pertence às trevas", é um absurdo eu não ter uma visão noturna mais aguçada.

Ao analisar pelo lado positivo, o caminho se ilumina um pouco mais à medida que andamos, mas só percebo o motivo quando chegamos ao final dele.

A luz — e o calor — que estamos sentindo vem da fornalha mais descomunal que já vi. Uma fornalha operada por um gigante que tem uma máscara de soldador enorme diante do rosto. Um gigante que, quando vê Remy se aproximar, ergue a máscara...

E solto um gemido apavorado.

O seu rosto está marcado desde a testa até o queixo com as cicatrizes mais brutais com que já me deparei.

## Capítulo 132

## CORRENTES NÃO SÃO AS ÚNICAS COISAS
## QUE VÃO SER QUEBRADAS

Isso foi obra de Cyrus. Tenho certeza. Um grito se forma dentro de mim, expressando que essa é a verdade. Ele atormentou esse homem, assim como passou um milênio atormentando a Fera Imortal, simplesmente porque podia fazê-lo.

É nojento. Impensável. Ainda assim, aqui está mais uma prova de que Cyrus é vil, desumano, cruel. E de que seus planos devem ser impedidos, não importa a que custo. Porque qualquer pessoa capaz de fazê-lo, que machuque outra criatura só porque tem o poder de fazê-lo, que passe séculos usando e destruindo o próprio filho, é capaz de fazer qualquer coisa.

Quando considero os motivos pelos quais ele nos sentenciou à prisão enquanto fica correndo por aí livre, leve e solto, sinto uma vontade ainda maior de acabar com os planos dele. E de garantir que Cyrus nunca mais vai conseguir machucar alguém. Quando fugirmos deste lugar e eu conseguir a minha gárgula de volta, prometo a mim mesma que Cyrus vai pagar por isso.

— O que você quer, garoto? — pergunta o Forjador a Remy com uma voz tão grave e estrondosa que faz tremer as janelas dos prédios ao redor. E isso tem sentido, considerando que ele é gigantesco. Não tanto quanto a Fera Imortal. Mas também não chega a ser gigantesco como os gigantes. Ele é grande, muito grande. Mas é só quando Remy chega perto que percebo o quanto. Remy, com seu um metro e noventa, não chega nem a um terço da altura do gigante, que deve ter quase seis metros de altura. Um gigante entre os gigantes.

Não me espanta o fato de ele ter uma fornalha gigantesca.

— Temos uma proposta para você — anuncia Remy, falando em voz alta.

— Não tenho tempo para propostas. Tenho várias celas para fazer.

Ele se vira e pega um molde curvado enorme da pilha logo atrás. Em seguida, o traz até sua bancada de trabalho.

Reconheço o formato e a curvatura do molde; já faz dias que estou olhando para a versão final do produto na nossa cela. É a parte da parede da cela que forma a jaula na qual estamos. E ele leva aquele trambolho de um lado para o outro como se não pesasse nada.

*Celas*, murmuro para Hudson. E seu rosto fica bem sério. O bracelete dentro de um bracelete dentro de outro bracelete no qual estamos presos? Não é de se espantar o fato de ele estar aqui, praticamente escravizado; a prisão deixaria de existir sem sua presença. O que, na minha opinião, seria uma solução maravilhosa.

— Por que está produzindo celas? — questiona Remy. — Mavica me disse que esta é a primeira vez em anos que temos algumas que ficaram vazias.

— É a tranquilidade antes da tempestade — responde-lhe o Forjador enquanto recoloca a máscara de soldar diante dos olhos e abre as portas enormes da fornalha. A onda de calor que sai de lá é tão quente que não faço a menor ideia de como Remy suporta ficar tão perto do mecanismo. Tenho a impressão de que já estou derretendo, e isso a seis metros de distância.

— Como assim? — grita Flint para ser ouvido por sobre o rugido daquele fogaréu enorme.

— Significa que alguém está planejando mandar um porrilhão de novos prisioneiros para cá — responde Hudson, com uma expressão taciturna. O jeito que ele fala sugere que Cyrus é o "alguém" em questão.

— Pessoas de Katmere? — pergunto, me sentindo enjoada.

— De todos os lugares possíveis, eu imaginaria — responde Remy com a voz cáustica.

O Forjador vai enchendo devagar o molde com metal derretido. Em seguida, deixa-o descansar e deposita uma peça enorme de metal quente na bancada. Ele começa a golpeá-la com uma marreta cujo tamanho é quase o de Flint. Martela e martela; cada marretada ecoa como uma trovoada. Até que uma curva bem distinta e reconhecível começa a se formar.

Entretanto, quando a curva aparece, o metal já começou a esfriar. Assim, ele abre a fornalha de novo e o enfia lá dentro outra vez. E isso é algo bom para mim, considerando que o barulho das marteladas é tão alto que quase impossibilita o meu raciocínio.

— Vocês precisam ir embora daqui — o Forjador fala para nós enquanto pega um tonel de água e sorve um gole.

— Acho que você vai se interessar pelo que temos a dizer — insiste Remy, com a voz tranquila.

À primeira vista, o Forjador parece prestes a se recusar a ouvir. No entanto, ele se senta em um rochedo enorme e olha para nós com a cara irritada.

— Certo. Me falem o que vocês querem para que eu possa recusar. E aí vocês podem ir embora.

Não é o convite mais amistoso que já ouvi, mas é mais do que eu estava começando a pensar que conseguiríamos. Por isso, estou tentando ser otimista.

— Precisamos que você nos confeccione uma chave — conta Flint a ele, começando a falar devagar. Talvez para medir o grau de interesse dele.

E, por sorte, ele se interessa.

— Que tipo de chave?

Hudson entra na conversa e começa a explicar sobre a Fera Imortal, que está acorrentada há mil anos com os grilhões que ele criou. Todavia, assim que o gigante ouve a menção à Fera (e aos grilhões), ele começa a balançar a cabeça negativamente.

— Não posso fazer isso — ele nos avisa. — É impossível.

— Por que não? Você não acha que mil anos é tempo demais para deixar alguém acorrentado? — Uso esse argumento de propósito, considerando que ele passou todo esse tempo escravizado também.

— Mil segundos já são um tempo longo o bastante para alguém passar escravizado — retruca ele. — Mas o fato de eu acreditar nisso não significa que posso ajudar vocês.

— Mas é o seu trabalho. Você foi o forjador que criou os grilhões que prendem a Fera.

— Sim. E também sou o forjador que foi obrigado a vir trabalhar nesta prisão. De maneira geral, os guardas não me perturbam desde que eu continue produzindo as celas e os braceletes. Gosto que as coisas sejam desse jeito. Não estou disposto a arriscar a vida que tenho para melhorar a situação de uma criatura que irritou Cyrus por toda a eternidade. Uma criatura que nem conheço.

*Ah, mas você conhece, sim*, sinto vontade de dizer. *De várias maneiras, ele é igual a você*. Mas sei que isso não vai ter importância. As pessoas raramente sentem empatia quando estão sofrendo.

— Se não quiser fazer isso por um estranho... que tal fazer por alguém que você conhece, Vander? — pergunto. — Alguém que você ama?

— Como sabe o meu nome? — pergunta ele. — Ninguém aqui sabe o meu nome.

— Porque conheço Falia — eu lhe respondo. — E ela quer que você volte para casa.

— Mentiras! — ele grita. — Que embromação é essa? A minha Falia está a milhares de quilômetros daqui...

— Em uma floresta de sequoias. Eu sei. Estive com ela há algumas semanas. Aponto para Hudson e Flint.

592

— Nós três estivemos lá.

— Não acredito em vocês. Que motivo vocês teriam para visitar Falia? E como fizeram isso? — Sua voz está cheia de escárnio. — Vocês estão na prisão.

— Só estamos aqui há alguns dias — diz Flint a ele.

— E viemos até aqui, pelo menos em parte, para falar com você — explica Hudson. — Para convencê-lo a produzir uma chave e ajudá-lo a sair daqui. E poder voltar para Falia.

— Mentiras! — ele grita outra vez, enquanto se vira e agarra Hudson com uma daquelas mãos enormes. Ele o sacode. — Ninguém nunca sai deste lugar. Ninguém! E vou fazer você pagar caro se estiver mentindo sobre a minha Falia.

— Ninguém está mentindo! — O rosto de Hudson mostra todo o seu esforço para livrar os próprios braços da mão do gigante, mas percebo que Vander não vai soltá-lo antes de ter certeza de que o esmagou. Corro para perto dele e coloco a mão no outro braço do gigante. — Juro. Ela mandou dizer: "Ainda me recordo."

Ele solta Hudson com tanta rapidez que o meu consorte quase não consegue se agachar ao tocar o chão.

— O que foi que disse? — sussurra Vander. E os olhos com que ele me encara estão cheios de lágrimas.

— Ela disse que você saberia o significado disso — digo-lhe.

— Ela ainda se lembra do poema. — A respiração de Vander está trêmula agora. — Ela ainda se lembra de mim?

— Ela o ama, Vander — diz Hudson a ele. — Ela nunca deixou de amar você. E está sofrendo por causa disso.

A última frase atinge o gigante tal qual um golpe, fazendo-o recuar até o rochedo que usava como assento enquanto suas mãos tremem.

— E as nossas filhas?

— Não chegamos a conhecê-las — respondo-lhe, com a voz baixa. — Somente Falia. E ela está muito angustiada pela sua ausência. Continua apegada à promessa que você fez a ela. Ao anel que você lhe deu de presente.

O olhar dele fica completamente atormentado, um sofrimento tão explícito que é quase doloroso demais de se testemunhar.

Mas continuo:

— Você fez uma promessa a ela. E prometi a Falia que o ajudaria a cumpri-la. Que eu o libertaria e o mandaria de volta para casa. — Paro por um momento, considerando que Vander talvez precise de um argumento mais forte. — E isso não foi somente uma promessa qualquer. Sou a futura rainha das gárgulas. E as minhas promessas se tornam lei. — Paro de novo, observando o rosto dele para ver se o meu argumento surtiu efeito.

Ele continua cético.

— Temos um plano para escapar daqui — conta Remy, rapidamente.

— Mas vamos precisar daquela chave primeiro — completa Hudson.

No começo, o Forjador não diz nada. Fica simplesmente olhando para o espaço, com lágrimas do tamanho do meu punho fechado lhe rolando pelo rosto. Por fim, quando começo a pensar que não consegui tocar a sua sensibilidade (que não resta mais nenhuma sensibilidade nele), Vander sussurra:

— Sobre essa chave. Para quando precisam dela?

Nós cinco trocamos um rápido olhar.

— Esta noite — replica Remy. — Se achar que consegue.

O Forjador olha para as vigas expostas de metal na oficina. Em seguida, volta a olhar para nós.

— Preciso de seis horas.

— Seis horas para confeccionar a chave? — Hudson pergunta, visando esclarecer a questão. — Se voltarmos daqui a seis horas, você vai estar com a chave?

— Se voltarem daqui a seis horas, terão a chave. E terão a mim também. — Seu olhar perpassa os demais antes de se fixar no meu. — Vocês vão me levar quando saírem?

— Eu lhe prometo — garanto. — Temos uma maneira de libertar você.

Ele concorda com um aceno de cabeça, e em seguida diz mais uma vez:

— Seis horas. Vou estar pronto.

Sorrio para ele e digo:

— Obrigada.

Ele concorda com um aceno de cabeça.

— Eu que agradeço a vocês.

Sinto vontade de curtir a vitória por alguns momentos — e o fato de que podemos realmente cair fora daqui e encontrar uma maneira de libertar a Fera Imortal. Mas, ao que parece, Remy tem problemas maiores com que se preocupar.

Mal cheguei a dar dois passos para ir embora quando Remy bate as mãos e diz:

— Se temos somente seis horas, então temos que nos apressar com os outros preparativos.

Capítulo 133

## TODO MUNDO TEM QUE
## RALAR PARA ENTRAR NO JOGO

— O que precisamos fazer? — Flint pergunta, quando voltamos para o beco escuro que nos levou até a oficina do ferreiro. E percebo, pelo seu jeito saltitante de andar, que ele está pronto para entrar em ação.

Não o culpo por isso. Estou tão empolgada pelo fato de o Forjador ter concordado em nos ajudar que estou quase dando uns pulos de alegria também. Fiquei receosa de que ele fosse recusar, ou de que pudesse ter se esquecido da esposa e das filhas e quisesse ficar aqui, onde acha que é o seu lugar.

Mas isso não aconteceu. Ele vai criar a chave para libertar a Fera Imortal e vai sair daqui com a gente. Acho que eu não conseguiria pensar em nada tão audacioso, mesmo se tentasse.

— Preciso que você e Calder encontrem Bellamy. Ele está aqui no Fosso hoje, mas é difícil de encontrá-lo. Digam que preciso de um número. Ele é o único que sabe qual é o número certo.

Flint parece confuso.

— Um número? Tipo... é um número qualquer? Ou está falando sobre algum número específico? Porque posso lhe dar um número agora mesmo, se quiser. Posso lhe dizer vários números e...

— É um número específico. E ele vai saber qual é o número de que preciso — replica Remy a Flint, balançando a cabeça. — E antes que você diga que não sabe quem é Bellamy...

— Não sei mesmo.

— Calder sabe. É por isso que coloquei vocês dois juntos. — Ele fita a amiga. — Comece dando uma olhada nas lojas de jogos. Veja se consegue pegar o rastro dele lá.

— Já estava planejando fazer isso. Não é a primeira vez que tenho que ir atrás dele. — Ela enlaça o braço no de Flint. — Vamos lá, grandão.

Conforme os dois vão andando, com Calder tentando incitar Flint a cantar com ela uma música que nenhum de nós já ouviu antes, Remy olha para mim.

— Preciso que venha comigo, Grace. Temos que ir a um lugar e não temos um minuto a perder.

— E para onde nós vamos? — pergunta Hudson.

— "Nós", não — retruca Remy. — Somente Grace e eu é que vamos até lá. Temos uma coisa para fazer. Eu já tinha visto isso antes. Mas tenho um trabalho diferente para você.

— Ah, mas não vou sair de perto de Grace.

— Sei que sou só uma humana indefesa, mas vou ficar bem — asseguro a ele. Tento me concentrar no fato de que o meu consorte quer me proteger, em vez de pensar que não sou capaz de proteger a mim mesma.

As sobrancelhas dele se erguem num movimento brusco.

— É claro que você vai ficar bem, Grace. — Ele faz um gesto negativo com a cabeça. — Tem razão. Vai ficar bem sem mim. Para onde precisa que eu vá, Remy?

— Para os ringues. Se vamos sair daqui, vamos precisar de bastante dinheiro. E o único jeito de ganhar muito dinheiro em tão pouco tempo? Lutar por ele. — Ele dá de ombros. — Isso se você achar que dá conta do recado.

— Por onde eu começo? — Hudson começa enquanto passa o braço pela minha cintura e me puxa para junto do seu corpo.

— Há quatro ringues diferentes, duas ruas mais para baixo. Escolha um e comece. — Ele joga um punhado de moedas de ouro para Hudson. — Isto aqui deve cobrir o preço da sua entrada.

Hudson pega as moedas com a mão que ainda está livre e as enfia no bolso.

— Tenho as minhas próprias moedas, mas obrigado. — Em seguida, ele vira a cabeça e dá beijinhos na minha bochecha e perto da orelha. — Pode deixar comigo, gata.

— Vai me deixar aqui para arrebentar a cara de umas pessoas e deixar que elas arrebentem a sua. Que coisa mais linda, não? Acho melhor você voltar de lá inteiro — insisto.

— Acho que vai ter que esperar para ver. — Ele me dá mais um beijo (dessa vez, um beijo de verdade) e se afasta. Mas não sem antes encarar Remy com um olhar de advertência.

— Quero ela exatamente nessas condições quando vocês voltarem desse lugar para onde têm que ir.

Reviro os olhos.

— Sabe que eu poderia dizer o mesmo a seu respeito, não é?

Mas ele simplesmente ri e diz:

— Vou tentar. — Em seguida, volta pelo caminho por onde viemos.

— Isso não me deixa nem um pouco confortável! — digo, quando ele já está se afastando, mas Hudson simplesmente ri e desaparece na escuridão.

— Acho melhor ele não se machucar — digo a Remy enquanto ele me leva na direção oposta.

— Ah, é claro. É melhor a gente apertar o passo. — Remy começa a andar comigo a passos rápidos. — Ou então você vai perder a chance de provar toda essa sua valentia.

Eu o encaro, apertando os olhos.

— Não sou do tipo que brinca de Clube da Luta.

— Você não vai precisar fazer isso — explica ele, rindo. — Não é esse tipo de lugar.

— E que tipo de lugar é? — pergunto.

— Um lugar bem mais divertido.

## Capítulo 134

### VOCÊ OFERECE A MÃO, MAS A PESSOA
### QUER O BRAÇO INTEIRO

Dez minutos depois, estou olhando pela vitrine para o interior da loja onde Remy quer me levar. E não estou nem um pouco satisfeita.

— Acho que prefiro ir brincar de Clube da Luta — comento com ele, meus olhos arregalados.

— Bem, essa é a função de Hudson. Esta aqui é a sua.

Faço um gesto negativo com a cabeça.

— Acho melhor trocarmos de lugar.

E o palhaço ri da minha cara. Ele tem a audácia de rir. Enquanto vai me levando para a porta.

— Receio que não é assim que as coisas funcionam.

— Cara, não vou fazer uma tatuagem.

— Vai ter que fazer.

— Como é que é? — Eu o encaro, irritada. — Você não tem o direito de tomar essa decisão por mim.

Ele suspira.

— Não estou tentando forçar você a fazer nada. Só que, se quisermos sair deste lugar, esta é a única maneira que conheço de conseguir fazer isso.

— Com uma tatuagem? — pergunto, cética.

— Com uma das tatuagens de Vikram — ele responde enquanto segura a porta aberta para mim. — Tenho uma teoria.

— Ah, e tenho que ser tatuada por causa de uma teoria?

— Está prestes a ganhar uma tatuagem feita por uma das bruxas mais poderosas do Fosso por causa de uma teoria. — Ele pisca o olho. — Não é a mesma coisa.

— Então qual é o motivo disso? — questiono.

— Venho pensando nisso desde que você me puxou para o pesadelo infernal de Hudson. Você é capaz de canalizar a magia, certo?

— Você sabe que sim.

Dou uma olhada no interior daquele lugar, que mais parece um salão de cabeleireiro elegante do que qualquer estúdio de tatuagens que eu já tenha visto. Não que eu tenha visto muitos, mas a menos que todos os filmes estejam mentindo (além de todos os estúdios de tatuagem na frente dos quais já passei), este lugar é de fato um dos mais extravagantes. O que não chega a ser ruim, na minha opinião. É o que penso quando a recepcionista de cabelos verdes e dourados nos oferece água de pepino enquanto esperamos.

— Mas não consigo usar a sua magia do jeito que você consegue. Só consigo canalizá-la.

Ele concorda com um aceno de cabeça.

— Percebi. Acho que isso acontece porque você não foi feita para acumular magia. É por isso que ela a deixa logo depois que você a recebe. Você é um conduíte.

Bem, quem não adora ser comparada a uma tubulação elétrica? Embora eu deva admitir que estou curiosa para saber qual é a intenção dele com tudo isso.

— Digamos que eu concorde com a sua ideia. O que uma tatuagem tem a ver com o plano?

— As tatuagens de Vikram são capazes de fazer todo tipo de coisa. Por isso, estou pensando que, com a tatuagem certa, você vai poder puxar a minha magia, incluindo a magia que nunca consegui acessar, e armazená-la na tatuagem. Depois, vai conseguir mandá-la de volta para mim, livre das barreiras mágicas da prisão.

Ele fica em silêncio por um momento enquanto assimilo a ideia. Em seguida, se inclina um pouco para a frente. E não sei se ele está tentando convencer a mim com a sua próxima frase ou a si mesmo.

— Não sei quem foi o meu pai, mas minha mãe me contava uma história na hora de dormir em que dizia que ele me deu poder suficiente para abrir um buraco nas muralhas desta prisão. Para demolir tudo isto aqui... quando eu estivesse pronto.

Eu me lembro daquele instante em que coloquei a mão ao redor do braço dele pela primeira vez. Remy tinha poder, mas não muito. Será que o poder dele simplesmente estava escondido de mim?

— É assim que saímos daqui?

Ele faz um gesto negativo com a cabeça.

— Não sei. Mas sei que, quando me dá a flor, você tem uma tatuagem no braço. E, como não há nenhuma tatuagem em seu braço agora... é sinal de que vai fazer uma no Fosso. E por que outro motivo além de me ajudar a libertar a minha magia para nos tirar daqui?

— Então, essa tatuagem pode ser necessária para nos tirar daqui. Ou talvez não. A única coisa que você sabe é que eu a faço? — Reflito a respeito daquilo e libero um suspiro. Sinto vontade de dizer "De jeito nenhum" para ele em relação a essa tatuagem. Mas e se ele estiver certo e essa for a nossa única saída? Seria horrível colocar tudo a perder só porque não mantive a cabeça aberta. — Ela pode ser pequena, pelo menos? E em algum lugar que o meu tio Finn não veja?

Ele simplesmente ri.

— Pode ser em qualquer lugar que você queira, Grace. Acho que o lugar em que a vi não importa.

Só que isso não chega a ser verdade, porque quando Remy diz seu nome para a recepcionista, os olhos dela se arregalam. Ela pede licença e corre até o fundo da loja. Segundos depois, a tatuadora vem nos cumprimentar. E ela é deslumbrante. Deve ter uns cinquenta ou sessenta anos, com cabelos curtos grisalhos presos em duas trancinhas com degradê azulado, de modo que se parecem com estalactites de gelo. Ela usa uma camiseta regata preta que valoriza os braços todo tatuados. Em um dos braços ela exibe uma cena aquática completa e no outro, uma cena centrada no elemento terra. E ambas são absolutamente lindas.

— Remy? É você? — ela pergunta.

— Ah… pois não? — Ele parece meio confuso. — Desculpe. Já nos conhecemos?

— Sua mãe o trouxe aqui quando você ainda era garotinho. Imagino que fosse novo demais para se lembrar. — Ela estende a mão. — Meu nome é Eliza.

Ele a cumprimenta com um aperto de mão.

— E o meu é… — As bochechas dele ficam coradas quando percebe que estava prestes a se apresentar de novo. E percebo que esta é a primeira vez que o vejo sem jeito. Fico me perguntando se é porque Eliza conhecia a mãe dele ou se é porque, pela primeira vez desde que cheguei a este lugar, alguém conhece mais sobre uma situação do que o próprio Remy.

Ele aponta para mim.

— Esta aqui é Grace.

— Grace? — repete ela, arregalando os olhos. — Então esta foi a garota que afrontou a irmandade da Flor Noturna… e sobreviveu. Andei ouvindo muitas coisas boas a seu respeito, Grace.

Agora é a minha vez de me sentir desconfortável.

— Ah… obrigada. Foi obra do acaso, mais do que qualquer coisa.

Ela ri.

— Uma parte enorme da vida é assim. Vamos começar.

Ela faz um sinal, apontando para o fundo da loja.

— Mas ainda nem escolhemos um desenho — protesto. Ela tem um visual incrível e adorei suas tatuagens, mas não quero que o meu braço inteiro seja coberto por desenhos. Pelo menos, não agora.

Eliza parece ficar confusa.

— Mas já criei o desenho. A mãe de Remy me pagou pelo serviço há doze anos. E disse que você apareceria quando precisasse dele. Quando você chegou hoje, imaginei que...

— A minha mãe fez isso? — Remy pergunta e parece chocado... mas, ao mesmo tempo, também está emocionado de um jeito que não parece ser capaz de assimilar.

— Acho que ela sempre soube que algum dia você precisaria contar com uma ajuda adicional — diz Eliza, aproximando-se dele e apertando seu ombro com empatia. — Conheci a sua mãe. Fiz algumas tatuagens nela no decorrer dos anos. E se tem uma coisa que sei... é que ela amava você, garoto.

Remy engole em seco. Em seguida, sussurra:

— Obrigado.

— Por nada. — Ela concorda com um aceno brusco de cabeça, como se já tivesse usado sua cota de emoções para o dia de hoje (e mais um pouco). — Agora, quem está pronta para ganhar uma tatuagem?

— Eu — respondo, embora sinta um vazio no estômago. — Posso pelo menos ver o desenho antes? — *Já que sou eu que vou ter que passar o resto da vida com isso no corpo*, a minha voz deixa implícito.

— Nada disso — intervém Eliza com um sorriso. — Acho que essa aqui deveria ser uma surpresa.

## Capítulo 135

### BÊBADOS E ARREBENTADOS

— Vai passar o dia inteiro olhando para ela? — indaga Remy, rindo um pouco. Estamos andando por aquelas vielas tortuosas para nos encontrar com os outros na barraca onde comemos os tacos, perto da oficina do Forjador. Mas estamos um pouco atrasados porque a tatuagem levou quase seis horas para ser feita, praticamente todo o tempo que o Forjador nos deu.

Só que, mesmo sentindo o braço dolorido, não consigo parar de contemplá-lo. Eliza sabia do que estava falando — e, ao que parece, a mãe de Remy também. Porque é a tatuagem mais bonita que já vi. O que é uma coisa boa, considerando que o desenho está feito no meu corpo.

O fato de que Eliza cortou fora a manga do meu macacão me deixou um pouco preocupada no começo, mas agora estou bem entusiasmada. Eu não seria capaz de ver a tatuagem se ela não tivesse feito isso. E, para ser sincera, não consigo tirar os meus olhos dela.

Ela começa na parte externa do meu pulso esquerdo e envolve o antebraço em um desenho bem espaçado e inclinado que vai subindo até o alto do braço, terminando na parte interna onde ele se junta ao meu corpo. De longe, parece o desenho de uma trepadeira delicada com flores e gotas de orvalho. Mas, analisando de perto, não há nenhuma linha em todo o desenho. Em vez disso, ela é feita de milhões de pontos minúsculos e de cores diferentes, colocados tão próximos uns dos outros que eles formam uma imagem incrível — como os pixels na tela de uma TV... se a TV cintilasse.

De longe, já é linda. De perto, é absolutamente de tirar o fôlego. E é impossível de imaginar como ela foi feita. Eu estava lá observando tudo. E ainda não faço ideia de como a imagem passou de um amontoado de pontos para essa tatuagem linda, delicada e feminina que estou amando demais.

Agora, a única coisa com a qual tenho de me preocupar é se ela funciona de verdade. É uma tatuagem que vou exibir com orgulho durante a vida inteira, é claro. Todavia, seria muito melhor se ela conseguir fazer o que precisamos que faça. E isso até parece meio difícil de acreditar, admito. Mas não mais do que qualquer outra coisa que acontece neste lugar.

Mas, quando chegamos ali, quase esqueço a tatuagem, porque Hudson está sentado diante de uma mesa (embora "sentado" talvez não seja a melhor definição da posição dele no momento). Parece que foi atropelado por uma carreta... ou por um comboio delas.

Sigo observando enquanto corro pelo labirinto de mesas de piquenique até chegar onde ele está.

Seus dois olhos estão roxos; seu nariz está meio torto, de um jeito que não estava antes. Tem um corte feio embaixo do seu olho esquerdo e outro no lábio inferior. Os nós dos dedos estão em carne viva; seu pescoço foi unhado e arranhado, e há hematomas em quase todos os lugares de sua pele exposta. Por outro lado, a julgar pela maneira que ele está debruçado sobre a mesa com a mão na lateral do corpo, aposto que os ferimentos cobertos pelo macacão são ainda piores.

— Nossa — comento ao me aproximar e perceber o quanto ele está arrebentado. Estou até mesmo começando a me apavorar, mas não posso nem pensar em demonstrar isso aqui. Não na frente de Remy. E, sem dúvida, não na frente de todos os outros prisioneiros trancados aqui, e que observam Hudson como se quisessem partir para cima dele outra vez.

— Estou só imaginando o estado em que você deixou o outro cara. Ou será que foram vários caras?

— Você é a melhor consorte do mundo — ele me elogia com um sorriso meio pateta que me preocupa ainda mais do que os hematomas. — Está vendo, Remy? É por isso que você precisa de um consorte. Você nem pensou que eu ia perder, não é, gatucha?

Gatucha? Será que ele andou levando muita porrada na cabeça? Hudson está sorrindo para mim agora, com um sorriso torto e inchado. Mas parece muito feliz.

— Nem por um segundo — respondo-lhe, enquanto tento dar uma boa olhada em seus olhos para conferir o tamanho das pupilas.

— Quanto você faturou? — pergunta Remy, porém, antes que Hudson consiga responder, Calder vem andando pelas mesas e traz Flint sobre os ombros. Ele está cantando *Bad Guy*, de Billie Eilish, a plenos pulmões, e está completamente bêbado. — Que diabos você fez com ele? — indaga Remy, exasperado, enquanto Calder o joga em cima da mesa.

Flint simplesmente fica ali deitado, cantando, até chegar ao refrão. Em seguida, ele sorri para mim com um sorriso ainda mais pateta do que o de Hudson.

— Oi, moça bonita — ele me diz, fazendo a pior imitação de um sotaque da região sul dos Estados Unidos que já ouvi.

— Oi, Flint.

— Gosto do seu cabelo. Já lhe disse alguma vez que gosto do seu cabelo? — Ele estende a mão e pega um dos cachos.

— Não, nunca.

— Você também gosta do cabelo dela, né? — Hudson concorda enquanto pega um cacho do outro lado da minha cabeça.

— Isso está acontecendo mesmo? — pergunta Remy, perscrutando ao redor como se esperasse que alguém dissesse que se trata de uma grande piada cósmica. — Será que dois de nós estão completamente fora da realidade agora? No pior momento?

— Desculpe — diz Hudson. — Mas o ciclope bate com muita força.

Remy me encara com um olhar de "Mas que diabos está acontecendo aqui?".

— Você encarou um *ciclope*?

— Ele queria lutar — conta Hudson. — Você me disse que eu tinha que lutar. Então, fui lá e lutei.

— Eu não lhe disse para lutar contra um *ciclope*! — Remy grunhe.

Flint termina a música de Billie Eilish e começa a cantar *Dynamite*, do BTS. E... meu Deus do céu. Ouvi-lo cantar um dos maiores sucessos dessa *boy band* quase me faz sufocar enquanto tento não rir.

— Mas. Que. Caralho. Você. Fez. Com. Ele? — questiona Remy por entre os dentes, enquanto olha para Flint e Calder.

— Você falou para pegarmos um número com Bellamy. Pegamos o número. Mas tivemos que beber com ele, até que ficou bêbado o bastante para desembuchar. — Ela olha para Flint com um sorriso carinhoso. — Pelo jeito, ele parece bem mais durão do que realmente é.

Flint responde com um aceno bobo e começa a cantar *Wrecking Ball*, de Miley Cyrus.

— É o que parece — comenta Remy, olhando para mim. — Consegue fazer alguma coisa para ajudá-los?

Fico mirando Flint e Hudson (que, no momento, está cheirando o meu cabelo e dizendo que adora o meu cheiro). E pergunto:

— O que exatamente sugere que eu faça? Lembre-se de que tudo isso foi ideia sua.

Remy solta o ar numa bufada longa. Em seguida, senta-se no banco diante de Hudson.

— Qual foi o número que Bellamy lhe deu?

O sorriso de Calder desaparece com a mesma velocidade que surgiu.

— Ele disse que precisa ser pelo menos cem mil.

— Por pessoa?

— Isso.

Remy dá de ombros, como se dissesse "As porradas não param de vir". Em seguida, ele suspira e pergunta a Hudson:

— E, então, quanto dinheiro você ganhou?

Hudson para de cheirar o meu cabelo por alguns momentos enquanto leva a mão até debaixo da mesa e puxa um saco de dinheiro, que deixa cair na mesa, ao lado da cabeça de Flint. Ela está cheia de moedas de ouro, e são tantas que até fico tonta com a quantidade. Mas Remy parece decepcionado.

— Se isto aqui é tudo, então estamos fodidos — ele diz a Hudson.

Mas Hudson simplesmente ri. Em seguida, solta um gemido e aperta as costelas.

— Está doendo — diz ele para mim, com a voz rouca.

— Ah, neném... — Dou um beijinho bem de leve em seu ombro. — Sinto muito, de verdade. O que posso fazer?

— Não deixe que ele me faça rir — responde Hudson. Em seguida, ele se abaixa e pega outro saco de dinheiro. E outro. E mais outro.

E ainda mais outro.

— Puta que pariu — diz Calder, com os olhos enormes. — Com quantas pessoas você lutou?

— Todas.

— Todas? — pergunta Remy. — Todas as pessoas na arena?

— Todas as pessoas em todas as arenas — esclarece Hudson. — Elas insistiam em formar fila para entrar no ringue. Por isso, fui arrebentando uma por uma. Você me disse que precisávamos de muita grana.

— Eu disse isso mesmo. Agora sei por que você está com esse sorriso bobo na cara. — Remy faz um sinal negativo com a cabeça, mas em seguida sorri para mim. — Eu não tinha muita certeza até agora, *cher*. Mas o seu consorte é mesmo um cara e tanto.

Hudson volta a cheirar o meu cabelo. Solto uma risadinha e concordo:

— Sim... Ele é mesmo.

— Mas tenho uma pergunta para você — prossegue Remy.

— E qual é?

— Se tudo der merda nas próximas horas, que diabos vamos fazer com esses dois?

# Capítulo 136

## UM SURTO GIGANTE

Nem sei como devo responder a essa pergunta, exceto para dizer:

— Vampiros se curam rápido.

— Tão rápido assim? — pergunta Calder.

— Não faço ideia.

Remy se levanta outra vez.

— Vamos ver se conseguimos colocar o dragão e o campeão do Clube da Luta em pé e levá-los de volta para o Forjador.

— Consegue andar, neném? — pergunto a Hudson.

— Por você? — Ele suspira. — Consigo fazer qualquer coisa. — E quase cai para trás quando se levanta.

Coloco o braço ao redor da cintura dele e deixo que se apoie em mim. Hudson encosta o nariz nos meus cabelos e cheira.

— Adoro o seu cheiro. — E... bem, não vou dizer que isso é ruim. Ele mesmo é um cara bem cheiroso. Mas, em seguida, ele emenda: — Mas o seu gosto é ainda melhor.

Sinto as minhas bochechas arderem.

Dou uma espiada ao redor para ver se alguém ouviu o que Hudson disse; para a minha felicidade, Calder está tentando convencer Flint a tomar um copo de água.

— Vamos lá, grandão. Beba tudo. Prometo que canto *Y.M.C.A.* com você, se conseguir andar com as próprias pernas.

Flint ergue o tronco como se alguém tivesse lhe aplicado uma bolsa de soro, mas cheia de café.

— Sério?

Ela revira os olhos.

— Se eu realmente tiver que fazer isso...

Flint se levanta com dificuldade.

— Acordo é acordo. Mas você vai ter que fazer a coreografia também. — E, em seguida, ele começa a cantar o primeiro verso daquela música icônica...

— Estou com a grana — anuncia Remy enquanto começa a empilhar os sacos de ouro nos braços.

— Quanto tempo nós temos? — indago, olhando para Hudson outra vez, que não está andando com os joelhos muito firmes.

— Não muito. Por quê?

— Achei que talvez pudéssemos encontrar vocês daqui a pouco — tento falar de um jeito casual, mas até mesmo eu percebo que não consigo. E ele me encara com uma expressão bem severa.

— O que está havendo, Grace? — pergunta Remy, desconfiado.

— Eu estava achando que talvez eu pudesse...

Não sei por que fico tão constrangida em admitir isso. É uma função biológica normal.

— Que talvez você pudesse...? — Agora ele está começando a ficar irritado.

— Achei que talvez eu pudesse deixar que Hudson bebesse do meu sangue por alguns minutos — finalmente digo. — O sangue vai ajudá-lo a se recuperar mais rápido.

— Ah! — Remy vai de "desconfiado" a "risonho" em menos de dois minutos. — Sou obrigado a admitir, *cher*. Não esperava isso de você.

— Não esperava isso de mim?

Agora fiquei ofendida. Quer dizer que não pareço ser o tipo de garota que cuida do próprio consorte?

— Não faz mal — intervém Hudson. E, embora as suas palavras ainda estejam um pouco arrastadas, seu olhar é sincero. — Você não tem a obrigação de fazer isso.

— Sim, mas você está machucado...

Ele passa o braço ao redor do meu pescoço e me puxa para perto de si.

— Grace, não vou tomar o seu sangue bem no meio desse bando de criminosos. Você imagina o tipo de gentalha que isso pode atrair? — Ele dá um beijo no meu nariz... o que seria esquisito, se não fosse pelo fato de eu achar que ele estava tentando beijar a minha boca. — Além disso, se eu morder você de novo, acho que não vou querer parar tão cedo — ele sussurra meio perto da minha orelha.

Aquelas palavras me fazem corar um pouco. Mas, antes que eu consiga responder alguma coisa mais sexy, Calder avisa que vai começar a dançar *Y.M.C.A.* em cima dos nossos corpos se não andarmos logo.

— Não temos tempo para isso, de qualquer maneira — pontua Remy, virando-se para ir para perto de Flint e Calder.

Hudson sorri para mim e se aproxima para outro beijo. Dessa vez, ele beija o meu queixo.

— Vou me lembrar dessa sua oferta quando sairmos daqui — ele me avisa, bem atordoado.

— Se nós sairmos daqui — respondo, bem séria, quando conseguimos chegar junto dos outros e seguimos até o Forjador e sua fornalha.

Levamos poucos minutos para chegar até a forja outra vez, embora metade do grupo esteja tropeçando nos próprios pés. Em parte, porque o metabolismo de dragão de Flint está funcionando para deixá-lo sóbrio em tempo recorde. E também porque, enquanto ninguém estava olhando, permiti que Hudson sorvesse alguns goles de sangue do meu pulso. Eu não estava conseguindo suportar a ideia de deixá-lo sofrer, mesmo que já estivesse começando a se curar. Hudson não está nem perto de ficar completamente curado com tão pouco sangue, mas percebo que seus olhos e lábios já começam a clarear. E ele já está andando sem precisar que eu o ajude.

Quando chegamos à forja, Vander afirma:

— A chave está pronta. — Ele dá uma boa olhada em nós, percebendo que estamos em condições um pouco piores desde a última vez que nos viu, e dá alguns tapinhas no bolso grande da sua camisa. — Vou ficar com a chave até todos nós sairmos daqui.

— Tenho uma flor que vai simular a sua morte — explico, apontando para uma das flores tatuadas na minha mão. — Quando os guardas pensarem que você está morto, vão tirar o seu corpo da prisão e você vai estar livre. Mas não temos flores para todo mundo. Por isso, vamos precisar da chave para podermos sair por outro lugar.

— Me dê uma dessas flores agora — pede o gigante.

Eu olho para Hudson, que simplesmente faz um sinal afirmativo com a cabeça. Em seguida, penso no quanto precisamos das flores. Depois, levo a mão até a tatuagem... e quase grito de surpresa quando uma das flores sai da minha palma e começa a flutuar, como se à espera do meu chamado.

A Estriga me garantiu que funcionaria em qualquer circunstância. Naquele dia, não entendi por que ela insistiu tanto, mas agora sei o que ela quis dizer. Ou, pelo menos, espero que saiba mesmo. Ela insistiu que a magia das suas flores funcionaria aqui, mesmo que nenhuma outra magia funcione.

Espero que ela tenha razão.

— Belo trabalho! — sussurra Hudson para mim, e sorrio em resposta. Porque o sotaque britânico dele sempre me faz sorrir. E também porque os olhos dele parecem mais lúcidos do que antes, e isso me deixa feliz.

— Me dê isso! — grunhe o gigante. Ele pega a flor com um movimento brusco e a enfia na boca. Ela é tão pequena que Vander consegue engoli-la sem mastigar. E todos nos afastamos para evitar que um gigante de seis metros de altura caia sobre nós.

Só que... nada acontece.

Ele não tomba. Não morre. Não parece nem ficar sonolento. Só irritado.

— Vocês me enganaram.

— Não enganamos! — garanto-lhe. — As flores deveriam funcionar.

— Vocês vão pagar por isso — promete Vander. — Ninguém mente para mim.

— Não ameace a minha consorte — rebate Hudson com a voz fria. E, pela primeira vez desde que voltou das lutas, ele fala como o velho Hudson. — Não mentimos para você. Talvez você seja imune. Não sei — explica ele.

— E por que eu seria imune?

— Não sei. Talvez porque você tenha seis metros de altura e quinhentos quilos, e essa seja só uma florzinha minúscula? — retruca Hudson. — Ou talvez gigantes não sejam afetados. Como é que vamos saber?

No começo, parece que o gigante está ponderando sobre a questão. Em seguida, no entanto, ele grita:

— Mentiras! — E ergue a mão como se fosse me golpear.

Sem demora, levo a mão até a tatuagem e puxo outra flor. Talvez Vander precise de mais de uma flor, considerando o seu tamanho. Não me lembro de ter comentado com a Estriga que a pessoa que queríamos tirar daqui era um gigante.

E a situação transforma os olhos de Hudson num azul-flamejante. Ele se aproxima para se posicionar diante de mim, mas Calder entra em ação com mais rapidez e é a primeira a chegar. Ela fica bem na minha frente e arranca a outra flor da minha mão.

— Quer uma prova de que não o enganamos, seu velho? — Ela enfia a flor na boca e a come.

— Calder! — Remy grita, correndo até onde ela está. — O que você fez?

— O que eu sempre faço — replica ela com um sorriso presunçoso. — Salvei o seu rabo... e continuo linda.

— Sim, mas...

Ele para de falar quando os olhos de Calder se fecham. E ela tomba para a frente.

Eu a agarro, fraquejando um pouco sob o peso dela, tentando não deixar que ela caia no chão. Hudson tenta tirá-la de cima de mim, mas ele ainda está numa condição tão precária que sibila por entre os dentes no instante em que o peso de Calder pressiona o machucado na lateral de seu corpo.

— Deixem-na comigo — anuncia Flint. — Eu a levo.

— Você está bêbado — rosna Remy.

— Não estou tão bêbado — responde Flint. — Não mais.

Ele a pega nos braços e a ergue, até conseguir apoiá-la sobre o ombro direito, da mesma maneira que ela o trouxe de volta à mesa de piquenique, há pouco.

— Bem... eu não estava esperando por isso. — Hudson olha para mim com uma expressão que diz "Que porra é essa?", mas dou de ombros.

— O que vamos fazer agora? — pergunto para todo o grupo.

— Deixá-la aqui para que os guardas a encontrem? — sugere Vander.

— Ela vai para onde a gente for — determina Remy. E seu tom de voz não deixa margem para discussão. — Não vamos deixá-la para trás.

— É claro que não vamos deixá-la para trás — concordo.

Hudson faz que sim com a cabeça, ao passo que encara Vander com um olhar bem agressivo.

— Isso não é pergunta que se faça.

— Vocês iam me deixar para trás — protesta Vander. E tenho quase certeza de que ele está fazendo beicinho.

— Você tem seis metros de altura e pensou só na sua própria fuga — irrita-se Hudson. — Tudo isso aconteceu por sua causa. Por isso, pare de choramingar!

Vander fica aturdido com o choque. E não o culpo. Tenho certeza de que ninguém nunca falou com ele desse jeito em toda a sua vida.

— Ainda precisamos descobrir o que vamos fazer — diz Flint.

— Sei o que precisamos fazer. — Remy suspira.

— E o que seria? — pergunto.

— Hora do plano B. — Ele olha para Flint. — E me passe uns dois desses sacos de dinheiro. A esta altura, vamos precisar de cada centavo para conseguir cair fora daqui.

— Ei, e eu? — pergunta Vander. — Vou com vocês também?

Remy o encara. Em seguida, faz um gesto para Hudson e diz:

— Acho melhor me passar todos os sacos.

## Capítulo 137

### NAS MARGENS PLÁCIDAS
### DO RIO DOS MORTOS

Para a minha surpresa, Remy nos leva de volta para junto das celas.

Eu achava que o objetivo era ser jogada para fora da prisão por cima da cerca. Por isso, voltar até a cela não faz muito sentido para mim. Por outro lado, precisamos tirar cinco pessoas daqui e resta apenas uma flor. Assim, talvez não seja surpreendente o fato de que o plano B envolva algo totalmente diferente.

Não consigo evitar a curiosidade. Será que a minha tatuagem faz parte desse novo plano? E decido perguntar a ele:

— Vamos tentar usar a tatuagem?

— Ainda não, *cher* — responde Remy. — Isso vai ser um tiro no escuro. Além do mais, ainda me vejo saindo desta gaiola com uma flor. Se eu destruir a prisão com a minha magia, por que simplesmente não uso isso para fugir?

— Não estou entendendo. Quem se importa com o jeito com o qual você sai daqui, desde que esteja livre?

Remy para durante um tempo suficiente para me fitar nos olhos fixamente enquanto diz:

— Porque, como eu lhe disse, não vou trocar o certo pelo duvidoso. Saio daqui com uma flor. Então, é assim que vou sair. E você só me entrega a flor depois que está livre. Assim, é óbvio que há outra maneira de sair.

Ele não espera para ver como vou responder à sua fala. Apenas vira de costas e se põe a andar pela rua, com os passos longos aumentando a distância entre nós.

Mas... tudo bem. Até entendo por que ele não quer colocar em risco a sua chance de sair daqui. Se eu tivesse nascido aqui, talvez pensasse do mesmo jeito.

Só desejo que o plano B não envolva ir para a área mais assustadora e enigmática do Fosso. Uma rápida olhada para Hudson indica que ele está pensando na mesma coisa. Em particular, considerando como os olhos dele esquadrinham o beco. Agora, ele está se esforçando para evitar olhar para mim, como se não quisesse que eu perceba o quanto está preocupado.

— Estamos quase lá — anuncia Remy por sobre o ombro. Espero que ele saiba do que está falando, porque não consigo ver nada. A maioria das lojas no Fosso começaram a fechar, já que o tempo está acabando para os prisioneiros. E muitos deles já começam a voltar para suas celas, mesmo que ainda tenham um bom tempo para ficar aqui — provavelmente para não correrem o risco de se atrasarem e serem jogados na câmara por um mês inteiro. Se não estivéssemos tão dispostos a escapar, tenho certeza de que faríamos a mesma coisa.

Como os postes de luz não parecem vir até aqui, tento não me desesperar. Eu me reconforto com a lembrança de que Hudson e Flint são capazes de enxergar no escuro. Mas, considerando que nenhum dos dois está em plenas condições, espero que Remy saiba mesmo o que está fazendo.

Por fim chegamos ao fim do beco, e Remy aperta os botões de um teclado numérico que parece o único foco iluminado neste lugar. E isso, por si só, já é bem estranho, considerando que estamos diante de uma parede de tijolos. Nada de portas ou janelas, nada além desse interfone bizarro pendurado no meio do nada.

— Diga o seu nome e o que deseja — anuncia uma voz pelo alto-falante, alta e clara.

— Você sabe quem sou. E, a menos que a sua rede de contatos só tenha incompetentes, tenho certeza de que sabe por que estamos aqui.

Uma risada ecoa do outro lado da linha.

— Está com os bolsos cheios?

— Ah, pelo jeito não ouviu falar dos nossos... golpes de sorte recentes. — Há um tom bem evidente de zombaria em sua voz, mas o guarda (ou seja lá quem for) no interfone dá apenas uma risadinha.

Isso me lembra mais uma vez do fato de que Remy é tratado de um jeito bem diferente por aqui. Já vi o bastante nesses seis dias de prisão para saber que qualquer outra pessoa já estaria sem a cabeça (ou, pelo menos, sem um braço ou perna) caso se atrevesse a falar desse jeito com um dos windigos. Mas Remy simplesmente recebe uma risada. É estranho perceber que essas pessoas realmente o amam à sua própria maneira.

— Ele está ocupado agora — avisa o guarda. — Volte mais tarde.

— Só tenho mais quatro horas. E ele sabe disso. Não existe essa coisa de "mais tarde". Só o agora. Então, abra essa porta e me deixe falar com Caronte.

*Caronte?* Observo Hudson para ver o que ele acha do nome. E, mesmo no meio dessa pouca luz, ele parece tão confuso quanto eu.

— Aquele Caronte do rio Styx? — pergunto. Em geral, a mitologia grega exigiria um esforço enorme da imaginação. Todavia, no momento, estou em um beco escuro com um vampiro, um dragão, um bruxo, um gigante e uma manticora. A realidade que eu conhecia já saiu correndo há um bom tempo.

— Aff, nada a ver! — Remy replica com uma risada. — Ele mesmo escolheu esse nome, que já expressa tudo que você precisa saber sobre ele.

Certo. Se alguém ficar famoso, será que não seria melhor usar algo um pouco menos ameaçador do que o barqueiro de Hades?

Por vários e intermináveis segundos, nada acontece. Nenhuma resposta, nenhum som de estática no interfone, nada. Mas, então, quando menos espero, um estrondo enorme preenche o ar.

— O que é isso? — questiono, me encostando por instinto em Hudson. Ele sorri para mim como se eu tivesse lhe dado o melhor presente de Natal do planeta, e coloca o braço ao redor dos meus ombros. E é o braço que ainda não está carregando vários sacos de dinheiro.

— Está tudo bem — ele me diz enquanto indica algo mais à frente com a cabeça. — Olhe.

Sigo o seu olhar e observo, chocada, quando a parede de tijolos diante de nós se abre ao meio, revelando um corredor longo, bem iluminado e vigiado por três windigos bem grandes.

Remy vai até lá para falar com os guardas, levando os sacos de dinheiro. Atrás de mim, o Forjador resmunga algo quase tão alto quanto as engrenagens de movimento das paredes. Para ser sincera, não o culpo. Estou aqui há seis dias e não quero nem chegar perto desses windigos. Ele já está aqui há mil anos.

— Está tudo bem — diz Flint para reconfortar Vander... e também o restante de nós. — Remy sabe o que está fazendo.

— Sabe mesmo — concorda Hudson. E, conforme os sacos de dinheiro trocam de mãos, sinto-o relaxar um pouco.

Ele chega até mesmo a olhar para mim e para o meu braço exposto.

— Adorei o que você fez com o macacão da prisão — ele brinca.

Normalmente, eu responderia com uma leve cotovelada nas costelas, mas ele está tão detonado que fico com receio de fazer qualquer outra coisa além de revirar os olhos.

O sorriso dele se suaviza. Então, Hudson se aproxima e sussurra na minha orelha:

— Gostei ainda mais dessa *tattoo* nova.

Sinto um arrepio percorrer a minha coluna, cortesia desse sussurro e das palavras.

— É mesmo?

— Sim. — A boca de Hudson está ainda mais perto da minha orelha desta vez, com os lábios roçando o lóbulo enquanto seu hálito quente acende todas as minhas terminações nervosas. — Achei bem sexy.

— Você é que é bem sexy — eu o elogio, com as palavras escapando antes que eu saiba que vou proferi-las.

Mas não me arrependo delas. Em especial, quando aquele rosto surrado e marcado se ilumina como um espetáculo de fogos de artifício.

Ele passa o braço ao redor da minha cintura e fica atrás de mim, encostando o peitoral nas minhas costas. Senti-lo junto de mim é muito bom. Uma sensação de carinho, segurança... e é definitivamente bem sexy. Aquela risada faz cócegas na minha orelha e ele murmura:

— Fez alguma outra tatuagem sobre a qual eu devia saber?

— Outra tatuagem? — Eu me viro para trás a fim de vislumbrar o brilho malandro naqueles olhos inchados que já começam a se curar. — Como assim?

— Não sei. Uma flor no quadril, talvez? — As mãos dele deslizam pelo meu corpo, na parte em questão, e sinto o calor aflorar na minha pele.

— Um par de asas nos ombros? — Ele desliza as mãos para cima e massageia músculos que eu nem sabia que estavam doloridos. E me sinto derreter junto dele, em resposta.

— Um coração com o meu nome na bunda? — Há um toque de humor na voz dele quando passa a mão nas minhas costas, descendo até...

— Se der um tapa na minha bunda, vou fazer você sofrer — advirto.

Ele ri, mas em seguida leva as mãos às costelas com um gemido.

— Acho que vai valer a pena. Especialmente, porque você não negou que tinha o coração.

— E por que eu negaria? Seria um lugar ótimo para colocar o nome de um bundão como você.

Hudson ri, mas Flint começa a resmungar.

— Meu Deus. Será que vocês podem andar logo com isso e dar um fim nessa agonia? Tem gente aqui que não aguenta mais sofrer com essa frustração sexual de vocês.

— Não é frustração, dragão — rosna Hudson, mas não há agressividade alguma em suas palavras. — São só preliminares. Será que preciso ensinar algumas coisas para Luca sobre esse assunto?

— Luca conhece muito bem o assunto, pode ter certeza — garante-lhe Flint. — No entanto, obrigado pela oferta.

O meu consorte vai dizer alguma outra coisa, mas Remy faz um sinal para que entremos no corredor antes que Hudson consiga irritar Flint ainda mais.

— Conseguimos uma audiência.

— Com Caronte? — pergunta Vander. Ele demonstra certo espanto.

— Com Caronte — confirma Remy.

— Espero que tenha uma rota de fuga.

O sorriso de Remy está retorcido.

— Esta é a minha rota de fuga.

Vander suspira.

— Eu estava com medo que você fosse dizer isso.

# Capítulo 138

## DÉJÀ-FU

Fico à espera de que os windigos nos acompanhem pelo corredor, mas eles simplesmente deixam Remy passar. É quase como se ele fosse o dono do lugar ou algo do tipo. Pensando bem, talvez ele seja.

De qualquer maneira, passamos por um corredor muito, muito longo até chegarmos diante de um par de portas duplas e douradas. No começo, tenho a impressão de que elas são simplesmente pintadas dessa cor, porém, quando Remy abre uma delas para entrarmos, percebo que não é tinta. É ouro de verdade... e tenho a impressão de que é uma característica bem repugnante.

Afinal de contas, quem tem dinheiro para fazer isso? E quem escolheria gastar dinheiro em portas de ouro maciço dentro de uma prisão em vez de ajudar alguém que realmente precise?

A situação piora quando passamos pela porta. A sala em si é decorada com tons de roxo e ouro, vários móveis acolchoados, os aparelhos eletrônicos mais caros e todos os badulaques e bibelôs possíveis e imagináveis.

Mas a *pièce de résistance*, no centro da sala, é um trono de ouro maciço coberto por almofadas roxas. Sentado no trono, está um garoto que não deve ter mais de dez ou onze anos.

Ele veste um terno elegante, com um anel em cada dedo e um Rolex enorme no pulso. Nunca vi nada desse jeito. Tem um pedaço de mim que acha que ele deve ser um prisioneiro como o restante de nós, um garoto obrigado a viver neste lugar infernal, mesmo que não tenha cometido crime algum.

Contudo, não há nada aqui que indique que ele seja um prisioneiro. Nem mesmo os dois gigantes ao seu lado, e que tenho quase certeza de que são os seus seguranças. Ainda assim, ele é só um menino. E tenho de perguntar.

— Ele está bem?

— Se eu estou bem? — ele repete no que deve ser a voz pré-adolescente mais petulante que já ouvi.

— Este aqui é Caronte — apresenta Remy, com o tom de voz mais irônico que já ouvi. — Quando as pessoas enfim recebem sua liberdade do Aethereum, é Caronte que os leva para fora.

— Quer dizer que ele trabalha para a prisão, então? — Flint pergunta. E não consigo saber se ele acha mesmo que isso é verdade ou se é só uma tentativa de irritar o garoto. Se for a segunda opção, o plano funciona.

— Coloque-se no seu lugar, dragão. Sou o dono desta prisão. E ninguém faz nada aqui dentro sem a minha permissão. E, definitivamente, ninguém sai daqui a menos que eu deixe.

— E isso é algo que você nunca faz — conclui Hudson, e preciso admitir que ele mandou bem. Quando faz aquela voz de príncipe entediado, que me deixava completamente irada, ele é capaz de bater de frente com esse garotinho para disputar o título de campeão dos babacas.

— E por que eu deveria? — rebate Caronte.

— Porque é assim que uma prisão funciona? — sugiro. — Cumpra a sua sentença, arrependa-se pelo que fez e receba a liberdade.

— Sim, mas quem é capaz de dizer quando alguém foi castigado o bastante? Que se redimiu de verdade? — insiste Caronte, dando de ombros de um jeito bem arrogante que parece horrível quando vem de um garoto de dez anos. — É preciso ter cuidado com essas coisas.

— Em especial quando alguém quer comandar um reino inteiro — comenta Hudson. — Regras são uma coisa muito chata e desnecessária.

Os olhos de Caronte se estreitam, como se tentasse entender se encontrou alguém que o entende ou se está sendo zoado.

— Quem são vocês mesmo? — ele pergunta, por fim.

— Este aqui é Hudson Vega, meu senhor — comenta Remy com uma servilidade fajuta que quase grita que não estamos mais no Kansas.

Caronte decide ignorar a impertinência e se concentra no meu consorte.

— Ah, sim. O príncipe vampiro que voltou dos mortos. Seja bem-vindo à minha humilde morada.

Hudson dá uma olhada ao redor e tenho quase certeza de que está pensando o mesmo que eu: não há nada de humilde nem nada que não seja cafona neste lugar.

Caronte faz uma pausa na conversa, à espera da resposta de Hudson. Mas ele não lhe dá essa satisfação. Depois que mais de um minuto de silêncio constrangedor passa, com o dono da prisão ficando cada vez mais irritado, Remy pergunta:

— Podemos falar sobre o preço agora, Charles?

— Caronte! — retruca ele. — Quantas vezes vou ter que repetir? Meu nome é Caronte!

A única maneira de piorar essa reação seria se jogando no chão e abrindo um berreiro.

— Ah, me desculpe. Por favor, Caronte. Será que podemos falar sobre o preço agora?

— Sim — responde ele, com um bocejo satisfeito. — Mas vocês não têm dinheiro suficiente.

— Bellamy disse que o preço de hoje era cem mil por pessoa. Temos o bastante. — Ele aponta para os sacos cheios de moedas de ouro que Hudson carrega consigo.

— Esse era o preço. O preço novo é bem maior. — Caronte o encara com um olhar que diz "oops".

— Desde quando? — pressiona Remy. — Esse era o preço há uma hora.

Caronte dá de ombros.

— Muitas coisas podem acontecer em uma hora.

— Tipo o quê?

— Por exemplo... uma transferência bancária adicional do rei dos vampiros para garantir que o filho dele continue na prisão. — Caronte leva a mão ao ombro para afastar uma partícula imaginária de poeira. — Ele já pagou uma fortuna para colocá-lo aqui. Mas o pagamento de hoje... digamos que é o bastante para mantê-lo como nosso hóspede por um século, pelo menos.

Ele olha para Vander pela primeira vez.

— E conseguem imaginar o que aconteceria se perdêssemos o forjador favorito dele? E a nossa rainha das gárgulas? — Ele finge estremecer. — Não haveria pessoas no mundo para ele matar, se você escapulisse por entre os seus dedos.

— Tem tanto medo dele assim? — indaga Remy.

— Não tenho medo de ninguém! — é a resposta imediata. — Sou um adonexus. E não temos medo de ninguém!

— Um adonexus? — sussurro para Hudson.

Ele comenta baixinho:

— Um pré-adolescente imortal com complexo de Deus.

Ah, sim. Isso explica tudo. Será que é demais perguntar a alguém se essa criança é capaz de nos destruir com um espirro?

— Então por que estamos discutindo? Todo mundo sabe que você ama dinheiro. E nós temos um monte de dinheiro. — Remy faz um sinal para Hudson, que vira um dos sacos para baixo, despejando as moedas no chão. Milhares de moedas caem no chão. — Vamos fazer um acordo.

Os olhos de Caronte se iluminam com a ganância. Por um segundo, sou acometida pela impressão de que vai funcionar. Contudo, em seguida, o garoto desvia o olhar do dinheiro e simplesmente dá de ombros.

— Isso causaria uma rebelião. Os meus homens passaram a última hora reclamando que o jovem príncipe vampiro os engrupiu.

— Todas as lutas em que entrei hoje foram justas — pontua Hudson, com frieza.

— Acho que só temos uma maneira de saber com certeza, não é? — O sorriso dele é cruel. — Acho que é justo você dar aos meus homens uma chance de recuperarem o que você tirou deles. O dobro ou nada. Se conseguir ganhar de Mazur e Ephes, você sai daqui com o dobro do dinheiro. O bastante para comprar a sua liberdade.

— E se eu não conseguir? — Hudson ergue uma sobrancelha.

— Fico com você e com o dinheiro, é óbvio.

— É óbvio — responde Hudson, irônico. — Eu aceit...

— Esse é um jogo de cartas marcadas e você sabe disso — interrompo antes que Hudson faça algo idiota, como concordar com esse plano. Ele mal consegue ficar em pé depois do que passou. E ainda acha que vai conseguir lutar contra dois gigantes? É impossível. — Olhe para ele. Não pode estar achando que isso seja uma luta justa.

Caronte suspira.

— É claro que a gárgula ia causar problemas. Vocês sempre foram criaturas bem problemáticas.

— Eu não diria que defender alguém é ser problemática — retruco.

— Ah, sim. Bem, todo mundo tem direito à própria opinião, suponho. — Ele concentra os olhos frios e cinzentos em Hudson outra vez. — Temos um acordo?

Hudson parece que vai aceitar, mas novamente falo antes dele. Esse vampiro não tem absolutamente nenhum senso de autopreservação.

— Vocês não têm acordo nenhum.

— Continue com isso e você vai parar na masmorra! — adverte ele.

— Não seria a primeira vez — respondo.

— Agora chega! Quer que a luta seja mais justa? Está bem, então. Pode lutar com ele.

— O quê? — Hudson grita. — Não!

— Acabou de perder o seu direito ao voto — avisa Caronte com um olhar de desprezo. — Quer a sua liberdade? Então, vocês dois podem lutar contra os meus gigantes para ganhá-la. Se não quiserem, podem deixar o dinheiro aí e voltar para as suas celas. Mas esta discussão terminou.

Ele vai se levantar do trono, mas Remy ergue a mão.

— Nos dê uns segundos, por favor.

Remy nos leva para um canto e Hudson e eu nos aproximamos para conversar.

— Ela não vai entrar em uma arena com Frick e Frack — determina Hudson, rosnando para ele.

— É mesmo? Bem, você também não vai — rosno de volta. — Vão matar você em menos de dois minutos.

— Valeu pela confiança, consorte.

Reviro os olhos.

— Por acaso já se olhou no espelho desde que arrebentaram a sua cara na arena?

— É a única maneira — Remy fala para nós. — Não vamos conseguir outra chance como esta. Ele vai fazer de tudo para que isso nunca aconteça de novo.

— Deixe comigo — diz Hudson para Remy... e para mim. — O dia em que dois gigantes conseguirem me derrubar vai ser o dia em que vou deixar que arranquem as minhas presas.

— É um plano ruim — digo a eles.

— Um plano muito ruim — comenta Flint pela primeira vez.

— Bem, a esta altura, não existem mais boas ideias. Por isso... — Remy volta para perto de Caronte. — Me dê a sua palavra e nós concordamos.

E Caronte responde:

— Minha palavra é a minha promessa.

Ambos apertam as mãos e libero todo o ar em meus pulmões enquanto fecho os olhos. Preciso só de um minuto para colocar a cabeça no lugar. Em seguida, Hudson e eu podemos decidir o que vamos fazer.

Só que, agora, consigo ouvir pessoas gritando por todos os lados. Sinto cheiro de carne assada e ouço o barulho de pipocas estourando.

Alguém puxa a parte de trás do meu uniforme da prisão. Quando abro os olhos, estou caindo bem no centro de uma arena gigante.

Capítulo 139

## NUNCA HÁ UM ESTILINGUE POR PERTO
## QUANDO PRECISAMOS

Nunca senti tanta vontade de poder me transformar em gárgula em toda a minha vida.

Não só por causa de todas as coisas legais que eu poderia fazer agora para sair dessa situação. Mas também porque asas são praticamente uma necessidade vital neste instante... considerando que estou prestes a quebrar todos os ossos do meu corpo. Todos eles.

E não há absolutamente nada que eu possa fazer a respeito. Exceto fechar os olhos e esperar a chegada da morte.

Lembro-me de ter lido em algum lugar que não é a queda que mata; é a quicada. Se o paraquedas de uma pessoa falhar e ela cair no chão, é importante tentar se enfiar na terra de algum jeito. Ela vai se quebrar toda. Mas, se não quicar, pode ser que sobreviva.

Não acredito que vou morrer por conta de uma quicada. E pior, nas mãos de um catarrento imortal de dez anos de idade. Não era exatamente o jeito que eu esperava terminar essa excursão de sete dias à prisão, mas as coisas são assim mesmo.

Fecho os olhos e faço uma prece para que seja rápido...

Só que Hudson acelera além do que jamais acelerou em toda a vida. E, quando estou prestes a me arrebentar no chão, ele está ali para me pegar.

— Quem precisa de paraquedas? — diz ele com um sorriso arrogante. Mas suas palavras soam meio arrastadas, e ele está tremendo quando me coloca no chão.

Essa acelerada custou caro para Hudson, mas ele está se recuperando rápido.

— Acho que você deve ter rompido o baço fingindo que era o Super-Homem. — Passo o braço ao redor da cintura para apoiar o peso do seu corpo enquanto ele recupera o fôlego. Sei que devia agradecê-lo, mas estou aqui tremendo, com medo de que ele tenha desperdiçado energia demais para conseguir me agarrar.

— E quem precisa de um baço? — Ele pisca o olho para mim.

— O que vamos fazer agora? — pergunto.

Mas antes que ele consiga responder, os dois gigantes, Mazur e Ephes, saltam por cima da cerca. Quando eles batem no chão, a arena inteira estremece.

E eu... sinto que queria que Hudson tivesse me deixado cair. Seria uma morte dolorosa, mas pelo menos seria rápida. Neste momento, acho que é a única coisa que podemos querer. Porque isso aqui... acho que vai ser bem ruim.

— Vamos tentar uma morte rápida ou uma lenta e agonizante? — pergunto para Hudson. Pelo seu sorriso, fica claro que ele acha que eu estava brincando. Mas eu não estava.

— Precisamos deixá-los cansados — sugere ele. Tudo bem, acho que isso até pode ser um plano. Se pelo menos Hudson não tivesse surrado toda a população da prisão e se eu não fosse uma humana baixinha.

Analiso ao redor da arena, em busca de algum lugar onde possa me esconder até conseguirmos criar um plano melhor. Mas não existe um lugar assim. Tudo está escancarado.

Também percebo que não estamos em uma arena de verdade. Sim, há um público assistindo ao espetáculo em arquibancadas delimitadas por cordas nos dois lados da sala, com cerveja e pipoca à vontade. Mas as similaridades terminam aí.

Este lugar é praticamente um salão de baile, a julgar pelas cortinas ornamentais, o carpete barroco e os candelabros brancos pendurados no teto, que foram afastados e presos nas paredes para manter o centro da sala livre para as lutas entre gigantes.

Não entendo o que está acontecendo. Como essas pessoas sabiam que deviam estar aqui? Como foi que Caronte sabia que devia preparar este salão de baile para uma luta que não fazia ideia de que fosse acontecer?

Ou será que sabia?

Talvez ele soubesse, desde o começo, que isso ia acontecer. No entanto, como ele podia saber?

Antes que eu consiga descobrir a resposta, a voz de Caronte ecoa pelo salão, dando as boas-vindas à plateia para a edição de hoje do Confronto dos Colossos.

Os gigantes estão no meio da sala, exibindo os músculos para a plateia e acenando para todos os lados, enquanto Caronte recita suas medidas, peso e cartel de vitórias. Aparentemente, Mazur tem seis metros e sessenta centímetros e pesa pouco mais de quinhentos quilos. Ephes, por sua vez, tem seis metros e é mais magro, com trezentos e cinquenta quilos.

— É como se isto aqui fosse uma luta de boxe — diz Hudson pelo canto da boca.

— Isto aqui não é uma luta de boxe — respondo, quando finalmente me dou conta do que está acontecendo. — Isto é o Coliseu. E nós somos os gladiadores jogados aos leões.

— Isto aqui não vai ser uma luta fácil — diz ele por entre os dentes. E percebo um toque de fúria brilhando em seus olhos.

É algo que combina perfeitamente com a ira que começa a arder dentro de mim ao perceber que tudo isso aqui é uma armação. Que ninguém consegue se libertar. Todas as pessoas que Remy pensava que se redimiam e compravam a sua liberdade acabaram aqui, na arena. As vítimas mais recentes do Confronto dos Colossos.

— Isto aqui não vale nada — grunhe Hudson, quando também percebe a verdade. Que todas as promessas feitas aos prisioneiros, tudo pelo qual eles se torturam para conseguir, são apenas mais mentiras para que Caronte fique ainda mais rico.

Que desgraçado.

Estou com vontade de pensar mais sobre a questão, de descobrir como todo esse abuso de poder consegue passar despercebido bem debaixo do nariz de toda a comunidade paranormal. Mas isso não vai acontecer agora. Não quando a multidão já se cansou das exibições dos gigantes e está pronta para ver alguma ação; algo que envolva Hudson e eu sermos feitos em pedaços, provavelmente.

— Está pronta? — pergunta Hudson.

Eu o encaro com uma expressão de "Está me zoando, né?".

— Nem um pouco.

— É... eu também não. — Em seguida, ele olha bem nos meus olhos. E o seu sorriso torto ficou ainda pior, agora que o rosto está começando a inchar. — Mas vamos fazer isso mesmo assim.

— Você fala como se a gente tivesse escolha. — eu digo a ele, enquanto Caronte repassa as regras da luta. E todas elas parecem favorecer os gigantes. Não me surpreendo nem um pouco.

Estou um pouco inclinada para a frente, apoiando o peso do corpo na ponta dos pés enquanto me preparo para sair correndo.

— Decidir se vamos comprar uma casa de veraneio no Taiti ou em Bora Bora é uma escolha — ele me diz. — Isto aqui...

— É o que temos que enfrentar para podermos fazer essa escolha — termino a frase para ele.

— De acordo — ele responde, com uma risada. — Você pega o Taiti — diz ele, indicando Ephes com um meneio de cabeça. — E eu pego o Bora Bora. — Outro balanço de cabeça, desta vez apontando para Mazur. — Topa?

— Não — respondo.

Mas o apito toca e faço a única coisa que posso. Começo a correr e peço a qualquer deus existente no universo que não deixe o Taiti me pegar.

Capítulo 140

## QUANTO MAIORES ELES SÃO,
## MAIS ALTO EU GRITO

Quem imaginaria uma coisa dessas? Não há nenhum deus que tenha pena de mim no universo.

Ou então o universo simplesmente me odeia. E estou começando a pensar que essa é uma explicação mais razoável para este pesadelo.

Saio correndo na direção de Ephes, como decidi com Hudson. E só preciso de uns três segundos para descobrir que a envergadura dele é maior do que eu pensava. Claro, quando me dou conta disso, estou voando pelos ares, sendo jogada pelo salão de baile e arrebentando o meu ombro na parede.

A dor começa a se irradiar por mim, mas me forço a ficar em pé — e bem a tempo de ver Hudson sair voando na direção oposta. Mas ele vira uma cambalhota em pleno ar e pousa agachado. E o seu olhar imediatamente calcula a localização do gigante e a minha.

Desvio o olhar da direção de Hudson quando Ephes vem para cima de mim outra vez, com um instinto assassino naqueles olhos assimétricos. Fico onde estou, mas não por escolha própria. Estou paralisada. O medo é uma coisa viva e real dentro de mim, e esse desgraçado assumiu o controle das minhas pernas.

Ephes está completamente concentrado em mim. Ele tensiona o braço, puxando o punho enorme para trás — e golpeia como se fosse um rebatedor de beisebol. E como se eu fosse a bola.

Do nada, Hudson me agarra e nós aceleramos, cruzando o salão. E Ephes fica somente olhando. Droga.

— Por que fez isso? — pergunto. Os olhos azuis de Hudson estão opacos, mas ele ainda está em pé. — Você não pode continuar gastando a sua energia desse jeito!

Mas ele já desapareceu antes que eu conseguisse terminar a frase, correndo a toda velocidade na direção de Ephes. E bem quando Ephes agita o braço para golpear Hudson, ele acelera para a esquerda. Depois, para a esquerda de novo, e mais uma vez. Até que o gigante começa a girar pelo ringue.

É um bom plano. E teria funcionado se Mazur não aproveitasse a distração de Hudson para mirar um pontapé bem dolorido nas costelas do meu consorte.

Hudson atravessa a arena voando e solto um grito ensurdecedor quando vejo seu corpo se chocar contra a parede. Em seguida, ele cai no chão como se fosse uma boneca de pano. A multidão vai à loucura.

Ephes deve ter ouvido o meu grito, porque olha para mim e se põe a correr outra vez. Um pensamento passa pela minha cabeça: *E se eu começar a correr na direção dele?*

É provável que ele me agarre e este pesadelo chegue ao fim. Ou, então, se eu tiver sorte, ele vai estar com uma inércia muito grande para conseguir se virar rapidamente. E vou conseguir chegar até o outro lado da arena antes que ele consiga me pegar. Seria um bom plano... se eu não tivesse as pernas mais curtas do mundo.

Estou correndo a toda velocidade. Mas Ephes simplesmente diminui o passo e observa enquanto passo por ele correndo. Ele fica só olhando. Em seguida, traz aquela mão enorme para me agarrar.

Mas, antes que ele consiga fechar o punho ao redor dos meus ombros, Hudson surge acelerando e me agarra. Em seguida, já estamos a meio caminho do outro lado da arena outra vez. No entanto, agora, Hudson se inclina para a frente e apoia as mãos nos joelhos, puxando enormes golfadas de ar para os pulmões.

— Boa... ideia.. — comenta ele, arfando. E aperta a minha mão. — Você tem... que correr... mais perto... das pernas dele.

Meus olhos se arregalam. Será que ele está de brincadeira? Eu podia ter decidido correr perto o bastante para cortar as unhas dos pés daquele gigante, mas não tive a menor chance. Porém não tenho tempo para explicar a física das minhas pernas humanas curtas, porque os dois gigantes estão vindo para cima de nós. E Hudson sai a toda velocidade para levá-los para longe de mim.

E se eu corresse junto da parede? Talvez assim conseguisse pelo menos ganhar velocidade o bastante para rolar para longe. E dar menos espaço para o gigante manobrar. É um plano. Assim, eu disparo na direção da parede mais próxima. Ephes entra de cabeça na minha ideia de correr junto à parede, a julgar pela velocidade com que ele vem correndo atrás de mim.

Meu coração bate forte enquanto corro o mais rápido que consigo. Vejo a mão dele vindo para cima de mim e, no último instante, faço um rolamento para sair do caminho. E ele erra. Mas não há motivo para celebrar, porque deixei de considerar um detalhe muito importante. Ele tem duas mãos.

Ele me agarra ao redor da cintura e me balança até eu ter a sensação de que o meu cérebro se soltou e está chacoalhando dentro do crânio. Em seguida, ele me faz bater no chão como se eu fosse uma bola de futebol americano e ele tivesse acabado de conseguir o *touchdown* da vitória.

Dói. Muito. Mas, pensando bem, o meu corpo inteiro está doendo a esta altura. Mesmo antes de Ephes levantar aquele pé colossal para pisar em mim.

Dá tempo de rolar para longe antes que ele consiga me transformar em poeira, mas é por pouco. E a coisa está ficando cada vez mais próxima quando ele pisa com o outro pé. Desta vez, o pisão ainda consegue passar de raspão no meu cabelo. Rolo mais uma vez, mas tenho que admitir que os meus dias de rolagem são limitados. Estou puxando o ar com toda a força agora. E tenho a impressão de que vou vomitar se tiver que rolar mais uma vez.

Olho para cima quando o pé asqueroso de Ephes está prestes a me esmagar com outro pisão. E desta vez não há nada que eu possa fazer. Fecho os olhos e encolho o corpo. Mas logo em seguida sinto que sou carregada por uma brisa, aninhada no peitoral rijo de Hudson, quando ele acelera mais uma vez para me tirar de perto do perigo.

Antes que os meus pés consigam tocar o chão por completo, ele já acelerou outra vez, levando os gigantes para o centro da arena. Não consigo entender por que ele não os leva até o lado oposto da arena, onde teria mais espaço para acelerar outra vez. Mas é aí que eu me dou conta de algo muito ruim. Ele acelerou até o meio da arena porque essa era a distância máxima até a qual ele conseguiria acelerar.

Só tenho um segundo para processar a informação antes que Mazur acerte o punho na barriga de Hudson — e o mande voando mais uma vez. Ele desliza pelo piso, arrastando o rosto no chão. E o fato de que ele não acelerou para sair da situação me comunica tudo que preciso saber.

Ele está esgotado.

E nós estamos fodidos.

Estou tão concentrada desejando que Hudson se levante que não percebo, até que seja quase tarde demais, que Ephes está somente a cinco metros de mim. Começo a correr, mas ele consegue me dar um tabefe que me faz voar por uns trinta metros. E despenco no chão. Com força. Não consigo nem fingir que tenho energia para me levantar outra vez.

Como se estivesse no meio de uma neblina, percebo que caí a pouco mais de três metros de onde Hudson ficou estatelado no chão, com o rosto virado para baixo. O chão treme quando um dos gigantes corre na direção dele, e me forço a ficar de joelhos. Não sei o que planejo fazer. *Arrastar Hudson para longe* está em primeiro lugar na minha lista de prioridades. Mas não vou conseguir fazer isso. Não tenho energia o bastante para ficar em pé. Em vez disso, eu observo, horrorizada, quando Mazur ergue o pé para acertar o corpo surrado de Hudson.

Eu grito o mais alto que consigo — e tenho que admitir que não consigo gritar tão alto, considerando que mal consigo puxar o ar para dentro dos pulmões sem desmaiar de dor. Mas, antes que o pisão de Mazur o acerte, Hudson se levanta no último instante. Em seguida, ele dá um salto enorme e acerta Mazur bem no nariz.

Mazur ruge de dor quando o sangue esguicha por toda a parte. Mas, em vez de levar as mãos ao nariz, ele agarra Hudson em pleno ar e o joga do outro lado do salão de baile. Mais uma vez. Hudson bate de cabeça contra uma pilha de pessoas na plateia. Elas estão torcendo e gritando, fazendo seu corpo rolar de volta para o chão do salão.

Eu me levanto com dificuldade. Não posso deixar que ele fique ali para ser pisoteado. Mas Ephes está de olho em mim. Eu corro (e por "correr", leia-se que pareço estar correndo no meio de um lamaçal) na outra direção, tentando fugir dele e correr na direção de Mazur, que ainda está sangrando e continua furioso. Ele me pega pelos cabelos e agora é a minha vez de girar pelo salão de baile.

Eu não paro até bater na parede.

Hudson, que nesse meio-tempo conseguiu se levantar, acelera até onde estou e tenta me ajudar a ficar em pé. Mas a minha cabeça está latejando, meus ouvidos estão zunindo e eu estou vendo três imagens do meu consorte, em vez de uma. Além disso, tenho quase certeza de que Hudson não é o único aqui que está com uma costela quebrada. Sinto uma dor horrível do lado do corpo toda vez que tento respirar.

E isso acontece logo antes de Ephes nos acertar com um pontapé e nos mandar voando até o outro lado do salão de baile, na direção de Mazur.

Mazur dá um grito e salta no ar, esticando todo o corpo numa imitação de um golpe de luta livre. E ele agora está caindo de barriga em cima de nós.

Fico paralisada, gritando. Mas Hudson fecha os braços ao redor de mim e nos faz girar para longe. Depois, com o que só podem ser as suas últimas reservas de energia, ele nos faz acelerar para longe dos gigantes. Ou, pelo menos, tão longe quanto ainda consegue.

Infelizmente, não é o bastante.

Se ele tivesse acelerado sozinho, teria conseguido. Mas, como tinha que levar o meu peso extra, eu me dou conta, com uma precisão fria, que nenhum de nós dois vai conseguir fugir.

Ephes ri e pega Hudson por um dos pés, levantando-o no ar. Ele começa a girar, segurando Hudson longe do corpo como se ele fosse uma meia suja enquanto vai ganhando velocidade e impulso.

Quando finalmente o solta, Hudson voa e bate com o ombro na parede inferior da arquibancada.

E é assim que sinto que tudo acabou para mim. Simplesmente... acabou.

Não que isso tenha importância. Eu não conseguiria fazer nada para impedir isso, mesmo que estivesse em condições de lutar.

Sou inútil sem os meus poderes. Absolutamente inútil. Não consigo voar. Não consigo lutar. Não consigo fazer nada além de apanhar. Ou pior... nada além de fazer com que Hudson se machuque, já que ele está tão obstinado em tentar me salvar.

Se ele continuar agindo assim, vai acabar sendo morto também. E a culpa vai ser minha. E ele já estava todo ferido e arrebentado. Ele não vai conseguir lutar contra esses gigantes se tiver que passar o tempo todo preocupado comigo. Não vamos conseguir encontrar um jeito de derrotá-los se ele passar todo o seu tempo cuidando de uma humana inútil e patética.

Do outro lado do salão, Hudson rola pelo chão com um gemido. Os espectadores estão em pé agora, gritando e vaiando. Estão jogando pipoca e copos descartáveis no piso do salão enquanto tento me levantar, e uma lata cheia de cerveja acerta a minha cabeça.

Fico encharcada, mas o pior é que a cerveja deixa o piso tão escorregadio que caio sentada no chão outra vez, bem quando Mazur se vira a fim de avançar contra mim.

— Levante-se! — Hudson grita do outro lado do salão enquanto ele também tenta se erguer com dificuldade. — Grace, levante-se!

Quando percebe que não estou me levantando, ele acelera até onde estou, mas isso é algo que consome tanto da energia de Hudson que ele chega de joelhos ao lado do meu corpo. Eu me preparo, esperando que Mazur e Ephes acabem com a gente quando têm a oportunidade — ou pelo menos que acabem comigo, porque preciso que Hudson se afaste de mim. Preciso que ele continue vivo. Mas eles param por um instante no meio do salão de baile e começam a se exibir para a multidão, agitando os braços e deixando toda a plateia mais empolgada.

Talvez eu devesse me sentir insultada, porque fica óbvio que os gigantes não acham que somos uma ameaça. Caso contrário, não estariam se exibindo desse jeito. Mas, para ser realista, estou grata por esse intervalo para respirar. Posso não ter mais medo da morte depois de tudo que aconteceu nesses últimos seis meses, mas mesmo assim não estou com vontade de morrer .

— Precisamos sair daqui, Grace. — A voz de Hudson é baixa e urgente junto da minha orelha.

Mas faço um sinal negativo com a cabeça.

— Saia você.

— Vou sair, sim. Só precisamos colocar você em pé.

— Não — sussurro.

— Como assim, "não"? — Ele parece completamente confuso.

— Não vou conseguir. — replico. — Não tenho condições de lutar contra esses gigantes. E estou lhe causando mais problemas do que vale a pena. Me deixe aqui.

— Deixar você? — Agora ele parece completamente ofendido.

Eu suspiro, com as lágrimas querendo brotar por trás das pálpebras.

— Estou cansada, Hudson. E está doendo muito. Além disso, a única chance que nós temos... a única chance é que você consiga sair daqui para dar um fim nos planos de Cyrus. Você não vai conseguir fazer isso se continuar tentando cuidar de mim. Não estou com a minha gárgula. Sou só uma humana fraca. E você vai morrer por minha causa. Por isso... sim, me deixe. Pegue a chave, liberte a Fera e acabe com Cyrus de uma vez por todas. Sei que você é capaz. Você só precisa se desapegar de mim.

O salão já está girando com tanta força que começo a achar que vou vomitar. Encosto a cabeça no joelho de Hudson e espero que ele me beije, que diga que me ama, que diga adeus.

Finalmente percebo por que Jaxon sempre tentava me proteger. Ele devia ficar petrificado de medo todos os dias, considerando que há muitos jeitos pelos quais eu poderia morrer com muita facilidade. Durante todo esse tempo eu só quis que ele me tratasse como alguém igual a ele... mas nunca considerei que eu não era igual a ele. Nem a Hudson. É uma piada universal de muito mau gosto o fato de que eu me tornei a consorte desses dois garotos incríveis e poderosos.

Eu achava que, com a minha gárgula, era imbatível. Mas nunca pensei que isso era a única coisa que fazia com que eu fosse digna de Jaxon... ou de Hudson. Hudson... lindo, maravilhoso e generoso. Ele abriria mão da própria vida para salvar a minha, sem hesitar nem por um instante. É hora de eu fazer o mesmo por ele. E, assim, com o que resta das minhas forças, eu olho naqueles lindos olhos azuis e sussurro:

— Salve-se.

As lágrimas estão quase embaçando toda a minha visão, e não consigo ver a expressão em seu rosto. Mas sei que isso vai ser difícil para ele. Ele me ama muito. Agora percebo. Mas também sei que ele ama Jaxon. E, se não libertar o Forjador e depois a Fera, sem a Coroa, a alma de Jaxon vai se perder para sempre. Nossos amigos terão que encarar Cyrus sem nenhum poder. Hudson me ama. E sei que, por mim, ele vai salvar as pessoas que amo. Só quero sentir os lábios dele roçarem os meus cabelos mais uma vez. Ouvi-lo dizer que me ama mais uma vez.

Fecho os olhos e espero.

Em vez disso, ele se afasta com um movimento brusco e deixa a minha cabeça bater no piso de madeira. Em seguida, o sotaque britânico vem com força total quando ele grita comigo:

— Puta que pariu, você ficou maluca?

## Capítulo 141

### GRACE, A SEM GRAÇA

Bem, não era exatamente assim que imaginei que os eventos fossem acontecer. Achei que talvez eu ganhasse um "Amo você", um beijo de despedida ou um "Vou sentir saudades". E não um:

— Puta merda, está zoando com a porra da minha cara, Grace? Você está zoando com a porra da minha cara?

Atrás de nós, os gigantes estão agitados. Uma música alta toma conta do salão de baile, enquanto eles fazem uma dança antecipada da vitória. Algo que só serve para fazer com que Hudson grite mais alto enquanto continua:

— Eu estava com você quando ficamos presos na sua forma de pedra. Quando você perdeu seu consorte. Quando você teve que vencer uma disputa do Ludares sozinha. E quando você sobreviveu à mordida eterna daquele cuzão do meu pai. Mas isso? — Ele indica o salão com o braço antes de se agachar ao meu lado outra vez. — É isso que você vai deixar lhe derrubar? Dois gigantes que só não babam no olho graças à lei da gravidade? E um moleque sociopata com complexo de Deus?

Bem, quando ele fala desse jeito...

Eu suspiro. Mesmo quando ele fala desse jeito, ainda assim não tem importância.

— Estou cansada, Hudson. Estou cansada e isso vai causar a sua morte — eu digo, erguendo a mão trêmula para tocar o rosto dele. — Eu não conseguiria me olhar no espelho se alguma coisa lhe acontecesse.

— Puta que pariu. Você deve ter batido a cabeça com muita força, hein? — ele rosna. Mesmo com todas as brigas, com todas as nossas provocações e discussões, nunca o vi tão irritado. Ou tão decepcionado. — Cadê a garota que nunca se rende? A garota que sempre sobrevive quando a situação fica ruim? Aquela que sempre discute comigo?

— Não é sempre que faço is...

— Isso é mentira e você sabe disso. — Ele me encara, estreitando os olhos. — Desde o dia em que nos conhecemos, você não faz nada além de brigar comigo. Por qualquer coisa. Desde sobre *O Império Contra-Ataca* ser o melhor filme já feito até escritores existenciais que vivem choramingando. E até mesmo se tenho ou não o direito de dizer que amo você. Cacete, uma vez brigamos até mesmo *por causa da cor preta*.

— Não é a mesma... — começo a dizer, mas ele me interrompe.

— Você está certa. Não é mesmo. Você é capaz de me passar um sermão por causa da tampa da pasta de dente, porque não a colocar de volta desperdiça trinta por cento do que tem no tubo. E depois ainda consegue transformar o assunto em uma dissertação sobre espaço individual. Mas, de repente, isto aqui surge e você diz... "desculpe, mas estou fora"?

— Pasta de dente não tem importância — eu digo a ele. — Não é uma coisa que pode matar.

— Talvez não. Mas a Fera Imortal com certeza pode. Onde está a garota que conseguiu enfrentá-lo com o olhar e que, no fim da briga, o domou? Que enfrentou Jaxon Vega quando o mundo inteiro estava com medo dele? — A voz de Hudson fica suave. — Que me deu a coragem para lutar contra os meus próprios pesadelos e vencer... mesmo quando a ameaça de que ela poderia morrer para me salvar era muito real?

— Essa Grace não existe mais — eu digo. — A única Grace que existe aqui é uma humana fraca. E não quero ser a responsável pela sua morte, porra!

Ele me observa por vários segundos. E os olhos azuis memorizam meu rosto. Em seguida, ele se inclina para trás e diz, com a voz irritada:

— Levante essa bunda do chão.

— Como é que é? — Preciso me esforçar para escutá-lo em meio àquela música alta e em meio aos pulos de celebração dos gigantes, que trepidam o chão. Mas Hudson nunca falou comigo desse jeito, não importando o quanto as nossas brigas ficassem acaloradas.

Ele ergue a voz:

— Você me ouviu muito bem. Você vai se levantar neste exato momento e usar esse seu cérebro forte e bonito para encontrar uma maneira de nos fazer vencer. Está me ouvindo? Não consigo lutar contra dois gigantes e cuidar de você ao mesmo tempo, só porque você decidiu fazer todo esse drama.

Solto um gemido, mas ele não entende. Tento pegar a mão dele. E o meu olhar implora para que ele entenda.

— Você consegue dar conta dos dois se não tiver que se preocupar comigo.

Ele me encara, sem acreditar.

— Acha que estou preocupado com dois gigantes de merda? Não estou nem aí para eles. Quando você conseguir colocar a cabeça no lugar, nós vamos até lá arrebentar a cara deles. Não tenho a menor dúvida. — A voz dele começa a vacilar. — Mas o que vai acontecer comigo se você desistir, Grace? O que vai acontecer comigo se eu perder a consorte que esperei quase duzentos anos para encontrar? Acha que não vai conseguir sobreviver se me perder? Que porra você acha que vai acontecer comigo se eu perder você?

Dentro de mim, tudo fica imóvel quando percebo a agonia em sua voz.

— Hudson...

— Não venha com esse papo de "Hudson" para cima de mim, Grace. Tive que dividir você com outras pessoas desde o dia em que você apareceu na minha vida. E foi exatamente o que fiz. Dividi você com Jaxon e dividi você com toda a porra do mundo que precisa de você. E nunca reclamei, porque sei quem você é. Conheço o seu coração. Sei qual é a bagagem que você traz. E aceito isso sem problemas. Mas não aceito que você desista. Que simplesmente dê as costas para tudo e me deixe aqui sozinho só porque está cansada. Porque está com medo. Porque não quer mais sofrer. Não é assim que as coisas funcionam. Não é assim que o mundo funciona. E definitivamente não é assim que nós dois funcionamos. Eu esperei por você durante cada dia miserável da porra da minha vida miserável. E você não vai desistir agora.

Ele puxa o ar com dificuldade para os pulmões, mas isso não diminui a fúria em seus olhos.

— Escute bem o que vou lhe dizer, Grace Foster. Estou apaixonado por você. Não por uma humana. Não por uma gárgula. Por você. Estou apaixonado pela garota que tem o coração maior do que o mundo inteiro. E que tem a coragem de exigir que o mundo se ajoelhe aos seus pés, se fizer mal a alguém que ela ama.

A voz de Hudson fica embargada no fim, e eu ergo a mão para enxugar as lágrimas que rolam pelo meu rosto para poder olhar naqueles olhos azuis outra vez. E fico devastada pelo que vejo. Eu fiz isso com ele. Parti o coração desse lindo garoto. Não porque não retribuí o amor dele, como sempre temi. Mas por não amar a mim mesma tanto quanto ele ama.

Mas ele passa a mão rapidamente pelo rosto, enxugando as lágrimas como se a sua dor não tivesse importância. Ele está bem diante de mim agora, e eu nunca vi tanta fúria e tanto amor em um rosto ao mesmo tempo em toda a minha vida.

— Mas não vou dar conta disso sozinho. Preciso de você, mais do que você jamais vai precisar de mim. E juro por Deus que, se você desistir de si mesma, mesmo depois de não ter desistido de mim... vou atrás de você na vida após a morte. E vou arrastar essa sua bunda de pedra de volta para cá, quilômetro após quilômetro, doa a quem doer. Por isso, pare com essa merda que deu na sua cabeça agora. E levante logo daí, porra.

Capítulo 142

## FILHA DA LUTA

As palavras de Hudson reverberam por mim enquanto estou deitada no chão, olhando para ele e tentando decidir o que fazer.

Em um determinado momento, ele perguntou o que tinha dado na minha cabeça. E mesmo que tenha sido um pouco duro (e também grosseiro, por que não?), há um pedaço de mim que não deixa de achar que talvez ele tenha razão.

Que talvez eu esteja sendo covarde.

Que talvez eu esteja cometendo um erro.

Mas, com certeza, há uma coisa na qual ele está errado. Eu não tenho medo dos gigantes nem de Caronte. Não tenho medo de morrer nas mãos deles. E não tenho medo de nenhuma outra criatura que esse mundo paranormal ridículo possa jogar contra mim. Afinal de contas, só se pode morrer uma vez (exceto no caso de Hudson). E não importa o jeito que isso acontece.

Por isso... não. Eu não tenho medo de morrer. Mas estou apavorada em ter que viver... com ou sem Hudson.

Estou apavorada por ser a consorte de Hudson. De ser verdadeiramente a consorte de um homem que me considera alguém igual de todas as maneiras. E que está disposto a me aceitar exatamente do jeito que sou. Mas também tenho muito medo de viver sem ele.

Ninguém, em toda a minha vida, nunca foi tão disposto a me aceitar como eu sou. Como realmente sou.

Meus pais passaram a vida inteira se escondendo do que eu era.

Heather passou anos tentando me tornar mais extrovertida, mais ousada, mais parecida com ela.

Jaxon queria que eu fosse a garota que ele pudesse guardar em uma estante e proteger.

Até mesmo Macy, à sua própria maneira, quer que eu seja a Grace que ela conheceu anos atrás, a prima cuja imagem ela criou na cabeça, em vez de ser a Grace que me tornei agora.

Hudson é o único que me aceita como sou.

Hudson é o único que sabe absolutamente tudo a meu respeito, coisas boas e ruins. E me deseja mesmo assim.

Hudson é o único que espera que eu seja eu mesma.

Hudson é o único que pensa que Grace — a verdadeira Grace — é mais do que apenas boa o bastante.

Com tudo isso, é tão estranho assim eu ter tanto medo dele?

E como eu poderia não ter? Quando Cole quebrou o meu elo entre consortes com Jaxon, isso quase me destruiu. Mesmo que aquele elo fosse artificial. O que vai acontecer comigo se o meu elo com Hudson se quebrar? O que vai acontecer comigo se eu o perder?

Acho que eu não vou sobreviver. E se sobreviver... será que vou ser como Falia? Pouco mais do que uma sombra de quem eu era, morrendo um pouco mais a cada dia, mas sem o fim definitivo que vem com a morte?

Não vou conseguir aguentar isso. Não vou fazer isso.

Mas qual é a alternativa? É o que me pergunto quando pego a mão de Hudson. Desistir sem nem mesmo tentar? Desistir dele em vez de lutar pela vida que podemos ter juntos? Privar a nós dois da felicidade que podemos encontrar, só porque tenho medo do que pode dar errado?

Isto é muito pior.

Hudson foi para o inferno e voltou. Viveu com pais que o usaram como se ele fosse uma ferramenta, que o isolaram, machucaram-no e que só o queriam quando podiam usá-lo como arma. Quando um podia usá-lo contra o outro e também contra o restante do mundo. Ele perdeu o irmão. E depois, quando achou que iria tê-lo de volta, perdeu-o outra vez. Ele literalmente morreu para que Jaxon pudesse viver.

Ainda assim, está disposto a lutar. Ele ainda está bem aqui, na minha frente, me amando apesar de tudo que passou e de tudo que eu o fiz passar.

Ele não espera de mim mais do que consigo lhe dar.

Não espera nem mesmo que eu lute contra esses gigantes tão bem quanto ele mesmo consegue lutar.

Ele só quer que eu esteja ali, junto dele.

Só quer que eu acredite em mim mesma — e em nós — tanto quanto ele acredita, não importa o que o futuro nos reserve.

E... porra, ele tem razão.

Deslizo o polegar sobre o anel de promessa de Hudson — o meu anel — enquanto me dou conta da verdade. Desde que cheguei em Katmere, tive que me livrar de toneladas de problemas. E consegui fazer isso, me livrar de cada um deles com a ajuda das pessoas que se importam comigo. Fiz tudo que tinha que fazer para sobreviver sem me perder pelo caminho. E não vou desistir agora somente pelo fato de que ter alguém que me aceita, que realmente me aceita, me assustou bastante por algum tempo.

Aqueles dois gigantes não me assustam. E Hudson também não. Ele é um cara incrível, que merece uma garota que seja tão forte quanto ele. Acho que chegou a hora de provar que eu sou essa garota.

— Você se esqueceu do plano daquela sua ex-namorada que envolvia um sacrifício humano — eu digo a ele, quando finalmente consigo me levantar.

Ele fica bem confuso com o que eu digo.

— Do que está falando?

— Quando você estava falando das coisas a que sobrevivi, faltou mencionar o plano infalível de Lia. E acho que, se consegui passar por aquilo, então sou capaz de passar por qualquer coisa. Até mesmo por você.

— É mesmo? — Ele ergue uma sobrancelha, mas seus olhos estão mais reluzentes e intensos do que jamais vi antes.

— Sim. — Respiro fundo. — Vamos lá arrastar a cara de uns gigantes no chão, então.

— Tenho certeza de que era isso que eu estava sugerindo o tempo inteiro. Agora, se abaixe.

Faço o que ele diz, rolando por baixo de Mazur quando ele pula em cima de mim outra vez.

Hudson ri; em seguida acelera para trás do gigante — um sinal claro de que está realmente esgotando suas forças. Ele só consegue acelerar por distâncias curtas agora. A energia necessária para cruzar o salão de um lado a outro é demais para ele.

Isso significa que vou ter de pensar em alguma coisa. Porque não quero decepcionar Hudson nem a mim mesma. Não agora. Nem nunca mais.

Ephes ainda está vindo na minha direção. E, quando paro, me abaixo e rolo por entre suas pernas, percebo algo que pode ser exatamente o que preciso para colocar um fim definitivo a esta disputa ridícula.

Agora o couro vai comer.

# Capítulo 143

## DEDO NA BRIGA E GRITARIA

Não há nenhuma arma neste maldito salão, nada que eu possa usar para derrubar um gigante — ou seja, exatamente aquilo que preciso fazer para escapar daqui. Caronte tirou tudo que pudesse ser usado como arma por Hudson e por mim... ou pelo menos foi isso que ele pensou ter feito.

Mas tem uma coisa que ele se esqueceu de tirar. Uma coisa que os meses que passei em Katmere me ensinaram que pode ser uma arma fenomenal. Os candelabros no teto. E os que estão neste lugar não são candelabros quaisquer.

No começo, pensei que eles fossem feitos de osso, como os que vi nos túneis de Katmere. Mas, prestando atenção neles, percebo que são feitos de dentes e presas de animais, o que é algo asqueroso e horrível. O que deu na cabeça de Caronte?

Mesmo assim, é algo que vai ajudar na minha situação atual.

Porque há umas duas presas de baleia narval lá em cima que podem ser bem úteis. E se não forem... bem, concussões também são uma ótima estratégia.

Mazur voltou e está bem raivoso. Assim, eu me esquivo de um pisão e saio correndo rumo ao outro lado do salão, com ele bem na minha cola.

Está ainda mais zangado por ter errado o golpe, e começa a marretar o chão com os punhos, tentando me acertar. Não é tão difícil me esquivar quando ele só está socando com um punho, mas, quando Mazur começa a usar os dois, percebo que tenho de pular de um lado para outro como uma rã com motor turbo a fim de evitar que ele me transforme em panqueca.

Mas Hudson acelera para junto de mim, com Ephes em seu encalço. Eu o encaro com uma expressão de "Que porra você está fazendo?". Afinal, estou meio ocupada no momento, tentando não ser esmagada por um gigante. Mas ele faz algo genial. Ele começa a acelerar em pequenos movimentos que vão de um lado para outro ao redor dos gigantes; perto do pé de um deles, depois do outro, em um ziguezague louco. Entre isso e os meus pulos para evitar os golpes daqueles punhos enormes, não leva muito tempo até que os gigantes fiquem totalmente confusos — e comecem a acertar um ao outro na tentativa de nos pegar.

Isso só serve para deixá-los mais enraivecidos... um com o outro, inclusive. Hudson e eu conseguimos um pouco mais de liberdade para correr até o outro lado do salão sem nos preocuparmos em sermos achatados.

Estou sem fôlego quando chegamos lá. Mesmo que ele não esteja usando o poder de acelerar, não consigo acompanhar o passo de Hudson. Eu apoio as mãos nas coxas e faço um gesto para que Hudson se aproxime.

— Sei que está com dificuldade de acelerar, mas será que consegue fazer isso mais duas vezes? — pergunto enquanto puxo o ar para os pulmões. E cada arfada é mais dolorosa do que a anterior. — Tenho um plano.

— Faço tudo que você precisar. Você sabe disso. — Ele se abaixa um pouco até que o seu rosto está bem ao lado do meu. Em seguida, rouba um beijo rápido antes de perguntar: — Qual é o plano?

A parte da torcida que não está vaiando os gigantes por brigarem um com o outro fica atiçada com o beijo, mas finjo não perceber. Qual é a laia dessa gente que aparece para assistir a uma luta entre gladiadores, especialmente quando querem um toque de romance em meio a todo esse sangue e à pancadaria? Desgraçados.

— Vou ser a isca — digo a ele. — E levar os dois para o meio da arena. Se eu conseguir deixar os dois ali por alguns segundos sem que eles me estraçalhem, acha que consegue soltar a corda de um dos candelabros antes de acelerar para o outro lado do salão e soltar o outro candelabro em seguida?

Os olhos dele se iluminam.

— Você vai tentar nocauteá-los com os candelabros? Adorei a ideia.

— Bem, não é a ideia mais original do mundo — digo a ele, com uma careta. — Você se esqueceu de outra coisa a que sobrevivi em Katmere: ser morta por um candelabro que caiu na minha cabeça. Mas, se tivermos sorte, talvez isso funcione hoje.

— É só me dar um sinal e entro em ação — avisa ele. E até mesmo a sua voz parece ser a do Hudson arrogante com quem estou acostumada. Mas seus olhos estão ensombrecidos. E sua respiração está mais curta.

— Tem certeza de que está bem? — pergunto, quando os gigantes param de tentar acertar um ao outro e recomeçam a socar o chão. Aparentemente, eles ainda não perceberam que já saímos dali.

Hudson tinha razão. Seria uma vergonha morrer nas mãos desses dois idiotas desengonçados.

Meu consorte abre um sorriso presunçoso. Hudson Vega pode estar nas últimas, mas ele não sabe o significado de desistir. Em seguida, ele diz:

— Não se preocupe. Pode confiar em mim, amor.

Tem alguma coisa no jeito que ele fala, algo na sua vontade de acreditar completamente que sei do que estou falando que me atinge nos sentimentos. Bem... isso e o jeito que ele me chamou de "amor", do jeito que a palavra se formou naquela boca com um som simplesmente perfeito.

E é aí que me dou conta de que sei de tudo que está acontecendo.

Eu amo Jaxon. Uma parte de mim sempre vai amar. E como não o amaria, quando sou uma das pessoas que tiveram a sorte de conhecê-lo? Meu primeiro amor foi um cara incrível. E nós nos encontramos quando eu estava me sentindo perdida e sozinha. Quando mais precisava dele.

Mas aquela garota... A Grace que estava completamente apaixonada por ele e por quem ele era totalmente apaixonado? Ela já não existe mais. E já faz algum tempo. Aquela era uma garota assustada, solitária e ingênua. Ela precisava de proteção. Mais do que isso, ela queria proteção tanto quanto ele queria protegê-la.

Mas o amor jovem é assim mesmo, não é? Ele é idealista, explosivo e perfeito... até não ser mais. Até que ele explode, perde a força ou a pessoa simplesmente segue em frente com a vida.

Segui em frente com a vida durante aqueles três meses e meio dos quais não me lembro. Mudei, mas Jaxon não mudou. Ninguém tem culpa. As coisas simplesmente aconteceram assim.

E sei que, no fim das contas, tudo vai ficar bem. Que Jaxon e eu vamos ter uma vida maravilhosa juntos, quando conseguirmos pegar a Coroa e restaurar o nosso elo entre consortes. Ele vai ficar bem. Sua alma não vai mais se despedaçar, e formaremos uma boa dupla. Ele vai aprender a me respeitar como uma igual e eu vou aprender a deixar que ele cuide das pequenas coisas que não têm tanta importância. Ele é um cara maravilhoso, e nós seremos governantes maravilhosos juntos.

Respiro fundo e solto o ar bem devagar. Porque não faz sentido ficar triste. Não faz sentido querer mais quando já tenho tanto.

Não faz sentido me arrepender do que ainda vai acontecer. Especialmente quando isso vai salvar alguém que amo.

Mas a verdade é que Hudson é quem eu quero. Eu amo Hudson. E acho que o amo desde o momento em que entrei para treinar naquele campo do Ludares e vi que ele estava lendo *Entre Quatro Paredes*. Ele ficou emburrado porque eu tinha ido me encontrar com Jaxon. Eu não sabia disso naquele momento, é claro. Então, quando ele começou a me provocar por causa das minhas roupas íntimas, mordi a isca.

Mas, desde o começo, as contingências foram diferentes com Hudson. Ele enxergava cada parte de mim. Até mesmo as partes das quais não me orgulho. Ele me aceitou nos dias bons e me provocou para espantar o mau humor nos meus piores dias. E me amou em todos eles. Ele acreditou em mim todos os dias. Ele me protege, é claro. Mas faz isso de um jeito bem diferente de Jaxon. Ele me pressiona a ser melhor, acredita em mim, quer que eu seja a melhor pessoa que puder. A mais forte.

Ele está sempre comigo. Mas também quer que eu seja poderosa. Ele quer que eu seja capaz de andar com as próprias pernas. Ele gosta da gárgula poderosa tanto quanto gosta da humana que não é tão poderosa assim.

Ele é inteligente, engraçado, sarcástico, doce, forte, gentil e gostoso. Ele é tudo que eu poderia querer em um homem, tudo que eu poderia querer. Tudo isso em uma única criatura que é incrivelmente sexy também.

E nunca disse isso a ele. Nem mesmo quando ele me disse. Simplesmente escondi esse sentimento. Me recusei a reconhecê-lo. Nunca admiti, nem mesmo para mim. E agora estamos aqui nesta arena. E posso fazer todos os comentários insultuosos que quiser sobre os gigantes, mas ambos sabemos que basta um movimento errado — basta nossa sincronia não dar certo por um segundo — para estarmos fodidos. Não vai haver nenhuma Coroa, nenhuma declaração emocional... nada além de dor, morte e perda.

Isso não é justo. Para nenhum de nós dois. Não posso arriscar o que temos que arriscar aqui. Não posso passar o resto das nossas vidas sem comunicar a ele o que sinto.

Ele está passando por mim, preparando-se para correr. Mas agarro o seu antebraço. Encosto a mão trêmula naquele rosto bonito que tanto adoro. E digo a única coisa que vale a pena ser verbalizada em um momento como este. A única coisa que pode ser dita a um homem como ele.

— Eu amo você.

Por um segundo, ele parece ficar assustado; seus olhos azuis ficam arregalados e frenéticos enquanto ele procura algo que não sei o que é no meu rosto. Mas, em seguida, aquela maldita covinha surge em seu rosto quando ele sorri. E a única coisa que ele diz é:

— Eu sei.

— Está falando sério? Resolveu virar a porra do Han Solo bem agora? — questiono, mesmo tendo de me esforçar para não cair na risada. Porque... meu Deus, eu amo esse homem.

— Ei, nem me venha com essa. — As sobrancelhas dele se erguem com o insulto. — Nunca é um mau momento para ser o Han Solo. Além disso... eu sempre soube — confessa ele, sorrindo. — Só estava esperando você se dar conta.

— Ah, certo. Bem, eu me dei conta — comento enquanto chego junto dele e o beijo mais uma vez. — Agora, vamos colocar o plano em ação, está bem? Estou pronta pra cair fora deste lugar maldito.

Ele estende a mão para mim, mas eu começo a correr. Grito, bato palmas e tento fazer o máximo de barulho que posso, tentando atrair a atenção daqueles dois brutamontes e fazer com que me sigam.

E dá certo. Mazur vem correndo para tentar me pegar. É como se ele estivesse pegando fogo e eu fosse o único hidrante que há por perto. Eu aceno e, logo depois, mando um beijinho para irritá-lo ainda mais. Mas, quando viro para o outro lado e tento fazer o mesmo com Ephes, percebo que temos um problema. Porque ele está indo direto para cima de Hudson com uma intensidade que diz que nada nem ninguém vão impedi-lo de chegar aonde quer.

## Capítulo 144

### ENTROU POR UMA ORELHA
### E SAIU PELA OUTRA

Hudson já está do outro lado do salão agora, com Ephes a toda velocidade em seus calcanhares. Se eu tentar ajudá-lo e Mazur me seguir, não há nenhuma garantia de que vou conseguir juntar os dois no meio do salão outra vez. Estou percebendo que gigantes se distraem com facilidade.

Por sorte, Hudson percebe imediatamente que há um problema. E, enquanto fico brincando de correr ao redor de Mazur, ele acelera novamente para o centro da arena. Segundos depois, Ephes se vira para persegui-lo.

— Ainda vai conseguir? — pergunto. Porque sei que aquela última acelerada usou uma boa quantidade de energia. E agora ele vai ter de acelerar mais uma vez para voltar para o lugar onde começou.

Hudson está respirando com bastante dificuldade e isso é perceptível — talvez pela primeira vez em toda a sua vida. Mas ele abre aquele sorriso ridículo que faz com que eu sinta muitas e muitas coisas.

— A minha garota acabou de dizer que me ama — ele diz. — Tenho energia o bastante para acelerar até a Academia Katmere e voltar. Não se preocupe, Grace. Vou conseguir.

A ideia em si é absurda. Ele está com o corpo encurvado para um dos lados. Mas sei que ele vai conseguir. Na minha opinião, não há nada que Hudson não consiga fazer caso decida se esforçar. Incluindo este plano.

Assim, faço um sinal afirmativo e olho nos olhos dele, dizendo:

— Também vou conseguir.

— Nunca duvidei disso. Vamos no três?

Confirmo mais uma vez com um aceno de cabeça.

— Um... dois... três!

Hudson explode na direção do lado oposto do salão de baile, e eu solto um grito alto o bastante para causar resmungos nas pessoas que estão nas arquibancadas.

Mazur grita de volta, uma oitava abaixo de mim, e golpeia com o punho para me fazer calar a boca. Mas já estou em movimento, correndo entre eles o mais rápido que consigo, grunhindo com a dor das minhas costelas quebradas e o restante que ainda dói. Ephes se abaixa e tenta me pegar, mas eu corro por entre suas pernas e dou um soco para cima com toda a minha força.

Ele grita de raiva e tenta me agarrar de novo, mas erra.

Mazur se aproxima, e ele sempre teve uma pontaria melhor do que Ephes. Assim, em vez de tentar correr ao redor dele, caio no chão e rolo para fora do seu alcance.

Ephes se recuperou do soco que lhe acertei, e agora está com sangue nos olhos. Quando passo rolando, ele dá um pisão no chão com tanta força que a madeira até se enverga e eu saio voando, bem numa altura onde ele consegue me pegar. Mas Mazur também quer me agarrar, e ele pula em cima de mim. Os gigantes trombam, e me agacho e rolo por uma fresta estreita criada pela posição em que os pés deles estão um junto do outro.

Mazur grita com a minha fuga, e eu grito de volta quando percebo que um dos candelabros, e depois o outro, segundos depois, começam a se mover.

E é agora. Aqui está a nossa única chance. A multidão solta um gemido de susto, grita e o desgraçado do Mazur se vira pra ver por que eles estão gritando.

— Ei, você aí! — grito para ele o mais alto que consigo. Em seguida, caio bem diante dos pés dele: a presa mais fácil que ele vai enfrentar durante a noite inteira.

E dá certo. Ele se vira, me agarra... e *bam!*

Os candelabros se encontram. O peso dos dois faz com que um gigante se choque contra o outro. E a física entra em cena. Uma força enorme contra um objeto imóvel... as presas de baleia narval que estão afixadas nos candelabros batem com toda a força na cabeça dos gigantes.

Uma das presas atravessa a cabeça de Mazur de uma orelha a outra, enquanto uma das presas do outro candelabro penetra, sem a menor resistência, no olho direito de Ephes.

Uma chuva de sangue e outra substância que nem quero saber o que é começa a cair sobre mim. Em seguida, os músculos do gigante perdem a força e ele me deixa cair. Hudson me pega em pleno ar e nos afastamos enquanto os dois gigantes caem no chão, mortos.

A multidão vai à loucura.

# Capítulo 145

## NUNCA APOSTE CONTRA A CASA

— Puta que pariu! — Hudson grita enquanto me abraça com tanta força que eu quase não consigo respirar. — Nós conseguimos!

E... uau! Eu adoraria celebrar o fato de não ter morrido nas mãos desses gigantes. Mas tenho um problema mais urgente.

— Tire isso de mim! Tire isso de mim! — Eu esfrego a manga do macacão preto da prisão no rosto antes de começar a abrir o zíper da parte da frente. Só porque eu acabei de derrotar dois gigantes, isso não significa que tenho a menor vontade de estar coberta com o sangue deles. Por isso, essa roupa tem de sumir daqui.

— Está tudo bem — diz Hudson para me acalmar enquanto tenta enxugar o que pode com as mangas do uniforme dele. Por razões óbvias, ele não tem o mesmo asco a sangue que eu. Mesmo que a questão seja estar coberta de sangue em vez de bebê-lo.

O pandemônio se forma à nossa volta. As luzes do salão se acendem, uma chuva de confetes começa a cair sobre nós. E as pessoas das arquibancadas tentam invadir a arena para vir até onde estamos. Mas não quero interagir com nenhuma dessas pessoas horríveis. E definitivamente não quero celebrar o fato de que as minhas ações causaram a morte de duas pessoas.

Sim, eles teriam matado Hudson e a mim sem pensar duas vezes, mas isso não significa que eu não sinta remorso pelo fato de as coisas terem acontecido dessa maneira. Em um mundo perfeito, nós quatro teríamos saído deste salão.

Mas, pensando bem, em um mundo perfeito, nós nem teríamos que entrar neste salão. E, com certeza, não haveria uma multidão cheia de espectadores loucos para assistir enquanto matamos uns aos outros.

— Tire isso de mim! — repito para Hudson, mas ele me puxa para junto de si e sussurra palavras tranquilizadoras na minha orelha enquanto acaricia meus cabelos.

— Prometo que vamos limpar você assim que pudermos — ele me diz. — Mas não tenho nada para fazer isso agora e...

— Aqui — oferece Remy, chegando por trás de nós. Ele está com uma toalha molhada nas mãos. — Pode usar isso aqui para se limpar.

Hudson olha para ele com gratidão, mas estou berrando de alívio e não consigo dizer nada. Vou pegar a toalha, mas Hudson a pega e começa a me limpar enquanto Remy, Vander e Flint — ainda carregando Calder nos ombros — se esforçam para manter aquele pandemônio épico longe de nós. Por sorte, Hudson só precisa de uns poucos minutos para tirar a maior parte de toda aquela meleca com uma toalha úmida.

Não está perfeito, mas o meu cabelo, rosto e mãos estão limpos. E não consigo sentir nada grudento no meu uniforme, então acho que vou ficar bem. Enfio aquela imagem onde fico coberta com o sangue de alguém pela segunda vez no ano em alguma gaveta nas profundezas da minha mente. E espero nunca mais ter de abrir essa gaveta.

— Temos que ir — avisa Remy, com urgência na voz. E ele começa a levar Hudson e a mim para uma das portas laterais do salão, por onde nenhum dos espectadores está saindo. Flint e Vander vêm na retaguarda.

— Aonde estamos indo? — indaga Flint, mas Remy está concentrado demais para responder.

Quando chegamos até a porta e saímos para um dos becos do fundo, entendo o motivo. Caronte está tentando escapar. Aquele desgraçado.

— Sei que já passou da sua hora de ir dormir — diz Remy quando o alcançamos. — Mas temos que cuidar de alguns negócios.

Caronte se vira para trás com uma expressão irritada.

— Preciso admitir que isso foi inesperado.

— Assim como ser jogada em um ringue com dois gigantes com sede de sangue — rebato. — Mas acho que temos que nos adaptar.

Ele me olha da cabeça aos pés.

— Pelo jeito, você é bem mais do que aparenta à primeira vista. — O asco óbvio que fica aparente em seu rosto me diz que isso não é uma coisa boa.

— Acordo é acordo — diz Remy a ele.

— Sim, eu sei. — Ele faz uma imitação zombeteira do sotaque de Remy. — Eu estava só indo cuidar dos detalhes.

— E de quais detalhes você está falando, exatamente? — pergunta Vander, com a voz trovejando pelo corredor. — Os nossos garotos venceram a luta de forma justa. Você tem que nos deixar sair daqui.

— Não tenho que fazer nada — retruca Caronte. — Sou eu que controlo esta prisão, não vocês. Sou eu que tomo as decisões sobre quem entra e quem sai daqui, não vocês.

— Mas é exatamente essa a questão, não é? — digo a ele, com os braços cruzados diante do peito. — Ninguém nunca consegue sair daqui, não é? Você força todo mundo a passar por aquela palhaçada na câmara porque isso os mantém dóceis por bastante tempo. E, quando finalmente percebem que ninguém consegue se redimir, eles têm que ganhar dinheiro suficiente para comprar a própria liberdade de você. E isso está começando a me parecer uma pilantragem enorme, mas... a prisão é sua, não é? — Eu ergo as mãos como se isso não fosse um problema. Como se toda essa situação e a exploração óbvia das pessoas sob seus cuidados não fossem duas das coisas mais hediondas que já vi ou ouvi falar. — E, então, quando coloca as mãos no dinheiro dessas pessoas, você as obriga a lutar contra gigantes que elas não têm condições de vencer. E continua recebendo dinheiro de Cyrus e sabe-se lá de mais quem para manter aqui dentro pessoas que nem deviam estar aqui.

— E daí? — diz ele por entre os dentes.

— E daí que você pode até fingir que a sua palavra é a sua promessa. Mas a verdade é que a sua palavra não vale merda nenhuma.

— Isso não é verdade! — diz ele. E por um segundo eu tenho a impressão de que ele vai abrir um berreiro bem aqui, no meio do corredor, e começar a chorar como uma criança. Ele está até mesmo batendo o pé no chão com força.

— A minha palavra é a minha promessa! Sempre foi a minha promessa.

— Só porque você está dizendo? — desdenho. E sei que seria melhor calar a boca. Sei que provavelmente estou piorando bastante a situação. Mas já estou bem irritada, já que o meu destino e também o dos meus amigos (e o de todas as pessoas neste lugar) dependem da vontade desse homenzinho sem consciência. E sem a menor noção de decência ou senso de honra.

— Porque é a verdade! — ele grita.

— Então cumpra o acordo que fez — diz Hudson.

Mas ele não quer. Está escrito em seu rosto que ele havia planejado nos manter aqui, onde pode nos torturar por mais tempo. E nos fazer pagar pelo estrago que causamos em seus planos. Porque, se ele nos deixar sair, vai ter que acertar contas com Cyrus e com sabe-se lá mais quem.

— Você sabe que, se nos mantiver aqui, não vamos ficar de boca fechada, não é? — comenta Flint. — Vou contar o que aprendemos para todo mundo que encontrar no Hex. E o que você vai fazer? Mandar os windingos pegarem o príncipe real dos dragões porque ele disse a todo mundo que as suas regras são um monte de mentiras? Bem, se fizer isso, é melhor contar com a sorte.

Caronte nos encara, e um músculo na sua mandíbula se agita conforme os segundos se passam.

— Está bem! Eu levo vocês para o outro lado. Deixem-me avisar os guardas de que estamos a caminho. E aí nós vamos.

A ideia de finalmente poder sair deste lugar me causa uma sensação de alívio enorme. Ainda estou irritada. E vou continuar irritada por um bom tempo, mas estou pronta para sair daqui. Pronta para pegar a Coroa e cuidar de Cyrus de uma vez por todas.

Pensar nele e na guerra inevitável que vamos ter que enfrentar me deixou bem agitada. E pronta para entrar em ação. Mas também me lembrou de outra coisa.

— Você precisa tirar os nossos braceletes antes de irmos — eu digo a Caronte, estendendo a mão. E já estou sentindo a alegria invadir o vazio dentro de mim causado pelo estrangulamento dos meus poderes. Eu estava sentindo a falta deles. Sabia que uma parte importante de mim tinha desaparecido. Mas foi só quando abri os olhos para a possibilidade de recuperá-los que percebi o quanto eu sentia falta de ser uma gárgula.

Para uma garota que estava um pouco traumatizada com essa ideia há alguns meses, até que me acostumei bastante a poder voar, acessar os elementos e canalizar a magia. Mal posso esperar para sentir as minhas asas. E nunca mais vou reclamar sobre o fato de que elas me causam dores nas costas.

Caronte começa a rir. Uma gargalhada enorme.

— Desculpem — diz ele, com uma voz que indica que essas desculpas são fajutas. — Mas isso não estava no acordo.

— O acordo é que você nos libertaria! — exclama Flint.

— Sim, e vou tirar vocês da prisão. Mas essa é a única coisa pela qual eu sou responsável. — O sorriso de Caronte é cruel agora.

— Foi você que colocou essas pulseiras em nós — diz Hudson.

— Não. Um dos oficiais de admissões é que as colocou em vocês. Não me envolvo com aquela parte da prisão. Por isso, repito: desculpem. O acordo incluía cinco de vocês. Por isso, vamos logo.

— Não. — digo a ele. — O acordo era para nós seis! — Eu olho ao redor e faço uma rápida contagem outra vez, caso eu esteja delirando. Flint, Calder, Remy, Vander, Hudson e eu. Definitivamente, seis pessoas.

— O acordo era para cinco pessoas — Caronte me informa com os olhos estreitados. — Se não gostou disso, resolva com o seu amigo bruxo. Foi ele quem negociou.

— Remy? — pergunto, olhando para ele. — Do que ele está falando?

— Por que ele acha que estamos somente em cinco? — pergunta Vander. — Escute aqui. Se você me traiu...

— Você vai sair — diz ele, interrompendo o gigante. — Todos vocês vão sair. Quem vai ficar aqui sou eu.

# Capítulo 146

## ESCONDER E ESGUEIRAR

— Mas que diabos é isso? — diz Flint, escandalizado. — Por que você...?

Eu ergo a mão e, pelo menos desta vez, Flint decide me escutar e ficar quieto.

— Você não se incluiu no acordo? — pergunto. E mantenho a voz calma enquanto eu mesma tento entender.

Ele dá de ombros.

— Eu lhe disse, *cher*. Sempre soube que ia ficar com a última flor.

— Sim... mas não seria mais fácil simplesmente vir com a gente? — Eu olho para Caronte para tentar negociar. Sei que é uma causa perdida, mas tenho que fazer alguma coisa. Não podemos deixá-lo neste chiqueiro.

— Eu sei o que vi, Grace. E esta não é a saída para mim.

— Porque você não deixa que seja — diz Hudson a ele. — E se a sua visão estiver errada? Você mesmo disse que às vezes as coisas ficam meio borradas...

— Mas não isso. Isso é claro como um cristal, há anos. — Ele sorri para mim e até me faz um carinho no meu queixo. — Não fique triste, *cher*. Vai ficar tudo bem.

Em seguida, ele olha para o bracelete no meu pulso.

— Além disso, nós ainda não terminamos.

— Do que você está falando? — pergunta Caronte. — Eu preciso dormir. Eu preciso...

— Da sua chupeta? — completa Remy, piscando o olho para mim. — Aguente essa fralda suja mais um pouco, Charles. Vou precisar só de uns dois minutos.

O rosto de Caronte vai de um branco pálido para um rosa intenso, depois para vermelho, até quase chegar no roxo. E é uma transformação incrível de se observar. Fico até imaginando que, se Remy continuar com isso, Caronte vai explodir. E, de certo modo, isso nem seria algo ruim.

Mas Remy o ignora, decidindo se concentrar em mim.

— Não negociei a retirada da pulseira porque ainda preciso que você faça uma coisa.

— Bem, isso foi um golpe baixo, não foi? — Hudson pergunta, um pouco incomodado.

— Eu tinha que garantir que vocês ainda precisariam de mim — diz Remy. — E agora vocês precisam. Liberte a minha magia e vou remover os seus braceletes. E a sua magia vai ficar livre também.

— Não sei se sou capaz de fazer isso...

— Você está dizendo que não vai fazer isso — conclui ele. Mas não parece zangado. Apenas decepcionado. Consigo mesmo, com a situação e, acima de tudo, comigo.

— Não. Estou dizendo que não sei se sou capaz. Sem os meus poderes...

— É para isso que serve a tatuagem — ele me explica. — Você precisa confiar nela.

— Do mesmo jeito que você confiou em mim? — pergunto, porque a falta de confiança dele me magoa. Achei que fôssemos amigos.

— Não é a mesma coisa. Nem de longe. — Ele suspira, tamborilando os dedos na coxa, enquanto tenta encontrar as palavras que quer dizer. — Eu não podia me dar ao luxo de confiar em vocês e estar errado, Grace.

— Eu sei — eu digo a ele. Porque sei mesmo.

Remy passou a vida inteira na prisão, nas mãos de pessoas como Caronte e os windigos. Pessoas que podem tanto querer conversar quanto fazê-lo em pedaços. É de se surpreender que o garoto tenha dificuldade de confiar nas pessoas? Em vez de ficar decepcionada por ele não confiar em mim, talvez eu devesse ficar feliz por ele ter confiado em mim a esse ponto.

— O que você quer que a gente faça, então? — pergunta Flint enquanto passa Calder, que continua sendo um peso morto, de um ombro para o outro. Não consigo imaginar o quanto ele deve estar cansado depois de carregá-la durante todo esse tempo, mas ele nem se abala. Não mostra nem por um instante que está irritado. Isso se estiver.

— Eu preciso de Grace — responde Remy. — Ela é a única que pode fazer isso.

Dou um passo atrás e toco a mão de Hudson, de leve. É um gesto ligeiro e reconfortante. Sei que ele nem precisa disso, mas tenho vontade de dar isso a ele assim mesmo. E, pela suavidade do seu sorriso, percebo que ele fica grato.

Ele segura a minha mão e entrelaça os dedos com os meus antes de me deixar ir. Mas sinto o calor daquele toque por muito mais tempo.

— Estou pronta — digo a Remy, quando volto para junto dele.

Ele pega minhas mãos e as segura com as palmas viradas para cima, estendendo um pouco os meus braços. Em seguida, ele pressiona as palmas sobre as minhas com cuidado.

— Você precisa escavar até o fundo, Grace. Passei a vida inteira preso. A minha magia está enterrada muito abaixo da superfície.

Faço um gesto afirmativo com a cabeça. Fecho os olhos. Respiro fundo. E tento alcançá-lo nos lugares mais distantes da minha mente.

No começo, não sinto nada. Apenas uma tela negra e vazia diante de mim. Mas, depois de um minuto, já sei que ele está ali. Consigo senti-lo. Pequenos pedaços de Remy dando gritinhos por entre a muralha.

Uma piscada de olho. Uma risada. Um sorriso que se forma devagar.

Conhecimento. Muito conhecimento.

Gentileza.

Desconfiança.

E, então, quando começo a achar que nunca vou conseguir encontrar algo além... sinto um filamento delgado e etéreo de poder.

É difícil de percebê-lo. E ele se move de um lado para outro quando vou atrás dele. Tento pegá-lo, mas a minha mão passa por ele várias e várias vezes, sem sucesso.

Frustrada, eu abro os olhos e respiro fundo. Meu braço está ardendo. E, quando olho para baixo, percebo que a parte de baixo da minha tatuagem — a parte que envolve o meu pulso — está cintilando de leve. Observo mais de perto, tentando estimular aquele calor a se espalhar.

Quando volto para dentro de mim mesma, encontro o filamento escorregadio de magia outra vez. E dessa vez estendo o braço tatuado para pegá-lo. Ele escapa de mim duas vezes, mas na terceira eu o agarro.

Quando isso acontece, ele corre pelos meus dedos, se aquece e ganha vida dentro de mim. E, em seguida, queima e se apaga com a mesma velocidade. Escavo mais profundamente e procuro outro filamento, um lampejo maior de poder. Mas não há nada ali. E sinto o meu coração afundar até os pés.

Como vou contar isso a ele? Como vou informar a esse garoto com olhos infinitos e um coração ainda mais infinito que não há mais nada ali? Que o oceano de magia que sua mãe disse haver dentro dele não é muito mais do que uma poça de água?

Conheço a sensação. Sei o quanto isso faz com que a pessoa se sinta vazia. O quanto dói saber que as pessoas em quem ela mais confiou no mundo a traíram. Que trocaram a sua liberdade como se não fosse muito mais do que um produto qualquer.

Os meus pais sabiam que eu era uma gárgula. Eles sabiam. E nunca me disseram nada. Eles sabiam que a magia existia neste mundo. E até mesmo o meu pai era capaz de manipular essa magia. Mesmo assim, eles não me disseram nada. Me deixaram ignorante, fizeram tudo que podiam para ofuscar a situação de modo que eu me sentisse estranha, deslocada, um peixe fora d'água em meu próprio corpo e na minha própria vida.

Ter que explicar isso a Remy, um garoto que nasceu em uma prisão, que perdeu a mãe quando tinha cinco anos e nunca conheceu o pai, que foi criado por carcereiros e prisioneiros que iam e vinham... como eu vou dizer a ele que a única constante na sua vida, a magia com a qual ele sempre contou tanto, é só mais uma coisa efêmera? Só mais uma circunstância de merda da qual ele nunca vai conseguir se afastar?

Porque não importa o quanto Remy deseje que seja de outra forma... ele não tem uma fonte oculta de poder. Sua mãe mentiu.

## Capítulo 147

### TOTALMENTE ILUMINADA

Respiro fundo e tento desesperadamente encontrar palavras que não vão abalar sua autoconfiança ou despedaçar seu coração. Mas, quando abro os olhos, Remy já está me observando. Seus olhos verdes parecem girar encobertos por uma neblina quando ele fixa o olhar nos meus e diz:

— Eu lhe disse que você tinha que escavar bem fundo, *cher*. Talvez você ainda não tenha encontrado, mas está aí.

— Não sei se é bem o caso, Remy. Não consegui...

— Minha mãe não mentiria para mim. Não sobre uma coisa dessas. Ela sabia que era a minha única chance de sair daqui. E não me daria uma esperança falsa.

Não sei se concordo com ele. Não quando eu teria dito a mesma coisa, um ano atrás. Eu teria rido de qualquer pessoa que se atrevesse a dizer que os meus pais eram mentirosos. Que tentasse dizer que a única razão pela qual eu existia era porque os meus pais foram falar com a Carniceira. E basicamente me venderam para ela antes mesmo que eu existisse.

— Está aí dentro, Grace — insiste Remy. E há tanta confiança em sua voz que um pedaço de mim sente uma vontade enorme de gritar com ele. De dizer que ele não sabe do que está falando. Que pais e mães fazem coisas bizarras todos os dias. E que contam mentiras bizarras e horríveis. Às vezes, nós nunca descobrimos. Mas, outras vezes, descobrimos, sim. E, quando isso acontece, esconder-se dos fatos não muda nada. Mas a confiança que ele tem na mãe é absoluta. — Você só tem que ir mais fundo. Até encontrar onde ela o colocou.

— Como sabe que ela não mentiu? — pergunto.

— Porque ela era minha mãe. Ela pode ter cometido erros em sua vida, mas não me deixaria desprotegido enquanto ainda houvesse um sopro de vida no seu corpo. Foi assim que ela me protegeu.

Tem alguma coisa nas palavras dele que é tão simples, e ao mesmo tempo tão profunda, que me leva direto para os dias logo antes da morte dos meus pais. As brigas sussurradas, as refeições tensas, o jeito que eles paravam de falar sempre que eu entrava no cômodo onde eles estivessem.

Como pude me esquecer disso? É o que me pergunto enquanto recomeço a procurar a magia de Remy. Nos dias que vieram depois do acidente, como pude me esquecer do quanto as coisas tinham ficado tensas em casa?

De como, toda vez que eu me virava, a minha mãe me entregava uma xícara de chá? Insistindo que eu tomasse tudo, mesmo quando eu preferia tomar uma água com gás ou um Dr Pepper.

Como o meu pai sempre tentava conversar comigo, mas a minha mãe o interrompia com o rosto tomado por um medo que eu não compreendia.

Como eles me pediram para passar o domingo com eles para podermos conversar sobre algumas coisas, mas eu disse que não podia porque tinha de completar algumas horas de trabalho voluntário antes de preencher os formulários do processo seletivo das faculdades que escolhi.

Tudo isso me parece uma bobagem agora. O fato de que deixei passar a última chance que tive de conversar com os meus pais, de vê-los vivos, só porque eu estava querendo melhorar as minhas respostas nos formulários. E nem voltei a tocar naqueles papéis. Que desperdício.

Não consigo deixar de ponderar agora, quando pequenos lampejos da magia de Remy passam perto das minhas mãos, sobre o que eles queriam falar comigo e como pude me esquecer desse pedido.

Será que tinham decidido que eu já tinha idade suficiente?

Será que iam me contar sobre o que fizeram?

Será que iam me contar tudo?

Nunca vou saber. Eles morreram antes que pudéssemos ter essa conversa. Os freios falharam, o carro despencou do alto do penhasco e Lia conseguiu o que queria.

Foi assim que aconteceu.

E agora que tenho o benefício do conhecimento, o benefício de fazer uma retrospectiva e vários meses de experiências para analisar, percebo que talvez não seja certo acusá-los de querer guardar segredo.

É um saco? Com certeza.

Detesto saber que nunca vou ter a chance de conversar com o meu pai sobre as runas dele, sobre a minha gárgula ou sobre a situação desse maldito elo entre consortes que eles ajudaram a criar.

Detesto o fato de que a minha mãe nunca vai saber o quanto eu me divirto voando, o quanto sinto falta do chá que ela fazia ou a saudade que sinto dela.

Mas, enquanto fico aqui, revirando a alma de Remy em busca da sua magia, não consigo deixar de pensar que eles fizeram o melhor que podiam para me proteger. Assim como quando escolhi não contar a Jaxon sobre o que a Carniceira fez conosco. Nada sairia dessa conversa além de dor. Por isso, por que eu deveria machucá-lo ainda mais, se não preciso? Por que eu deveria contar tudo a Flint, quando isso só faria com que ele revivesse a dor da rejeição de Jaxon outra vez?

Às vezes, não há respostas certas ou erradas na vida. Às vezes, só temos cartas ruins na mão. E precisamos fazer o melhor possível com aquilo que temos, rezando para que dê tudo certo no final... e para que ninguém se machuque no caminho.

Às vezes, é só o que temos.

Assim como Remy, que fez o melhor que podia para nos trazer até este ponto, mesmo que não confiasse em nós.

Assim como eu, agora, enquanto tento encontrar a magia dele. O problema é que não faço a menor ideia de como devo fazer isso.

É esse pensamento que me traz de volta. Que faz com que eu volte a me concentrar em Remy. E que me faz acreditar que ele tem razão. A magia dele é importante demais para sua mãe ter mentido. Especialmente se quisesse que o filho saísse de maneira permanente da prisão.

— Você tem razão — concordo com ele. — Sua mãe não mentiria.

Assim, mergulho mais uma vez nas profundezas, estendendo os meus sentidos para tentar encontrar um resquício da magia. Um resquício de algo capaz de salvá-lo.

Os olhos dele giram outra vez, uma névoa verde e cinzenta. E sei que estou no caminho certo. E é então que percebo, bem diante de mim. Não a magia dele, mas uma muralha gigantesca.

Tudo dentro de mim grita que a magia de Remy está ali, aprisionada, escondida dele, de mim e de todo mundo. Uma proteção deixada pela sua mãe durante todos esses anos que ele teve de passar na prisão. E foi ela que escondeu a magia de Remy neste lugar tão profundo; assim, ninguém poderia chegar até onde ela está. Nem Caronte nem ninguém.

Mas Remy não é mais uma criança. E sua magia, essa magia bem diante de mim, é a única coisa que pode salvá-lo agora.

Assim, eu abaixo a cabeça e começo a escavar a muralha, escavando sem parar...

A minha mão começa a pegar fogo.

— Meu Deus do céu! — exclamo, enquanto a chama me envolve, subindo pelo meu antebraço com uma força que mal consigo entender como devo resistir.

Filamentos da magia de Remy estão à minha volta agora, volteando e circulando ao meu redor. Fechando-se, subindo pela minha mão, pelos meus dedos, brincando de esconde-esconde e pega-pega comigo.

Meu braço inteiro está em chamas agora. E uma rápida espiada para baixo mostra que a tatuagem está brilhando com a magia que transborda pelo meu corpo. Cada ponto, desde o pulso até o ombro, se ilumina como se fosse uma celebração do Mardi Gras de Nova Orleans, até que o meu braço inteiro fique incandescente com o calor. Com o poder. Com a própria essência da magia de Remy.

Eu pego tudo. Cada gota que consigo encontrar. Cada filamento. Cada feitiço. Até que a magia que faz seus olhos girarem desapareça e ele pareça alguém completamente normal de novo.

— Você está bem? — pergunto enquanto ele tenta ficar em pé.

Remy dá de ombros. Por um segundo, tenho a impressão de que ele vai desabar. Conheço bem a sensação. Sei como é estranho esse vazio, a sensação de não encontrar a magia onde antes ela existia. Até mesmo o pouco que ele tinha acesso deve fazer com que ele se sinta horrível quando desaparece.

Eu olho para o bracelete no meu pulso com a mesma raiva intensa e o desgosto que geralmente reservo para Cyrus e Cole. Quando conseguirmos sair deste lugar e tirarmos essas pulseiras malditas... juro que vou estraçalhar o próximo que tentar colocar uma dessas coisas em mim de novo.

Remy balança de um lado para outro e estendo a mão para segurá-lo. Mas Hudson já está ali, segurando-o em pé, dando a Remy o pouco que resta da sua própria força.

— Está pronto para isso? — pergunto, porque se perder a magia já foi o bastante, não consigo nem imaginar o que ele vai sentir quando eu a devolver de uma vez só. Em especial porque ele nunca sentiu toda essa magia antes.

Mas Remy simplesmente pisca o olho para mim. Em seguida, ele se prepara. Firma os pés no chão, endireita o queixo e diz:

— Você me conhece, *cher*. Eu já nasci pronto.

# Capítulo 148

## TUDO QUE ELE FAZ É MÁGICO

— É... eu também — digo, rindo.

Remy me encara com aquele sorriso malandro outra vez e diz:

— Bem, vamos em frente?

— Demorou.

Respiro fundo para acalmar os velociraptors em polvorosa no meu estômago e, por instinto, procuro o olhar de Hudson.

Ele está bem ao lado de Remy, com seu próprio sorriso malandro na cara. E até mesmo com a covinha. Eu me concentro nos olhos dele. Aqueles olhos oceânicos que enxergam tanta coisa, que abrangem tanta coisa. E que prometem dar tudo para mim.

— Você vai conseguir — ele diz. E confirmo com um aceno de cabeça. Porque vou mesmo. Fui feita para isso.

Me concentro nesse pensamento, no apoio de Hudson. E me concentro no ardor em meu braço. Conter a magia de Remy é bem diferente de quando contive a magia de Hudson durante o desafio do Ludares. Consegui sentir a de Hudson por todas as partes do meu corpo, me aquecendo em todas as brechas e cantos enquanto descobria como usá-la.

A de Remy existe somente no meu braço, capturada pela tatuagem que brilha com tanta força agora que praticamente me ofusca enquanto gira e dança pelo meu bíceps e pelo antebraço.

— Bem... é hora do show — anuncio. E, em seguida, inspiro o ar. E seguro por vários segundos. E quando expiro, canalizo a magia de Remy com o ar. Faço com que gire pelo ar descrevendo um arco e a envio direto para ele.

Remy deve sentir, porque a sua cabeça tomba para a frente e o seu corpo inteiro se curva conforme ele absorve a energia, cada vez mais.

Há uma quantidade enorme de magia e poder, tão grande que fico até mesmo um pouco espantada ao perceber que a minha tatuagem é capaz de armazenar tudo aquilo. E que o corpo de Remy é capaz de armazenar tudo aquilo. Sinto quando ela se espalha, transbordando entre seus braços, pernas e costas. E tomo o cuidado de deixar tudo do lado de cá da muralha desta vez, para que ele possa acessá-la sempre que quiser.

Estou quase terminando. E consigo perceber o poder que há nele agora; os olhos ensandecidos ficando cada vez mais enevoados enquanto começam a girar mais depressa. O corpo inteiro de Remy está tremendo. A quantidade de poder libertado é tão forte que ameaça derrubar a nós dois. E talvez a nos queimar vivos.

Mas estendo o braço e seguro a sua mão. E nossas mãos se seguram com força, uma à outra, enquanto a magia nos devasta. Relâmpagos explodem pela sala à nossa volta e a terra treme. Mas nós aguentamos, firmes. E quando um último relâmpago explode, tudo termina.

A minha tatuagem para de girar ao redor do braço; as chamas param de dançar ao redor das minhas terminações nervosas e eu perco a firmeza nos joelhos, tudo de uma vez. E sinto os últimos efluxos da magia que saem do meu corpo, curando as minhas costelas quebradas e o meu corpo maltratado.

Solto um grito, certa de que vou cair no chão. Mas Hudson está ao meu lado e me segura. Me puxando para junto dele. E murmurando junto da minha têmpora:

— Você foi incrível.

— Mesmo? — pergunto a ele.

— Com certeza. — Seus lábios roçam na minha orelha quando ele sussurra:

— E também foi sexy pra caralho. Por isso, pode fazer isso de novo sempre que quiser. Talvez com o meu poder, da próxima vez.

Eu rio, dou um tapa sem muita força na sua barriga, mas ele morde o lábio e olha nos meus olhos com as pupilas completamente dilatadas. E de repente... somos somente nós dois. Nada de Caronte. Nada de Remy. Nada de gigantes mortos no salão ao lado. Nada de prisão de onde devemos escapar. Nada de Coroa à nossa espera.

Somente Hudson, eu e os sentimentos que fluem entre nós como a melhor e mais pura magia.

Pelo menos até que Flint solte um resmungo enfastiado e diga:

— Ah, pelo amor de Deus. Eu juro que, quando voltarmos para Katmere, vou passar semanas trocando olhares lânguidos com Luca na frente de vocês dois. Só para descontar tudo isso.

Eu rio, e isso é o efeito que ele queria causar. E não me importo em mencionar que não resta nenhuma semana. Já estamos formados. Fizemos tudo que podíamos na Academia Katmere. Tudo, exceto salvá-la.

Hudson também não diz nada. Ele simplesmente olha para Remy e diz:

— E agora?

Remy abre um sorriso.

— Uma promessa é uma promessa.

Ele estende a mão e uma bola vermelha de poder brilha bem no centro da sua palma. Ele a joga para cima, antes de erguer o braço e fazer um movimento circular com a mão.

A bola cresce e se transforma numa espiral cada vez maior sobre a nossa cabeça, até cobrir todo o teto. Quando isso acontece, Remy olha diretamente para mim e pisca o olho.

A espiral vermelha gira ao redor de Flint, Calder, Hudson e de mim, rodando em alta velocidade por alguns momentos. Sem qualquer aviso, os braceletes se soltam dos nossos pulsos e caem no chão. Flint dá um grito de alegria no instante em que se percebe livre. Em seguida, cospe um jato de fogo pelo corredor.

— Ei! — Caronte dá um gritinho estridente quando se joga no chão, bem a tempo de evitar ser transformado em churrasco. — Qual o motivo disso?

— Quem pode, pode — responde Flint.

E... por Deus, eu me sinto ótima por ele. Um pedaço de mim quer se transformar em gárgula para ter certeza de que sou uma das que pode. Mas me contento em procurar no fundo de mim mesma, onde encontro o cordão de platina bem onde deveria estar. Como se nunca tivesse desaparecido.

— Encontrou suas pernas de pedra de novo? — pergunta Hudson, como se soubesse exatamente o que estou fazendo.

— Encontrei — confirmo-lhe com um sorriso. Em seguida, pego no cordão azul-brilhante. E adoro ver o jeito como Hudson fica paralisado, prendendo a respiração quando um tremor passa pelo seu corpo. — E você?

— Estou ótimo — responde ele, passando o braço ao redor da minha cintura. — Agora, vamos cair fora daqui antes que isso mude.

Vander, Flint e eu temos o mesmo sentimento. E eu vou atrás de Caronte... pelo menos até me lembrar de que Remy não vai vir com a gente. Ele não vai passar deste ponto.

Eu viro para trás e corro até onde ele está, jogando os braços ao redor dele para lhe dar um abraço gigante. No começo, Remy está completamente rígido. Mas em seguida ele me abraça com tanta força que mal consigo respirar.

— Obrigada — digo a ele, enquanto as lágrimas ardem no fundo dos meus olhos. — Por tudo.

— Não há de quê. — Ele vai se afastar, mas o seguro com força. Ainda não estou pronta para soltar esse garoto ridículo que, de algum jeito, conseguiu entrar no meu coração tanto quanto Flint, Macy e os outros.

— Você vai ficar bem, não é? — sussurro na orelha dele.

— Vou ficar muito bem — ele sussurra de volta. — E vocês também vão. Agora sou eu que me afasto.

— Isso é um comentário amistoso? Ou é algo do tipo "a gente ainda vai se ver no futuro"?

— Talvez seja os dois — diz ele antes de me puxar para outro abraço. — Mas, se quiser outra profecia, tenho uma para você. Esta não é a última vez que vamos nos ver, Grace. Mas vamos ter caminhos duros pela frente antes que isso aconteça.

Desta vez, quando ele se afasta, ele recua alguns passos também.

Um sentimento de preocupação por ele faz meu estômago se revirar.

— Remy...

— Pode ir embora — diz ele com aquele sorriso malandro que é a sua marca registrada. Quando percebe que não me movo, ele agita a mão outra vez. E o espaço entre nós fica cheio de fumaça. Quando a fumaça se dissipa, ele já desapareceu.

Fecho os olhos e faço uma prece rápida para que o universo cuide desse garoto ousado e bonito. Em seguida, volto a olhar para Hudson, que sorri enquanto estende a mão para mim. E eu retribuo o sorriso quando me aproximo para pegá-la.

Em seguida, avançamos pelo corredor a toda velocidade, indo atrás de Caronte e de seus guardas quando finalmente voltamos para a superfície... e para a luz do dia.

## Capítulo 149

### O FRÁGIL E O DOCE

Caronte nos guia por diversos corredores, e todos são inclinados para cima, até que finalmente chegamos a um portão de ferro grande e circular.

— Aí está — diz Caronte, com relutância.

— Como ele se abre? — pergunta Vander.

Caronte vai até o muro à direita do portão e usa uma chave para abrir uma portinhola. Do lado de dentro há um teclado no qual ele digita vários números.

O portão se abre com um estalo ruidoso e Caronte coloca outra chave — desta vez, dentro do próprio teclado. O portão gira várias vezes antes que os oito triângulos que compõem o círculo comecem a se retrair, deixando uma abertura circular larga o bastante para que até mesmo Vander passe por ela.

— É só isso? — pergunta Flint. — Nada de magia? Só uma chave e alguns números?

Caronte o encara com os olhos estreitados.

— Se quiser, você pode ficar deste lado do portão até eu deixá-lo um pouco mais desafiador para você.

— E aquela história de que havia uma maldição inquebrável nesta prisão? Era verdade mesmo? — Não resisto ao desejo de perguntar. Ele não lançou nenhum feitiço nem usou magia para nos libertar. — Ou tudo isso aqui é só uma mentira que foi contada tantas vezes até todo mundo acreditar?

Caronte ergue o queixo.

— Ei, não me julgue. Eu dou às pessoas o que elas querem. Um lugar para esconder seus monstros e uma ideia de que isso é para seu próprio bem. — Ele encara os membros do nosso grupo, um por um. — A menos que achem que talvez não devam sair antes das pessoas que estão aqui há mais tempo...

— Nem se incomode com isso — diz Hudson. Em seguida, ele se vira para mim. — Primeiro as damas.

Penso em bater boca com ele... mas que se foda. Quanto mais rápido eu sair pela porta, mais rápido todo mundo vai sair também. Assim, aperto a mão dele e, quando sinto que Hudson baixou a guarda, mando uma onda de energia diretamente para ele.

— Grace!

— Não sabemos o que tem lá fora. E acho melhor que você tenha condições de lutar.

Ele parece querer discutir a questão, mas não estou nem um pouco a fim disso. Assim, simplesmente lhe mando um beijinho e desapareço pelo portão. Vander vem logo atrás de mim, seguido por Flint e Calder, e finalmente por Hudson, que parece estar com uma mistura de alegria e vontade de brigar quando segura a minha mão.

Atrás de nós, o portão se fecha com um barulho alto. E é aí que percebemos. Estamos livres. Estamos livres de verdade.

Observo Vander e vejo que há lágrimas rolando pelo seu rosto quando olha ao redor, percebendo o amanhecer sobre a grama, as árvores e... as sepulturas ao nosso redor?

— Estamos em um cemitério? — indaga Flint. E parece tão confuso quanto eu.

— Acho que sim — respondo enquanto percebo fileiras e mais fileiras de lápides.

— Definitivamente, é um cemitério — comenta Hudson.

Vander vem até mim e tira uma chave do bolso.

— Você conseguiu — diz ele. — Você nos libertou.

— Nós todos conseguimos — respondo.

— Você é realmente digna de usar a coroa das gárgulas — ele me diz, ignorando os meus protestos enquanto se ajoelha diante de mim. — Nunca vou conseguir lhe agradecer pelo que fez, Rainha.

— Só cumpri a minha parte do acordo — falo para ele, em voz baixa. Fico completamente embasbacada (e traumatizada) quando vejo alguém ajoelhado diante de mim enquanto me chama de "Rainha". E para ser sincera... acho que eu nunca me sentiria bem com isso.

É por isso que as palavras quase atropelam umas às outras quando digo a ele:

— Por favor, se levante. Por favor. Você não precisa fazer isso.

Mas Vander se recusa a se levantar enquanto estende a chave para mim.

— Eu não devia ter criado aqueles grilhões — ele continua. — Não sei como vou conseguir olhar nos olhos da minha Falia outra vez.

— Você pode olhar nos olhos dela. Porque ela o ama. Quaisquer erros que você cometeu há milênios já foram perdoados — digo a ele quando pego a chave e a guardo no bolso. — Volte para a sua casa e para junto dela. Limpe o seu jardim. Coma os *cookies* com gotas de chocolate da sua filha. Que são uma delícia, inclusive. Certo, Hudson?

— Ah, claro. Eles são... uma delícia — concorda ele, mas não se aproxima muito. Em vez disso, ele fica onde está e me olha com tanto orgulho no rosto que até acho que vou começar a chorar junto de Vander.

— As minhas filhas... — Ele respira fundo enquanto seu rosto se retorce. — Obrigado.

— Por nada — replico-lhe. — Do fundo do coração. Mas como você vai voltar para casa? — pergunto, pensando na logística do problema gigantesco quando ela surge na minha cabeça. Nós podemos viajar com Flint, mas Vander é maior do que o dragão. Não vamos conseguir lhe dar uma carona.

— Não se preocupe comigo — diz Vander. E ele vai até a árvore mais próxima, uma magnólia gigante, e coloca as mãos nas raízes.

Bem diante de nós, o chão ao redor da árvore começa a se agitar conforme as raízes chegam à superfície.

— Magia de terra — conclui Flint com admiração na voz enquanto as raízes envolvem Vander, que está ajoelhado diante delas. Até que ele esteja todo encoberto.

O processo inteiro leva um minuto. Talvez um pouco mais. E, em seguida, as raízes começam a se endireitar, abrindo um caminho de volta para o solo.

Quando elas finalmente voltam ao normal, nós percebemos que Vander desapareceu.

— Isso foi... — Hudson solta o ar, estupefato. — Olhe, tenho que lhe dizer uma coisa, Grace. Andar com você nunca é entediante.

— Né? — Flint dá uma risada. — Mas eu tenho outra questão.

— E qual é? — pergunto.

— Sabe se essa magia de terra funciona em manticoras também?

É é aí que me dou conta de algo. Ele continua andando com Calder sobre o ombro.

— Ah, que merda.

E nós três começamos a rir. Afinal de contas, o que mais podemos fazer?

Estamos a milhares de quilômetros de casa, levando uma manticora desgarrada. E acabamos de ver uma árvore absorver um gigante. E isso nem é a coisa mais esquisita que aconteceu nessa última hora...

De repente, ouço um grito atrás de nós, seguido por uma voz familiar que grita:

— Eu disse que senti que havia magia aqui!

E eu me viro para trás bem a tempo de pegar Macy quando ela se joga nos meus braços.

Capítulo 150

## TENHO AMIGOS NOS LUGARES
## MAIS ESQUISITOS

— Grace! Graças a Deus nós encontramos você! — grita a minha prima, enquanto me abraça com tanta força que tenho quase certeza de que vai me causar uns hematomas. — Estamos nesse cemitério assustador há dias, só esperando você sair.

— Mas como você sabia que a prisão me traria para cá? — pergunto enquanto retribuo o abraço.

— Nuri nos disse depois que os guardas levaram vocês, na noite da formatura — responde Luca quando agarra Flint, junto de Calder, que continua inconsciente, e levanta os dois do chão com um abraço de urso.

— Vocês passaram a semana inteira aqui? — pergunto, chocada e emocionada.

— Isso mesmo — responde Éden, quando Macy finalmente me solta para abraçar Hudson. — Não achou que iríamos deixar vocês aqui sozinhos, não é? — Ela me dá um abraço que não é nem um pouco típico, e eu retribuo.

— Eu... não sei direito no que pensei — comento.

— Já faz uns dias que estamos tentando descobrir como entrar na prisão — diz Mekhi, quando os abraços e os toques de punhos foram distribuídos. — Mas este lugar é mais bem guardado do que a Corte Vampírica. E eu nem achava que isso fosse possível.

— E não é mesmo? — concorda Luca com uma risada. — Por isso, no fim das contas, decidimos que tínhamos que esperar até vocês fugirem.

— E se não conseguíssemos? — Flint pergunta, quando Luca o ajuda a deitar Calder sobre a grama.

Os outros se entreolham.

— Ah, bem... nós não estávamos prontos para falar sobre isso, por enquanto — responde Jaxon, falando pela primeira vez. Ele se aproxima, saindo da sombra criada pelo sol do começo da manhã e uma das sepulturas. E não consigo deixar de notar que ele parece ainda muito pior do que no dia da formatura.

Ele perdeu tanto peso que os ossos do crânio estão bem marcados em seu rosto. As olheiras estão piores. E a frieza que eu sentia se irradiando dele há semanas chegou a níveis árticos.

— Obrigada por vir nos encontrar — agradeço-lhe, puxando-o para um abraço.

Ele retribui o abraço. E, quando isso acontece, sinto o desespero e o medo que emanam dele em ondas.

— Está tudo bem — sussurro enquanto o seguro junto de mim. — Estou com a chave. Podemos salvar você.

Ele solta o ar longamente, pressiona rosto no meu pescoço e sinto o meu coração se despedaçar. Logo antes de me virar e perceber Hudson nos fitando com os olhos e o coração tão despedaçados quanto os meus.

Quando Jaxon por fim recua, suas pernas vacilam um pouco. E Hudson está bem ali para colocar o braço ao redor dos ombros dele, amparando o irmão mais novo enquanto seu próprio mundo desmorona à sua volta.

— Desculpe — sussurra Jaxon.

Hudson balança a cabeça negativamente.

— Você não precisa se desculpar por nada.

Um silêncio desajeitado paira sobre os nossos amigos, que tentam não olhar para nós três. Pelo menos até que Calder comece a gemer e a se agitar no chão.

— Ela está bem? — pergunta Macy, com os olhos arregalados enquanto se ajoelha ao lado da manticora.

— Ela comeu uma das flores da Estriga — responde Flint, quando estica as costas. — Está desacordada há horas.

— Mas ela não é o Forjador — observa Éden, sem se abalar.

— Não. O gigante partiu antes que vocês aparecessem — explica Hudson. — Macy sentiu a magia que ele usou.

— Então vocês simplesmente trouxeram mais alguém para andar com a gente? — pergunta Mekhi, cético.

— É uma longa história — respondo. — Vamos contar tudo algum dia, quando as coisas não estiverem tão...

— Recentes — Hudson termina a frase por mim. — O dia de hoje foi um inferno.

— Pelo jeito, foi mesmo — Éden diz a ele. — Você parece que... — Ela deixa a frase no ar e faz um gesto negativo com a cabeça. — Acho que nem tenho palavras para descrever isso. — Ela aponta da cabeça até a cintura dele, sem conseguir acreditar no que está vendo.

— Ela tem razão, cara — concorda Luca. — Você está um bagaço.

— Estou me sentindo um bagaço, mesmo — Hudson responde, rindo.

Calder resmunga novamente. Mas, agora, seus olhos castanhos e brilhantes se abrem de uma vez.

— Não estou morta — é a primeira coisa que ela diz.

— Definitivamente, não — Flint diz a ela com um sorriso. — Considerando que passei as últimas duas horas carregando você de um lado para outro.

— Você é um garoto de sorte — ronrona ela.

Luca parece chocado, mas Flint simplesmente ri quando estende a mão para ajudá-la a se levantar.

— Você tem razão. Sou mesmo. — E, em seguida, ele coloca a mão ao redor da cintura de Luca e o puxa para junto de si, sussurrando algo que faz com que o queixo retesado do seu namorado relaxe.

Quando fica em pé, Calder lhe dá uma palmadinha na cabeça e diz:

— Obrigada por me tirar de lá. — Em seguida, abre um sorriso sexy para Luca. — Você é um cara de muita sorte.

Nunca a vi sendo tão sincera, exceto quando está falando sobre si mesma, claro. Hudson e eu até trocamos um olhar surpreso. Pelo menos até que ela avista Mekhi e diz:

— Oi! — Ela joga o cabelo para trás e concentra o olhar nele como se estivesse se preparando para disparar um míssil contra um alvo. — Como você está nesta bela manhã?

Mekhi parece ter ficado completamente embasbacado com aquela investida. Mas não o culpo. Calder já não é uma pessoa muito fácil normalmente. Agora que encontrou um vampiro atraente, ela de fato está agindo de um jeito bem exuberante.

— Estou bem, obrigado — responde Mekhi depois de limpar a garganta umas cinco vezes. — E você?

— Estou fabulosa — diz ela, jogando o cabelo mais uma vez. — Mas acho que você já sabe disso, não é?

— Eu... ah... — Mekhi olha para nós como se pedisse ajuda, mas estamos simplesmente tentando não rir.

Com exceção de Macy, que enlaça o braço de Calder e a gira ligeiramente para o outro lado, de modo que Mekhi consiga romper o efeito hipnótico causado pelo contato visual da manticora.

— Você é mesmo fabulosa — elogia Macy, com um sorriso enorme que não chega até seus olhos. — E o seu cabelo é lindo.

— É uma das melhores partes de mim — concorda Calder. — Mas todas as minhas partes são as melhores, não é mesmo?

Éden começa a rir com gosto.

Antes que eu consiga interromper a litania de Calder sobre a própria beleza (coisa que aprendi a fazer nesses seis dias de convivência), ela olha ao redor e pergunta:

— Onde está Remy?

O meu olhar deve exprimir tudo, porque o sorriso dela se desfaz.

— Ele não conseguiu?

Faço um gesto negativo com a cabeça.

— Não. Ele está bem, mas ficou para trás. Pelo menos por enquanto. Mas ele está com uma flor.

Ela aperta os lábios. E, por um momento, tenho a impressão de que vai chorar. Mas, no fim, ela sorri e diz:

— Parece que tenho algo a esperar no futuro, então.

Sinto vontade de dizer alguma coisa que possa fazer com que ela se sinta melhor. Mas nada surge na minha mente. E, antes que eu consiga pensar em alguma coisa, Liam, Rafael e Byron chegam acelerando pelo cemitério como se estivessem pegando fogo.

— Estamos com um problema — anuncia Liam. A julgar pela expressão no rosto dos três, a situação é bem mais grave do que isso.

— É Cyrus? — pergunta Hudson.

— Ele vai atacar a Fera Imortal hoje à noite — responde Byron. — Com um batalhão inteiro.

— Ele agiu rápido — sussurra Mekhi. — Como ele sabia que nós íamos libertar a Fera?

— Caronte — Hudson e eu dizemos ao mesmo tempo. Aquele desgraçadinho sabe de tudo que acontece na prisão dele. E isso significa que ele sabia por que precisávamos de Vander. É ótimo saber que ele não demorou nem um pouco para correr até Cyrus com a notícia da nossa soltura... e com a informação de que agora temos uma chave para libertar a Fera Imortal.

— O barqueiro? — pergunta Éden, confusa.

— Esse é outro Caronte. O nome dele é Charles, na verdade — explico a ela antes de me virar para o grupo. — Temos que ir. Temos que ir para lá agora. Ou seja...

— Nada de voar no lombo de dragões.

— Exatamente.

— Sinceramente, até que estou feliz em saber disso — diz Flint. — Estou cansado.

— Tudo bem, então — diz Macy, largando do braço de Calder e afastando-se para revirar a mochila que sempre traz consigo. — É hora de criar um portal.

— Precisa de ajuda? — pergunta Éden enquanto segue Macy até uma clareira sob a copa das magnólias.

— Nuri e Aiden estão convocando os dragões para enfrentá-lo — prossegue Byron. — Mas vai demorar para conseguirem chegar lá e reunir as tropas.

— Com certeza — concorda Hudson, com um olhar taciturno. — Precisamos descobrir uma maneira de atrasar Cyrus até que o exército dos dragões consiga chegar lá.

— Mas como? — questiona Luca.

Começamos a planejar estratégias, mas percebo que temos outro problema.

— Calder? — Enlaço meu braço com o dela e me afasto um pouco do grupo enquanto Hudson e Liam conversam sobre a melhor maneira de se aproximar da caverna da Fera Imortal.

— Diga aí, Grace. O que houve?

— Nós temos que ir.

Ela confirma com um meneio de cabeça.

— Eu sei.

— Vamos partir para enfrentar Cyrus. Sei que você queria participar. Mas acho que Remy vai ficar decepcionado se você não estiver aqui quando ele sair.

Ela faz que sim com a cabeça outra vez.

— Eu sei.

— Eu... eu tenho a impressão de que é errado deixar você aqui sozinha. Você vai ficar bem?

Ela ri.

— Ah, você é um doce. Vou ficar bem, sim. — Ela joga o cabelo para trás.

Certo. Não era exatamente a resposta que eu estava esperando. Por outro lado, talvez ela não esteja na prisão há muito tempo. Talvez a família dela more por perto.

— Bom... o que você pensa em fazer?

— Não sei... mas vou pensar em alguma coisa. Cedo ou tarde uma resposta vai acabar surgindo.

Acho que ela tem razão. Mas ainda não me sinto muito bem com isso.

— Pode me esperar aqui por um segundo?

— Acho que eu devia me despedir de Hudson e Flint e ir embora...

— Me dê só um minuto, está bem?

Tenho a impressão de que a deixei numa situação desconfortável e que ela vai sair correndo assim que puder. Por isso, eu me apresso até Jaxon e sussurro:

— Você tem dinheiro aí?

— Tenho sim, claro. — Ele ergue as sobrancelhas enquanto pega a carteira. — De quanto você precisa?

— Tudo que você tiver — eu digo a ele.

É um testamento a quem ele é. E talvez ao relacionamento que temos depois de tudo que aconteceu. Ele nem hesita em tirar quinhentos dólares da carteira e entregar tudo para mim.

— Isso é o bastante?

Eu olho para o dinheiro e tento pensar.

— Não sei.

Quanto tempo esse dinheiro vai durar se Calder precisar passar algum tempo em um hotel, tirar documentos ou simplesmente encontrar um caminho de volta para casa?

— É para Calder — explico-lhe. — Acho que ela não tem para onde ir.

Luca me ouve e pega a carteira também. E os outros membros da Ordem fazem o mesmo. Quando volto para onde Calder está, tenho cerca de mil e duzentos dólares para lhe dar.

— Ah, não. Não posso aceitar isso, Grace. — Ela tenta se esquivar da minha mão.

— Por favor. Não posso simplesmente deixar você aqui. Não depois de tudo que você fez por nós.

— Mas não sei quando vou ver vocês de novo para devolver essa grana.

— É um presente — digo a ela. — Para você alugar um quarto de hotel e comprar comida para alguns dias.

Ela ainda parece que vai recusar, mas depois de alguns momentos acaba aceitando e sussurra:

— Obrigada.

Eu a abraço.

— Obrigada por tudo — eu digo a ela.

— Obrigada por me tirar de lá. Você salvou a minha vida. — Ela me abraça outra vez. — Tchau, Grace.

— Tchau, Calder.

— Está bem, estou pronta! — anuncia Macy. — Vamos lá!

Calder vai recuando, mandando beijinhos para Flint e Hudson e até mesmo alguns para Mekhi, quando Macy faz o feitiço que vai abrir o portal. A última coisa que vejo quando mergulhamos no portal é Calder pegando um botão de magnólia da árvore e prendendo-o nos cabelos.

Isso me faz sorrir, apesar de tudo que está à nossa espera. Talvez ela realmente consiga ficar bem, mesmo que esteja sozinha.

Capítulo 151

## NEM TODA ILHA
## É UMA ILHA DA FANTASIA

Macy abre um portal para a mesma praia de onde partimos antes. E percebo, pela rigidez em seus ombros, que ela está pensando no que aconteceu da última vez que estivemos aqui. Acho que todos nós estamos pensando na mesma coisa. É difícil caminhar nessa praia sem pensar no corpo de Xavier deitado há poucos metros de onde estamos. Assim como é difícil caminhar até a caverna onde ele morreu.

Mas não há outra maneira de libertar a Fera. Não há outra maneira de conseguir a Coroa antes de Cyrus. Não há outra maneira de salvar Jaxon. Não há outra maneira de impedir que Cyrus ataque Katmere. E não há outra maneira de impedir que a guerra se aproxime. Por isso, é hora de entrar no covil do monstro.

Mas logo percebemos que Nuri e seus soldados chegaram aqui antes de nós. Eles estão circulando pelo ar sobre toda a extensão da ilha, guardando o lugar e fazendo vigilância aérea. Estão à espera de Cyrus e seu exército, determinados a impedir que cheguem à ilha e tenham a oportunidade de atacar a Fera Imortal... ou de pegar a Coroa.

Sei que eles estão em estado de alerta, mas ainda fico preocupada, olhando ao redor em busca de algum sinal que indique que Cyrus chegou aqui antes de nós.

Os vampiros fazem a mesma coisa; Hudson, Jaxon e o restante da Ordem se espalham por toda a praia, procurando por algum sinal que os dragões podem ter deixado passar.

Mas não há nada. A praia está limpa. A areia está completamente intocada. Sendo bem sincera, tenho a impressão de que ninguém mais esteve aqui desde a última vez em que viemos, há algumas semanas.

Quando Hudson está convencido de que não deixamos passar nada, ele acelera pela praia até chegar junto de mim.

— E então... — diz ele, passando o braço ao redor do meu ombro quando sinto um calafrio pelo ar gelado do Ártico. — Está pronta?

— É claro — digo a ele, embora isso não esteja nem perto de ser verdade. Porque, agora que sabemos que a praia está livre, é hora de passar pela formação rochosa que separa a caverna da Fera do restante da ilha. É hora de ir libertá-lo e pegar a Coroa.

E é hora de cortar o nosso elo entre consortes de uma vez por todas.

— E você? — pergunto, me inclinando para junto dele. Tão junto que estamos respirando o mesmo ar.

Ele me encara com aquele sorriso arrogante — o mesmo que eu odiava, mas que agora amo demais. E diz:

— Nem um pouco.

Desta vez, quando solto o ar, meu hálito fica estrangulado com as lágrimas.

— Ei, nada disso — diz Hudson como se a sua voz não soasse bem mais embargada do que normalmente fica. — Está tudo bem.

— Não. Não está tudo bem — eu me oponho. — Nada disso deveria estar acontecendo.

— Ah, Grace. — Ele me puxa para junto do seu corpo, passando a mão pelo meu rosto enquanto dá beijinhos na minha têmpora. — Eu lhe disse há muito tempo que nunca ia pedir para você escolher. Nada mudou.

— Tudo mudou! — exclamo. E, considerando a garota que nunca conseguia chorar diante de ninguém, com certeza mudei bastante. — Você não ia pedir porque achava que eu não escolheria você. Mas isso é o que eu faria. Eu escolheria você, Hudson. Se houvesse qualquer outra maneira, escolheria você. É você que eu amo.

— Puta merda — comenta ele, desviando o olhar... mas não antes que eu consiga ver lágrimas brilhando em seu rosto. — Sempre soube que você ia me deixar arrasado algum dia, Grace. Eu só não sabia que...

— Você ia me deixar arrasada também?

— Não diga isso. — Ele balança a cabeça, me puxa ainda mais para perto e quase não consegue pronunciar as palavras que quer expressar para mim. — Consigo deixar que você se afaste. E consigo ver você construir uma vida com o meu irmão. Posso até fazer alguma visita de vez em quando e ser o tio Hudson. Mas não me diga que você sofre tanto quanto eu, Grace. Não me diga uma coisa dessas. Porque não desejo isso para ninguém. E nunca, jamais desejaria isso para...

Ele para de falar quando uma explosão sacode a ilha inteira.

E é então que o lugar se transforma em um inferno.

## Capítulo 152

### VAMOS FUGIR DESSE
### LUGAR, BABY?

Por um segundo ou dois, Hudson e eu ficamos nos olhando em choque enquanto tentamos descobrir o que está acontecendo. Mas, quando a gritaria começa, corremos até a formação rochosa que leva até a caverna. Eu salto sobre os rochedos e vou me enfiando pela abertura, mas Hudson me agarra pela cintura e me puxa para o chão, e dali para trás de um dos enormes rochedos conforme um feixe de relâmpagos corta o ar sobre a nossa cabeça.

— O que está acontecendo? — grito para ele. — É Cyrus?

— E as bruxas também — diz ele, indicando um feiticeiro que está correndo sobre os rochedos e usando sua Athame para disparar relâmpagos.

Macy espia por cima de um dos rochedos a vários metros da nossa posição e acerta o bruxo com algum tipo de feitiço bem na bunda. Ele cai na lagoa de águas termais com um berro.

À nossa volta, vampiros e bruxas estão surgindo a torto e a direito. Eles estavam na água, nas árvores e em cima da própria formação rochosa onde nós os procuramos nesses últimos quinze minutos. Como foi que os dragões não os perceberam? Como foi que nós não os percebemos?

— Um feitiço de desaparecimento — diz Hudson. E percebo que perguntei em voz alta. — Nós estávamos procurando pelos vampiros. Não sabíamos que Cyrus tinha trazido as bruxas. Caronte provavelmente lhe passou todas as informações horas atrás, assim que comecei a ganhar dinheiro no Fosso. E ele sabia que nós estávamos tentando libertar o Forjador. Eles tiveram tempo de sobra para examinar a ilha e encontrar as melhores posições. Tempo de sobra para lançar os feitiços para se esconderem. — Essa última frase é pouco mais do que um rosnado.

— O que vamos fazer agora? — pergunto, quando um dragão pega um vampiro com a boca e sai voando rumo ao céu com ele. — Como podemos ajudar? E como vamos…

— Chegar até a Fera Imortal? — Ele me empurra para baixo com uma das mãos, ergue a outra e puxa um vampiro transformado de cima do rochedo bem acima de onde estamos. O vampiro cai com as presas à mostra. E Hudson lhe quebra o pescoço sem nem piscar os olhos. Em seguida, enfia a mão na boca do vampiro e arranca uma das suas presas, jogando-a na areia.

— Precisamos ir andando — digo a ele enquanto me preparo para correr até a caverna da Fera Imortal. — Outros o viram desaparecer. É só uma questão de tempo até que venham em peso até aqui.

Ele faz um sinal afirmativo com a cabeça e nós saímos correndo para a caverna, fazendo o possível para nos escondermos por entre as árvores e rochedos ao longo do caminho.

À nossa volta, dragões travam uma guerra contra vampiros e bruxas. Paranormais são feitos em pedaços, transformados em tochas humanas, trespassados por lanças de gelo, e gritam em agonia quando seus corações, ainda batendo, são arrancados de seus peitos. E os meus amigos estão no meio de tudo isso. Alguns estão tentando chegar até a caverna enquanto outros estão tentando ajudar os dragões. Por sua vez, eles seriam um páreo duro para os vampiros, mas estão em uma desvantagem horrível agora que as bruxas também estão envolvidas na peleja.

Um feitiço passa por cima das nossas cabeças, e eu puxo Hudson para o chão. Nós nos arrastamos por trás de alguns arbustos; calculo a distância entre o lugar onde estamos e a boca da caverna. São cerca de cem metros, o tamanho de um campo de futebol americano... mas que agora dá a impressão de ser bem maior.

E mesmo que a gente consiga chegar lá, não fazemos a menor ideia do que está à nossa espera dentro da caverna. Meu instinto diz "Cyrus". Ele sabe que é para lá que Hudson, Jaxon e eu vamos. E significa que essa é a sua melhor chance contra nós. Especialmente se ele se instalou dentro da caverna e já está esperando por nós há horas.

Mas qual é a alternativa? Fugir? Escapar desta ilha e ir para onde? Para Katmere? Talvez essa seja a nossa melhor opção, pensando bem no caso.

Sim, Cyrus está aqui com a Fera Imortal. E essa parece uma questão bem importante para a segurança da Coroa. Mas ele não tem a chave. Não vai conseguir abrir os grilhões. E, se ele não abrir, a Fera nunca vai voltar a ser humana o bastante — e com um intelecto correspondente — para poder lhe dizer onde a Coroa está.

Não é um plano para o longo prazo. Especialmente com Vander e a chave no mundo. Mas, se partirmos agora, podemos evitar um derramamento de sangue enorme. Por que temos que lutar contra Cyrus aqui, onde ele tem vantagem? Por que não ir embora e fazer com que ele venha até nós?

— Precisamos sair daqui — aviso a Hudson.

— Como assim? — Ele olha para mim como se eu tivesse dito a última coisa que esperava que eu dissesse. — Ir para onde?

— Nós temos a chave — eu digo a ele. — Se ele lutar com a gente e ganhar, ele ganha a chave. E ganha a Coroa. Ele ganha tudo. Mas se não tiver a chave...

— Ele vai ter que se esforçar muito mais. Você tem razão. Vamos...

Ele para de falar quando outro berro rasga o ar. A diferença é que essa voz parece muito familiar, fazendo com que eu sinta um calafrio percorrer a minha coluna.

— Flint? — Viro para o lado de onde veio o som e nem penso. Simplesmente corro. Contorno um rochedo e passo por cima de uma árvore caída... e, em seguida, o vejo, deitado na abertura da caverna a cerca de trinta metros de onde estou. Ele não está mais gritando. E tento dizer a mim mesma que isso é um bom sinal.

Só que não é. Porque só preciso dar uma olhada para perceber que alguma coisa está muito errada aqui. Flint está imóvel. E está cercado por uma poça de sangue cada vez maior. Ele não está morto. Sei que não está morto, pois, se estivesse, seus ossos teriam sido atraídos de volta para o Cemitério dos Dragões. Mas ele também não está bem. Isso não é somente um ferimento leve do qual ele vai se recuperar.

— Nós precisamos estar lá — eu digo a Hudson, que me segura e acelera comigo até o ponto que indiquei. Ele não para até estarmos ao lado da cabeça de Flint. E, quando olho para o seu corpo, quase não consigo ceder ao terror que está tentando explodir pelo meu peito. A náusea que cresce na minha garganta. A tontura que rouba a força das minhas pernas quando desabo de joelhos ao lado do corpo dele.

Explosões estrondosas estão acontecendo à nossa volta. Sei disso porque consigo ver pedras, árvores e terra voando pelos ares. mas não consigo ouvir nada além do som dos meus próprios gritos dentro da cabeça. Porque estou olhando para a coisa mais horripilante que já vi. E é Flint.

Sua perna tem um corte enorme que vai desde o tornozelo até acima do joelho, deixando os ossos expostos. O pé ainda está ligado à perna, mas por pouco. E o sangue jorra tão rápido por uma artéria perfurada que a areia nem consegue absorvê-lo rápido o bastante. Em vez disso, a sua vida está se esvaindo ao redor dele numa mistura pegajosa de sangue e areia. E sei que não vou conseguir salvá-lo. Ninguém vai.

Eu consigo curar, mas não uma coisa dessas. Nunca seria capaz de curar algo assim. É demais. É simplesmente impossível.

Eu me viro para Hudson, que parece tão abalado quanto eu mesma me sinto, mas ele segura o meu braço e diz:

— Use o que precisar.

Não sei do que eu preciso. Não sei quanto poder eu precisaria encontrar para poder neutralizar esse ferimento. Mas estou ficando sem tempo para pensar. Tenho que fazer alguma coisa. Ou Flint vai morrer. Meu coração bate com força e as minhas mãos tremem demais. Quase não consigo segurar em Hudson. Mas eu seguro. Por Flint.

Fechando os olhos, busco nas profundezas de Hudson e puxo o máximo do seu poder que consigo manipular. Ele ainda está fraco depois de passar pelo Fosso, mas lhe dei energia suficiente para começar o processo de cura. E ele está bem melhor agora do que estava há algumas horas.

Minha tatuagem queima conforme a magia ilumina cada agulhada em uma luz incandescente, começando na altura do pulso e subindo pelo braço. Quando a tatuagem está iluminada até a metade, já absorvi o bastante.

— Saia daqui! — grito para Hudson, quando me viro para Flint e começo a trabalhar para tentar curá-lo.

Fecho os olhos canalizo tudo o que consigo da minha energia para Flint, indo o mais rápido que posso.

À nossa volta, bruxas e vampiros estão atacando com presas, feitiços e poderes paranormais. Mas não dou atenção a nada disso. Não consigo. Flint perdeu muito sangue. E está em uma condição tão ruim que qualquer lapso na minha concentração pode acabar causando algum dano permanente.

Não sou especialista nesse processo. E nem sei direito o que estou fazendo. Assim como aconteceu com Mekhi antes da primeira viagem para esta ilha, eu simplesmente sigo a dor, acompanho o ferimento. E faço tudo que posso para consertar o que foi quebrado e rompido.

Além disso, sei que Hudson está por perto para me proteger. Eu o ouço jogando vampiros e bruxas para longe de Flint e de mim. Sei que ele está acelerando de um lado para o outro para nos manter a salvo. E nunca me senti tão grata em toda a minha vida por ter um consorte tão valente.

Talvez eu não tenha autoconfiança suficiente para confiar em mais ninguém desse jeito, para entregar tão completamente a minha vida e a de Flint nas mãos dessa pessoa. Mas estamos falando de Hudson. E se há uma coisa que sei é que enquanto ele estiver respirando, nada nem ninguém vai conseguir nos tocar.

Por isso, eu me concentro em Flint e começo com a artéria. Porque, se eu não der um jeito nisso, não vai adiantar nada consertar o restante. Ele já perdeu sangue demais. Sua respiração está curta; o coração está batendo devagar. E eu sei que ele não vai ter nenhuma chance se eu não andar logo.

Não sou muito boa em biologia, mas vou considerar que aquela coisa pequena e escorregadia de onde o sangue está jorrando é a artéria. Eu a seguro.

Por sorte, ela não se encolheu por dentro da perna dele como já vi acontecer em alguns filmes de guerra. E começo a tentar curar o corte.

É mais difícil do que eu esperava. E não sei se isso é porque nunca tive que curar algo tão sério assim ou se é porque Flint já está às portas da morte.

Não gosto muito dessa segunda possibilidade. Assim, afasto o medo e me concentro somente no que sei, no que posso compreender.

— Não se atreva a morrer, Flint — ordeno, enquanto aperto aquela artéria e tento fechar o corte, visualizando centenas e centenas de pequenos pontos fechando as partes dilaceradas do tecido, mantendo-as juntas outra vez.

Não sei se é a coisa certa a se fazer. Não sei se estou fazendo do jeito certo. Mas, quanto mais tempo passo segurando a artéria e visualizando os pontos que a fecham, mais devagar o sangue flui. E, no meio de todo esse desastre épico, vou considerar que isso é uma vitória.

Sinto o calor queimar na minha mão, subindo pelo meu braço, e quase choro de alívio com a prova de que os meus poderes de cura finalmente começaram a funcionar, usando a energia armazenada na minha tatuagem. E assim eu continuo a agir: imaginando os pontos, imaginando a artéria se regenerando bem devagar. Mas não demora muito até o calor começar a se dissipar. E eu sei que isso está acontecendo porque o meu poder está se esgotando. Abro os olhos, olho ao redor pela primeira vez em vários minutos e percebo que Hudson não está tendo a menor piedade. Está acelerando e por todos os lugares à nossa volta. E não é somente um corpo de vampiro que tomba no chão nos segundos seguintes.

Sinto vontade de chamá-lo. De dizer a ele que preciso de mais energia. Mas não quero distraí-lo. Não quando há pessoas morrendo aqui. E uma única distração vai fazer com que ele seja o próximo. Mas ele deve sentir que estou olhando para ele. Porque não demora nem um minuto até ele voltar para junto de mim, sentando-se no chão. Seu rosto e mãos estão manchados de sangue, e ele está respirando com dificuldade — um sinal claro de que suas reservas de energia estão quase tão baixas quanto as minhas. Mas seus olhos azul-cobalto estão tão brilhantes quanto sempre estiveram quando ele me estende a mão.

— Desculpe — digo a ele, detestando aquilo que preciso fazer, mesmo que não tenha escolha.

Mas Hudson simplesmente balança a cabeça, como se estivesse perguntando: "Desculpar por quê?". E ele até consegue abrir um sorriso quando diz:

— Pegue o que precisar, gata. Vou ficar bem.

# Capítulo 153

## COM OS PODERES DE GRACE, VÊM TAMBÉM AS RESPONSABILIDADES DE GRACE

Tiro o mínimo possível de Hudson. Sei que não é o bastante nem para começar a curar os ferimentos de Flint, mas também sei que não há nada que eu possa dizer para impedir que Hudson volte para o combate. Só que não posso mandá-lo para lá sem nada, não importa o que ele diga.

— Tem certeza de que isso é tudo de que você precisa? — Hudson pergunta quando eu olho para Flint outra vez. E confirmo com um meneio de cabeça, fazendo de tudo para que ele não consiga ver a minha cara.

— Tudo bem — diz ele, fazendo uma carícia gentil no meu cabelo. — Boa sorte.

E assim ele se vai outra vez, acelerando rumo ao meio do tumulto de novo.

Sei que as coisas estão ruins ali fora. Ouço os gritos e grunhidos, os sons de corpos se chocando e batendo no chão ou na água. Mesmo assim, procuro não olhar. Não quero saber disso. Especialmente agora, quando Flint está tão perto da morte. E não quando ainda há uma chance de eu salvá-lo.

Enfim, consigo fechar a artéria do jeito que gostaria, mas ainda falta reparar muita coisa. Para começar, se eu não conseguir reparar um mínimo de musculatura, receio que a artéria acabe se encolhendo pelo interior da perna. Além disso, se eu não conseguir reparar a artéria da panturrilha, ele vai perder essa perna. Considerando que eu consiga fazer com que ele sobreviva.

Procuro nos lugares mais profundos, tento encontrar mais energia para seguir com o próximo passo, mas não resta quase nada. Estou exausta, acabada. Meu poder está completamente esgotado. Mas se eu não conseguir encontrar alguma coisa logo, vou perder Flint. E não posso deixar que isso aconteça.

Assim, busco pela magia da terra. Deixo que suba pelas minhas pernas e entre pela minha tatuagem. Mas nada acontece. Olho para o desenho delicado das flores e folhas, mas não consigo armazenar a magia da terra na tatuagem. Só consigo parar por um momento para me perguntar se o desenho não funciona com magia elemental antes de decidir que essa é uma pergunta para outro dia. Em vez disso, tento canalizar a magia da terra para curar Flint.

Mas onde a magia de Hudson era forte e me permitiu fechar uma artéria com rapidez, logo fica claro que a magia da terra só funciona para tratar os ferimentos menos sérios. Não consigo atrair poder suficiente para curar Flint mais rápido do que o sangue que ele está perdendo. Estou prestes a desistir e chamar Hudson para que ele me dê um pouco mais da sua energia, mas, olhando para a esquerda, vejo que Jaxon está a pouco mais de três metros, olhando para o corpo maltratado de Flint.

— Estou aqui — diz Jaxon, aproximando-se da entrada da caverna. E... meu Deus do céu. Se eu achava que Jaxon estava com uma aparência horrível antes... agora ele conseguiu ficar pior. Quando ele olha para Flint, a agonia marcada em suas feições esquálidas cresce exponencialmente. Ele estende o braço para mim, abalado. Com o olhar fixo na perna de Flint. — Pegue o que precisar.

Nem penso duas vezes. Simplesmente agarro nele e canalizo tudo o que consigo. Estou com a outra mão na perna de Flint, enviando um pouco da energia para o corpo dele e enchendo a tatuagem com o resto.

— É demais? — pergunto depois de um minuto, porque Jaxon está tão pálido que sua pele está começando a ficar cinzenta.

Mas ele só faz um gesto negativo com a cabeça.

— Faça o que tiver que fazer.

E, assim, eu continuo a tirar a energia de Jaxon com uma mão, transformando-a em poder dentro de mim e usando esse poder para começar a reconstruir a perna de Flint; pelo menos o bastante para que eu consiga juntar os dois pedaços da próxima parte da artéria rompida.

Mas, antes que eu decida tentar fazer isso outra vez, vou precisar de treinamento. Não vou conseguir ir muito além disso somente com o instinto, as aulas de biologia da escola e seriados ambientados em hospitais. Nada disso é suficiente para me ensinar o que preciso para saber lidar com tudo isso. E estou morrendo de medo. Minhas mãos estão encharcadas de sangue. E mesmo tentando trabalhar rápido, sinto que o coração dele está parando. Sinto que ele está perdendo a batalha.

Afasto a mão do braço de Jaxon para que ele saiba que não faz sentido matar os dois, mas ele fecha a outra mão sobre a minha.

— Por favor, não desista — ele implora. — Eu tenho mais.

Não sei se ele de fato tem ou não, mas decido confiar nas palavras dele. Porque não posso simplesmente desistir de Flint. Seria como desistir de

Jaxon. Assim, seguro o braço dele outra vez e puxo seu poder para mim, buscando por mais cortes e rasgos nos vasos sanguíneos de Flint, reparando-os.

Estou trabalhando o mais rápido que consigo. O suor escorre pelo meu rosto quando concentro a atenção em uma área castigada após a outra, com o cuidado de absorver o poder de Jaxon e guardá-lo na tatuagem para mais tarde, e também para curar. Pela primeira vez, tenho a impressão de que estou fazendo algum progresso. O coração de Flint está batendo devagar demais, mas já quase estanquei a hemorragia. Preciso de um pouco mais.

Luca acelera e chega bem ao nosso lado.

— Hudson disse que... — Ele para de falar quando vê Flint pela primeira vez.

— O que...? — Ele não consegue terminar a frase. — O que nós... o que é que podemos...

— Grace está cuidando dele — diz Jaxon, com a voz tranquila, mas com um olhar absolutamente lívido.

Luca cai de joelhos ao lado de Flint, pegando a mão do namorado e encostando-a no rosto.

— Por favor — ele sussurra para mim.

— Deixe comigo — eu digo a Luca, querendo ter toda essa certeza. — Não vou deixar que ele morra.

Ele faz que sim com a cabeça e olha para Jaxon.

— O que eu faço agora?

— Volte para lá — rosna Jaxon, e Luca confirma a ordem com um aceno de cabeça.

Segundos depois, ele já desapareceu. E gritos rasgam o céu quando bruxas e vampiros começam a cair sobre as rochas ao nosso redor.

Nem me incomodo em ver se é Luca que está causando esse estrago. Já sei que é.

— Vá — eu digo a Jaxon, e ele parte enquanto eu me viro para Flint e continuo a curá-lo. Penso em assumir a minha forma de gárgula, em pegar um pedaço do meu corpo de pedra e usá-lo para curar Flint do mesmo jeito que fiz com Mekhi. Mas meu instinto me diz que devo continuar com o que estou fazendo, gritando que ainda não é hora para isso. Que esta é a única maneira de salvar Flint.

E é assim que eu faço, despejando tudo que tenho dentro de mim para o corpo de Flint, até que a minha tatuagem fica opaca de novo. Toda vez que isso acontece eu fico mais fraca, mais exausta. Mas até que faz sentido. O poder é um dom e uma responsabilidade. Mas não importa o quanto você tenha ou quanto consiga pegar de outras pessoas. Ainda é preciso pagar um preço para enganar a morte.

Aprendi isso com Jaxon, Hudson, Mekhi e até mesmo com Xavier, à sua própria maneira. Há um limite para o que pode ser feito com o poder. Mas aqui e agora, com Flint, estou determinada a fazer tudo o que for possível. Tudo.

Hudson e Jaxon voltam a se aproximar. E estão ainda mais ensanguentados e machucados do que antes. Mesmo assim, estendem os braços para mim. E não hesito em segurar os dois. Pego energia para conseguir fazer a próxima etapa do processo de cura. E, em seguida, eles aceleram para voltar ao meio da batalha.

Luca vem alguns minutos depois para ver como Flint está. Ele está trêmulo, com as pernas bambas. Mas ainda assim insiste que eu tire tanto quanto puder da energia dele. No momento em que eu o toco, percebo que ele não é tão poderoso quanto Hudson ou Jaxon, mas ainda assim tem algum poder. Assim, aproveito para acessar suas reservas. É mais difícil fazer isso com ele do que com os outros dois, e não sei se é porque Luca não tem a mesma força ou se isso se deve ao fato de que a minha vida está conectada irrevogavelmente com a dos irmãos Vega.

Acho que isso não tem importância em meio a tudo que está acontecendo, especialmente quando Luca se afasta de mim com um movimento brusco no instante em que uma bruxa surge ao nosso lado. Ela dispara um raio em Flint, mas erra. E Luca sai correndo em perseguição. Ele quase a pega, mas no último segundo ela se vira para trás e dispara um feitiço na direção dele.

Ele tenta se esquivar, mas é tarde demais. O raio o acerta bem no meio do peito.

# Capítulo 154

## ATÉ QUE A MORTE NOS SEPARE

Eu grito quando o cheiro horrível de carne queimada enche o ar. A minha garganta se fecha e eu sinto que estou quase vomitando, mas consigo engolir a bile... até que o corpo sem vida de Luca tombe a poucos centímetros do lugar onde estou ajoelhada.

Eu sabia que ele já estava morto antes que ele caísse no chão. Mas isso não me impede de estender a mão para ele, de dizer a mim mesma que isso não está acontecendo. Nem de tentar reverter a situação mas já é tarde demais. Não me resta nada a fazer. Não há nada que possa ser curado. Ele morreu. Ele morreu de verdade.

E provavelmente a mesma coisa vai acontecer com Flint.

Angústia, medo e raiva tomam conta de mim. Como isso pode estar acontecendo? Cyrus nos manda para a prisão por tentarmos impedir uma guerra, mas agora ele decidiu começar a guerra? Ele está matando e destruindo pessoas porque é ganancioso. E porque tem o poder pra isso. Mas nós somos os criminosos?

Observo aquele que era um dos lugares mais bonitos e pacíficos que já tinha visto. Fontes de águas termais e árvores contra um cenário de montanhas e o mar ártico. Agora o lugar está coberto de corpos, com sangue, entranhas e corações partidos. E sinto o impulso de estar no meio de tudo aquilo. Preciso ir para o meio de tudo aquilo.

Os lobos estão aqui também, lutando contra os vampiros e as bruxas. Há muitos deles. Uma quantidade enorme. A guarda dos dragões não vai conseguir conter todos, mesmo com todos os meus amigos lutando a seu lado.

Penso em me transformar. Em ir até lá para lutar com Hudson, Jaxon, Macy e Mekhi. Mas, se eu fizer isso, Flint vai morrer. É verdade que eles precisam de mais combatentes. Mas tenho que acreditar que eles são capazes de tomarem conta de si próprios. Acreditar neles do mesmo jeito que eles estão confiando em mim para cuidar de Flint.

É uma situação em que os dois lados perdem. Mas talvez eu consiga salvar Flint. Talvez. E, se eu conseguir fazer isso, talvez eles possam encontrar uma maneira de salvar a todos nós.

Eu volto para junto do corpo de Flint, desejando ter alguma coisa para cobrir o corpo de Luca. Apenas como uma demonstração de respeito. Mas não há nada. Assim, eu procuro me esvaziar por completo para salvar o garoto por quem Luca deu a própria vida. O garoto que Luca amava.

As lágrimas escorrem pelo meu rosto e soluços sacodem o meu corpo. E eu sei que preciso parar. Preciso parar por um minuto para me recompor. Mas eu consigo sentir o espírito de Flint estremecer dentro dele. E sei que a hora é agora. É aqui que as coisas vão dar certo ou então completamente erradas.

Assim, eu deixo as mãos onde elas estão, despejando por elas cada fragmento de poder que consigo encontrar. Um lobisomem se aproxima, saltando sobre os rochedos. E eu me preparo para o ataque. Fiquei desprevenida. Ao drenar tanta energia assim, não me resta o bastante para me transformar.

Mas, no último segundo, Macy pousa diante de mim. E ataca o lobisomem com um feitiço que o petrifica bem no lugar onde está; o corpo da fera desliza pela beirada rochosa e cai nas fontes termais.

— Jaxon me disse o que aconteceu — diz ela. — Pode contar comigo.

Em seguida, ela executa outro feitiço, criando uma barreira mágica entre nós e o restante do mundo.

Hudson praticamente se espreme para dentro da barreira antes que ela se feche. Ele dá uma olhada em mim e estende a mão para que eu possa absorver mais poder. Mas em seguida percebe que Luca está estirado no chão. E, por dentro, eu percebo que ele murcha, bem diante de mim.

— Ele estava tentando proteger Flint — eu digo a ele enquanto pego sua mão e mais poder. Não muito, porque sei o motivo pelo qual ele está aqui desta vez. E não tem nada a ver com me dar mais poder; ele quer dar um fim nisso, de uma vez por todas.

— Quem estava tentando proteger Flint? — Macy pergunta, virando para o outro lado pela primeira vez.

Ela solta um gemido mudo quando percebe o corpo de Luca. Seus olhos se enchem de lágrimas enquanto ela olha para ele e depois para o ferimento de Flint.

— Ah, não — ela sussurra. E sei que um pedaço dela está pensando em Xavier.

Eu me preparo, esperando que a barreira que ela criou se despedace; é difícil controlar a magia quando as emoções estão voláteis, pelo que estou aprendendo do jeito mais difícil. Mas a magia de Macy não vacila. Em vez disso, ela retesa o queixo e continua apontando a varinha para a barreira enquanto estende a outra mão para mim.

— Use a minha energia desta vez — diz ela. — Hudson precisa guardar a dele.

Ou seja, ela também sabe por que ele está aqui.

Eu passo a canalizar a energia dela. É tão diferente da de Hudson, Jaxon e Remy que, no começo, nem sei se estou fazendo alguma coisa. Mas em seguida eu a sinto; uma energia leve, feminina e poderosa à sua própria maneira. E começo a absorver tanto quanto acho que ela é capaz de aguentar.

Mais gritos ecoam do lado de fora da nossa barreira, e Hudson parece desmoronar diante de mim.

— Grace — ele sussurra, e eu faço um sinal afirmativo com a cabeça. Porque sei o que ele veio pedir. Sei o que ele precisa que eu diga.

É ele quem pode nos salvar. É ele quem pode dar um fim em tudo isso. Mas, da mesma maneira... o quanto isso vai lhe custar?

Todo mundo tem medo dele. E do que ele é capaz de fazer. Mas isso é somente porque não sabem o quanto ele odeia seus poderes. Ele os trocaria em um instante.

Eu vi os olhos dele na câmara. Vi o quanto ele se torturava por ter feito o que fez e pelo que pode fazer. Ele só usou os poderes uma única vez desde que eu o conheci: no dia do desafio do Ludares. E mesmo naquela ocasião, furioso com o pai e irado pela ideia de que eu podia morrer, ele ainda assim teve o cuidado de fazer com que todo mundo ficasse em segurança. E que não houvesse ninguém dentro daquele estádio quando ele o demoliu.

Mas, agora, a situação é o oposto. Se ele usar seus poderes, se afrouxar a coleira que usa para prendê-los, seria como detonar uma bomba nuclear.

Ele não diz uma palavra. Mas me encara com olhos que viram coisas demais e um coração que já foi partido muitas vezes. No começo, tenho a impressão de que ele está pedindo minha permissão. Mas, quanto mais eu olho para ele, mais percebo que não é assim. Ele está procurando o perdão. Não pelo que passou, mas pelo que já decidiu fazer.

Não porque seja um assassino como seu pai ou um oportunista como sua mãe, mas porque ele ama as pessoas que podem acabar morrendo neste combate se ele não colocar um fim nisso. Jaxon. Macy. Nossos outros amigos.

Eu.

Esse é o verdadeiro medo dele. A única coisa que Hudson não conseguiria suportar. E isso está escrito em seu rosto. Ele desintegraria qualquer pessoa, ou todas as pessoas que estão ali... se isso puder me salvar. Ele literalmente colocaria fogo no mundo inteiro.

A garota que eu era, a garota que o julgou com tanta severidade no passado, ficaria horrorizada com esse pensamento. Mas a mulher que eu me tornei, aquela que lutou ao lado dele por seus amigos, por sua família e pelos homens que ela ama, ela entende muito mais do que ele jamais imaginaria ser possível.

Porque eu também incendiaria o mundo inteiro por ele, se precisasse.

E, assim, faço a única coisa que posso fazer por ele. Um gesto afirmativo com a cabeça.

Ele fecha os olhos e exala o ar. Em seguida, abre os olhos outra vez e me encara, transfixado.

E murmura:

— Amo você.

Eu sorrio, porque sei o que isso significa. Sei que ele me ama. E não é porque o perdoei, mas porque lhe dei permissão para perdoar a si mesmo. Para alguém que passou dois séculos se torturando por coisas que fez e coisas que não fez, é uma dádiva poderosa.

Eu sussurro de volta:

— Eu sei. — E os olhos dele se enrugam ligeiramente nos cantos, por conta da nossa piada interna.

Logo depois, ele fecha os olhos... e me solta.

Endireita os ombros e se prepara para o que tem que fazer. E, mesmo sabendo que isso pode muito bem destruir a sua alma, ele vai salvar a todos nós. Ele vai até lá e vai ser a pessoa que precisa ser. Não por mim. Mas por minha causa. Da mesma maneira que ele faz com que eu queira ser a melhor versão de mim mesma. Por causa dele.

E é por isso que sei o que tenho que fazer.

Não posso romper o nosso elo somente porque Jaxon precisa de mim. Detesto a ideia de ver Jaxon sofrer por algo que não aconteceu por culpa dele. Por perder sua alma por causa de algo sobre o qual ele nunca teve nenhum controle. Mas vamos encontrar outra maneira de fazer isso.

Porque esse garoto lindo diante de mim nunca me pediu nada. E ele merece o melhor de mim agora. Assim como eu mereço o garoto que amo.

Procuro no fundo de mim mesma e pego o nosso cordão azul. Eu o aperto com toda a força e vejo que os olhos de Hudson se arregalam. E digo:

— Eu escolho você.

Percebo a indecisão no rosto dele. Em cada movimento de inspirar e expirar. Uma linda sinfonia de agonia e êxtase que toca em suas feições. Ele me quer também. Mas não se o preço a ser pago for a morte do seu irmão. E eu o amo ainda mais por causa disso.

— Está tudo bem. — Abro um sorriso gentil para ele. — Fiz a escolha para que você não tenha que fazer. Agora, vá arrastar a cara daqueles desgraçados no chão para que eu consiga cuidar de Flint. E, depois, volte para junto de mim, onde é o seu lugar. Vamos encontrar outro jeito de salvar a alma de Jaxon. Se Cyrus quer a Coroa tanto assim, aposto que consertar uma alma é o mínimo que esse artefato consegue fazer.

O rosto de Hudson fica pasmo por um segundo ou dois. E penso em perguntar o que aconteceu. Mas percebo que ele não está realmente pasmo. Há lágrimas em seus olhos. E ele está tentando impedir que elas caiam antes que ele vá distribuir o castigo que Cyrus e seus aliados tanto merecem.

Antes de ir, Hudson aperta o elo entre consortes de volta. E finalmente se abre para mim. E o que vejo, quando ele revela o que realmente há dentro dele... percebo do que vinha sentindo falta. Entendo que não havia qualquer fundamento para os meus temores.

Porque o amor que Hudson tem por mim é infinito.

Capítulo 155

## EU NUNCA LHE PROMETI
## A ETERNIDADE

Hudson vai atravessar a barreira de novo, mas, antes que ele consiga fazer isso, Jaxon salta e pousa no penhasco que fica do lado externo da entrada da caverna. Ele se agarra na muralha e Macy suspende a magia por tempo suficiente para que ele entre.

— Jaxon? — chama Macy, exasperada e estendendo a mão para ele.

Mas Hudson chega ao lado do irmão antes, amparando-o com um braço ao redor da cintura no instante em que as pernas de Jaxon cedem. Com a voz irritada, Jaxon murmura:

— Cyrus, aquele desgraçado.

— O que houve? — pergunto, me esforçando para enxergar... e, em seguida, desejo não ter visto o que vi. Porque há duas marcas enormes de mordida na lateral do pescoço dele.

— Não... — sussurro quando olho para Hudson. — Não me diga isso. Não me diga que ele o mordeu.

Mas foi exatamente isso que aconteceu. A evidência está visível em todas as partes de Jaxon. A mordida eterna.

— O que vamos fazer agora? — indaga Macy, chocada, enquanto olha para nós três. — Como vamos consertar isso?

— Não podemos consertar isso — rosna Hudson. E ele está tremendo quase tanto quanto Jaxon agora. — Vou matar Cyrus. Juro por Deus que vou matar aquele desgraçado do caralho.

— Talvez eu possa... — Fico paralisada, olhando para Jaxon e para Flint, um depois do outro, conforme o meu pior pesadelo se transforma em realidade.

— Salve Flint — diz Jaxon, com a voz já embargada e abalada pela dor.

Eu me lembro daquela dor. Lembro-me de cada segundo da agonia que senti conforme o veneno de Cyrus se espalhava pelo meu corpo. Sinto vontade de abraçar Jaxon, de envolvê-lo completamente e tirar sua dor, mas não consigo nem fazer isso. Não posso fazer nada além de olhar enquanto ele morre.

— Você ouviu o que eu disse, Grace? — Jaxon estende o braço e segura a minha mão. — Pegue tudo. Pegue toda a energia que há dentro de mim e salve Flint.

— Não. — Faço um sinal negativo com a cabeça enquanto as lágrimas que eu nem imaginava que ainda tinha para chorar rolam pelo meu rosto. — Não, Jaxon. Nada disso. Não me peça para fazer uma coisa dessas. Não consigo. Eu...

— Preste atenção — pede ele, com um esforço. — Nós dois sabemos que já estou morto. Só o meu corpo ainda não tombou. Tire o que ainda houver dentro de mim, qualquer coisa que puder. E use para salvar Flint.

— Jaxon, eu...

— Por favor, Grace. — Ele aperta a minha mão com toda a força que consegue. — Estou implorando. Faça isso por mim. Por favor.

Meu estômago se revira. E por um segundo tenho a sensação de que vou vomitar.

Quantas vezes um coração pode se despedaçar?

Quantas vezes eu posso me sentir destruída?

Eu faria qualquer coisa que Jaxon me pedisse. Mas não posso fazer isso. Não posso matá-lo. Não posso fazer isso com Jaxon. Por favor, por Deus. Não posso fazer isso com Jaxon.

Ele deve ver a expressão no meu rosto. Deve saber que vou recusar, porque agora vejo lágrimas nos olhos dele também. Hudson se aproxima para deitá-lo no chão, mas ele segura em mim com a mão esquerda.

— Grace... — chama ele. E, por um momento, é algo tão claro e imperioso quanto qualquer coisa que ele já tenha me dito. — Se algum dia signifiquei alguma coisa para você, se algum dia você me amou, mesmo que só um pouco... então faça esta última coisa que estou lhe pedindo.

Meu olhar encontra Hudson. E ele parece tão devastado e dizimado quanto eu mesma me sinto. Mas, quando nossos olhos se encontram, ele faz um sinal afirmativo.

Sei que é a coisa certa a fazer, mesmo que não queira. Isso me deixa muito brava — com ele, com Jaxon, com a porra do universo inteiro. Porque não são eles que vão ter que fazer isso. Não são eles que vão ter que viver com isso pelo resto das suas vidas.

— Tudo bem — sussurro, e uso um segundo precioso para afastar o cabelo de Jaxon que está lhe cobrindo o rosto. — Vou fazer o que você me pede.

— Obrigado — murmura ele, soltando a minha mão.

— Coloque-o deitado ao lado de Flint — oriento, ajoelhando-me entre eles enquanto Hudson faz o que pedi. Quando ele está acomodado, coloco a mão ao redor do seu pulso e pergunto: — Está pronto?

Ele confirma com um aceno de cabeça e um olhar que está praticamente implorando.

— Não me deixe, está bem?

— O quê? —

— Quando terminar... quando Flint estiver curado... sei que não tenho o direito de lhe pedir nada, Grace. Mas por favor... eu não quero... — Ele fecha os olhos, como se estivesse com vergonha. — Eu não quero morrer sozinho.

Eu achava que o meu coração já estava partido, mas... quando ele fala isso, ele se racha bem ao meio.

— Você não precisa se preocupar com isso — prometo a ele. — Não vou sair daqui.

Atrás de mim, Macy está soluçando sem parar. E Hudson parece pronto para estraçalhar Cyrus. Um plano que eu apoio totalmente.

Fecho os olhos, respiro fundo e me preparo para matar o primeiro garoto que realmente amei na vida.

# Capítulo 156

## ISSO É O QUE EU CHAMO DE BRIGA

Leva apenas um segundo antes que a sua energia comece a fluir para dentro de mim. O poder de Jaxon ilumina a minha tatuagem com tanta força que mal consigo olhar para ela. Há tanto poder, tanta emoção dentro dele que leva apenas alguns segundos para a tatuagem começar a se agitar no meu braço, serpenteando para cima e para baixo conforme brilha cada vez mais.

Minha outra mão está em Flint. E estou despejando todo o poder enorme de Jaxon no corpo dele de uma maneira que não consegui fazer antes. Normalmente, quando canalizo o poder que vem de Hudson ou Jaxon, procuro ficar na superfície, pegando somente o que está na camada mais externa. Mas agora, com Jaxon, vou tão fundo que a energia que brota dele, que passa por mim e chega até Flint é mais poderosa do que qualquer coisa que eu já tenha tentado controlar antes. Com exceção da magia de Remy, talvez.

Sinto Jaxon enfraquecendo. Sinto a fagulha que há no fundo dele começando a se esmaecer, e isso me dá vontade de gritar. Me dá vontade de quebrar esse mundo maldito ao meio. Mas promessa é promessa. Por isso, continuo firme onde estou.

Já consigo ver que os ferimentos de Flint estão melhorando de um jeito que não acontecia antes. Os músculos estão se reconstruindo o suficiente para que eu possa até mesmo tentar regenerar sua perna.

Jaxon deve sentir que está expirando também, porque ele olha para Hudson e diz:

— Acho bom você cuidar bem dela. Senão, vou voltar para assombrar o seu rabo por toda a eternidade.

Os olhos de Hudson me dizem que ele está gritando junto comigo, mas sua voz até que demonstra algum humor quando ele responde:

— Acho que vampiros não se transformam em fantasmas.

Jaxon dá uma risada fraca.

— Ah... enfim. Você me conhece. Sempre quero ser original.

— Isso é verdade — eu digo a ele enquanto assimilo as palavras que ele disse a Hudson. Será por isso que ele foi atrás de Cyrus sozinho? Por que ouviu o que eu tinha dito a Hudson?

— Desculpe — sussurro. E, desta vez, não consigo conter o choro. — Me desculpe mesmo.

— Não há motivos para pedir desculpas — ele me diz. — Eu amo você, Grace. Amo demais para deixar que escolha a mim. — Ele segura na minha mão com força. — Era assim que as coisas tinham que acabar.

— Jaxon... — A minha voz fica estrangulada.

— Não diga nada — ele me pede, com os olhos brilhando com um milhão de emoções diferentes. — Agora, ande logo e termine o que começou. Tire o que você ainda puder antes que a mordida daquele filho da puta acabe com tudo.

Hudson coloca a mão no ombro de Jaxon.

— Eu amo você, irmão — ele murmura, mas Jaxon está fraco demais para responder.

Em seguida, com a fúria de mil sóis ardendo nos olhos, ele se levanta e vai até a beirada da formação rochosa onde estamos.

— Baixe a proteção — diz ele a Macy. E há alguma coisa na sua voz, na sua maneira de agir, que faz com que ela suspenda o feitiço sem uma palavra de protesto.

Ele vai até a beirada com as mãos ao lado do corpo enquanto observa o caos e o estrago que seu pai continua a causar.

Uma bruxa vem voando para cima dele, com a varinha em punho. Mas bem quando ela está pronta para disparar seu feitiço, Hudson olha para a mulher. E ela se transforma em poeira em um instante.

Ele vai olhar para uma pequena alcateia de lobos que estão subindo por um rochedo para emboscar Mekhi pelas costas. Com um movimento rápido do pulso, não somente os lobos desaparecem, mas também o rochedo gigante sobre o qual Mekhi estava em pé. A poeira enche o ar ao seu redor enquanto ele cai suavemente na areia.

Um grupo de vampiros transformados (sob o comando de Cyrus, com certeza) vem correndo na sua direção, e Hudson desintegra todos eles em um simples instante; a poeira em que eles se transformam paira no ar como se fosse um sonho.

Ainda assim, ele continua esquadrinhando a área, movendo o olhar de uma árvore para outra, de um rochedo para outro, buscando qualquer sinal que indique a presença de inimigos. Qualquer sinal que indique a presença de Cyrus.

Ele está aqui. Tenho certeza disso. Eu sinto o mal que emana dele. Sinto a malevolência que infecta todo o lugar. E percebo que Hudson também o sente.

Nesse meio-tempo, Jaxon não consegue nem mesmo manter os olhos abertos. Sua energia está tão baixa que eu sei que não vou conseguir mantê-lo vivo por muito mais tempo. Mesmo se eu não o deixar partir, mesmo se tentar impedir que ele morra, a mordida eterna está se alastrando. Fazendo com que seus órgãos e sistemas parem de funcionar, um a um. Petrificando-o de dentro para fora.

A morte é algo brando demais para Cyrus, mas é o que temos para hoje. Qualquer coisa que tire esse desgraçado das nossas vidas para sempre.

Jaxon geme, estremece. E sei que a dor deve ser excruciante agora.

— Está tudo bem — sussurro para ele enquanto aliso seu cabelo com a mão. — Estou aqui com você.

Ele já está fraco demais para responder, mas continuo acariciando seus cabelos enquanto dreno cada vez mais o seu poder.

Do lado de fora, Hudson continua sob fogo cruzado... e continua arrebentando os inimigos. Um dragão desgarrado dispara uma adaga de gelo contra ele. Mas Hudson a dissipa com um movimento rápido do dedo. E o mesmo acontece com as asas do dragão.

Em um piscar de olhos, dez ou doze vampiros pulam em cima dele... para em seguida se derreterem apenas com um olhar. Esse é Hudson Vega. O vampiro mais poderoso em toda a existência. E ele está possesso.

Hudson está andando pela beirada do penhasco agora, dizimando qualquer um que cruze seu caminho. Dois lobisomens, com os dentes reluzindo enquanto avançam sobre ele, se transformam em poeira. O mesmo acontece com um bruxo que tem a sorte de lhe acertar o ombro com um feitiço.

Hudson recua um pouco quando o disparo lhe passa por entre os músculos, mas o bruxo não ganha uma chance de tocá-lo outra vez. Ninguém mais consegue. Porque já é o bastante para Hudson. Ele chegou até a beirada da formação rochosa, com as mãos erguidas bem alto.

Eu me preparo, esperando que alguma coisa aconteça... que qualquer coisa aconteça. E, quando ele baixa os braços, não me decepciono. Porque, em um instante, tudo desaparece. As fontes termais, os penhascos ao redor, dezenas de árvores... tudo some em um piscar de olhos.

Por vários momentos, tudo cessa. As lutas, os gritos, os feitiços lançados. Tudo para quando todas as pessoas nessa área se concentram no meu consorte. Em Hudson.

Ele está esgotado. Percebo que esse último ataque tirou tudo que ele tinha. A energia que ele me deu, todas as vezes que ele acelerou, as lutas no Fosso, tudo que ele fez está lhe cobrando o preço agora. E essa última explosão acabou com toda a reserva que ele tinha. Consigo perceber pelo elo entre consortes que não resta mais nada.

Mesmo assim, foi ele que escolheu este caminho. Hudson poderia ter matado todo mundo com seu poder. Poderia ter derretido todos os ossos dessas pessoas e transformado todo mundo que está por perto em poeira se quisesse.

Mesmo assim, ele escolheu a misericórdia. E se permitiu ficar vulnerável por conta disso.

Há um pedaço de mim que admira essa atitude. Que sabe que não é necessário pedir perdão pelo que ele fez aqui. Mas o resto de mim, a parte da consorte que o ama mais do que a minha própria vida — está lívida. Porque ele se abriu para ser atacado bem no momento em que precisa ficar tão invulnerável quanto possível.

Mas esse é Hudson. E há uma coisa na qual ele é melhor do que pulverizar coisas: blefar. E, ali em cima, observando todos que lutaram com ele e contra ele, Hudson ergue as mãos outra vez e grita:

— Só vou demonstrar clemência uma vez. Saiam daqui agora. Ou vocês vão ser os próximos.

Ninguém se move. E sinto o meu estômago se retorcer quando percebo que o blefe não funcionou. Eles vão pagar para ver. Mas então percebo que as bruxas estão criando portais o mais rápido que conseguem e, em seguida, passando por eles com a mesma velocidade.

E quando todos fogem (com Cyrus na dianteira, tenho certeza), não consigo deixar de pensar na mensagem que Delilah mandou há algumas semanas. *Pareça fraco quando estiver forte.* E a segunda metade, que ela não disse: *Pareça forte quando estiver fraco.*

Ele blefou. E, ao fazê-lo, salvou a todos nós.

# Capítulo 157

## TODOS OS PEDAÇOS QUEBRADOS

Enquanto Hudson observa os aliados de Cyrus virarem as costas e fugirem, eu me concentro em Jaxon. E percebo que peguei tudo que ele tinha para dar. Não lhe resta nada. E, sinceramente, não resta quase nada dele.

Continuo segurando sua mão, mas paro de absorver sua energia. Direciono as últimas reservas de poder guardadas na minha tatuagem para Flint. Em seguida, aliso o rosto pálido de Jaxon.

A respiração dele está bem superficial agora. Seu corpo estremece tanto que Macy tirou o próprio moletom para cobrir Jaxon. Mas ainda não é o bastante para conter os tremores drásticos quando seu corpo inteiro se prepara para entrar nos estertores da morte.

— Foi o bastante? — Jaxon parece conseguir novas reservas de energia. O bastante para conseguir pronunciar aquelas palavras estranguladas enquanto continuo a acariciar o seu rosto. Porque não vou deixar que Jaxon morra sozinho, como ele temia. De jeito nenhum. Não vou deixar que ele morra de qualquer outra forma a não ser cercado de amor. Flint e eu estamos de um lado dele e Macy está do outro.

Nós devemos a ele muito mais do que isso. Mas aqui e agora é tudo o que podemos dar.

— Mais do que o bastante — eu digo a Jaxon, e ele sorri enquanto seus olhos se fecham uma última vez.

— Meu Deus, que dor de cabeça — Flint geme do outro lado enquanto tenta se levantar com dificuldade. — Que caralho aconteceu aqui? O que foi que Jaxon fez? Nós perdemos toda a luta?

Jaxon solta um gemido exasperado, embora não tenha mais força para abrir os olhos.

— Só você mesmo para reclamar comigo por eu ter salvado o seu rabo — diz ele com a voz tão baixa que preciso me esforçar para escutá-lo.

— No dia em que você precisar me salvar... — Flint começa a dizer em tom de brincadeira, mas fica paralisado quando consegue dar sua primeira boa olhada em Jaxon. — Mas o que... — A voz dele vacila. — O que aconteceu com ele, Grace?

— Cyrus o mordeu — respondo, com a voz discreta. — E você estava com um ferimento horrível. Ele não queria morrer com todo aquele poder dentro de si se pudesse salvar você. Por isso, eu...

Deixo as palavras pairando no ar. Mal consigo pensar nelas, e menos ainda verbalizá-las para Flint.

— Não me diga uma coisa dessas. — Os olhos de Flint se enchem de lágrimas. — Puta que pariu, não me diga isso, Grace.

Ele chega mais perto e tenta tocá-lo.

— Está tudo bem, Jaxon. Você vai ficar bem.

Jaxon ri um pouco daquilo, o que lhe provoca um acesso de tosse enorme.

— Eu acho que... — Ele começa a falar, quando finalmente consegue respirar. Mas logo para, porque está cansado demais e precisa de muita energia para fazer isso. — Acho que não dá mais tempo para essa previsão se realizar — ele finalmente consegue dizer. — Isso aqui é o máximo que vai acontecer.

— Não — opõe-se Flint. E há uma agonia em seus olhos que eu jamais desejaria que alguém sentisse. Mas é a mesma agonia que abre um buraco enorme dentro de mim neste exato momento.

— Não faça isso, cara. — Ele olha para mim. — Não deixe que ele faça isso.

— Não posso impedir — eu sussurro. E nunca me senti tão fracassada em toda a minha vida.

— Você vai ficar bem — Jaxon consegue dizer.

É a última coisa que ele fala quando Hudson, Mekhi e os outros membros da Ordem vêm correndo pela borda do penhasco com o exército dos dragões logo atrás de si. Quando nos alcançam, uma boa quantidade deles se amontoa na entrada da caverna. Hudson e a Ordem parecem tão arrasados quanto eu me sinto. Até mesmo Éden parece destruída.

Flint procura entre eles com um olhar frenético. No começo, não sei exatamente o que ele está esperando ver... até o momento em que me dou conta.

— Luca? — ele sussurra, encolhendo-se como se não fosse capaz de ouvir a resposta.

Faço um sinal negativo com a cabeça e sussurro:

— Sinto muito.

— O que aconteceu aqui? — Flint está quase gritando. — Mas que cacete aconteceu aqui?

Ninguém responde, mas o peito de Jaxon chia. E a sua respiração vai ficando cada vez mais curta.

Hudson se ajoelha ao lado do irmão mais novo, encostando a cabeça no ombro de Jaxon enquanto pega a mão dele.

— Alguém me diga o que foi que aconteceu aqui, porra — pede Flint enquanto Jaxon exala outra vez. Longos segundos se passam enquanto esperamos até que ele inale outra vez o ar. Esperamos... e continuamos a esperar.

Mas isso não acontece.

— Ele se foi — sussurra Macy, quando puxa o moletom para cobrir o rosto de Jaxon. — Como isso foi acontecer?

Ela não está chorando agora. Tem somente uma expressão... confusa no rosto.

— Como foi que deixamos isso acontecer? — sussurra Mekhi, tirando o próprio moletom para poder fazer o mesmo com o corpo de Luca.

— Isso aconteceu porque eu falhei com vocês — diz Nuri, ajoelhando-se ao lado do filho e puxando-o para um abraço. — A culpa pelo que aconteceu é minha. Desde a primeira vez em que me aliei a Cyrus, eu sabia que isso poderia acontecer. Mesmo assim, não fiz nada. Deixei que fizesse tudo que queria com todas as leis importantes que tínhamos. E agora nós estamos aqui.

— Eles morreram, mãe — sussurra Flint, com lágrimas pelo rosto. E parece mais arrasado do que eu jamais o vi antes.

— Eu sei, meu bem. Eu sei. — Ela desvia o olhar do rosto dele, concentrando-se no machucado horrível que ele tem na parte inferior da perna. E quando volta a olhar para mim, sua voz é puro aço. — Não havia outra escolha? Somente...

— Eu tentei — conto a ela, sentindo a vergonha queimar dentro de mim. — Mas... ou não sou forte o bastante, ou o ferimento não podia ser curado. Não se eu quisesse salvar a vida dele.

Pela primeira vez, Flint parece perceber que a dor que ele está sentindo se deve a mais do que um machucado simples. E sim porque não resta mais nada da sua perna direita do joelho para baixo.

— Me desculpe — eu digo a ele. — Me desculpe mesmo.

Mas ele só faz um gesto negativo com a cabeça.

— Perdi Luca e Jaxon — diz ele por entre o medo que lhe enche a garganta. — Por que eu devia me importar com a porra da minha perna, agora que perdi os dois?

— Não, meu filho — diz Nuri, balançando a cabeça. — Você não perdeu. Não vou deixar isso acontecer.

— Já está feito — diz Mekhi. — Não há como voltar atrás.

Mas Nuri endireita os ombros.

— A culpa pelo que aconteceu é minha. E vou consertar o que fiz. — Ela vai para perto do marido. — Aiden, querido...

— Estou aqui — responde ele, colocando o braço ao redor da cintura de Nuri como se precisasse ampará-la. — E vou continuar aqui, não importa o que aconteça.

Ela assente com uma postura nobre. Em seguida, se afasta.

## Capítulo 158

### JURO PELA MINHA PEDRA DO CORAÇÃO

Meu coração está na garganta quando observo Nuri ir até a entrada da caverna. Não sei o que ela vai fazer, mas sei que vai ser algo importante. Aiden a olha como se ela fosse a mulher mais corajosa e maravilhosa do mundo. E isso me diz muita coisa.

Flint não está olhando. Ele está com a cabeça apoiada nas mãos, chorando. E sua angústia é uma coisa selvagem que rasga o lugar ao meio, mordendo e arranhando a todos nós, que já estamos num estado bem deplorável.

Nuri ergue a mão enfeitada com joias e se transforma no dragão mais bonito e elegante que já vi, com uma cor que fica entre o dourado e o castanho. Gigantesca e orgulhosa, ela olha para o filho com um semblante nobre.

Flint observa a transformação e seus olhos se arregalam enquanto o rosto empalidece.

— Não! Mãe, não faça isso!

Ele tenta se levantar, tenta chegar perto dela, mas ainda está fraco depois de tudo que perdeu. E uma das suas pernas já não funciona mais.

Tudo termina na duração de um único e belo instante. Nuri usa uma das garras para abrir um corte no peito. Em seguida, leva a mão para dentro do peito e retira dali uma joia vermelha e brilhante, tão grande que quase não lhe cabe na mão.

Seu dragão solta um grito longo e baixo de tristeza, tão pesado e profundo que faz com que todos nós fiquemos de joelhos diante dessa mulher e do seu sacrifício.

Em um piscar de olhos, ela está na forma humana outra vez.

Lágrimas escorrem pelos rostos de Aiden e Flint. E até mesmo pela face de Éden enquanto eles a observam voltar para junto de Jaxon. Com um movimento da sua mão, o moletom de Macy está no chão. Em seguida, ela está colocando a joia bem no meio do peito de Jaxon.

A joia começa a pulsar assim que o toca. E a luz que ela emite se expande para todo o interior da caverna, até que cada um de nós seja tocado por ela. É só então que ela começa a girar. Devagar no começo, mas vai ganhando cada vez mais velocidade conforme parece perfurar o peito pálido e imóvel de Jaxon.

— Meu Deus — sussurra Hudson, com a voz mais reverente do que eu jamais ouvi antes. — Ela lhe deu seu coração de dragão...

No instante em que a pedra termina de afundar em seu peito, nós todos esperamos. Um segundo... dois. Em seguida, Jaxon se agita. Seu corpo se arqueia, elevando-se do chão, e ele se ergue até ficar sentado enquanto puxa longas golfadas de ar para o peito.

Ainda bem que ainda estou ajoelhada, porque cada osso do meu corpo acabou de perder todo o vigor que ainda tinha. Hudson me segura com força, mas treme tanto que não faço ideia se isso está acontecendo porque ele quer me dar apoio ou se precisa que eu lhe dê apoio.

De qualquer maneira, estamos abraçados agora. E imagino que é assim que as coisas devem ser.

— O seu coração de dragão — sussurro. Lembro-me da história que ela contou sobre o preço que um dragão pagou à Estriga para poder sair do Aethereum: o seu coração de dragão. *Um destino pior do que a morte*, ela disse na ocasião.

— Só ouvi rumores — comenta Hudson, quando os guardas-dragões de Nuri a cercam. — Não sabia que isso era possível.

Ela surge, coberta com a capa de um dos guardas e seus olhos apontam para Hudson.

— Sim, nós podemos dar o nosso coração de dragão se as circunstâncias estiverem favoráveis.

— Mas é muito raro — murmura Éden. — Porque, quando você o entrega... — Ela para de falar e tem que limpar a garganta conforme as lágrimas continuam a lhe escorrer pelo rosto.

— Quando o entrega, você perde o seu dragão para sempre — termina Flint. — Nunca mais consegue se transformar.

Levo as mãos à boca num movimento brusco quando a dor do sacrifício de Nuri reverbera por mim. Perdi minha gárgula por uma semana e quase não consegui suportar. Nuri acabou de dar seu coração (e seu dragão) para Jaxon pelo resto da vida.

O sacrifício é inimaginável.

— Nuri... — pronuncio seu nome porque esse é o ato de amor mais corajoso e mais bonito que já presenciei.

Ela apenas sorri para mim. É um sorriso triste, mas ainda assim é um sorriso.

— Tudo o que for necessário — ela sussurra. E isso me leva imediatamente àquele momento em seu escritório e a promessa que fizemos uma à outra.

Tudo o que for necessário para derrotar Cyrus. Tudo o que for necessário para manter as pessoas que amamos a salvo.

Faço um sinal afirmativo com a cabeça e ela olha para Jaxon, que está observando Nuri e a todos nós com olhos arregalados e confusos.

— Você tem uma dívida de vida comigo, vampiro. E vou cobrá-la aqui mesmo. Proteja o meu filho.

Jaxon concorda com um aceno de cabeça. E o olhar em seu rosto se transforma, passando lentamente do choque para a compreensão.

— Obrigado — ele sussurra.

Ela inclina a cabeça. Em seguida, olha para o marido, que ainda está vertendo lágrimas pelo rosto.

— É hora de ir para casa, meu amor.

Ele concorda em silêncio e se transforma em um dragão verde. E se parece tanto com Flint que sinto o meu coração doer. Nuri monta em Aiden como se tivesse nascido para voar no lombo de um dragão. Nada que se pareça com o jeito desengonçado com que subi nas costas de Flint pela primeira vez.

Ficamos observando em silêncio, maravilhados, conforme Aiden ganha os céus. E o exército dos dragões vai logo atrás dele, carregando seus feridos.

E, enquanto eles abrem as asas, conforme vão voando por sobre o mar, o corpo dos dragões mortos em batalha se erguem do chão. E os últimos resquícios das suas magias os levam por sobre o oceano até o Cemitério dos Dragões, onde passarão a eternidade descansando.

Enquanto eu os observo, penso mais uma vez na promessa que Nuri e eu fizemos uma à outra.

Estes ainda são os primeiros dias. A guerra está chegando. Mas aqui, neste lugar, cercada pelas pessoas que mais amo no mundo, enfim entendo o que significa governar com compaixão. Com dignidade. Com amor.

Capítulo 159

## COM ASAS E FÉ

O silêncio reina entre nós depois que os dragões desaparecem no horizonte. Até que Macy sussurra:

— Mas que porra acabou de acontecer aqui?

Aquelas palavras abrem as comportas de emoções represadas — estupefação, alegria, desespero, raiva, medo e determinação. Tenho a impressão de que passamos por todas elas enquanto nos entreolhamos.

Hudson desaba no chão ao lado do irmão, com o braço ao redor do ombro de Jaxon enquanto continua fitando-o. Como se não conseguisse acreditar que ele é real.

Jaxon pisca o olho para o irmão.

— Minha alma... Estou conseguindo sentir a minha alma de novo.

Enquanto vejo Hudson puxar Jaxon para os seus braços, pedaços do meu coração partido começam a se juntar outra vez. Porque é assim que Jaxon e Hudson sempre deviam ter agido. Como eles agiriam se os seus pais e uma promessa grotesca não os arrancassem um do outro há tantos anos.

Com a ajuda de Mekhi, Flint consegue se levantar. Em seguida, vai até onde o corpo sem vida de Luca está deitado.

Macy e Éden se abraçam. Seus rostos estão pálidos com o calvário que tivemos que passar. E percebo que Liam, Rafael e Byron parecem não saber o que sentir, assim como também não sabem o que fazer. Eles vão e voltam entre Jaxon, vivo outra vez, e Luca, que nem tive a chance de tentar salvar.

No meu caso... continuo exatamente onde estou: no chão, entre todos eles, conforme as conversas e as emoções fluem ao redor.

— O que acontece quando um vampiro tem um coração de dragão? — Macy sussurra para Éden.

Éden a encara com uma expressão que diz "Não faço a menor ideia" e sussurra de volta:

— O que acontece quando a rainha dos dragões abre mão do seu dragão?

Macy faz um sinal negativo com a cabeça.

Flint se ajoelha ao lado de Luca, com o queixo retesado e os olhos marcados pela dor enquanto afasta o moletom de Mekhi para ver o rosto do seu namorado.

— Me desculpe — diz ele. — Me desculpe mesmo.

Dói ainda mais quando me lembro de como ele e Hudson estavam brincando outro dia. E das promessas que ele fez sobre o que ia acontecer quando visse Luca outra vez.

— Precisamos levá-lo para casa — diz Jaxon com a voz rouca quando se levanta. Ele ainda está um pouco baqueado, mas Hudson estende a mão a fim de amparê-lo.

Jaxon vai até lá e se agacha ao lado de Flint, apoiando-se nas costas do dragão, enquanto pega a mão de Luca pela última vez. Ele murmura alguma coisa para o vampiro morto. Em seguida, olha para Flint, que não afrouxou nem um pouco a pegada no corpo de Luca.

— É hora de se despedir dele — sussurra Jaxon para Flint. — Você tem que aceitar o que aconteceu.

Flint concorda com um aceno de cabeça enquanto seus ombros começam a tremer. Quando ele solta Luca, parece que vai desmoronar sobre si mesmo. Mas Jaxon está bem ali para amparê-lo. Flint abraça Jaxon, pressionando a cabeça em seu ombro enquanto chora.

Jaxon mantém o abraço durante todo o tempo, com uma dor profunda visível no próprio rosto. Por Flint e por Luca.

Lágrimas rolam pelas minhas bochechas. Eu nem sabia que era capaz de chorar tanto. E Hudson vem para perto de mim. Como eu esperava que ele faria. Ele me ajuda a levantar do chão, me abraça e me segura junto de si enquanto tento encontrar a energia para seguir em frente.

Ele está esgotado. Sua energia ficou nos campos de batalha. Mas, de algum modo, o simples fato de estarmos abraçados assim, com meus braços ao redor do corpo dele enquanto seus lábios encostam nos meus cabelos, já é o bastante para afastar um pouco o mal-estar.

— Precisamos levá-lo para casa — diz Jaxon de novo. Sua voz está engrossada pela própria tristeza, quando Flint finalmente consegue parar de chorar.

Flint faz que sim com a cabeça. Seu queixo está trêmulo, mas os olhos finalmente estão secos. A Ordem obedece ao comando enquanto se movem para pegar o corpo. Segundos depois, eles já aceleraram para longe.

É somente então que Flint abraça Jaxon e a mim de uma vez só e sussurra:

— Obrigado. Do fundo do meu coração, obrigado.

Eu não digo nada; não há nada a dizer em um momento como este, exceto aquilo que já foi dito. Assim, abraço os dois com toda a força que ainda tenho. Em seguida, Jaxon e eu nos afastamos enquanto Flint se transforma. Sua forma de dragão consegue equilibrar o corpo muito melhor com o que lhe resta da perna do que a forma humana consegue. E ele levanta voo para ajudar a Ordem a levar Luca para casa.

Quando eles vão embora, aqueles que continuam aqui — Jaxon, Hudson, Macy, Éden e eu — meio que desabamos. As emoções das últimas horas por fim cobram o seu preço.

Não sei por quanto tempo ficamos ali sentados.

Tempo suficiente para que as minhas mãos finalmente parem de tremer.

Tempo suficiente para que os meus ombros e a minha alma finalmente consigam relaxar um pouco.

Tempo mais do que suficiente para que Hudson me puxe para seu colo e me abrace como se eu fosse a coisa mais preciosa do mundo.

Mas, após algum tempo, estou pronta para fazer aquilo que viemos fazer aqui. E me levanto.

— Acho que chegou a hora — anuncio, empunhando a chave que ficou comigo durante todo esse tempo.

— É isso aí! — diz Éden, ficando em pé comigo. — Vamos pegar logo essa Coroa e enfiá-la no rabo de Cyrus.

— Eu apoio essa ideia, cem por cento — concorda Macy, estendendo a mão para que eu consiga puxá-la para ficar em pé também.

Jaxon e Hudson também concordam. E, assim, nós cinco vamos caminhando pela beirada do penhasco até chegarmos à entrada que nos leva à Fera Imortal.

Capítulo 160

GRILHÕES CRUÉIS

A caverna continua do mesmo jeito que eu me lembrava: tem um formato circular com um paredão rochoso gigante ao fundo. Conforme nos aproximamos, a parede começa a se mover do mesmo jeito que aconteceu da última vez, e a fera lentamente se levanta.

Ele está ainda maior do que na última vez que o vimos, com ombros mais largos e o peito mais amplo. Mas seu rosto ainda é o mesmo. Triste e um pouco macabro ao mesmo tempo.

*Por favor, não*, ele diz. E o ouço dentro da minha cabeça, como aconteceu tantas vezes nos últimos meses. *Vão embora. Vocês têm que ir embora.*

*Está tudo bem*, digo a ele enquanto vou me aproximando devagar. *Voltei para que você possa ficar livre. Como tinha prometido.*

*Livre?*, ele pergunta.

Tiro a chave do bolso para mostrar a ele, e aquelas palavras se transformam em uma espécie de mantra na cabeça da Fera... e na minha. *Livre. Livre. Livre. Livre. Livre.* Sem parar.

— Cuidado — pede Jaxon, com o corpo já preparado para intervir.

— Ela sabe o que faz — diz Hudson a ele enquanto sorri para mim.

E eu sorrio para os dois, porque algumas coisas nunca vão mudar.

Há quatro grilhões: dois para os pulsos e dois para os tornozelos. E depois que abro os dois de baixo, seguro o meu cordão de platina e me transformo, alçando voo para poder abrir os grilhões que prendem os braços da Fera também.

Quando o último se solta, o monstro joga a cabeça para trás e solta um urro como se sua vida dependesse disso. O urro reverbera pelas paredes rochosas e pelo teto, ecoando pela caverna por vários segundos.

Ele se transforma. E, agora, há um homem diante de mim, vestindo uma túnica azul-royal, calças douradas justas com laços e um manto azul-royal e dourado apoiado sobre um dos ombros e preso com um enorme broche de safira.

Ele é alto, com olhos cinzentos e cabelos loiros presos em uma trança. Também tem um cavanhaque curto e pontudo. E parece ter pouco menos de quarenta anos.

Eu me transformo de volta em humana, mas não tento me aproximar dele.

— Você está bem? — pergunto a esse homem que sofreu tanto e que, à sua própria maneira, me ajudou tantas vezes quando eu estava com problemas.

Ele olha para mim como se não entendesse o que estou dizendo. Todavia, após determinado tempo, imagino que ele assimile aquelas palavras, porque confirma com um aceno de cabeça.

— O-o-obrigado — ele finalmente consegue se expressar.

Eu me aproximo devagar, mas ele recua para longe de mim. E eu entendo. Já faz mil anos desde a última vez em que ele esteve na forma humana. E as últimas pessoas que ele viu fizeram isso com ele.

Estreito os olhos quando reflito sobre a situação. Mais uma atrocidade pela qual Cyrus tem que responder.

— Está tudo bem — murmuro para ele, tanto em voz alta quanto na minha mente. — Sou uma amiga.

Ele para de recuar, inclinando a cabeça como se tentando entender essa última palavra.

— Amiga — repito, colocando a mão no peito. — Amiga. Sou sua amiga.

Ele me estuda por alguns momentos e depois leva a mão ao próprio peito.

— Amigo — ele diz também.

Eu sorrio para ele e, em seguida, olho para Macy. Vou perguntar se ela trouxe algumas barras de cereal, que praticamente me servem como alimento quando fazemos viagens como esta. Mas ela já está se aproximando, com uma garrafa de água em uma mão e um pacote de *cookies* na outra.

Ele nem toca no que ela lhe oferece. Assim, pego as embalagens e tento. Chego até mesmo a abrir a garrafa de água e tomar um gole para mostrar que não há problema. Os olhos dele seguem a garrafa de água como se fosse um homem faminto. E desta vez, quando eu a entrego, ele praticamente a arranca das minhas mãos.

E bebe toda a água em uns poucos goles longos. Quando termina, Macy já está lhe oferecendo outra. Ele bebe a segunda garrafa bem mais devagar, e abro o pacote de *cookies* para ele enquanto Macy guarda a garrafa vazia na mochila.

Depois que ele come os *cookies* e bebe a água, ele se curva para Macy e para mim. E diz:

— Obrigado.

Desta vez, sua voz está um pouco mais forte, mais confiante.

E isso significa que chegou a hora de perguntar sobre aquilo para o qual vim até aqui.

— Coroa? — pergunto.

Ele parece confuso. O pobre homem parece ter somente os instintos e pouca capacidade de raciocinar como um ser humano, a esta altura. Ele entende necessidades básicas como comida e água mais do que entende qualquer outra coisa.

— Sabe onde posso encontrar a Coroa? — indago. E desta vez, levanto as mãos sobre a cabeça, simulando o ato de colocar uma coroa na cabeça.

A confusão fica pior quando ele começa a balbuciar sem parar:

— Coroa, não. Coroa, não. Coroa, não.

Não é a resposta que eu estava esperando, nem a resposta que nenhum de nós estava esperando. Eu olho para trás e vejo a preocupação no rosto de Hudson e Jaxon. Afinal... se ele não está com a Coroa, onde ela está? Será que isso significa que Cyrus pode encontrá-la antes de nós?

Mas, antes que eu consiga perguntar sobre a Coroa mais uma vez, só para ter certeza, ele começa a balbuciar de novo:

— A Coroa é dela. A Coroa é dela. É dela. Tenho que dar a Coroa a ela. Tenho que protegê-la. Tenho que proteger a Coroa. E a ela.

Agora realmente fico surpresa com o choque. Porque, afinal de contas... quem é ela? E por que ela precisa ser protegida se já está com a Coroa?

## Capítulo 161

### COROANDO A TRISTEZA

— Está tudo bem — eu digo a ele, me aproximando para poder colocar a mão em seu ombro e tranquilizá-lo. Ele fica paralisado com o meu toque. E percebo, assim como aconteceu com a água, que esta é a primeira vez que este pobre homem tem um contato humano em mais de um milênio.

Saber disso é algo que dói dentro de mim. E me dá vontade de abraçá-lo e socar Cyrus ao mesmo tempo. Contento-me em dar palmadinhas em seus ombros e dizer:

— Eu vou protegê-la. Se você me disser quem ela é, vou protegê-la.

Os olhos dele se estreitam, me ecarando com esperança e desconfiança.

— Vai proteger?

— Vou. Se você me disser onde posso encontrar a Coroa, vou entregá-la a ela assim que salvar os meus amigos.

Ele me olha de novo daquele jeito, como se estivesse tentando me avaliar por entre o caos da sua mente.

— Você vai dar a Coroa a ela? — ele pergunta.

— Depois que salvar meus amigos, sim — eu digo a ele. — Mas você sabe onde ela está?

Ele confirma com um aceno de cabeça.

— Você promete. Dar a Coroa a ela. Protegê-la. Concorda?

Não faço ideia de quem seja "ela", mas se isso for o que é preciso para conseguir a Coroa, estou totalmente disposta a tentar descobrir. Não quero a Coroa por mais tempo do que o necessário para derrotar Cyrus.

Mas, antes que eu consiga concordar, Hudson se aproxima.

— Tome cuidado com o que você prometer, Grace. As coisas não são as mesmas no nosso mundo. E se "ela" for Delilah? Ou alguém pior?

Faço que sim com a cabeça. Porque sei que ele tem razão. Basta pensar em Caronte, que nos deixou sair daquela prisão, mesmo que todos os seus instintos e desejos fossem o contrário. Simplesmente porque fez uma promessa. E se eu prometer essa Coroa à rainha dos vampiros, à Estriga ou a alguém tão horrível quanto elas? Ou alguém que eu ainda nem sei se existe?

Assim, eu olho de novo para o homem-gárgula e pergunto outra vez:

— Quem é "ela"?

Mas ele simplesmente balança a cabeça e diz, várias vezes:

— Coroa. Dê a ela.

Não sei o que fazer. Não sei o que dizer para fazer com que ele confie em mim com o segredo do local da Coroa ou a identidade "dela".

Ele está ficando tão frustrado quanto eu. E, desta vez, quando começa a balbuciar, ele diz uma coisa diferente. Algo mais importante.

— Dê a Coroa à consorte.

Eu viro para trás para olhar para Hudson, e ele está com a mesma expressão embasbacada que certamente está no meu rosto também.

— Ela é a sua consorte? — pergunto. — Você quer que a sua consorte tenha a Coroa?

Ele faz que sim com a cabeça.

— Você quer proteger a sua consorte?

Ele assente outra vez. E eu me lembro de Falia e Vander, consortes que tiveram de passar mil anos longe um do outro. Isso acabou com eles. Praticamente os destruiu. E me pergunto o que deve ter acontecido com a pobre consorte desse homem durante todos esses anos. Ele estava aprisionado em pedra. Mas, se ainda estiver viva, ela sofreu a agonia de não ter um consorte, completamente sozinha, sem conseguir nem mesmo comunicar as coisas mais básicas a ele.

Olho para Hudson outra vez e tenho outra ideia. Se ele tem uma consorte, será que isso significa que há outra gárgula por aí, em algum lugar? E que talvez não sejamos as únicas gárgulas que existem? Bem, é claro que ele pode ser o consorte de algum outro tipo de criatura — basta olhar para mim e para Hudson. Mas há uma chance de que ela seja uma gárgula. E essa é a coisa mais maravilhosa que ouvi em um bom tempo.

Hudson deve perceber a minha empolgação, porque faz um sinal para mim com a cabeça e até mesmo abre um sorriso discreto. Adoro o fato de que ele consegue perceber o que estou sentindo com tanta facilidade. E que, apesar das nossas brigas e discussões, concordamos com facilidade em assuntos que realmente importam.

Por isso, volto a olhar para o homem-gárgula e digo em alto e bom som:

— Sim. Se você me der a Coroa para salvar os meus amigos, prometo que, assim que isso acontecer, vou procurar pela sua consorte e entregar a Coroa a ela.

A gárgula passa um longo tempo sem se mover. Fica só me observando com olhos que vão envelhecendo com cada segundo que se passa; olhos que parecem conter a eternidade em suas profundezas cor de chumbo.

Estou a ponto de repetir a promessa, de perguntar se ele está bem. Mas então, rápido como uma cobra que ataca, ele segura a minha mão e diz:

— Concordo.

Sua palma desliza junto da minha e ele sai correndo na direção da entrada da caverna.

— Mas o que... — Jaxon tenta correr atrás dele, mas eu o contenho.

— Espere! — Deixe que ele vá. Está tudo bem. Não há para onde correr. E nós podemos ir atrás dele daqui a alguns minutos.

— Mas a Coroa... — diz Macy.

— Ele me deu uma coisa — eu respondo, coçando a palma da mão porque, de repente, ela começa a arder e coçar.

Eu a viro para cima. E, tatuada bem no meio da minha mão, ocupando quase toda a minha palha, há uma série de sete círculos concêntricos com o formato de uma coroa.

Levanto a mão para que os meus amigos a vejam. E, quando todos eles se juntam ao meu redor, não consigo deixar de perguntar:

— E agora?

# Capítulo 0

## VOCÊ NÃO PODE VOLTAR
## PARA CASA DE NOVO

## — Hudson —

— Pronta para voltar para casa? — pergunto a Grace enquanto Macy se prepara para abrir um último portal.

Ela olha para mim e o vento sopra os cachos, cobrindo seus olhos. Eu levo alguns segundos para perceber que ela estava chorando.

— Ei... — Eu a puxo para junto do meu peito, e ela vem. Sinceramente, a sensação é a de que um milagre está acontecendo, considerando que esta já foi uma manhã cheia de milagres. — Está tudo bem com você?

Ela confirma com um movimento de cabeça enquanto encosta o rosto no meu.

— Ainda dói? — Pego a mão dela, virando-a gentilmente para poder ver a Coroa que está gravada ali. A tatuagem está brilhando de um jeito estranho. É algo que a outra tatuagem dela só faz quando está canalizando magia ativamente. E isso faz com que eu comece a pensar em várias coisas a respeito desta outra tatuagem. E nenhuma dessas coisas é boa.

— Não muito — responde ela. — É uma sensação que irrita mais do que dói. Não...

— Não como as outras coisas que aconteceram hoje, que ainda doem demais? — completo a frase para ela.

Ela assente.

— Mais ou menos por aí.

— Macy está quase terminando de preparar o portal — aviso a ela, indicando o lugar onde Macy e Éden estão colocando pedras na praia.

— Que bom. Se eu nunca mais tiver que ver este lugar na minha vida, já fico feliz.

Sei do que ela está falando. Primeiro Xavier, depois Luca. Sim, nós conseguimos salvar Jaxon e Flint, mas somente por causa daqueles milagres que citei há pouco.

— Estou começando a achar que esta ilha é amaldiçoada.

— Ou nós somos. — Agora é a vez de Grace olhar para a palma da mão. — O que vou fazer com isto aqui?

— Vamos dar um jeito de descobrir — prometo. — Talvez Foster ou Amka saibam de alguma coisa. E, se não souberem, vamos encontrar alguém que saiba.

— Alguém que não vai arrancar a minha mão só para tentar pegar a Coroa por conta própria? — Ela ergue uma sobrancelha.

— É, tem razão. Com certeza há alguém que possa... — Eu deixo a frase morrer no ar enquanto ela olha para trás, para a área onde ficavam as fontes termais, as árvores e as belas formações de rochedos. Uma área que agora foi reduzida quase completamente a pó.

Por minha causa.

Tento não entrar em pânico enquanto ela olha para aquele lugar por vários segundos silenciosos. Passei essa última hora esperando que ela tocasse no assunto. Que percebesse que não me ama de verdade. Ou pior, que não me ama o bastante para assumir os sentimentos que tem por Jaxon. Sentimentos que Grace não conseguiu deixar de perceber enquanto ele estava morrendo bem diante dela.

Mas eu não a culparia. Naqueles momentos em que Jaxon estava morto... eu teria feito qualquer coisa para trocar de lugar com ele outra vez. Qualquer coisa para que não fosse o meu irmão que estivesse deitado ali, frio e sem vida.

Qualquer coisa, exceto desistir de Grace. Talvez ela tenha pensado a mesma coisa a meu respeito, mas sem a exceção.

Mas logo a seguir ela olha para mim e sorri. E isso é o bastante para me deixar sem fôlego. Quando ela pega a minha mão com a dela, aquela que não está tatuada, a esperança estremece dentro de mim como se fosse um pássaro que começa a abrir as asas.

Mesmo antes que ela sussurre:

— Amo você. Acho que sempre amei você.

E isso é o bastante para o pássaro levantar voo.

Mesmo assim, não me atiro aos pés dela e choro do jeito que estou desesperado para fazer. Um homem precisa manter um certo nível de dignidade, afinal de contas. Em vez disso, sorrio e murmuro para ela antes de tocar sua boca com a minha:

— Eu sei.

É um beijo curto; suave, doce e perfeito.

— Você vai dizer isso sempre?

— Se é bom o bastante para Han Solo e a princesa Leia...

Ela sorri.

— Então é bom para nós?

— Mais ou menos por aí. — Eu a puxo para os meus braços mais uma vez. Simplesmente porque posso. Ela se derrete junto de mim. E eu sussurro algo que está queimando dentro de mim há quase seis meses.

— Eu amo você. Amo, amo, amo você.

Desta vez ela me beija e não há nada de curto no beijo. Não nos afastamos até estarmos sem fôlego, com os lábios inchados e os corpos arfando em busca de ar.

— Eu amo você — repito, mais uma vez. E, ao fazer isso, deslizo o dedo por sobre o anel; a promessa que fiz a ela antes de imaginar que estaríamos neste lugar.

— Eu sei. — Ela sorri antes de levantar a mão, deixando-a entre nós dois.

— E então? Você vai me contar o que me prometeu com esse anel lindo que nunca vou tirar?

Sinto um aperto no peito (e no restante do corpo) de todas as melhores maneiras possíveis quando penso na ideia de que Grace vai usar o meu anel por toda a eternidade.

Penso em dizer a ela. Não me preocupo com a possibilidade de que ela vai surtar quando souber. Eu sei, agora, que ela me ama e que não pensa em me deixar. Mesmo assim, eu dei o anel a ela antes de dizer que a amava. Antes mesmo que a gente se beijasse pela primeira vez. Talvez ela precise de um pouco mais de tempo para se acostumar conosco antes que eu lhe diga o que prometi, antes mesmo de nos tornarmos oficialmente um casal.

— Vou lhe dizer — finalmente declaro enquanto dou mais um beijo naqueles lábios que são sexy demais para o meu bem. — Se você conseguir adivinhar.

Ela estreita os olhos, me encarando.

— Isso não me parece muito justo.

— Eu achava que você já tivesse percebido, a essa altura do campeonato, que eu não jogo de um jeito justo.

Ela revira os olhos.

— Hudson Vega, o vampiro malvadão?

— Não sei se sou tão malvado assim — respondo. — Mas o aumentativo até que não fica tão longe da realidade.

Ela finge pensar na questão por um segundo e diz:

— Acho que você prometeu nunca deixar que o seu ego atrapalhe a nossa relação. — E me encara com uma expressão fajuta de inocência. — Ah, espere. Acho que é tarde demais para isso.

— Tente de novo — peço, sorrindo junto a ela.

— Hmmmm... acho que você prometeu nunca deixar o assento do vaso sanitário levantado. Aliás, eu ia achar ótimo.

Se tem uma coisa que eu posso dizer sobre Grace é que a eternidade nunca vai ser entediante ao lado dela. Devo ser um cara de sorte.

— Nós vamos ter uma vida muito longa, Grace. Não posso fazer promessas afobadas como essa.

— Certo. Então eu acho que... — Grace para de falar quando Éden grita para que a gente ande logo, pois ela não tem o dia inteiro para ficar aqui.

Grace revira os olhos.

— Esses dragões pensam que o mundo gira ao redor deles. — Mas sua voz tem um tom de brincadeira enquanto me puxa para ir até a praia onde Macy e o portal que ela criou estão à espera.

No caminho até lá, alcançamos a outra gárgula, que não disse uma única palavra depois que deu a Coroa a Grace. Um pedaço de mim até esperava que ele corresse para algum lugar onde não conseguiríamos encontrá-lo depois que o libertamos. Afinal de contas, ele passou mil anos acorrentado. É difícil imaginar que houvesse algum lugar para onde ele quisesse ir.

E, como Grace não vai deixá-lo sozinho aqui nesta ilha (ela não é do tipo que abandonaria alguém), ele vai voltar com a gente para Katmere também. Pelo menos acho que vai. Ele não disse nada. Mas fez um gesto afirmativo com a cabeça quando Grace perguntou se ele queria vir com a gente.

Macy está com um sorriso feroz no rosto quando nos aproximamos do portal que gira. E Jaxon está com a mesma expressão no rosto enquanto diz:

— Ei, não se apressem só por nossa causa.

— Nem se preocupe com isso — devolvo, mas meu sorriso está tão grande quanto o dele. Porque ele não está morto, nem sua alma. Graças a Nuri. Apesar de tudo, tenho uma dívida com ela que nunca vou conseguir pagar.

— Primeiro as damas — diz Jaxon quando indica o portal para Grace. Ela o cutuca com o cotovelo quando passa, mas em seguida se vira e me manda um beijinho antes de mergulhar de cabeça no portal.

E ela ainda se pergunta por que nunca consegue cair em pé quando chega do outro lado...

Decido guardar isso na memória para conversar com ela a respeito enquanto espero que Éden, a gárgula e Jaxon passem pelo portal. Em seguida, depois de ter certeza de que Macy tem tudo de que precisa para nos seguir, entro pelo portal e caio por ele por um bom tempo.

E olhe... preciso dizer que os portais de Macy são muito melhores do que aqueles que as outras bruxas fazem. Essa garota tem talento.

Depois de cerca de um minuto, o portal termina e eu passo por ele, imaginando que Grace e os outros vão estar ali, à minha espera. Em vez disso, eles estão correndo na direção da escola como se os cães do inferno estivessem nos seus calcanhares. E talvez estejam, considerando que a floresta ao meu redor está queimando.

Macy toca o chão atrás de mim e grita quando dá a primeira olhada na devastação ao nosso redor.

— O que está acontecendo? — ela pergunta.

— Puta merda, nem imagino. — Eu a pego nos braços e a coloco pendurada nas minhas costas antes de acelerar até os portões de Katmere.

Jaxon já entrou, mas chego ali assim que Grace e Éden pousam.

— O que está havendo? — pergunto, quando Éden deixa a outra gárgula no chão, transformando-se em humana logo depois.

— Não sei — responde Grace, enquanto a gárgula se acomoda nos degraus da entrada e nós quatro subimos as escadas correndo.

Macy solta outro gritinho quando passamos pelas portas da escola e percebemos que a sala de convívio do primeiro piso está completamente estraçalhada. Os sofás estão rasgados e quebrados, cadeiras e mesas foram feitas em pedaços. As duas TVs estão quebradas e e o restante está destruído. Até mesmo a mesa de xadrez perto da escada virou uma pilha de cacos.

Jaxon volta correndo para o salão com uma expressão insana nos olhos.

— Onde está o meu pai? — pergunta Macy, com a voz estridente.

— Desapareceu — ele responde rouco. — Todo mundo desapareceu.

— Os alunos? — pergunta Grace. — Talvez eles tenham voltado para casa para as férias...

— Eles não voltam para casa — diz Macy, quando parte a toda velocidade pelo corredor, gritando por Foster. — Não todos juntos. Só os alunos do último ano é que vão.

Grace vai atrás da sua prima, mas Jaxon e eu trocamos um olhar antes de correr até a escadaria, já acelerando. Chegamos ao quarto andar ao mesmo tempo. Ele vira à esquerda e eu viro à direita, mas leva menos de um minuto até que eu consiga ir até o fim do corredor e voltar. Todas as portas estão quebradas ou penduradas somente pelas dobradiças. E não há ninguém ali. Ninguém.

— Não tem ninguém — conclui Jaxon, com o rosto sério. — Todo mundo sumiu.

— Sim.

Ele passa a mão pelos cabelos.

— Mas que porra aconteceu aqui? Macy estava conversando com o pai dela havia poucas horas e tudo estava bem.

Mas a minha mente já está trabalhando em alta velocidade. E um cenário apavorante começa a se formar na minha cabeça.

— E se tudo que aconteceu foi a distração?

Jaxon aperta os olhos quando olha ao redor, com os braços erguidos.

— E do que isso devia nos distrair?

— Não, não é disso que estou falando. E sim da ilha, com a Coroa. Fiquei pensando sobre por que os lobos demoraram tanto para entrar no combate. E agora acho que sei. E se a ilha fosse a distração e isto aqui...

Eu olho para as marcas de garras nas paredes, as luzes quebradas e os corrimãos quebrados.

— E isto aqui fosse o alvo principal? — ele pergunta, com a voz tomada pelo horror.

Entendo o que ele está sentindo. O que está pensando. Pessoas morreram naquela ilha hoje. Muitas pessoas. O próprio Jaxon só está vivo porque Nuri sacrificou seu coração de dragão por ele. E uma carnificina como aquela, com tantas vidas perdidas, não fosse mais do que uma distração?

Éden sobe as escadas correndo.

— Encontramos Marise.

— O quê?

— Grace e Macy estão com ela na enfermaria. Ela é a única que encontramos até agora...

Eu saio correndo, saltando pelo fosso da escadaria e pousando no piso do saguão. Estou prestes a acelerar até a enfermaria quando as portas da escola se abrem outra vez.

Viro para trás, preparado para lutar. Mas é somente a Ordem e Flint, que finalmente chegam.

— Mas que porra é essa? — pergunta Flint enquanto eles colocam o corpo de Luca no chão e o cobrem com um cobertor que está jogado por perto. — O que aconteceu aqui?

— Cadê todo mundo? — questiona Byron.

— É o que vamos descobrir. Marise está na enfermaria.

Nós aceleramos até a enfermaria, onde encontramos mais destruição. Grace e Macy desviraram uma das camas e colocaram Marise nela, mas a vampira parece estar mais fraca do que jamais vi.

— Foi o pai de vocês — ela diz a Jaxon e a mim.

— Mas isso é impossível — Jaxon diz a ela. — A gente estava lutando contra ele...

— Foram os soldados dele com um exército de lobos — interrompe Grace. — Eles invadiram a escola e levaram todos os alunos e professores. Exatamente o que a gente temia que pudesse acontecer.

— Todos? — pergunta Byron, olhando ao redor como se achasse que um bando de estudantes vai simplesmente surgir do nada.

— Sim, todos eles — diz Jaxon por entre os dentes. — Não há ninguém lá em cima. E está tudo destruído.

— Quer dizer que nós somos os únicos que sobraram? — sussurra Macy, olhando um por um.

E percebo no que ela está pensando. Estamos em dez aqui. Ou onze, se contarmos Marise. Contra todas as forças de Cyrus, que são consideráveis. Sim, nós temos a Coroa. Mas essa é a única coisa que temos.

De que jeito vamos conseguir reverter o que aconteceu?

— Isso é um ato de guerra — conclui Flint. E está com uma aparência bem desgrenhada. Mekhi acelerou com ele até aqui, mas agora Flint está encostado na parede, apoiando o peso na perna que ainda está boa.

— O segundo ato de guerra hoje — acrescenta Byron, sério.

Eles têm razão. É isso mesmo. Sinto a fúria ferver dentro de mim, mas a sufoco. E tento raciocinar em meio a todo esse tumulto do caralho. Não me admira que ele queria que Grace, Flint e eu estivéssemos na prisão. E não me admira que ele tenha colocado tanta gente para nos desafiar nessas últimas semanas, que tenha provocado tantos combates e neutralizado os nossos poderes.

É claro que esse era o objetivo final do seu plano. Exatamente o que eles temiam. Sequestrar os filhos dos membros mais importantes do Círculo. Mantê-los presos até Cyrus conseguir o que quer: o controle total e absoluto sobre tudo. E quem vai se levantar contra ele? Os pais dos filhos que agora são seus reféns?

Duvido.

— Se ele quiser uma guerra, então nós vamos dar uma guerra a ele — afirmo, olhando para os nossos amigos. Todos eles parecem ter ido até o inferno e voltado.

— Contra nós, que estamos em onze? — pergunta Liam, sem acreditar.

— Sim, contra nós. Estes onze — eu digo a ele.

— Já encaramos esse tipo de desvantagem antes — lembra Mekhi.

— Existem desvantagens... e também existem situações em que todo mundo vai morrer — Rafael se pronuncia pela primeira vez.

— Talvez. Mas o meu velho pai cometeu um erro de cálculo desta vez — eu digo.

— E que erro foi esse, exatamente? — pergunta Macy.

— Ele não nos matou naquela ilha — Jaxon termina a frase por mim enquanto ele também olha para cada um dos presentes, individualmente. — E agora nós vamos atrás dele.

— E daí? — pergunta Éden. — Vamos simplesmente levar a luta até onde ele está?

— Vamos levar até a porta da casa daquele filho da puta — diz Jaxon. — E depois vamos botar fogo em tudo.

— Vocês precisam dela.

Eu me viro quando ouço a voz trêmula do cara que era a Fera Imortal. E que nos encara com olhos ansiosos.

— Ela pode nos salvar. Vocês precisam dela.

— Quem? — pergunta Macy, indo devagar até onde ele está para não assustá-lo.

— Ela pode nos salvar — repete o homem.

— Quem? — Macy pergunta mais uma vez.

Ele aponta para Grace. Ou, mais especificamente, para a mão de Grace.

— Ela. Ela. Ela. — E, em seguida, ele se transforma em pedra. Não vou mentir... não imaginei que isso fosse acontecer. Que maravilha.

Enquanto todo mundo conversa entre si, tentando descobrir quem é "ela" e se há alguma outra gárgula no mundo, não consigo evitar o pensamento de que preciso conversar com Grace. Porque, se as coisas vão acontecer do jeito que acho que vão — ou seja, direto daqui para o inferno, provavelmente é hora de dizer a ela o que foi que vi naquela noite, na lavanderia da escola, há algumas semanas.

Acho que é hora de contar a ela sobre o cordão verde-esmeralda.


## FIM DO LIVRO III

Mas espere… tem mais!
Continue lendo para conhecer dois capítulos
deste livro a partir do ponto de vista de Hudson.
Nada é o que parece ser…

———

CASOS DE FAMÍLIA

— Hudson —

Grace parece tão exausta quando voltamos à Katmere depois de visitar a Estriga que sinto vontade de pegá-la nos braços e carregá-la até o meu quarto, mas não imagino se ela vai permitir que eu faça isso ou não. Ou se isso vai deixá-la em uma situação difícil com Jaxon, caso aceite.

Mas, para ser sincero, acho que cheguei ao limite da minha capacidade de me importar com qualquer constrangimento que envolva Jaxon. Eu me sinto mal pelo estrago que a Carniceira causou na vida dele? Com toda a certeza.

Eu me sinto mal por ele ter perdido a sua consorte? Absolutamente, sim… em teoria. Na prática, nem tanto, considerando como as coisas aconteceram.

E, finalmente, eu me sinto mal pelo fato de a minha consorte ser a garota mais gentil, bonita e que não leva desaforo meu para casa? Qualquer pessoa poderia querer mais do que isso? Nem de longe.

Grace é uma dádiva e tanto. Um presente pelo qual vou ser grato pelo resto dos meus dias.

Mesmo assim, enquanto subimos as escadas que levam de volta à escola, não consigo deixar de dizer mais uma coisa sobre todo esse plano idiota.

— Esta é uma péssima ideia.

— Concordo — diz ela, me encarando com um olhar que diz "É óbvio". — Mas ainda assim não podemos simplesmente ignorar isso.

— Ignorar? — pergunto, incrédulo. Como podemos admitir uma coisa dessas? — Não me diga que você confia naquela mulher.

— "Confiar" é uma palavra bem forte. — Ela faz uma careta. E eu a amo. De verdade. Mas Grace está tranquila demais em relação a toda essa situação.

— "Confiar" é uma imprudência total — eu digo a ela. — Aquela mulher mora numa maldita casa feita de doces. Não sei você, mas eu acredito que há uma certa verdade nas lendas. E não tenho o menor interesse em ser jogado na porra da história de *João e Maria.*

Nem da *Branca de Neve.* Ou qualquer outro personagem de contos de fadas que tenham bruxas malvadas. Aquela mulher tem problemas suficientes para ocupar um dragão inteiro, de cabo a rabo.

Mas Grace simplesmente faz uma careta para mim.

— Duvido que o canibalismo seja uma das opções.

— Ah, não tenho tanta certeza disso. Você viu o jeito que ela olhava para Luca? — Ergo uma sobrancelha.

— Sim. Mas não acho que aquilo tivesse alguma coisa a ver com canibalismo.

Nós dois rimos. E sei que estou sorrindo feito um completo idiota agora, mas nem me importo com isso. Estar com ela, fazer com que ela ria, é algo que me lembra de como as coisas costumavam ser. Eu sabia que estava sentindo falta disso. Só não sabia o quanto até este momento.

— Está tudo bem? — pergunto depois de uns segundos, só para ter certeza.

— Sim. — Ela confirma com um meneio de cabeça. — Estou, sim. E você?

Puta que pariu, é ridículo ficar com esse olhar sonhador por causa de uma pergunta tão trivial. Mas quando Grace me faz essa pergunta, não parece ser uma pergunta tão trivial assim. Especialmente porque ela foi a única, até hoje, que fez essa pergunta e esperou para ouvir a resposta.

Talvez seja por isso que eu digo o que realmente se passa na minha cabeça desta vez, em vez de ponderar as opções.

— Eu ficaria melhor se você decidir dormir no meu quarto esta noite. — E, logo depois, enquanto espero a resposta, finjo que não estou prendendo a respiração como se fosse um garotinho diante do seu primeiro *crush.*

Ela revira aqueles olhos castanhos-suaves.

— Se eu decidir dormir no seu quarto hoje, acho que nós dois vamos aparecer na formatura com cara de zumbis.

— Por mim, isso não é problema algum — respondo, erguendo as sobrancelhas para que ela perceba que dormir é algo que não tem tanta importância para mim. Especialmente se for uma escolha entre dormir e ter Grace na minha cama.

Ela inclina a cabeça para baixo e aqueles cachos gloriosos lhe caem diante do rosto. Mas, em seguida, ela sorri e me encara com um olhar de lado bem sexy quando diz:

— Talvez isso não seja um problema para mim também.

O fato de que ela está girando o anel da promessa ao redor do dedo enquanto fala só serve para deixar as palavras bem mais doces. Ela disse "sim". As palavras reverberam na minha cabeça. *Ela disse "sim".*

Ergo a mão e afasto um daqueles belos cachos do seu rosto, deixando os dedos ali um pouco mais do que deveria. Sua pele é tão suave e morna, e me causa uma sensação tão boa tocá-la desse jeito que penso em puxá-la para junto de mim aqui e agora. E quem quiser pensar alguma coisa a respeito, que vá para o inferno. Mas, em vez disso, recuo um pouco e sussurro:

— Prometo que vou deixar você dormir um pouco... mas só um pouco.

Mas é aí que começa o inferno.

— Não toque nela, seu desgraçado — diz o idiota do meu irmão por entre os dentes. — Tudo isso é culpa sua! Você e o seu elo entre consortes são o motivo pelo qual ela pode morrer na prisão. E você acha que tem o direito de colocar essas mãos imundas nela?

— Ei, ei, Jaxon. — Mekhi acelera até estar do lado dele e tenta segurar seu ombro, mas Jaxon não cede.

E não me surpreendo nem um pouco. Esse garoto sempre foi dramático.

Mas, em seguida, ele está bem diante da minha cara, tão perto que consigo sentir o cheiro do sangue que ele tomou no jantar. E sinto vontade de lhe acertar um soco na garganta, mas me contento em rebater:

— Bem, pelo menos não sou o imbecil que jogou o seu elo entre consortes no lixo. Por isso, acho que você não devia me julgar tão rápido.

— Sabe de uma coisa? Foda-se! — Jaxon grita. — Você é um cuzão que adora se fazer de vítima. E ninguém gosta de você. Que porra você ainda está fazendo aqui, hein?

As palavras dele me acertam bem onde dói. Mas não vou ficar chorando por causa disso. Dois Vegas agindo como crianças... isso é demais.

Em vez disso, eu retruco:

— Pelo jeito, estou aqui lhe irritando. E parece que estou conseguindo. E aqui vai um conselho. Continue agindo como um filho da puta e ninguém vai gostar de você também.

Vou passar por ele, lívido por ele ser tão criança. Mas ele me agarra e me joga para a parede com tanta força que eu sinto a minha cabeça quicar quando bate na estrutura de pedra. E perco mais um pouco da paciência.

— Jaxon! — Grace o segura. E ver a mão pequena de Grace no braço dele faz com que eu comece a enxergar tudo em vermelho. — Jaxon, pare!

— E você vai ficar parado aí, feito um idiota? — digo com a voz bem ácida quando ele nem percebe que ela está ao seu lado. Eu daria qualquer coisa para que Grace me olhasse do mesmo jeito que olha para ele. E Jaxon simplesmente a ignora. — Ou vai realmente fazer alguma coisa? Eu não tenho o dia todo para aguentar esses seus chiliques.

— Hudson, pare! — Grace grita comigo. Como se tudo isso fosse culpa minha. Jaxon é o babaca que não consegue manter a cabeça no lugar.

Mas já é tarde demais. O Capitão Chorão ficou putinho. E, do nada, ele surta. Ele segura a minha garganta e começa a apertar. Só porque é um desgraçado do caralho.

— Jaxon. Jaxon, não!

Grace tenta pegar na mão de Jaxon, e eu tento atrair a atenção dela. Tento dizer para que ela recue, porque o meu irmãozinho está dando um piti e eu não quero que ela se machuque. Mas ela não está nem olhando para mim, como se isso ainda me surpreendesse. Porque está ocupada demais tentando amansar o bebê. Sinto vontade de dizer a ela que tente oferecer uma chupeta da próxima vez, mas ele está começando ceder.

Estou tão irritado com esse bostinha que um pedaço de mim quer encher a cara dele de tabefes. Mas tem um outro pedaço de mim que quer ver até onde ele está disposto a ir. Pelo menos até que ele começa a usar sua telecinese para me segurar contra a parede.

Que filho da puta.

— Por favor. — Grace se abaixa e entra entre nós dois, ficando bem diante do rosto de Jaxon com aqueles olhos castanhos grandes e o sorriso meigo, mesmo que quem está sendo esganado no momento seja eu.

Por um segundo, penso em revidar e usar o meu poder para persuadi-lo a se afastar. Mas não quero fazer isso com ele, a menos que eu tenha certeza de que Jaxon está tentando me matar. E, se chegarmos a esse ponto, então estamos todos fodidos. Mas, no momento, ele está mais disposto a me causar dor e humilhação do que me matar de verdade. Por isso, decido simplesmente esperar para ver.

Grace parece não perceber isso, entretanto, considerando que ela está com os dedos ao redor da mão de Jaxon, tentando afastá-lo de mim. Talvez eu pudesse dizer alguma coisa, mas ele está amassando a minha traqueia. Por isso, não tenho como vocalizar nada.

— Deixe disso, Jaxon — diz ela, num tom que indica que não vai mais admitir que ele a ignore. — Não faça isso.

Jaxon nem olha para ela. Mas todos os outros estão se envolvendo na confusão também, gritando com Jaxon e tentando fazer com que ele me solte. Mas ainda não está funcionando. Estou achando que vou ter que fazer alguma coisa, e logo. Caso contrário, todo mundo aqui vai acabar tendo um chilique. Aparentemente, uma rivalidade entre irmãos aqui na América é diferente daquelas que acontecem na Inglaterra.

Até que Grace faz algo que me faz pensar duas vezes se vou deixar isso continuar. A minha consorte ergue o braço e toca o rosto de Jaxon com as duas mãos. Em seguida, ela sussurra:

— Jaxon. Olhe para mim.

É um belo de um soco no estômago depois que ela passou um fim de semana inteiro na Corte Dracônica me olhando exatamente desse jeito. Me tocando exatamente desse jeito.

Jaxon finalmente olha para ela. Claro que olha. Estamos falando de Grace. Como ele conseguiria resistir? Eu faria qualquer coisa (qualquer coisa mesmo) para que ela me olhasse desse jeito, apenas por um instante.

— Está tudo bem — ela sussurra para ele. — Estou aqui, Jaxon. Estou bem aqui. E não vou a lugar nenhum. Não importa o que esteja acontecendo. Eu juro que estou aqui, com você.

Aquelas palavras me fazem sangrar. Mas, quando vejo que Jaxon começa a tremer, eu fico me perguntando se tem mais alguma coisa acontecendo além do fato do meu irmão ser um chorão do cacete.

Em seguida, ele sussurra:

— Grace, tem alguma coisa errada. Alguma coisa que...

Eu não consigo deixar de ficar preocupado.

— Eu sei — ela responde quando o salão inteiro começa a tremer. Coisas estão caindo das paredes, pedras estão rachando e a mão de Jaxon se aperta ao redor da minha garganta com força suficiente para me deixar meio zonzo. O salão começa a girar e tudo começa a escurecer.

*Mais trinta segundos*, eu digo a mim mesmo. Mais trinta segundos e vou fazer alguma coisa para acabar com isso. Mas, se eu o fizer, se eu invadir a mente dele, é algo do qual nunca vou poder voltar atrás.

— A aurora boreal acabou de surgir, Jaxon — Grace sussurra para ele, com a voz doce e leve. — Ali fora.

À nossa volta, os amigos dela fazem alguns ruídos como se ela estivesse fazendo algo errado. Mas eu vivi na cabeça dela por tempo suficiente para saber exatamente o que ela quer fazer. E, embora seja muito doloroso pensar nela desse jeito pensar neles desse jeito eu deixo que as coisas aconteçam. Eu consigo aguentar essa dor. Não sei se Jaxon consegue.

— Você se lembra daquela noite? — ela pergunta. — Eu estava muito nervosa. Mas você segurou a minha mão e me levou até a beirada do parapeito. O salão inteiro estremece como se uma explosão sem fim abalasse os alicerces. Ainda assim, Grace não desiste. — Você me fez dançar pelo céu. Lembra? Passamos horas lá fora. Eu estava congelando, mas não queria entrar. Não queria desperdiçar um único segundo lá fora, com você.

— Grace... — A voz de Jaxon está agoniada. E seus olhos parecem estar estraçalhados quando ele se concentra nela pela primeira vez. É a abertura que eu estava esperando, a oportunidade de resolver isso sem ultrapassar mais limites. Mas conforme Grace se aconchega ainda mais nele, eu ataco com um pouco mais de força do que talvez fosse necessário, e Jaxon sai voando.

Meu irmão ruge quando bate na parede ao lado da porta com força o bastante para deixar uma marca do seu tamanho naquelas pedras de vários séculos de existência. Mas ele se recupera rápido, e vem para cima de mim enquanto eu me abaixo e puxo o ar com força, enchendo os pulmões pela primeira vez em todo esse tempo.

Jaxon tenta me acertar um murro – e nem me surpreendo com isso. Me esquivo. Mas quando ele gira e tenta usar a sua telecinese em mim outra vez, eu decido que já é o bastante.

— Ah, nem se atreva! — rosno e direciono uma quantidade de poder que é o bastante para fazer o piso de mármore explodir sob os pés dele, abrindo um buraco no qual Jaxon cai.

Ele só precisa de um segundo para pular para fora e avançar contra mim outra vez. Não que isso seja um problema. Já tive que aguentar muita coisa desse babaca nas últimas semanas. E, no momento, já estou de saco cheio. Estou de saco cheio mesmo.

Todo mundo deve perceber isso, porque os outros seguram Jaxon com todas as suas forças enquanto Grace vira de frente para mim.

— Pare! — ela grita e eu fico imóvel. — Você tem que sair daqui. — Tem alguma coisa muito errada com ele.

Ela tem razão. Sei que ela tem razão. Eu estou sentindo isso nele. Mas não consigo deixar de ficar irritado por Grace ficar do lado de Jaxon de novo.

Mas não há mais nada a fazer, a menos que eu também decida agir como um idiota. Por isso, eu concordo com um aceno de cabeça e dou um passo atrás. Bem a tempo de vê-la ir para junto de Jaxon... como sempre.

Jaxon se acalmou o suficiente para que Flint e Éden decidam soltá-lo. Luca está entre nós dois. É ridículo ver que ele acha que vai conseguir impedir outro confronto, mas eu não digo nada.

Especialmente, porque é Grace que convence Mekhi a soltar o meu irmão com um sussurro:

— Deixe-o comigo.

E, em seguida, ela se aproxima dele — bem junto dele — e o abraça.

Isso dói mais do que eu achei que seria possível. Mesmo que eu entenda o que está acontecendo. Tem alguma coisa errada acontecendo com o meu irmão, e Grace é a única pessoa em quem ele confia para enfrentar isso.

Tudo bem. Não tem importância. Ver Grace abraçando Jaxon não torna as coisas mais fáceis para mim. Ou ver o rosto dele encostado no pescoço de Grace enquanto os dois se abraçam.

Puta que pariu, eu não quero fazer isso. Não quero mais fazer isso. Estou cansado de ficar em segundo lugar para a minha própria consorte todas as vezes quando o meu irmão aparece.

Eu entendo. Eles têm uma história. Eles se amam. E eu amo os dois. Se houver alguma coisa errada com o meu irmão, é claro que eu quero que ele receba a ajuda que precisar. Eu só queria que não fosse sempre Grace que tivesse que dar essa ajuda.

Eles sussurram entre si por alguns minutos, e eu nem tento escutar. Seja o que for, esse é um assunto deles. E quando perceber que ela está segura, que Jaxon não vai mais atacar ninguém, eu vou embora. Dar o espaço que os dois precisam. E também, com uma percepção que até chega a ser um pouco egoísta, vou dar a mim mesmo o espaço que eu preciso. Porque é difícil não precisar de espaço quando Grace começa a falar desta vez. E ela fala alto o bastante para que todo o salão a escute.

— Escute bem o que eu vou lhe dizer, Jaxon Vega — ela ordena com a voz forte. — Não importa o que aconteceu entre nós. Você sempre vai ser um problema com o qual eu tenho que me preocupar. Sempre vai ter importância para mim. E eu estou assustada. Estou muito assustada. E preciso que você me diga o que está acontecendo.

Ele começa a dizer alguma coisa, mas se limita a balançar a cabeça negativamente até que ela sussurra:

— Por que a Estriga disse aquilo, hoje? Por que ela disse que você não tem alma?

Sinto que fico paralisado por dentro antes que Jaxon responda.

— Eu não queria que você soubesse. Eu não queria que ninguém soubesse.

— Quer dizer que era verdade? — ela pergunta. — Mas como? Quando? Por quê?

Assim como todas as pessoas que estão na sala, eu me aproximo para ouvir a resposta, mesmo enquanto o terror me rasga por dentro. Porque não interessa o quanto eu esteja irritado com ele e com toda essa situação agora. Ele ainda é o garoto que eu protegia de Cyrus. Ainda é o garoto que eu me esforcei ao máximo para esconder da ira de Delilah. Ainda é o garoto por quem eu escolhi morrer quando a única alternativa era matá-lo.

— Eu sabia que havia alguma coisa errada. E já faz semanas. Por isso, nesta última vez em que fui a Londres, eu conversei com um curandeiro — ele diz a Grace, segurando na mão dela com força.

— E o que ele disse? — pergunta Grace.

— Ele disse... — A voz de Jaxon vacila. — Ele disse que, quando o elo entre consortes se quebrou, as nossas almas se quebraram também.

Puta que pariu. Puta que pariu mesmo. Sinto vontade de gritar quando a raiva, o horror e o medo me rasgam ao mesmo tempo.

— Do que você está falando? — pergunta Grace. — Como as nossas almas podem ter se quebrado? Como elas podem... — A voz de Grace também falha.

— Porque tudo aconteceu contra a nossa vontade. E de um jeito tão violento que quase nos destruiu no momento da quebra. Você se lembra?

— É claro que eu me lembro — ela sussurra.

— Você se tornou a consorte de Hudson logo depois. O curandeiro tem certeza de que a alma dele envolveu a sua para protegê-la. Por isso, você vai ficar bem. — Mas eu estou...

— Sozinho — ela diz.

— Sim. E sem nada a que eu possa me apegar, os pedaços da minha alma estão morrendo, um a um.

— Como assim? — ela exige saber. — O que nós podemos fazer?

— Nada — ele responde, dando de ombros. — Não há nada a fazer, Grace. Só esperar até que a minha alma morra por completo.

— E o que vai acontecer depois? — Grace sussurra.

Ele abre um sorriso amargurado.

— Eu vou me tornar o monstro que todos sempre pensaram que eu fosse.

Há muitas outras conversas, muitas outras notícias horríveis para assimilar. Mas eu praticamente nem escuto. Porque não há mais nada a dizer que importe. Nada que possa ser dito que seja capaz de mudar alguma coisa.

Nem Grace nem eu vamos conseguir nos olhar no espelho se deixarmos Jaxon perder sua alma. Nunca poderíamos ficar juntos se soubéssemos que fazer isso significa destruir Jaxon para sempre. Não quando nós dois o amamos tanto. E não quando nós dois já sacrificamos tanto por ele.

Grace se vira para olhar nos meus olhos, mas eu já sei. Eu soube desde o momento em que as palavras saíram pela boca de Jaxon. Por isso, quando ela forma as palavras "Me desculpe" com os lábios, eu praticamente nem sinto.

E como poderia, quando a porrada veio há cinco minutos?

E, assim, eu faço a única coisa que ainda posso. Vou embora.

Não há lugar para ir. Ninguém com quem eu possa estar. As pessoas que se aproximam do que eu chamaria de amigos estão no saguão da escola, reconfortando o meu irmão. E é assim mesmo que as coisas devem ser.

Mas a minha noite ficou bem diferente de como eu pensava que seria. E não tenho mais nada para manter a mente ocupada enquanto vou até as escadas que levam ao meu quarto.

Pedi a Grace para voltar até comigo porque queria estar com ela. Mas também porque eu queria saber o que ela diria. Queria saber se o que aconteceu em Nova York teve a mesma importância para ela quanto teve para mim, ou se foi somente algo que ficou ali.

Quando ela disse "sim"... quando ela disse "sim", acho que eu nunca me senti tão feliz em toda a minha vida. E, agora, meia hora depois, tudo foi definitivamente para o inferno. E a única coisa que me resta é uma garganta marcada por hematomas e uma existência longa e sem uma consorte.

O destino é um desgraçado fútil e impertinente.

Mas qual é a alternativa?

A verdade é que não há uma. E nunca houve uma, apesar da esperança que ganhou asas dentro de mim nesses últimos meses.

Grace e Jaxon devem ficar juntos. Mesmo que o universo não tenha sido responsável por isso, a Carniceira e alguma magia sinistra foram. Não há maneira de contornar essa questão. Talvez nunca houve. Eu simplesmente fui ingênuo demais para perceber.

Quando volto ao meu quarto, não há nada para fazer. A formatura é amanhã, então não há nenhuma tarefa ou trabalho com que me ocupar. Nenhuma sessão de estudos até tarde da noite. Ninguém para conversar.

E, embora eu tenha passado a vida inteira sozinho, depois dessas últimas semanas com Grace e os outros, sinto como se a solitude fosse um castigo.

O silêncio me incomoda — ridículo, mas é o que acontece. Por isso, eu coloco Dermot Kennedy para tocar apenas para haver algum barulho. E, depois, tomo um banho rápido.

Quando saio do chuveiro, resisto ao impulso de olhar o celular para ver se Grace me mandou uma mensagem. Mas é mais difícil do que deveria.

*Está tudo bem*, eu digo a mim mesmo quando bebo uma garrafa de água inteira em alguns goles.

*Tudo está bem*, eu digo a mim mesmo quando acendo a lareira até que ela esteja quase queimando.

*Nunca daria certo*, de qualquer maneira, eu digo a mim mesmo enquanto me sento no sofá.

*Eu estou bem. Tudo está bem.*

Digo isso como se fosse um mantra, até conseguir acreditar. Digo isso até finalmente conseguir pegar o celular e mandar uma mensagem de texto para Grace em resposta ao que descubro serem meia dúzia de mensagens de texto que ela me mandou.

**Grace:** Oi

**Grace:** Você está bem?

**Grace:** Me desculpe.

**Grace:** Não sei mais o que fazer.

**Grace:** Você está aí?

**Grace:** Eu queria que as coisas fossem diferentes.

**Hudson:** Estou bem.

**Hudson:** Espero que você esteja bem também.

**Grace:** Hudson, por favor...

**Hudson:** Boa noite.

Deixo o telefone na mesinha ao lado do sofá.

Viu? Não foi tão difícil.

Nada disso é verdadeiramente bom ou ruim.

As coisas simplesmente são assim.

Fácil, fácil, como Macy sempre diz quando jogamos xadrez. Fácil, fácil.

Não há mais nada a dizer.

Convencido de que estou com a cabeça no lugar, eu pego o livro que está ao meu lado no sofá. O mesmo que estava lendo antes de viajarmos até a Corte Dracônica. Eu o abro na página em que coloquei o marcador de livros e começo a ler. Consigo avançar duas páginas antes de perceber o que estou lendo.

Quando Dermot Kennedy dá lugar a *If the World Was Ending*, de JP Saxe e Julia Michaels, as palavras que estão flutuando diante dos meus olhos finalmente começam a ter lógica.

E é aí que faço a única coisa que outro idiota capaz de jogar fora o seu elo entre consortes pode fazer.

Eu rasgo a primeira página do livro de Pablo Neruda, *Vinte Poemas de Amor e uma Canção Desesperada*. É o mesmo livro que dei de presente a Grace em seu aniversário. E a jogo no fogo.

Faço o mesmo com a segunda página. E com a terceira. E com a quarta, a quinta e a sexta.

Quando dou por mim, eu queimei o livro inteiro.

Mas eu ainda não estou bem. E tenho certeza de que nunca mais vou ficar bem.

IRMÃOS DE SANGUE

## — Hudson —

Essa é uma má ideia.

Uma péssima ideia. Mas como a alternativa é ficar olhando para o teto no meu quarto e fingir que estou dormindo enquanto o relógio avança com a mesma velocidade de uma maldita lesma, imagino que uma má ideia é melhor do que não ter nenhuma ideia.

Calço um par de tênis e pego um moletom. Em seguida, subo as escadas, três degraus de cada vez.

Até chegar no alto da torre do meu irmão mais novo... porque, aparentemente, ele precisa de uma torre dessas para sentir que é um príncipe.

Imagino que ele deve estar dormindo. Mas pegá-lo com a guarda baixa talvez não seja algo tão ruim.

Mas Jaxon talvez esteja dormindo tão pouco quanto eu ultimamente. Porque, quando chego ao seu quarto, ele não está na cama. Em vez disso, ele está deitado em um banco de academia no centro do quarto, erguendo um haltere com uma quantidade impressionante de pesos enquanto ouve Linkin Park a todo volume no celular.

— O que você quer? — ele pergunta no instante em que me vê, com a voz bem alta para que eu possa ouvi-lo em meio àquela música barulhenta.

— Uma conversa em família — eu digo a ele, sem me abalar. A única resposta de Jaxon é revirar os olhos enquanto levanta e abaixa o haltere. — Bem, se a ideia de uma conversa em família não agrada, quem sabe você queira sair para correr comigo.

Sei que é um convite estranho. Todo o nosso relacionamento é bem esquisito, e está assim há um bom tempo. Mas imagino que se um de nós não tentar dar um passo, qualquer problema que haja entre nós vai continuar existindo por mais alguns séculos. E eu não quero que isso aconteça. Especialmente com o que vamos ter que enfrentar em um futuro não tão distante. E especialmente por Jaxon ter agido com tanta decência em relação a Grace ultimamente. Algo que é difícil de acreditar, mas sou grato assim mesmo.

Um silêncio longo se forma após o meu convite. Longo demais, na minha opinião. Mas, após algum tempo, Jaxon levanta uma sobrancelha irônica e pergunta:

— O que foi? Vamos fazer as pazes agora?

— Fazer as pazes é algo meio extremo. Mas acho que podemos começar com uma corrida e uma conversa. De preferência, ambos ao mesmo tempo. Se você achar que dá conta.

É uma cutucada deliberada, e acho que consigo acertar o alvo. Porque, quando percebo, Jaxon já se levantou do banco.

— Vou só calçar um tênis — diz ele enquanto vai para o quarto. — Aí você pode me falar qual é o motivo dessa visita.

Oh, não sei. Que tal o fato de nós dois estarmos brigando há mais de um século e eu nem mesmo sei o motivo? Além de todo aquele pesadelo com o *mal-entendido sobre a supremacia dos vampiros natos*. E o pesadelo onde *ele me matou*. E o pesadelo de *sermos os consortes e estarmos apaixonados pela mesma garota...*

Meu Deus do céu. Alguém ainda se espanta pelo fato de que o nosso relacionamento é um verdadeiro inferno? O jogo está contra nós desde o começo.

Só que eu me lembro de quando não estava. E provavelmente me lembro muito melhor do que Jaxon.

Lembro-me quando éramos pequenos e brincávamos de esconde-esconde por toda a Corte Vampírica. Era algo que deixava Cyrus muito irritado. Especialmente quando Jaxon usava seus poderes para me arrancar dos meus esconderijos. Pelo menos um quarto da diversão daquela brincadeira era ver como o nosso pai ficava bravo quando os terremotos de Jaxon interrompiam as suas reuniões. Mas Cyrus já estava me aprisionando naquela época, me pressionando até que eu perdesse a paciência para poder testar os meus poderes. E qualquer que fosse a maneira que eu encontrava de descontar a minha raiva valia completamente a pena.

Menos quando levaram Jaxon embora. Isso nunca valeu a pena.

Passei mais de cem anos sem vê-lo. E não importava o quanto eu implorasse ou o quanto o meu pai o usava como isca para me forçar a fazer as coisas que eu não queria fazer. Pelo menos eu não demorei muito tempo para descobrir que não importava o quanto eu conseguia controlar os meus poderes ou o tamanho da destruição que eu causasse quando ele mandava. Eu nunca conseguiria ver Jaxon.

E não quero que isso aconteça de novo. E com a formatura se aproximando, eu não quero ter que passar mais cem anos sem ver o meu irmão mais novo.

Enquanto ele amarra os cadarços, eu ando pelo quarto dele e tento encontrar algo que possa "fingir" que estou olhando para me manter ocupado. E, sendo sincero, não há muita coisa. Ele tirou tudo da sala de estar desde a última vez em que eu estive aqui. Até que as únicas coisas que sobraram foram os equipamentos para levantar pesos e uns dois ou três livros perdidos empilhados no beiral da janela. Ao lado de um pequeno cavalo de madeira entalhado.

Nem chega a ser uma surpresa, pois eu o vi da última vez em que estive aqui. Mesmo assim, eu fico um pouco abalado. Porque não sei o que sinto em relação ao fato de que ele ainda o tem. E ele provavelmente não faz a menor ideia do motivo pelo qual isso tem importância.

Penso em me virar para o outro lado, mas, no fim, não consigo resistir ao impulso de pegá-lo. Passei dias esculpindo o cavalo para ele quando éramos crianças. E, embora não fosse um modelo perfeito do cavalo que ele tinha, até que é bem fiel. Até mesmo a crina e a cauda parecem estar certos. Não consigo deixar de me impressionar com as habilidades do jovem Hudson.

Eu o ergo para dar uma olhada melhor nos volteios bem definidos da cauda e da crina. Realmente não estão ruins.

Mas Jaxon volta do seu quarto com uma carranca ainda mais feia do que o habitual.

— Por que você pegou isso? — ele pergunta, atravessando a sala para chegar até onde eu estou.

— E por que você quer saber? — retruco enquanto coloco o cavalo de volta no lugar onde estava, com cuidado.

Ele não responde. Apenas sai pela porta.

— Onde você quer correr? — Jaxon pergunta quando descemos as escadas até chegar à porta da escola.

— Pela outra encosta do Denali? — pergunto. — Perto dos *resorts*?

— Claro. — Quando chegamos do lado de fora, ele acelera a toda velocidade. Não é exatamente o que eu tinha em mente.

Eu o alcanço e nós aceleramos por algum tempo, mas não é algo que facilita muito a conversa.

Ele para por um segundo na base da montanha e eu paro, determinado a dizer o que tenho em mente antes que ele comece a correr outra vez.

— Ei. — Eu seguro no braço dele.

Jaxon se vira para mim com o punho fechado. E, por um segundo, tenho a impressão de que ele vai me acertar um soco. Em vez de revidar, eu decido deixar que ele me bata.

Mas o soco não chega.

Ele baixa o punho, faz um sinal negativo com a cabeça e pergunta:

— O que nós estamos fazendo aqui, Hudson?

Eu sinto que estou ficando tenso.

— Achei que estivéssemos correndo, não? — digo, do jeito mais casual que consigo.

— Não foi isso que eu perguntei. E você sabe disso. — Ele se afasta um pouco e se encosta no tronco de uma das árvores enormes que se espalham por toda essa área selvagem.

Eu sei mesmo. Eu limpo a garganta, apoio o peso do corpo de um lado para outro e fico olhando para o nada. Em seguida, finalmente consigo dizer:

— Eu queria dizer "obrigado".

— Por causa de Grace? — ele pergunta com a voz rouca. — Não me agradeça por isso. Toda a questão dos consortes foi por causa...

— Não estou lhe agradecendo pelo fato de que Grace é minha consorte — eu digo a ele. — Estou lhe agradecendo porque...

— Porque... o quê? — ele pergunta. E, de repente, meu irmão mais novo parece cansado. Muito cansado.

Eu solto o ar longamente, soprando devagar.

— Pelo que você fez naquela noite — eu digo, finalmente.

Ele dá de ombros, mas os músculos do seu queixo estão agitados.

— Não tem importância.

— Tem toda a importância do mundo. Para mim e... para Grace também, eu acho. Você não precisava ter feito aquilo.

— Precisava, sim — ele me diz. — Ficar olhando Grace andar de um lado para outro como um cachorrinho assustado talvez não o incomode. Mas eu não conseguia mais aguentar aquilo.

Ele está jogando uma isca para mim, sem dúvida. E sei que ele a jogou só para ver se vou morder. Mas, mesmo sabendo disso, é difícil me afastar depois de ter passado semanas tentando não atrapalhar os dois, mesmo com o elo que tenho com Grace.

Mesmo assim, eu consigo, acenando com a cabeça e falando por entre os dentes enquanto respondo:

— É justo.

— Justo? — repete ele com desprezo. E seus olhos negros se estreitam perigosamente. — Não há nada nisso que seja justo, Hudson. Você saberia disso se não estivesse tentando ser tão magnânimo.

— É isso que você acha que eu estou fazendo? Eu pergunto a ele.

— E não é? — retruca Jaxon.

— Nada a ver. Estou tentando... — De novo, eu fico sem palavras. Não é fácil conversar com ele, mesmo nos melhores momentos. E agora, quando ele está determinado a detonar tudo? Ele é impossível.

— O quê? — rosna Jaxon.

Mas não respondo. Não consigo. Em vez disso, simplesmente balanço a cabeça e me viro para voltar para a escola. Eu sabia desde o começo que isso era uma má ideia. Só não tinha percebido o quanto era ruim.

— Você está indo embora? — diz ele, ainda zombando. — Você me traz até aqui e agora simplesmente vai embora, sem me dizer o que queria? Muito maduro da sua parte, Hudson.

Sinto algo arrebentar dentro de mim.

— Quero o meu irmão de volta! — jogo as palavras nele como facas.

Ele fica paralisado.

— O que você disse? — ele enfim pergunta, com a voz rouca depois que alguns segundos se passam.

— Você perguntou o que eu queria. — Praticamente mordo cada palavra conforme as pronuncio. — É isso que quero. Eu quero o meu irmão de volta. Sinto a falta dele. — Engulo em seco. — Sinto a sua falta, Jaxon.

Ele se afasta um pouco, com as pernas trôpegas.

— É difícil sentir falta do que você nunca teve — ele me diz.

— É isso que você pensa? — sussurro. — Que nunca tivemos uma relação?

— Não tivemos — ele fala com muita certeza. — Eu fui mandado para a Carniceira quando ainda era bem novo. Você ficou em casa, com nossos queridos pais. E foi isso. Somos dois estranhos que, por algum acaso, têm o mesmo sangue. Isso não significa merda nenhuma.

— Duvido que você acredite nisso — eu digo a ele, enquanto sinto alguma coisa se despedaçar dentro de mim. Algo que eu nem sabia que estava ali.

— Acredito, sim. Não temos culpa pelo que houve. As coisas simplesmente são assim. Tentar mudar isso depois de quase dois séculos... — Ele faz um gesto negativo com a cabeça. — Não faz sentido. Especialmente agora.

— Faz sentido porque você é meu irmão.

— E daí? — Ele dá de ombros. — Nossa árvore genealógica não significa porra nenhuma para nenhum de nós. Não há nada que eu tenha recebido daqueles dois... ou de vocês três... que eu queira manter comigo.

Aquelas palavras me acertam como se fossem socos de verdade. E antes que eu consiga me conter, estou retrucando de volta:

— Então, por que o guardou? Senão quer ter nada a ver com nenhum de nós, por que o guardou?

— Guardei o quê? — pergunta ele, impaciente.

— O cavalo. Eu o esculpi para você há mais de cento e cinquenta anos. E eu lhe dei aquele cavalo no dia em que Delilah levou você embora. Se somos duas pessoas que simplesmente têm o mesmo sangue, se a família não significa nada, por que você ainda o guarda?

— Foi você que o fez? — ele sussurra.

— Sim. E ainda tenho a cicatriz para provar. — É uma marca pequena e feia, parecida com um gancho, que atravessa o meu dedo indicador esquerdo. — De onde você acha que ele veio?

— Não sei. Aquele cavalo sempre esteve ali... — ele deixa a frase morrer no ar quando percebe o que está dizendo.

— Você estava chorando no dia em que eles o levaram. A única coisa que fez você parar de chorar foi aquele maldito cavalo. Trovoada...

— Trovoada — ambos dizemos o nome ao mesmo tempo.

— Me desculpe — eu digo a ele. — Eu nunca quis magoar você. Nunca quis que nada disso acontecesse.

— Eu sei. Ele olha para baixo, arrastando os pés. E me desculpe... por ter matado você. Foi uma babaquice.

Por algum tempo, nem eu nem Jaxon nos movemos enquanto as palavras pairam entre nós. Em seguida, nós dois começamos a gargalhar. Risadas enormes e ruidosas. Porque... fala sério. É um motivo inacreditável para se pedir desculpas a alguém.

— Você acha que a Hallmark faz cartões com esse tema? — pergunto quando finalmente paramos de rir. Mas imaginar aquilo é o que basta para começarmos a rir de novo. E, por vários minutos, não fazemos nada além de ficar ali, no meio da floresta, gargalhando sem parar.

Não paramos até que um alarme toque no celular de Jaxon.

— Preciso voltar — diz ele. — Vou ajudar Grace a estudar para a prova de história daqui a meia hora.

Essas palavras teriam doído há uma hora. Diabos... teriam doído quinze minutos atrás. Mas agora, não sei. Elas parecem... se não forem corretas, pelo menos são aceitáveis.

Mais ou menos como Jaxon e eu.

As coisas ainda não estão se encaixando direito. E talvez nunca se encaixem. Mas estamos melhor do que éramos. E talvez isso seja o bastante por enquanto.

Talvez seja um começo.

Não consigo deixar de sorrir quando penso nisso, mesmo antes que Jaxon me encare com os olhos estreitados e diga:

— Vamos apostar para ver quem chega primeiro na escola?

E quando partimos de volta para o alto do Denali, acelerando pela floresta, não consigo deixar de pensar que, às vezes, as pessoas têm sorte. Às vezes, a família onde alguém nasce e a família que essa pessoa cria coincidem. E isso faz toda a diferença.

# AGRADECIMENTOS

Escrever um livro com tantas partes complexas como este é algo que exige uma equipe enorme. Assim, tenho que começar agradecendo às duas mulheres que tornaram isso possível: Liz Pelletier e Emily Sylvan Kim.

Liz, eu sei que este foi o pior de todos até o momento, mas amei (quase) cada segundo que passei trabalhando nele. Obrigada por continuar a me estimular a fazer mais do que acho que sou capaz como escritora, por me tirar da minha zona de conforto e por me ajudar a criar uma história da qual vou me orgulhar para sempre. Você é uma editora brilhante, e uma pessoa e amiga ainda mais incrível. Mal posso esperar pela próxima aventura.

Emily, acho que eu ganhei na loteria dos agentes. Sinceramente. Já foram sessenta e seis livros e sou muito grata por ter você comigo. Seu apoio, estímulo, amizade e alegria por esta série fizeram com que eu continuasse a escrever quando eu mesma não tinha certeza se conseguiria ir em frente. Obrigada por tudo que você fez por mim. Tive muita sorte quando, tantos anos atrás, você se mostrou disposta a ser minha agente.

Stacy Cantor Abrams, é uma alegria poder trabalhar com você na maior série para jovens adultos da minha carreira. Você me deu o primeiro empurrão para entrar no mercado de YA há alguns anos. E o fato de ainda trabalharmos juntas é algo do qual me orgulho. Obrigada por tudo que me ensinou no decorrer desse tempo. E por todo o seu entusiasmo e ajuda tarde da noite com a série *Crave*. Sinto que tenho muita sorte por ter você na minha vida.

Jessica Turner, muito obrigada por fazer a magia acontecer. Você é a editora mais maravilhosa com quem trabalhei. Obrigada do fundo do meu coração por tudo que você fez por esta série. É uma bênção ter você ao meu lado.

Para todos os outros na Entangled que participaram do sucesso da série *Crave*: obrigada. Bree Archer, obrigada por criar TODAS essas capas lindas e a arte. E por sempre ser tão incrível quando eu preciso de ajuda com alguma coisa. A Meredith Johnson, por toda a sua ajuda em todas as circunstâncias diferentes. E por conversar comigo em meio às minhas crises. Você é a melhor! Para a fantástica equipe de revisão de Judi, Jessica e Greta: obrigada por fazerem as minhas palavras brilharem! A Toni Kerr, por ter tomado tanto cuidado com o meu bebê. A Curtis Svehlak, por fazer milagres acontecerem na parte de produção com tanta graça e humor, e por aturar os meus atrasos com tudo. Você é uma dádiva de Deus! A Katie Clapsadl, por aguentar todas as perguntas enquanto aprendo a viver neste admirável mundo novo; a Riki Cleveland, por sempre ser um amor de pessoa. E a Heather Riccio, por sua atenção aos detalhes e ajuda em coordenar um milhão de coisas diferentes que acontecem na parte corporativa do mercado editorial.

A Eden Kim, por ser a melhor leitora que uma escritora poderia querer. E por aguentar a mim e à sua mãe pegando no seu pé O TEMPO TODO.

A In Koo, Avery e Phoebe Kim, obrigada por me emprestarem sua esposa e sua mãe durante todos os fins de noite, começos de manhã e conversas no café da manhã, almoço e jantar que ocorreram para realizar este livro.

A Emily McKay, por todos os anos de amizade e apoio que me ofereceu. Você é uma das melhores coisas que essa carreira me deu. Te amo demais.

A Megan Beatie, por toda a sua ajuda e entusiasmo em colocar esta série no mundo. Obrigada por tudo!!!

A Stephanie Marquez, muito obrigada por toda a empolgação, amor, gentileza, apoio e ajuda que você me dá dia após dia. E, acima de tudo, obrigada por me encantar.

Para os meus três filhos, que amo de corpo e alma: obrigada por entenderem todas as noites que tive que me trancar no quarto e trabalhar em vez de ficar com vocês, por me ajudarem quando eu mais precisava, por continuarem ao meu lado e por serem os melhores filhos que eu poderia querer.

E, finalmente, aos fãs de Jaxon, Grace, Hudson e toda a turma. Obrigada por seu apoio sempre presente e pelo entusiasmo pela série *Crave*. Não tenho palavras para dizer o quanto os seus e-mails, mensagens no Direct e posts significam para mim. Fico imensamente grata por nos deixarem entrar em seus corações e decidido viajar nesta jornada comigo. Espero que gostem de *Cobiça* tanto quanto gostei de escrevê-lo. Adoro e sou grata a cada um de vocês. Beijos!

Cadastre-se no site
**seriecrave.com.br**
e receba os primeiros capítulos
do **quarto livro da série**

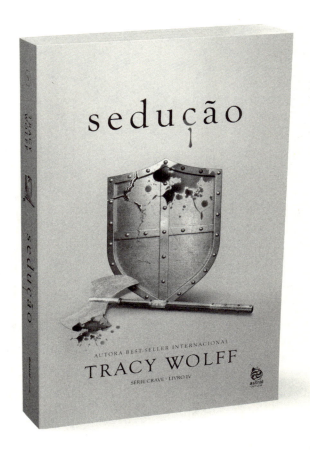

**Primeira edição** (abril/2022)
**Papel de miolo** Pólen Soft 70g
**Tipografias** Lucida Bright e Goudy Oldstyle
**Gráfica** LIS